I0741133

LES FIANCÉS

Paris. — Imp. Viéville et Capiomont, rue des Poitevins, 6

ALEXANDRE MANZONI

LES

FIANCÉS

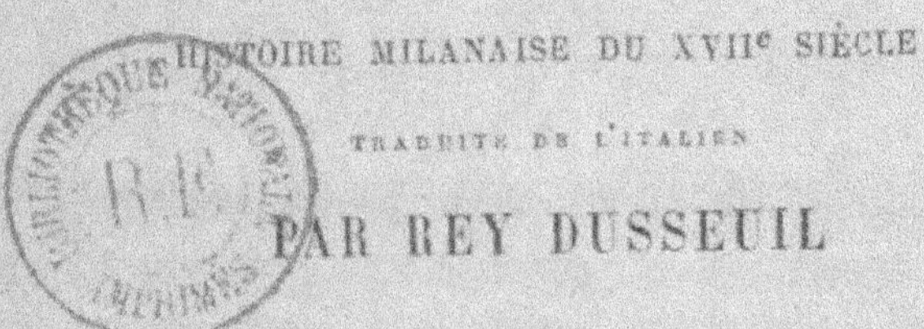

HISTOIRE MILANAISE DU XVIIe SIÈCLE

TRADUITE DE L'ITALIEN

PAR REY DUSSEUIL

NOUVELLE ÉDITION

PARIS

G. CHARPENTIER, LIBRAIRE-ÉDITEUR

13, RUE DE GRENELLE-SAINT-GERMAIN, 13

1876

ESSAI SUR LE ROMAN HISTORIQUE.

S'il est un genre de littérature auquel l'entier développement des doctrines classiques ait porté un coup funeste, c'est assurément le genre historique. Nos historiens ont toujours perdu le peuple de vue. On dirait, à les lire, que les grands événements qu'ils nous retracent ne se sont jamais passés qu'entre deux rois, leurs armées et leurs cours. C'était moins la liberté de dire qui leur manquait, que l'indépendance d'esprit. Dociles imitateurs de deux littératures nées d'un autre ordre de choses et d'idées, ils cherchaient l'idéalité, même dans les événements de l'histoire ; ils les voulaient réduire au système de l'unité.

La littérature moderne a une tendance toute contraire. Quelque sujet qu'elle aborde, elle s'efforce d'être vraie, pour être à la portée de toutes les intelligences. Voltaire est le premier qui se soit proposé ce but : aussi Voltaire est-il l'auteur de la grande révolution intellectuelle qui s'achève de nos jours, et dont nos neveux seront appelés à recueillir les fruits.

Le roman tel que sir Walter Scott l'a conçu est pour l'histoire ce que les contes de Voltaire furent pour les sciences et pour la philosophie. L'auteur écossais a voulu rendre l'histoire populaire par le drame, comme le poëte français avait voulu populariser la philosophie par la grâce et le piquant des formes.

Considéré dans son but, le roman historique serait encore l'une des conceptions les plus utiles, alors même que sir Walter Scott ne l'aurait pas élevé par son génie au rang des plus grandes compositions littéraires. L'Écosse tout entière vit dans ces pages immortelles où les plus hautes leçons historiques sont cachées sous les formes du drame. Tel est l'avantage de ces compositions, que, si tous les détails sont de pure invention, ils sont plus *vrais* que l'histoire classique. Assurément le poëte Scott a mieux fait connaître Marie Stuart que ne l'avait fait le philosophe Hume.

L'histoire, si on la conçoit comme elle était jadis, est toujours guindée et dédaigneuse ; elle rejette tout ce qui est de l'homme ; elle ne voit jamais que le héros : elle fait presque de la statuaire. Jamais sa gravité ne s'est déridée ; elle n'a vu la vie que sous un aspect sérieux. C'est une sibylle sans emportements et sans ivresse. Elle parle de haut, elle prophétise. Et pourtant, s'il y a tant de choses dans la vie de l'homme, que de choses n'y a-t-il pas dans la vie des peuples ! Rien n'est absolu dans la nature, car la nature n'a point de système. Dans les événements les plus tristes elle fait trouver place aux incidents les plus comiques ; elle fait naître le rire auprès des larmes. Mais l'historien ne voit rien, ne veut rien voir d'humain ; il pousse du bout de son compas ce qui pourrait animer son triste procès-verbal : c'est un greffier de cour d'assises, qui n'enregistre que le dire des juges et celui de l'accusé ; il n'a point d'oreilles pour les témoins.

Ces détails familiers que rejetaient les auteurs des dix-septième et dix-huitième siècles, ces contrastes qui sont tout le drame de la vie, cette action qui fait le charme du premier de nos historiens, de l'inimitable Froissart, sont précisément ce qui rend l'histoire vraie, parce qu'ils la rendent intelligible, palpable, et semblable à celle que nous voyons tous les jours courir les rues. C'est là tout le roman historique. Walter Scott exercera une longue influence sur la littérature naissante de notre époque, non-seulement comme auteur dramatique, mais encore comme historien. Déjà l'on pourrait citer plus d'un Froissart contemporain formé à son école.

Toutefois, il faut le dire, le genre ne vaut pas les ouvrages qu'il a produits ; on doit prendre garde de l'appliquer aveuglément à tous les sujets. Le barde écossais, avec cette mesure, ce sens exquis qui sont l'apanage du génie, a toujours su se retenir dans de justes limites. Appliqué à de hauts événements politiques, le roman devient aussi faux que l'histoire classique. Il ne se plaît qu'aux grandes infortunes, à la partie dramatique de l'histoire, et peut-être même est-il plus à l'aise dans l'histoire d'une seule province que dans celle de toute une nation, parce qu'il n'est point forcé alors de sacrifier au drame les grands intérêts politiques. Mais ou tous les bons esprits s'abusent, ou l'histoire à venir sera obligée de se greffer sur l'*Essai sur les mœurs* de Voltaire et sur les brillantes créations de Walter Scott, donnant ainsi à la philosophie et au drame tout ce qu'il y faut donner, et faisant sa part à chacun.

Notre époque a une tendance, ou, si l'on écoute quelques littérateurs chagrins, une manie qui n'a pas peu contribué à étendre l'influence de l'auteur d'*Ivanhoé* et des *Puritains*. Sous le nom assez vague de *romantique*, un système littéraire a pris naissance, qui veut créer une littérature tout actuelle, toute moderne. Son principe est toujours l'imitation, mais il ne veut imiter que la nature ; il répudie, il flétrit l'imitation des chefs-d'œuvre de l'art. Ce système est loin d'être encore fixé. Jusqu'ici il a un peu trop sacrifié peut-être le beau au vrai, l'idéal au réel. Il affecte pour les formes un mépris trop grand pour être durable. Son esprit de prosélytisme est ardent et vaste. La victoire lui donnera probablement de la modération.

La France est aujourd'hui le terrain où se sont rencontrés et où combattent les partisans des nouvelles et des anciennes doctrines. Brillant satellite, c'est depuis un siècle et demi le sort de l'Italie d'être toujours entraînée dans notre mouvement littéraire ; mais on sent combien l'Italie devait répugner d'abord aux nouveaux principes. Sa littérature tout idéale, son peuple tout poétique, éprouvaient peu de sympathie pour les idées des littérateurs du Nord ; et toutefois le romantique a trouvé dans M. Alexandre Manzoni l'un de ses plus éloquents soutiens. Mais ce mouvement littéraire est loin d'être en Italie le mouvement principal ; il n'est que secondaire. Cette circonstance tient à des causes que nous allons exposer succinctement.

Les idées de liberté et d'égalité que les Français ont semées en Italie y ont jeté de profondes racines. Retombé sous l'ignoble joug de l'Autriche, ce malheureux pays se prépare en silence à de meilleures destinées. Il n'est aujourd'hui main de plomb assez lourde pour condamner à l'immobilité tout ce qu'elle touche. Il y a dans les peuples je ne sais quelle force d'inertie contre laquelle vient se briser le despotisme. L'Italien de nos jours étudie plus les hommes que les livres. La politique l'absorbe. La littérature et les beaux-arts ne sont plus une occupation pour lui. Or quand la littérature et les beaux-arts ne sont qu'un objet de délassement, ils cessent de fleurir, parce que chez ces hommes ardents rien n'est goût, tout est passion. Si demain un cri de liberté s'élevait en Italie, vous n'auriez plus cette efféminée et verbeuse révolution de Naples, que l'Autrichien put dompter avec le knout dont le Russe se sert pour châtier son esclave indocile ; vous verriez se lever un peuple grand, libre, hardi, généreux, magnanime, et vous seriez étonnés de voir quels hommes l'étude, la méditation et la haine de la servitude ont faits dans ces belles contrées.

Parmi les littérateurs de profession qui comptent les belles-lettres au nombre des choses de la vie, une querelle s'est élevée qui les touche de plus près et les intéresse beaucoup plus que le *classique* et le *romantique*, c'est celle de leur langue. On a remarqué depuis longtemps que toutes les langues du Midi tendaient à se franciser. La langue italienne s'efforce vainement de lutter contre le mouvement qui l'entraîne. Une école s'est formée qui veut faire revivre la langue de Boccace et de Machiavel, qui tente de ramener l'Italien à ses vieilles tournures et à son caractère primitif. A l'apparition d'un ouvrage nouveau, on examine moins le fond que la forme. Le parti français a visiblement le dessous dans les livres ; toutefois l'entreprise de l'école des *trois cents* paraît à peu près désespérée. On opère difficilement par la langue écrite sur la langue parlée, surtout dans un pays où le peuple parle beaucoup et lit peu. Et d'ailleurs faire revivre le passé est une chose qui excède les forces de l'homme. On finira, comme en toute chose, par prendre un moyen terme, et la langue n'en périra pas moins, parce que toute langue doit périr. La nôtre même, notre langue si exacte, si claire, si positive, si hors de toute atteinte étrangère, est menacée depuis quelque temps de corruption.

Dans cet état de choses, les prosateurs doivent manquer en Italie, parce que les prosateurs manquent toujours à une littérature qui s'éteint. La poésie est le langage du grand siècle d'une littérature et de son dernier âge ; la prose est le langage des temps intermédiaires. D'ailleurs la prose est fort difficile à manier en Italie, parce qu'il y a autant de dialectes que de provinces. La poésie seule, avec ses mots convenus, ses tournures admises, est goûtée par tous les Italiens, qu'elle soit de l'école lombarde ou de l'école vénitienne.

A ces rapides aperçus, on devine combien d'intérêts se rattachent à l'ouvrage qu'on va lire. Pour nous, lecteurs français, la question se borne à celle du romantique ; pour les Italiens, elle touche à toutes les questions qui s'agitent par delà les monts.

M. Alexandre Manzoni, imbu des nouvelles doctrines littéraires qui gagnent chaque jour du terrain parmi nous, a le premier essayé de naturaliser le romantique sur la scène italienne. La tragédie de *Carmagnola* sera longtemps regardée comme l'un des plus heureux essais de cette poésie, qu'on pourrait en quelque sorte appeler la poésie du réalisme. Tout n'est pas également bon dans cet ouvrage, peut-être même l'auteur n'a-t-il pas assez osé ; mais depuis Alfieri, la tragédie italienne n'avait point parlé un aussi mâle langage, et jamais elle n'en avait parlé un aussi vrai. Cette révolution littéraire passa presque inaperçue en Italie ; tandis que le public discutait sur le style, les unités mouraient dans les entr'actes sous la main du machiniste. M. Manzoni a voulu pousser plus loin la réforme en naturalisant le roman historique dans sa patrie. L'entreprise était périlleuse, car n'oublions pas que le langage de la prose n'est point fixé en Italie. Sa composition a réuni tous les suffrages. Ce n'est point ce romantique absurde qui se plait à tout ce qui est vague, dont toutes les formes sont inarrêtées, qui ne sait pas choisir dans la nature : c'est le romantique d'un homme de génie qui cède au temps, et ne se livre à la fougue de son imagination qu'en se laissant guider par le goût. C'est peut-être un ouvrage romantique écrit par un auteur classique ; le fond est original, les formes sont toujours pures.

On pourrait réduire cette belle composition à trois idées principales. L'auteur a voulu peindre la domination espagnole, la famine qui désola le Milanais au dix-septième siècle, et la peste qui succéda à la famine. L'histoire de deux jeunes fiancés, persécutés par un chef de *bravi*, est plutôt le prétexte qu'il prend pour esquisser ces grands événements que son sujet. Quand il aborde la partie romanesque de son livre, il remue vivement le cœur ; quand il arrive à la partie purement historique, il intéresse, il attache, il instruit. Plus qu'un autre, cet ouvrage peut porter le titre de roman historique : car là où l'histoire commence, le roman cesse. On dirait que l'auteur a voulu faire une histoire nationale qui pût plaire au peuple, faible enfant à qui il faut toujours emmieller les bords du vase.

Peut-être ce système de composition paraîtra-t-il singulier à la première lecture ; peut-être ce mélange de réalités et de fictions excitera-t-il quelque surprise. Mais l'ouvrage de M. Manzoni n'est point un roman : c'est un livre. Avant de le juger, il faut bien étudier le rapport intime qui existe entre toutes les parties, le grand art qui a présidé à sa composition. Jamais les mœurs italiennes n'ont été dépeintes avec autant de bonheur ; jamais on n'a mieux fait intervenir des figures populaires au milieu des grands événements de l'histoire ; et quels événements, grand Dieu ! une disette, une invasion, une épidémie qui emporte les deux tiers de la population !

Depuis l'apparition des *Promessi Sposi*, on a comparé plus d'une fois M. Manzoni à sir Walter Scott. Jamais auteurs ne se ressemblèrent moins ni pour le genre, ni pour le système.

Sir Walter Scott excelle à peindre les effets des passions, mais il remonte rarement à la cause ; M. Manzoni est plus moraliste que peintre. L'un rend la nature telle qu'il la voit ; il ne choisit pas ; il jette pêle-mêle sur la toile le beau et l'horrible, le comique et le trivial : l'autre ne voit le vrai que dans le beau, et le beau que dans l'idéal. Enfin sir Walter Scott passe par l'histoire pour arriver au roman ; c'est par le roman que M. Manzoni arrive à l'histoire.

Si Walter Scott avait eu de semblables mœurs à retracer, on pourrait presque assurer qu'il aurait envisagé le sujet sous un autre aspect. Son imagination, fière et aventureuse, nous aurait intéressés aux *bravi* ; il aurait ennobli à nos yeux ces horribles brigands. Le grand inconnu, le terrible *Innominato*, ne se serait pas humilié aux pieds d'un prêtre : il serait mort comme ce chef de clan, ce Mac-Ivor dont l'agonie et le supplice nous poursuivent jusque dans nos rêves. L'âme douce et rêveuse de M. Manzoni a sympathisé avec d'autres idées. S'il avait moins de génie, si l'on pouvait penser qu'il imite quelqu'un, on le croirait plutôt l'élève des romanciers allemands. Il en a tout le mysticisme, toute l'idéalité, quelquefois même toute la recherche.

Jamais peut-être Walter Scott n'a esquissé une figure de vierge plus suave que celle de Lucia. Jamais peut-être son pinceau n'a été aussi sombre, aussi vigoureux et aussi poétique à la fois que celui de M. Manzoni dans le tableau de la peste. Mais, il faut le confesser, M. Manzoni ne sait pas faire mouvoir les masses comme l'auteur des *Puritains* ; il ne sait pas voir et écouter la foule, il ne la comprend pas. Dès que le peuple est en mouvement, il ne le domine point, il le suit pas à pas, il le voit avec une joie d'enfant commettre des fautes ; il s'indigne lorsque, sous une domination tyrannique et brutale, il le voit se lever dans sa colère et demander du sang ; puis se perdant dans d'interminables détails, il laisse échapper les principales figures du tableau. Quand on se rappelle le sublime début de la *Prison d'Edimbourg*, l'émeute de Milan paraît bien froide et bien décolorée. Il est vrai que l'auteur italien a une excuse. Sir Walter Scott n'écrit que sous l'inspiration de ses propres pensées, M. Manzoni écrit sous les yeux de la censure autrichienne. Et pourtant, malgré la mesure de l'auteur, malgré son éloignement pour les masses, jamais acte d'accusation plus terrible ne fut dressé contre les dominateurs actuels de ces belles contrées. La ressemblance du portrait a échappé à la perspicacité du censeur [1].

La fable du roman est peu compliquée, mais il y a quelque chose de sublime dans la conception. Tandis que tous les personnages s'agitent pour les petits intérêts de la vie, celui-ci oppresseur, celui-là opprimé, la peste s'annonce de loin, elle plane sur leurs têtes, et finit par promener sur eux son terrible niveau. Dante a peu de tableaux aussi horriblement beaux que celui de Milan en proie à ce mal funeste. Ici les souvenirs historiques se marient habilement aux créations de l'auteur. De cette situation si neuve et si hardie, il a fait sortir des scènes tour à tour comiques, tendres, pathétiques. L'âme a-t-elle jamais été plus fortement remuée que lorsqu'on voit ces hideux *monatti* se promener sur des chars infects, assis sur des cadavres, buvant à la ronde et chantant : Vive la peste !

Les *Promessi Sposi* n'appartiennent à aucune école, à aucun type connu. Partout on y découvre le poëte dramatique caché derrière le romancier et l'historien ; partout on y voit l'homme entraîné par la séduction vers les doctrines romantiques, et retenu, malgré lui, dans le goût et la mesure classique. Cette sorte de lutte entre deux systèmes fait des *Promessi Sposi* l'un des ouvrages les plus originaux de l'époque.

Sous le rapport du style, les *Promessi Sposi* offrent un singulier phénomène littéraire. Si l'on parle de ce style intime qui revêt la pensée d'expressions justes et élégantes, jamais ouvrage n'eut ce mérite au même degré ; M. Manzoni rend sa pensée avec un bonheur de diction bien rare, même chez nos plus grands écrivains : mais ce n'est pas tout en Italie.

Nous l'avons dit, la langue est loin d'être fixée en Italie. On dirait qu'elle échappe aux auteurs, et leur échappe d'autant plus que ce n'est point une langue qui se forme, mais une langue qui s'en va. Chaque province, formant un royaume séparé et indépendant, a, comme ses mœurs, son langage à part. Tous les mots dont on se sert sont italiens, sans doute ; mais tel est usité en Toscane, qui excite le rire à Rome. Un Romain trouvera, par exemple, aussi ridicule le mot *tasca* (poche) qu'un Toscan le mot *saccoccia*. De là suit qu'un prosateur est difficilement goûté hors de sa province. Les idio-

---

[1] Soit que la censure tudesque se soit ravisée, soit que cette phrase de l'*Essai* de M. Rey-Dusseuil lui ait donné l'éveil, la réimpression des *Promessi Sposi* a été interdite à Milan.　　　　　　　　*(Note de l'Éditeur.)*

tismes surtout varient d'un ruisseau à l'autre. Parmi ces nombreux dialectes, le lombard est celui qui a le moins de partisans. En général, les Italiens professent un souverain mépris pour leurs compatriotes du Nord, et l'on trouvera des traces de cette aversion dans les *Promessi Sposi*.

En écrivant un ouvrage sur l'histoire de son pays, M. Manzoni a voulu, en quelque sorte, fixer un langage, faire pour la prose italienne moderne ce que Pascal a fait pour le français. L'œuvre était difficile ; et, il faut bien l'avouer, nous ne croyons pas que M. Manzoni ait réussi. Ce grand poëte est d'une érudition peu commune ; personne ne possède mieux que lui l'histoire littéraire de son pays ; il connaît toutes les ressources, toutes les finesses de sa langue, et cet éloge, qui aurait presque l'air d'une raillerie appliqué à un auteur français, est immense aux yeux des Italiens. M. Manzoni a beaucoup lu ; il prend des idiotismes dans tous les dialectes ; il fait quelquefois une page de pur toscan, quelquefois dix pages entières de lombard ; mais quoique le fond de son style soit milanais, il n'a pas de style à lui. Le dialecte lombard est lourd et dur, sa construction est traînante et embarrassée ; il n'a pas gagné en énergie ce qu'il a perdu en grâce, et il répugne surtout à une alliance avec tout autre dialecte. Le plus grand vice du style de Manzoni, c'est de manquer de *fondu*.

Un des plus illustres auteurs de l'école lombarde, Verri, inférieur sous beaucoup d'autres rapports à Manzoni, nous semble, sur ce point, avoir l'avantage. Le style de Verri est original, il se soutient ; une fois que le lecteur est entré dans les artifices de cette diction vraiment admirable, il l'adopte, quelle que soit sa province, quelle que soit sa prédilection pour tel ou tel dialecte. M. Manzoni ne se soutient qu'à force de génie.

Qu'on nous permette maintenant quelques mots sur notre traduction.

Nous avions d'abord voulu conserver toute la physionomie de l'original ; mais, d'après ce que nous venons d'exposer au lecteur, il doit sentir qu'une telle tâche était impossible. Nous nous sommes efforcé de reproduire tout ce qui pouvait être reproduit, et quelquefois, souvent même, quand un *italianisme* nous semblait mieux rendre le mouvement de l'auteur, nous n'avons pas hésité à le conserver. En général, sous la plume d'un traducteur, la langue prend la couleur et les formes de la langue originale ; une traduction du latin emprunte volontiers le latinisme. Pourquoi aurions-nous négligé cette ressource ? Au reste, nous ne l'avons pas cherchée. En revoyant notre travail, nous aurions pu faire aisément disparaître toutes les tournures qui s'éloignent un peu des tournures françaises ; mais ce n'était point une traduction que nous voulions donner au public : c'était, autant que possible, l'ouvrage de M. Manzoni.

Qu'il nous soit permis de faire agréer à M. Trognon l'hommage public de notre gratitude. Ce savant littérateur avait entrepris une traduction des *Promessi Sposi*, à laquelle ses nombreuses occupations l'ont forcé de renoncer ; il a bien voulu mettre à notre disposition quelques fragments qu'il avait traduits avec un sentiment profond des beautés du texte et une rare élégance. Si nous ne les avons point conservés, nous prions le lecteur de nous pardonner ce petit calcul d'amour-propre : nous avons fui le parallèle comme un combat trop au-dessus de nos forces.

Nous empruntons, en finissant, un passage à Amyot, qui justifie le système de traduction que nous avons suivi :

« Mais si, peut-estre, l'on ne treuve le langage de cette translation si coulant, comme l'on a fait de quelques œuvres miennes...., je prie les lecteurs de vouloir considérer que l'office d'un propre traducteur ne gist pas seulement à rendre fidèlement la sentence de son autheur, mais aussi à representer aucunement et à adombrer la forme de style et maniere de penser d'iceluy, s'il ne veut commettre l'erreur que feroit le peintre qui, ayant pris à pourtraire un homme au vif, le peindroit long là où il seroit court, et gros là où il seroit gresle, encore qu'il le feist naifvement bien ressembler de visage. Car encore puis-je bien asseurer, quelque dur ou rude que soit le langage, que ma traduction sera plus aisée aux François que l'original grec à ceux mesmes qui sont les plus esercitez en la langue grecque... Si je me suis en quelques endroits abusé, comme il est bien aisé en autheur si obscur et ouvrage si long, mesmement à personne de si peu de suffisance comme moy, je prierai les lisants de vouloir bien pour ma décharge accepter l'excuse que me donne le poëte Horace, quand il dit :

> « En œuvre longue il n'est point de merveille,
> « Si quelquefois l'entendement sommeille. »

INTRODUCTION.

« L'histoire se peust véritablement desfinir une guerre illustre contre le Temps, parce que, en lui arrachant des mains les années qu'il a réduites en captivité, ains desquelles il a déjà fait des cadavres, elle les rappelle à la vie, les passe en revue, et les range de nouveau en bataille. Mais les illustres champions qui, dans une telle aresne, font moisson de palmes et de lauriers, ravissent seulement les dépouilles les plus riches et les plus éclatantes, embaumant avec leur encre les entreprises des princes et potentats et des personnages titrés, et ourdissant avec l'aiguille très-déliée de l'esprit des fils d'or et de soye, qui forment une perpétuelle broderie d'actions glorieuses. Toutefois il n'est pas permis à ma foiblesse de s'élever à de tels arguments, et à des sublimités si périlleuses, en m'esgarant dans les labyrinthes des intrigues politiques et le fracas des instruments guerriers. Seulement, ayant eu connoissance de faits mémorables, bien qu'ils n'aient trait qu'à des gens de bas lieu et de peu d'importance, je me prépare à en laisser le souvenir à la postérité, en faisant ingénuement du tout un récit, ou soit une relation. On y verra dans un estroit théâtre des tragédies douloureuses d'horreur et des scènes d'une grande meschanceté, avec des intermesdes d'entreprises vertueuses et de bonté angélique opposées à des opérations diaboliques. Et véritablement, en considérant que nos climats sont soubs l'empire du roy catholique, nostre seigneur, qui est ce soleil qui jamais ne se couche, et que sur eux, avec une lumière réfléchie, tel qu'une lune qui ne descroist jamais, brille le héros d'une noble race qui, *pro tempore*, en occupe toutes les parties, et les illustres sénateurs, tels que des étoiles fixes, et les autres respectables magistrats tels que des astres errants, répandent la lumière de toutes parts, venant ainsi à former un nobilissime ciel, on ne peut treuver d'autre cause, en le voyant métamorphosé en un enfer d'actions ténébreuses de meschanceté et de crimes qui se vont multipliant chaque jour de la part des hommes, sinon que c'est par l'art du démon, puisque l'humaine malice ne devroit pas suffire par elle-même à résister à tant de héros qui, avec des yeux d'Argus et des bras de Briarée, se vont desvouant pour le public advantage. C'est pourquoi, en descrivant ce récit arrivé aux temps de ma verte saison, bien que la plus grande partie des personnes qui y jouent leurs rosles aient disparu de la scène du monde, en se rendant tributaires des Parques, toutefois, par de justes convenances, on taira leurs noms, c'est-à-dire leur nom patronymique, et l'on fera de même pour les lieux, en indiquant seulement les territoires *generaliter*. Personne ne dira que ce soit une imperfection du récit, et une difformité de mon humble production, à moins qu'un tel critique ne soit une personne entièrement à jeun de la philosophie; car quant aux hommes qui y sont versés, ils verront bien que rien ne manque à la substance de ladite narration. Parce que, comme c'est une chose évidente et qui ne sera niée par personne, que les noms ne sont que de simples et très-simples accidents..... »

Mais quand j'aurai eu l'héroïque constance de transcrire cette histoire de ce manuscrit jaunissant et couvert de ratures, quand je l'aurai, comme on dit, mise au jour, se trouvera-t-il ensuite quelqu'un qui ait la constance de la lire ?

Cette réflexion dubitative, née de la peine de déchiffrer un griffonnage qui venait après *accidents*, me fit suspendre la copie et réfléchir sérieusement à ce qu'il convenait de faire. — Il est bien vrai, disais-je à part moi en feuilletant le manuscrit, il est bien vrai que cette grêle de *concettini* et de figures ne tombe pas sans interruption durant tout l'ouvrage. Le bon *secentista* [1] a voulu, au premier abord, faire un peu montre de sa valeur; mais ensuite, dans le cours de la narration, et quelquefois durant de longs trajets, le style chemine bien plus naturel et bien plus uni. Oui ; mais comme il est commun ! comme il est inégal ! comme il est incorrect ! Idiotismes lombards à foison, phrases de la langue employées à rebours, constructions arbitraires, périodes boiteuses ; et puis quelques petites élégances espagnoles semées çà et là [2] ; et puis, ce qui est bien pis, dans les endroits les plus terribles ou les plus touchants de son histoire, à chaque occasion d'exciter la surprise ou de faire penser, à tous les passages enfin qui

---

[1] On donne ce nom aux écrivains du seizième et de la première moitié du dix-septième siècle, époque de décadence et de mauvais goût en Italie. Rien de plus faux, de plus outré, de plus extravagant que les productions de ce temps. C'est alors que brillaient Marini et l'Achillini, d'emphatique et ridicule mémoire. On verra que M. Manzoni ne s'est pas borné à cette seule attaque contre cette école tombée dans le mépris. Dans le cours de l'ouvrage, il cite le premier vers du fameux sonnet que l'Achillini adressa à notre roi Louis XIII :

> Sudate, o fochi, a preparar metalli.
> « Suez, ô feux, à préparer les métaux. »

Et peut-être aurait-il dû rappeler la piquante parodie qu'en fit Crudeli, poëte du premier ordre, trop peu connu en France :

> Sudate, o forni, a preparar pagnotte.
> « Suez, ô fours, à préparer les pains mollets. »

[2] Cette époque est celle de la domination espagnole. L'esclave apprend presque toujours la langue du maître.

demandent, il est vrai, quelques fleurs de rhétorique, mais d'une
rhétorique sobre, fine, de bon goût, ce digne homme ne manque jamais d'y mettre quelque chose dans le genre de son début. Et alors,
réunissant, avec une habileté admirable, deux qualités aussi opposées en apparence, il trouve moyen d'être en même temps trivial et
affecté dans la même page, dans la même période, dans le même mot.
Voilà, justement! des déclamations ampoulées, composées à force de
solécismes vulgaires, et partout cette ignorance ambitieuse, qui est
le caractère particulier des écrits de ce siècle en ce pays. En vérité,
ce ne sont pas des choses à offrir aux lecteurs d'aujourd'hui : ils sont
trop avisés, trop dégoûtés de ce genre d'extravagances. Il est heureux
que cette bonne pensée me soit venue au commencement de ce malheureux travail, et je m'en lave les mains.

Sur le point cependant de fermer le manuscrit pour le laisser là,
j'étais fâché qu'une histoire aussi belle dût rester toujours inconnue,
parce que, en tant qu'histoire, il se peut qu'il en semble autrement
au lecteur; mais elle m'a semblé fort intéressante. — Pourquoi ne
pourrait-on pas, pensai-je, prendre la série des faits de ce manuscrit, et en refaire le style ? — Comme il ne se présenta aucun *parce
que* raisonnable à ce *pourquoi*, le parti en fut aussitôt embrassé. Et
voilà l'origine du présent livre exposée avec une ingénuité égale à
l'importance du livre même.

Toutefois, quelques-uns de ces faits, certains usages décrits par
notre auteur, nous avaient paru si neufs, si étranges, pour ne rien
dire de plus, qu'avant d'y ajouter foi nous voulûmes interroger d'autres témoins. Nous nous donnâmes la peine de fouiller dans les mémoires du temps, pour vérifier si vraiment le monde cheminait alors
à cette guise. Une telle recherche dissipa tous nos doutes : à chaque
pas nous tombions dans des choses semblables et dans des choses
plus fortes encore ; et ce qui nous parut plus décisif, c'est que nous
retrouvâmes jusques à quelques personnages dont, n'ayant jamais
eu connaissance que par notre manuscrit, nous étions en doute s'ils
avaient réellement existé. Nous citerons au besoin quelques-uns de
ces témoignages, pour gagner de la foi aux choses auxquelles le lecteur, à cause de leur étrangeté, serait plus tenté de la refuser.

Mais en rejetant comme intolérable le style de notre auteur, quel
style y avons-nous substitué ? Voilà la difficulté.

Quiconque, sans en être prié, se mêle de refaire le travail d'autrui,
s'expose à rendre un compte étroit du sien, et il en contracte en
quelque sorte l'obligation. C'est là une règle de fait et de droit à laquelle nous ne prétendons aucunement nous soustraire. Il y a plus,
pour nous y conformer de bonne grâce, nous nous étions proposé de
donner ici en détail raison de la manière d'écrire que nous avons em-

ployée ; et à cette fin nous sommes allé, durant tout le temps du travail, cherchant à deviner les critiques possibles et probables, avec l'intention de les réfuter toutes par anticipation. Ce n'est pas là qu'aurait été la difficulté, puisque (nous devons le dire pour l'honneur de la vérité) il ne se présentait pas à l'esprit une critique qu'il n'y vînt en même temps une réponse victorieuse ; je ne dis pas de ces réponses qui résolvent les questions, mais de ces réponses qui les changent. Souvent même, en mettant deux critiques aux prises entre elles, nous les faisions combattre l'une contre l'autre ; ou, en les creusant bien, en les comparant attentivement, nous parvenions à découvrir et à prouver que, bien qu'opposées en apparence, elles étaient pourtant d'un même genre, elles provenaient toutes deux de ce qu'on ne prenait pas garde aux faits et aux principes sur lesquels le jugement doit être fondé ; et en les mettant, à leur grande surprise, ensemble, nous les envoyions ensemble se promener. Il n'y aurait jamais eu d'auteur qui prouvât aussi évidemment qu'il avait bien fait. Mais quoi ! lorsque nous en sommes venu à rassembler toutes ces objections et toutes ces réponses pour les disposer avec quelque ordre, miséricorde ! il y avait de quoi faire un livre. Voyant cela, nous mettons de côté cette idée, pour deux raisons que le lecteur trouvera certainement concluantes : la première, c'est qu'un livre consacré à en justifier un autre, même le style d'un autre, pourrait paraître chose ridicule ; la seconde, c'est qu'il y a assez d'un livre à la fois, lorsque ce n'est pas un livre utile.

LES FIANCÉS.

I

Le bras du lac de Côme qui se dirige vers le midi, entre deux chaînes non interrompues de montagnes, et coule tout entier, selon qu'elles s'en approchent ou qu'elles s'en écartent, en baies et en golfes, vient enfin à se resserrer tout à coup et à prendre le cours et l'apparence d'un fleuve entre un promontoire à droite et une large rivière de l'autre côté. Le pont qui joint en cet endroit les deux rives l'une à l'autre semble rendre ce brusque passage encore plus sensible à l'œil, il marque le point où le lac finit et l'Adda recommence, pour reprendre ensuite son nom de lac au lieu où les rives, en s'élargissant encore, permettent à l'eau de se déployer et de ralentir son cours en de nouveaux golfes et de nouvelles baies. La rivière, formée par la réunion de trois gros torrents, descend le long du penchant de deux monts contigus, dont l'un porte le nom de *San-Martino*, et l'autre, en dialecte lombard, celui de *Resegone*, à cause de ses nombreuses dentelures qui le font tellement ressembler à une scie, qu'au premier aspect et vu de face, par exemple de la partie des remparts de Milan qui regarde le nord, il n'est personne qui, à ce simple indice, ne le distingue parfaitement, dans ce long et vaste amas de cimes, des autres montagnes d'un nom plus obscur et d'une forme plus commune. Durant une bonne partie de son cours, la rivière coule dans un lit d'une pente douce et continue; puis, interrompue dans sa marche par des coteaux et de petits vallons, elle se précipite en cascade ou s'étend en larges flaques, selon le plus ou moins d'obstacle qu'opposent les deux montagnes et le travail des eaux. La lisière, sillonnée par les bouches des torrents, n'est presque que du gravier et des cailloux; le reste du sol se compose de champs et de vignobles parsemés de villages, de maisons de plaisance et de chaumières, de loin en loin ce sont des bois qui se prolongent jusque sur la montagne. Lecco, le plus considérable de ces villages, et qui donne son nom au territoire, est situé à peu de distance du pont, sur les rives du lac, et même en partie dans le lac quand les eaux viennent à grossir. C'est un grand bourg à l'heure d'aujourd'hui, et qui prend la tournure de devenir ville. Au temps où se passèrent les événements que nous entreprenons de raconter, ce bourg, déjà assez important, était de plus une place forte; il avait par conséquent l'honneur de loger un gouverneur, et l'avantage de posséder une garnison permanente de soldats espagnols qui enseignaient la modestie aux jeunes filles et aux femmes du pays, caressaient de temps à autre les épaules des maris et des pères, et vers la fin de l'été ne manquaient jamais de se répandre dans les vignes pour éclaircir le raisin et soulager le paysan des fatigues de la vendange. De l'un à l'autre de ces hameaux, des hauteurs au lac et d'une hauteur à celle qui l'avoisine, couraient et courent encore un grand nombre de sentiers pratiqués à travers les petites vallées, tantôt escarpés, tantôt unis, tantôt doucement inclinés, la plupart bordés de murs bâtis avec de gros cailloux que revêtent çà et là de vieilles souches de lierre dont les barbes dévorent le ciment, en prennent la place, et tiennent jointes l'une à l'autre les pierres qui verdissent de leur feuillage. En quelques endroits, ces sentiers s'enfoncent tellement, qu'ils sont comme ensevelis entre les murs, et le voyageur, en levant les yeux, ne découvre que le ciel et quelque cime de montagne. Ailleurs ce sont des terrasses qui vont en tournant sur le bord d'une esplanade, ou se déploient en saillie sur la pente comme un long escalier, soutenues par des murs qui, en dehors, semblent s'élever sur leur base comme au-

tant de bastions escarpés, mais qui, sur le sentier même,
n'atteignent guère que la hauteur d'un parapet ; et là le
voyageur peut promener librement ses regards sur les
points de vue les plus variés et les plus délicieux. D'une
part, on découvre la plaine azurée du lac, coupée par ses
isthmes et ses promontoires, et sur ses bords de riants
paysages qui se réfléchissent dans l'eau la tête renversée ;
de l'autre, l'Adda, qui, à peine sortie des arches du pont,
se répand de nouveau en petit lac, puis se resserre et se
prolonge jusqu'à l'horizon en brillants méandres ; en haut
les cimes entassées des monts suspendus sur la tête de qui
les contemple ; au-dessous le penchant cultivé de la montagne, les paysages, le pont ; en face la rive opposée du
lac, et, en la remontant de l'œil, le mont élevé qui l'en-
ferme.

C'était par un de ces sentiers, vers la chute du jour, le
7 novembre de l'an 1628, que retournait à pas lents chez
lui, de la promenade, don Abbondio ***, curé de l'un des
villages que l'on vient de décrire. Notre auteur ne donne
pas plus le nom du pasteur que le nom du hameau. Et déjà
de deux réticences !... Il disait tranquillement son office,
et, de temps en temps, entre un psaume et l'autre, il refermait le bréviaire sur l'index de la main droite, dont il
se servait comme d'un signet ; puis, mettant les deux
mains derrière le dos, la droite avec le livre à demi fermé
dans la paume de la main gauche, il allait son chemin,
les yeux baissés, poussant du pied vers la muraille les
cailloux qui obstruaient la route, et donnant une plus
tranquille audience aux pensées oisives qui étaient venues
tenter son esprit, tandis que ses lèvres récitaient toutes
seules les versets des complies. Sortant ensuite de ses pensées, il levait les yeux vers la montagne qui lui faisait
face, et il contemplait machinalement la lumière du soleil à peine tombant qui, s'échappant à travers les crevasses du mont opposé, jetait çà et là de longues et inégales bandes de pourpre sur les saillies des rochers qui
réfléchissaient ses rayons. Puis il rouvrit encore son bré-

viaire, et après en voir récité un autre petit passage, il
arriva à un tournant du sentier où il avait chaque jour
coutume de fermer son livre et de regarder devant lui;
et autant en fit-il ce jour-là. Le tournant franchi, la route
courait en droite ligne une soixantaine de pas environ, et
elle se partageait en deux sentiers en forme d'Y : à droite
elle allait en montant vers la montagne, et c'était le chemin
qui conduisait au presbytère: à gauche de l'embranche-
ment elle plongeait dans la vallée jusques à un torrent. De
ce côté le mur ne s'élevait qu'à hauteur d'appui. Au lieu
de se réunir à l'angle, les murs intérieurs des deux sentiers aboutissaient à une petite chapelle sur laquelle étaient
peintes certaines figures, longues, serpentantes, terminées
en pointe, qui, dans la pensée de l'artiste et aux yeux des
habitants du voisinage, figuraient des flammes, et, alternativement avec les flammes, certaines autres figures im-
possibles à décrire, représentant à peu près les âmes du
purgatoire. Ames et flammes, tout était couleur de brique,
sur un fond grisâtre, avec quelques égratignures par-ci
par-là. Le détour fait, en dirigeant, selon sa coutume, ses
regards vers la chapelle, le curé vit une chose qu'il n'attendait guère et dont il se serait peu soucié. Deux hommes
étaient postés en face l'un de l'autre, au confluent, si l'on
peut ainsi s'exprimer, des deux sentiers : l'un à cheval sur
le petit mur, une jambe pendante en dehors, et un pied
posé sur la route; l'autre planté sur ses pieds, collé
au mur, les bras croisés sur la poitrine. Le costume, la
tournure et tout ce que pouvait en saisir le curé, du lieu
où il se trouvait, ne laissaient aucun doute sur ce qu'é-
taient les deux compagnons. Ils avaient tous deux la tête
ceinte d'un réseau à mailles vertes, d'où s'échappait sur
le front un toupet énorme, qui retombait sur l'épaule
gauche, où il se terminait en grosse houppe; leurs deux
longues moustaches s'arrondissaient en anneaux à l'extrémité; un ceinturon de cuir verni, d'où pendait, fixée par
deux petits crochets, une paire de pistolets, serrait le bord
de leur pourpoint; une petite corne pleine de poudre

jouait sur leur poitrine en guise de joyau ; au côté de
leurs braies larges et bouffantes, était une poche d'où sortait le manche d'un coutelas ; une rapière à large poignée
travaillée à jour en lames de laiton bien fourbies et bien
reluisantes, dont l'assemblage formait des chiffres, était
attachée à leur flanc gauche. A la première vue, on les
reconnaissait pour des individus de la classe des *bravi*.

Cette classe, entièrement perdue aujourd'hui, était
alors très-florissante en Lombardie, et déjà extrêmement
ancienne. Pour qui n'en aurait aucune idée, voici quelques fragments de pièces authentiques qui pourront faire
suffisamment connaître ses principaux caractères, les efforts tentés pour la détruire, et combien sa force vitale
était insolente et tenace.

Dès le 8 avril de l'an 1583, le très-haut et très-puissant
seigneur don Carlos d'Aragon, prince de Castelvetrano,
duc de Terra-Nuova, marquis d'Avola, comte de Burgeto,
grand amiral et grand connétable de Sicile, gouverneur
de Milan et capitaine général de Sa Majesté Catholique
en Italie, « pleinement informé de l'intolérable misère
dans laquelle a vécu et vit encore la cité de Milan, à cause
des *bravi* et des vagabonds, » publie contre eux un arrêt
de bannissement. Il déclare que « doivent être compris
dans cet arrêt et reconnus pour *bravi* et compagnons...
tous ceux qui, soit étrangers, soit du pays, n'ont aucune
profession, ou, l'ayant, ne l'exercent pas..., mais qui, sans
ou même avec salaire, s'attachent à la personne de quelque chevalier ou gentilhomme, officier ou marchand...,
pour lui prêter aide ou main-forte, ou plutôt, ainsi qu'on
a droit de le présumer, pour tendre des embûches à autrui... » Il enjoint à tous ces individus d'avoir à vider le
pays dans l'espace de six jours, porte la peine des galères
contre les réfractaires, et donne à tous les officiers de justice amples et pleins pouvoirs pour l'exécution de la sentence. Mais l'année suivante, au 12 avril, mondit seigneur,
s'apercevant que « la ville est plus que jamais pleine de
ces *bravi*..., qui ont recommencé à vivre comme par le

passé, sans rien changer à leurs habitudes, et sans diminuer de nombre, » publie une nouvelle ordonnance aussi ferme et aussi remarquable, dans laquelle, entre autres choses, il prescrit :

« Que tout individu, soit citadin, soit étranger, que deux témoins déclareront être tenu et communément réputé pour *bravo* et en avoir le nom, encore bien qu'on ne découvre aucun délit de son fait…, sur sa seule renommée de *bravo*, et sans qu'il soit aucunement besoin d'autres indices, pourra, par lesdits juges et chacun d'eux, être condamné à la potence et à la torture après l'enquête…; et, encore bien qu'il ne s'avoue coupable d'aucun crime, être envoyé pour trois ans aux galères, toujours sur sa seule réputation et son titre de *bravo*, comme dessus. » Tout cela, et sans compter le reste, « parce que Son Excellence est résolue de se faire obéir d'un chacun. »

A entendre les paroles si énergiques, si positives et accompagnées d'ordres si sévères d'un si grand seigneur, on éprouve quelque tentation de croire que sur ce seul bruit tous les *bravi* disparurent pour jamais. Mais nous avons le témoignage d'un seigneur non moins puissant, non moins riche en titres, qui nous oblige à croire tout le contraire. C'est le très-haut et très-puissant seigneur Juan Fernandez de Velasco, connétable de Castille, grand chambellan de Sa Majesté, duc de la ville de Frias, comte de Haro et de Castel-Nuovo, seigneur du manoir de Velasco et de celui des sept infants de Lara, gouverneur de l'État de Milan, etc. En date du 3 juin de l'an 1593, pleinement informé aussi « de quel dommage et de quelle ruine sont… les *bravi* et les vagabonds, quelle atteinte une telle sorte de gens porte au bien public, au mépris de la justice, » il leur intime de nouveau l'ordre de purger le pays de leur présence dans le délai de six jours, et il répète, mot pour mot, les menaces et les injonctions de son prédécesseur. Ce n'est pas tout. Le 23 mai de l'an 1598, « informé avec un mortel déplaisir que…, dans la ville et l'État de Milan, le nombre de ces gens-là (les *bravi* et les vagabonds) va croissant de plus

en plus, et que, de leur part, soit de jour, soit de nuit, on
n'entend parler que de blessures données en embuscade,
d'homicides, de vols et de toute espèce de crimes, dont
l'exécution leur est d'autant plus facile que ces *bravi* se
confient en l'aide que leurs chefs et leurs fauteurs ont coutume de leur prêter..., » il prescrit les mêmes remèdes, et
il en augmente la dose, ainsi qu'on en use dans les maladies désespérées. « Que chacun donc, dit-il en concluant,
se garde bien de contrevenir à la présente ordonnance :
car, au lieu d'éprouver la clémence de Son Excellence, on
éprouverait sa rigueur et sa colère..., résolue et déterminée
qu'elle est à ce que cet avertissement soit péremptoire et
le dernier. »

Le très-haut et très-puissant seigneur monseigneur don
Pietro Enriquez de Acevedo, comte de Fuentès, capitaine
et gouverneur général de l'État de Milan, ne fut pourtant
pas de cet avis, et pour cause. « Pleinement informé de
l'état déplorable dans lequel se trouvent la ville et l'État
de Milan, à cause des *bravi* qui y abondent..., et résolu
d'extirper entièrement une engeance si pernicieuse, » il se
détermine à donner, le 5 décembre 1600, un nouvel avertissement plein de mesures sévères, « avec la ferme intention qu'elles soient toutes exécutées dans la dernière
rigueur, et sans espérance de rémission. »

Il faut croire qu'il n'y mit pas toute la bonne volonté qu'il
savait employer à ourdir des intrigues et à susciter des
ennemis à son illustre ennemi Henri IV ; car, sur ce point,
l'histoire fait foi qu'il réussit à armer contre ce monarque
le duc de Savoie, qui y perdit bon nombre de villes, et qu'il
parvint à faire conspirer le duc de Biron, à qui il fit perdre
la tête. Quant à cette maudite graine des *bravi*, il est certain qu'elle germait encore le 22 septembre 1612, puisque
ce jour-là le très-haut et très-puissant seigneur don Giovanni de Mendozza, marquis de La Hinosoja, gentilhomme, etc., gouverneur, etc., songea sérieusement à
l'extirper. A cet effet, il expédia à Pandolfo et Marco Tullio
Malatesta, imprimeurs du roi, l'ordonnance accoutumée,

revue, corrigée et considérablement augmentée, afin qu'ils l'imprimassent pour l'extermination des *bravi*. Mais ceux-ci vécurent encore assez pour essuyer, le 24 décembre 1618, les mêmes coups de la main du très-haut et très-puissant seigneur monseigneur don Gomez Suarez de Figueroa, duc de Feria, gouverneur, etc. Comme ils n'en étaient pas morts davantage cette fois, le très-haut et très-puissant seigneur et monseigneur Gonzalo Fernandez de Cordoue, sous le gouvernement duquel arriva la promenade de don Abbondio, s'était vu contraint de revoir, de recorriger et de réimprimer l'ordonnance accoutumée contre les *bravi* le 5 octobre de l'an 1627, c'est-à-dire un an un mois et deux jours avant ce mémorable événement.

Cette publication ne fut pas la dernière; mais nous croyons devoir passer sous silence celles qui la suivirent, comme sortant du cercle de notre histoire. Seulement, nous indiquerons encore celle du 13 février 1632, dans laquelle le très-haut et très-puissant seigneur le *duc de Feria*, pour la seconde fois gouverneur, nous apprend que « les plus grandes scélératesses viennent de ceux que l'on nomme les *bravi*. » En voilà assez pour prouver que les *bravi* existaient toujours au temps dont nous parlons.

Que les deux personnages que nous avons dépeints fussent là postés pour attendre quelqu'un, c'était chose assez claire; mais ce qui causa le plus de déplaisir à don Abbondio, ce fut de s'apercevoir à certaines circonstances que c'était lui qu'on attendait. A son aspect, ils s'étaient regardés, haussant la tête avec un mouvement d'après lequel on voyait qu'ils avaient dit tous deux en même temps : « C'est notre homme. » Celui qui était à cheval sur la muraille s'était levé en remettant sa jambe sur la route ; l'autre avait quitté le mur où il était adossé, et tous deux marchaient à sa rencontre. Le curé tenait toujours son bréviaire ouvert devant ses yeux, faisant mine d'y lire ; mais il regardait par-dessus pour épier leurs mouvements, et, en les voyant venir directement à lui, il fut assailli en un instant de mille pensées diverses. Il se hâta d'abord de se demander si, entre les *bravi* et lui, il y avait quelque échappée par le sentier, soit à droite, soit à gauche; et il se rappela aussitôt que non. Il consulta rapidement ses souvenirs, pour rechercher s'il avait blessé quelque homme puissant ou vindicatif; mais, dans cette nouvelle anxiété, le témoignage consolant de sa conscience le vint pleinement rassurer. Cependant les *bravi* s'approchaient toujours en le regardant fixement. Il porta l'index et le médium de sa main gauche à son rabat, comme pour le rajuster, et les promenant autour de son cou, il tourna la tête en arrière, la bouche torte, et il regarda du coin de l'œil s'il ne verrait pas arriver quelqu'un; mais il ne vit personne. Il lança par-dessus le petit mur un coup d'œil rapide dans les champs, personne; un autre plus timide sur la route qui s'étendait devant lui, personne que les *bravi*. Que faire? Retourner sur ses pas? il n'était plus temps. Prendre ses jambes à son cou? c'était à peu près dire : Poursuivez-moi, ou pis encore. Hors d'état d'esquiver le danger, il courut à l'encontre; car ces moments d'incertitude étaient si cruels pour lui, qu'il ne désirait rien tant que de les abréger. Il hâta sa marche, récita un verset à voix plus haute, appela sur son visage tout le calme et toute l'hilarité possibles, s'efforça de tenir un sourire prêt à tout événement; et, quand il se trouva nez à nez avec les deux bons compagnons, il dit à part lui : M'y voilà, et il s'arrêta tout court. « Seigneur curé ! dit l'un d'eux en le regardant effrontément entre les deux yeux.

— Qu'y a-t-il pour votre service? répondit aussitôt don Abbondio levant les yeux de dessus son livre, qu'il tint tout grand ouvert entre ses deux mains.

— Vous avez dessein, poursuivit le *bravo* de ce ton menaçant et courroucé dont on relève un inférieur sur le point de tomber en faute, vous avez dessein de marier demain Renzo Tramaglino et Lucia Mondella?

— Mais... oui...., répondit d'une voix tremblante don Abbondio; mais... oui. Ces messieurs sont gens du monde, et ils savent très-bien comment se font ces sortes de choses.

Le pauvre curé n'y peut mais. On fait ses arrangements ensemble, et puis... et puis on vient vers nous comme on irait au marché; et nous, nous sommes au service de qui nous demande.

— Eh bien, dit le *bravo* à demi-voix, mais avec l'accent solennel de celui qui ordonne, il ne faut pas que ce mariage se fasse demain ni jamais.

— Mais, messieurs, répliqua don Abbondio de cette voix mielleuse et caressante avec laquelle on essaye de persuader un esprit altier, mais, messieurs, daignez vous mettre à ma place. Si cela dépendait de moi... Vous voyez bien que je n'y ai nul intérêt.

— Oui, reprit le *bravo*, s'il fallait décider l'affaire en bavardant, vous nous mettriez au sac. Nous n'en savons et n'en voulons pas savoir davantage. Homme averti!... Vous m'entendez!...

— Mais ces messieurs sont trop justes, trop raisonnables...

— Mais, dit l'autre compagnon, qui jusqu'alors n'avait pas ouvert la bouche, mais ce mariage ne se fera pas, ou... et ici un bon jurement, ou celui qui le fera ne s'en repentira pas, parce qu'on ne lui en laissera pas le temps, et... un autre jurement.

— Doucement, doucement, reprit l'autre interlocuteur. Le seigneur curé sait vivre, et nous sommes de braves gens qui ne voulons lui faire aucun mal, s'il est raisonnable. Seigneur curé, l'illustre seigneur don Rodrigo, notre maître, vous salue cordialement. »

Ce nom fut pour l'esprit de don Abbondio comme l'éclair qui, dans une nuit d'orage, répandant sur les objets une lueur confuse et fugitive, augmente encore la terreur. Il fit, comme par instinct, une inclination profonde, et dit : « Si ces messieurs pouvaient m'apprendre...

— Oh! vous apprendre! à vous qui savez le latin! interrompit encore le *bravo* avec un rire entre l'effronterie et la férocité. Cela vous regarde. Surtout que votre bouche ne laisse pas échapper un mot de l'avis que nous vous avons donné pour votre bien ; sans quoi... hem... ce serait autant que de faire le mariage. Hé bien ! que dirons-nous de votre part au seigneur don Rodrigo, notre maître?

— Mes respects...

— Expliquez-vous, seigneur curé.

— ... Prêt... toujours prêt à lui obéir. » Et en disant ces mots, il ne savait pas bien lui-même s'il faisait une promesse ou un simple compliment. Les *bravi* le prirent ou affectèrent de le prendre dans le sens le plus sérieux.

« A merveille !... Bonne nuit donc, seigneur curé, » dit l'un d'eux allant pour partir avec son camarade. Don Abbondio, qui, peu d'instants auparavant, aurait donné un de ses doigts pour les éviter, brûlait alors de prolonger la conversation. « Messieurs... » commença-t-il en fermant le livre des deux mains ; mais ceux-ci, sans l'écouter plus longtemps, prirent le chemin par où il était venu, et s'éloignèrent en chantant une vilaine chanson que je n'ose pas transcrire. Le pauvre don Abbondio resta un moment la bouche béante. Puis il prit à son tour celui des deux sentiers qui menait au presbytère, pouvant à peine mettre une jambe devant l'autre, tant elles se dérobaient sous lui, et dans une situation d'esprit que le lecteur comprendra mieux, lorsqu'il connaîtra le caractère du personnage et les temps malheureux dans lesquels il lui était donné de vivre.

Don Abbondio (le lecteur s'en est déjà aperçu) n'était pas né avec un cœur de lion ; mais, dès ses plus jeunes années, il avait dû se convaincre que la pire condition était alors celle d'un animal sans griffes ni dents, et qui ne se sentait pas de goût pour se laisser dévorer. La force légale ne protégeait en aucune façon l'homme paisible, inoffensif, et qui n'avait pas de moyens de faire peur à son prochain. Ce n'est pas que les lois manquassent contre les violences des particuliers. Les lois pleuvaient, les délits étaient dénombrés et étiquetés avec un soin minutieux ; si les châtiments, déjà passablement exorbitants, ne suffisaient pas, ils pouvaient en toute occurrence être aggravés selon le bon plaisir du législateur et de cent officiers de justice; les procédures n'étaient réglées que pour délivrer le juge de tous les embarras qui l'auraient empêché de porter une condamnation : les quelques citations que nous avons faites des ordonnances contre les *bravi* en sont de faibles, mais de fidèles échantillons. Avec cela, et peut-être en grande partie à cause de cela, ces ordonnances réimprimées et aggravées par chaque gouverneur ne servaient qu'à attester en termes pompeux l'impuissance de leurs auteurs. Que si elles produisaient quelque effet immédiat, c'était surtout d'ajouter de nouvelles vexations à celles que le pauvre peuple avait déjà à souffrir de la part des perturbateurs, et d'augmenter les violences et l'astuce de ceux-ci. L'impunité était organisée; elle avait jeté des racines si profondes, que les lois ne pouvaient ni les ébranler ni même les atteindre. Tels étaient les asiles, les priviléges de certaines classes, reconnus en partie par la force légale, en partie tolérés avec un silence perfide, ou niés avec de vaines protestations, mais soutenus de fait, et conservés par toutes ces classes, et presque par chaque individu, avec l'activité de l'intérêt personnel et la susceptibilité ombrageuse du point d'honneur. Cette impunité, menacée, attaquée, mais jamais détruite par les ordonnances, devait naturellement, à chaque menace et à chaque attaque, redoubler d'efforts et de ruses pour se conserver. C'est ce qui ne manquait pas d'arriver; à l'apparition d'une ordonnance dirigée contre les perturbateurs, ceux-ci cherchaient dans leur force réelle des ressources plus efficaces pour continuer de faire ce que la loi voulait défendre. On pouvait bien entraver à chaque pas et molester l'homme débonnaire qui n'avait ni protection ni force à lui, parce que, sous prétexte d'avoir la main sur tous les citoyens, pour prévenir ou pour punir les crimes, le pauvre particulier était assujetti de mille manières aux volontés arbitraires de mille magistrats et de leurs agents; mais celui qui, avant de commettre un crime, avait pris ses mesures pour se retirer à temps dans un couvent, dans un château, où les sbires n'auraient jamais osé mettre le pied ; celui qui, sans autres précautions, portait une livrée qui engageait la vanité et l'intérêt d'une famille puissante, de toute une association, à le défendre, celui-là était libre dans ses opérations, et pouvait se moquer du vain fracas des ordonnances. Parmi ceux à qui l'on commettait le soin de les faire exécuter, quelques-uns appartenaient, par leur naissance, à la classe privilégiée, quelques autres en étaient les clients ; tous, par éducation, par intérêt, par habitude, par esprit d'imitation, en avaient épousé les maximes, et se seraient bien gardés d'y être infidèles pour l'amour d'un chiffon de papier affiché dans les carrefours. Quand bien même ces agents auraient été hardis comme des héros, dociles comme des moines, dévoués comme des martyrs, ils n'auraient jamais pu en venir à bout, inférieurs qu'ils étaient en nombre à ceux contre qui ils se seraient mis en guerre, et courant la chance d'être abandonnés, et même sacrifiés par ceux qui, en abstraction, et pour ainsi dire en théorie, leur ordonnaient d'agir. Ces gens-là étaient pris parmi les mauvais sujets et la plus basse canaille du temps ; leur office était vil aux yeux même de ceux qu'ils pouvaient effrayer, et leur titre passait pour une injure. Il suivait naturellement de là qu'au lieu de risquer et de commettre leur vie dans des entreprises difficiles, ils vendaient leur inaction, et quelquefois même leur connivence, aux gens puissants, et ils se bornaient à exercer leur autorité exécrée et la force qu'ils pouvaient avoir, dans les occasions où il n'y avait aucune espèce de danger à être oppresseur, c'est-à-dire à vexer le pauvre peuple.

L'homme qui veut faire la guerre aux autres, ou qui craint à chaque instant qu'on ne la lui fasse, cherche d'ordinaire des alliés et des compagnons : de là vient qu'en ce temps était portée au plus haut point la tendance qu'ont les individus à se tenir réunis en classes, à en former de nouvelles, à procurer tous le plus de puissance possible à celles dont ils font partie. Le clerc veillait au soin de défendre et d'étendre ses immunités, la noblesse ses priviléges, le militaire ses exemptions. Les marchands, les artisans, étaient enrôlés dans les maîtrises et les confréries; les hommes de loi formaient une ligue, les médecins mêmes une corporation. Chacune de ces petites oligarchies avait sa force particulière et spéciale; dans chacune l'individu trouvait l'avantage d'employer pour lui, à proportion de son pouvoir et de son habileté, les forces réunies de plusieurs. Les plus honnêtes gens ne s'en prévalaient que pour leur défense; les hommes de ruse et d'audace en profitaient pour mener à fin des friponneries auxquelles leurs propres moyens n'auraient pas suffi, et surtout pour en assurer l'impunité. Les forces de ces différentes ligues étaient extrêmement inégales. Dans les campagnes surtout, le gentilhomme riche et despote, avec une bande de *bravi* à sa solde, entouré de paysans accoutumés par tradition, intéressés ou même contraints à se regarder comme les sujets et les soldats de leur seigneur, exerçait un pouvoir auquel toute autre fraction de ligue aurait pu difficilement tenir tête.

Notre Abbondio, qui n'était ni noble, ni riche, ni vaillant, s'était donc aperçu, presque au sortir de l'enfance, qu'il allait être dans cette société comme un pot de terre obligé de cheminer en compagnie d'un grand nombre de pots de fer : aussi ne se fit-il pas prier pour céder au vœu de ses parents, qui le voulaient faire entrer dans les ordres. A vrai dire, il n'avait pas longuement réfléchi aux obligations et aux nobles fins du saint ministère auquel il se vouait : s'assurer une existence douce, et entrer dans une classe forte et respectée, lui parurent deux raisons plus que suffisantes pour un tel choix. Mais une classe quelconque ne pourvoit que jusqu'à un certain point à la sûreté de l'individu; elle ne le dispense aucunement de se faire un système particulier de conduite. Don Abbondio, continuellement absorbé dans la pensée de veiller à sa propre sûreté, se souciait peu d'autres avantages qu'il aurait fallu acheter au prix de beaucoup de fatigues et d'un peu de risque. Son système consistait surtout à éviter toute espèce de débats, et à céder dans les rencontres qu'il ne pouvait pas éviter. Neutralité désarmée dans toutes les guerres qui naissaient autour de lui, soit à propos de querelles, alors très-fréquentes, entre le clergé et le pouvoir séculier, soit par les différends, plus fréquents encore, des nobles et des officiers, des magistrats et des nobles, des *bravi* et des soldats, et jusqu'aux plus simples rixes entre deux paysans, qu'un mot faisait naître, et qui se décidaient à coups de poing et à coups de couteau; s'il était absolument forcé de prendre parti pour l'un des combattants, il se rangeait avec le plus fort, et encore était-ce toujours en arrière, et en assurant bien l'autre qu'il n'était pas volontairement son ennemi. Il semblait lui dire : Mais pourquoi ne pas vous arranger de manière à être le plus fort? je me serais mis de votre côté. Se tenant à distance des puissants, fermant les yeux sur leurs injustices passagères et capricieuses, se prêtant humblement à celles qui partaient d'une intention plus sérieuse et plus réfléchie, contraignant, à force de courbettes et de joviales expressions de respect, les plus farouches et les plus hautains à lui adresser un sourire quand ils le rencontraient dans leur chemin, le pauvre homme avait réussi à atteindre ses soixante ans sans fortes bourrasques.

Ce n'est pas toutefois qu'il n'eût au fond de l'âme sa petite dose de fiel. Ce perpétuel exercice de la patience, cette nécessité de donner souvent raison à autrui, tant d'amères pilules avalées en silence, lui avaient aigri à tel point le caractère, que, s'il n'avait pas pu de temps à autre y lâcher la bonde, sa santé en aurait assurément souffert; mais enfin, comme il y avait au monde et à sa portée des personnes qu'il savait absolument hors d'état de lui nuire, il pouvait se décharger quelquefois sur elles d'une mauvaise humeur longuement amassée, se donner le passetemps d'être un peu bourru et de s'emporter hors de propos. De plus, c'était un rigide censeur de tous ceux qui ne l'imitaient pas dans sa règle de conduite, mais seulement quand il pouvait librement exercer sa critique sans crainte d'un danger même éloigné. Avec lui le battu était, tout au moins, un imprudent, et l'homme tué, toujours un brouillon. Reveniez-vous la tête fracassée pour avoir soutenu vos droits contre un homme puissant, don Abbondio savait toujours vous trouver quelques torts; et certes rien n'était plus facile, car le tort et le droit ne se divisent jamais dans un partage si absolu qu'il n'y en ait pas un peu de part et d'autre. Il s'emportait surtout contre ceux de ses confrères qui embrassaient le parti du faible opprimé contre l'oppresseur puissant. C'était, selon lui, acheter à plaisir des soucis; c'était vouloir redresser la jambe à un chien boiteux. Pourquoi, ajoutait-il d'un ton sévère, se mêler des choses de ce monde, au détriment de la dignité du saint ministère de l'Église? Mais il avait soin de ne tenir ce discours qu'entre quatre yeux, ou dans un cercle bien restreint, et avec d'autant plus de véhémence que les confrères qu'il attaquait étaient moins soupçonnés d'écouter leur intérêt personnel. Il avait une sentence favorite qui était la conclusion de tous ses discours sur ces matières : c'est qu'un galant homme qui ne pense qu'à lui et qui se tient à sa place ne fait jamais de mauvaises rencontres.

Je laisse à penser à mes lecteurs (et j'en espère bien vingt-cinq ou trente) quelle impression dut faire sur l'esprit du pauvre diable la rencontre que je viens de dire. La frayeur que lui avaient causée ces deux affreux visages et ces terribles paroles; les menaces d'un seigneur renommé pour n'avoir jamais menacé en vain; un système de vie douce et paisible, qui lui avait coûté tant d'années, de soins et de patience, renversé en un instant; un pas à franchir, si scabreux et si difficile, un pas où il ne voyait point d'issue possible : toutes ces pensées se pressaient et se croisaient dans l'esprit de don Abbondio, qui cheminait la tête basse. « S'il y avait moyen d'envoyer tranquillement Renzo se promener avec un *non* bien articulé, passe encore; mais il voudra des raisons, et, pour l'amour de Dieu! qu'aurai-je à lui répondre? C'est... c'est aussi une mauvaise tête que ce Renzo : un agneau si vous le laissez en paix; mais si on le contrarie... ah!... Et puis il perd la tête pour cette Lucia; il en est amoureux fou... Maudite jeunesse, qui, ne sachant que faire, s'amourache par désœuvrement, ne rêve que mariage, et ne s'inquiète pas des embarras où elle jette un pauvre digne homme! Malheureux que je suis! N'est-ce pas une fatalité que ces deux laides figures soient venues se planter là, précisément sur mon chemin, et s'adresser à moi? Qu'y puis-je, moi? Est-ce moi qui me veux marier? Que n'allaient-ils plutôt parler à.. Mais, voyez donc! c'est comme un sort que l'à-propos me vienne toujours en tête après l'occasion passée. Si je m'étais tantôt avisé de leur insinuer d'aller porter leur message... » Mais sur ce point il sentit que se repentir de n'avoir pas été le conseiller et le complice d'une iniquité était chose aussi par trop inique; et il tourna toute sa colère contre celui qui venait ainsi lui ravir son repos. Il ne connaissait don Rodrigo que de vue et de renommée; il n'avait eu avec lui aucune espèce de rapport, si ce n'est d'abaisser le menton sur sa poitrine, et la pointe de son chapeau jusqu'à terre, lorsqu'il l'avait rencontré en passant. Maintes fois il lui était arrivé de défendre la réputation de ce seigneur contre ceux qui, à voix basse, en soupirant et les yeux levés vers le ciel, maudissaient quelques-unes de ses actions; il avait dit cent fois que c'était un respectable gentilhomme. Mais aujourd'hui il lui donnait, en son cœur, tous ces noms qu'il n'avait jamais ouï lui donner sans interrompre l'orateur par un « Paix là ! » Dans ce désordre d'idées, il arriva à la porte de son logis, qui était à l'entrée du village, passa en toute hâte dans la serrure la clef qu'il tenait d'avance à la main, ouvrit, entra, referma vite, et, impatient de se trouver en sûre compagnie : « Perpetua! Perpetua! » cria-t-il aussitôt en s'approchant du salon où elle devait être à préparer le souper. Perpetua, l'on s'en aperçoit bien, était la gouvernante de don Abbondio; gouvernante affectionnée et fidèle qui savait obéir et commander selon l'occasion, essuyer aujourd'hui les boutades et les fantaisies de son maître, pour lui faire essuyer de-

3.

main les siennes, qui devenaient de jour en jour plus fréquentes depuis qu'elle avait passé l'âge canonique de quarante ans en restant fille, parce que, à l'en croire, elle avait
refusé tous les partis qui s'étaient offerts, et parce que, à
en croire ses bonnes amies, elle n'avait pas trouvé un chien
qui voulût d'elle.

« J'y vais, » répondit Perpetua. Elle posa sur la table,
à la place accoutumée, une petite cruche[1] du vin favori de
don Abbondio, et se dirigea lentement vers lui. Mais elle
n'avait pas encore franchi le seuil, que le saint homme
entra d'un pas si précipité, avec un regard si sombre, un
visage si renversé, qu'un œil moins clairvoyant que celui
de Perpetua aurait vu, au premier abord, qu'il lui était
arrivé quelque chose de fort extraordinaire

« Miséricorde! qu'avez-vous, mon cher maître?

— Rien, rien, répondit don Abbondio en se laissant
tomber tout haletant sur son siége.

— Comment, rien! Croyez-vous m'en donner à garder?
Troublé comme vous êtes! il vous est arrivé quelque malheur.

— Oh! pour l'amour de Dieu!... quand je dis que ce
n'est rien, ce n'est rien, ou c'est quelque chose que je ne
puis dire.

— Pas même à moi! Et qui veillera sur vous? qui vous
donnera un conseil?...

— Par pitié, taisez-vous! brisons là, et donnez-moi un
verre de vin.

— Et vous me soutiendrez que vous n'avez rien! » dit
Perpetua. Elle remplit le verre et le tint à deux mains,
comme si elle n'eût voulu le lui donner qu'au prix de la
confidence qui se faisait si longtemps attendre.

« Donnez, donnez, » dit don Abbondio. Il prit aussitôt
le verre d'une main tremblante, et l'avala d'un trait,
comme il eût fait d'une médecine.

« Faudra-t-il donc que je sois obligée de courir de côté

<hr>

[1] En Italie le vin se sert dans une grande bouteille qui contient plusieurs pintes. C'est faute d'équivalent que nous avons traduit *fiasco* par
cruche.

et d'autre, et de demander à tout venant pour savoir ce qui est arrivé à mon maître? » dit Perpetua debout devant lui, les poings sur les hanches, les coudes en avant, et le regardant fixement comme pour lui tirer des yeux son secret.

« Pour l'amour de Dieu! point de bavardages, point de caquets! Il y va... il y va de ma vie.

— De votre vie!

— De ma vie!

— Vous savez bien que, lorsque vous m'avez confié un secret, je n'ai jamais...

— Oui, en effet : témoin le jour... »

Perpetua vit bien qu'elle avait touché une mauvaise corde, et changeant aussitôt de batterie :

« Mon cher maître, dit-elle d'une voix douce et faite pour émouvoir, je vous fus toujours dévouée de cœur ; si je désire en ce moment de savoir ce qui vous tourmente, c'est par intérêt, c'est parce que je voudrais pouvoir vous être de quelque secours, vous donner un conseil, vous tranquilliser l'esprit. »

Don Abbondio avait, au fond de l'âme, autant d'envie de se décharger de son douloureux secret que Perpetua en avait de l'apprendre. Après avoir repoussé toujours plus mollement les assauts multipliés et toujours plus pressants de sa gouvernante ; après lui avoir fait jurer cent fois qu'elle ne jaserait pas, il se décida enfin à lui conter, avec beaucoup de pauses et beaucoup d'hélas, son misérable cas. Quand il en vint au nom terrible du seigneur qui avait envoyé le message, il fallut que Perpetua prêtât un nouveau serment plus solennel que les autres. Don Abbondio, ce nom prononcé, se renversa sur le dos de son siége, poussant un grand soupir, levant les mains dans une attitude qui était à la fois celle du commandement et de la prière, et disant : « Pour l'amour de Dieu!

— Miséricorde! s'écria Perpetua. L'infâme! le scélérat! le mécréant!

— Voulez-vous vous taire, ou voulez-vous achever de me perdre?

— Nous sommes seuls; personne ne nous entend. **Mon pauvre maître, comment allez vous faire?**

— Oh! voyez, dit Abbondio avec une ironie mêlée d'emportement, voyez les beaux conseils qu'elle me donne! Elle me vient demander ce que je ferai, ce que je vais faire, comme si c'était elle qui fût dans l'embarras, et que je l'en dusse tirer.

— J'aurais bien un pauvre petit conseil à vous donner, mais ensuite...

— Mais ensuite? voyons toujours.

— Mon avis serait que, puisque tout le monde dit que notre archevêque est un saint, un homme de cœur, qui n'a pas peur de ces vilains museaux, et qu'il est enchanté de tenir tête à tous ces brigands-là quand il faut soutenir un curé, je dirais et je dis qu'il faudrait lui écrire une belle et bonne lettre pour l'informer comme quoi...

— Voulez-vous vous taire? voulez-vous vous taire? Sont-ce là des conseils à donner à un pauvre homme? Quand j'aurai reçu une bonne balle dans le dos..., que le ciel m'en préserve! l'archevêque me l'ôtera-t-il?

— Eh! les balles ne s'envoient pas comme des prunes. Où en serions-nous si ces chiens-là mordaient chaque fois qu'ils aboient? J'ai toujours vu, moi, que lorsqu'on sait montrer les dents, et qu'on ne se laisse pas manger la laine sur le dos, on vous porte respect. Mais vous n'osez jamais rien dire, vous : aussi il faut voir comme tout le monde s'en vient, sauf votre respect, nous...

— Voulez-vous vous taire?

— Je me tais, monsieur. Mais il n'en est pas moins vrai que, lorsque le monde voit qu'un homme est disposé en toute rencontre à filer doux...

— Voulez-vous vous taire? C'est bien le moment de toutes ces bêtises!

— Baste! vous y penserez cette nuit; mais en attendant ne commencez pas par vous faire du mal, par ruiner votre santé. Mangez un morceau.

— J'y penserai, dit en grommelant don Abbondio; assurément j'y penserai; il y a de quoi y penser. Puis il se leva. Je ne veux rien prendre, rien : j'ai bien autre chose en tête. Je le sais aussi, moi, qu'il faut que j'y pense. Mais qu'une telle chose m'arrive précisément à moi !

— Buvez au moins encore cette goutte, dit Perpetua en lui versant à boire. Vous savez que cela vous remet toujours l'estomac.

— C'est un autre baume qu'il me faut, un autre baume, un autre baume. »

En parlant ainsi, il prit une lumière, et, toujours en grommelant : « Petite bagatelle ! à un brave homme comme moi !... et demain qu'arrivera-t-il? » et autres lamentations semblables, il prit le chemin de sa chambre à coucher. Arrivé à la porte, il s'arrêta un moment, se tourna vers Perpetua, mit un doigt sur ses lèvres, dit d'un ton lent et solennel : « Pour l'amour de Dieu ! » et disparut.

II.

On raconte que le grand Condé dormit d'un sommeil profond la nuit qui précéda la journée de Rocroi. Mais d'abord le prince devait être passablement las; ensuite, il avait déjà pris toutes les précautions nécessaires et arrêté ce qu'il devait faire le matin. Don Abbondio, au contraire, ne savait rien autre chose, sinon que le lendemain serait le jour de la bataille : aussi dépensa-t-il une bonne partie de sa nuit en angoisses mortelles. Ne tenir compte ni de l'ordre que les brigands lui avaient donné, ni de leurs menaces, et passer outre à la célébration du mariage, c'était un parti qu'il ne voulait pas même mettre en délibération. Confier à Renzo ce qui se passait, et chercher avec lui quelque moyen... Juste Dieu ! « Que votre bouche ne laisse pas échapper un mot..., sans quoi... *hem !* » avait dit un des *bravi*, et en sentant retentir dans son esprit ce terrible *hem !* don Abbondio ne se repentait pas seulement d'en avoir jasé avec Perpetua, mais encore d'avoir pu penser à enfreindre un tel ordre. Vaut-il mieux s'enfuir? Mais où? Et après, que de soucis et que de comptes à rendre! A chaque parti qu'il rejetait, le pauvre diable se tournait sur l'autre côté. L'expédient qui lui parut le meilleur, ce fut de gagner du temps en amusant Renzo par des paroles. Il se souvint justement qu'il ne s'en fallait que de quelques jours pour arriver au temps où les mariages étaient prohibés. « Et si je peux promener ce garçon pendant ce peu de jours, j'ai ensuite deux mois devant moi. Dans deux mois il peut arriver tant de choses! » Il rumina dans sa tête quels prétextes il pourrait mettre en avant, et bien qu'ils lui semblassent tous un peu légers, il s'allait rassurant par cette idée que le caractère dont il était revêtu les ferait paraître d'un plus grand poids, et que sa longue expérience lui donnerait un grand avantage sur un jeune novice. « Nous verrons, se disait-il. Il pense à sa maîtresse ; mais moi je pense à ma peau. Le plus intéressé des deux, c'est moi ; sans compter que je suis le plus prudent. Mon cher enfant, si tu brûles d'une ardeur amoureuse, je ne sais que t'en dire ; mais je ne veux pas m'aller fourrer au milieu. » Son esprit s'étant un peu remis par la détermination qu'il venait de prendre, il put enfin fermer l'œil. Mais quel sommeil, quels songes ! Il ne vit que *bravi*, don Rodrigo, Renzo, viols, enlèvements, fuites, cris, poursuites, mousquetades.

Le premier réveil qui suit une peine qu'on n'a pas encore pu surmonter est un moment bien amer. L'esprit à peine remis veut reprendre le cours des idées de la vie ordinaire et tranquille ; mais le songer d'un nouvel état de choses les chasse toutes, en fait naître de nouvelles, et ce rapide parallèle rend le déplaisir plus cruel. Ce douloureux moment passé, don Abbondio récapitula tout ce qu'il avait projeté pendant la nuit, se confirma dans ses desseins, les arrangea dans un meilleur ordre, se leva du lit, et se mit à attendre Renzo, non sans quelque crainte et quelquefois avec un peu d'impatience.

Lorenzo, ou plutôt, comme on le nommait communément, Renzo, ne se fit pas longtemps attendre. A peine l'heure fut-elle arrivée où il crut pouvoir se présenter sans trop d'indiscrétion chez le curé, qu'il y alla avec la joyeuse hâte d'un homme de vingt ans qui doit en ce jour épouser celle qu'il aime. Orphelin dès sa plus tendre enfance, Renzo exerçait le métier de fileur de soie, métier pour ainsi dire héréditaire dans sa famille, très-lucratif autrefois, déjà dès lors en décadence, mais pas toutefois jusque-là qu'un habile ouvrier ne pût y gagner de quoi vivre honnêtement. Le travail allait diminuant de jour en jour ; mais l'émigration constante des ouvriers, attirés dans les États voisins par les promesses, les priviléges et l'appât de forts salaires, faisait que ceux qui restaient dans le pays n'en manquaient pas encore. Renzo possédait en outre un petit héritage qu'il faisait cultiver, et qu'il cultivait lui-même dans la saison où il n'était pas occupé à sa filature, en sorte que sa condition était assez douce ; et bien que cette année fût plus mauvaise encore que les années précédentes, bien que l'on commençât à éprouver une véritable disette, lui cependant, qui, dès qu'il avait jeté les yeux sur Lucia était devenu ménager, se trouvait passablement de ressources, et n'avait pas à courir après son pain. Il se présenta devant Abbondio, en grand costume, le chapeau orné de plumes de diverses couleurs, son poignard au beau manche dans la poche de ses braies, avec un certain air de fête et en même temps de fierté commun alors aux hommes les plus paisibles. L'accueil contraint et mystérieux de don Abbondio fit un contraste singulier avec les manières ouvertes et décidées du jeune homme.

« Il faut qu'il y ait quelque chose qui l'occupe, » pensa Renzo. Puis : « Je suis venu, seigneur curé, dit-il, afin de prendre votre heure pour nous rendre à l'église.

— Pour quel jour ?

— Comment, pour quel jour ? Ne vous souvient-il pas que c'est aujourd'hui le jour fixé ?

— Aujourd'hui ? répondit don Abbondio comme s'il en avait ouï parler pour la première fois ; aujourd'hui..., aujourd'hui... Ayez patience ; mais pour aujourd'hui je ne saurais.

— Aujourd'hui vous ne sauriez ! Qu'est-il donc survenu ?

— D'abord je ne me sens pas bien, voyez-vous.

— J'en suis bien fâché, seigneur curé. Mais ce que vous avez à faire demande si peu de temps et si peu de fatigue !

— Et puis, et puis, et puis...

— Et puis quoi donc ?

— Et puis, il y a des difficultés, du brouillamini dans votre affaire.

— Du brouillamini ! quel brouillamini peut-il y avoir ?

— Il faudrait être dans nos chausses pour savoir combien il y a d'embarras dans ces sortes de matiéres, et quels comptes nous avons à en rendre. Je suis trop bon ; je ne pense qu'à lever les obstacles, à tout faciliter, à faire tout ce qui peut plaire à mes ouailles ; et j'oublie mon devoir, et puis on m'accable de reproches, et quelque chose de pis encore.

— Mais, au nom du ciel, ne me tenez pas sur les épines. Dites-moi ce qu'il en est.

— Savez-vous, vous qui parlez, combien il faut remplir de formalités pour faire un mariage en règle ?

— Il faut bien que j'en sache quelque chose, dit Renzo en commençant à se troubler, puisque vous m'en avez déjà passablement rompu la tête ces jours derniers. Mais maintenant tout n'est-il pas fini ? n'a-t-on pas fait tout ce qu'on devait faire ?

— Tout, tout..., cela vous semble parce que... Ayez donc patience... C'est moi qui suis une bête, moi qui mets toujours mon devoir de côté de peur de faire de la peine aux gens. Mais maintenant... Suffit ! je sais ce que je dis. Nous autres, pauvres curés, nous sommes entre l'enclume et le marteau. Vous êtes impétueux ; je vous prends en compassion, pauvre jeune homme ; et mes supérieurs... Suffit ! on ne peut pas tout dire ; et c'est sur nous que tout retombe.

— Mais expliquez-moi donc une fois ce dont il s'agit, et quelle formalité il reste à remplir, comme vous dites : on la remplira sur-le-champ.

— Savez-vous, vous qui parlez, combien il y a d'empêchements dirimants?

— Que diable voulez-vous que j'entende à vos empêchements?

— *Error, conditio, votum, cognatio, crimen,*
Cultûs disparitas, vis, ordo...
Si sis affinis...

— Le seigneur curé se moque-t-il de moi? que veut-il
que je fasse de son *latinus?*

— Puis donc que vous ne savez pas les choses, ayez patience, et remettez-vous-en à qui les sait.

— A la fin!...

— Allons, mon cher Renzo, ne nous fâchons pas. Je suis
prêt à faire... tout ce qui dépendra de moi. Je voudrais
vous voir content, moi; je vous veux du bien, moi... Eh!...
quand je pense que vous étiez si bien garçon! Que vous
manquait-il? Il vous a pris tout à coup une rage de vous
marier...

— Quels discours sont ceux-là, monsieur! reprit brusquement Renzo d'un air entre l'étonnement et la colère.

— Je parle pour parler, ayez patience; je parle pour
parler. Je voudrais vous voir satisfait.

— Bref...

— Bref, mon cher enfant, en ceci ce n'est pas ma faute.
Je n'ai pas fait la loi, moi; et, avant de conclure un mariage, nous sommes rigoureusement tenus de faire beaucoup et beaucoup de recherches pour nous assurer qu'il
n'y a point d'empêchements.

— Morbleu! me direz-vous une fois quel empêchement
est survenu?

— Ayez patience. Ce sont des choses qu'on ne peut pas
dire ainsi sur le bout du doigt. Ce ne sera rien, je l'espère;
mais nous ne sommes pas dispensés pour cela de faire ces
recherches. Le texte est clair et lampant : *Antequàm ma-*
trimonium denunciet...

— Je vous ai dit que je ne voulais pas de votre latin.

— Il faut bien cependant que je vous explique...

— Mais ne les avez-vous pas déjà faites, ces recherches?

— Pas toutes, ainsi que je l'aurais dû, vous dis-je.

— Pourquoi ne pas les avoir faites dans le temps? Pourquoi me venir dire que tout était fini? Pourquoi attendre?...

— Ah! voilà!... Vous me reprochez trop de bonté. J'ai tout abrégé pour vous obliger plus promptement. Mais... maintenant il m'est survenu... Suffit! je le sais, moi.

— Et que voudriez-vous que je fisse?

— Que vous prissiez patience pour quelques jours. Après tout, mon cher enfant, quelques jours ne sont pas l'éternité. Ayez patience.

— Pour combien de temps?

— Nous sommes sauvés, » pensa don Abbondio. Et, d'un air plus caressant que jamais : « Courage! dit-il, dans quinze jours je tâcherai de faire...

— Quinze jours! celle-là est bonne! On a fait tout ce que vous avez souhaité; on a fixé le jour : le jour arrivé, maintenant vous me venez dire d'attendre quinze jours. Quinze...! » reprit-il ensuite d'une voix plus haute et plus émue, en tendant les bras et en frappant l'air de son poing. Et qui sait dans quelle fureur l'aurait mis ce nombre fatal, si don Abbondio ne l'avait interrompu en lui prenant la main avec une douceur toute caressante et toute pateline : « Allons, allons! ne vous mettez pas en colère, pour l'amour de Dieu! je verrai, je tâcherai que dans une semaine...

— Et que dirai-je à Lucia?

— Que tout manque par une bévue que j'ai faite.

— Et les propos du monde?

— Dites toujours que c'est moi qui ai fait une sottise par mon trop d'empressement, par mon trop de bonté. Mettez toute la faute sur mon dos. Là, peut-on mieux dire! Courage! pour une semaine.

— Et puis il n'y aura plus d'autre empêchement?

— Quand je vous dis...

— Eh bien, je patienterai encore une semaine; mais rappelez-vous bien que, ce temps passé, je ne me payerai plus de sornettes. »

Cela dit, il s'en alla en faisant à don Abbondio un salut moins profond que de coutume, et en lui lançant un coup d'œil plus expressif que respectueux.

Arrivé dans la rue, et tandis qu'il s'acheminait, demi-fâché et l'esprit chagrin, vers le logis de sa fiancée, il repassait dans sa tête la conversation qu'il venait d'avoir avec le curé, et il la trouvait toujours plus étrange. L'accueil froid et embarrassé de don Abbondio, son parler si lent à la fois et si impatient, ses deux yeux gris qui, pendant qu'il discourait, erraient çà et là comme s'il avait craint de mettre ses regards en harmonie avec ses paroles ; cette affectation d'apprendre comme une nouvelle un mariage conclu et arrêté depuis si longtemps ; et surtout cette obstination de mettre toujours en avant quelque grand obstacle en ne disant jamais rien de clair : toutes ces circonstances combinées donnaient à penser à Renzo qu'il y avait là-dessous un tout autre mystère que celui que don Abbondio avait allégué. Il s'arrêta, et il était sur le point de retourner sur ses pas, pour forcer le curé dans ses derniers retranchements et pour en tirer des explications plus nettes, lorsqu'il vit Perpetua qui marchait devant lui et entrait dans un petit jardin peu distant du presbytère. Il l'appela au moment où elle en ouvrait la porte, doubla le pas, la joignit, la retint sur le seuil, et, dans le dessein de découvrir quelque chose de plus positif, s'arrêta pour discourir avec elle.

« Bonjour, Perpetua. J'espérais qu'aujourd'hui nous serions tous contents.

— A la volonté de Dieu, mon pauvre Renzo.

— Faites-moi un plaisir. Le seigneur curé m'a débité un tas de choses que je n'ai pu comprendre. Expliquez-moi plus clairement pourquoi il ne peut ou ne veut pas nous marier aujourd'hui.

— Oh ! vous croyez peut-être que je sais les secrets de mon maître ?

— Je le disais bien, qu'il y avait du mystère là-dessous, » pensa Renzo ; et, pour s'en éclaircir, il poursuivit : « Allons,

Perpetua, traitez-moi en ami, dites-moi ce que vous savez ;
soyez en aide à un pauvre enfant.

— C'est une mauvaise chose que de naître pauvre, mon
cher Renzo.

— C'est vrai, répondit celui-ci, se confirmant de plus en
plus dans ses soupçons, et tâchant d'aborder directement
la question ; c'est vrai. Mais convient-il aux prêtres de se
mal comporter avec les pauvres gens ?

— Voyez-vous, Renzo, je ne vous peux rien dire, parce
que... je ne sais rien ; mais ce dont je vous peux assurer,
c'est que mon maître ne veut faire tort ni à vous ni à personne au monde. En ceci ce n'est pas sa faute.

— Et de qui donc ? demanda Renzo d'un air indifférent,
mais palpitant et l'oreille attentive.

— Quand je vous dis que je ne sais rien. Je peux parler
pour justifier mon maître, parce que je souffre de voir
qu'on saisisse cette occasion pour l'accuser de faire de la
peine à quelqu'un. Pauvre homme ! s'il pèche, c'est par
trop de bonté. Mais il y a bien assez dans ce monde de
scélérats, de *prepopenti*, d'hommes sans crainte de
Dieu.

— Des *prepopenti !* des scélérats ! pensa Renzo ; ce ne
sont donc pas ses supérieurs. Allons, dit-il ensuite en s'efforçant de lui cacher son agitation toujours croissante,
nommez-le-moi.

— Ah ! vous voudriez me faire parler ! Je ne le puis,
parce que... je ne sais rien. Quand je ne sais rien, c'est
comme si j'avais juré de me taire. Vous pourriez me donner
la bastonnade que vous ne tireriez pas de moi une seule
parole. Adieu : c'est du temps perdu pour tous deux. »
Cela dit, elle entra précipitamment dans le jardin et ferma
la porte sur elle. Renzo, lui ayant tiré sa révérence,
retourna sur ses pas doucement, doucement, de peur qu'à
ce bruit Perpetua ne s'avisât du chemin qu'il prenait ; mais
quand il fut hors de la portée de l'ouïe de la bonne femme,
il doubla le pas. En un moment il fut à la porte de don
Abbondio. Il entra, courut droit au salon où il l'avait

laissé, l'y trouva, et marcha sur lui les yeux hors de la tête.

« Eh! eh!... Qu'est ceci? dit Abbondio.

— Quel est ce *prepotente*? dit Renzo du ton d'un homme qui veut obtenir une réponse catégorique, quel est ce *prepotente* qui ne veut pas que j'épouse Lucia?

— Qui?... qui?... qui?... » balbutia le pauvre curé tout surpris, avec un visage devenu en un instant plus blanc qu'un linge qui sort à l'heure même de la lessive. Tout en balbutiant, il se leva de son siége pour ne faire qu'un saut vers la porte; mais Renzo, qui s'était attendu à ce mouvement et s'y tenait préparé, s'y précipita avant lui, la ferma, et mit la clef dans sa poche.

« Ah! ah! vous parlerez maintenant, seigneur curé. Tout le monde, hors moi, sait mes affaires; je veux aussi, par Bacco [1], les savoir, moi. Comment se nomme cet homme?

— Renzo! Renzo! par pitié, prenez garde à ce que vous faites. Pensez à votre salut.

— Je pense que je le veux savoir tout de suite, à l'instant même. » Et, en parlant ainsi, il mit, peut-être sans le vouloir, la main sur le manche du couteau qui sortait de sa poche.

« Miséricorde! s'écria don Abbondio d'une voix mourante.

— Je le veux savoir.

— Qui vous a dit...?

— Non, non; plus de détours. Parlez clairement et vite.

— Mais je suis mort si je parle. Ma vie ne doit-elle pas m'intéresser?

— Parle donc. »

Ce *donc* fut prononcé avec une telle énergie, l'air de

---

[1] *Par Bacchus*. Il est peut-être un peu singulier de voir un chrétien jurer par Bacchus; on en verra bientôt un autre jurer par la chaste sœur d'Apollon; mais que les partisans des anciennes doctrines littéraires ne prennent point avantage de ces jurons classiques; ils sont vrais, parce qu'ils sont dans les mœurs et dans la langue.

(Note de l'Éditeur.)

4.

Renzo devint si menaçant, que don Abbondio ne put plus éviter d'obéir.

« Mais vous me promettez, vous me jurez, dit-il alors, de n'en parler à personne, de ne jamais dire...

— Je vous promets que je ferai quelque malheur, si vous ne me dites pas son nom sur-le-champ. »

A cette nouvelle menace, don Abbondio, avec le visage et le regard d'un patient qu'un dentiste travaille avec ses tenailles, dit d'une voix faible : « Don...

— Don? » répéta Renzo comme pour aider le malheureux curé à dire le reste; et il se tenait courbé, l'oreille sur la bouche d'Abbondio, les bras tendus et les poings fermés.

« Don Rodrigo! » se hâta de dire don Abbondio laissant tomber à la hâte quelques mots dont il dévorait la moitié, partie à cause de son trouble, partie parce qu'en employant le peu de liberté d'esprit qui lui restait à faire une transaction entre ses deux frayeurs, il aurait voulu pouvoir avaler sa langue à l'instant même où il était contraint de donner passage à ses paroles.

« Ah chien! cria Renzo. Et comment avez-vous fait? Que lui avez-vous dit, pour...

— Comment donc? Qu'est ceci? répondit d'un air presque courroucé don Abbondio, qui, depuis un si grand sacrifice, se regardait en quelque sorte comme le créancier du jeune homme. Comment donc? J'aurais voulu que la rencontre vous fût échue au lieu de m'échoir, à moi qui ne suis pour rien dans ceci. Assurément il ne vous serait pas resté tant de chaleur dans le cerveau. » Et là il se mit à dépeindre avec des couleurs terribles le fatal événement. Puis, s'élevant par degrés jusqu'à la colère, que la peur lui avait fait rentrer au corps, et voyant surtout que Renzo, demi-furieux, demi-confus, restait immobile, la tête baissée, il continua vivement : « Vous avez fait une belle chose! De telles violences envers un galant homme! à votre curé! dans sa propre maison! dans ce saint asile! Et pourquoi? pour tirer de ma bouche et ma perte et la vôtre!

tout ce que je vous taisais par prudence et pour votre bien!
Et maintenant que vous savez tout, vous me… Je voudrais
bien voir que vous me fissiez… Ne badinons pas. Il ne s'agit
pas de voir si vous avez tort ou raison : il s'agit de violences commises. Et quand ce matin je vous donnais un
bon conseil…, pouhh! vous entrez aussitôt en fureur.
J'avais du jugement pour nous deux… Mais d'où vient…?
Ouvrez au moins ; donnez-moi la clef.

— Je puis avoir tort, répondit Renzo d'un ton plus
radouci envers Abbondio, mais où perçait la fureur
contre l'ennemi qu'il venait de découvrir ; je puis avoir
tort ; mais mettez la main sur la conscience, et dites si, à
ma place… »

En parlant ainsi il avait tiré la clef de sa poche, et il
allait ouvrir. Don Abbondio le retint par l'habit, et, tandis
que Renzo tournait la clef dans la serrure, il se mit côte à
côte, et, d'un air plein d'anxiété, levant les trois premiers doigts de la main droite, comme pour l'aider à son
tour :

« Jurez au moins, lui dit-il…

— Je peux avoir tort, pardonnez-moi, répondit Renzo
en ouvrant la porte et en se disposant à sortir.

— Jurez…, dit don Abbondio en lui prenant le bras
d'une main mal assurée.

— Je puis avoir tort, » répéta Renzo en se dégageant ;
et il partit furieux, tranchant ainsi la question, qui aurait
pu, à l'égal d'une question de littérature, de philosophie, etc., durer six siècles, puisque chacun ne faisait que
redire son propre argument.

« Perpetua! Perpetua! » s'écria don Abbondio après
avoir vainement appelé le fugitif. Perpetua ne répondit
pas, et le pauvre don Abbondio ne savait plus où il en
était.

Il est arrivé plus d'une fois à des personnages bien autrement importants que don Abbondio de se trouver dans
des pas aussi difficiles, et si embarrassés de prendre un
parti, que de se mettre au lit avec la fièvre leur semblait

un moyen excellent. Ce moyen, don Abbondio n'eut pas besoin de le chercher longtemps, car il s'offrit d'abord à lui. La frayeur de la veille, les angoisses d'une nuit sans sommeil, la peur qu'il venait d'éprouver, l'incertitude de l'avenir, firent leur effet. Étourdi et tout tremblant, il se jeta sur son siége ; un frisson mortel courait dans ses veines ; il regardait, en soupirant, ses ongles, et s'écriait de temps à autre d'une voix mourante : « Perpetua ! » Celle-ci arriva enfin, un énorme chou sous le bras, et l'air tranquille comme si de rien n'était. Je fais grâce au lecteur des lamentations, des pleurs, des accusations, des justifications, des « C'est vous seule qui avez pu parler, » des « Je n'ai rien dit, » enfin de tout ce long bavardage. Il suffira de dire que don Abbondio enjoignit à Perpetua de bien barricader la porte, de ne plus mettre le pied dehors, et si l'on venait à heurter, de répondre de la fenêtre, que le curé s'était mis au lit avec la fièvre. Il monta lentement l'escalier en disant de trois en trois marches : « Est-ce fait ? » et il se coucha dans son lit, où nous le laisserons.

Cependant Renzo cheminait à pas pressés vers son gîte, sans avoir encore arrêté ce qu'il devait faire, mais avec la secrète envie de faire quelque chose d'étrange et de terrible. Les méchants, les provocateurs, tous ceux enfin qui font état de nuire, sont coupables non-seulement du mal qu'ils commettent, mais encore des actions extrêmes où ils poussent les gens qu'ils ont attaqués. Renzo était un jeune homme doux et ennemi du sang, un jeune homme franc et simple, qui avait horreur de toute espèce d'embûches ; mais maintenant il ne respire que vengeance et trahison, il ne rêve qu'homicide. Il veut d'abord courir chez don Rodrigo, le saisir à la gorge, et... Mais il se souvient que son château, habité par un grand nombre de *bravi*, est gardé au dehors comme une citadelle ; les gens de la maison et les amis bien connus peuvent seuls y entrer librement sans être fouillés de la tête aux pieds. Un pauvre ouvrier inconnu comme lui n'y pourra pas pénétrer sans subir un long examen; et lui, d'ailleurs, lui surtout, ne serait peut-être que trop tôt connu. Il forme alors le projet de prendre son arquebuse, de s'embusquer derrière une haie, et d'attendre là que son ennemi vienne par hasard à passer seul et sans escorte. Tandis qu'il se complaît dans ce projet sanguinaire, son imagination travaille; il tressaille comme au bruit des pas de don Rodrigo; il croit se voir soulevant doucement la tête; il reconnaît le scélérat, il saisit son arquebuse, l'ajuste, fait feu, le voit tomber et rendre l'âme, lui lance en courant une dernière malédiction, et prend la route de la frontière pour se mettre à l'abri des poursuites. — Mais Lucia? — A peine ce nom vint-il se jeter au travers de ses noires pensées, que Renzo revint à de meilleurs sentiments. Il se souvint des dernières représentations de ses parents, il se souvint de Dieu, de la Vierge et des saints; il pensa au plaisir qu'il avait si souvent éprouvé d'être sans reproches, à l'horreur que lui avait toujours inspirée la nouvelle d'un assassinat, et il se réveilla de ce songe de sang, l'épouvante et le remords dans l'âme, mais toutefois avec une secrète joie d'avoir pris l'imagination pour la réalité. Mais, au songer de Lucia, que d'idées se pressaient dans sa tête! Tant d'espérances déçues, tant de promesses, un avenir désiré si ardemment, et qui paraissait si assuré jusqu'à ce jour, qu'il appelait de tous ses vœux! Où trouver des paroles pour lui annoncer une telle nouvelle? Ensuite, quel parti prendre? « Comment la faire mon épouse au mépris de ce qu'osera cet injuste seigneur? » Au milieu de tant d'anxiétés, il lui venait en tête, non un soupçon arrêté, mais je ne sais quelle inquiétude jalouse. Don Rodrigo ne pouvait avoir ourdi cette infernale trame que mû par une passion brutale qu'il ressentait pour Lucia. Et Lucia? Qu'elle y eût jamais répondu, qu'elle lui eût donné la moindre lueur d'espérance, c'était une idée à laquelle Renzo ne pouvait s'arrêter un seul moment. Mais en était-elle informée? Cet homme avait-il pu concevoir cette infâme passion sans qu'elle s'en avisât? Aurait-il poussé si loin les choses avant d'avoir essayé de la séduire de quelque manière? « Et Lucia ne m'en a jamais rien dit, à moi son fiancé! »

Absorbé dans ses idées, il passa sans s'arrêter devant sa maison qui était située au milieu du village; et, l'ayant traversé, il arriva à celle de Lucia, à l'extrémité opposée. Devant cette maison était une petite cour close de murs qui la séparait de la rue. Renzo y entra, et il entendit un bourdonnement confus et continuel qui partait d'un étage supérieur. Il pensa que c'étaient les amies et les commères du voisinage qui étaient venues pour servir de cortége à Lucia, et il s'arrêta, peu soucieux de se trouver en telle compagnie avec le visage renversé et la nouvelle qu'il avait à donner. Une petite fille qui se trouvait dans la cour vint à lui en criant : « Le marié! le marié! »

— Paix, Bettina, paix là! Viens ici, ma petite. Monte chez Lucia, tire-la à part, et dis-lui à l'oreille…, mais que personne ne l'entende ni ne s'en doute, vois-tu…; dis-lui que j'ai à lui parler, que je l'attends dans la salle du rez-de-chaussée, et qu'elle vienne sur-le-champ. » La petite fille monta l'escalier en toute hâte, joyeuse et fière d'avoir à porter un message secret.

Lucia sortait en ce moment, toute parée, des mains de sa mère. Les bonnes amies se disputaient à qui aurait l'épousée, et elles lui faisaient presque violence pour qu'elle se laissât examiner de la tête aux pieds. Celle-ci se défendait avec la modestie un peu grossière des paysannes, défendant son visage avec son coude, et le cachant dans son sein, fronçant ses longs et noirs sourcils, tandis que sa bouche s'ouvrait pour sourire. Ses noirs cheveux, que divisait au-dessus du front une raie blanche et déliée, se rassemblaient derrière en mille tresses ondoyantes, traversées par de longues aiguilles d'argent qui s'arrondissaient en cercle comme les rayons d'une auréole : mode encore en usage aujourd'hui chez les paysannes du Milanais. Un collier de grenat, alterné avec des boutons d'or à filigranes, serrait son cou; elle portait un beau corset de brocart à ramages, avec les manches séparées et liées par de beaux rubans; un court jupon de bourre de soie à plis épais et très-petits, deux bas rouges et deux souliers de soie à broderie. C'était la parure particulière aux jours de noces; mais Lucia avait en outre sa parure de tous les jours, une beauté modeste que relevaient et accroissaient encore les sentiments divers qui se peignaient sur son visage; une joie tempérée par une légère agitation, cette douce inquiétude qui se montre à chaque instant sur le visage des nouvelles épouses, et, sans nuire à la beauté, lui donne un caractère particulier. La petite Bettina fendit la foule des commères, s'approcha de Lucia, lui fit entendre finement qu'elle avait quelque chose à lui communiquer, et lui dit son message à l'oreille. « Je vais et je reviens, » dit Lucia aux femmes qui l'entouraient; et elle descendit en hâte. A voir l'air défait et la tournure inquiète de Renzo : « Qu'est-il donc arrivé? dit-elle non sans quelque pressentiment de terreur.

— Lucia, répondit Renzo, pour aujourd'hui tout est à vau-l'eau, et Dieu sait quand nous pourrons être mari et femme !

— Quoi ! » dit Lucia toute troublée.

Renzo lui raconta en peu de mots l'histoire de la matinée. Elle l'écoutait, en proie à de vives angoisses; et quand elle entendit le nom de don Rodrigo : « Ah! s'écria-t-elle tremblante et rougissant; quoi, jusque-là !

— Vous saviez donc...?

— Que trop...! Mais jusque-là !

— Que saviez-vous?

— Ne me faites pas parler maintenant, ne me faites pas pleurer. Je cours chercher ma mère et congédier ces dames. Il faut que nous soyons seuls. »

Comme elle partait, Renzo murmura tout bas : « Vous ne m'en aviez jamais rien dit.

— Ah! Renzo! » répondit Lucia en se tournant un moment vers lui, mais sans s'arrêter. Renzo comprit très-bien que son nom prononcé par Lucia dans un tel moment, et avec un tel accent, voulait dire : « Pouvez-vous douter que les motifs les plus justes et les plus purs ne m'aient forcée à garder le silence? »

La bonne Agnese (c'est le nom de la mère de Lucia), dont ce peu de paroles dites à l'oreille et le départ de sa fille avaient excité l'inquiétude et la curiosité, était descendue pour savoir ce qui était avenu. Lucia la laissa avec Renzo, elle retourna vers les femmes assemblées; et composant du mieux qu'elle put son visage et sa voix, elle dit : « Le seigneur curé est malade; aujourd'hui rien ne se fera. » Cela dit, elle les salua en toute hâte, et redescendit.

Les commères partirent et allèrent chacune de son côté pour raconter l'accident, et s'assurer si don Abbondio était vraiment malade. Le fait se trouvant vrai dérangea toutes les conjectures qui commençaient à germer dans leur cervelle, et qu'elles racontaient à leur guise d'un air de mystère.

III

Lucia entra dans la salle du rez-de-chaussée, où Renzo, en proie à de vives alarmes, racontait tout à Agnese, qui l'écoutait avec une inquiétude mortelle. Ils se tournèrent tous deux vers celle qui en savait plus qu'eux, et dont ils attendaient un éclaircissement qui ne pouvait qu'être pénible. Tous deux laissaient percer à travers leur douleur et l'amour qu'ils portaient à Lucia, celle-ci comme mère, celui-là comme amant, une espèce de blâme pour le silence qu'elle avait gardé jusqu'à ce jour sur un événement de cette importance. Agnese, bien qu'elle fût impatiente d'entendre parler sa fille, ne put retenir un reproche : « Ne pas confier une telle chose à ta mère !

— Maintenant je vous dirai tout, répondit Lucia en essuyant ses yeux avec son tablier.

— Parle! parle! — Parlez! parlez! crièrent à la fois sa mère et son fiancé.

— Sainte Vierge! s'écria Lucia, qui aurait cru que les choses pussent aller jusque-là? » Et, avec une voix entrecoupée par les sanglots, elle raconta comment, peu de jours auparavant, tandis qu'elle revenait de sa journée, et qu'elle était restée en arrière de ses compagnes, don Rodrigo avait passé devant elle, accompagné d'un autre seigneur; qu'il avait cherché d'abord à l'amuser par des sornettes pas trop belles, ainsi qu'elle disait, mais qu'elle, sans l'écouter, avait doublé le pas et rejoint ses compagnes; qu'elle avait entendu l'autre seigneur partir d'un grand éclat de rire, et don Rodrigo dire : « J'en fais le pari. » Le jour suivant, ils s'étaient trouvés tous deux encore dans le sentier; mais Lucia était restée au milieu des champs, tenant les yeux baissés. L'autre seigneur ricanait, et don Rodrigo lui disait : « Nous verrons, nous verrons. » — « Par bonheur, poursuivit Lucia, ce jour était le dernier où l'on filait la soie. Je racontai aussitôt...

— A qui l'as-tu raconté? demanda Agnese brûlant de savoir, mais non sans un peu de colère, le nom du confident privilégié.

— Au père Cristoforo, en confession, maman, répondit Lucia avec un divin accent d'excuse. Je lui racontai tout la dernière fois que nous allâmes ensemble à l'église du couvent. Et, si vous voulez vous le rappeler, ce matin-là j'allais faisant tantôt ceci, tantôt cela, pour gagner du temps, jusqu'à ce qu'il arrivât d'autres gens du pays qui fissent cette route, afin de passer en leur compagnie par le sentier, parce que, depuis cette rencontre, les sentiers me font une si grande peur... »

Au nom respecté du père Cristoforo, le courroux d'Agnese s'apaisa. « Tu as bien fait, dit-elle; mais pourquoi ne pas tout confier aussi à ta mère? »

Lucia avait eu deux bonnes raisons : d'abord elle aurait craint d'effrayer et d'affliger la bonne femme par une affaire où celle-ci ne pouvait trouver aucun remède, ensuite elle ne voulait pas courir le risque de voir voler de bouche en bouche une histoire qu'elle désirait d'ensevelir pour toujours dans son sein; d'autant mieux que Lucia espérait que son mariage mettrait fin pour quelque temps à cette abominable persécution. De ces deux raisons, elle n'allégua que la première.

« Et à vous, dit-elle ensuite en s'adressant à Renzo, de ce ton qui veut faire reconnaître à un ami qu'il a eu tort, devais-je aussi vous en parler? Vous ne le savez que trop maintenant.

— Et que t'a dit le bon père? demanda Agnese.

— Il m'a conseillé de presser autant que possible mon mariage, jusque-là de me tenir renfermée et de prier le bon Dieu. Il espérait que cet homme, ne me voyant plus, ne penserait plus à moi. C'est alors que je me fis violence, poursuivit-elle en se tournant de nouveau vers Renzo sans oser lever les yeux, et la rougeur sur le front ; c'est alors que, laissant la pudeur de côté, je vous priai de hâter notre mariage et de le conclure avant le temps fixé. Qui sait ce que vous aurez pensé de moi? Mais je le faisais dans de bonnes intentions, pour me conformer à l'avis que j'avais reçu, et je tenais pour certain...! Ce matin, j'étais si loin de penser... » Et ici un déluge de larmes étouffa sa voix.

« Ah! scélérat! ah! maudit assassin! criait Renzo en courant çà et là dans la chambre, et serrant le manche de son couteau.

— Oh! quelle machination, juste Dieu! » s'écriait Agnese. Le jeune homme s'arrêta tout à coup devant Lucia, qui pleurait ; il la regarda avec une tendresse empressée où perçait la rage, et il dit : « C'est la dernière qu'aura faite cet assassin !

— Oh ! non, Renzo, pour l'amour de Dieu ! cria Lucia. Non, non, pour l'amour de Dieu ! Dieu est encore pour le pauvre monde ; et comment voulez-vous qu'il vienne à notre aide, si nous faisons du mal?

— Non, non, pour l'amour du ciel! répétait Agnese.

— Renzo, dit Lucia plus calme, avec un air d'espoir et de résolution, vous avez un métier et je sais travailler. Allons-nous-en si loin que cet homme n'entende plus parler de nous.

« — Ah! Lucia! Et ensuite? Nous ne sommes point encore mariés! Le curé voudra-t-il nous délivrer nos papiers[1]? Cet homme..., si nous étions mariés, oh! alors... »

Lucia se prit encore à pleurer, et tous trois gardèrent le silence dans un état complet d'abattement qui faisait un triste contraste avec la pompe et l'air de fête de leurs habits.

« Écoutez-moi, mes enfants, écoutez-moi, dit Agnese après quelques moments de silence. Je suis venue en ce monde avant vous, et je le connais un peu, ce monde. Il ne faut pas trop s'alarmer; le diable n'est pas si noir qu'on nous le fait. A nous autres pauvres gens les écheveaux paraissent plus embrouillés, parce que nous n'en savons pas trouver le bout; mais, dans l'occasion, l'avis, le plus petit mot d'un homme qui a étudié... Je m'entends bien. Faites comme moi, Renzo; allez à Lecco, cherchez-y le docteur Azzecca-Garbugli[2]; racontez-lui... Mais ne l'appelez pas ainsi, pour l'amour de Dieu : c'est un sobriquet. Il faut l'appeler le seigneur docteur... Comment s'appelle-t-il donc? Oh! voyez!... je ne sais pas son vrai nom : tout le monde l'appelle de cette manière. Il vous suffira de demander le docteur long, sec, pelé, qui a le nez bourgeonné et une envie de framboise sur la joue.

— Je le connais de vue, dit Renzo.

— Bien, poursuivit Agnese : c'est cela un homme. J'ai vu bien des gens plus embarrassés qu'un poussin dans l'étoupe, qui ne savaient plus de quel côté se tourner, et qui, après avoir été une heure seulement tête à tête avec le docteur Azzecca-Garbugli (faites bien attention de ne pas le nommer ainsi), je les ai vus, dis-je, qui ne faisaient plus que s'en moquer. Prenez ces quatre chapons, pauvres petits! à qui je devais tordre le cou pour le banquet de ce soir, et portez-les-lui, car il ne faut jamais aller les mains

[1] *Vorra egli farci la fede di stato libero?* c'est-à-dire, le curé voudra-t-il nous donner un certificat attestant que nous sommes libres?

[2] Cherche-Grabuge.

vides chez ces messieurs. Racontez-lui tout ce qui se passe, et vous verrez qu'il vous dira sur le bout du doigt des choses que vous n'auriez pas trouvées dans un an. »

Renzo goûta fort cet avis. Lucia l'approuva, et Agnese, fière de l'avoir donné, prit un à un les pauvres chapons, réunit leurs huit jambes comme si elle eût fait un bouquet de fleurs, les lia d'une ficelle, et les remit à Renzo, qui, après avoir donné et reçu des paroles d'espoir, sortit par une petite porte du jardin, de peur d'être aperçu par les enfants du village, qui n'auraient pas manqué de courir après, en criant : « Le marié ! le marié ! » Il s'achemina à travers champs et par les petits sentiers, écumant de rage, pensant à sa disgrâce, et ruminant dans sa tête le discours qu'il devait tenir au docteur Azzecca-Garbugli. Je laisse à penser au lecteur combien ce voyage dut être doux pour ces pauvres bêtes ainsi liées, la tête en bas, les pieds aux mains d'un homme qui, agité de tant de passions diverses, accompagnait du geste les pensées tumultueuses qui se pressaient dans son esprit, et, dans de certains moments de colère, de résolution ou de désespoir, étendant fortement le bras, leur donnait de si terribles secousses, et faisait sauter ces quatre têtes suspendues, qui se mettaient à se déchirer entre elles à grands coups de bec, ainsi que cela se pratique trop souvent entre compagnons d'infortune.

Arrivé au bourg, il s'enquit du logis du docteur; on le lui enseigna, et il s'y rendit. En entrant, il fut saisi de cette timidité que les gens du peuple éprouvent en la compagnie d'un monsieur et d'un savant; il oublia tous les beaux discours qu'il avait préparés, mais il jeta un coup d'œil sur ses chapons, et il se rassura. Il entra dans la cuisine, et demanda à la servante s'il pouvait parler au seigneur docteur. Celle-ci vit la volaille, et, comme accoutumée à de pareils présents, elle mit la main dessus, bien que Renzo les tirât en arrière, parce qu'il voulait que le docteur vît et sût qu'il lui apportait quelque chose. Le docteur arriva comme la servante disait : « Mettez ça là, et passez à l'étude. » Renzo fit une grande révérence au docteur, qui l'accueillit avec bonté d'un « Venez, mon enfant, » et le fit entrer avec lui dans l'étude. C'était un petit appartement dont trois côtés étaient couverts des portraits des douze Césars, le quatrième était chargé d'un gros tas de livres vieux et poudreux. Une table, qui pliait sous le poids des requêtes et des suppliques, des brochures, des ordonnances, occupait le milieu de la chambre ; trois ou quatre siéges étaient alentour, et à l'un des bouts un fauteuil à bras surmonté d'un dossier long et carré, que terminaient aux angles deux ornements en bois prolongés en forme de cornes, recouvert en cuir de vache fixé par de grosses broquettes, dont quelques-unes, tombées depuis longtemps, laissaient en liberté le cuir qui se cornait en mille endroits. Le docteur était en veste de chambre, recouverte d'une robe noire déjà un peu pâle, qui lui avait servi depuis longues années pour pérorer dans les jours d'apparat, lorsque quelque grande affaire l'appelait à Milan. Il ferma la porte, et encouragea le jeune homme par ces mots : « Mon enfant, contez-moi votre cas.

— Je voudrais vous parler en confidence...

— Me voilà, répondit le docteur, parlez. » Et il s'assit sur son fauteuil. Renzo, debout près de la table, faisant tourner son chapeau dans ses mains, reprit : « Je voudrais savoir de monsieur, qui a étudié...

— Racontez-moi le fait tel qu'il est, interrompit le docteur.

— Il me faut excuser, seigneur docteur. Nous autres pauvres gens, nous ne savons pas bien parler. Je voudrais donc savoir...

— Bienheureuses gens ! vous êtes tous ainsi faits. Au lieu de raconter le fait, vous voulez toujours questionner, parce que vous avez déjà votre dessein en tête.

— Pardonnez-moi, seigneur docteur. Je voudrais savoir si l'on peut être puni pour menacer un curé qui refuse de faire un mariage.

— J'entends, dit le docteur, qui, en vérité, n'y avait

5.

rien compris; j'entends. » Et aussitôt il prit un air sérieux, mais d'un sérieux mêlé de compassion et d'intérêt; il serra fortement les lèvres, fit entendre un son inarticulé, expression d'un sentiment qu'il rendit plus clairement par ces premiers mots : « C'est un cas grave, mon enfant, un cas prévu. Vous avez bien fait de venir vers moi. C'est un cas fort clair, prévu dans cent ordonnances, et... tenez, dans une ordonnance de l'année dernière de M. le gouverneur actuel. Attendez, attendez, je vais vous la faire toucher au doigt. »

Il se leva aussitôt de son fauteuil; il fourra les mains dans ce déluge de paperasses, les mêlant en tous sens, comme s'il eût jeté du blé dans un boisseau.

« Où donc est-elle? Ce n'est pas ça, ni ça. Je suis obligé d'avoir tant de choses sous la main!... Mais elle doit être là, assurément, car c'est une ordonnance très-importante. Ah! la voici; je la tiens. » Il la prit, la déploya, regarda la date, et son visage s'étant encore rembruni, il s'écria : « Du 15 octobre 1627; oui, elle est de l'an passé; ordonnance toute fraîche. Ce sont celles qui font le plus de peur. Savez-vous lire, mon enfant?

— Quelque peu, seigneur docteur.

— Eh bien! venez ici, suivez-moi de l'œil, et vous verrez. »

Et, tenant l'ordonnance toute déployée, il commença à lire, passant vite en bredouillant sur certains passages, et appuyant très-distinctement sur certains mots, selon le besoin :

« Bien que, par l'ordonnance publiée par ordre de monseigneur le duc de Feria, en date du 14 décembre 1620, et confirmée par le très-haut et très-puissant seigneur monseigneur Gonzalo Fernandez de Cordone, etc..., il ait été prévu par des châtiments extraordinaires et rigoureux à l'oppression, aux concussions et autres actes vexatoires qu'aucuns osent commettre contre les vassaux si dévoués de Sa Majesté, les excès de toutes sortes sont devenus si fréquents, et la malice..., etc., s'est accrue à un tel point,

que Son Excellence s'est vue dans la nécessité..., etc....
C'est pourquoi, ayant pris l'avis du sénat et d'une junte...,
elle a résolu de publier la présente ordonnance.

« Et pour commencer par les actes vexatoires, l'expérience ayant prouvé que plusieurs individus, soit dans la
ville, soit dans les campagnes, — comprenez-vous? — de
cet État, se livrent tyranniquement à des concussions, et
oppriment les faibles de diverses manières, par exemple,
en les obligeant par la force de faire des contrats d'achats,
de louage, etc... — Où en suis-je? Ah! m'y voici. Écoutez
bien, — que suivent ou non les mariages. — Hein?

— C'est mon cas, dit Renzo.

— Écoutez, écoutez, il y a bien autre chose; nous verrons ensuite la peine. — « Qu'il y ait ou non des témoins;
que l'un vienne à quitter le lieu qu'il habite, etc...; que
celui-ci acquitte un dû; que l'autre ne le moleste pas, et
qu'il aille à son moulin. — Tout ceci n'a que faire avec
nous. Ah! nous y voici; — que le prêtre ne fasse pas ce à
quoi son ministère l'oblige, ou qu'il fasse des choses qui
ne sont pas de sa compétence. — Hein?

— On dirait qu'ils ont fait l'ordonnance exprès pour
moi.

— N'est-il pas vrai, hein? Écoutez, écoutez. — « Et
autres semblables qui seraient du fait des feudataires,
gentilshommes, bourgeois, manants et gens du monde. —
Rien n'échappe; tout y est : c'est comme la vallée de Josa-
phat. Écoutez maintenant la peine. — Bien que toutes ces
mauvaises actions et mille autres semblables soient prohi-
bées par les lois, néanmoins, comme besoin est d'user d'une
grande rigueur, Son Excellence, par la présente ordonnance, sans déroger, etc..., veut et ordonne que contre
les contrevenants, en quelque point que ce soit, aux chefs
ci-dessus ou autres semblables, il soit procédé, par tous
les juges ordinaires de cet État, à des peines pécuniaires et
corporelles, même de bannissement et de galères, et même
à la peine capitale... — bagatelle! — à la discrétion de
Son Excellence ou du sénat, selon la qualité des cas, des

personnes et des circonstances. Et cela ir-ré-mis-si-ble-ment et avec la dernière rigueur, etc... — En voilà-t-il, hein? Et voyez ici les signatures : *Gonzalo Fernandez de Cordoue*; et plus bas, *Platonus*; et ici encore : *Vidit Ferrer*. Il n'y manque rien. »

Pendant que le docteur lisait, Renzo le suivait lentement de l'œil, cherchant à bien saisir le sens et à voir par lui-même ces bienheureuses paroles qui lui semblaient devoir être pour lui une seconde Providence. Le docteur s'émerveillait à voir son nouveau client plus attentif qu'épouvanté. Il doit être enrôlé dans la confrérie des *bravi*, disait-il à part lui. « Ah, ah! dit-il enfin à haute voix, vous vous êtes fait raser le toupet; c'est être prudent. Cependant, puisque vous vouliez vous mettre entre nos mains, cela n'était pas nécessaire. Le cas est sérieux; mais vous ne savez pas tout ce dont je suis capable au besoin. »

Pour comprendre le sens de ces paroles échappées au docteur, il faut savoir, ou se souvenir, qu'à cette époque les *bravi* de profession et les brigands de toute espèce avaient coutume de porter un gros toupet dont ils couvraient ensuite leur visage, comme d'un masque, lorsqu'ils voulaient attaquer quelqu'un, dans les cas où ils jugeaient nécessaire de se déguiser, et si l'entreprise était du nombre de celles qui exigeaient en même temps de la force et de la prudence. Les ordonnances n'avaient pas été muettes sur ce point. « Son Excellence (le marquis de La Hinojosa) ordonne que quiconque portera les cheveux assez longs pour qu'ils couvrent le front jusqu'aux cils inclusivement, ou qui portera la tresse jusqu'aux oreilles et plus bas, encourra une amende de trois cents *scudi*, et en cas de non-solvabilité, la peine de trois ans de galères pour la première fois, et pour la seconde, outre la peine ci-dessus, une plus grande peine pécuniaire et corporelle, à la discrétion de Son Excellence. Il est permis toutefois, au cas où l'on serait chauve, ou par toute autre cause raisonnable de parure ou d'infirmité, de porter les cheveux aussi longs que besoin puisse être pour cacher les parties du crâne mises à nu, et rien de plus, le tout pour orner la tête, et pour cause de santé; mais on doit bien aviser à ne pas excéder la stricte nécessité et ce qui est permis, sous peine d'encourir le châtiment porté contre les autres contrevenants.

« Il est pareillement enjoint aux barbiers, sous peine de cent *scudi* d'amende ou de trois fustigations données en place publique, et de plus forte peine corporelle, toujours à la discrétion de Son Excellence, ainsi que dessus, de ne laisser à ceux qu'ils tondront aucune espèce de tresses, toupets et cadenettes, ni les cheveux plus longs qu'on ne les porte d'ordinaire, c'est-à-dire tombant en bandeau sur la figure, et plus bas que les oreilles, mais qu'ils soient tous d'une longueur égale, le cas des chauves ou autres infirmes excepté, ainsi qu'on vient de le dire. » Le toupet était donc comme une partie de l'équipement et un trait distinctif des bravaches et des mauvais sujets : de là vient qu'ils furent surnommés les *ciuffi*. Cette expression a passé dans la langue italienne, et elle subsiste encore, mais dans un sens plus radouci, et il y a plus d'une personne à Milan qui se rappelle avoir ouï dire dans sa jeunesse, soit à ses parents, soit à son maître, soit à quelque ami ou quelque domestique de sa maison : C'est un *ciuffo*, c'est un petit *ciuffo* [1].

« Sur ma foi de pauvre jeune homme, répondit Renzo, je n'ai porté de toupet de ma vie.

— Il n'y a rien à faire, reprit le docteur en hochant la tête d'un air à la fois malin et impatienté; si vous n'avez pas confiance en moi, il n'y a rien à faire. Qui ment à son avocat, voyez-vous, mon enfant, est un imbécile qui dira la vérité à son juge. Il faut conter clairement les choses à l'avocat : c'est à nous ensuite de les embrouiller. Si vous voulez que je vous serve, il me faut tout dire de l'A au Z, le cœur sur la main, comme à votre confesseur. Vous me

[1] L'expression de *toupet*, qui est dans notre langue familière, a à peu près le même sens.

devez d'abord nommer la personne qui a ordonné l'équipée.
Ce ne peut être qu'un personnage important : alors j'irai
droit vers lui m'acquitter de ce qu'on lui doit. Je me garderai
bien de lui dire, voyez-vous, que je tiens de vous que c'est
lui qui vous a fait faire la sottise; rapportez-vous-en bien
à moi. Je lui dirai que je viens implorer sa protection pour
un pauvre jeune homme calomnié. Je prendrai avec lui
toutes les mesures nécessaires pour finir honorablement
l'affaire. Vous entendez bien qu'en se sauvant il vous sau-
vera aussi. Mais si cette petite équipée est toute de votre
fait, mon Dieu! je ne jette pas mon bonnet pour cela : j'en
ai tiré bien d'autres de pas bien plus difficiles... Pourvu
que vous ne vous soyez attaqué à personne de trop puissant!
entendons-nous bien sur ce point, je me fais fort de vous
retirer d'affaire pour un peu d'argent, entendons-nous bien.
Dites-moi d'abord quel est l'offensé, comment on le nomme;
ensuite la condition, la qualité et le caractère de votre
protecteur : nous verrons s'il vaut mieux tenir notre homme
en respect en le menaçant du protecteur, ou lui décocher
quelque bonne accusation criminelle, et lui mettre la puce
à l'oreille. Car, voyez-vous, pour qui sait bien manier la
loi, personne n'est coupable et personne n'est innocent.
Quant au curé, s'il a du jugement, il se tirera à l'écart;
si c'est une mauvaise tête, j'ai aussi des moyens contre ces
sortes de gens. On peut se tirer de tout; mais il faut un
homme capable. Votre cas est sérieux, sérieux, vous dis-je,
très-sérieux; l'ordonnance chante fort clairement; et si la
chose se doit décider entre la justice et vous, entre quatre
yeux pour ainsi dire, vous êtes frais! Je vous parle en ami,
il faut payer ses escapades. Si vous en voulez sortir blanc
comme neige, il faut de l'argent, de la sincérité, la confiance en votre avocat qui vous veut du bien, de l'obéissance, et surtout faire tout ce qui vous sera suggéré. »

Pendant que le docteur débitait ce long fatras, Renzo le
regardait la bouche béante, dans un état de contemplation
extatique, comme un lourdaud qui se plante sur la place
publique pour voir un bateleur qui, après avoir caché dans

sa bouche de l'étoupe, encore de l'étoupe, toujours de l'étoupe, en tire, tire, tire du ruban à n'en plus finir. Après avoir bien compris le docteur et l'équivoque qu'il avait faite, il lui coupa le ruban dans la bouche par ces mots : « Oh! seigneur docteur! comment avez-vous saisi la chose? Tout est précisément à rebours. Je n'ai menacé personne; je ne fais pas de cette besogne-là, moi. Demandez plutôt à tout mon village : on vous dira que je n'ai jamais rien eu à démêler avec la justice. C'est à moi qu'on a joué le tour; et je viens vers vous pour savoir comment je dois m'y prendre pour obtenir justice, et je suis on ne peut plus content d'avoir vu cette ordonnance.

— Diable! s'écria le docteur en ouvrant de grands yeux. Quel galimatias me faites-vous? Vous êtes bien ainsi fait! Ne pouvez-vous jamais dire clairement les choses?

— Mais, seigneur docteur, pardonnez-moi, vous ne m'avez pas donné le temps. Maintenant je vais vous raconter la chose comme elle est. Vous saurez donc que je devais épouser aujourd'hui…» et ici la voix de Renzo devint émue, « je devais épouser, aujourd'hui, une jeune personne que je courtise depuis cet été. Aujourd'hui, comme j'ai l'honneur de vous le dire, était le jour fixé par le seigneur curé, et l'on avait tout préparé. Voilà que le seigneur curé commence à mettre en avant certaines excuses… Baste! pour couper court, je l'ai fait parler, comme de juste, et il m'a avoué qu'on lui avait défendu, sous peine de la vie, de faire ce mariage. Ce *prepotente* de don Rodrigo…

— Eh! allons donc, interrompit aussitôt le docteur, fronçant le sourcil, ridant son nez rubicond, et tournant la bouche; eh! allons donc! vous me venez rompre la tête avec vos balivernes. Parlez à votre écot, puisque vous ne savez pas le poids de vos paroles, et ne les venez pas jeter au nez d'un galant homme qui en connaît toute la valeur. Allez-vous-en, sortez. Vous ne savez pas ce que vous dites. Je ne m'embourbe pas avec des enfants. Je ne veux pas écouter des propos de cette nature, des propos en l'air.

— Je vous jure…

« — Allez-vous-en, vous dis-je. Que voulez-vous que je fasse de vos serments? Je ne me mêle pas de cela ; je m'en lave les mains. » Et il les frottait, les tournait et retournait l'une sur l'autre comme s'il les lavait en effet. « Apprenez à parler. On ne vient pas surprendre ainsi un galant homme.

« — Mais écoutez, mais écoutez, » répétait Renzo. Le docteur, toujours bâillant, le repoussait des deux mains hors de l'appartement. Quand il vous l'eut chassé, il ouvrit la porte toute grande, appela la servante, et lui dit : Rendez sur-le-champ à cet homme ce qu'il a apporté ; je ne veux rien de lui, je ne veux rien. » Depuis le temps qu'elle était à la maison, la bonne femme n'avait jamais eu à exécuter un ordre semblable ; mais il avait été donné avec tant de résolution qu'elle ne balança pas d'obéir. Elle prit les quatre pauvres bêtes et les donna à Renzo d'un air de compassion qui semblait dire : « Il faut que tu aies fait la sottise bien grosse, mon garçon. » Renzo voulait faire quelques cérémonies, mais le docteur fut inébranlable ; et Renzo, tout étonné, et plus empêché que jamais, reprit les victimes refusées, et se remit en marche vers son village pour raconter à ses dames le beau succès de son entreprise.

Celles-ci, en son absence, après avoir tristement quitté leurs habits de noces pour leur modeste vêtement de tous les jours, se mirent à délibérer de nouveau, Lucia en pleurant, Agnese en soupirant. Quand sa mère eut bien parlé des grands effets qu'on devait attendre des conseils du docteur, Lucia dit qu'il fallait tâcher de s'aider de toutes les manières ; que le père Cristoforo était un homme non-seulement à ouvrir un avis, mais encore à donner un coup de main quand il s'agissait de secourir les pauvres gens, et que ce serait une excellente chose que de pouvoir lui faire savoir ce qui était arrivé. « Sans doute, » dit Agnese ; et elles se mirent à chercher entre elles le moyen. Aller jusqu'au couvent, qui était distant d'environ deux milles, c'était une entreprise qu'elles n'auraient pas voulu risquer ce jour-là ; et certes, aucun homme sensé ne le leur aurait conseillé. Mais pendant qu'elles hésitaient sur le parti à prendre, on entendit heurter à la porte, et au même moment, un *Deo gratias* prononcé à voix basse, mais distincte. Lucia, imaginant qui ce pouvait être, courut ouvrir. Aussitôt après s'être retirée, entre un capucin frère lai, portant sur l'épaule gauche sa large besace, dont il serrait avec les deux mains sur sa poitrine l'ouverture étroite et tortillée. « Oh ! frère Galdino ! dirent les deux femmes.

— Le Seigneur soit avec vous, dit le frère. Je viens pour la quête des noix.

— Va chercher les noix pour le père, » dit Agnese. Lucia se leva et s'achemina vers une autre pièce ; mais, avant d'y entrer, elle s'arrêta un moment derrière le frère Galdino, qui était resté debout, dans la même position ; et, mettant un doigt sur sa bouche, elle lança à sa mère un regard qui semblait lui demander le secret d'un air tendre et suppliant, mais aussi avec une certaine autorité.

Le quêteur, qui se tenait toujours assez loin d'Agnese, dit : « Et ce mariage ? il devait pourtant se faire aujourd'hui. J'ai vu dans le village comme une confusion, comme quelque chose qui indique un événement. Qu'est-il arrivé ?

— Le seigneur curé est malade, et il faut le différer, » répondit aussitôt la bonne femme. Si Lucia ne lui avait pas fait ce signe, la réponse aurait probablement été tout autre. « Et comment va la quête ? dit-elle ensuite pour changer de discours.

— Pas trop bien, ma bonne dame, pas trop bien : tout est là. » En parlant ainsi, il ôta la besace de dessus ses épaules, et la fit sauter dans ses deux mains. « Tout est là ; et pour ramasser cette belle abondance, il m'a fallu frapper à dix portes.

— Mais l'année est mauvaise, frère Galdino ; et, quand il faut courir après son pain, tout se mesure davantage pour le besoin.

— Et pour faire revenir le bon temps, quel remède y a-t-il, ma bonne dame ? l'aumône. Connaissez-vous le miracle des noix, qui arriva, il y a déjà plusieurs années, dans notre couvent de la Romagne?

— Non vraiment. Contez-le-moi.

— Oh! vous devez savoir qu'il y avait dans ce couvent un de nos pères qui était un saint, et qui se nommait le père Macario. Un jour d'hiver, en passant par un petit sentier dans le champ d'un de nos bienfaiteurs, homme de bien aussi, lui, le père Macario vit ce bienfaiteur près d'un grand noyer, et quatre paysans, la hache levée, qui s'occupaient à en déchausser le pied pour mettre les racines au soleil. « Que faites-vous à ce pauvre arbre? demanda le père Macario. — Eh! père! il y a déjà des années qu'il ne veut plus faire de noix, et moi j'en fais du bois. — N'en faites rien, n'en faites rien, dit le père. Apprenez que cette année il portera plus de noix que de feuilles. » Le bienfaiteur, qui savait quel était celui qui lui avait tenu ce discours, ordonna aussitôt aux travailleurs de jeter de nouveau de la terre sur les racines. Il appela le père, qui poursuivait sa route. « Père Macario, dit-il, la moitié de la récolte sera pour le couvent. » Quand vint l'époque où la prédiction devait se vérifier, tout le monde courut pour voir le noyer. Au printemps, il jeta des fleurs à force, et ensuite des noix, et des noix à rage. Le digne bienfaiteur n'eut pas le plaisir de les gauler, parce qu'il alla avant la récolte recevoir dans le ciel la récompense de sa charité. Mais le miracle n'en fut que plus grand, comme vous l'allez voir. Ce brave homme avait laissé après lui un fils d'une bien autre nature. Or donc, à la récolte, le frère quêteur alla pour recueillir la moitié qui était due au couvent; mais l'héritier eut l'air de tomber des nues, et il eut la hardiesse de répondre qu'il n'avait jamais ouï dire que les capucins sussent faire les noix. Or savez-vous ce qui arriva? un jour (écoutez bien ceci) le vaurien avait invité quelques amis de la même trempe que lui, et, tout en faisant ripaille, il leur racontait l'histoire des noix, et il s'égayait aux dépens des frères. Ces garnements eurent envie d'aller voir cet énorme tas de noix, et il les conduisit au grenier.

Mais, écoutez-moi bien, il ouvre la porte, va vers le coin où l'on avait mis le grand tas, et pendant qu'il dit : « Regardez, » il regarde lui-même, et il voit... quoi? un beau tas de feuilles de noyer sèches. Fut-ce un bel exemple, cela? Le couvent, au lieu de perdre à cette aumône qu'on lui avait refusée, y gagna beaucoup, parce que, depuis un si grand événement, la quête des noix rendait tant et tant, qu'un des bienfaiteurs de notre communauté, touché de compassion pour le pauvre frère quêteur, fit présent au couvent d'un âne pour aider le frère à porter les noix. On en faisait de l'huile en si grande quantité, que tous les pauvres en venaient prendre pour leurs besoins ; car, nous autres capucins, nous sommes comme la mer, qui reçoit l'eau de toutes parts pour la distribuer à tous les fleuves. »

Ici, Lucia revint avec son tablier si plein de noix, qu'elle ne le portait qu'avec peine, en le tenant, les bras tendus, par les deux bouts. Pendant que le frère Galdino posait sa besace à terre et en déliait l'ouverture pour y introduire l'abondante aumône, la mère regarda Lucia d'un air étonné et sévère pour sa prodigalité ; mais Lucia lui répondit par un coup d'œil qui voulait dire : Je me justifierai. Fra Galdino s'épuisa en éloges, en prédictions, en promesses, en remerciements. Il chargea de nouveau sa besace, et il allait partir ; mais Lucia le retint. « J'ai un service à vous demander, dit-elle. Obligez-moi de dire au père Cristoforo que j'ai le plus grand désir de lui parler, et qu'il me fasse la grâce de venir tout de suite dans notre pauvre chaumière, parce qu'il m'est impossible d'aller à l'église.

— N'est-ce que cela? avant une heure le père Cristoforo saura ce que vous désirez de lui.

— J'y compte.

— N'en doutez pas. » Et cela dit, il s'en alla un peu plus courbé et un peu plus content qu'il n'était venu.

A voir une pauvre petite fille envoyer quérir avec tant de confiance le père Cristoforo, et le frère quêteur accepter la commission sans s'étonner et sans faire aucune diffi-

culté, on croirait peut-être que ce Cristoforo fût un frère
à la douzaine, quelque pauvre diable de capucin : c'était
pourtant un homme qui exerçait une grande influence sur
les frères et dans tout le canton; mais telle était alors la
condition des capucins, que rien ne leur semblait ni trop
au-dessous ni trop au-dessus d'eux. Servir les faibles, et
se faire servir par les puissants; entrer dans les palais et
dans les chaumières avec la même contenance modeste et
assurée; être en même temps et dans la même maison un
objet de divertissement et un personnage sans lequel rien
ne se faisait; demander l'aumône de part et d'autre, et la
faire à tous ceux qui la venaient demander au couvent :
un capucin était accoutumé à tout cela. Quand il était en
voyage, il pouvait également accoster un prince, qui
lui baisait respectueusement le bout de son cordon, ou
tomber dans une bande de méchants garnements qui, en
feignant de se quereller entre eux, lui jetaient de la boue
à la barbe. A cette époque, le mot *frère* n'était prononcé
qu'avec mépris; et les capucins, plus que les religieux des
autres ordres, étaient en butte à deux sentiments bien opposés, et éprouvaient les deux fortunes contraires, parce
que, ne possédant rien, revêtus d'un costume plus étrange,
et faisant une profession plus ouverte d'humilité chrétienne, ils s'exposaient beaucoup plus au respect et au
mépris que ces deux choses peuvent inspirer aux hommes,
selon la diversité de l'humeur ou la manière de voir.

Quand le frère Galdino fut parti : « Quoi! tant de noix!
s'écria Agnese, une année comme celle-ci!

—Pardonnez-moi, maman, répondit Lucia; mais si nous
n'avions pas fait une aumône plus forte que de coutume,
le frère Galdino aurait été obligé de virer et de revirer,
Dieu sait combien de temps, avant d'avoir rempli sa besace; Dieu sait quand il serait retourné au couvent; et
avec toutes les sornettes qu'il aurait débitées ou écoutées,
Dieu sait s'il lui serait venu à l'esprit!...

—Tu as bien fait; et, d'ailleurs, la charité porte toujours son fruit, » dit Agnese, qui, malgré ses petits tra-

vers, était une excellente femme, et qui aurait, comme on dit, vendu sa chemise pour sa fille, en qui reposaient toutes ses affections.

Sur ces entrefaites arriva Renzo. Il entra l'air honteux et bouffi de colère, et il jeta brusquement les chapons sur la table. Ce fut, pour ce jour-là, les dernières infortunes de ces pauvres bêtes.

« Bel avis, ma foi, que l'avis que vous m'avez donné! dit-il à Agnese. Vous m'avez envoyé vers un brave et digne homme, qui est d'un secours merveilleux aux pauvres gens! » Aussitôt il lui raconta son entrevue avec le docteur. La bonne femme, stupéfaite d'une telle issue, voulait se mettre à prouver que l'avis était excellent, et que Renzo n'avait peut-être pas bien su s'y prendre; mais Lucia l'interrompit en annonçant qu'elle espérait d'avoir trouvé un meilleur appui. Renzo embrassa cet espoir avec joie, ainsi qu'il arrive à tous ceux qui sont dans l'embarras et dans la peine. « Mais si le père, dit-il, ne trouve pas un expédient, j'en trouverai un, moi, de manière ou d'autre. » Les deux femmes l'invitèrent au calme, à la patience, à la prudence. « Demain, dit Lucia, le père Cristoforo viendra assurément, et vous verrez qu'il trouvera quelques remèdes, de ceux que nous autres ne savons pas du tout imaginer.

— Je l'espère, dit Renzo; mais, dans tous les cas, je saurai en avoir raison par moi ou par d'autres. Dans ce monde, on obtient justice à la fin des fins. »

Pendant ces douloureux entretiens et tant d'allées et de venues, le jour avait baissé, et il commençait à faire nuit.

« Bonsoir, dit tristement Lucia à Renzo, qui ne pouvait se résoudre à s'en aller.

— Bonsoir, répondit celui-ci plus tristement encore.

— Quelque saint viendra à notre aide, répliqua la jeune fille; de la prudence et de la résignation. » La mère y ajouta des conseils de la même nature, et le fiancé s'en alla le cœur agité, répétant sans cesse ces étranges paroles : « Dans ce monde, il y a de la justice à la fin des

fins! » Tant il est vrai qu'un homme en proie à de grandes
douleurs ne sait plus ce qu'il dit!

IV

Le soleil commençait à peine à poindre sur l'horizon
lorsque le père Cristoforo sortit de son couvent de Pescarenico pour se rendre à la chaumière où il était attendu.
Pescarenico est un petit hameau sur la rive gauche de
l'Adda, ou, pour mieux dire, du lac, un peu au-dessous
du pont. C'est un amas de cabanes habitées la plupart par
des pêcheurs, et que décorent çà et là des filets étendus
au soleil. Le couvent est situé (et l'édifice subsiste encore)
en dehors du village. La façade donnait sur les terres, au
milieu de la route qui mène de Lecco à Bergame. Le ciel
était pur et serein. A mesure que le soleil s'élevait derrière ces montagnes, on voyait sa lumière descendre rapidement du sommet des monts opposés, et se répandre
dans les vallées; une brise d'automne détachait des rameaux du mûrier les feuilles desséchées, et les faisait tomber en tournant à quelque distance de l'arbre; à droite et
à gauche ses rayons, encore obliques, coloraient les pampres des vignes, qui commençaient à rougir en diverses
teintes; et les filets, encore humides de la veille, se dé-
ployaient en longues bandes brunes et distinctes sur les
champs couverts de chaume que la rosée avait rendus
blanchâtres et brillants. La scène était riante; mais toutes
les figures qui se mouvaient dans ce paysage attristaient
la vue et la pensée. A chaque instant on rencontrait de
pâles mendiants couverts de haillons, vieillis dans le métier, ou que le besoin réduisait alors à tendre la main. Ils
passaient lentement près du père Cristoforo, et le regardaient d'un air à exciter la compassion; et bien qu'ils
n'eussent rien à espérer de lui, parce qu'un capucin ne
touchait jamais monnaie, ils le saluaient d'un air de remerciement pour l'aumône qu'ils avaient reçue ou qu'ils

allaient recevoir au couvent. Le spectacle des cultivateurs répandus dans les champs avait je ne sais quoi de plus douloureux encore. Quelques-uns allaient jetant en terre la semence en petite quantité, avec épargne et presque à regret, comme un homme qui risque une chose dont il a grand besoin ; les autres ne poussaient la bêche qu'avec peine, et retournaient tristement la glèbe. La jeune bouvière, pâle et décharnée, traînant par une petite corde au pâturage la vache desséchée dont les mamelles avaient tari, regardait attentivement et se baissait en hâte afin de dérober pour la nourriture de sa famille quelque herbe que la faim avait fait découvrir comme une ressource et un aliment. Ces objets accroissaient à chaque pas la tristesse du père, qui cheminait déjà avec le triste pressentiment qu'il allait pour apprendre quelque malheur.

Mais pourquoi s'inquiétait-il tant en faveur de Lucia? Pourquoi, au premier avis, s'était-il mis en route avec tant de sollicitude, comme à un appel du père provincial? Quel était donc le père Cristoforo? il faut satisfaire à toutes ces questions.

Le père Cristoforo, de ***, était un homme plus près de soixante que de cinquante ans. Sa tête rase, à l'exception de ce peu de cheveux qui la ceignaient comme une couronne, selon la coutume des capucins, se haussait de temps en temps avec un mouvement qui laissait percer je ne sais quoi d'altier et d'inquiet ; mais elle se baissait aussitôt par réflexion d'humilité. La longue barbe grise qui couvrait ses joues et son menton faisait ressortir encore mieux les nobles formes de la partie supérieure de son visage ; une abstinence déjà depuis longtemps habituelle avait donné plus de gravité à ses traits sans leur rien faire perdre en expression. Ses yeux caves étaient pour l'ordinaire baissés vers la terre ; mais quelquefois ils brillaient d'un éclat subit, comme deux chevaux fougueux, conduits par la main d'un cocher à qui ils savent par habitude qu'il faut obéir, se laissent de temps en temps emporter par leur ardeur, et cèdent bientôt au mors.

Le père Cristoforo n'avait pas toujours été tel, et il n'avait pas toujours eu nom Cristoforo. Son prénom était Ludovico. Il était fils d'un marchand de *** (ces astérisques sont toutes du fait de notre circonspect anonyme), qui, sur les dernières années de sa vie, se voyant très-riche, et avec ce seul fils pour héritier, s'était retiré du commerce, et s'était mis à vivre noblement. Dans les nouveaux loisirs qu'il s'était faits, il se sentit saisi d'une grande honte pour tout le temps qu'il avait employé à faire quelque chose dans ce bas monde. Dominé par ce caprice, il travaillait de toutes ses forces à faire oublier qu'il avait été marchand ; il aurait voulu pouvoir l'oublier. Mais la boutique, les ballots de drap, les mémoires, le *braccio* [1], lui revenaient toujours en tête et étaient toujour devant ses yeux, comme l'ombre de Banco à Macbeth, même au milieu de la joie des festins et des sourires des parasites. On ne saurait imaginer la peine que prenaient ces pauvres gens pour éviter le moindre mot qui eût pu faire allusion à l'ancien état de leur amphitryon. Un jour, pour n'en citer qu'un exemple, un jour, vers la fin du repas, dans les accès d'une joie si vive et si pure qu'on n'aurait su dire qui jouissait le plus ou de la compagnie de vider les plats, ou du maître de les avoir fait servir, il plaisantait d'un ton de supériorité amicale un de ses commensaux, le plus honnête mangeur du monde. Celui-ci, pour se prêter au badinage, sans la moindre idée de malice, avec une vraie candeur d'enfant, répondit : « Eh ! je fais la sourde oreille, l'oreille de marchand. » A peine le son qui venait de s'échapper de sa bouche eut-il frappé son ouïe, qu'il jeta un regard indécis sur le visage de l'amphitryon, qui s'était aussi rembruni. Tous deux auraient voulu retourner à leur premier propos, mais c'était chose impossible. Les autres convives cherchaient, chacun de son côté, à faire diversion à ce petit scandale ; mais en cherchant, ils se taisaient, et ce silence rendait le scandale plus sensible encore. Chacun craignait de rencontrer

[1] La demi-aune.

les yeux de son voisin ; ils sentaient tous que chacun était préoccupé de l'idée qu'ils voulaient dissimuler. La joie ne put pas revenir ce jour-là ; et le pauvre imprudent, le malheureux, pour mieux dire, ne reçut plus d'invitation. C'est ainsi que le père de Ludovico passa les dernières années de sa vie dans de perpétuelles angoisses, craignant sans cesse d'être un sujet de raillerie, ne s'avisant pas que vendre n'est pas plus ridicule qu'acheter, et que cette profession dont il rougissait alors, il l'avait pourtant exercée fort longtemps en présence du public et sans remords. Il fit élever noblement son fils, selon l'usage du temps, et autant que le lui permettaient les lois et coutumes ; il lui donna des maîtres de belles-lettres et d'équitation, et il mourut en le laissant riche et tout jeune encore. Ludovico avait contracté des habitudes de seigneur. Ses flatteurs, parmi lesquels il avait grandi, l'avaient habitué à être traité avec beaucoup de respect. Mais quand il voulut se mêler aux principaux de la ville, il trouva un ordre de choses bien différent de celui auquel on l'avait accoutumé. Il vit que, pour vivre dans leur société, ainsi qu'il l'aurait souhaité, il lui fallait faire une nouvelle école de patience et de respect, se tenir toujours au-dessous d'eux, et avaler de temps en temps quelque fâcheuse pilule. Un tel genre de vie ne s'accordait ni avec l'éducation ni avec le naturel de Ludovico. Il s'éloigna d'eux très en colère, mais il ne se tenait à l'écart qu'à contre-cœur, parce qu'il lui semblait que ceux-ci étaient vraiment faits pour être ses compagnons ; seulement il les aurait voulus d'humeur plus traitable. Avec ce mélange de haine et de penchant pour eux, ne pouvant pas les hanter familièrement, et voulant toutefois leur ressembler sous quelques rapports, il s'était mis à lutter avec eux de luxe et de magnificence, s'attirant à plaisir des inimitiés, des jalousies et des ridicules. Son caractère, tantôt doux, tantôt emporté, l'avait embarqué dans des algarades plus sérieuses. Il éprouvait une horreur sincère et profonde pour les vexations et les injustices ; cette horreur était rendue encore plus vive par la qualité des personnes qui les commettaient à la journée : c'était précisément celles qu'il haïssait de cœur. Pour apaiser ou pour exciter toutes ces passions en une seule, il prenait volontiers le parti d'un faible opprimé, il s'étudiait à se faire redresseur de torts; il épousait une querelle, il en épousait une autre : si bien qu'il en vint peu à peu à se constituer le protecteur et le vengeur de tous les opprimés. L'entreprise était difficile; et il n'est pas besoin de demander si le pauvre Ludovico avait des ennemis, des soucis et de fâcheuses rencontres. Outre cette guerre extérieure, il était ensuite continuellement agité par des combats intérieurs, parce que, pour venir à bout d'une intrigue (sans parler de celles où il avait le dessous), il devait mettre en œuvre plusieurs moyens d'astuce et de violence que sa conscience ne pouvait aucunement approuver. Il lui fallait entretenir autour de lui bon nombre de bravaches; et, autant pour sa propre sûreté que pour avoir une aide plus vigoureuse, il lui fallait choisir les plus téméraires, c'est-à-dire les plus scélérats, et vivre avec des brigands par amour pour la justice. A tel point que, plus d'une fois, ou découragé par une mauvaise réussite, ou inquiet pour un péril imminent, ennuyé d'être obligé de se tenir toujours sur ses gardes, las de la compagnie avec laquelle il était forcé de vivre, en souci de l'avenir à cause de ses ressources, qui s'écoulaient de jour en jour en bonnes œuvres et en *braveries*, plus d'une fois la fantaisie lui était venue de se faire capucin. C'était à cette époque le moyen le plus commun de sortir d'embarras. Mais ce qui aurait été chez lui une simple fantaisie peut-être pour le reste de ses jours, se changea en une résolution fixe par un accident, le plus grave et le plus terrible qui lui fût encore arrivé.

Il allait un jour par une rue de sa ville natale, accompagné d'un ancien garçon de boutique que son père avait métamorphosé en majordome, suivi de deux *bravi*. Le majordome, qui avait nom Cristoforo, était un homme d'environ cinquante ans, dévoué dès sa jeunesse à son maître, qu'il avait vu naître, et dont les libéralités le faisaient vivre, lui, sa femme et huit enfants. Ludovico vit venir de loin un seigneur, comme lui arrogant et protecteur de profession, à qui il n'avait parlé de sa vie, mais qui le détestait cordialement, et à qui il rendait généreusement la pareille : car c'est un des avantages de ce bas monde que l'on puisse haïr et être haï sans connaître. Celui-ci, suivi de quatre *bravi*, s'avançait en droite ligne, d'un pas fier, la tête haute, l'insolence et le dédain sur les lèvres. Tous deux cheminaient en rasant le mur ; mais Ludovico (notez bien ce point) le rasait du côté droit ; et cette position, selon un usage établi, lui donnait le droit (où diable le droit va-t-il se fourrer ?) de ne pas s'en éloigner pour donner passage à qui que ce fût. C'étaient toutes sortes de droits dont on faisait alors beaucoup de cas. L'autre tenait au contraire à ce que ce droit lui revînt, à lui, en sa qualité de gentilhomme, et que ce fût à Ludovico de céder le pas, en vertu d'un autre usage. En ceci, comme en beaucoup d'autres choses, il y avait deux usages opposés, tous les deux en vigueur, sans qu'il fût décidé lequel était le bon : cela donnait l'occasion de faire une querelle chaque fois qu'une mauvaise tête se rencontrait avec une tête de la même trempe. Nos deux hommes marchèrent l'un vers l'autre, serrant tous deux la muraille, comme deux figures mouvantes de bas-relief. Quand ils furent nez à nez, le survenant toisa Ludovico de la tête aux pieds avec un regard impérieux, et lui dit d'une voix montée sur le même ton : « Prenez le bas du pavé.

— Prenez-le vous-même, répondit Ludovico : j'ai l'avantage du pas.

— Avec vos pareils, le pas est toujours à moi.

— Oui, si l'arrogance de vos pareils était une loi pour les miens. »

Les deux escortes s'étaient arrêtées, chacune derrière son chef, se regardant de travers, la main au poignard, et préparées au combat. Les passants qui arrivaient dans la rue se retiraient un peu, et se tenaient à distance pour tout observer. La présence de ces spectateurs animait toujours davantage l'amour-propre des deux rivaux.

« Prends le bas, vil artisan, ou je t'apprendrai une bonne fois ce qu'on doit à des gentilshommes.

— Vous mentez en me traitant d'homme vil.

— Tu mens en disant que j'ai menti. (Cette riposte était logique.) Et si tu étais chevalier comme moi, ajouta le seigneur, je te voudrais faire voir, avec la cape et l'épée, que c'est toi qui en as menti.

— Le prétexte est bon pour vous dispenser de soutenir par les faits l'insolence de vos propos.

— Jetez-moi ce drôle dans la boue, dit le gentilhomme en se tournant vers les siens.

— Voyons cela ! dit Ludovico reculant aussitôt d'un pas, et mettant l'épée à la main.

— Téméraire ! cria l'autre en tirant la sienne, je la briserai en pièces quand elle sera souillée de ton vil sang. »

Ils se précipitèrent l'un sur l'autre ; les serviteurs accoururent des deux parts à la défense de leurs patrons. Le combat était inégal, et pour le nombre, et surtout parce que Ludovico visait plutôt à parer les coups et à désarmer son ennemi qu'à le tuer ; mais celui-ci en voulait à sa vie. Ludovico avait déjà reçu au bras gauche un coup de poignard d'un *bravo* et une légère égratignure à la joue ; son principal adversaire essayait de le tourner pour l'achever, lorsque Cristoforo, voyant son patron dans ce péril extrême, alla prendre avec son poignard le seigneur par derrière. Celui-ci tourna toute sa colère contre Cristoforo, et le perça de part en part avec son épée. A cette vue, Ludovico, hors de lui, plongea la sienne dans le ventre du provocateur, qui tomba mourant presque en même temps que le pauvre Cristoforo. Les bandits du gentilhomme, l'ayant vu par terre, prirent la fuite en assez mauvais état ; ceux de Ludovico, aussi battus et refroidis, ne voyant plus personne à qui tenir tête, et ne voulant pas se trouver enveloppés par les spectateurs, qui déjà accouraient sur le champ de bataille, s'enfuirent de l'autre côté ; et Ludovico se trouva seul, avec ces deux funestes compagnons étendus à ses pieds, au milieu d'un immense concours de peuple.

« Comment cela est-il allé? — Il y en a un. — Il y en a deux. — Il lui a fait une boutonnière au ventre. — Qui a été tué? — C'est ce *prepotente*. — Oh! santa Maria! quelle chute! — Qui cherche trouve. — Un moment les paye toutes. — Lui aussi a eu sa fin. — Quel coup! — C'est une affaire sérieuse. — On a rabattu sa fierté. — Miséricorde! quel spectacle! — Secourez-le! — Il est frais aussi, celui-là! — Voyez comme il est arrangé! il s'en va tout en sang! — Sauvez-vous, pauvre homme! sauvez-vous! ne vous laissez pas prendre. »

Ces mots, qui dominaient tous les autres et perçaient à travers le tumulte confus de la foule, exprimaient le vœu général. L'aide vint avec le conseil. L'événement avait eu lieu près d'une église de capucins, asile, comme chacun sait, impénétrable alors aux sbires et à tout ce concours de choses et d'hommes que l'on appelait la justice. Le meurtrier blessé, ayant presque perdu l'usage de ses sens, y fut conduit ou plutôt porté par la foule. Les frères le reçurent des mains du peuple, qui le leur recommandait en disant : « C'est un homme de bien qui a mis à l'ombre un homme orgueilleux. Il l'a fait pour sa défense; il y a été forcé. »

Ludovico jusqu'alors n'avait pas versé le sang. Bien que l'homicide fût, dans ces temps malheureux, une chose si commune que les oreilles de chacun fussent faites à l'entendre raconter, et les yeux à le voir, cependant l'impression qu'il reçut à l'aspect de l'homme mort pour lui et de l'homme mort par lui, fut nouvelle et inexprimable. Ce fut une révélation de sentiments encore inconnus. La chute de son ennemi, l'altération de ces traits qui passaient en un moment de la menace et de la fureur à l'abattement et à ce calme solennel de la mort, fut une vue qui changea aussitôt l'esprit du meurtrier. Traîné au couvent, il ne savait presque pas où il était ni ce qui se faisait. Quand il reprit l'usage de ses sens, il se trouva dans un lit de l'infirmerie, aux mains du frère chirurgien (les capucins en avaient d'ordinaire un dans chaque couvent), qui posait des bandes et des compresses sur les deux blessures qu'il avait reçues dans cette rencontre. Le père à qui était commis le soin d'assister les moribonds, et qui avait souvent rendu de semblables offices dans la rue, fut appelé aussitôt au lieu du combat. Revenu peu d'instants après, il entra dans l'infirmerie, et s'étant approché du lit où gisait Ludovico : « Consolez-vous, lui dit-il, au moins il a fait une bonne mort. Il m'a chargé de vous demander votre pardon et de vous porter le sien. » A ces mots, qui firent entièrement revenir le pauvre Ludovico, la douleur causée par la perte d'un ami, l'étonnement, le remords du coup que sa main avait frappé, et en même temps une compassion mêlée de regrets pour l'homme qu'il avait tué, sentiments jusque-là confus et pressés dans son esprit, se réveillèrent avec plus de vivacité. «Et l'autre? demanda-t-il avec anxiété au frère.

— L'autre avait expiré quand je suis arrivé. »

Cependant les avenues et les alentours du couvent étaient obstrués d'une foule curieuse de peuple; mais la garde, étant arrivée, dissipa le rassemblement et se posta en embuscade à une certaine distance des portes, de manière que personne ne pouvait sortir inaperçu. Un frère du mort, ses deux cousins et un vieil oncle vinrent, armés de pied en cap, accompagnés d'un grand nombre de *bravi*, faisant la ronde autour du couvent, et regardant d'un air menaçant les curieux, qui n'osaient pas leur dire : C'est bien fait, mais qui avaient cette pensée écrite sur leurs figures.

A peine Ludovico eut-il pu rassembler ses idées, qu'il appela un confesseur, le pria d'aller vers la veuve de Cristoforo pour lui demander, en son nom, pardon d'avoir été la cause, bien qu'involontaire, du malheur qui était arrivé, et lui donner en même temps l'assurance qu'il se chargeait de toute la famille. En pensant ensuite à sa position, il sentit renaître plus vif et plus sérieux que jamais le désir de se faire moine; désir qui plus d'une fois lui était venu en tête. Il lui sembla que Dieu lui-même l'avait mis sur la voie, et avait donné une manifestation de sa volonté en le faisant arriver en cette conjoncture dans un couvent; et le parti fut pris. Il fit appeler le gardien, et lui exposa ses desseins. Celui-ci lui répondit qu'il fallait bien se garder d'une détermination irréfléchie, mais que, s'il persistait, il n'essuierait pas de refus. Alors Ludovico manda un notaire, et fit donation de tout ce qui lui restait, et qui était encore très-considérable, à la famille de Cristoforo; il donna une somme à la veuve, comme pour lui constituer une seconde dot, et le reste aux enfants.

La résolution de Ludovico venait fort à propos pour ses hôtes, qui, à cause de lui, étaient embarqués dans une belle intrigue. Le renvoyer du couvent, et l'exposer par là aux poursuites de la justice, c'est-à-dire à la vengeance de ses ennemis, ce n'était pas un parti à mettre en délibération. Ç'aurait été la même chose que de renoncer à leurs propres priviléges, décréditer le couvent dans l'esprit de tout le peuple, s'attirer l'animadversion de tous les capucins de l'univers, pour avoir laissé blesser les droits de tous; se mettre en querelle ouverte avec les autorités ecclésiastiques, qui se considéraient alors comme les tutrices du droit d'asile. D'un autre côté, la famille du défunt, très-puissante, forte de ses nombreuses adhérences, avait déclaré qu'elle tirerait vengeance de son injure, et tenait pour ennemi quiconque y voulait mettre obstacle. L'histoire ne dit pas qu'elle ressentît beaucoup de douleur de ce meurtre, ni qu'une seule larme eût été répandue en l'honneur du défunt dans toute la parenté; elle dit seulement qu'ils brûlaient tous d'avoir en leurs mains le meurtrier vif ou mort. Or celui-ci, en prenant l'habit de capucin, accommodait toute chose; il faisait, en quelque sorte, amende honorable, il s'imposait une pénitence, il s'avouait implicitement coupable et se garait de tout. Les parents du mort pouvaient aussi, si cela leur plaisait, croire et publier qu'il s'était fait moine par désespoir et par crainte de leur colère. De toute manière, réduire un homme à se dépouiller de ses biens, à se raser la tête, à cheminer nu-pieds, dormir sur la paille et vivre d'aumônes, pouvait paraître une punition suffisante, même à l'offensé le plus exigeant. Le père gardien se présenta avec une humilité adroite et cauteleuse devant le frère du mort. Après mille protestations de respect pour son illustre maison, et du désir qu'avait le couvent de lui complaire en tout ce qui serait praticable, il parla du repentir de Ludovico, et de la résolution qu'il avait prise, faisant finement sentir que la maison avait de quoi être pleinement satisfaite; il insinua avec plus de douceur et plus d'adresse encore que, soit que cela lui plût ou non, la chose devait pourtant aller ainsi. Le frère se répandit en injures, et le capucin laissa passer le torrent en disant de temps en temps : « C'est une trop juste douleur. » Il fit entendre qu'en toute occasion sa famille avait su tirer satisfaction d'une offense; et le capucin, quoi qu'il en pût penser, se garda bien de dire le contraire. Finalement il demanda, il imposa comme une condition que le meurtrier de son frère aurait à partir sur-le-champ de cette ville. Le capucin, qui avait déjà délibéré d'agir ainsi, dit qu'il le ferait, laissant croire à l'autre, qui se complaisait dans cette pensée, que c'était un acte de soumission, et tout fut conclu. La famille fut contente de se tirer de ce souci; contents les frères qui sauvaient un homme et leurs priviléges sans se faire aucun ennemi; contents les amateurs de chevalerie, qui voyaient une affaire se terminer honorablement; content le peuple, qui voyait sortir d'embarras un homme qu'il aimait, et qui, en même temps, admirait une conversion; content enfin, et plus que tout le monde, au milieu de sa douleur, notre Ludovico, de commencer une vie d'expiation et d'esclavage qui pouvait, sinon réparer, au moins racheter ses erreurs, et émousser l'aiguillon poignant du remords. L'idée que sa détermination pouvait être attribuée à la peur l'affligea un moment; mais il se consola bientôt par l'idée que cette opinion injuste serait un châtiment pour lui et un moyen d'expiation : ainsi, à trente ans, il se revêtit du sac de capucin. Contraint, selon l'usage, de quitter son nom et d'en prendre un autre, il en choisit un qui lui pût rappeler à tout moment ce qu'il avait à expier, et il se nomma frère Cristoforo.

A peine la cérémonie de la prise d'habit eut-elle été achevée, que le frère gardien lui intima l'ordre d'aller faire son noviciat à ***, distant de soixante milles, et de partir le lendemain. Le novice s'inclina profondément, et demanda une grâce. « Permettez, mon père, lui dit-il, avant de partir de cette ville où j'ai répandu le sang d'un homme, où je laisse une famille cruellement offensée, que je répare au moins son injure, que je montre mon regret de ne pouvoir réparer sa perte en demandant pardon au frère du défunt, et que je lui ôte, si Dieu y consent, la rancune du cœur. » Il parut au frère gardien qu'une telle démarche, outre qu'elle était bonne en soi, servirait à réconcilier toujours davantage la famille avec le couvent, et il alla tout droit vers le seigneur frère pour lui exposer la demande de fra Cristoforo. A une proposition aussi inattendue, celui-ci, surpris d'abord, sentit bientôt le courroux se réveiller en son âme, mais un courroux mêlé pourtant de compassion. Après avoir réfléchi un instant : « Qu'il vienne demain, » dit-il, et il indiqua l'heure. Le gardien retourna porter au novice la permission tant désirée.

Le gentilhomme s'avisa aussitôt que plus cette soumission serait solennelle et bruyante, plus son crédit croîtrait dans toute sa parenté et le public ; et que ce serait (pour m'exprimer avec une formule d'élégance toute moderne) une belle page dans l'histoire de la famille. Il fit savoir en hâte à tous les parents qu'ils étaient priés de venir le lendemain chez lui à l'heure de midi, pour recevoir une satisfaction commune. A midi, le palais bourdonnait de seigneurs de tout âge et de tout sexe ; c'était un tournoiement, un mélange de grandes capes, de hautes plumes, un retentissement à n'y pas tenir de durandals [1] longues et pendantes, un mouvement perpétuel de collerettes empesées et bien plissées, un traînement embarrassé de si-

---

[1] *Durlindane*, c'est le nom que l'Arioste donne à l'épée de Roland.

marres damassées. Les antichambres, la cour et la rue fourmillaient de laquais, de pages, de *bravi* et de curieux. Fra Cristoforo vit cet appareil; il en devina le motif, et éprouva un léger déplaisir; mais bientôt il se dit : « C'est bien. Je l'ai tué en public, en présence d'un grand nombre de ses ennemis : ce fut là le scandale; ceci est la réparation. » Ainsi, les yeux baissés vers la terre, conduit par le père compagnon, il passa par la porte de la maison, et franchit la cour à travers une foule qui le regardait avec une curiosité peu respectueuse; il monta les marches, et, au milieu d'une autre foule de gentilshommes qui s'ouvrit pour lui donner passage, suivi de cent regards, il se trouva en présence du maître de la maison. Celui-ci, entouré de ses plus proches parents, était debout au milieu de l'appartement, le regard fixé sur le parquet, la tête haute, la main gauche appuyée sur le pommeau de l'épée, et serrant avec la droite le collet de sa cape sur sa poitrine.

Il y a quelquefois dans l'air et la contenance d'un homme une expression si significative, qu'une foule tout entière de spectateurs portera le même jugement sur les sentiments qui l'animent. L'air et la contenance de Cristoforo dirent clairement à tous les assistants qu'il ne s'était pas fait moine et qu'il ne venait pas subir cette humiliation, mû par une crainte humaine; et cela commença à lui concilier tous les esprits. Quand il vit l'offensé, il doubla le pas, se jeta à ses pieds, croisa les mains sur la poitrine, et, relevant sa tête rase, il lui dit : « Je suis le meurtrier de votre frère. Dieu sait si je voudrais pouvoir vous le rendre, au prix de tout mon sang; mais ne pouvant que vous faire de vaines et tardives excuses, je vous supplie de les accepter pour l'amour de Dieu. » Tous les yeux étaient fixés, immobiles, sur le novice et sur le personnage à qui il parlait; toutes les oreilles étaient attentives. Quand fra Cristoforo se tut, il s'éleva dans la salle un murmure de compassion et de respect. Le gentilhomme, qui était dans une attitude de complaisance forcée et de colère comprimée, fut troublé par ses paroles, et, se tournant vers le suppliant : « Levez-vous, dit-il d'une voix altérée. L'offense...; il est vrai que le fait...; mais l'habit que vous portez..., non-seulement cela, mais encore à cause de vous... Levez-vous, mon père... Je ne le puis nier..., mon frère était... un homme un peu prompt..., un peu vif; mais tout arrive par la volonté de Dieu. Qu'il n'en soit plus question... Mais, mon père, vous ne devez pas rester dans cette attitude. » Et, l'ayant pris par le bras, il le releva. Fra Cristoforo, debout, mais la tête inclinée, reprit : « Je puis donc espérer que vous m'avez accordé votre pardon! et, si je l'obtiens de vous, de qui n'ai-je pas droit de l'espérer? Oh! si je pouvais entendre de votre bouche ces mots : Je vous pardonne!

— Pardon? dit le gentilhomme, vous n'en avez plus besoin; mais toutefois, puisque vous le souhaitez, oui, oui, je vous pardonne du fond de mon âme, et tous...

— Oui! tous, tous! crièrent d'une voix unanime les assistants. » Le visage du moine s'ouvrit à une joie reconnaissante sous laquelle perçait pourtant encore une humble et profonde compassion pour le mal que la rémission des hommes ne pouvait pas réparer. Le gentilhomme, vaincu par cet aspect, ému de l'émotion générale, jeta ses bras autour du cou de Cristoforo, et lui donna et en reçut le baiser de paix.

Un bravo! bien! s'échappa de toutes les parties de la salle. Chacun quitta sa place, et se vint presser autour du père. Le gentilhomme s'approcha de notre Cristoforo, qui faisait mine de vouloir se retirer, et lui dit : « Mon père, acceptez quelques rafraîchissements, donnez-moi cette preuve d'amitié. » Et il se mit en devoir de le servir avant tous les autres.

« Ces sortes de choses ne sont plus faites pour moi, dit Cristoforo, en résistant avec une sorte de cordialité aux politesses du gentilhomme. Mais que le ciel me préserve de refuser vos dons! Je vais me mettre en voyage. Daignez me faire apporter un pain, afin que je puisse dire que j'ai joui de votre charité, que j'ai mangé de votre

pain et obtenu une marque de votre pardon. » Le gentilhomme, touché jusqu'aux larmes, ordonna que cela se fît
ainsi. Aussitôt vint un majordome en grand costume,
portant un pain sur un bassin d'argent, et il le présenta
au père, qui, l'ayant pris, et ayant rendu grâce, le mit dans
sa corbeille. Il demanda ensuite la permission de se retirer, et, après avoir embrassé de nouveau le maître de la
maison, et tous ceux qui, se trouvant plus près de lui, purent s'en emparer, il parvint enfin à se dégager. Il eut à
lutter dans les antichambres pour se tirer des laquais, et
même des *bravi*, qui lui baisaient le bas de la robe, le cordon et le capuce; et il se trouva dans la rue, porté comme
en triomphe et suivi d'un concours immense de peuple jusqu'à une porte de la ville par où il sortit, commençant son
pédestre voyage vers le lieu où il devait faire son noviciat.

Le frère du défunt et la parenté, qui s'étaient apprêtés à
savourer en ce jour la triste jouissance de l'orgueil satisfait, se trouvèrent au contraire pleins de la douce joie du
pardon et de la bienveillance. La compagnie s'entretint
quelque temps encore avec une sérénité et une cordialité
insolites sur des matières auxquelles aucun d'eux ne s'était
préparé en venant là. Au lieu de satisfactions reçues, d'insultes vengées, les louanges du novice, les douceurs de la
réconciliation et de la mansuétude furent les thèmes de la
conversation. Tel qui, pour la cinquantième fois, aurait raconté comment le comte Muzio son père avait su, en cette
fameuse conjoncture, mettre à la raison le marquis Sta-
nislao, ce rodomont que chacun sait, parla au contraire
de la pénitence et de la patience admirable d'un frère Si-
mon, mort depuis longues années. La compagnie s'étant
retirée, le maître, encore tout ému, s'émerveillait en se
rappelant tout ce qu'il avait entendu et tout ce que lui-
même avait dit; puis, il murmurait entre ses dents :
« Diable de capucin! (il faut bien que nous transcrivions
fidèlement ses paroles) diable de capucin, s'il était
resté encore quelques moments à mes pieds, je crois que
j'allais lui demander pardon de ce qu'il m'a tué mon

frère.» Notre histoire note expressément qu'à dater de ce jour il fut un peu moins emporté et un peu plus traitable.

Le père Cristoforo cheminait avec une consolation qu'il n'avait pas éprouvée depuis ce jour terrible, ce jour que toute sa vie devait être consacrée à expier. Le silence était prescrit aux novices, et il observait sans peine cette loi, absorbé qu'il était par la pensée des fatigues, des privations et des humiliations qu'il avait essuyées pour racheter sa faute. S'étant arrêté à l'heure de la réfection chez un bienfaiteur, il mangea avec une espèce de volupté du pain du pardon; mais il en épargna un morceau, et le remit dans la corbeille pour le garder comme un souvenir éternel.

Notre dessein n'est pas de faire l'histoire de sa vie claustrale. Nous dirons seulement que, remplissant toujours avec grand plaisir et grand soin les devoirs qui lui étaient prescrits de prêcher et d'assister les moribonds, il ne laissait jamais échapper une occasion de concilier les différends et de protéger les opprimés, devoirs qu'il s'était imposés lui-même. Dans ce penchant entrait, sans qu'il s'en doutât, un peu de ses anciennes habitudes, et un reste de cet esprit guerrier que les humiliations et les macérations n'avaient pu entièrement effacer. Son langage était ordinairement calme et humble; mais, quand il s'agissait de justice ou de vérité combattue, il s'animait aussitôt de son ancienne impétuosité, qui, modifiée et mêlée d'une emphase solennelle qui lui venait de l'habitude de la chaire, donnait à son langage un caractère singulier. Tout son maintien comme son aspect annonçait une longue lutte entre un naturel bouillant, impétueux, et une volonté contraire, habituellement victorieuse, toujours sur ses gardes, et dirigée par des inspirations et des motifs supérieurs. Un sien confrère et ami, qui le connaissait bien, l'avait comparé un jour à ces paroles trop expressives dans leur forme originelle, que certaines personnes, fort bien élevées d'ailleurs, quand elles se laissent emporter par la passion, prononcent à moitié, en changeant quelques lettres; paroles qui, sous cette métamorphose, font pourtant souvenir de leur primitive énergie.

Si une pauvre inconnue, dans le triste cas de Lucia, avait demandé l'aide du père Cristoforo, il serait accouru immédiatement; mais, comme il s'agissait de Lucia, il accourut avec d'autant plus de sollicitude qu'il connaissait et admirait l'innocence de cette jeune fille. Il avait déjà tremblé pour les périls qu'elle courait, et éprouvé une vive indignation pour la lâche persécution dont elle était devenue l'objet. A tout cela se joignait l'idée que, lui ayant conseillé pour le mieux de ne s'inquiéter de rien et de se tenir tranquille, il craignait maintenant que le conseil ne pût avoir produit quelque fâcheux effet; et à la sollicitude chrétienne, qui en lui était comme native, se joignait ce tourment du scrupule qui s'attaque même aux bons.

Mais, pendant que nous avons été à raconter l'histoire du père Cristoforo, il est arrivé et a paru sur le seuil de la porte. Les femmes, quittant le manche du dévidoir qu'elles faisaient tourner et crier entre leurs mains, se sont levées disant ensemble : « Ah ! père Cristoforo ! soyez béni ! »

V.

Le père Cristoforo s'arrêta debout sur le seuil, et à peine eut-il jeté un regard sur les dames, qu'il s'aperçut que ses pressentiments n'étaient pas trompeurs. Puis, de ce ton d'interrogation qui va à l'encontre d'une triste réponse, levant la tête avec un léger mouvement en arrière, il dit : « Hé bien? » Lucia répondit par un déluge de pleurs. La mère commençait à faire des excuses pour avoir osé...; mais il s'avança, s'assit sur une petite table à trois pieds, et coupa court à toutes les excuses, en disant à Lucia : « Calmez-vous, pauvre enfant. Et vous, dit-il ensuite à Agnese, contez-moi ce dont il est question. » Pendant que la bonne femme faisait du mieux qu'elle pouvait son triste récit, le frère devenait de mille couleurs, et tantôt il levait les yeux au ciel, tantôt il frappait du pied la terre. L'histoire terminée, il couvrit son visage de ses deux mains, et s'écria : « O Dieu béni ! jusques à quand...! » Mais, sans achever la phrase, revenant aux deux femmes : « Infortunées, dit-il, Dieu vous a visitées. Pauvre Lucia !

— Vous ne nous abandonnerez pas, mon père ? dit Lucia en sanglotant.

— Vous abandonner ! grand Dieu ! Et de quel front oserais-je lui demander quelque chose pour moi, quand je vous aurais abandonnées, vous, en cet état ! vous qu'il me confie ! Ne perdez pas courage, il vous assistera ; il voit tout ; il peut se servir aussi d'un homme de rien comme moi pour confondre un... Voyons, songeons à ce que l'on peut faire. »

Il dit, puis il appuya le coude gauche sur son genou, mit son front dans la paume de sa main, et, avec la droite, il serra sa barbe et son menton comme pour tenir fermes et unies toutes les puissances de son esprit. Mais la considération la plus attentive ne servait qu'à lui faire voir distinctement combien le cas était pressant et embarrassé, combien les moyens étaient faibles, incertains et dangereux. « Faire honte à don Abbondio et lui faire sentir combien il manque à son devoir ? Honte et devoir ne sont rien pour lui quand il a peur. Lui faire peur à mon tour ? Quel moyen ai-je, moi, de lui faire une peur plus forte que celle qu'il a d'une escopette ? Instruire de tout le cardinal-archevêque, et invoquer son autorité ? Cela demande du temps. Et en attendant ? et ensuite ? Et quand bien même cette malheureuse innocente serait épouse, serait-ce un frein pour cet homme ?... Qui sait jusqu'où il peut aller ? Lui résister ? Et comment ? Ah ! si je pouvais, pensa le pauvre frère, si je pouvais tirer à moi mes frères d'ici, ceux de Milan ! Mais ce n'est pas une affaire qui intéresse la communauté, je serais abandonné. Cet homme fait l'ami du couvent ; il se donne pour partisan des capucins, et ses satellites ne sont-ils pas venus plus d'une fois se réclamer de nous ? Je me trouverais seul en danse ; je me ferais trai-

ter de brouillon, d'intrigant, de querelleur; et ce qui est
bien plus, je pourrais peut-être aussi, avec une tentative
hors de saison, rendre pire la condition de cette malheureuse. » Ayant balancé le pour et le contre de l'un et de
l'autre parti, le meilleur lui parut d'aller droit vers don
Rodrigo lui-même, de tenter de le détourner de son infâme
dessein par des prières, par les terreurs de l'autre vie et
même de celle-ci, si c'était possible. En mettant les choses
au pis, il pourrait au moins connaître plus clairement par
cette voie combien don Rodrigo était obstiné à sa brutale
entreprise, découvrir quelque chose de plus de ses intentions, et se régler là-dessus.

Tandis que le frère était ainsi à méditer, Renzo, qui,
pour des raisons que chacun devine, ne pouvait rester loin
de cette maison, avait paru à la porte; mais, voyant le
père absorbé dans ses réflexions, et les femmes qui lui faisaient signe de ne pas le troubler, il se tenait en silence
sur le seuil. Le frère, en levant la tête pour communiquer
son dessein aux femmes, l'aperçut enfin, et le salua d'une
manière qui exprimait une affection accoutumée que la
compassion rendait encore plus expansive.

« On vous a dit..., mon père? lui demanda Renzo d'une
voix émue.

— Que trop, et c'est pour cela que je suis ici.

— Que dites-vous de ce scélérat?

— Que veux-tu que j'en dise? Il n'est pas ici, de quoi
serviraient mes discours? Je te dis à toi, mon cher Renzo,
de te confier en Dieu, et Dieu ne t'abandonnera pas.

— Vos paroles sont bénies! s'écria le jeune homme.
Vous n'êtes pas de ceux qui donnent toujours tort aux
pauvres gens. Mais le seigneur curé et ce seigneur docteur....

— A quoi bon rappeler ce qui ne peut servir qu'à te
tourmenter inutilement? Je suis un pauvre frère; mais je
répète ce que j'ai dit à ces dames : tout petit que je suis,
je ne vous abandonnerai pas.

— Oh! vous n'êtes pas, vous, comme les amis du monde!

Les trompeurs! Qui l'aurait cru, après les protestations qu'ils me faisaient au bon temps? Eh, eh! ils étaient prêts à donner leur sang pour moi; ils m'auraient soutenu contre le diable. Si j'avais eu un ennemi..., je n'avais qu'à parler, il n'aurait pas mangé longtemps du pain. Et maintenant, si vous voyiez comme ils se tirent à l'écart... » Ici l'orateur leva les yeux sur celui qui l'écoutait; il vit que son visage s'était tout obscurci, et il s'aperçut qu'il avait dit une sottise. Mais, voulant la réparer, il allait s'embarrassant et s'embrouillant toujours. « Je voulais dire..., je n'entends point..., c'est cela, je voulais dire.

— Que voulais-tu dire? Eh quoi! tu avais donc commencé à gâter l'œuvre avant qu'elle ne fût entreprise? Il est heureux pour toi que tu aies été désabusé à temps. Quoi! tu allais à la recherche d'amis... Quels amis!... qui même, en voulant te secourir, ne l'auraient pas pu! Et tu cherches à perdre le seul qui le puisse et le veuille! Ne sais-tu pas que Dieu est l'ami des affligés qui se confient en lui? Ne sais-tu pas que le faible ne gagne jamais à la violence? et quand pourtant... » Ici, il serra fortement le bras de Renzo; son aspect, sans perdre en autorité, s'anima d'une componction solennelle; ses yeux se baissèrent, sa voix devint lente et comme souterraine : « Et quand il le fait, c'est un terrible gain!... Renzo, veux-tu te confier en moi? Que dis-je en moi, pauvre créature, humble frère! veux-tu te confier en Dieu?

— Oh oui! répondit Renzo : celui-là est vraiment le Seigneur.

— Eh bien! promets-moi que tu n'affronteras, que tu ne provoqueras personne; que tu te laisseras guider par moi.

— Je le promets. »

Lucia poussa un grand soupir, comme si on l'eût soulagée d'un grand poids, et Agnese dit : « Bien, mon fils.

— Écoutez, mes enfants, reprit le père Cristoforo, j'irai aujourd'hui parler à cet homme. Si Dieu touche son cœur et donne de la force à mes paroles, tout ira pour le mieux;

sinon, il nous fera trouver quelque autre remède. Vous, en attendant, restez en repos, tenez-vous à l'écart, évitez de parler, et ne vous montrez pas. Ce soir, ou demain matin au plus tard, vous me reverrez. » Cela dit, il coupa court à tous les remerciements et à toutes les bénédictions, et partit. Il se dirigea vers le couvent, arriva assez à temps pour chanter les psaumes au chœur, dîna, et se mit aussitôt en route pour la tanière de la bête féroce qu'il avait à apprivoiser.

Le petit château de don Rodrigo s'élevait isolé, à l'instar d'une forteresse, sur la cime de l'un des pics dont cette chaîne est hérissée de toutes parts. A cette indication, l'anonyme ajoute que le site (il aurait mieux fait de dire tout bonnement le nom) était plus au delà du village des fiancés, distant de celui-ci d'environ trois milles, et quatre du couvent. A la naissance du pic, du côté qui regarde le lac, était un petit amas de chaumières habitées par les vassaux de don Rodrigo, et c'était là comme la petite capitale de son petit royaume. Il suffisait d'y passer pour être au fait de la condition et des habitudes des villageois. En jetant un coup d'œil sur les salles du rez-de-chaussée, là où quelque porte était ouverte, on voyait suspendus pêle-mêle aux murs, des arquebuses, des bêches, des râteaux, des chapeaux de paille, des réseaux et des bourses à poudre. On ne rencontrait que des hommes robustes et bien bâtis, dont un grand toupet couvrait le front enfermé dans un réseau; des vieillards qui, ayant perdu leurs défenses, semblaient toujours prêts à mordre avec leurs gencives quiconque les aurait à peine provoqués; des femmes avec des traits masculins et des bras nerveux bons à venir, à la première occasion, au secours de la langue; même dans les dehors et les mouvements des enfants qui jouaient dans le chemin, perçait je ne sais quel air décidé et provocateur.

Frère Cristoforo traversa le village, gravit un petit sentier en limaçon, et parvint à une petite esplanade devant le château. La porte en était fermée : c'était signe que le maître était à dîner et ne voulait pas être dérangé. Les rares et petites fenêtres qui donnaient sur la route, fermées par des poteaux mal joints et qui tombaient de vétusté, étaient pourtant défendues par de gros ferrements, et celles du rez-de-chaussée étaient si élevées qu'un homme monté sur les épaules d'un autre aurait eu de la peine à y atteindre. Il régnait là un grand silence : un passant aurait pu croire que c'était une demeure abandonnée, si quatre créatures, deux vivantes et deux mortes, postées symétriquement au dehors, n'avaient donné un indice d'habitants. Deux grands vautours supendus par la tête, les ailes largement ouvertes, l'un dépouillé de plumes et à demi-consumé par le temps, l'autre encore intact et tout emplumé, étaient cloués chacun sur l'un des poteaux du portail ; et deux *bravi*, étendus de tout leur long sur l'un des bancs posés à droite et à gauche, faisaient la garde, attendant d'être appelés à partager les reliefs de la table du seigneur. Le père s'arrêta tout court, dans l'attitude de quelqu'un qui se dispose à attendre ; mais l'un des *bravi* se leva et lui dit : « « Père, père, avancez ; ici l'on ne fait point attendre les capucins ; nous sommes les amis du couvent. Je me suis trouvé dans de certains moments où l'air de la rue n'était pas trop bon pour moi, et si vous m'aviez tenu la porte fermée, mes affaires seraient allées assez mal. » En parlant ainsi, il frappa deux coups de marteau. A ce bruit répondirent aussitôt de l'intérieur les aboiements et les cris des dogues et des épagneuls. Après quelques instants, un vieux serviteur arriva en grommelant ; mais dès qu'il eut vu le père, il lui fit une grande révérence, apaisa les chiens du geste et de la voix, introduisit Cristoforo dans une cour étroite, et referma la porte. L'ayant ainsi conduit dans une petite salle, et le regardant d'un air surpris et respectueux, il lui dit : « N'êtes-vous pas... le père Cristoforo de Pascarenico ?

— Justement.

— Vous ici ?

— Comme vous voyez, mon brave homme.

— Ce sera pour faire du bien. Le bien, continua-t-il en murmurant entre ses dents et se remettant à marcher, se peut faire partout. » Ils traversèrent ensemble deux ou trois petites salles obscures, et arrivèrent à la porte de celle du festin. Il régnait là un grand bruit confus de fourchettes, de couteaux, de gobelets, de plats d'étain, et surtout de voix discordantes qui cherchaient à l'envi à se surpasser. Le frère voulait se retirer, et restait sur la porte en discutant avec le domestique pour obtenir d'être laissé dans quelque recoin de la maison jusqu'à ce que le diner fût achevé et que la porte s'ouvrît. Un certain comte Attilio, qui était assis en regard (c'était un cousin du maître de la maison, et nous en avons déjà fait mention sans le nommer), ayant vu une tête rase et un froc, et s'étant aperçu de l'intention modeste du bon père : « Eh! eh! cria-t-il, vous ne vous échapperez pas, révérend père. Approchez, approchez. » Don Rodrigo, par je ne sais quel pressentiment confus, se serait fort bien passé de cette visite, dont il ne devinait pas précisément le motif; mais puisque l'étourdi d'Attilio l'avait déjà appelé à haute voix, il ne lui convenait pas de le désavouer, et il dit : « Venez, mon père, venez. » Celui-ci s'avança, saluant le maître, et répondit des deux mains aux saluts des convives.

On se plaît généralement (je ne dis pas tout le monde) à se figurer l'homme honnête en face du méchant, le front levé, le regard assuré, le cœur fier et la parole hardie. Dans le fait, cependant, pour lui faire prendre cette attitude, il faut un tel concours de circonstances, qu'il est bien rare qu'elles se rencontrent toutes en même temps. C'est pourquoi ne vous étonnez pas si le frère Cristoforo, avec le bon témoignage de sa conscience, l'intime persuasion de la justice de la cause qu'il venait soutenir, avec un sentiment mêlé d'horreur et de compassion pour don Rodrigo, demeura avec un certain air de timidité et de soumission à l'aspect de ce même don Rodrigo qui était devant lui assis, dans sa maison, dans son royaume, entouré d'hommages et des insignes de la puissance, avec un air à faire mourir

une demande dans la bouche de qui que ce fût, encore bien
que cette demande ne fût ni un conseil, ni une admoni-
tion, ni un reproche. A sa droite siégeait ce comte Attilio,
son cousin, et s'il est besoin de le dire, son compagnon de
débauches et de brigandages : il était venu de Milan pour
passer quelques jours à la campagne avec lui. A gauche,
et à un autre côté de la table, était, avec un grand respect,
tempéré pourtant d'une certaine assurance et d'une certaine présomption, monsieur le podestat, le même à qui,
en théorie, il aurait échu de rendre justice à Renzo Tramaglino, et d'appliquer à don Rodrigo une de ces bonnes peines
portées par les ordonnances. En face du podestat, dans
l'attitude du respect le plus profond et le plus pur, siégeait
notre docteur Azzecca-Garbugli, en cape noire et le nez
plus rubicond que de coutume. Vis-à-vis des cousins, deux
convives obscurs dont notre histoire ne dit rien, sinon qu'ils
ne faisaient que manger, incliner la tête, sourire et approuver tout ce que disait un convive, quand il n'était pas contredit par un autre.

« Donnez un siége au père, » dit don Rodrigo. Un valet
présenta un pliant, et le père Cristoforo s'y assit en faisant
quelques excuses au seigneur d'être venu dans un moment
si inopportun. «Je désirerais de vous parler seul à seul
pour une... affaire importante, dit-il ensuite à voix basse
à l'oreille de don Rodrigo.

—Bien, bien, nous en parlerons, répondit celui-ci ; mais,
en attendant, qu'on donne à boire au père. »

Le père voulait s'en excuser ; mais don Rodrigo, élevant
la voix au milieu du tapage qui avait recommencé, criait :
« Non, morbleu ! vous ne me ferez pas cet affront. Il ne
sera pas dit qu'un capucin sorte de cette maison sans avoir
goûté de mon vin, ni un créancier insolent sans avoir tâté
du bois de mes forêts. » Ces mots furent suivis d'un éclat
de rire général, et interrompirent un moment la question
qui s'agitait chaudement parmi les convives. Un valet apporta sur un bassin d'argent une fiole de vin et un long
gobelet en forme de calice qu'il présenta au père. Celui-ci,

n'osant pas résister à une invitation si pressante de l'homme qu'il avait tant besoin de se rendre favorable, n'hésita pas à verser, et se mit à boire lentement.

« L'autorité du Tasse ne sert pas votre opinion, seigneur podestat révéré, elle est même contre vous, reprit en hurlant le comte Attilio; parce que cet homme érudit, ce grand homme, qui savait sur le bout du doigt toutes les règles de la chevalerie, a fait que le messager d'Argant, avant de porter le défi aux chevaliers chrétiens, en demanda licence au pieux Godefroy de Bouillon...

— Mais c'est, répliquait le podestat en ne hurlant pas moins, c'est un hors-d'œuvre, un pur hors-d'œuvre, un ornement poétique, puisque le messager est inviolable de sa nature, par le droit des gens, *jure gentium*; et sans aller chercher si loin, le proverbe le dit aussi : Ambassadeur ne porte pas peine ; et les proverbes, seigneur comte, sont la sagesse des nations. Le messager n'ayant rien dit de son chef, mais seulement présenté le cartel par écrit...

— Mais quand voudrez-vous comprendre que ce messager était un âne téméraire, qui ne connaissait pas les premières...?

— Avec la permission de leurs seigneuries, interrompit don Rodrigo, qui n'aurait pas voulu que la discussion allât trop loin, remettons-nous-en au père Cristoforo, et conformons-nous à sa sentence.

— Bien, très-bien, » dit le comte Attilio, à qui il parut très-plaisant de faire décider par un capucin une question de chevalerie ; pendant que le podestat, plus obstiné de cœur à la question, se taisait au même instant et avec un léger dédain qui semblait dire : «Pauvres petits jeunes gens! »

« Mais, d'après ce que je crois avoir compris, dit le frère, ce ne sont pas des choses de ma compétence.

— Excuses accoutumées de la modestie des pères, dit don Rodrigo ; mais vous ne m'échapperez pas. Eh ! allons donc, nous savons bien que vous n'êtes pas venu au monde avec le capuchon sur la tête, et que le monde vous a connu. Allons, allons ! Voici la question.

— Voici le fait, commença à crier le comte Attilio.

— Laissez-moi dire, à moi qui suis neutre, cousin, reprit don Rodrigo. Voici l'histoire : Un chevalier espagnol envoie un cartel à un chevalier milanais ; le porteur, ne trouvant pas le provoqué chez lui, remet le cartel à un frère du chevalier ; ce frère lit le cartel, et pour réponse donne quelques coups de bâton au porteur. On agite la question de savoir si ..

— Bien donnés, bien appliqués, cria le comte Attilio. Ce fut une vraie inspiration...

— Du démon ! reprit le podestat. Battre un ambassadeur ! une personne sacrée ! Vous aussi, mon père, vous me pourrez dire si c'est là une action de chevalier.

— Oui, monsieur, de chevalier, cria le comte ; et vous pouvez vous en rapporter à moi, qui me dois connaître en ce qui regarde un chevalier. Oh ! si ç'avait été des coups de poing, ç'aurait été une autre affaire. Mais le bâton ne salit les mains de personne. Ce que je ne puis concevoir, c'est que vous vous intéressiez tant aux épaules d'un drôle...

— Qui a jamais parlé d'épaules, seigneur comte ? Vous me faites dire des choses qui n'ont jamais passé par ma tête. J'ai parlé du caractère, et non des épaules. Je parle surtout des lois de la chevalerie. Dites-moi un peu, de grâce, si les hérauts que les anciens Romains envoyaient porter leurs défis aux autres peuples demandaient la liberté d'exposer le sujet de leur ambassade ; et trouvez-moi un peu un auteur qui fasse mention qu'un héraut ait jamais été bâtonné.

— Qu'ont à faire ici les *héros* des anciens Romains ? C'étaient des gens qui allaient à la bonne mode, et qui, dans ces sortes de choses, étaient furieusement arriérés. Mais, selon les lois de la chevalerie moderne, qui est la vraie, je dis et je soutiens qu'un messager qui s'avise de remettre un cartel aux mains d'un chevalier avant de lui en avoir demandé la permission, est un insolent, violable, extrêmement violable, bastonnable, on ne peut plus bastonnable...

— Répondez un peu à ce syllogisme.

— Ce n'est rien, ce n'est rien.

— Mais écoutez, écoutez, écoutez. Frapper un homme sans armes est un acte de trahison. *Atqui* le messager *de quo* était sans armes, *ergo*...

— Doucement, doucement, seigneur podestat.

— Comment, doucement?

— Doucement, vous dis-je. Que me venez-vous chanter? C'est un acte de trahison que de frapper quelqu'un par derrière avec l'épée, ou de lui lâcher un coup d'escopette dans le dos; et encore pour cela il se peut présenter certains cas... Mais restons dans la question. J'accorde que cela peut être généralement réputé pour un acte de trahison. Mais appliquer quatre coups de bâton à un drôle! Il ferait beau voir qu'on fût obligé de lui dire : Gare au bâton! comme on dirait à un galant homme : En garde!... Et vous, respectable seigneur docteur, au lieu de me faire des mines et de me sourire pour me donner à entendre que vous êtes de mon avis, que ne soutenez-vous mes raisons avec votre langue, qui est si bien pendue, pour m'aider à faire entrer la raison dans la tête de ce seigneur?

— Moi..., répondit le docteur un peu confus; je jouis de cette savante dispute, et j'en rends grâces à l'heureux accident qui a donné naissance à une guerre d'esprit aussi gracieuse. D'ailleurs ce n'est point à moi de prononcer : sa seigneurie illustrissime a déjà délégué un juge... Voici le père...

— C'est vrai, dit don Rodrigo; mais comment voulez-vous que le juge parle quand les plaideurs ne veulent pas se taire?

— Je suis muet, » dit le comte Attilio. Le podestat fit signe aussi qu'il se taisait.

« Ah! enfin! A vous, père, dit don Rodrigo avec un air sérieux demi-railleur.

— Je me suis déjà excusé en disant que je ne m'y entends pas, répondit le père Cristoforo en rendant le gobelet au valet.

« — Mauvaises excuses ! crièrent les deux cousins. Nous voulons la sentence.

— Puisqu'il en en est ainsi, reprit le frère, mon humble avis serait qu'il n'y eût ni cartels, ni messagers, ni bastonnades. »

Les convives se regardèrent les uns les autres tout étonnés.

« Oh ! celle-là est pommée ! dit le comte Attilio. Pardonnez-moi, père ; mais elle est pommée. On voit que vous ne connaissez pas le monde.

— Lui ? dit don Rodrigo. Ah, ah ! il le connait quand il veut, cousin. N'est-il pas vrai, père ? Dites, dites, si vous n'avez pas fait vos caravanes. »

Au lieu de répondre à cette bienveillante interpellation, le père se dit en secret : « Voilà qui te touche. Mais souviens-toi bien, frère, que tu n'es point ici pour toi-même, et que tu ne dois point tenir compte de ce qui ne regarde que toi. »

« C'est possible, dit le cousin. Mais le père... Comment se nomme le père ?

— Père Cristoforo, répondirent plusieurs convives.

— Mais, père Cristoforo, mon révérend maitre, avec vos maximes, vous mettriez le monde sens dessus dessous. Sans défis, sans bastonnades, adieu le point d'honneur ; impunité pour tous les insolents. De bonne foi, la supposition est impossible.

— A vous, docteur, dit aussitôt Rodrigo, qui voulait rendre toujours plus divertissante la dispute des deux premiers adversaires, à vous qui, pour donner raison à tout le monde, êtes un homme sans égal. Voyons un peu comment vous ferez pour donner raison en ceci au père Cristoforo.

— En vérité, répondit le docteur en brandissant sa fourchette et en se tournant vers le père ; en vérité, je ne puis comprendre comment le père Cristoforo, qui est en même temps homme du monde et religieux accompli, ne s'est pas aperçu que son avis, bon, excellent même, et de juste poids en chaire, ne vaut rien, soit dit avec tout le

respect qu'on lui doit, dans une discussion de chevalerie.
Mais le père sait mieux que moi que chaque chose est
bonne en son lieu, et je crois que cette fois il a voulu se
tirer, par une plaisanterie, de l'embarras de porter la sentence. »

Que pouvait-on répondre à des raisonnements déduits
d'une sagesse aussi ancienne et toujours nouvelle? rien ; et
c'est ce que fit notre capucin.

Mais don Rodrigo, pour mettre fin à cette question, en
mit une autre sur le tapis. « A propos, dit-il, j'ai ouï dire
qu'il courait à Milan des bruits d'accommodement. »

Le lecteur sait qu'en cette année on combattait pour la
succession du duché de Mantoue. A la mort de Vincent de
Gonzague, qui n'avait pas laissé d'enfant mâle, ce duché
était entré en la possession du duc de Nevers, son plus
proche parent. Louis XIII, ou soit le cardinal de Richelieu, le voulait soutenir, parce qu'il était son favori et natu-
ralisé Français. Philippe IV, ou soit le comte d'Olivarès,
communément appelé le comte-duc, ne voulait pas de lui
par les mêmes raisons, et il lui avait suscité une guerre.
Ensuite, comme ce duché était feudataire de l'Empire, les
deux partis employaient toutes sortes de menées, d'instances et de menaces auprès de l'empereur Ferdinand II,
le premier pour qu'il donnât l'investiture au nouveau duc,
le second pour qu'il la lui refusât, et même qu'il l'aidât à
le chasser de cet État.

« Je ne suis pas éloigné de croire, dit le comte Attilio,
que les choses se peuvent arranger. J'ai certaines raisons...

— N'en croyez rien, seigneur comte, n'en croyez rien,
interrompit le podestat. Sur ce point je puis savoir les
choses, parce que le seigneur châtelain espagnol, qui a la
bonté de me vouloir un peu de bien, et qui est fils d'un
familier du comte-duc, est informé de toute chose...

— Je vous dis qu'il m'arrive tous les jours à Milan de
parler avec des personnages bien autrement élevés; et je
tiens de bonne source que le pape, intéressé comme il l'est
à la paix, a fait des propositions...

— Cela doit être ainsi, la chose est en règle, Sa Sainteté fait son devoir. Un pape doit toujours mettre bien entre eux les princes chrétiens; mais le comte-duc a sa politique, et...

— Et, et, et, savez-vous, monsieur, quelle est en ce moment la pensée de l'empereur? Croyez-vous qu'il n'y ait que Mantoue au monde? Les choses à prévoir sont nombreuses, monsieur. Savez-vous, par exemple, jusqu'à quel point l'empereur peut se confier en ce moment à son prince de Valdistano ou de Vallistai, comme on l'appelle, et si...?

— Le vrai nom en langue allemande, interrompit encore le podestat, c'est Valliensteino, monsieur, ainsi que je l'ai entendu prononcer plus d'une fois par notre seigneur châtelain, qui est Espagnol. Mais rassurez-vous cependant; le...

— Voulez-vous m'apprendre, par hasard..., » dit vivement le comte; mais don Rodrigo, le poussant du genou, le pria, pour l'amour de lui, de cesser de contredire. Celui-ci se tut, et le podestat, comme un navire dégagé d'un banc de sable, continua à voiles déployées le cours de son éloquence : « Valliensteino me donne peu de souci, parce que le comte-duc a l'œil à tout et partout; et si Valliensteino veut faire la mauvaise tête, on saura bien le faire marcher droit avec de bonnes ou de mauvaises raisons. Il a l'œil sur tout, vous dis-je, et le bras long; et s'il a fixé ce clou en sa tête, comme il l'y a fixé, et avec juste raison, le grand politique qu'il est, que le seigneur duc de Nevers ne mette pas les pieds à Mantoue, le seigneur duc de Nevers ne les y mettra pas, et le seigneur cardinal de Richelieu aura fait un trou dans l'eau. Il me donne pourtant envie de rire, ce cher seigneur cardinal qui veut lutter contre un comte-duc, contre un Olivarès. Sur mon honneur, je voudrais renaître d'ici à deux cents ans pour voir ce que dira la postérité de cette belle prétention. Il faut autre chose que l'envie, il faut de la tête; et des têtes comme celle du comte-duc, il n'y en a qu'une au monde. Le comte-duc, mes bons seigneurs, poursuivit le podestat, toujours le vent en poupe, et un peu surpris de ne pas rencontrer un écueil; le comte-duc est un vieux renard, parlant avec le respect qu'on lui doit, qui ferait perdre la piste à qui que ce fût; et quand il incline à droite, on peut être sûr qu'il battra à gauche : de là vient que personne ne peut jamais se vanter de connaître ses desseins; et ceux mêmes qui les doivent exécuter, ceux mêmes qui écrivent les dépêches n'y comprennent rien. J'en peux parler avec quelque connaissance de cause, parce que le brave homme de seigneur châtelain daigne m'entretenir avec quelque intimité. Le comte-duc, au contraire, sait de point en point ce qui bout dans la marmite des autres cours; et tous ces fameux politiques, parmi lesquels il y en a de très-habiles, on ne peut le nier, ont à peine imaginé un dessein, que le comte-duc vous l'a déjà deviné avec sa bonne tête, avec ses embûches secrètes, avec ses fils tendus de toutes parts. Ce pauvre homme de cardinal de Richelieu sonde par ici, flaire par là, sue, s'industrie, et pourquoi? Quand il a réussi à creuser une mine, il trouve que la contre-mine est déjà bel et bien faite par le comte-duc... »

Dieu sait quand le podestat aurait pris terre; mais don Rodrigo, stimulé par l'air de souffrance de son cousin, fit signe à un valet d'aller chercher un certain cruchon.

« Seigneur podestat, dit don Rodrigo, et vous, messieurs, un toast au comte-duc, et vous me saurez dire ensuite si le vin est digne du personnage. » Le podestat répondit par une inclination à travers laquelle perçait un sentiment de reconnaissance particulière, parce qu'il tenait comme fait pour lui tout ce qui se faisait ou se disait en l'honneur du comte-duc.

« Vive mille ans don Gaspar Gusman, comte d'Olivarès, duc de San-Lucar, grand *privato* du roi don Philippe le Grand, notre seigneur! » dit-il en haussant le gobelet.

Privato, pour qui ne le saurait, était l'expression italienne alors en usage pour dire le favori d'un roi.

« Qu'il vive mille ans! » répondirent-ils tous.

« Servez le père, » dit don Rodrigo.

« Excusez-moi ; j'ai déjà fait une débauche, et je ne pourrais...

— Comment ! on porte un toast au comte-duc ; voulez-vous faire croire que vous tenez pour les Navarrois ? »

C'était le nom qu'on donnait alors par mépris aux Français, à cause des princes de Navarre qui avaient commencé avec Henri IV à régner sur eux.

A une telle menace, il fallait boire. Tous les convives se répandirent en exclamations et en éloges du vin, hors le docteur, qui, par ses mouvements de tête, ses clignements d'yeux, ses lèvres serrées, s'exprimait beaucoup mieux qu'il ne l'aurait pu faire avec des paroles.

« Hein ! qu'en dites-vous, docteur ? » demanda don Rodrigo.

Tirant hors du gobelet un nez que ce vin venait de rendre plus vermeil et plus reluisant, le docteur répondit, en appuyant avec emphase sur chaque syllabe : « Je dis, j'estime, j'opine que ce vin est l'Olivarès des vins. *Censui, et in eam ivi sententiam*, qu'une liqueur semblable ne se trouverait pas dans les vingt-deux royaumes du roi notre maître, que Dieu veuille garder. Je déclare et je tiens que les repas de l'illustrissime seigneur don Rodrigo surpassent les festins d'Héliogabale, et que la disette est bannie à jamais de ce palais, où règne et siége la magnificence.

— Bien dit, bien jugé ! » crièrent les convives. Mais ce mot de disette, que le docteur avait jeté par hasard, tourna au même instant tous les esprits vers ce triste sujet, et tous s'entretinrent de la disette. Là ils étaient tous, ou presque tous, d'accord ; mais le tapage était peut-être encore plus grand que s'ils avaient été d'avis contraires ; tous parlaient à la fois.

« Il n'y a pas de disette, disait l'un ; ce sont les accapareurs...

— Et les boulangers, disait un autre, qui cachent les grains ; il les faut pendre.

— C'est bien dit, il les faut pendre sans miséricorde.

— De bons procès, criait le podestat.

— Quels procès? criait plus fort le comte Attilio; justice sommaire! Il faut empoigner trois ou quatre, ou cinq ou six de ceux que la voix publique signale comme les plus riches et les plus chiens, et les pendre.

— Des exemples! des exemples! Sans exemples on ne fait rien.

— Il faut pendre, pendre! et le grain pleuvra de toutes parts. »

Si vous avez jamais, en passant par une foire, joui de la douce harmonie que fait une troupe de bateleurs, lorsque, entre une sonate et l'autre, chacun accorde son instrument, en le faisant crier tant qu'il peut, afin de l'entendre distinctement au milieu du tintamarre des autres, vous pouvez avoir une idée de la mélodie de ces discours, si l'on y peut donner ce nom. On sablait cet excellent vin; ses louanges venaient, comme de raison, entremêlées de sentences de jurisprudence économique, de sorte qu'on n'entendait que ces mots *ambroisie* et *pendre*.

Cependant don Rodrigo jetait de temps en temps des regards sur le frère, et il le voyait toujours impassible, ne donnant aucune marque d'impatience ou de hâte, ne faisant aucun signe qui tendît à rappeler qu'il était à attendre, mais toutefois avec l'air de ne point vouloir s'en aller avant d'avoir été entendu. Il l'aurait volontiers envoyé promener sans l'entendre; mais congédier un capucin en refusant de lui donner audience n'était pas selon les règles de la politique. Puisqu'il ne pouvait échapper à cet ennui, il résolut de l'affronter, et de s'en délivrer au plus vite. Il se leva de table, et avec lui toute la troupe rubiconde, sans cesser de crier. Après en avoir demandé la permission à ses hôtes, il s'approcha d'un air contenu du frère, qui s'était levé avec les autres, et lui dit : « Je suis à vos ordres, père; » et il le conduisit avec lui dans une autre pièce.

VI

« Qu'y a-t-il pour votre service? » dit don Rodrigo en restant debout au milieu de l'appartement. Telles furent ses paroles ; mais le ton avec lequel il les prononça disait clairement : « Fais bien attention à qui tu parles ; pèse tes expressions et sois bref. »

Il n'y avait pas de moyen plus sûr et plus prompt de donner de la hardiesse à notre frère Cristoforo, que de l'apostropher par des propos impertinents. Lui qui, jusqu'ici, cherchait ses expressions et faisait courir entre ses doigts les grains du rosaire qu'il portait à la ceinture, comme s'il avait espoir d'y trouver son exorde, à ce dédain de don Rodrigo se sentit aussitôt venir sur les lèvres plus de choses qu'il n'était nécessaire ; mais pensant aussitôt combien il était important de ne pas gâter ses affaires, ou, ce qui était bien plus grave, les affaires d'autrui, il corrigea et tempéra les phrases qui s'étaient présentées à son esprit, et dit avec une humilité circonspecte : « Je vous viens proposer un acte de justice, vous supplier d'un acte de charité. Certaines gens mal famés ont mis en avant votre seigneurie illustrissime pour effrayer un pauvre curé et le détourner d'accomplir son devoir, et pour tourmenter deux innocents. Votre seigneurie peut, d'un mot, confondre ces hommes, remettre tout en ordre et rendre la paix à ceux à qui l'on a fait un si grand dommage. Elle le peut, et dès lors la conscience, l'honneur...

— Vous me parlerez de ma conscience quand je jugerai convenable de vous demander conseil là-dessus. Quant à mon honneur, vous devez savoir que j'en suis le seul gardien, et que je regarde comme un téméraire qui l'offense quiconque s'avise de vouloir partager ce soin avec moi. »

Averti par ces mots que le seigneur cherchait à l'amener à s'oublier lui-même, pour changer l'entretien en dispute et ne pas lui donner lieu d'en venir à ses fins, fra Cristoforo s'appliqua d'autant plus à la patience, résolut de ne

pas prendre garde à tout ce qu'il plairait à l'autre de dire,
et répondit aussitôt d'un air soumis : « Si j'ai dit quelque
chose qui vous ait déplu, assurément c'est contre mon intention. Reprenez-moi, châtiez-moi, si je ne sais pas parler
comme il convient ; mais daignez m'écouter. Pour l'amour
du ciel, de ce Dieu devant qui nous devons tous comparaître... » En disant ces mots, il avait pris entre ses mains
et il mettait devant les yeux de son auditeur, qui fronçait
les sourcils de rage, la croix de bois pendue à son rosaire.
« Ne vous obstinez pas à refuser une justice si facile et qui
est due à de pauvres gens. Pensez que Dieu a les yeux toujours sur eux, et qu'en haut leurs prières sont écoutées.
L'innocence est puissante à son...

— Eh ! père ! interrompit brusquement don Rodrigo, le
respect que je porte à votre habit est grand ; mais si quelque chose pouvait me le faire oublier, ce serait de le voir
sur le dos d'un homme qui a l'audace de venir jouer chez
moi le rôle d'espion. »

Ce mot fit monter une flamme subite sur les joues du
frère ; mais, avec l'air d'un malade qui avale une médecine
bien amère, il reprit : « Je ne crois pas qu'un tel titre me
puisse convenir. Vous sentez bien vous-même que la démarche que je fais maintenant n'est ni vile ni méprisable.
Écoutez-moi, seigneur don Rodrigo, et fasse le ciel qu'un
jour ne vienne pas où vous vous repentiriez de ne m'avoir
pas écouté. Ne mettez pas votre gloire..., quelle gloire,
seigneur don Rodrigo ! quelle gloire aux yeux des hommes !
et devant Dieu ! Vous pouvez beaucoup ici-bas ; mais...

— Vous savez, dit don Rodrigo l'interrompant avec humeur, mais non sans quelque frisson de terreur, vous savez
que, lorsqu'il me prend fantaisie d'entendre un sermon, je
sais très-bien aller à l'église, ainsi que tout le monde. Mais
dans ma propre maison ! oh ! continua-t-il avec une ironie
forcée, vous me faites trop d'honneur. Un prédicateur dans
ma maison ! Il n'y a que les princes qui en aient.

— Et ce Dieu qui demande compte aux princes de la
parole qu'il leur fait entendre dans leurs palais, ce Dieu

qui vous donne maintenant un signe de sa miséricorde en envoyant un de ses ministres, indigne et misérable sans doute, mais son ministre, pour vous supplier en faveur d'une innocente...

— Pour en finir, père, dit don Rodrigo en allant pour partir, je ne sais ce que vous voulez dire ; je n'y comprends rien, sinon que ce doit être quelque jeune fille qui vous intéresse beaucoup. Allez faire vos confidences à qui elles peuvent plaire, et ne prenez plus la licence d'en venir ennuyer un gentilhomme. »

Au mouvement de don Rodrigo, le frère s'était mis à marcher. Il se plaça respectueusement devant lui, et, les mains levées comme pour l'implorer et continuer l'entretien : « Elle m'intéresse, il est vrai, répondit-il ; mais vous m'intéressez autant qu'elle. Ce sont deux âmes qui, réunies, m'intéressent bien plus que ma vie. Don Rodrigo ! je ne puis faire autre chose pour vous que de prier Dieu ; mais je le ferai du fond de mon cœur. Ne me refusez pas ; ne retenez pas dans les angoisses et dans la terreur une pauvre innocente. Un mot de vous peut tout faire...

— Eh bien ! dit don Rodrigo, puisque vous croyez que je peux faire beaucoup pour cette personne, puisque cette personne vous tient tant au cœur...

— Eh bien ? reprit d'un air d'anxiété le père Cristoforo, à qui le ton et le maintien de don Rodrigo ne permettaient pas de s'abandonner à l'espérance que semblaient annoncer ses paroles.

— Eh bien ! conseillez-lui de se venir mettre sous ma protection. Il ne lui manquera rien, et personne n'osera l'inquiéter, ou je suis indigne d'être chevalier. »

L'indignation du frère, réprimée jusqu'alors à grand'peine, éclata à cette réponse. Tous ses beaux projets de prudence et de patience s'évanouirent ; le vieil homme se trouva d'accord avec le nouveau, et dans de telles circonstances fra Cristoforo en valait assurément deux. « Votre protection, s'écria-t-il en reculant de deux pas, se posant fièrement sur le pied droit, mettant la main droite sur la hanche, levant la gauche avec l'index tendu vers Rodrigo, et lui plantant sur la face deux yeux enflammés : votre protection ! Il est heureux que vous ayez parlé ainsi, que vous m'ayez fait une telle proposition. Vous avez comblé la mesure, et je ne vous crains plus.

— Comment parles-tu, frère?

— Je parle comme on parle à qui est abandonné de Dieu, à qui ne peut plus faire peur. Votre protection ! Je savais bien que cette innocente était sous la protection de Dieu ; mais vous me le faites sentir maintenant avec tant de certitude, que je n'ai plus besoin de ménagement pour vous en parler. Lucia, dis-je, c'est de Lucia que je parle. Voyez comme je prononce ce nom, la tête haute et les yeux immobiles !

— Comment? dans ma maison... !

— J'ai pitié de cette maison : la malédiction y plane et s'y appesantit. Pensez-vous que la justice divine reculera devant quatre pierres et quatre brigands armés? Vous avez cru que Dieu avait fait une créature à son image pour vous donner le plaisir de la tourmenter ! vous avez cru que Dieu ne saurait pas la défendre! vous avez dédaigné ses avertissements! Vous êtes jugé. Le cœur de Pharaon était endurci comme le vôtre, et Dieu a su le briser. Lucia est à l'abri de votre puissance : c'est moi qui vous le dis, mon pauvre frère. Et quant à vous, écoutez bien ce que je vous prédis, un jour viendra... »

Don Rodrigo était jusqu'alors resté entre la rage et l'étonnement, ne pouvant pas trouver une parole ; mais quand il entendit la prédiction tonner sur sa tête, une secrète et mystérieuse épouvante se joignit à la colère. Il arrêta subitement cette main menaçante, et, élevant la voix pour couper celle qui faisait la terrible prophétie, il s'écria : « Otez-vous de devant mes yeux, vil manant, lâche encapuchonné ! »

Ces paroles si précises apaisèrent en un moment le père Cristoforo. A l'idée de l'injure et du mépris était depuis longtemps si étroitement liée dans son esprit l'idée

de la souffrance et du silence, qu'à ce compliment sa colère et son enthousiasme tombèrent, et il ne lui resta plus
d'autre résolution que d'écouter tranquillement ce qu'il
plairait à don Rodrigo d'y ajouter. Alors il retira paisiblement sa main des serres du gentilhomme, baissa la tête,
et resta immobile, comme, au tomber du vent, au fort de
la tempête, un arbre antique baisse naturellement ses rameaux et reçoit la grêle comme le ciel l'envoie.

« Fieffé manant, poursuivit don Rodrigo, tu t'exprimes
comme tes pareils. Mais remercie le sac qui couvre tes
épaules de gueux, et te sauve des caresses qu'on fait à ceux
qui te ressemblent, pour leur apprendre à parler. Pour
cette fois, sors avec tes jambes, je te le permets ; à l'avenir,
nous verrons. »

Cela dit, il ouvrit d'un air impérieux et méprisant une
porte opposée à celle par où ils étaient entrés. Le père
Cristoforo inclina la tête, et sortit, laissant don Rodrigo
mesurer à pas pressés le champ de bataille.

Quand le frère eut fermé la porte sur lui, il vit, dans
l'autre pièce où il entrait, un homme marcher doucement
doucement, le long du mur, comme pour n'être pas aperçu
de la salle où l'entretien avait eu lieu, et il reconnut le
vieux serviteur qui l'était venu recevoir à la porte de la
rue. Cet homme servait depuis quarante ans dans cette
maison, c'est-à-dire avant que don Rodrigo ne fût né ; il
était entré au service du père, qui avait été un tout autre
homme. Lui mort, le nouveau maître mit dehors toute la
valetaille, et fit une nouvelle maison ; mais il retint pourtant ce serviteur, qui, bien que déjà vieux, et d'humeur et
d'habitudes toutes différentes des siennes, rachetait pourtant ce défaut par deux qualités, une haute estime pour la
dignité de la maison, et une haute pratique de l'étiquette
dont il connaissait mieux que tout autre les plus anciennes
traditions et les particularités les plus minutieuses. En
face du seigneur, le pauvre vieillard ne se serait jamais
hasardé jusqu'à laisser voir ni exprimer sa désapprobation
sur les scènes dont il était chaque jour témoin ; c'est à

peine si, en présence de ses camarades de service, il laissait échapper à demi-voix quelque exclamation ou quelque reproche. Ceux-ci s'en amusaient, et le mettaient souvent sur la voie pour le provoquer à faire son sermon et à chanter les louanges de l'ancienne manière de vivre. Ses censures n'arrivaient jamais aux oreilles du maître qu'assaisonnées des plaisanteries qu'on en avait faites, de manière qu'elles étaient pour lui un sujet de divertissement sans courroux. Mais aux jours de réception le vieillard devenait un personnage sérieux et d'importance.

Le père Cristoforo, le voyant passer, le salua, et il continua son chemin ; mais le vieillard l'aborda d'un air de mystère, mit l'index sur sa bouche, puis, avec le même doigt, lui fit signe comme pour l'inviter à entrer avec lui dans une allée obscure. Arrivé là, il dit à voix basse : « Mon père, j'ai tout entendu, et j'ai besoin de vous parler.

— Dites, dites, mon brave homme.

— Ici, non. Malheur à moi si le patron s'aperçoit... Mais je pourrai savoir beaucoup de choses, et je tâcherai d'aller demain au couvent.

— Il y a donc quelque projet?

— Il y a quelque chose en campagne, c'est sûr. J'ai déjà pu m'en apercevoir ; mais maintenant j'aurai l'œil au guet, et je saurai tout. Laissez-moi faire... Je suis désespéré de voir et d'entendre des choses... des choses damnées! Je suis dans une maison... mais je voudrais sauver mon âme.

— Que Dieu vous bénisse! » Et en proférant ces mots à voix basse, le frère posa la main sur la tête du serviteur, qui, bien qu'il fût beaucoup plus âgé que lui, se tenait courbé devant lui comme un enfant. « Dieu vous récompensera, poursuivit le frère. Ne manquez pas de venir demain.

— Je verrai, répondit le serviteur. Mais partez vite, et..., au nom du ciel..., ne me trahissez pas... » Cela dit, il regarda derrière lui, et entra par l'autre issue de l'allée dans un petit salon qui donnait sur la cour. Ayant vu le champ libre, il appela le bon frère pour le faire sortir. L'air de celui-ci répondit aux dernières paroles du vieillard plus clairement que des protestations ne l'auraient pu faire. Le serviteur lui ouvrit la porte, et lui, sans faire aucun autre mouvement, partit.

Ce domestique avait écouté à la porte de son maître. Avait-il bien fait? Frère Cristoforo faisait-il bien à son tour de l'en louer? Selon les règles les plus ordinaires et les plus généralement reçues, c'était une action très-déshonnète; mais ce cas ne pouvait-il pas être considéré comme une exception? et n'y a-t-il pas des exceptions aux règles les plus absolues?

Ce sont des questions que le lecteur peut résoudre s'il en a envie. Quant à nous, nous ne prétendons pas donner notre avis: c'est déjà bien assez d'avoir des faits à raconter.

Arrivé sur la route, et après avoir tourné le dos à cette caverne, fra Cristoforo respira plus librement. Il s'achemina en hâte vers la descente, le visage tout enflammé, ému et agité, comme chacun peut l'imaginer, pour ce qu'il avait entendu et pour ce qu'il avait dit. Mais cette rencontre inattendue du serviteur, le parti qu'il en pouvait tirer, lui furent un grand sujet de joie; il lui semblait que le ciel lui avait donné un signe visible de sa protection. « Voilà un fil, pensait-il, un fil que la Providence met entre mes mains; et dans cette maison même! et sans que je pensasse à l'y chercher! » Tout en y songeant, il leva les yeux vers l'occident, et il vit le soleil tombant qui déjà touchait à la cime de la montagne, et il pensa qu'il restait bien peu de jour. Alors, quoique les divers assauts de la journée l'eussent accablé de fatigue, et qu'il sentit ses membres brisés, il pressa encore plus sa marche, afin de porter un avis, quel qu'il fût, à ses protégés, et d'arriver ensuite au couvent avant la nuit; car c'était une des lois les plus absolues et les plus sévèrement exécutées du code capucinien.

Cependant, dans la chaumière de Lucia, on avait mis en campagne des projets dont il convient d'informer le lecteur. Au départ du frère, les trois personnages restés seuls avaient gardé quelque temps le silence. Lucia apprêtait tristement le dîner ; Renzo, entre ces deux femmes, s'agitait à chaque instant pour s'ôter de devant les yeux le spectacle de l'affliction de Lucia, et toutefois il ne pouvait pas s'en détacher ; Agnese n'était occupée en apparence que du dévidoir qu'elle faisait tourner, mais elle était à mûrir une pensée, et quand elle lui parut mûre, elle rompit le silence en ces termes :

« Écoutez, enfants ! si vous voulez avoir du cœur et de l'adresse autant qu'il en faut, si vous voulez vous confier à votre mère (ce *votre* fit tressaillir Lucia), je m'engage à vous tirer de ce pas mieux peut-être et plus vite que le père Cristoforo, bien que chacun sache quel homme est ce père. » Lucia s'arrêta et la regarda d'un air qui exprimait plus d'étonnement que de confiance pour une promesse si magnifique ; et Renzo dit aussitôt : « Du cœur, de l'adresse ? Dites, dites, que peut-on faire ?

— N'est-il pas vrai, poursuivit Agnese, que, si vous étiez mariés, ce serait déjà une belle avance, et qu'on trouverait plus aisément remède à tout le reste ?

— Qui en doute ? dit Renzo. Mariés que nous serions..., tout vous est pays ; et à deux pas d'ici, passé Bergame, celui qui travaille la soie est reçu à bras ouverts. Vous savez combien de fois Bortolo, mon cousin, m'a fait solliciter d'aller rester avec lui, où je ferais ma fortune comme il l'a faite ; et si j'ai toujours fait la sourde oreille, c'est..., que sert de le dire ? c'est que mon cœur était ici. Une fois mariés, on y va tous ensemble, on fait maison là-bas, on vit en sainte paix, hors des griffes de ce brigand, loin de la tentation de faire quelque mauvais coup. N'est-il pas vrai, Lucia ?

— Oui, dit Lucia. Mais comment ?

— Comme j'ai dit, moi, répondit Agnese. Cœur et finesse, et la chose est facile.

— Facile ! dirent ensemble les deux fiancés, pour qui la chose était devenue si étrangement et si douloureusement difficile.

— Facile, en sachant bien s'y prendre, répliqua Agnese. Écoutez-moi bien, je tâcherai de vous le faire comprendre. J'ai ouï dire par des gens qui s'y entendaient, et j'en ai même vu un dans ce cas, que, pour faire un mariage, il faut bien un curé; mais il n'est pas nécessaire qu'il y consente, il suffit qu'il y soit.

— Comment cela? demanda Renzo.

— Écoutez, et vous comprendrez. Il faut avoir deux témoins bien agiles et bien d'accord. On va vers le prêtre. L'essentiel, c'est de le prendre à temps, qu'il n'ait pas le temps d'échapper. L'homme dit : Seigneur curé, je prends celle-ci pour femme; la femme dit: Seigneur curé, je prends celui-ci pour mari... Il faut seulement que le curé entende, que les témoins entendent, et le mariage est bel et bon, et sacré comme s'il avait été béni par le pape. Quand ces mots sont dits, le curé peut enrager, trépigner, faire le diable; tout cela n'y fait rien : vous êtes mari et femme.

— Est-ce possible... ? s'écria Lucia.

— Comment! dit Agnese, ne serait-ce pas une chose à voir que, dans les trente ans que je suis venue au monde avant vous, je n'eusse rien appris? La chose est comme je vous le dis. A telle enseigne qu'une amie à moi, qui voulait épouser quelqu'un contre la volonté de ses parents, en faisant ainsi obtint ce qu'elle désirait. Le curé, qui en avait vent, se tenait sur ses gardes; mais les deux témoins surent si bien mener leur barque, que les futurs arrivèrent dans un moment favorable, dirent les paroles, furent mari et femme, bien que la pauvre petite s'en repentit au bout de trois mois. »

Il est de fait que la chose était telle que le disait Agnese. Les mariages contractés de cette manière étaient alors et furent jusqu'à nos jours tenus pour valides. Toutefois, comme on ne recourait à un tel expédient que lorsqu'on avait trouvé quelque obstacle ou quelque refus dans les voies ordinaires, les prêtres mettaient tous leurs soins à échapper à cette coopération forcée; et, quand un d'eux venait à être surpris par un de ces couples accompagnés de témoins, il tentait tous les moyens possibles de lui échapper, comme Protée, des mains de ceux qui le voulaient faire prophétiser par force.

« Si c'est vrai, Lucia! dit Renzo en la regardant d'un air d'attente suppliante.

— Comment! si c'est vrai? reprit Agnese. Vous aussi, vous croyez que je dis des mensonges? je me tourmente pour vous et je ne suis pas crue! C'est bon, c'est bon. Tirez-vous d'embarras comme vous pourrez; je m'en lave les mains.

— Oh non! ne nous abandonnez pas, dit Renzo; je parle ainsi parce que la chose me paraît trop belle. Mon sort est entre vos mains; je vous considère comme si vous étiez vraiment ma mère. »

Ces mots firent évanouir la colère instantanée d'Agnese, et oublier une résolution qui, en vérité, n'était qu'un mot.

« Mais pourquoi donc, maman, dit Lucia avec sa contenance modeste, pourquoi ce moyen n'est-il pas venu à l'esprit du père Cristoforo.

— A l'esprit? répondit Agnese. Que sais-tu s'il ne lui est pas venu à l'esprit? mais il n'aura pas voulu en parler.

— Pourquoi? demandèrent en même temps les deux jeunes gens.

— Parce que... parce que, puisque vous voulez le savoir, les religieux disent que c'est une chose qui n'est pas bien.

— Comment se peut-il faire que ce ne soit pas bien, et que ce soit bien fait quand c'est fait? dit Renzo.

— Que voulez-vous que je vous dise, moi? répondit Agnese. Ils ont fait la loi, les autres, comme ils l'ont voulu; et nous autres, pauvres gens, nous n'y pouvons rien comprendre. Et puis, combien de choses...! Voici : c'est comme de se laisser aller à donner un coup de poing à un chrétien, ce n'est pas bien; mais quand vous le lui avez donné, personne ne le lui peut ôter, pas même le pape.

— Si c'est une chose qui n'est pas bien, dit Lucia, il ne la faut pas faire.

— Quoi! dit Agnese, je te voudrais peut-être donner un avis contre la crainte du bon Dieu! Si c'était contre le gré de tes parents, pour épouser un mauvais sujet...; mais ce mariage me doit faire plaisir, et c'est pour épouser ce cher enfant. C'est un scélérat qui cause tout ce trouble, et le seigneur curé...

— C'est clair comme le jour, dit Renzo.

— Il n'en faut pas parler au père Cristoforo avant d'avoir fait la chose, poursuivit Agnese; mais, faite qu'elle sera, et bien faite, que penses-tu que te dise le père? — Ah! petite fille! c'est une grande équipée que vous avez faite...! Les religieux doivent parler ainsi ; mais sois sûre qu'au fond du cœur il en sera content, lui aussi. »

Lucia, sans trouver que répondre à ce raisonnement, ne semblait pourtant pas trop convaincue; mais Renzo, tout joyeux, dit : « Puisqu'il en est ainsi, c'est chose faite.

— Doucement, dit Agnese. Et les témoins? et le moyen d'arriver jusqu'au curé, qui, depuis deux jours, se tient enfermé chez lui? Et comment le faire rester là? car, bien qu'il soit lourd de sa nature, je vous puis assurer qu'en vous voyant paraître en telle occurrence, il deviendra leste comme un chat, et il cherchera à s'échapper comme le diable de l'eau bénite.

— J'ai trouvé le moyen, moi; je l'ai trouvé, dit Renzo frappant du poing sur la table avec une telle force qu'il fit danser les assiettes préparées pour le dîner. » Et aussitôt il exposa son projet, qu'Agnese approuva en tout point.

« Ce sont des subtilités, dit Lucia, ce ne sont pas des choses claires. Jusqu'ici nous avons agi sincèrement ; allons jusqu'à la fin avec la même bonne foi, et Dieu nous aidera. Le père Cristoforo l'a dit : écoutons ses avis.

— Laisse-toi guider par qui en sait plus que toi, dit Agnese d'un air grave. Qu'est-il besoin de demander avis ? Dieu dit : Aide-toi, je t'aiderai. Nous raconterons tout au père quand tout sera fait.

—Lucia, dit Renzo, voulez-vous maintenant que l'obstacle vienne de vous? N'avons-nous pas tout fait en bons chrétiens? ne devrions-nous pas être déjà mari et femme? le curé n'avait-il pas fixé le jour et l'heure? A qui la faute si nous sommes forcés maintenant de nous aider d'un peu d'adresse? Non, l'obstacle ne viendra pas de vous. Je vais et je reviens avec la réponse. » Et saluant Lucia d'un air suppliant, Agnese d'un air d'intelligence, il partit en hâte.

La persécution, on a coutume de le dire, donne de l'esprit. Renzo, qui, dans le sentier droit et uni de la vie qu'il avait parcouru jusqu'alors, n'avait jamais eu occasion d'exercer le sien, avait, dans cette circonstance, imaginé un moyen qui aurait fait honneur à un jurisconsulte. Il alla en droiture, ainsi qu'il l'avait projeté, à la chaumière d'un certain Tonio, qui était voisine de la sienne. Il le trouva dans la cuisine, le genou appuyé sur le marchepied du foyer; il tenait à la main la queue d'un pot sur les cendres chaudes, et tournait avec une petite cuiller recourbée une *polenta* de sarrasin. La mère, un frère, la femme de Tonio, étaient assis autour de la table; et trois ou quatre petits enfants, debout alentour, attendaient, les yeux fixés sur le pot, que le moment vînt de le vider. Mais il n'y avait pas là cette allégresse que la vue du dîner a coutume de donner à qui l'a gagné par son travail : la quantité de *polenta* était en raison du temps, et non pas du nombre et du désir des convives. Chacun d'eux regardait avec des yeux louches de convoitise et de dépit la pitance commune, et semblait penser à la portion d'appétit qui lui devait rester. Tandis que Renzo échangeait ses saluts avec la famille, Tonio renversa la *polenta* sur le plat de bois qui était préparé pour la recevoir, et elle fit l'effet d'une petite lune dans un grand cercle de vapeurs. Néanmoins les femmes dirent poliment à Renzo : « Voulez-vous qu'on vous en serve? » compliment que les paysans de Lombardie ne manquent jamais de faire à qui les trouve à manger, l'invité fût-il un riche gourmand qui sortît à l'instant de table, et le paysan en fût-il à son dernier morceau.

« Je vous rends grâce, répondit Renzo : je venais seulement pour dire un mot à Tonio ; et si tu veux, Tonio, pour ne pas déranger tes dames, nous pouvons aller dîner à l'auberge, et nous parlerons. » La proposition fut d'autant plus agréable à Tonio qu'elle était moins attendue, et les femmes ne virent pas sans plaisir un concurrent, et le plus formidable, se retirer du partage de la *polenta*. Le convié ne s'arrêta pas pour demander son reste, et il partit avec Renzo.

Arrivés à l'auberge du village, assis tout à leur aise dans une solitude parfaite, car la misère avait chassé tous les habitués de ce lieu de délices, quand il eut demandé le peu qui s'y trouvait et fait apporter une bouteille de vin, Renzo, d'un air de mystère, dit à Tonio : « Si tu me veux rendre un petit service, je t'en rendrai un grand.

— Parle, parle, demande, répondit Tonio en se versant à boire : aujourd'hui je me mettrais au feu pour toi.

— Tu dois vingt-cinq livres au seigneur curé pour le fermage de son champ que tu as travaillé l'an passé ?

— Ah ! Renzo ! Renzo ! tu me gâtes le bienfait. Que viens-tu me rappeler là ! tu m'as coupé la satisfaction.

— Si je te parle de cette dette, dit Renzo, c'est parce que, si tu y consens, je te veux donner les moyens de la payer.

— Dis-tu vrai ?

— Vrai. Eh ! serais-tu content ?

— Content ? *Per Diana*[1] ! si je serais content ! Quand ce ne serait que pour ne plus voir ces grimaces et ces signes de tête que me fait le seigneur curé toutes les fois que nous nous rencontrons ! C'est toujours des : Tonio, rappelez-vous ; Tonio, quand vous verra-t-on pour cette affaire ? A tel point que quand, étant en chaire, il fixe les yeux sur moi, j'ai toujours peur qu'il ne vienne à me dire en public : Eh bien ! ces vingt-cinq livres ? Que maudites soient les vingt-cinq livres ! Et puis il aurait à me rendre le collier

____
[1] Par Diane !

d'or de ma femme, dont je changerais la valeur en autant de *polenta* ; mais...

— Mais, mais, si tu me veux rendre un petit service, les vingt-cinq livres sont prêtes.

— Dis vite.

— Mais... ! dit Renzo en faisant une croix avec sa bouche et son index.

— Est-ce qu'il est besoin de cela ? Tu me connais.

— Le seigneur curé va mettant en avant de mauvaises raisons pour traîner mon mariage en longueur, et je me voudrais dépêcher. On m'a dit pour sûr que deux fiancés, en allant devant lui avec deux témoins, et moi lui disant : Voilà ma femme... et Lucia : Voilà mon mari... le mariage est bel et bien fait. M'as-tu compris ?

— Tu veux que j'y aille pour te servir de témoin ?

— C'est cela.

— Et tu payeras pour moi les vingt-cinq livres ?

— Je l'entends ainsi.

— Gueux qui se dédit.

— Mais il faut trouver un autre témoin.

— Je l'ai trouvé. Mon pauvre diable de frère Gervaso fera tout ce que je lui dirai. Lui payeras-tu à boire ?

— Et à manger, répondit Renzo ; nous le mènerons ici pour se divertir avec nous. Mais saura-t-il faire ?

— Je le lui apprendrai. Tu sais bien que j'ai eu aussi sa part de cervelle.

— Demain.

— Bien.

— A la brune.

— Très-bien.

— Mais... ! dit Renzo en mettant encore l'index sur ses lèvres.

— Bah !... répondit Tonio en inclinant la tête sur l'épaule droite et levant la main gauche avec un air qui disait : Tu me fais injure.

— Mais si ta femme te demande, comme sans aucun doute elle te demandera ?...

— Je suis en reste de mensonges avec ma femme, tant, mais tant, que je ne sais pas si je pourrai solder le compte. Je trouverai quelque sornette pour lui mettre la tête en repos.

— Demain matin, dit Renzo, nous nous entendrons bien mieux pour faire aller la chose. »

Là-dessus ils sortirent de l'auberge. Tonio s'achemina vers sa maison en cherchant quelle baie il donnerait aux femmes, et Renzo pour rendre compte des mesures qu'il avait prises.

Dans cet intervalle, Agnese s'était en vain épuisée en raisonnements pour persuader sa fille. Celle-ci allait opposant à chaque phrase ou l'une ou l'autre partie de son dilemme : Ou c'est une mauvaise action, et alors on ne la doit pas faire ; ou elle ne l'est pas, et alors pourquoi ne la pas communiquer au père Cristoforo ?

Renzo arriva tout triomphant ; il fit son rapport, et il le termina par un *han ?* exclamation milanaise qui répond à : Suis-je ou non un homme, moi ? pouvait-on mieux trouver ? en auriez-vous eu l'idée ? et cent choses semblables.

Lucia secouait doucement la tête ; mais les deux autres n'y prenaient pas garde, ainsi qu'on a coutume de faire pour un enfant que l'on désespère de persuader, mais que l'on amènera ensuite par des prières ou par autorité à ce qu'on veut de lui.

« Cela va bien, dit Agnese, cela va bien ; mais vous n'avez pas pensé à tout.

— Qu'y manque-t-il ? répondit Renzo.

— Et Perpetua ? vous n'avez pas pensé à Perpetua ? Elle laissera bien entrer Tonio et son frère ; mais vous ! vous deux ! pensez-y donc ! Elle doit avoir ordre de vous tenir plus loin du curé qu'un petit enfant d'un poirier qui a des fruits mûrs.

— Comment ferons-nous ? dit Renzo, entrant en souci.

— Voyons, j'y pense moi. J'irai avec vous ; j'ai un secret pour l'attirer et pour l'endormir de manière qu'elle ne vous apercevra pas, et vous pourrez entrer. Je l'appellerai, je toucherai une corde... Vous verrez.

— Que le ciel vous bénisse! s'écria Renzo; j'ai toujours dit que vous étiez notre providence en tout.

— Mais tout cela ne sert de rien, dit Agnese, si je ne persuade pas celle-ci, qui s'obstine à dire que c'est un péché. »

Renzo se mit aussi en frais d'éloquence; mais Lucia ne se laissait point persuader.

« Je ne sais que répondre à vos raisons, disait-elle; mais je vois que, pour faire cette chose comme vous dites, il faut n'employer que surpercheries, mensonges, embûches. Ah! Renzo! ce n'est pas ainsi que nous avions commencé. Je veux être votre femme...» Et il n'y avait pas moyen qu'elle pût prononcer ce mot et expliquer cette intention sans que le feu lui montât au visage. «Je veux être votre femme, mais par le droit chemin, avec la crainte de Dieu, à l'autel. Laissons faire à celui de là-haut : croyez-vous qu'il ne saura pas trouver le moyen de nous aider mieux que nous ne le pourrions faire avec toutes ces fourberies? Et pourquoi en faire un mystère au père Cristoforo? »

La dispute durait encore, et ne paraissait pas sur le point de finir, lorsqu'un bruit hâté de sandales et une rumeur de robe agitée, semblable à celle que font dans une voile tendue les souffles répétés du vent, annoncèrent le père Cristoforo. On fit silence, et Agnese eut à peine le temps de glisser à l'oreille de Lucia : « Garde-toi bien d'en rien dire. »

VII

Le père Cristoforo arrivait dans l'attitude d'un bon capitaine qui, ayant perdu, mais non par sa faute, une bataille importante, affligé mais non découragé, pensif mais non abattu, en retraite et non en fuite, se porte là où le besoin l'appelle pour défendre les positions menacées, rassurer les troupes et donner de nouveaux ordres.

« La paix soit avec vous, dit-il en entrant. Il n'y a rien à espérer de l'homme; il faut se confier encore plus en Dieu. J'ai déjà un gage de sa protection. »

Aucun des trois n'avait fait beaucoup de fond sur la tentative du père Cristoforo; car voir un homme puissant céder à des prières sans force, renoncer à une entreprise injuste sans y être contraint par une puissance supérieure, c'était chose plutôt inouïe que rare; cependant la triste certitude leur porta un coup mortel. Les femmes baissèrent tristement la tête; mais dans l'âme de Renzo la colère prévalut sur l'abattement. Cette nouvelle le trouvait déjà aigri et enflammé par une suite de surprises fâcheuses, de tentatives manquées, d'espérances déçues, et par-dessus tout irrité des résistances de Lucia.

« Je voudrais savoir, cria-t-il en grinçant des dents, et en élevant la voix plus qu'il ne l'avait jamais osé en présence du père Cristoforo, je voudrais savoir quelles raisons a données ce chien pour soutenir... pour soutenir que ma femme ne doit pas être ma femme!

— Pauvre Renzo! répondit le frère avec un accent pieux et un regard qui commandait doucement le calme. Si le puissant qui veut commettre l'injustice était toujours obligé de dire ses raisons, les choses n'iraient pas comme elles vont.

— Il a donc dit, le chien, qu'il ne veut pas parce qu'il ne veut pas?...

— Il n'a pas même dit cela, mon pauvre Renzo! Ce serait encore un avantage si, pour commettre l'iniquité, on était obligé de la confesser ouvertement.

— Mais il a dû dire quelque chose : qu'a-t-il dit, ce tison d'enfer?

— J'ai compris ses paroles, et je ne te les saurais pas répéter. Les paroles de l'inique qui est fort sont à la fois claires et fugitives. Il peut se formaliser de ce que tu le soupçonnes, et te faire sentir en même temps que tes soupçons sont fondés; il peut insulter et se prétendre

offensé, faire un outrage et demander satisfaction, épou-
vanter et se plaindre, marcher à front découvert et être
irrépréhensible; ne demande rien de plus. Cet homme n'a
prononcé ni le nom de cette innocente ni le tien; il n'a
pas fait mine de vous connaître. Il n'a pas dit qu'il pré-
tendit rien; mais... mais je n'ai que trop dû comprendre
qu'il était inflexible. Néanmoins, de la confiance en Dieu!
Vous, infortunés, ne perdez pas courage; et toi, Renzo...
Oh! crois pourtant que je sais me mettre à ta place, que
je sens tout ce qui se passe dans ton âme; mais patience.
C'est une parole vaine, une parole amère pour qui ne croit
pas; mais toi, ne voudras-tu pas accorder à Dieu un jour,
deux jours, le temps qu'il voudra prendre pour faire triompher la bonne cause? Le temps lui appartient, et il nous
en a déjà tant accordé! Laisse faire à Dieu, Renzo, et
apprends..., apprenez tous que je tiens déjà un fil pour
vous servir. Pour le moment, je ne puis vous en dire
davantage. Demain je ne viendrai pas ici : je dois rester
toute la journée au couvent pour vous. Toi, Renzo, tâche
d'y venir; ou si, par un accident imprévu, tu ne le peux
pas, envoyez-moi un homme sûr, un garçon de sens, par
qui je vous puisse faire savoir ce qui arrivera. Il se fait
nuit, il faut que je coure au couvent. Foi, courage, et bonsoir. »

Cela dit, il sortit en hâte. Il s'en alla trottant par un
sentier tortueux et pierreux, pour ne pas courir le risque,
en arrivant trop tard au couvent, de s'attirer une bonne
réprimande, ou, ce qui lui aurait été plus pénible encore,
une punition qui l'eût empêché de se trouver le lendemain
prêt à faire tout ce qu'exigerait le service de ses protégés.

« Vous avez entendu ce qu'il a dit d'un je ne sais quoi...,
d'un fil qu'il tient pour nous aider, dit Lucia. Il faut s'en
rapporter à lui; c'est un homme tel que, quand il promet
dix...

— S'il n'y a que cela..., interrompit Agnese, il aurait dû
parler plus clairement, ou au moins me tirer à l'écart, et
me dire ce qu'il en est.

— Vains discours ! je finirai l'affaire, moi, je la finirai, interrompit à son tour Renzo, marchant à grands pas, d'un ton et d'un air qui ne laissaient pas de doute sur le sens de ces mots.

— Oh ! Renzo ! s'écria Lucia.

— Que voulez-vous dire? s'écria Agnese.

— Qu'est-il besoin de le dire? Je finirai l'affaire, moi; qu'il ait cent, qu'il ait mille diables au corps, finalement il est de chair et d'os, lui aussi.

— Non, non, pour l'amour du ciel!... » Mais les pleurs étouffèrent la voix de Lucia.

« Ce ne sont pas des propos à tenir, même par plaisanterie, dit Agnese.

— Par plaisanterie ! cria Renzo en s'arrêtant debout devant Agnese assise, et la regardant en face avec des yeux égarés; par plaisanterie ! Vous verrez si c'est une plaisanterie.

— Oh ! Renzo, dit Lucia en sanglotant, je ne vous ai jamais vu ainsi.

— Ne dites pas de ces choses-là, pour l'amour du ciel ! reprit encore en hâte Agnese baissant la tête. Ne vous souvient-il pas combien il a de bras à son commandement? Et encore..., que Dieu veuille m'en préserver !... contre les pauvres gens il y a toujours une justice.

— Je me la ferai, moi, cette justice ; je me la ferai ! il est grand temps. La chose n'est pas facile, je le sais aussi, moi. Ce chien d'assassin se garde bien ; il sait ce qu'il est; mais n'importe : patience et résolution..., et le moment arrive. Oui, je me ferai justice, moi ; je délivrerai le pays. Que de gens me béniront !... Et puis on me fera battre quatre entrechats... »

L'horreur que ces mots d'un sens si clair firent éprouver à Lucia arrêta ses pleurs et lui donna le courage de parler.

« Vous ne voulez donc plus m'avoir pour femme? dit-elle à Renzo d'une voix émue, mais décidée. Je m'étais promise à un jeune homme qui avait la crainte de Dieu ; mais

un homme qui aurait..., fût-il à l'abri de la justice et de
toute vengeance, fût-il le fils du roi...

« — Eh bien ! cria Renzo avec un visage plus renversé que
jamais, je ne vous aurai pas, mais il ne vous aura pas non
plus. Moi là sans vous, et lui dans la maison du...

« — Oh ! non ! par pitié, ne parlez pas, ne me regardez
pas ainsi ; non, je ne vous puis voir ainsi, » s'écria Lucia
en pleurant, en le suppliant, en joignant les mains.

Cependant Agnese appelait le jeune homme par son nom,
et lui prenait tour à tour les épaules, les bras, les mains,
pour l'apaiser. Il s'arrêta immobile, pensif, et comme touché, pour contempler un moment l'air suppliant de Lucia ;
puis tout à coup il la regarda de travers, se retira en arrière, tendit le bras et l'index vers elle, et s'écria : « Elle
le veut ! oui, c'est elle qui le veut, il mourra !

« — Et moi, quel mal vous ai-je fait pour que vous me
fassiez mourir ? dit Lucia en se jetant à ses genoux.

« — Vous, dit-il d'une voix qui exprimait une colère bien
différente, mais toutefois une colère ; vous ! quel bien me
voulez-vous ? quelle preuve m'en avez-vous donnée ? Ne vous
ai-je pas priée, suppliée, conjurée ? Ai-je pu obtenir... ?

« — Oui, oui, répondit précipitamment Lucia, j'irai chez
le curé demain, maintenant si vous le voulez ; j'irai. Retournez à votre premier projet, j'irai.

« — Me le promettez-vous ? dit Renzo d'un air devenu
tout à coup plus humain.

« — Je vous le promets.

« — Vous me l'avez promis.

« — Ah ! Seigneur ! je vous rends grâces, » s'écria Agnese
doublement contente.

Au milieu de ses fureurs, Renzo l'avait-il avertie de
l'avantage qu'on pouvait tirer de l'épouvante de Lucia ?
n'avait-il pas usé d'un peu d'artifice pour l'accroître et en
venir ainsi à ses fins ? Notre auteur proteste de n'en rien
savoir, et je crois, pour ma part, que Renzo ne le savait
pas bien lui-même. Le fait est que sa rage contre don Rodrigo était telle qu'elle lui avait fait perdre le sens, et qu'il

désirait ardemment d'obtenir le consentement de Lucia. Quand deux passions parlent ensemble au cœur d'un homme, aucun, même le plus froid et le plus attentif, ne peut bien distinguer l'une de l'autre, et dire quelle est celle qui domine.

« Je vous l'ai promis, répondit Lucia avec un doux et timide accent de reproche ; mais vous avez promis aussi de ne pas faire de scandale, de vous en rapporter au père...

— Oh ! allons ! pour l'amour de qui viens-je de me mettre en colère, moi ? Voulez-vous maintenant vous tirer en arrière et me jouer quelque mauvais tour ?

— Non, non, dit Lucia prompte à retomber dans ses frayeurs. J'ai promis, et je ne me dédis pas. Mais voyez vous-même comment vous m'avez fait promettre. Dieu veuille que...

— Pourquoi vouloir faire de fâcheux présages, Lucia ? Dieu sait que nous ne faisons tort à personne.

— Promettez-moi au moins que cette scène sera la dernière.

— Je vous le promets, foi d'honnête garçon.

— Mais cette fois, tenez au moins parole, » dit Agnese.

Ici l'auteur avoue qu'il ignore une autre chose : Lucia fut-elle absolument fâchée de s'être trouvée forcée d'y consentir ? Nous laissons comme lui la chose en doute.

Renzo aurait voulu prolonger l'entretien, et arrêter point par point ce qu'on avait à faire le jour suivant, mais il était nuit close, et les femmes la lui souhaitèrent bonne : car il ne leur paraissait pas honnête qu'il restât plus longtemps à cette heure.

La nuit pourtant fut pour tous trois aussi bonne que peut l'être une nuit qui succède à un jour plein d'agitation et de malheurs, et qui en précède un autre destiné à une entreprise importante et d'une issue incertaine. Renzo se fit voir de bon matin, et il concerta avec les femmes, ou plutôt avec Agnese, la grande opération du soir, proposant et soulevant alternativement les difficultés, prévoyant les contre-temps, et recommençant, tantôt l'un, tantôt l'autre, à décrire l'affaire comme on raconterait une chose faite. Lucia écoutait, et, sans approuver avec des paroles ce qu'elle ne pouvait approuver en son cœur, elle promettait de faire du mieux qu'elle saurait.

« Irez-vous là-bas au couvent pour parler au père Cristoforo, comme il vous l'a dit hier au soir? demanda Agnese à Renzo.

— Peste! répondit celui-ci, vous savez quels diables d'yeux a le père : il me lirait sur la figure comme dans un livre qu'il y a quelque chose en campagne; et s'il commençait à me faire des interrogatoires, je ne pourrais pas m'en tirer avec honneur. Et puis j'ai à rester ici pour avoir soin des choses. Il serait mieux que vous y envoyassiez quelqu'un.

— J'enverrai Menico.

— Oui bien, » répondit Renzo; et il partit pour avoir soin des choses, comme il avait dit.

Agnese alla à la maison voisine demander Menico, un petit garçon éveillé, un homme pour son âge, et qui, par remuements de cousins et d'arrière-cousins, se trouvait quelque peu neveu de la dame. Elle le demanda aux parents comme en prêt pour toute la journée, « pour un certain service, » disait-elle. L'ayant obtenu, elle le conduisit dans sa cuisine, lui donna à déjeuner, et lui dit d'aller à Pescarenico et de se montrer au père Cristoforo, qui le renverrait ensuite avec une réponse quand il serait temps. « Le père Cristoforo, ce beau vieillard, tu sais bien, avec la barbe blanche, celui qu'on appelle le saint...

— J'entends, dit Menico, celui qui caresse toujours les petits garçons et leur donne de temps en temps quelque image.

— Justement, Menico. Et s'il te disait d'attendre quelque temps près du couvent, ne va pas t'en éloigner; observe bien de ne pas aller avec les autres petits garçons au lac pour faire voler les palets sur l'eau, ni pour voir pêcher, ni pour jouer avec les filets suspendus au mur pour sécher, ni...

— Pouh! ma tante! je ne suis pas un enfant.

— C'est bien; aie de la raison, et quand tu reviendras avec la réponse..., regarde, ces deux belles *parpagliole* neuves sont pour toi [1].

— Donnez-les-moi maintenant.

— Non, non, tu t'en amuserais. Va, et conduis-toi bien, tu en auras encore davantage. »

Le reste de cette longue matinée, on vit d'étranges choses qui ne mirent pas peu en soupçon l'esprit déjà troublé des deux femmes. Un mendiant qui n'était ni exténué ni déguenillé comme ses pareils, et qui avait je ne sais quel air suspect et sinistre, entra en demandant l'aumône pour l'amour de Dieu, et jetant çà et là des regards d'espion. On lui donna un morceau de pain, qu'il reçut et mit dans sa poche avec une indifférence mal déguisée. Il se mit ensuite à lier conversation avec une certaine effronterie et en même temps un peu d'hésitation; faisant plusieurs questions auxquelles Agnese se hâta de répondre toujours le contraire de ce qui était. Il se mit ensuite en marche comme pour partir; mais, feignant de se tromper de porte, il entra par celle qui ouvrait sur l'escalier, et là il donna de l'œil en hâte autant qu'il put. On lui cria par derrière : « Eh! eh! où allez-vous, brave homme? c'est par ici. » Il revint sur ses pas et sortit par la porte qu'on lui indiquait, faisant des excuses d'un air de soumission, d'humilité affectée, qu'il s'efforçait en vain de mettre en harmonie avec les traits féroces et durs de son visage. Après celui-ci continuèrent à se montrer de temps en temps d'autres figures étranges. On n'aurait pu dire aisément quelle espèce d'hommes ce pouvait être; mais on ne pouvait pas croire non plus qu'ils fussent ce qu'ils voulaient paraître, c'est-à-dire d'honnêtes voyageurs. Celui-ci entrait sous le prétexte de demander sa route; d'autres, arrivés devant la porte, ralentissaient le pas et regardaient à la dérobée, à travers la cour, dans la salle, comme quelqu'un qui veut voir sans donner de soupçon.

[1] Monnaie génoise qui vaut environ six liards.

Enfin, vers le midi, cette ennuyeuse procession finit. Agnese se levait de temps en temps, traversait la cour, paraissait à la porte de la rue, guettait à droite et à gauche, et s'en venait disant : « Personne, » mot qu'elle semblait prononcer avec plaisir, et que Lucia entendait de même, sans que ni l'une ni l'autre sût bien clairement pourquoi. Mais il leur resta à toutes deux un trouble indéterminé qui leur ôta, et surtout à la fille, une grande partie du courage qu'elles avaient mis en réserve pour le soir.

Il convient cependant que le lecteur sache quelque chose de plus précis touchant ces rôdeurs mystérieux ; et pour l'en instruire complétement, il faut que nous revenions sur nos pas, et que nous retrouvions don Rodrigo, que nous avons laissé hier, après le dîner, seul dans une salle de son château, au départ du père Cristoforo.

Don Rodrigo, comme nous l'avons dit, mesurait en long et en large à grands pas cette salle, aux murs de laquelle étaient suspendus des portraits de famille de diverses générations. Quand il donnait du nez contre une muraille, et qu'il retournait sur ses pas, il voyait en face de lui un guerrier, son ancêtre, terreur des ennemis et de ses soldats, le regard fier et assuré, les cheveux courts et hérissés sur le front, les moustaches tirées et pointues qui dépassaient les joues, le menton oblique ; le héros droit sur ses pieds, avec les jambards, les cuissards, la cuirasse, les brassards, les gants, tout de fer : la main droite fixée au flanc, et la gauche sur le pommeau de l'épée. Don Rodrigo le regardait ; et quand il était arrivé sur lui, et qu'il se retournait, voilà qu'il avait en face un autre aïeul, magistrat, terreur des plaideurs, assis sur un haut fauteuil de velours rouge, enveloppé d'une ample toge toute noire, à l'exception d'un collet blanc avec un large rabat et une fourrure de zibeline renversée (c'était le costume distinctif des sénateurs, et ils ne le portaient que l'hiver : c'est la raison pourquoi l'on ne trouvera jamais un portrait de sénateur en habit d'été) ; le teint pâle et les sourcils froncés, il tenait en main une supplique, et il semblait dire :

Nous verrons. Par ici une haute dame, la terreur de ses demoiselles; par là un abbé, la terreur de ses moines : toutes gens, en somme, qui avaient fait peur de leur vivant, et qui effrayaient encore par leur image. Animé par de tels souvenirs, don Rodrigo entrait en rage; il avait honte, il ne pouvait pas se donner de repos en songeant qu'un frère avait osé venir devant lui avec la prosopopée de Nathan. Il formait un dessein de vengeance, l'abandonnait, songeait en même temps comment il pourrait satisfaire à sa passion et à ce qu'il appelait son honneur; et parfois (voyez un peu cela!) en sentant retentir à ses oreilles le commencement de prophétie, il déposait tout à coup sa rage, et était sur le point de renoncer à l'idée de ces deux satisfactions. Enfin, pour faire quelque chose, il appela un serviteur, et lui ordonna d'aller l'excuser auprès de la compagnie, en disant qu'il était retenu pour une affaire pressante. Quand le serviteur revint pour rapporter que ces seigneurs étaient partis en laissant leurs devoirs : « Et le comte Attilio? demanda Rodrigo, toujours en se promenant.

— Il est sorti avec ces seigneurs, illustrissime seigneur.

— C'est bien : six personnes de cortége pour la promenade; sur-le-champ mon épée, ma cape, mon chapeau sur-le-champ. »

Le serviteur partit en répondant par une inclination : et peu d'instants après il revint avec une riche épée que le maître ceignit, avec la cape qu'il jeta sur ses épaules, avec le chapeau à grandes plumes qu'il enfonça dans sa tête fièrement d'un coup de main, signe de bourrasque. Il se mit en marche, et il trouva sur le seuil six *braci* tout armés, qui, l'ayant salué en s'inclinant, le suivirent par derrière. Plus farouche, plus orgueilleux, plus hautain que de coutume, il sortit et dirigea sa promenade vers Lecco, à travers les coups de chapeau et les saluts jusqu'à terre des villageois qu'il rencontrait. Le malavisé qui aurait gardé son chapeau sur la tête en aurait été quitte à bon marché si l'un des *braci* de la suite s'était contenté de le lui faire sauter avec une taloche. Don Rodrigo ne répondait pas à ces saluts. Les hommes d'une condition plus élevée lui tiraient aussi leur révérence, puisqu'il était sans comparaison le plus puissant d'entre eux. Il répondait à ceux-ci avec une dignité insultante. Quand il arrivait qu'il rencontrât le seigneur châtelain espagnol (ce jour-là il ne le rencontra pas), le salut alors était également profond des deux parts : c'était comme entre deux potentats qui n'ont rien à partir ensemble, mais, par convenance, font honneur au rang l'un de l'autre. Pour dissiper un peu sa colère, et pour opposer à l'image du frère, qui assiégeait son esprit, d'autres visages et d'autres idées, don Rodrigo entra dans une maison où était rassemblée une nombreuse compagnie. Il y fut reçu avec cette cordialité empressée et respectueuse qui est réservée aux hommes qui se font beaucoup aimer ou beaucoup craindre. A la nuit close, il retourna à son château. Le comte Attilio était rentré dans cet intervalle, et l'on servit le souper. Don Rodrigo s'assit tout pensif et parla peu.

A peine la table fut-elle levée, et les domestiques partis : « Cousin, quand me payerez-vous cette gageure? dit d'un air malin et un peu moqueur le comte Attilio.

— La Saint-Martin n'est pas encore passée.

— Autant vaudrait que vous la payassiez tout de suite, car tous les saints du calendrier passeront avant que...

— C'est ce qu'il faudra voir.

— Cousin, vous voulez faire le fin; mais je comprends tout, et je suis si certain d'avoir gagné la gageure, que je suis prêt à en faire une autre.

— Laquelle?

— Que le père..., le père..., que sais-je moi? ce frère enfin vous a converti.

— Voilà, vraiment, une de vos idées.

— Converti, cousin, converti, vous dis-je. Pour moi, je m'en réjouis. Savez-vous que ce sera un beau spectacle que de vous voir l'air contrit et les yeux baissés? Et quelle gloire pour ce père comme il sera retourné chez lui le rœur content! Ce ne sont pas de ces poissons que l'on prenne tous les jours ni avec tous les filets. Soyez assuré qu'il vous citera en exemple; et quand il ira en mission un peu loin, il parlera de vos faits. Il me semble l'entendre! » Et là, parlant du nez, et accompagnant ses mots de gestes chargés, il continua d'un ton de prédicateur : « Dans une partie de ce monde que, par respect et pour de justes motifs, je ne nomme pas, vivait, mes très-chers frères, et vit encore un gentilhomme libertin, plus ami des belles femmes que des hommes de bien, lequel, voulant de tout bois faire flèche, avait jeté les yeux...

— Suffit, suffit, interrompit don Rodrigo demi-riant, demi-fâché. Si vous voulez doubler la gageure, je suis prêt aussi, moi.

— Diable! est-ce que vous auriez converti le père?

— Ne me parlez pas de cet homme; et quant à la gageure, la Saint-Martin en décidera. » La curiosité du comte était piquée, il ne ménagea pas les questions; mais don Rodrigo les sut toutes éluder. Il s'en remit sans cesse au jour qui en devait décider, et ne voulut pas communiquer à sa partie adverse des décisions qui n'étaient encore ni exécutées ni même entièrement arrêtées.

Le matin suivant, don Rodrigo s'éveilla. Ce peu de terreur que le *Un jour viendra* lui avait mis en tête s'était évanoui avec les songes de la nuit. Il ne lui restait que la colère, aigrie encore par le remords de cette faiblesse passagère. Les images plus récentes de la promenade triomphale, des saluts, des accueils, le sermon de son cousin, n'avaient pas peu contribué à lui rendre son ancien esprit. A peine servi, il fit appeler Griso. « Affaire importante, » dit à part lui le valet à qui fut donné l'ordre. L'homme qui avait ce surnom n'était rien moins que le chef des *bravi*, celui à qui étaient confiées les expéditions les plus hardies et les plus téméraires, celui à qui le maître se confiait entièrement, qui lui était dévoué en toutes circonstances, par reconnaissance et par intérêt. Coupable d'un homicide commis en public, pour se soustraire aux recherches de la justice il était venu implorer la protection de don Rodrigo. Celui-ci, en le prenant à son service, l'avait mis à couvert de toute poursuite. Ainsi, en se chargeant de commettre tous les crimes qui lui seraient ordonnés, il s'était assuré l'impunité du premier. Pour don Rodrigo, l'acquisition n'avait pas été de peu d'importance, parce que Griso, outre qu'il était, sans comparaison, le plus vaillant de la bande, était encore une preuve vivante de ce que son maître avait pu attenter avec succès contre les lois ; de sorte que sa puissance s'en était accrue et par le fait et dans l'opinion.

« Griso ! dit don Rodrigo, en cette conjoncture on verra ce que tu vaux. Avant demain, cette Lucia doit se trouver dans ce palais.

— On ne dira jamais que Griso ait refusé d'obéir à un ordre de l'illustrissime seigneur son maître.

— Prends autant d'hommes que tu pourras en avoir besoin, ordonne et dispose du mieux qu'il te semblera, pourvu que la chose réussisse ; mais veille surtout à ce qu'il ne lui arrive aucun mal.

— Seigneur, un peu de peur, pour qu'elle ne fasse pas trop de bruit... On ne pourra pas faire moins.

— Un peu de peur... j'entends..., c'est inévitable. Mais qu'on ne lui ôte pas un cheveu, et surtout qu'on lui porte respect en toute manière. Tu m'entends ?

— Seigneur, on ne peut pas détacher une fleur de sa tige et la porter à votre seigneurie sans y toucher en rien. Mais on ne fera que le strict nécessaire.

— Sur ta propre sûreté. Et... comment feras-tu ?

— J'y pensais, seigneur. Nous sommes heureux que la maison soit à la tête du village. Nous avions besoin d'un endroit pour aller nous y aposter, et justement à peu de distance de là se trouve cette masure abandonnée au milieu des champs, cette maison... ; mais votre seigneurie ne peut rien savoir de ces sortes de choses... Une maison qui a été brûlée il y a peu d'années. On n'a pas eu d'argent pour la réparer, on l'a abandonnée, et maintenant les sorciers s'y assemblent ; mais comme ce n'est pas le jour du sabbat, je m'en moque. Ces paysans, qui sont pleins de superstitions, n'y passeraient pas de nuit, même dans la semaine, pour un trésor. Ainsi nous pouvons aller nous y placer en embuscade, et tellement en sûreté, que personne ne viendra pour gâter nos affaires.

— C'est bien. Et ensuite ? »

Ici Griso se mit à proposer, don Rodrigo à discuter, jusqu'à ce que, tous deux d'accord, ils eussent trouvé le moyen de conduire à fin l'entreprise, sans qu'il restât de trace des auteurs, ensuite de faire diriger les soupçons d'un autre côté par des indices trompeurs, d'imposer silence à la pauvre Agnese, d'inspirer à Renzo une frayeur assez forte pour lui faire passer son chagrin, l'idée de recourir à la justice, et même l'envie de se plaindre. Ils inventèrent enfin tous les autres brigandages accessoires pour la réussite du brigandage principal. Nous cessons de rapporter cette longue conversation, parce que, ainsi que le lecteur le verra, le reste n'est pas nécessaire à l'intelligence de notre histoire, et il en coûte de l'entretenir si longuement de ces deux ennuyeux coquins. Il suffira de dire que, pendant que Griso s'en allait pour mettre les mains à l'exécution, don Rodrigo le rappela, et lui dit : « Écoute : si, par aventure, ce téméraire manant levait la main sur vous ce soir, il ne serait pas mal qu'on lui donnât par anticipation un bon *memento* sur les épaules. Ainsi l'ordre qu'on ira lui intimer demain de rester coi atteindra mieux le but. Mais ne le cherchez pas, pour ne pas gâter le point le plus important. Tu m'entends ?

— Laissez-moi faire, » répondit Griso en s'inclinant d'un air de respect et de vanterie, et il s'en alla. La matinée se passa à reconnaître les lieux. Ce faux mendiant, qui s'était introduit de cette manière dans la pauvre chaumière, n'était autre que Griso, qui venait pour en lever le plan à vue d'œil ; les faux voyageurs étaient ses vauriens, à qui, pour opérer sous ses ordres, il suffisait d'une connaissance plus légère des lieux. La découverte une fois faite, ils ne s'étaient plus laissé voir, de peur de donner trop de soupçon.

Quand ils furent retournés au château, Griso fit son rapport, et il arrêta définitivement le projet de l'entreprise, assigna les rôles et donna les instructions. Tout cela ne se put pas faire sans que le vieux serviteur, qui avait les yeux ouverts et l'oreille au guet, s'aperçût qu'il se machinait quelque grande affaire. A force d'attention et de questions, saisissant un demi-indice par-ci, un demi-indice par-là, expliquant à part soi un mot obscur, interprétant un aller mystérieux, il fit si bien qu'il en vint à s'éclaircir de ce qui se devait faire dans la nuit. Mais quand il en fut là, la nuit était déjà peu éloignée : déjà une petite avant-garde de scélérats s'était mise en campagne pour s'aller poster en embuscade dans cette masure en ruine. Le pauvre vieillard, quoiqu'il sût bien à quel jeu hasardeux il jouait, et qu'il craignît en outre de ne pas porter le *secours de Pise* [1], ne voulut toutefois pas y manquer. Il sortit sous prétexte de prendre un peu l'air, et il s'achemina en toute hâte vers le couvent pour donner au père Cristoforo l'avis qu'il lui avait promis. Peu de temps après, les autres scélérats se mirent en marche, et partirent un à un, deux à deux, peu à peu, pour n'avoir pas l'air d'aller en compagnie. Griso vint ensuite, et il ne resta en arrière qu'une litière qui devait être, et fut, en effet, portée à la masure quand la nuit fut plus avancée. Une fois réunis là, Griso en expédia trois à l'hôtellerie du village, ordonna que l'un d'eux se mît sur la porte pour observer les mouvements de la rue, et pour guetter le moment où tous les habitants seraient retirés ; les deux autres devaient rester dedans à jouer et à boire comme des amateurs, et être pourtant attentifs à épier, s'il y avait quelque chose à épier. Lui, avec les gens de sa troupe, resta aux aguets et dans l'attente.

Le pauvre vieillard trottait encore, les éclaireurs arrivaient à leur poste, le soleil tombait, quand Renzo entra

[1] Un secours porté à temps.

chez les femmes et leur dit : « Tonio et Gervaso sont là
dehors, je vais avec eux souper à l'hôtellerie ; au coup de
l'*Ave Maria* nous vous viendrons prendre. Allons, courage,
Lucia ! tout dépend d'un moment. » Lucia soupira et répondit : « Oh ! oui, courage ! » d'une voix qui démentait
ses paroles.

Quand Renzo et ses deux compagnons arrivèrent à l'hôtellerie, ils y trouvèrent le *bravo* déjà planté en sentinelle, qui
obstruait le milieu de la porte, le dos appuyé sur un jambage, les bras croisés sur la poitrine, et regardait en dessous
à droite et à gauche, en faisant briller tantôt le noir, tantôt
le blanc de deux yeux semblables à ceux d'un oiseau de proie.
Un béret plat de velours cramoisi, mis de travers, lui couvrait la moitié du toupet, qui, en se divisant sur un front
brun, se terminait en tresses fixées par un peigne sur la
nuque. Il tenait suspendu à la main un gros gourdin :
d'armes proprement dites, il n'en portait point d'apparentes ; mais rien qu'à le regarder en face, même un enfant
aurait imaginé qu'il en devait avoir sous ses habits autant
qu'il en pouvait tenir. Quand Renzo, le premier des trois,
fut près de lui, et fit mine de vouloir entrer, celui-ci, sans
se déranger, le regarda très-fixement ; mais le jeune
homme, attentif, comme l'est toute personne qui conduit
une entreprise difficile, à éviter toute dispute, ne dit pourtant pas : Otez-vous de là ; et rasant l'autre jambage, il passa
de biais, le flanc en avant, par l'ouverture que laissait cette
cariatide. Ses deux compagnons furent contraints pour entrer de faire la même évolution. Étant entrés, ils virent
les deux autres dont nous avons déjà parlé, ces deux bravaches qui, assis à une petite table, jouaient à la *mora*[1],
criant tous les deux en même temps, et se versant à boire
d'une grande bouteille placée devant eux. Ceux-ci pour-

[1] Sorte de jeu fort en usage en Italie parmi les gens du peuple. Deux
personnes jettent en même temps leurs doigts, et l'une d'elles dit un
nombre ; il faut, pour gagner un point, que le nombre de doigts ouverts de part et d'autre se rencontre avec le nombre indiqué. Ce jeu se
joue en dix points.

tant regardèrent attentivement les deux survenants, et un des deux particulièrement, en tenant suspendue en l'air la main droite avec trois gros doigts écartés et la bouche ouverte par un grand « six » qui en était sorti en ce moment, toisa Renzo de la tête aux pieds, fit signe de l'œil à son collègue, puis à celui de la porte, qui répondit par un signe de tête. Renzo, en soupçon et incertain, regardait ses deux conviés, comme s'il eût voulu chercher dans leur air une explication de tous ces manéges; mais leur air n'indiquait qu'un bon appétit. L'aubergiste le regardait en face comme pour attendre ses ordres. Il le fit venir avec lui dans une pièce voisine et commanda le souper.

« Qui sont ces étrangers? lui demanda-t-il ensuite à voix basse, quand celui-ci revint avec une nappe écrue sous le bras et une bouteille à la main.

— Je ne les connais pas, répondit l'aubergiste en déployant la nappe.

— Comment? pas même un?

— Vous savez bien, répondit encore celui-ci, en étendant avec les deux mains la nappe sur la table, que la première règle de notre métier, c'est de ne pas nous occuper des affaires d'autrui; jusqu'à nos femmes, personne de nous n'est curieux. On serait frais, avec tant de gens qui vont et viennent : c'est toujours comme un port de mer, quand l'année est bonne, veux-je dire; mais, courage! il reviendra un peu de bon temps. Il nous suffit à nous que les chalands soient galants hommes ; ensuite peu importe qui ils soient ou qui ils ne soient pas. Maintenant je vais vous apporter un fameux plat de *polpette* : vous n'en avez jamais mangé de semblables.

— Comment pouvez-vous savoir?... » reprenait Renzo. Mais l'aubergiste, déjà en route pour la cuisine, poursuivit son chemin. Là, pendant qu'il prenait la casserole des *polpette* que nous venons de dire, ce bravache qui avait toisé notre jeune homme s'approcha doucement de lui, et lui dit à voix basse : « Qui sont ces braves gens? »

— Ce sont de braves gens d'ici du village, répondit l'aubergiste en versant les *polpette* sur un plat.

— C'est bien, mais comment se nomment-ils? qui sont-ils? insista celui-ci d'une voix un peu âpre.

— L'un se nomme Renzo, répondit l'aubergiste, mais à voix basse, un bon jeune homme établi, fileur de soie, qui sait bien son métier. L'autre est un paysan qui a nom Tonio, bon compagnon, joyeux convive. C'est dommage qu'il ait peu de deniers: il les dépenserait tous ici. L'autre est un benêt qui mange volontiers quand on le régale. Avec votre permission... »

Et d'un saut il quitta le fourneau et le questionneur, et il alla porter le plat à qui l'avait commandé.

« Comment pouvez-vous savoir, reprit Renzo quand il le vit reparaître, que ce sont de galants hommes, si vous ne les connaissez pas?

— Par leurs actions, mon cher: l'homme se connaît à ses actions. Ceux qui boivent le vin sans le critiquer, qui mettent sur le comptoir l'effigie du roi sans marchander, qui ne se prennent jamais de querelle avec les autres buveurs, et qui, s'ils ont un coup de couteau à donner à quelqu'un, le vont attendre dehors et loin de l'hôtellerie, de manière à ne jamais compromettre le pauvre aubergiste, ceux-là sont de galants hommes. Pourtant, si l'on peut connaître entièrement les gens comme nous nous connaissons entre nous quatre, c'est encore mieux. Et quelle diable de fantaisie vous prend de savoir tant de choses quand vous êtes fiancé et que vous devez avoir tout autre chose en tête? et devant ces *polpette* qui feraient revenir un mort! » En disant cela, il retourna dans sa cuisine.

Notre auteur, en remarquant la manière différente dont se servait l'aubergiste pour satisfaire aux enquêtes, dit que c'était un homme ainsi fait, que dans tous ses discours il faisait profession d'être ami des galants hommes en général; mais dans la pratique il usait d'une complaisance beaucoup plus grande envers ceux qui avaient la réputation ou les dehors de brigands. C'était, comme on voit, un homme d'un caractère bien singulier.

Le souper ne fut pas très-gai. Les deux convives auraient voulu savourer lentement le plaisir ; mais l'amphitryon, préoccupé de ce que le lecteur sait, ennuyé et un peu inquiet aussi du maintien étrange de ces inconnus, ne soupirait qu'après le moment du départ. On parlait à demi-voix à cause d'eux, et c'étaient des propos fades et sans suite.

« Quelle belle chose, laissa échapper un moment Gervaso, que Renzo veuille prendre femme, et qu'il ait besoin !... » Renzo prit un air sévère. « Veux-tu te taire, imbécile ! » lui dit Tonio, en accompagnant l'épithète d'un coup de coude. La conversation alla en languissant jusqu'à la fin. Renzo, observant une stricte sobriété, fut attentif à verser aux deux témoins avec discrétion, de manière à leur donner un peu de hardiesse sans leur faire perdre la raison. Quand on eut desservi, et que le repas eut été payé par celui qui y avait fait le moins de mal, ils furent obligés de passer de nouveau tous trois devant ces figures, qui se retournèrent toutes trois vers Renzo comme la première fois. Quand il eut fait quelques pas hors de l'hôtellerie, il regarda derrière lui, et il vit que les deux qu'il avait laissés dans la cuisine le suivaient. Il s'arrêta alors avec ses deux compagnons, comme s'il eût dit : Voyons ce que veulent de moi ces gens-ci. Mais quand ceux-ci s'aperçurent qu'ils étaient observés, ils s'arrêtèrent aussi, se parlèrent à voix basse, et retournèrent sur leurs pas. Si Renzo avait été assez près pour entendre leurs discours, ils lui auraient semblé bien étranges. « Ce serait pourtant un bel honneur, sans compter le profit, disait un des coquins, si, en retournant au château, nous pouvions raconter de lui avoir aplati les coutures en hâte, et par nous-mêmes, sans que ce seigneur Griso fût là pour tout régler.

— Et gâter l'affaire principale ! dit l'autre. Voilà, il s'est douté de quelque chose ; il s'arrête pour nous regarder. Eh! s'il était plus tard! Retournons pour ne pas donner de soupçons. Vois, il arrive du monde de toutes parts; laissons aller toutes les poules au poulailler. »

Il y avait en effet ce bourdonnement, cette rumeur qui se fait entendre sur le soir dans les villages, et qui, peu d'instants après, fait place au calme solennel de la nuit. Les femmes arrivaient des champs en portant sur leur cou leurs petits enfants, et en tirant par la main les plus âgés, à qui elles faisaient répéter les prières du soir; les hommes venaient avec les bêches et les hoyaux sur leurs épaules. A l'ouverture des portes, on voyait luire çà et là les feux allumés pour les pauvres soupers; on entendait dans la rue des saluts donnés et reçus, des colloques courts et tristes sur le manque de la récolte et sur la misère de l'année; et plus retentissants que les paroles, on entendait les coups mesurés et sonores de la cloche qui annonçait la fin du jour. Quand Renzo vit que les deux indiscrets s'étaient retirés, il continua sa route dans les ténèbres croissantes, donnant à voix basse tantôt un souvenir, tantôt un autre, tantôt à l'un, tantôt à l'autre des deux frères. Il était nuit close quand ils arrivèrent à la chaumière de Lucia.

Entre la première idée d'une entreprise hasardeuse et son exécution (a dit un barbare qui n'était pas dépourvu de génie [1]), l'intervalle est un songe rempli de fantômes et de frayeurs. Lucia était depuis plusieurs heures dans les angoisses d'un tel songe; et Agnese, Agnese elle-même, l'auteur du conseil, était toute pensive, et trouvait à peine des paroles pour rassurer sa fille. Mais au moment de s'éveiller, au moment où il faut mettre la main à l'action, l'esprit se trouve tout changé. A la terreur et au courage qui se disputaient votre cœur, succèdent une autre terreur et un autre courage. L'entreprise se présente à l'esprit comme une nouvelle apparition : ce que l'on appréhendait le plus d'abord semble parfois devenir en un moment facile; parfois s'agrandit l'obstacle dont on s'était

[1] Shakspeare.

à peine aperçu; l'imagination recule épouvantée, les membres refusent leur service, et le cœur manque aux promesses qu'il avait faites avec le plus de certitude. Au léger coup de marteau de Renzo, Lucia fut saisie d'une si grande terreur, qu'elle résolut en ce moment de tout souffrir, d'être pour jamais séparée de lui, plutôt que d'exécuter la résolution qu'elle avait prise; mais quand il eut paru, et qu'il eut dit : « Me voilà, partons; » quand tous se montrèrent prêts à se mettre en marche sans hésiter, comme à une chose fixée, irrévocable, Lucia n'eut ni le temps ni le cœur de faire naître aucune difficulté, et, comme entraînée, elle prit en tremblant un bras de sa mère, un bras de son fiancé, et se mit en marche avec la troupe aventureuse.

Doucement, doucement, dans les ténèbres, à pas mesurés, ils franchirent la porte et prirent la rue hors du village. Le plus court aurait été de le traverser pour arriver à l'autre extrémité, où était la maison de don Abbondio; mais ils prirent ce chemin pour ne pas être vus. Par les petits sentiers, à travers les jardins et les champs, ils arrivèrent près de cette maison, et là ils se divisèrent. Les deux fiancés restèrent cachés derrière l'angle de celle-ci, Agnese avec eux, mais un peu plus en avant, afin d'accourir à temps pour rencontrer Perpetua et s'en rendre maîtresse; Tonio et le très-inutile Gervaso, qui ne savait rien faire de son chef, se présentèrent bravement devant la porte et touchèrent le marteau.

« Qui est là, à cette heure? cria une voix par la fenêtre, qui s'ouvrit aussitôt : c'était la voix de Perpetua. Il n'y a point de malades, que je sache. Il est peut-être arrivé quelque malheur?

— C'est moi, répondit Tonio, avec mon frère, qui avons besoin de parler au seigneur curé.

— Est-ce une heure de chrétien que celle-ci? répondit brusquement Perpetua. Quelle discrétion! Repassez demain.

— Écoutez, je repasserai ou je ne repasserai pas. J'ai

ramassé je ne sais quel argent, et je viens pour payer cette petite dette que vous savez. J'avais là vingt-cinq belles *berlinghe* toutes neuves; mais si cela ne se peut, patience. Je sais comment dépenser celles-ci, et je repasserai quand j'en aurai mis d'autres ensemble.

— Attendez, attendez; je vais et je reviens. Mais pourquoi venir à cette heure?

— Si vous pouvez changer l'heure, je ne m'y oppose pas. Pour moi, je suis ici; et si vous ne voulez pas, je m'en vais.

— Non, non, attendez un moment; je reviens avec la réponse. »

En parlant ainsi, elle referma la fenêtre. Là-dessus, Agnese se sépara des fiancés. « Courage! ce n'est qu'un moment, dit-elle à demi-voix à Lucia; c'est comme de se faire arracher une dent. » Elle vint se joindre aux deux frères devant la porte, et se mit à causer avec Tonio, de manière que Perpetua, revenant et la voyant là, pût croire qu'elle y passait, et que Tonio l'avait retenue un moment.

VIII.

« Carnéade! quel est cet homme-là? disait à part lui don Abbondio, assis sur son fauteuil, dans une pièce de l'étage supérieur, un livre ouvert devant lui, quand Perpetua entra pour lui porter le message. Carnéade! il me semble bien avoir entendu ou lu ce nom : ce devait être un savant, un littérateur du temps passé; c'est un de ces noms-là. Mais qui diable était ce Carnéade? » tant le pauvre homme était loin de prévoir quelle bourrasque s'amassait sur sa tête.

Il est bon de savoir que don Abbondio s'amusait à lire tous les jours quelques lignes, et qu'un curé, son voisin, qui avait une petite bibliothèque, lui prêtait un livre après l'autre, le premier qui lui tombait sous la main. Celui sur lequel méditait en ce moment don Abbondio, en convalescence de la fièvre de la peur, même plus guéri (quant à la fièvre) qu'il ne voulait laisser croire, était un panégyrique en l'honneur de saint Charles, prononcé avec beaucoup d'emphase et écouté avec beaucoup d'admiration dans la cathédrale de Milan, deux ans auparavant. Le saint y était comparé, à cause de sa passion pour l'étude, à Archimède ; et jusque-là don Abbondio n'y trouvait point de difficultés : car Archimède a fait de si grandes choses, il a tant fait parler de lui, que, pour en savoir quelque peu, il n'est pas besoin d'une érudition bien vaste. Mais, après Archimède, l'orateur faisait entrer aussi Carnéade en parallèle ; et c'est là que le lecteur était resté dérouté. Là-dessus, Perpetua annonça la visite de Tonio.

« A cette heure? dit aussi tout naturellement Abbondio.

— Que voulez-vous? le monde n'a pas de discrétion. Mais si vous ne le prenez pas au vol...

— Si je ne le prends pas maintenant, qui sait quand je le pourrai prendre? Faites-le venir... Eh, eh! Êtes-vous bien sûre, au moins, que ce soit lui, Tonio?

— Diable! » répondit Perpetua. Elle descendit, ouvrit la porte, et dit : « Où êtes-vous? » Tonio s'avança ; et au même instant parut aussi Agnese, qui salua Perpetua par son nom.

« Bonsoir, Agnese, dit Perpetua. D'où venons-nous à cette heure?

— Je viens de... Et elle nomma un village voisin. Et si vous saviez... poursuivit-elle, je m'y suis querellée à cause de vous.

— Oh! pourquoi? » demanda Perpetua ; et se tournant vers les deux frères : « Entrez, dit-elle, j'y vais aussi.

— Parce que, reprit Agnese, une de ces femmes qui ne savent pas les choses et en veulent parler..., le croiriez-vous? s'obstinait à dire que vous ne vous étiez point mariée avec Beppo Suolavecchia, ni avec Anselmo Lunghigna, parce qu'ils n'avaient pas voulu de vous. Je soutenais, moi, que vous les aviez refusés l'un et l'autre...

— Assurément. Oh ! la menteuse, l'imposteuse ? Quelle est cette femme ?

— Ne me le demandez pas, parce que je n'aime pas à mettre les gens mal ensemble.

— Vous me le direz, vous me le devez dire. Oh ! la menteuse !

— Suffit !... Mais vous ne sauriez croire combien je m'en voulais de ne pas bien connaître toute l'histoire pour la confondre.

— C'est une effrontée menteuse, dit Perpetua, la plus infâme ! Quant à Beppo, tout le monde sait et a pu voir... Eh ! Tonio ! entrez, et tirez la porte ; j'y vais aller. » Tonio répondit affirmativement de l'intérieur, et Perpetua, tout échauffée, poursuivit sa narration. En face de la porte de don Antonio s'ouvrait, entre deux maisonnettes, une rue qui ne courait en droite ligne que la longueur de deux maisons, et tournait ensuite vers la campagne. Agnese s'y dirigea, comme si elle eût voulu se tirer à l'écart pour parler plus librement, et Perpetua la suivit. Quand elles eurent tourné le coin, et qu'elles furent en un lieu d'où l'on ne pouvait plus voir ce qui se passait devant la maison de don Abbondio, Agnese toussa très-fort : c'était le signal. Renzo l'entendit, ranima le courage de Lucia en lui serrant le bras ; tous deux, sur la pointe du pied, tournèrent aussi le coin où ils s'étaient tenus cachés, se glissèrent doucement, doucement le long du mur, arrivèrent à la porte, l'ouvrirent avec précaution, entrèrent en silence et en se tenant tous deux baissés dans le corridor où les deux frères étaient à attendre. Renzo ferma sans bruit le loquet, et tous quatre se mirent à monter les marches, en ne faisant pas de bruit pour deux. Arrivés sur le carré, les deux frères se présentèrent devant la porte de l'appartement, qui était sur le côté de l'escalier ; les fiancés se tinrent serrés contre le mur.

« *Deo gratias*, dit Tonio d'une voix claire.

— Tonio ! entrez, » répondit la voix de dedans.

Celui-ci, s'entendant appeler, ouvrit la porte à peine

assez pour y passer lui et son frère l'un après l'autre. Le rayon de lumière qui sortit aussitôt par cette ouverture, et glissa sur le pavé obscur du carré, fit tressaillir Lucia, comme si elle avait été découverte. Les deux frères étant entrés, Tonio ferma la porte sur lui ; les fiancés restèrent immobiles dans les ténèbres, l'oreille tendue, retenant leur haleine : le bruit qu'on eût entendu était le battement du pauvre cœur de Lucia.

Don Abbondio était, ainsi que nous l'avons dit, sur un vieux fauteuil, enveloppé dans une vieille houppelande, coiffé d'un vieux berret qui lui encadrait le visage, comme le bonnet du pape, à la lueur ménagée d'une petite lampe. Deux touffes épaisses de cheveux qui s'échappaient du berret, deux épais sourcils, deux épaisses moustaches, une épaisse *royale* le long du menton, chenus et épars sur cette face brune et ridée, ressemblaient presque à ces buissons couverts de neige qui se dessinent au milieu d'un précipice, au clair de la lune.

« Ah ! ah ! » tel fut son salut, pendant qu'il ôtait ses besicles et les mettait sur son petit livre.

« Le seigneur curé dira que je suis venu tard, dit Tonio en s'inclinant, comme le fit aussi, mais plus gauchement, Gervaso.

— Assurément, il est tard, tard de toutes les manières. Savez-vous que je suis malade ?

— Oh ! j'en suis bien fâché !

— Vous l'aurez ouï dire : je suis malade, et je ne sais pas quand je pourrai être visible… Mais pourquoi avez-vous amené avec vous… ce garçon ?

— Pour me tenir compagnie, seigneur curé.

— Baste, voyons.

— Ce sont vingt-cinq *berlinghe* toutes neuves, de celles qui ont un saint Ambroise à cheval, dit Tonio en tirant de sa poche un petit paquet noué.

— Voyons, » reprit don Abbondio ; et ayant pris le paquet, il remit ses besicles, les délia, tira les *berlinghe*, les tourna, les retourna, les compta, les trouva irréprochables.

« Maintenant, monsieur le curé, vous me donnerez le collier de ma Tecla.

— C'est juste, » répondit don Abbondio. Il alla vers une armoire, passa une clef dans la serrure, et, regardant derrière lui comme pour tenir les spectateurs à distance, il ouvrit un côté de la porte, remplit avec son corps l'ouverture qu'il venait de pratiquer, enfonça la tête pour regarder et un bras pour retirer le gage ; il le retira, ferma l'armoire, déploya le cornet de papier, dit : « Est-ce cela ? » le replia, et le remit à Tonio.

— Maintenant, dit celui-ci, ayez la bonté de mettre un peu de noir sur du blanc.

— Encore cela ? dit Abbondio. Ils les savent toutes. Eh ! comme le monde est devenu soupçonneux ! Ne vous fiez-vous pas à moi ?

— Comment, seigneur curé ! si je m'y fie ? vous me faites tort d'en douter ; mais comme mon nom est sur votre gros livre, du côté de la dette..., puisque vous avez déjà pris la peine d'écrire une fois... On peut mourir...

— Bien, bien, » interrompit don Abbondio ; et, tout en grommelant, il tira à lui un tiroir de la table, y prit du papier, une plume et un cornet, et il se mit à écrire, en répétant de vive voix les mots au fur et à mesure qu'ils tombaient de sa plume. Alors Tonio, et, à un signe qu'il fit, Gervaso, se postèrent sur leurs pieds devant la table, de manière à ôter la porte de la vue à l'écrivain. Comme par délassement ils allaient traînant leurs pieds sur le parquet, pour avertir ceux qui étaient dehors qu'ils pouvaient entrer, et en même temps pour que leurs piétinement couvrissent le bruit, don Abbondio, absorbé dans son écriture, ne prenait garde à rien autre. Au signal convenu, Renzo prit un bras de Lucia, le serra fortement pour lui donner du courage, et se mit à marcher en l'entraînant toute tremblante, car elle n'aurait pas eu la force de se conduire elle-même. Ils entrèrent tout doucement sur la pointe des pieds, en retenant leur haleine, et se mirent derrière les deux frères. Cependant don Abbondio, ayant fini d'écrire, relut attentivement sans lever les yeux de dessus le papier; il le plia. « Serez-vous content maintenant? » Et ôtant d'une main les besicles du nez, il tendit de l'autre la feuille de papier à Tonio en levant la tête. Tonio, avançant la main pour la prendre, se retira d'un côté : Gervaso, à un signe qu'il lui fit, se tira de l'autre; et voilà que l'on vit, comme par un coup de théâtre, Renzo et Lucia paraître au milieu. Don Abbondio entrevit, vit clairement, s'alarma, resta muet de surprise, entra en fureur, réfléchit, prit une résolution, tout cela dans le temps que Renzo mit à dire les paroles sacramentelles : « Seigneur curé, en présence de ces témoins, je prends celle-ci pour femme. » Ses lèvres n'avaient pas encore cessé d'être agitées, que don Abbondio avait déjà laissé tomber la quittance, pris et soulevé la lampe avec la main gauche, saisi avec la droite le tapis qui couvrait la table, et le tirant à lui avec rage, fait tomber à terre livre, papier, cornet et poussière; puis, se glissant entre le fauteuil et la table, il s'était approché de Lucia. La pauvrette, avec sa voix douce et alors toute tremblante, avait à peine pu dire : « Et voici..., » que don Abbondio lui avait jeté brusquement le tapis sur la figure, pour l'empêcher de prononcer la formule tout entière. Aussitôt, laissant tomber la lampe qu'il tenait de l'autre main, il s'aida aussi de celle-là pour lui envelopper la tête dans l'étoffe au point de l'étouffer; et cependant il criait à tue-tête comme un taureau blessé : « Perpetua, Perpetua, trahison, au secours! » Le lumignon mourant sur le carreau jetait une lueur languissante et inégale sur Lucia, qui, tout alarmée, ne tentait pas de se dégager, et semblait une statue ébauchée en argile, sur laquelle l'artiste a jeté un drap humide. Toute lumière éteinte, don Abbondio laissa la pauvre fille, et alla chercher à tâtons la porte qui conduisait à une pièce plus reculée, la trouva, entra, s'y renferma, criant toujours : « Perpetua, trahison, au secours, hors d'ici, hors d'ici! » Tout était confusion dans l'autre appartement; Renzo, cherchant à saisir le curé, et envoyant les mains comme s'il eût joué à colin-maillard, était arrivé à la porte, et il la secouait en criant : « Ouvrez, ouvrez ! pas tant de tintamarre ! » Lucia appelait Renzo d'une voix étouffée, et elle lui disait en suppliant : « Allons-nous-en, allons-nous-en, pour l'amour de Dieu. » Tonio, à quatre pattes, balayait les carreaux avec ses mains pour accrocher sa quittance. Gervaso, épouvanté, criait et sautait, cherchant la porte de l'escalier pour sortir et se sauver.

Au milieu de cette bagarre, nous ne pouvons nous empêcher de nous arrêter un moment pour faire une réflexion. Renzo, qui causait toute cette frayeur, de nuit, dans une maison étrangère où il s'était introduit furtivement, et qui tenait le maître lui-même assiégé dans sa chambre, a tout l'air d'un oppresseur ; et pourtant au fond c'était lui qui était l'opprimé. Don Abbondio surpris, mis en fuite, épouvanté, tandis qu'il vaquait tranquillement à ses affaires, semble la victime ; et pourtant en réalité c'était lui qui portait préjudice. Ainsi va souvent le monde... Je veux dire, ainsi allaient les choses au dix-septième siècle.

L'assiégé, voyant que l'ennemi ne paraissait pas près de décamper, ouvrit une fenêtre qui donnait sur le cimetière, et se mit crier : « Au secours ! au secours ! » Il faisait le plus beau clair de lune du monde ; l'ombre de l'église, et plus en dehors l'ombre allongée et déliée du clocher, s'étendaient noires, immobiles et distinctes sur la plaine couverte d'herbe et brillante de la *place de l'église*. On pouvait distinguer tous les objets presque comme s'il avait fait jour. Mais du plus loin où la vue pouvait s'étendre on ne voyait aucune apparence d'être vivant. Touchant le mur latéral de l'église, et du côté qui regardait vers la cure, était un petit réduit, un chenil, où dormait le sacristain. Celui-ci, éveillé par ce cri lamentable, fit un saut sur son lit, se leva en hâte, ouvrit le châssis de sa petite fenêtre, mit le nez dehors avec les paupières encore collées à l'œil, et dit : « Qu'est cela ?

— Courez, Ambrogio ! au secours ! Des gens chez moi ! cria vers lui don Abbondio.

« — J'y vais tout de suite, » répondit celui-ci. Il retira sa tête, referma son châssis, et, bien qu'à demi endormi et plus qu'à demi mourant de peur, il trouva sur-le-champ un expédient pour porter plus de secours qu'on ne lui en demandait, sans s'aller fourrer au milieu de la bagarre. Il prend ses braies, qu'il tenait sur son lit, les met sous son bras comme un chapeau de cérémonie, et monte aussitôt en sautillant par un petit escalier en bois; il court au clocher, prend la corde de la plus grosse des deux cloches et sonne le tocsin.

Ton, ton, ton, ton. Les paysans se mettent sur leur séant dans leur lit; les garçons couchés dans le grenier prêtent l'oreille et se dressent sur leurs pieds. « Qu'est-ce? qu'est-ce? Le tocsin! Est-ce le feu? des voleurs? des bandits[1]? » Plusieurs femmes exhortent, conjurent leurs maris de ne pas bouger, de laisser courir le voisin; quelques-uns se lèvent et vont à la fenêtre; les poltrons, comme s'ils se rendaient aux prières, s'empaquettent dans leurs couvertures; les curieux et les braves descendent pour prendre des fourches et des arquebuses, et pour courir au lieu d'où part le bruit; les autres restent spectateurs.

Mais avant qu'ils fussent prêts, avant même qu'ils fussent bien éveillés, le bruit avait déjà frappé les oreilles d'autres personnes qui veillaient non loin de là sur leurs pieds et tout habillées : les *bravi* d'une part, Agnese et Perpetua de l'autre. Nous dirons d'abord en peu de mots ce qu'avaient fait ceux-ci depuis le moment où nous les avons laissés, les uns dans la maison abandonnée, les autres à l'hôtellerie. Quand ces trois-ci virent toutes les portes fermées et la rue déserte, ils sortirent en feignant de s'en aller au loin, ils firent à petits pas une tournée

[1] *Bandit.* Le mot français *bandit* ne rend que très-imparfaitement l'idée attachée au mot italien *bandito*. Par *bandit*, on entendait une classe d'hommes mis hors la loi, qui se réunissaient par bandes et se livraient à toutes sortes de déprédations et de brigandages. Nous avons eu en France, pendant la révolution, un mot analogue, c'est celui de *fuyard*.

dans le village, d'où tout le monde s'était peu à peu retiré; ils n'y rencontrèrent âme qui vive et n'entendirent pas le moindre bruit. Ils passèrent aussi, mais avec plus de précaution, devant notre pauvre chaumière : c'était la plus tranquille de toutes, car il n'y avait personne. Ils allèrent donc en ligne droite au lieu de réunion, et firent leur rapport au seigneur Griso. Celui-ci couvrit aussitôt sa tête d'un grand chapeau, jeta sur ses épaules un sarrau de toile cirée parsemé de coquilles, prit en main un bourdon de pèlerin, et dit : « Allons en *bravi*, en silence, et attentifs à l'ordre. » Il se mit en marche le premier, et les autres le suivirent. Ils arrivèrent en peu de temps à la chaumière par un chemin opposé à celui par où notre petite troupe s'en était allée pour faire aussi son expédition. Griso fit arrêter sa bande à quelques pas de là; il alla seul en avant à la découverte, et, ayant vu tout désert et tranquille au dehors, il fit avancer deux de ces trouble-fête, leur donna l'ordre de franchir adroitement le mur qui enfermait la petite cour, et, arrivés dedans, de se tapir dans un angle sous un bosquet touffu de figuiers qu'il avait avisé le matin. Cela fait, il heurte à petits coups avec l'intention de se donner pour un malheureux pèlerin qui demandait à être abrité jusqu'au jour : personne ne répond. Il frappe de nouveau un peu plus fort : pas même un « Doucement ! » Alors il va appeler un troisième coquin, le fait descendre dans la cour par le chemin qu'ont pris les deux premiers, avec l'ordre de démonter doucement le verrou en dedans pour avoir l'entrée et la sortie libres. Tout s'exécute avec beaucoup d'adresse et un plein succès. Il s'en va quérir les autres, les fait entrer avec lui, les envoie se tapir avec les autres, ouvre la porte doucement, doucement, poste deux sentinelles en dedans, et va droit à la porte du rez-dechaussée; il heurte encore; il attend : il pouvait bien attendre. Alors il crochette aussi sans bruit cette serrure. Personne ne dit de l'intérieur : « Qui va là? » personne ne se fait entendre : les choses ne sauraient aller mieux. En avant donc « St, » il appelle ceux qui sont cachés sous le

figuier, entre avec eux dans la pièce du rez-de-chaussée où
`¬` matin il avait si hypocritement mendié un morceau de
pain. Il tire de l'amadou, la pierre à feu, le briquet et les
allumettes, allume sa lanterne, entre dans une pièce plus
reculée pour voir s'il n'y aurait pas quelqu'un : il n'y a
personne. Il retourne, il va à la porte de l'escalier, regarde,
prête l'oreille : partout la solitude et le silence. Il laisse
deux autres sentinelles au rez-de-chaussée, prend avec lui
Grignapoco, un *bravo* des environs de Bergame, qui seul
doit menacer, apaiser, ordonner, enfin être l'orateur, afin
que son accent donne à croire à Agnese que l'expédition
vient de ce pays. Avec cet homme à ses côtés, et les autres
derrière, Griso monte lentement, lentement, en donnant
du fond de son cœur au diable toute marche qui crie, tous
les pas de ces vauriens qui font du bruit. Enfin il est au
bout. C'est là que gît le lièvre. Il pousse mollement la porte
qui mène au premier étage, elle cède ; il s'ouvre un passage, il y présente l'œil : tout est sombre. Il y présente
l'oreille pour entendre si là dedans quelqu'un ronfle, respire,
s'agite : rien. En avant donc. Il met la lanterne devant
son visage pour voir sans être vu, ouvre la porte toute
grande. Il touche un lit, il se jette dessus : le lit est fait et
uni, avec le rebord bien tendu et couvrant le chevet. Il
hausse les épaules, se tourne vers sa suite, leur fait signe
qu'il va voir dans l'autre pièce, et de le suivre bien doucement par derrière. Il y va, fait le même manége, et trouve
la même chose. « Que diable est cela ? dit-il alors à plus
haute voix. Il faut que quelque chien de traître ait fait
l'espion. » Ils se mettent tous à regarder avec moins de
précaution, à chercher dans tous les recoins ; ils mettent
la maison sens dessus dessous. Tandis qu'ils sont occupés
à cela faire, les deux qui veillaient à la porte de la rue entendent un petit bruit de pas, comme de quelqu'un qui
s'avance de la campagne vers le village ; le bruit s'approche ;
ils s'imaginent que, qui que ce soit, on passera sans s'arrêter ; ils restent cois, et à tout événement ils se tiennent
sur leurs gardes. Mais voilà que le bruit cesse et s'arrête

devant la porte. C'était Menico qui venait en hâte, envoyé par le père Cristoforo, pour avertir les deux femmes que, pour l'amour du ciel, elles s'échappassent aussitôt de leur maison et vinssent se réfugier au couvent, parce que..., il savait le pourquoi. Il prend le bouton du verrou pour heurter, et il se le sent venir à la main, disjoint et fracassé. « Qu'est ceci? » pensa-t-il, et il poussa la porte un peu effrayé : elle s'ouvre. Il met un pied dedans, non sans un violent soupçon. Il se sent aussitôt saisir par les deux bras, et deux voix à droite et à gauche qui lui disent d'un ton menaçant, « Silence! tais-toi, ou tu es mort. » Lui, au contraire : pousse un cri; l'un de ceux qui le tiennent serré lui met une large main sur la bouche, l'autre le menace d'un grand coutelas pour lui faire peur. Le petit garçon tremble comme la feuille, et n'essaye plus de crier ; mais au même instant, à sa place, et d'un ton bien autrement fort, éclate le premier coup de cloche, et après celui-ci un déluge d'autres coups à la file. Qui est en faute est en crainte, dit un proverbe milanais. A l'un et à l'autre des brigands il sembla entendre dans ce carillon ses nom, prénom et surnom. Ils lâchent les bras de Menico, retirent le leur en furie, lèvent la main, ouvrent la bouche, se regardent en face, et courent à la maison où était le gros de la troupe. Menico sort, et se met à courir à toutes jambes sur la route du clocher, où de bon compte il devait déjà se trouver quelqu'un. Le terrible coup fit la même impression sur les autres brigands, qui furetaient du haut en bas de la maison. Ils se troublent, s'alarment et se heurtent l'un et l'autre; chacun cherche le chemin le plus court pour se jeter vers la porte. Et pourtant c'étaient des gens éprouvés et accoutumés à faire face au péril; mais ils ne purent garder leur sang-froid contre un danger qu'ils ignoraient et qui ne s'était pas annoncé d'un peu loin avant de fondre sur eux. Il fallut toute l'autorité de Griso pour les empêcher de se débander, et pour que ce fût une retraite et non pas une fuite. Comme le chien qui garde un troupeau de cochons court, tantôt ici, tantôt là, vers ceux qui se débandent, en saisit un par une oreille et le tire en arrière, en pousse un autre avec le museau, aboie à un troisième qui quitte en ce moment la file ; de même le pèlerin saisit par le toupet un de ses compagnons qui touchait déjà au seuil, et le tire en arrière, en chasse avec son bourdon deux qui étaient près de sortir, crie aux autres qui couraient sans savoir où, fait si bien enfin qu'il les rallie tous au milieu de la cour. « Halte, halte ! Pistolets en main, les couteaux prêts, tous ensemble, et puis nous irons : c'est ainsi qu'on va. Qui voulez-vous qui nous touche si nous restons bien ensemble, grands poltrons ? Mais si nous nous laissons prendre un à un, les paysans eux-mêmes s'en voudront donner. Vergogne ! derrière moi et unis. » Après cette courte harangue, il se mit à leur tête et sortit le premier. La maison, comme nous l'avons dit, était au commencement du village. Griso prit la rue qui menait dans les champs, et tous le suivirent en bon ordre.

Laissons-les aller, et retournons sur nos pas pour nous retrouver avec Agnese et Perpetua, que nous avons plantées là dans un coin. Agnese avait tâché d'éloigner l'autre de la maison de don Abbondio autant que possible, et jusqu'à un certain moment la chose était bien allée. Mais tout à coup la gouvernante s'était souvenue de la porte qui était restée ouverte, et avait voulu retourner en arrière. Il n'y avait rien à dire. Agnese, pour ne pas exciter les soupçons, avait dû retourner avec elle et la suivre, s'efforçant pourtant de la retenir chaque fois qu'elle la voyait bien échauffée au récit de ses mariages qui étaient allés à vau-l'eau. Elle paraissait lui prêter une grande attention, et de temps en temps, pour lui montrer qu'elle était attentive, ou pour attiser le babil, elle disait : « Sûrement ; maintenant je comprends, cela va très-bien ; c'est clair. Ensuite ? et lui ? et vous ? » Mais en même temps elle tenait un autre discours avec elle-même. « Seront-ils sortis maintenant, ou seront-ils encore dedans ? Quels étourdis que nous avons été tous trois de ne pas convenir de quelque signal pour m'avertir quand la chose aurait réussi ! C'est une grande sottise; mais elle est faite : le meilleur maintenant c'est d'amuser celle-ci autant que je le pourrai. En mettant les choses au pis, ce sera un peu de temps perdu. » Ainsi, avec beaucoup de pauses et de petites courses, elles s'étaient reconduites à peu de distance de la maison de don Abbondio, mais toutefois sans l'avoir en vue, à cause de ce coin; et Perpetua, se trouvant à un point important du récit, s'était laissé arrêter sans faire résistance, et même sans s'en apercevoir, lorsque tout à coup on entendit venir, en retentissant de loin dans le vide immobile de l'air et dans le vaste silence de la nuit, cet épouvantable cri de don Abbondio : « Au secours! au secours!

— Miséricorde! qu'est-il arrivé! cria Perpetua; et elle voulut courir.

— Qu'est-ce? qu'est-ce? dit Agnese en la retenant par sa jupe.

— Miséricorde! vous n'avez donc pas entendu? réplique celle-ci en se dégageant.

— Qu'est-ce? qu'est-ce? répéta Agnese en la prenant par un bras.

— Diable de femme! » s'écria Perpetua en la repoussant pour se mettre en liberté; et elle se mit à courir. Au même instant on entendit, mais plus au loin, plus faible, plus fugitif, le cri de Menico.

« Miséricorde! » s'écria aussi Agnese; et elle se mit à galoper derrière l'autre. Elles avaient pour ainsi dire à peine levé les talons que la cloche éclata; un coup, deux, trois, à n'en plus finir : ç'aurait été autant de coups d'éperon, si elles en avaient eu besoin. Perpetua arriva devançant l'autre de deux pas. Pendant qu'elle veut jeter la main sur la porte et l'ouvrir, voilà qu'elle s'ouvre en dedans, et sur le seuil, Tonio, Gervaso, Renzo, Lucia, qui, ayant trouvé l'escalier, étaient venus en bas en sautant, et entendant ensuite ce terrible fracas, couraient à toutes jambes pour se sauver.

« Qu'est-ce? qu'est-ce? demanda Perpetua tout essoufflée aux deux frères, qui lui répondirent en la repoussant et prirent la fuite. Et vous?... comment?... Que faites-vous ici, vous? » demanda-t-elle à l'autre couple quand elle l'eut reconnu ; mais ceux-ci sortirent sans répondre. Perpetua, pressée d'accourir là où était le plus grand besoin, ne demanda rien autre chose, se précipita dans le corridor à tâtons vers l'escalier.

Les deux époux, restés fiancés, se trouvèrent en face d'Agnese, qui arrivait inquiète et alarmée. « Ah! vous voilà, dit-elle en parlant avec peine. Comment cela s'est-il passé? Qu'est-ce que la cloche? Il me semblait avoir entendu...

— Au logis! au logis! disait Renzo, avant qu'on arrive. » Et ils se mettaient en route. Mais Menico arrive en courant de toutes ses forces ; il les reconnaît, se met devant eux, et, encore tout tremblant, avec la voix presque éteinte : « Où allez-vous? dit-il. En arrière, en arrière, par là, au couvent.

— Est-ce toi qui...? commençait Agnese.

— Qu'est-ce donc? » demandait Renzo. Lucia, tout épouvantée, se taisait et tremblait.

« Il y a le diable chez vous, reprit Menico haletant. Je les ai vus ; ils m'ont voulu tuer. Le père Cristoforo l'a dit ; et vous aussi, Renzo, il a dit que vous veniez sur-le-champ ; et puis je les ai vus, moi. C'est une providence que je vous trouve là tous : je vous dirai tout ensuite quand nous serons dehors. »

Renzo, qui seul avait conservé un peu de sang-froid, pensa que d'ici ou de là il fallait s'en aller aussitôt avant qu'il accourût du monde, et que le plus sûr était de faire ce que Menico conseillait, bien que la peur le fît parler ainsi. Ensuite, quand on serait en route et loin du tumulte et du danger, on pourrait demander au petit garçon une explication plus claire. « Marche devant, lui dit-il. Allons avec lui, » dit-il aux femmes. Ils retournèrent sur leurs pas, se dirigèrent en hâte vers l'église, traversèrent le cimetière, où, par la grâce du ciel, il n'y avait pas encore âme qui vive, entrèrent dans une petite rue qui passait entre l'église et la maison de don Abbondio, enfilèrent le premier petit sentier qu'ils trouvèrent, et cheminèrent à travers champs.

Ils ne s'étaient pas encore éloignés de cinquante pas, lorsque le monde commença à arriver sur le cimetière ; la foule grossissait à chaque instant. Ils se regardèrent les uns les autres au visage. Chacun avait une demande à faire, personne une réponse à donner. Les premiers venus coururent à la porte de l'église : elle était fermée. Ils coururent au clocher par dehors, et l'un d'eux, ayant mis la tête à une petite fenêtre, poussa dedans, comme dans une sarbacane, un « Qui diable est-ce donc? » Lorsque Ambrogio entendit une voix connue, il laissa aller la corde, et, s'étant assuré au bruit qu'il était accouru beaucoup de monde, il répondit : « Je vais ouvrir. » Il s'appliqua en hâte le harnais qu'il avait porté sous son bras, vint par l'intérieur à la porte de l'église, et l'ouvrit.

« Qu'est-ce que tout ce fracas? qu'est cela? où? quoi?

— Comment, ce que c'est! » dit Ambrogio tenant d'une main la porte et de l'autre le vêtement qu'il s'était passé à la hâte. « Comment! ne le savez-vous pas? Des gens dans la maison du seigneur curé. Courage, mes enfants! Au secours! » Ils se dirigent tous vers la maison, ils regardent ils s'en approchent en hâte, ils regardent encore, ils prêtent l'oreille : tout est tranquille. Quelques-uns courent à la porte de la rue : elle est close et barricadée ; ils regardent en haut : il n'y a pas une seule fenêtre ouverte ; on n'entend rien.

« Qui est là dedans? Ho! ho! seigneur curé! »

Don Abbondio, à peine assuré de la fuite des assaillants, s'était retiré de la fenêtre et l'avait fermée. Il était dans ce moment à se quereller à voix basse avec Perpetua, qui l'avait laissé seul dans un tel embarras. Mais, quand il se sentit appelé à grands cris, il fut contraint de venir de nouveau à la fenêtre, et, ayant vu tant de monde, il se repentit d'avoir demandé tant de secours.

« Qu'a-ce été? — Que vous a-t-on fait? — Qui sont ces

gens-là? — Où sont-ils? lui criaient cinquante voix en un moment.

— Il n'y a plus personne, je vous rends grâce, retournez chez vous.

— Mais qu'est-ce donc? — Où sont-ils passés? — Qu'est-il arrivé?

— Ce sont de méchantes gens, des gens qui rôdent la nuit; mais ils ont pris la fuite : retournez chez vous. Une autre fois, mes enfants ; je vous rends grâce de votre bon cœur. » Et, cela dit, il se retira et ferma la fenêtre. Là-dessus quelques-uns commencèrent à grogner, d'autres à railler, d'autres à jurer, d'autres levaient les épaules et se mettaient en route, quand il en arriva un tout essoufflé qui pouvait à peine dire un mot. Il habitait une maison qui était presque en face de celle de nos femmes ; et, s'étant éveillé au bruit, il s'était mis à la fenêtre et avait vu dans la cour ce désordre, ce tumulte des *bravi*, quand Griso s'évertuait à les rallier. Lorsqu'il eut repris haleine, il s'écria : « Que faites-vous, enfants? Le diable n'est pas ici : il est là-bas, au fond du pays, dans la maison d'Agnese Mondella ; des hommes armés s'y sont introduits : il paraît qu'ils voulaient assassiner un pèlerin. Qui sait qui diable ce peut être?

— Quoi? — Qu'est-ce? — Quoi? » et une délibération tumultueuse commence. « Il faut aller. — Il faut voir. — Combien sont-ils? — Combien sommes-nous? — Le consul! le consul!

— Me voici, répond le consul du milieu de la foule, me voici ; mais il me faut aider, il me faut obéir. Vite : où est le sacristain? A la cloche, à la cloche! Vite : que quelqu'un coure à Lecco chercher du secours. Venez ici tous... »

Qui accourt, qui se glisse entre homme et homme et s'esquive. Le tumulte était à son comble, quand il arriva un autre villageois qui les avait vus partir en hâte, et criait à son tour : « Courez, mes enfants. Des voleurs ou des brigands qui fuient avec un pèlerin : ils sont déjà hors du pays; courons après! après! » Sur cet avis, sans attendre

les ordres du capitaine, ils s'ébranlent en masse et se précipitent là-bas pêle-mêle par le pays. A mesure que la
troupe s'avance, plusieurs de ceux qui sont à l'avant-garde
ralentissent le pas, se laissent dépasser et se fourrent prudemment dans le corps de l'armée : les derniers poussent
en avant ; l'essaim confus arrive enfin au lieu indiqué. Les
traces de l'invasion étaient fraîches et manifestes, la porte
ouverte, les verrous enfoncés ; mais les assaillants étaient
partis. On entre dans la cour, on va à la porte du rez-de-
chaussée : elle est enfoncée aussi. On demande : « Agnese !
Lucia ! le pèlerin ! Où est le pèlerin? Stefano l'aura rêvé,
le pèlerin. — Non, non : Carlandrea l'a vu aussi. Ho !
pèlerin ! Agnese ! Lucia ! Personne ne répond. Ils les ont
enlevés ! ils les ont enlevés ! » Il y en eut alors quelques-uns
qui, en haussant la voix, proposèrent de poursuivre les
ravisseurs : c'était une chose inouïe et ce serait un grand
sujet de honte pour tout le pays si tout voleur pouvait,
sans risque, venir enlever les femmes comme le milan les
poulets d'une grange inhabitée. Nouvelle délibération plus
tumultueuse encore ; mais l'un d'eux (et l'on n'a jamais
bien su qui c'était) jette dans la troupe un dire qu'Agnese
et Lucia s'étaient réfugiées dans une maison du village. Le
bruit circule rapidement, obtient crédit : on ne parle plus
de donner la chasse aux fuyards ; la troupe se débande, et
chacun se retire chez soi. C'était un murmure, un bourdonnement, un bruit continuel de coups de marteaux et de
portes qu'on ouvrait, un aller et venir de lanternes. Les
femmes interrogeaient des fenêtres, on leur répondait de
la rue. La voie publique étant devenue déserte et silencieuse, les discours continuèrent dans les maisons, et s'évanouirent dans les bâillements pour recommencer le lendemain. Il ne se passa rien autre, si ce n'est que, le lendemain
matin, le consul étant dans son champ, le menton appuyé
sur ses deux mains, les mains sur le manche de sa bêche
à demi fichée dans la terre et un pied sur la herse ; étant,
dis-je, à réfléchir à part lui sur les mystères de la nuit dernière, et sur ce qui était de sa compétence, et sur ce qu'il

lui fallait faire, il vit venir à lui deux hommes bien bâtis, chevelus comme deux rois francs de la première race et semblables pour le reste aux deux qui, cinq jours auparavant, avaient accosté don Abbondio, si toutefois ce n'étaient pas les mêmes. D'un air moins respectueux encore, ils intimèrent au consul qu'il se gardât bien de faire son rapport au podestat de ce qui était arrivé, de dire la vérité au cas où il serait interrogé, de jaser, d'attiser les barvardages des villageois, pour peu qu'il eût à cœur de mourir de maladie.

Nos fugitifs cheminèrent quelque temps d'un bon pas, se retournant, tantôt l'un, tantôt l'autre, pour voir si personne ne les poursuivait. Hors d'haleine à cause de la fatigue de la fuite, les tourments de l'incertitude, le chagrin de la mauvaise réussite et la crainte confuse d'un danger nouveau et obscur, faisaient battre leur cœur. Ce qui les tenait le plus en crainte, c'était d'être continuellement poursuivis par les tintements de la cloche, qui, en s'éloignant, devenaient beaucoup moins distincts et semblaient prendre je ne sais quoi de plus lugubre et de plus sinistre. Le carillon cessa enfin. Alors, se trouvant dans un champ inhabité et n'entendant pas le moindre bruit autour d'eux, ils ralentirent leurs pas, et Agnese, ayant repris haleine, rompit la première le silence en demandant à Renzo comment la chose s'était passée, et à Menico quel était ce diable qui était chez elle. Renzo conta en peu de mots sa triste histoire; et tous trois se tournèrent vers le petit garçon, qui leur rapporta en termes plus exprès l'avis du père; il leur raconta ensuite ce que lui-même avait vu et les dangers qu'il avait courus, et son récit ne confirmait que trop l'avis. Les auditeurs en comprirent plus que Menico n'en avait su dire. A cette révélation, ils furent saisis d'un nouveau frisson; ils s'arrêtèrent tous trois un moment au milieu du chemin, et échangèrent entre eux un regard d'épouvante. Aussitôt, comme de concert, ils posèrent tous trois une main et sur la tête et sur les épaules du jeune garçon, comme pour le caresser et lui rendre tacitement grâce d'avoir été pour eux un ange tu-télaire, et comme pour lui demander pardon des angoisses qu'il avait éprouvées et du danger qu'il avait couru en cherchant à les sauver. « Maintenant, retourne chez toi, afin que tes parents ne soient pas plus longtemps en peine de toi, » lui dit Agnese ; et se souvenant des deux *parpagliole* qu'elle lui avait promises, elle en tira quatre, et les lui donna, en ajoutant : « Baste, prie le Seigneur que nous nous revoyions bientôt, et alors... » Renzo lui donna une *berlingha* neuve, et le pria instamment de ne rien dire de la commission que le père lui avait donnée. Lucia le caressa de nouveau, lui dit adieu d'une voix émue ; et le petit garçon les salua tout attendri, puis il retourna sur ses pas. Ceux-ci se remirent à cheminer tout pensifs, les femmes marchant en avant et Renzo derrière elles, comme pour leur servir d'escorte. Lucia se tenait collée au bras de sa mère, et refusait, avec douceur et adresse, l'aide que le jeune homme lui offrait dans les pas difficiles de ce voyage hors de la route : honteuse en son cœur, même dans un moment si pénible, d'être restée si longtemps seule et si familièrement avec lui, quand elle s'attendait à être dans peu d'instants son épouse. Maintenant, réveillée si doulou-reusement de ce songe, elle se repentait d'être allée si loin ; et, parmi tant de sujets d'alarmes, elle s'alarmait aussi pour cette pudeur qui ne naît pas de la triste connaissance du mal, pour cette pudeur qui s'ignore elle-même, sem-blable à la frayeur d'un enfant qui tremble dans l'obscu-rité sans savoir pourquoi.

« Et la maison ? » dit aussitôt Agnese. Mais, bien que l'inquiétude qui lui arrachait cette exclamation fût impor-tante, personne ne répondit, parce que personne ne pou-vait lui donner une réponse satisfaisante. Ils poursuivirent leur route en silence, et peu après ils débouchèrent enfin sur une petite esplanade qui était devant l'église du couvent.

Renzo s'approcha de la porte de l'église, et la secoua fortement. Elle s'ouvrit, et la lune, entrant par cette échappée, éclaira la pâle figure et la barbe argentée du père Cristoforo, qui était là debout dans l'attente. En voyant qu'il ne manquait personne : « Dieu soit béni ! » dit-il, et il leur fit signe d'entrer. Près de lui était un autre capucin, le frère lai sacristain, qu'il avait décidé, soit par des prières, soit par des raisonnements, à veiller, à laisser la porte entr'ouverte, et à rester avec lui en sentinelle pour donner un asile à ces pauvres persécutés ; et il n'avait pas fallu moins que l'autorité du père et sa réputation de saint pour engager le frère lai à une condescendance fatigante, dangereuse et irrégulière. Dès qu'ils furent entrés, le père Cristoforo ferma doucement, doucement la porte. Alors le sacristain ne put plus durer, et, tirant le père à l'écart, il lui disait à l'oreille : « Mais, père, père ! de nuit..., dans l'église..., avec des femmes..., fermer... La règle... Mais, père !... » et il secouait la tête pendant qu'il laissait tomber ces mots avec peine. « Voyez un peu ! pensait le père Cristoforo, si c'était un brigand poursuivi, fra Fazio ne ferait pas la moindre difficulté, et une pauvre innocente qui échappe aux griffes du loup !... *Omnia munda mundis*, » dit-il ensuite en se tournant subitement vers fra Fazio, et se souvenant qu'il ne savait pas le latin. Mais cette inspiration soudaine fut précisément ce qui produisit l'effet désiré. Si le père s'était mis à discuter avec de bons arguments, fra Fazio n'aurait pas manqué d'arguments contraires à lui opposer, et le ciel sait quand et comment la chose aurait fini. Mais à peine eut-il entendu ces mots pleins d'un sens mystérieux et proférés avec tant de résolution, qu'il lui sembla qu'ils devaient renfermer la solution de tous ses doutes. Il s'apaisa, et dit : « Cela va bien ; le frère en sait plus que moi.

— Reposez-vous sur moi, » répondit le père Cristoforo. Et à la lueur douteuse de la lampe qui brûlait devant l'autel, il s'approcha des réfugiés, qui restaient irrésolus et attendant, et il leur dit : « Mes enfants, rendez grâces au Seigneur qui vous a tirés d'un si grand péril. Peut-être en ce moment... » Et là il se mit à leur expliquer ce qu'il ne

leur avait fait dire qu'à demi par le jeune messager : car
il ne se doutait pas qu'ils en savaient plus que lui, et il
supposait que Menico les avait trouvés tranquilles dans
leur maison avant que les ravisseurs n'arrivassent. Personne ne le dissuada, pas même Lucia, qui pourtant sentait au fond du cœur des remords pour une telle dissimu-
lation envers un tel homme; mais c'était la nuit aux
embarras et aux feintes.

« Après cela, continua-t-il, vous voyez bien, mes enfants,
que maintenant vous n'êtes plus en sûreté dans ce pays.
C'est le vôtre, vous y êtes nés, vous n'avez porté préjudice
à personne; mais Dieu le veut ainsi. C'est une épreuve,
mes enfants : supportez-la avec patience, avec confiance,
sans murmurer, et soyez assurés qu'un temps viendra où
vous serez contents de ce qui maintenant vous arrive. J'ai
songé à vous trouver un lieu de refuge pour les premiers
moments. Bientôt, je l'espère, vous pourrez retourner en
toute sûreté dans votre maison. De toute manière, Dieu y
pourvoira pour le mieux; et moi, je m'efforcerai de me
rendre digne de la grâce qu'il me fait en me faisant son
ministre pour vous servir, vous, ses pauvres chers affligés.
Vous, poursuivit-il en s'adressant aux femmes, vous pourrez
vous arrêter à ***. Là, vous serez à l'abri de tout danger,
et en même temps vous ne serez pas trop loin de votre
maison. Allez là-bas à notre couvent, faites demander le
père gardien, et donnez-lui cette lettre : il sera pour vous un
autre fra Cristoforo. Et toi, mon cher Renzo, tu dois aussi
maintenant te mettre à l'abri de la rage d'autrui et de la
tienne. Porte cette lettre au père Bonaventure de Lodi, à
notre couvent de la Porte-Orientale de Milan. Il te servira de
père, il s'emploiera pour toi, il te trouvera du travail jusqu'à ce que tu puisses revenir vivre tranquillement ici.
Allez à la rive du lac, près de l'embouchure de Bione.
(C'est un torrent à peu de distance du couvent.) Là vous
verrez un bateau amarré; vous direz : La barque. On vous
demandera : Pour qui? Répondez : San Francesco..... La
barque vous recevra, vous transportera à l'autre rive, où

vous trouverez un chariot qui vous conduira en droiture jusqu'à ***. »

Qui demanderait comment fra Cristoforo avait sur-le-champ à sa disposition les moyens de transport par eau et par terre, montrerait ne pas connaître quel était le pouvoir d'un capucin tenu en réputation de saint.

Il ne restait plus que de pourvoir à la garde de la maison. Le père en reçut les clefs, et se chargea de les remettre à ceux que Renzo et Agnese lui indiquèrent. Celle-ci, en remettant la sienne, poussa un grand soupir en pensant qu'en ce moment la maison était ouverte, qu'il y avait eu le diable ; et qui sait ce qui restait à garder ?

« Avant de partir, dit le père, prions tous ensemble le Seigneur pour qu'il soit avec vous dans ce voyage et toujours, et surtout qu'il vous donne la force, qu'il vous donne le désir de vouloir ce qu'il a voulu. » En parlant ainsi, il s'agenouilla au milieu de l'église, et tous firent de même. Après qu'ils eurent prié quelques moments en silence, lui, d'une voix basse, mais distincte, dit ces mots : « Nous vous prions encore pour ce malheureux qui nous a réduits à cette extrémité. Nous serions indignes de votre miséricorde si nous ne vous la demandions pas pour lui du fond de notre âme : il en a tant besoin ! Nous, au milieu de notre tribulation, nous avons cette consolation que nous sommes dans la voie où vous nous avez placés ; nous pouvons vous offrir nos chagrins, et ils deviendront un titre auprès de vous. Mais lui, il est votre ennemi ; infortuné ! il lutte contre vous ! Seigneur, ayez pitié de lui ; touchez son cœur, rendez-le votre ami, accordez-lui tous les biens que nous pouvons désirer pour nous-mêmes... »

Se levant ensuite comme en hâte : « Allons, mes enfants, dit-il, il n'y a pas de temps à perdre. Que Dieu veille sur vous, que son ange vous accompagne. Allez. » Et tandis qu'ils se mettaient à marcher avec cette émotion qui ne trouve pas de paroles et qui se manifeste sans ce secours, le père ajouta d'une voix émue : « Mon cœur me dit que nous nous reverrons bientôt. »

Certes le cœur, pour qui l'écoute, a toujours quelque chose à dire sur l'avenir. Mais que sait-il, le cœur? A peine quelque chose du passé.

Sans attendre leur réponse, fra Cristoforo se retira à grands pas, les voyageurs sortirent, et fra Fazio ferma la porte en leur disant adieu d'une voix aussi altérée. Ceux-ci se dirigèrent avec précaution vers la rive qui leur avait été indiquée; ils y virent le bateau, et, ayant donné et reçu le mot d'ordre, ils y entrèrent. Le batelier, en poussant une rame vers la proue, se détacha de la rive; puis, empoignant l'autre rame, et voguant à tour de bras, il gagna le large vers la plage opposée. Il ne faisait pas un souffle de vent, le lac était calme et uni, et il aurait semblé immobile, sans le tremblement et le léger ondoiement de la lune qui s'y réfléchissait du haut des cieux. On entendait de temps en temps les flots qui se brisaient mollement et en mourant sur le gravier de la rive, le murmure plus éloigné de l'eau qui allait se rompre contre les arches du pont, et le bruit cadencé des deux rames qui sillonnaient la surface azurée du lac, sortaient en même temps humides, et replongeaient. L'onde, fendue par la barque et refoulée derrière la poupe, dessinait une trace ridée qui allait toujours en s'éloignant de la rive. Les passagers silencieux, le visage tourné en arrière, contemplaient les montagnes et le pays éclairé par la lune et coupé çà et là par de grandes ombres. On distinguait les villages, les maisons, les cabanes; le château de don Rodrigo, avec sa tour aplatie, dominant les collines amoncelées en haut du pic, semblait un malfaiteur qui, debout dans les ténèbres, au milieu d'une bande d'hommes endormis, veille en méditant un crime. Lucia le vit et frémit; elle suivit de l'œil le penchant de la montagne jusqu'à son village, regarda attentivement à l'extrémité, aperçut sa chaumière, le toit couvert des feuilles du figuier qui dépassait l'enceinte de la cour, et la fenêtre de sa chambre; assise au fond de la barque, elle appuya le coude sur le banc, baissa la tête comme pour dormir, et se mit à pleurer en secret.

« Adieu, montagnes qui naissez des eaux et touchiez au ciel; cimes inégales si connues à celui qui naquit parmi vous, et gravées aussi avant dans son esprit que les traits de ses amis les plus chers; torrents dont le murmure lui est familier comme la voix de ses proches; maisons éparses et blanchissantes sur le penchant, comme des troupeaux de brebis qui paissent; adieu. Pour l'homme qui a pris naissance parmi vous, qu'il est triste le moment où il s'en éloigne! Celui même qui les quitte volontairement, poussé par le caprice et l'espérance de faire fortune ailleurs, sent s'évanouir alors ses songes de richesse; il s'étonne d'avoir pu s'y résoudre, et il retournerait sur ses pas s'il ne songeait qu'un jour il y pourra revenir opulent. Plus il s'avance dans la plaine, plus son œil se trouve las et ennuyé de cette fastidieuse uniformité; l'air lui paraît lourd et sans vie; il s'avance triste et désenchanté dans les cités bruyantes; il lui semble que les maisons ajoutées aux maisons, les rues qui croisent les rues, suffoquent sa respiration; et devant ces édifices qui font l'admiration de l'étranger, il pense avec un désir inquiet au clocher de son village, à la chaumière sur laquelle il a depuis longtemps jeté les yeux et qu'il doit acheter quand il retournera riche dans ses montagnes.

« Mais quel moment pour celle qui n'a jamais porté au delà ses désirs même les plus fugitifs, qui a borné dans l'enceinte de ces beaux lieux tous ses rêves de l'avenir, et qui en est jetée bien loin par une force perverse! pour celle qui, arrachée tout à coup à ses habitudes les plus chères, troublée dans ses plus vives espérances, abandonne ces montagnes pour se mettre sur la route de pays étrangers qu'elle n'a jamais désiré de connaître, et ne peut pas même par la pensée assigner un moment au retour! Adieu, chaumière où elle reçut le jour; où, agitée par un penchant secret, elle apprit elle-même à distinguer du bruit des pas de tout le monde le bruit des pas d'une personne attendue avec une crainte mystérieuse. Adieu, chaumière qui lui est encore étrangère; chaumière qu'elle a regardée si souvent à la dérobée, en passant, et non sans rougir ; chaumière où son esprit se complaisait à se figurer un séjour tranquille et durable d'épouse. Adieu, église où son âme trouva tant de fois la paix en chantant les louanges du Seigneur ; où l'on avait promis, où l'on préparait une sainte cérémonie ; église où les secrets désirs de son cœur devaient être solennellement bénis, l'amour lui être ordonné et sanctifié ; adieu ! Celui qui vous donnait tant de joie est partout, et il ne trouble jamais le bonheur de ses enfants que pour leur en préparer un plus grand et plus assuré. »

Telles étaient à peu près les pensées de Lucia, et les pensées des deux autres voyageurs étaient peu différentes, tandis que la barque allait en approchant de la rive droite de l'Adda.

IX

Le choc que reçut la proue de la barque en prenant terre arracha Lucia à ses rêveries. Après avoir séché en secret ses larmes, elle se leva comme si elle venait de dormir. Renzo sortit le premier, et donna la main à Agnese. Celle-ci, étant sortie à son tour, la donna à sa fille, et tous trois remercièrent tristement le batelier. « Ce n'est rien, ce n'est rien : nous sommes ici-bas pour nous entr'aider, » répondit celui-ci. Il retira brusquement la main, presque aussi épouvanté que si on lui avait proposé de commettre un vol, lorsque Renzo essaya de lui donner une portion de liards qu'il avait sur lui et qu'il avait pris le soir dans l'intention de reconnaître généreusement le service de don Abbondio, quand celui-ci le lui aurait rendu bien malgré lui. Le chariot était prêt ; le conducteur salua les trois personnes qu'il attendait, les fit monter, dit un mot à sa bête, avec un coup de fouet, et en route.

Notre auteur ne décrit pas ce voyage nocturne ; il tait le nom du pays où se dirigeait la petite caravane, et même il proteste en termes exprès de ne le vouloir pas dire. Le reste de l'histoire fait deviner ensuite le motif de toutes ces réticences. Les aventures de Lucia en ce séjour se trouvent liées à la noire intrigue d'une personne qui tenait à une famille très-puissante, à ce qu'il paraît, au temps où écrivait notre auteur. Pour rendre compte de l'étrange conduite de cette personne dans une circonstance particulière, il a été obligé de raconter succinctement sa vie précédente, et la famille y fit une figure que l'on saura, si l'on veut prendre la peine de lire. De là, l'extrème circonspection du pauvre historien.

Et pourtant (voyez comme les hommes sont quelquefois étourdis!) lui-même, sans s'en apercevoir, nous a mis sur la voie pour découvrir avec une entière certitude ce qu'il désirait tant de tenir caché. Dans une partie de son récit que nous omettons comme inutile à l'intelligence de cette histoire, il lui échappe de dire que ce lieu était un bourg illustre et antique auquel il ne manquait que le nom de ville ; puis il nous dit, sans y faire attention, que le Lambro y coule, puis encore qu'il y a un archiprêtre. Sur ces indices, il n'y a pas en Europe un homme un peu instruit qui ne s'écrie aussitôt : « C'est Monza! » Nous aurions pu avancer aussi des conjectures très-fondées sur le nom de la famille ; mais, bien que celle que nous soupçonnons soit éteinte depuis longtemps, nous estimons qu'il vaut mieux taire son nom, pour ne pas courir le risque de faire tort à qui que ce soit, même aux morts, et pour laisser aux érudits quelque sujet de recherche.

Nos voyageurs arrivèrent à Monza un peu après le lever du soleil. Le conducteur s'arrêta devant une hôtellerie, et là, en homme qui connaissait les lieux, il fit donner une chambre aux nouveaux hôtes, et il les y accompagna. Après les remerciements, Renzo essaya de lui faire accepter une récompense ; mais celui-ci, ainsi que le batelier, en avait une en vue plus éloignée et plus abondante. Il retira aussi les mains, et, comme en fuyant, il courut prendre soin de sa bête.

Après une soirée telle que celle que nous avons décrite, après une nuit telle que chacun se la peut figurer, passée en grande partie dans des pensées douloureuses, avec la crainte constante de quelque fâcheuse rencontre, au milieu du triste silence de la nuit, au froid d'un air plus qu'automnal, et aux cahots répétés d'une voiture incommode qui secouait impoliment les esprits de nos voyageurs, à peine commencèrent-ils à se sentir pris du sommeil, qu'il leur parut très-doux de s'y livrer sur un plancher qui n'était pas mobile, dans une chambre sûre, quelle qu'elle fût. Ils firent ensemble un repas aussi frugal que l'exigeaient la pénurie des temps, leurs moyens qu'ils étaient contraints de mesurer aux besoins d'un avenir incertain, et leur peu d'appétit. Tous trois se souvenaient comme à l'envi du banquet que deux jours auparavant ils s'attendaient à faire, et chacun à son tour poussa un grand soupir. Renzo aurait voulu s'arrêter là au moins toute la journée, voir ses dames installées, leur rendre les premiers services; mais le père avait recommandé à celles-ci de le renvoyer sur-le-champ à sa route. Elles alléguèrent et ces ordres et cent autres raisons : que le monde en causerait, que la séparation plus retardée serait plus douloureuse encore, qu'il pourrait venir bientôt donner et recevoir des nouvelles; et le jeune homme se décida enfin à partir. On prit encore de point en point ses mesures. Lucia ne cacha pas ses larmes; Renzo retint à peine les siennes, et, serrant très-fortement la main d'Agnese, il dit d'une voix étouffée : « Au revoir! » et il partit.

Les femmes auraient été bien embarrassées sans ce bon conducteur, qui avait ordre de les mener au couvent, de leur donner tous les renseignements et de leur rendre tous les services dont elles pouvaient avoir besoin. Avec ce guide, elles s'acheminèrent donc vers ce couvent, qui, comme chacun sait, était en dehors de Monza, à une très-petite distance. Arrivé à la porte, le conducteur tira le cordon de la sonnette et fit appeler le père gardien; celui-ci parut, et reçut la lettre.

« Oh! frère Cristoforo! » dit-il en reconnaissant l'écriture. Le ton de sa voix et l'air de son visage indiquaient clairement qu'il prononçait le nom d'un ami de cœur. Il nous faut enfin dire que notre bon Cristoforo avait, dans cette lettre, recommandé chaudement les deux femmes, et rapporté leur aventure avec beaucoup de sensibilité : c'est pourquoi le gardien de temps en temps donnait des marques de surprise et d'indignation, et, levant les yeux, il les fixait sur les femmes d'un air de compassion et d'intérêt. Quand il eut fini de lire, il resta quelque temps pensif; puis il se dit : « Il n'y a que la signora, si la signora veut se charger de cette affaire... »

Il tira ensuite Agnese à part, à quelques pas de là, sur une petite place qui était devant le couvent; il lui adressa quelques questions auxquelles elle satisfit, et, retournant vers Lucia : « Mesdames, dit-il, j'essayerai, j'espère, de vous pouvoir trouver un asile, le plus sûr, le plus honorable de tous, jusqu'à ce que Dieu ait pourvu à votre sûreté dans un meilleur monde. Voulez-vous venir avec moi? »

Les femmes firent entendre respectueusement que oui, et le frère continua : « Venez avec moi au couvent de la signora. Tenez-vous pourtant à quelques pas de moi, parce que le monde se plaît à médire, et Dieu sait quelles belles histoires on ferait si l'on voyait le père gardien par voies et par chemins avec une belle et jeune fille..., avec des femmes, veux-je dire ! »

En parlant ainsi, il marcha devant. Lucia rougit ; le conducteur sourit en regardant Agnese, qui laissa échapper aussi un demi-sourire, et tous trois se mirent en marche quand le frère eut gagné quelque avance sur eux. Ils se tinrent derrière lui à la distance de dix pas. Les femmes demandèrent alors au conducteur ce qu'elles n'avaient pas osé demander au père gardien, ce que c'était que la signora.

« La signora, répondit-il, est une religieuse, mais ce n'est pas une religieuse comme les autres. Non pas que ce soit l'abbesse ni la prieure, car même, à ce qu'on dit, c'est une des plus jeunes; mais elle est de la côte d'Adam, et ses parents étaient autrefois de puissantes gens venus d'Espagne, où

sont ceux qui commandent ici ; et c'est à cause de cela qu'on
la nomme la signora, pour dire qu'elle est une grande dame ;
et tout le pays la nomme de ce nom, parce qu'ils disent que
dans ce couvent on n'a jamais eu un tel personnage ; et ses
parents, même aujourd'hui, tiennent un haut rang là-bas à
Milan, et sont de ceux qui ont toujours raison ; et encore
bien plus à Monza, parce que son père, quoiqu'il ne l'habite
pas, est le premier du pays : de là vient qu'elle peut faire
la pluie et le beau temps au couvent, et même les gens du
dehors lui portent un grand respect ; si elle se charge
d'une affaire, elle réussit toujours à en venir à bout ; et si
ce bon religieux obtient de vous mettre entre ses mains, et
qu'elle vous accepte, je vous certifie que vous serez en
sûreté comme sur l'autel. »

Arrivé à la porte du bourg, qui était flanquée d'une antique tourelle et des débris d'un vieux château en ruine,
que peut-être quelques-uns de nos lecteurs se souviennent
encore d'avoir vu debout, le gardien s'arrêta et se retourna
pour voir si on le suivait ; il entra ensuite, et se dirigea
vers le monastère. Arrivé là, il s'arrêta de nouveau sur le
seuil en attendant la petite bande. Il pria le conducteur de
vouloir bien venir au couvent prendre la réponse ; celui-ci
le promit, et se sépara des deux femmes, qui le chargèrent
de remerciements et de commissions pour le père Cristoforo. Le gardien fit entrer la mère et la fille dans la première cour du monastère ; il les introduisit dans l'apparte-
tement de l'économe, à qui il les recommanda, et alla seul
présenter sa requête. Quelques instants après, il reparut
tout joyeux pour leur dire de venir avec lui : il arriva à
temps, car la mère et la fille ne savaient plus comment se
tirer des pressantes questions de l'économe. En traversant
une seconde cour, le gardien endoctrina les femmes sur la
manière de se conduire envers la signora. « Elle est bien
portée pour vous, dit-il, et elle vous peut faire beaucoup
de bien. Soyez soumises et respectueuses ; répondez avec
simplicité aux demandes qu'il lui plaira de vous faire, et
quand vous ne serez pas interrogées, laissez-moi dire... »

Ils entrèrent dans une pièce du rez-de-chaussée, d'où l'on passait au parloir. Avant d'y mettre le pied, le gardien, poussant la porte, dit à voix basse aux deux femmes : « Elle est là, » comme pour leur rappeler tous les avis qu'il leur avait donnés. Lucia n'avait jamais vu de couvent. Entrée au parloir, elle regarda autour d'elle, cherchant partout la signora pour lui faire sa révérence. N'apercevant personne, elle était comme étourdie ; mais voyant le père aller d'un côté et Agnese le suivre, elle regarda par là, et elle avisa un trou presque carré, semblable à une lucarne, fermé par deux grosses et épaisses grilles de fer à deux palmes de distance l'une de l'autre, et derrière les grilles une religieuse debout. Son aspect, qui pouvait dénoter vingt-cinq ans, donnait à la première vue une impression de beauté, mais d'une beauté fatiguée, tourmentée et flétrie dans sa fleur. Un voile noir jeté et tendu horizontalement sur sa tête tombait à droite et à gauche à égale distance du visage ; sous ce voile, un bandeau de lin, d'une éblouissante blancheur, ceignait le milieu d'un front d'une autre teinte de blancheur, mais non moins éblouissant ; un second bandeau plissé entourait le visage jusque sur la poitrine, pour couvrir l'échancrure d'un corset noir. Mais ce front se ridait souvent comme par une contraction douloureuse, et alors deux noirs sourcils se rapprochaient par un rapide mouvement. Deux yeux très noirs aussi se fixaient parfois sur votre visage avec un air d'examen superbe ; parfois ils se baissaient en hâte, de peur d'y laisser lire ; dans de certains moments, un observateur attentif aurait cru qu'ils demandaient de l'affection, du retour, de la pitié ; parfois il aurait cru surprendre la révélation subite d'une haine invétérée et comprimée, d'un je ne sais quel désir farouche ; quand ils restaient fixes, immobiles et distraits, d'autres y auraient lu un ennui orgueilleux ; d'autres enfin auraient pu y soupçonner le travail d'une pensée secrète, d'un chagrin familier à l'esprit, plus fort que les images des objets présents, et qu'elle ne pouvait pas vaincre. Ses joues, d'une pâleur extrême, descendaient en contour délicat, mais sensiblement maigri et altéré par une lente exténuation. Ses lèvres, quoique à peine colorées d'un rose éteint, ressortaient au milieu de cette pâleur; leur mouvement était, comme celui des yeux, subit, vif, plein d'expression et de mystère. Ce costume, peu gracieux et peu favorable, ne faisait pas valoir sa taille bien prise; elle paraissait contournée dans de certains mouvements brusques, irréguliers et trop résolus, non-seulement pour une religieuse, mais encore pour une femme. Dans ce vêtement même, il y avait quelque chose d'étudié ou de négligé qui annonçait une religieuse d'un caractère particulier. Sa taille était serrée avec une certaine coquetterie mondaine; et du bandeau sortait sur une des tempes la pointe d'une mèche de noirs cheveux, qui attestait ou l'oubli ou le mépris de la règle, qui prescrivait de tenir toujours rasés les cheveux, coupés dans la cérémonie solennelle de la profession.

Ces circonstances ne faisaient nullement impression sur l'esprit des deux femmes, peu habituées à distinguer une religieuse d'une autre religieuse; et le père gardien, qui ne voyait pas la signora pour la première fois, était déjà fait, comme tant d'autres, à ce je ne sais quoi d'étrange qui paraissait dans ses manières et dans ses vêtements.

Elle était, comme nous l'avons dit, debout près de la grille, où elle s'appuyait nonchalamment d'une main, s'amusant à passer ses beaux doigts dans les trous, le visage un peu baissé, et observant ceux qui s'avançaient. « Révérende mère et illustrissime signora, dit le gardien le front incliné et la main droite sur le cœur, voici la pauvre jeune fille pour qui vous m'avez fait espérer votre puissante protection, et voilà sa mère. »

Les deux femmes qu'on présentait firent de grandes révérences. La signora leur fit signe de la main que c'était assez, et elle dit en se tournant vers le père : « C'est une bonne fortune pour moi que de pouvoir faire quelque chose qui soit agréable à nos bons amis les pères capucins. Mais, continua-t-elle, contez-moi un peu plus particulièrement le cas de cette jeune fille, afin que je voie mieux ce qu'on peut faire pour elle. »

Lucia rougit et baissa la tête sur sa poitrine.

« Vous le devez savoir, révérende mère..., » commençait Agnese ; mais le gardien lui coupa la parole. « Cette jeune fille, illustrissime signora, m'est recommandée, ainsi que je vous l'ai dit, par un de nos frères. Elle a été forcée de partir secrètement de son pays pour se soustraire à de grands dangers, et elle a besoin pour quelque temps d'un asile où elle puisse vivre inconnue, et où personne ne l'ose venir troubler. Quand ainsi...

— Quels périls ? De grâce, père gardien, ne me dites pas la chose d'une manière énigmatique : vous savez que nous autres religieuses nous sommes avides d'entendre les choses de point en point.

— Ce sont des périls que l'on peut à peine légèrement faire entendre aux chastes oreilles de la révérende mère.

— Oh ! assurément, » dit aussitôt la signora en rougissant un peu. Était-ce par pudeur ? Qui aurait observé la rapide expression de dépit qui accompagnait cette rougeur aurait pu en douter, et il en aurait douté davantage s'il l'avait comparée avec la rougeur qui se répandait de plus en plus sur les joues de Lucia.

« Qu'il suffise de dire, reprit le père gardien, qu'un gentilhomme *prepotente*... (tous les grands de la terre ne se servent pas des dons de Dieu pour sa gloire et l'avantage de leur prochain, comme le fait l'illustrissime signora), un chevalier *prepotente*, après avoir longtemps poursuivi cette jeune fille par d'indignes cajoleries, voyant qu'elles étaient inutiles, a eu le cœur de la poursuivre ouvertement par la violence, et l'infortunée a été réduite à fuir de sa maison.

— Approchez-vous, jeune fille, dit la signora à Lucia en lui faisant signe du doigt. Je sais que la vérité parle par la bouche du père gardien ; mais personne ne peut être mieux informé que vous sur cette affaire ; c'est à vous qu'il appartient de dire si ce chevalier était un persécuteur odieux. » Quant à l'ordre d'approcher, Lucia obéit sur-le-champ ; mais pour répondre, c'était une autre affaire. Une enquête sur cette matière l'aurait jetée dans une grande confusion, quand bien même elle aurait été faite par l'une de ses égales ; faite par la signora, et avec un certain air de doute malin, il lui fut impossible d'y répondre. « Signora..., mère révérende..., » balbutia-t-elle, et elle avait l'air de n'avoir rien autre chose à dire. Ici Agnese se crut autorisée, comme celle qui, après Lucia, était assurément la mieux informée, à venir à son secours. « Illustrissime signora, dit-elle, je puis rendre bon témoignage que ma fille que voilà avait en horreur ce cavalier comme le diable à l'eau bénite. Je veux dire que le diable c'était lui ; mais la signora m'excusera si je m'exprime mal, parce que nous sommes des gens tels que Dieu nous a faits. Le fait est que cette pauvre enfant était promise à un jeune homme notre égal, élevé dans la crainte de Dieu, et assez bien pourvu ; et si le seigneur curé était un peu plus un homme comme je veux dire... Je sais que je parle d'un religieux ; mais le père Cristoforo, l'ami du père gardien qui est là, est un religieux aussi, et c'est un homme rempli de charité ; et s'il était ici, il pourrait attester...

— Vous êtes bien prompte à parler sans être interrogée, interrompit la signora d'un air altier et en colère qui la fit paraître presque difforme. Taisez-vous : je ne sais que trop, moi, que les parents ont toujours une réponse prête à faire au nom de leur enfant. »

Agnese, mortifiée, jeta sur Lucia un regard qui voulait dire : « Tu vois ce qui m'arrive pour ta timidité. » Le gardien faisait signe de l'œil et de la tête à la jeune fille que le moment était venu de chasser la paresse, et de ne pas laisser la pauvre femme dans l'embarras.

« Révérende signora, dit Lucia, ce qu'a dit ma mère est la pure vérité. Le jeune homme qui me courtisait, » et ici elle devint couleur de pourpre, « je l'acceptais librement et par ma volonté. Pardonnez-moi si je parle en fille hardie, mais c'est pour ne pas vous laisser mal penser de ma mère. Et quant à ce seigneur (que Dieu lui pardonne!), je voudrais plutôt mourir que de tomber entre ses mains. Si la signora nous fait la charité de nous mettre en lieu de sûreté, puisque nous sommes réduites à l'extrémité de demander un asile et d'incommoder les gens de bien (mais que la volonté de Dieu soit faite!), soyez assurée, signora, que personne ne pourra prier pour vous du fond du cœur plus que nous, pauvres femmes.

— Je vous crois, dit la signora d'une voix radoucie; mais j'aurai du plaisir à vous entendre seule à seule; non que j'aie besoin d'autres éclaircissements ni d'autres motifs pour me rendre au désir du père gardien, ajouta-t-elle aussitôt en se tournant vers lui avec une complaisance étudiée. Même, poursuivit-elle, j'y ai déjà pensé, et voici, jusqu'à présent, ce que j'ai trouvé de mieux à faire. L'économe du monastère a placé, il y a peu de jours, sa dernière fille : ces femmes pourront occuper la chambre que celle-ci a de libre, et l'aider dans les petits services qu'elle rendait au couvent. En vérité... » Et là, elle fit signe au père gardien de s'approcher de la grille, et elle continua à voix basse : « En vérité, attendu la dureté des temps, on ne pensait pas à remplacer cette jeune fille; mais je parlerai à la mère abbesse, et sur un mot de moi..., sur le désir du père gardien...; enfin, je donne la chose pour faite... »

Le gardien commençait à rendre grâces; mais la signora l'interrompit : « Il n'est pas besoin de tant de cérémonies; moi aussi, le cas échéant, en un besoin je saurais faire fonds sur l'assistance des pères capucins... A la fin, poursuivit-elle avec un sourire à travers lequel perçait un je ne sais quoi de railleur et d'amer, à la fin, ne sommes-nous pas frères et sœurs? »

Cela dit, elle appela une sœur converse (deux de celles-ci étaient, par une distinction singulière, attachées à son service privé), et elle lui ordonna d'avertir l'abbesse de ce qui se passait. Ayant fait venir ensuite l'économe à la porte du cloître, elle prit avec lui et avec Agnese les mesures nécessaires. Elle renvoya celle-ci, prit congé du gardien, et retint Lucia. Le gardien accompagna Agnese à la porte, en lui donnant de nouvelles instructions, et s'en alla pour préparer la lettre de relation à son ami Cristoforo. « C'est une grande étourdie que cette signora, pensait-il en chemin, une grande curieuse, en vérité ; mais, en la sachant prendre par son faible, on lui fait faire tout ce qu'on veut. Mon Cristoforo ne s'attend certainement pas que je l'aie sitôt et si bien servi. Le digne homme ! Il n'y pas de remède, il faut toujours qu'il se fourre dans quelque intrigue ; mais il le fait pour le bien. Il est heureux pour lui, cette fois, qu'il ait trouvé un ami qui, sans tant de bruit, sans tant de fracas, sans tant de peines, a conduit l'affaire à bon port en un clin d'œil. Il sera content, ce bon Cristoforo, et il s'avisera enfin que nous aussi nous sommes bons à quelque chose. »

La signora, qui, en présence d'un capucin avancé en âge, avait étudié ses mouvements et ses discours, restée ensuite tête à tête avec une jeune personne sans expérience, ne songeait plus tant à se contenir ; ses propos devinrent peu à peu si étranges, qu'au lieu de les rapporter, nous croyons qu'il vaut mieux raconter succinctement l'histoire précédente de cette infortunée, mais seulement ce qu'il faut pour expliquer ce que nous avons remarqué en elle de mystérieux et d'inaccoutumé, et pour faire comprendre les motifs de sa conduite dans les faits que nous aurons à raconter.

C'était la dernière fille du prince***, puissant gentilhomme milanais, que l'on pouvait mettre au rang des plus opulents de la ville. Mais l'importance démesurée qu'il attachait à son rang lui faisait paraître ses ressources à peine suffisantes, et même trop faibles, pour en soutenir l'honneur. Toute son étude, tous ses soins tendaient, autant que la chose était en son pouvoir, à les conserver intactes et dans une seule main. On ne voit pas clairement dans notre histoire combien il avait d'enfants ; on est seulement induit à penser qu'il avait destiné au cloître tous ses cadets de l'un et de l'autre sexe, pour laisser sa fortune dans toute son intégrité à son fils aîné, destiné à perpétuer la famille et à donner le jour à des rejetons, pour se tourmenter et les tourmenter comme son père. Notre infortunée était encore cachée dans les flancs de sa mère, que son sort était irrévocablement fixé. Un seul point restait à décider : c'était de savoir si ce serait un religieux ou une religieuse, décision pour laquelle il était besoin, non de son assentiment, mais de sa présence. Quand elle vint au monde, le prince son père, voulant lui donner un nom qui réveillât immédiatement l'idée du cloître, et qui eût été porté par une sainte de haut lieu, la nomma Gertrude. Des poupées en habit de religieuse furent les premiers jouets qu'on lui mit entre les mains ; puis, des images de religieuses, en accompagnant le cadeau de l'avis d'en bien faire état, comme d'une chose précieuse, et avec cette interrogation affirmative : « C'est beau, n'est-ce pas? » Quand le prince ou la princesse, ou le petit prince, seul enfant mâle qui fût élevé au logis, voulaient louer la bonne mine de la jeune enfant, ils semblaient ne pas trouver de manière pour bien exprimer leur idée que ces mots : « La jolie mère-abbesse ! » Toutefois, personne ne lui disait jamais précisément : « Tu te dois faire religieuse. » C'était une idée sous-entendue, et qu'on touchait incidemment dans toutes les conversations qui avaient trait à son avenir. Si parfois la petite Gertrude se laissait aller à quelque mouvement d'impatience ou de hauteur auquel son naturel la portait aisément : « Tu n'es qu'une enfant, lui disait-on : ces manières ne te conviennent pas. Quand tu seras la mère-abbesse, alors tu mèneras les gens à la baguette ; tu feras la pluie et le beau temps. » D'autres fois le prince, en la reprenant de certaines manières trop libres et trop familières où elle s'abandonnait volontiers : « Hé, disait-il, ce ne sont pas là les habitudes d'une personne de ton rang. Si tu veux qu'un jour on te porte le respect qui t'est dû, apprends de bonne heure à être plus réservée ; souviens-toi que tu dois être en toute chose la première du couvent, parce que le sang vous suit partout où vous allez. »

Tous les propos de cette nature faisaient germer dans la tête de la petite l'idée implicite qu'elle devait être religieuse ; mais ceux qui venaient de son père produisaient plus d'effet que tous les autres ensemble. Les manières du prince étaient habituellement celles d'un maître austère ; mais quand on parlait de l'état futur de ses enfants, il perçait dans son air et dans ses moindres mots une fixité de résolution, une ombrageuse jalousie de commandement qui imprimait le sentiment d'une nécessité fatale.

A six ans Gertrude fut placée pour son éducation, et plus encore pour la préparer à l'éducation qui lui était imposée, dans le couvent où nous l'avons vue. Le choix du lieu ne se fit pas sans dessein. Le bon conducteur des deux femmes a dit que le père de la signora tenait le premier rang à Monza. En rapprochant ce témoignage, quelle qu'en soit la valeur, de quelques autres indications que notre anonyme laisse échapper étourdiment çà et là, nous pouvons facilement poser en fait qu'il était le seigneur feudataire de ce pays. Quoi qu'il en soit, il y jouissait d'une très-grande autorité, et il pensa que là mieux qu'ailleurs sa fille serait traitée avec cette distinction et ces égards qui pourraient la séduire et l'amener à choisir ce couvent pour sa demeure éternelle. Il ne s'abusait pas. L'abbesse d'alors, et quelques autres religieuses intrigantes qui tenaient, comme on dit communément, la queue de la poêle, se trouvaient parfois engagées en de certaines querelles avec un autre couvent et avec quelques familles du pays.

Elles furent enchantées de gagner un tel appui, reçurent avec beaucoup de reconnaissance l'honneur qu'on leur faisait, et répondirent pleinement aux intentions que le prince avait laissées percer sur l'établissement irrévocable de sa fille, intentions qui, du reste, s'accordaient parfaitement avec leurs intérêts. A peine entrée au couvent, Gertrude fut nommée par antonomase *la signorina* ; on lui donna une place réservée à table, au dortoir ; sa conduite était toujours proposée comme un modèle à ses compagnes ; on l'accablait de douceurs et de caresses, mais de ces caresses assaisonnées de cette familiarité à demi respectueuse qui plaît tant aux enfants quant ils la trouvent dans ceux qu'ils voient traiter les autres avec un ton habituel de supériorité. Ce n'est pas que toutes les religieuses fussent conjurées pour faire tomber la pauvre enfant dans le piége : il y en avait beaucoup de simples et d'étrangères à toute espèce d'intrigue, à qui l'idée de sacrifier une jeune fille dans des vues intéressées aurait fait horreur; mais elles étaient toutes attentives à leurs occupations particulières; celles-ci ne s'apercevaient pas bien de tous ces manéges; celles-là ne voyaient pas combien ils étaient coupables; les unes s'abstenaient de faire un examen là-dessus; les autres se taisaient pour ne pas faire un scandale inutile; quelques-unes aussi, se souvenant d'avoir été amenées par de semblables artifices à ce dont elles s'étaient ensuite repenties, éprouvaient de la compassion pour la pauvre petite innocente, et s'en soulageaient en lui faisant des caresses tendres et mélancoliques, sous lesquelles elle était bien loin de soupçonner qu'il y eût aucun mystère. L'affaire allait donc son train, et peut-être serait-elle allée ainsi jusqu'au bout, si Gertrude avait été la seule enfant dans ce couvent. Mais parmi ses compagnes d'éducation quelques-unes savaient qu'elles étaient destinées au mariage. La petite Gertrude, nourrie dans les idées de sa supériorité, parlait orgueilleusement de ses destinées futures d'abbesse, de princesse du couvent, et voulait à tout moment être un sujet d'envie. Elle voyait avec étonnement et avec dépit que plusieurs de celles-ci ne s'en montraient pas touchées. Aux images majestueuses, mais froides et circonscrites, que peut fournir la primauté dans un couvent, elles opposaient les images variées et brillantes du monde : un mari, des festins, des bals, des parties de campagne, des tournois, de pompeux cortéges, de riches parures, des équipages. Ces images produisaient dans l'esprit de Gertrude ce mouvement, cette effervescence que produirait un grand panier de fleurs fraîchement cueillies, placé devant une ruche d'abeilles. Ses parents et ses institutrices avaient cultivé et fait croître en elle sa vanité naturelle, pour lui faire aimer le cloître; mais quand cette passion fut excitée par des idées qui la charmaient bien davantage, elle s'y jeta aussitôt avec une ardeur bien plus vive et plus spontanée. Pour ne pas rester en arrière de ses compagnes et pour se livrer au nouveau cours que ses idées venaient de prendre, elle répondait que personne après tout ne lui pouvait mettre le voile sur la tête sans son consentement; qu'elle aussi pouvait prendre un époux, et, bien mieux qu'elles toutes, habiter un palais et jouir des délices du monde; qu'elle le pouvait, pourvu qu'elle le voulût; qu'elle le voudrait; qu'elle le voulait, et elle le voulait en effet. L'idée de la nécessité de son consentement, idée qui jusqu'alors était restée comme inaperçue et assoupie dans un coin de son cerveau, se réveilla alors et se manifesta dans toute son importance. Elle l'appelait à tout moment à son secours pour jouir plus tranquillement des images d'un doux avenir. Toutefois, derrière cette idée, il en apparaissait toujours infailliblement une autre : c'est qu'il s'agissait de refuser ce consentement au prince son père, et que celui-ci le tenait ou paraissait le tenir pour donné. À cette idée le cœur de la jeune fille était bien loin de la sécurité qu'elle affectait dans ses discours. Elle se comparait alors avec ses compagnes, qui étaient bien autrement sûres de cet avenir, et elle éprouvait alors douloureusement cette jalousie que dans le principe elle avait cru leur inspirer. En les enviant, elle les prit en haine; quelquefois sa haine s'exhalait en mépris, en railleries, ou en mots piquants; quelquefois la conformité des penchants et des espérances l'apaisait, et faisait naître une apparente et fugitive intimité; d'autres fois, voulant jouir, en attendant, de quelque chose de réel et de présent, elle se complaisait dans les préférences qui lui étaient accordées, et faisait sentir sa supériorité aux autres; quelquefois, ne pouvant plus supporter de se livrer seule et en silence à ses désirs et à ses craintes, timide, elle allait au-devant d'elles comme

15.

pour en implorer de la bienveillance, des conseils, du courage. Au milieu de ces déplorables petits combats avec elle et avec les autres, elle avait passé l'enfance et atteignait cet âge si critique où il semble qu'il entre dans l'âme comme une puissance mystérieuse qui excite, embellit, fortifie tous les penchants, toutes les idées, et quelquefois les change ou leur fait prendre un cours imprévu. Ce que Gertrude avait jusqu'alors le plus distinctement entrevu dans ses rêves de l'avenir, c'était l'éclat et la pompe extérieure. Un je ne sais quoi de doux et d'affectueux, à peine aperçu d'abord, et vague comme un nuage, commença à se développer et à primer dans son imagination. Dans la partie la plus reculée de son esprit, elle s'était fait en quelque sorte une brillante retraite. C'est là qu'elle allait chercher un refuge contre le présent ; c'est là qu'elle accueillait des êtres fantastiques, bizarre mélange des souvenirs confus de l'enfance, du peu qu'elle pouvait entrevoir du monde extérieur, des idées que lui avaient révélées ses entretiens avec ses compagnes. Elle s'entretenait avec eux, elle leur parlait, elle se répondait en leur nom. Là elle commandait en souveraine et s'enivrait d'hommages. De temps en temps les idées de la religion venaient interrompre la fatigue et l'enchantement de ces brillantes fêtes. Mais la religion, telle qu'on l'avait enseignée à notre infortunée et telle qu'elle l'avait comprise, loin de proscrire l'orgueil, le sanctifiait, le proposait comme un moyen d'atteindre à la félicité terrestre. Dépouillée ainsi de son essence, ce n'était plus la religion, mais un vain fantôme comme tant d'autres. Dans les intervalles où ce fantôme occupait la première place et grandissait dans l'imagination de Gertrude, l'infortunée, accablée de craintes confuses, et comme par une confuse idée de devoirs, s'imaginait que sa répugnance pour le cloître et sa résistance aux insinuations de sa famille dans le choix d'un état étaient un crime. Elle promettait en son cœur de l'expier en s'enfermant volontairement dans le cloître. C'était une loi, qu'une jeune personne ne pouvait être acceptée comme religieuse avant d'avoir été examinée par un ecclésiastique nommé le vicaire des religieuses, ou par quelque autre délégué à cet effet. On voulait par là constater qu'elle avait agi librement, et cet examen ne pouvait avoir lieu qu'un an après qu'elle aurait exposé ce désir au vicaire dans une demande par écrit. Les religieuses qui s'étaient chargées du triste soin d'amener Gertrude à se lier à jamais, avec le moins de connaissance possible de ce qu'elle faisait, saisirent un des moments que nous avons déjà dits pour lui faire copier et signer sa demande. Afin de l'y amener plus aisément, elles ne manquèrent pas de lui dire et de lui représenter, ce qui était vrai, qu'après tout ce n'était qu'une pure formalité qui ne pouvait devenir efficace qu'autant qu'elle ferait d'autres actes entièrement dépendants de sa volonté. Néanmoins la demande n'était pas encore arrivée à sa destination, que Gertrude s'était déjà repentie de l'avoir écrite. Elle se repentait ensuite de ses repentirs, et passait ainsi les jours et les nuits flottant sans cesse entre des volontés contraires. Elle tint longtemps caché à ses compagnes ce qu'elle avait fait, tantôt dans la crainte d'exposer à leurs contradictions une résolution qu'elle croyait bonne, tantôt retenue par la honte de rendre une sottise publique. Le désir de soulager son cœur et de trouver des conseils et du courage prit enfin le dessus. C'était encore une loi qu'une jeune personne ne fût admise à cet examen qu'après avoir demeuré un mois au moins hors du couvent où elle avait été élevée. L'année qui devait suivre la demande était presque écoulée; Gertrude avait été avertie que sous peu elle serait retirée du couvent et conduite dans la maison paternelle pour y rester ce mois, et faire toutes les démarches nécessaires pour achever l'œuvre qu'elle avait commencée. Le prince et le reste de la famille tenaient l'affaire pour sûre, comme si elle avait été terminée. Mais ce n'était plus là le compte de la jeune fille. Au lieu de s'avancer encore, elle songeait au moyen de retirer son premier pas. Dans cette position difficile, elle résolut de s'ouvrir à une de ses compagnes, la plus franche de toutes et toujours prête à donner des conseils vigoureux. Celle-ci persuada à Gertrude que, puisqu'elle n'avait pas le courage de dire en face à son père un bon *Non*, il fallait l'informer par une belle lettre comment elle avait changé d'idée. Mais comme les avis gratuits sont très-rares en ce monde, la donneuse de conseils fit payer celui-ci à Gertrude par beaucoup de plaisanteries sur sa poltronnerie.

La lettre fut concertée entre trois ou quatre confidentes, écrite en cachette, et envoyée à son adresse au moyen de ruses et d'artifices bien étudiés. Gertrude était dans une grande anxiété, en attendant une réponse qui ne vint jamais. Seulement, quelques jours après, l'abbesse, la tirant à l'écart d'un air de mystère, de ménagement et de compassion, lui toucha quelques mots obscurs de la grande colère où était le prince, et de quelque escapade qu'elle devait avoir faite, en lui laissant pourtant entendre qu'en se comportant bien, elle pouvait espérer que tout serait oublié. La jeune enfant comprit et n'osa pas en demander davantage.

Le jour si redouté et si désiré arriva enfin. Bien que Gertrude sût qu'elle allait à un combat, cependant, sortir du monastère, franchir l'enceinte de ces murs où elle avait été huit ans renfermée, parcourir en carrosse le libre espace des champs, revoir la ville, la maison paternelle, ce furent pour son cœur des sensations pleines d'une joie tumultueuse. Quant au combat, elle était dirigée par ses confidentes ; elle avait déjà pris ses mesures et, comme on dirait aujourd'hui, tracé son plan. « Ou l'on voudra me faire violence, disait-elle, et je tiendrai bon ; je serai soumise et respectueuse, mais je refuserai : il ne s'agit que de ne pas dire un autre *Oui*, et je ne le dirai pas ; ou ils me prendront par la douceur, et je serai encore plus douce qu'eux ; je pleurerai, je supplierai, je les toucherai. Après tout, je ne demande rien autre que de n'être pas sacrifiée ! » Mais, ainsi qu'il en avient souvent des merveilleuses prévisions, aucune des deux ne vint à se vérifier. Les jours s'écoulaient sans que son père ou nul autre lui parlassent de la demande ni de la rétractation, sans qu'on lui fît aucune proposition, ni par caresses, ni par menaces. Ses parents étaient sérieux, froids, durs avec elle, sans lui jamais dire le pourquoi. On comprenait seulement qu'ils la regardaient comme une coupable, comme une indigne. Un mystérieux anathème semblait peser sur elle, et la retrancher de la famille, en ne l'y laissant réunie que le temps nécessaire pour lui faire sentir sa sujétion. Rarement, et seulement à des heures réglées, elle était admise à la société de ses parents et de son frère aîné. Dans les entretiens que ceux-ci avaient ensemble, régnait une grande intimité, qui rendait plus sensible et plus douloureuse encore la proscription de Gertrude. Personne ne lui adressait la parole; chaque mot qu'elle mettait timidement en avant, s'il n'avait pas pour objet une nécessité évidente, tombait, sans qu'on y daignât prendre garde, ou n'obtenait une réponse que d'un air distrait, méprisant ou sévère. Que si, hors d'état de supporter plus longtemps un traitement si humiliant et si amer, elle tentait d'insister et de faire effort pour se familiariser, si elle implorait un peu d'amour, elle s'entendait aussitôt jeter quelque mot indirect, mais clair, sur le choix d'un état. On lui faisait entendre d'une manière détournée que c'était le seul moyen de regagner l'affection de la famille. Comme elle n'en aurait jamais voulu à ce prix, elle était contrainte à se retirer en arrière, à refuser presque les premières marques de bienveillance qu'elle avait désirées, à reprendre d'elle-même sa position d'excommuniée, et elle y restait, par surcroît de malheur, avec une certaine apparence de tort.

Un sentiment si pénible de la réalité contrastait douloureusement avec les sujets riants dont Gertrude s'était tant occupée, et dont elle s'occupait encore dans le secret de son cœur. Elle avait espéré que dans la maison de son père, si brillante et si fréquentée, elle aurait pu goûter au moins quelque chose des rêves qu'elle avait enfantés; mais elle se trouva complétement abusée : elle était aussi entièrement et aussi étroitement renfermée chez son père qu'au cloître; on ne parlait jamais de promenade ni de divertissement, et une tribune qui donnait de la maison dans une église contiguë ôtait encore jusqu'à la dernière occasion de mettre le pied dans la rue. La société était plus triste, moins nombreuse, moins variée qu'au couvent. A la moindre annonce d'une visite, Gertrude était obligée de se retirer, pour s'enfermer dans sa chambre avec quelques vieilles femmes de service. C'était là qu'elle dînait toutes les fois qu'on recevait. Les domestiques se conformaient, pour leurs manières et leurs discours, à l'exemple et à l'intention de leurs maîtres; et Gertrude, qui, par inclination, était disposée à les traiter familièrement et sans souci de l'étiquette, Gertrude, qui, dans l'état où elle se trouvait, aurait reçu comme une grâce de leur part la moindre marque de bienveillance, et s'abaissait jusqu'à les mendier, ne gagnait qu'un peu plus d'humiliation et de chagrin à voir ses avances reçues avec une indifférence manifeste, bien qu'accompagnée d'un léger respect d'usage. Elle s'aperçut enfin que, bien différent de ceux-ci, un page lui portait un respect et sentait pour elle une compassion d'un genre particulier. L'air et les manières de ce jeune garçon étaient ce que Gertrude avait encore vu de plus rapproché de l'ordre de choses qu'elle avait tant de fois rêvé, de plus ressemblant à l'air et aux manières de ses créatures idéales. Peu à peu un je ne sais quoi de nouveau et d'inaccoutumé se révéla dans les manières de la jeune fille; un calme et une inquiétude à la fois, qui n'étaient plus son ancien calme et son ancienne inquiétude; l'air d'une personne qui a trouvé quelque chose qui l'occupe, quelque chose qu'elle voudrait contempler à tout moment et ne pas laisser voir à autrui. On la surveilla de plus près que jamais. Tant il y a qu'un beau matin elle fut surprise, par une de ses caméristes, pliant à la dérobée un papier sur lequel elle aurait mieux fait de ne rien écrire. Après un court débat, le papier resta aux mains de la camériste, et passa de celles-ci aux mains du prince. La frayeur de Gertrude, au bruit de ses pas, ne peut ni se décrire, ni se concevoir. C'était son père; il était irrité, et elle se sentait coupable. Mais quand elle le vit paraître, le sourcil menaçant et la fatale lettre à la main, ce n'est plus seulement dans un cloître, c'est à cent pieds sous terre qu'elle aurait voulu être. Il ne dit que peu de mots, mais ils furent terribles. On ne lui imposait pas pour le moment d'autre peine que d'être enfermée dans cette chambre, sous la garde de la camériste qui avait fait la découverte ; mais cette peine n'était qu'un prélude, une précaution provisoire : on promettait, on laissait planer vaguement sur sa tête un châtiment à venir mystérieux, indéterminé, et par là plus effrayant.

Le page fut chassé sur-le-champ, comme de raison, et on le menaça d'une correction terrible s'il osait jamais ouvrir la bouche sur cette aventure. En lui intimant cet ordre, le prince lui appliqua deux vigoureux soufflets, pour associer à cette aventure un souvenir qui pût ôter au jeune garçon toute tentative de s'en vanter. Un prétexte quelconque pour colorer les motifs de l'expulsion d'un page n'était pas difficile à trouver ; quant à la jeune fille, on dit qu'elle était incommodée.

Elle resta donc avec le battement de cœur, la honte, le remords, la crainte de l'avenir, sans autre compagnie que cette femme, qu'elle détestait comme le témoin de sa faute et la cause de sa disgrâce. Celle-ci détestait à son tour Gertrude, réduite qu'elle était, grâce à elle, sans savoir pour combien de temps, à la vie ennuyeuse de geôlière, et devenue pour jamais dépositaire d'un dangereux secret.

Le premier tumulte de ces sentiments confus s'apaisa peu à peu ; mais chacun d'eux, en assiégeant tour à tour son esprit, y grandissait et y prenait place pour la tourmenter plus distinctement et à loisir. Que pouvait être ce châtiment qui devait fondre sur sa tête ? Mille plus étranges s'offraient à l'imagination ardente et sans expérience de Gertrude. Ce qui lui paraissait le plus probable, c'était d'être conduite au couvent de Monza, d'y paraître, non plus en *signorina*, mais en coupable, et d'y demeurer renfermée, qui sait combien de temps et avec quels traitements! La crainte de la honte était peut-être ce qu'il y avait de plus douloureux pour elle dans cet avenir tout plein de douleurs. Les phrases, les mots, les virgules de cette malheureuse lettre passaient et repassaient dans sa mémoire; elle se les figurait lus, pesés par un lecteur si peu attendu, si différent de celui à qui ils étaient destinés en réponse; elle s'imaginait qu'ils auraient pu tomber sous les yeux de sa mère ou de son frère, ou de tout autre, et ce n'eût rien été auprès. L'image de celui qui avait été la cause première de tout le scandale ne laissait pas que de venir souvent aussi tourmenter la pauvre recluse, et il n'est pas besoin de dire quelle étrange figure faisait ce fantôme parmi les autres, si différents, si sérieux, si froids, si menaçants. Mais comme elle ne pouvait pas s'en séparer ni revenir un moment à cette joie si fugitive sans qu'aussitôt se présentassent à son esprit les douleurs de l'instant qui l'avait suivie, elle commença à y revenir plus rarement, à la chasser de sa souvenance, à s'en distraire. Elle ne s'arrêtait non plus longtemps ni avec plaisir sur ces rêves si doux et si brillants d'autrefois : ils étaient trop opposés à sa situation, à toutes les probabilités de l'avenir. Le seul château où Gertrude pouvait imaginer un refuge tranquille et honorable, et qui ne fût pas fantastique, c'était le couvent, quand elle serait résolue à y entrer pour jamais. Une telle résolution (elle n'en pouvait douter) aurait raccommodé toute chose, soldé toutes ses dettes et changé en un clin d'œil sa situation. Contre ce parti s'élevaient, il est vrai, les pensées de toute sa vie; mais les temps étaient changés. Dans la position où Gertrude était tombée, à l'idée de ce qu'elle avait à redouter, en de certains moments la condition d'une religieuse fêtée, considérée, obéie, lui paraît le comble du bonheur. Deux sentiments d'un genre bien opposé contribuaient aussi, par intervalles, à vaincre son ancienne aversion : c'était parfois le remords de sa faute et parfois une sorte de ferveur capricieuse de dévotion, quelquefois c'était son orgueil irrité et révolté des manières de la geôlière, qui (souvent, il faut le dire, provoquée par elle) s'en vengeait tantôt en l'effrayant du châtiment dont on l'avait menacée, tantôt en lui faisant honte de sa faute. Lorsque ensuite elle se voulait montrer bienveillante, elle prenait un ton de protection plus odieux encore que l'insulte. Le désir que Gertrude éprouvait de sortir des griffes de cette femme et de paraître à ses yeux dans une situation au-dessus de sa colère et de sa pitié, ce désir habituel devenait alors si vif et si poignant qu'il lui faisait paraître doux tout ce qui pourrait l'amener à le satisfaire.

Au bout de quatre ou cinq jours éternels de prison, un matin Gertrude, indignée et poussée à bout par un des traits de sa geôlière, courut se tapir dans un coin de l'appartement, et là, le visage caché dans ses deux mains, elle resta quelque temps à dévorer sa rage. Elle sentit un besoin impérieux de voir d'autres figures, d'entendre d'autres paroles, d'être autrement traitée. Elle pensa à son père, à sa famille : épouvantée, elle n'osait pas s'arrêter à cette idée, elle la repoussait. Mais elle se souvint qu'il dépendait d'elle de trouver en eux des amis, et elle en éprouva une joie subite. Derrière cette joie étaient une confusion et un repentir extraordinaires de sa faute et un égal désir de l'expier. Ce n'est pas que sa volonté fût affermie dans cette résolution, mais jamais elle n'y avait tant incliné. Elle se leva, alla à une petite table, reprit cette plume fatale et écrivit à son père une lettre pleine d'enthousiasme et d'abattement, d'affection et d'espérance, implorant son pardon et se montrant irrévocablement décidée et prête à faire tout ce qui pourrait plaire à celui qui le lui devait accorder.

X

Il y a des moments où l'âme, et en particulier celle des jeunes gens, est disposée de manière qu'il suffit d'un peu d'instance pour obtenir tout ce qui a une apparence de

16

vertu et de sacrifice; comme une fleur à peine éclose se
penche mollement sur sa tige fragile, prête à abandonner
ses parfums au premier zéphyr qui la vient caresser de son
souffle. Ces moments, que l'on devrait admirer avec un
respect timide, sont précisément ceux que l'astuce intéressée épie attentivement et saisit au vol pour lier une
volonté qui ne songe pas à se garder.

A la lecture de cette lettre, le prince *** vit aussitôt la
porte ouverte à ses anciennes et constantes visées. Il envoya dire à Gertrude qu'elle vînt devant lui ; et, en l'attendant, il se disposa à battre le fer pendant qu'il était chaud.
Gertrude comparut, et, sans lever les yeux sur son père,
elle se jeta à ses pieds, et elle eut à peine la force de dire :
« Pardon ! » Celui-ci lui fit signe de se lever ; mais, d'une
voix peu propre à la rassurer, il lui répondit qu'il ne suffisait pas de désirer ni de demander le pardon pour l'obtenir ;
que ce serait chose trop facile et trop naturelle pour quiconque se trouve en faute et craint le châtiment ; qu'il
fallait enfin le mériter. Gertrude demanda timidement et
en tremblant ce qu'elle devait faire. A cela le prince (on n'a
pas le cœur de lui donner en ce moment le titre de père)
ne répondit pas directement ; mais il commença à parler
longuement de la faute de Gertrude. Ces paroles étaient
aussi cuisantes pour l'âme de la pauvre fille que l'est le
toucher d'une main rude à une plaie. Il poursuivit en
disant que..., quand bien même..., dans le cas où jamais...,
il aurait eu d'abord quelque intention de l'établir dans le
monde, elle avait maintenant mis à cela un obstacle insur-
montable. Homme d'honneur qu'il était, il n'aurait jamais
l'audace de faire présent à un galant homme d'une demoi-
selle qui avait aussi mal débuté. La malheureuse en l'écou-
tant était anéantie. Alors le prince, radoucissant par degrés
sa voix et ses paroles, ajouta que pourtant à toute faute il y
avait remède et miséricorde ; que la sienne était du nombre
de celles dont le remède était le plus clairement indiqué ;
qu'elle devait voir en ce triste accident comme un avis du
ciel que la vie du siècle était trop pleine de périls pour elle...

« Ah! oui! s'écria Gertrude travaillée par la crainte, préparée par la honte et dirigée vers ce parti par un soudain mouvement de tendresse.

— Ah! vous le comprenez aussi, vous, reprit incontinent le prince. Eh bien! qu'on ne me parle plus du passé: tout est oublié. Vous avez pris le seul parti qui vous restât; mais, puisque vous l'avez pris volontairement et de bonne grâce, c'est à moi qu'il appartient de vous le rendre agréable en tout et pour tout; c'est à moi qu'il appartient de vous en faire revenir tout l'avantage et tout le mérite. Je m'en charge. » En parlant ainsi, il agita une sonnette qui était sur la table, et dit au laquais qui entra : « La princesse et le jeune prince sur-le-champ. » Et il poursuivit ensuite en s'adressant à Gertrude : « Je veux leur faire part à l'instant de ma joie; je veux que tout le monde commence à vous traiter comme il convient. Vous avez éprouvé ce qu'est un père sévère; mais désormais vous éprouverez ce qu'est un père tendre. »

A ces mots Gertrude était comme étourdie. Tantôt elle repensait comment ce *Oui*, qui lui était échappé, avait pu signifier tant de choses; tantôt elle cherchait s'il y avait un moyen de le retirer et d'en restreindre le sens. Mais la persuasion du prince paraissait si entière, sa joie si jalouse, sa bienveillance si conditionnelle, que Gertrude n'osa pas proférer un mot qui les pût troubler le moins du monde.

La princesse et le jeune prince ne se firent pas attendre. En voyant Gertrude, ils la regardèrent d'un air incertain et étonné. Mais le prince, d'un air joyeux et tendre qui leur en prescrivait un semblable : « Voilà, dit-il, la brebis égarée, et j'entends que ceci soit la dernière parole qui rappelle de tristes souvenirs. Gertrude n'a plus besoin de conseils : ce que nous désirions pour son bien, elle l'a voulu spontanément; elle m'a fait entendre qu'elle était résolue... » A ce mot, elle leva sur son père un regard craintif à la fois et suppliant, comme pour le conjurer de suspendre, mais il poursuivit franchement : « qu'elle est résolue à prendre le voile.

— Brava! bien! » s'écrièrent d'une commune voix la mère et le fils; et l'un après l'autre embrassèrent Gertrude, qui reçut cet accueil avec des larmes que l'on prit pour des larmes de joie. Alors le prince expliqua fort au long ce qu'il comptait faire pour rendre le sort de sa fille heureux et brillant. Il parla des distinctions qu'elle aurait au couvent et dans le pays; elle serait comme une princesse, le représentant de la famille; à peine l'âge le lui aurait permis, elle serait élevée à la première dignité; et en attendant, elle ne serait sujette que de nom. La princesse et le jeune prince renouvelaient à chaque instant les félicitations et les applaudissements; Gertrude était comme possédée par un songe.

« Il faudra aussi fixer le jour où nous irons à Monza faire la demande à l'abbesse, dit le prince. Comme elle sera contente! Je vous puis assurer que tout le couvent saura apprécier l'honneur que Gertrude lui fait. Et même... pourquoi n'irions-nous pas aujourd'hui même? Gertrude prendra volontiers un peu l'air.

— Allons donc, dit la princesse.

— Je vais donner les ordres, dit le jeune prince.

— Mais..., dit timidement Gertrude.

— Doucement, doucement, reprit le prince; que Gertrude en décide. Peut-être qu'aujourd'hui elle ne se sent pas assez bien disposée, et qu'elle aimerait mieux attendre jusqu'à demain. Dites, voulez-vous que nous y allions aujourd'hui ou demain?

— Demain, répondit d'une voix faible Gertrude, qui croyait encore gagner quelque chose en gagnant un peu de temps.

— Demain! dit solennellement le prince. Elle a décidé qu'on irait demain. En attendant, je vais chercher le vicaire des religieuses afin qu'il me donne un jour pour l'examen. » Sans plus tarder, le prince sortit, et il alla en effet (ce qui ne fut pas un petit honneur) chez le vicaire en question, et il en eut promesse pour le surlendemain.

Tout le reste de ce jour, Gertrude n'eut pas deux minutes

de repos. Elle aurait désiré de reposer son esprit de tant
de secousses, laisser, pour ainsi dire, s'éclaircir ses pensées, se rendre compte à elle-même de ce qu'elle avait fait,
de ce qu'elle avait à faire; savoir ce qu'elle voulait, ralentir un moment cette machine qui, à peine mise en mouvement, cheminait avec tant de précipitation. Mais il n'y
eut pas moyen : les occupations se succédaient sans interruption et semblaient s'enchâsser l'une dans l'autre. A
peine cet entretien solennel venait-il d'être achevé, qu'elle
fut conduite dans le cabinet de la princesse pour y être,
sous sa direction, parée et ajustée des mains de sa propre
camériste. On n'avait pas encore fini d'y mettre la dernière
main que l'on vint annoncer qu'on était servi. Gertrude
passa à travers les salutations respectueuses des domestiques, qui semblaient se féliciter de sa guérison, et elle
trouva quelques-uns de ses parents les plus proches qui
avaient été conviés en hâte pour lui faire honneur, et pour
se féliciter avec elle du rétablissement de sa santé et de
la manisfestation de sa vocation, deux nouvelles extrêmement heureuses.

La *sposina*[1] (c'est ainsi qu'on nommait les jeunes personnes destinées à l'état de religieuse, et Gertrude à son
entrée fut saluée de ce nom), la *sposina* eut assez affaire
de répondre aux compliments qui lui furent adressés. Elle
sentait bien que chacune de ses réponses était comme un
consentement nouveau et une confirmation; mais comment répondre autrement? Au sortir de la table vint
l'heure de la promenade. Gertrude monta en voiture avec
sa mère et avec deux oncles qui avaient été du repas.
Après le tour ordinaire, on se rendit à la *strada Marina*,
qui traversait alors l'espace occupé aujourd'hui par les
jardins publics : c'était là le rendez-vous où les seigneurs
venaient en char pour se reposer des fatigues de la journée.
Les oncles de Gertrude lui parlèrent beaucoup, comme il
était convenable en ce jour, et l'un d'eux, qui paraissait
mieux connaître que l'autre tout le monde, tous les équi-

[1] La jeune épouse

16.

pages, toutes les livrées, et avait à tout moment quelque chose à dire sur monsieur un tel ou sur madame une telle, s'interrompit tout à coup, et se tournant vers sa nièce : « Ah! friponne, lui dit-il, vous tournez le dos à toutes ces misères ; vous êtes une rusée, vous ; vous nous laissez, nous autres mondains, dans les embarras ; vous allez faire une sainte vie, et vous prenez en carrosse le chemin du paradis. »

Sur la brune on retourna au logis, et les domestiques, descendant en hâte avec des flambeaux, annoncèrent que beaucoup de visites étaient à attendre. La nouvelle avait couru, et les parents et les amis venaient faire leur devoir. On entra dans le salon de conversation. La *sposina* en fut l'idole, l'amusement, la victime. C'était à qui l'aurait à soi ; qui se faisait promettre des sucreries, qui lui promettait de l'aller voir, qui lui parlait de la mère une telle sa parente, ou de la mère une telle sa connaissance, qui vantait l'air de la Monza, qui faisait un tableau enchanteur du haut rang dont elle jouirait. Ceux qui n'avaient pas encore pu s'approcher de Gertrude ainsi assiégée se mettaient à épier l'occasion pour se présenter devant elle, et éprouvaient une sorte de remords jusqu'à ce qu'ils se fussent acquittés de leur devoir. Peu à peu la compagnie alla en s'éclaircissant ; tous partirent la conscience nette, et Gertrude resta seule avec sa famille.

« Enfin, dit le prince, j'ai eu la consolation de voir ma fille traitée selon son rang ! Il faut pourtant confesser qu'elle s'est conduite à merveille. Elle a fait voir qu'elle ne sera point embarrassée pour jouer le premier rôle et pour soutenir l'honneur de la famille. »

On soupa en hâte pour se retirer aussitôt et être prêt le lendemain de bonne heure.

Gertrude, attristée, dépitée et un peu enivrée aussi des honneurs de la journée, se ressouvint en ce moment de ce que sa geôlière lui avait fait souffrir. Voyant son père disposé à lui complaire en tout, hors en une seule chose, elle voulut profiter de la passe où elle se trouvait pour satisfaire au moins une des passions qui la tourmentaient. Elle montra donc une grande répugnance à se trouver avec elle, se plaignant amèrement de ses procédés.

« Comment ! dit le prince, elle vous aurait manqué de respect ! Demain, demain, je lui laverai la tête de manière à ce qu'elle s'en souvienne. Laissez-moi faire, vous en aurez satisfaction entière. En attendant, une fille dont je suis content ne doit pas avoir auprès d'elle une personne qui lui déplaît. » Cela dit, il fit appeler une autre femme à qui il ordonna de servir Gertrude. Celle-ci, cependant, savourant à loisir la satisfaction qu'elle avait reçue, s'étonnait d'y trouver si peu de douceur auprès du désir qu'elle en avait eu. Ce qui, même malgré elle, dominait toute sa pensée, c'était le sentiment des nouveaux pas qu'elle avait faits en ce jour sur le chemin du cloître ; c'était l'idée que, pour se tirer maintenant en arrière, il faudrait beaucoup plus de force et de résolution qu'il n'en aurait fallu quelques jours auparavant ; et pourtant cette force, elle ne l'avait pas eue.

La femme qui la vint accompagner dans son appartement était une vieille servante de la maison, ancienne gouvernante du jeune prince qu'elle avait reçu des bras de sa nourrice, élevé jusqu'à l'adolescence, et sur lequel reposaient toutes ses complaisances, toutes ses espérances, toute sa gloire. Elle était joyeuse de la décision qu'on avait prise en ce jour, comme si c'avait été sa propre fortune. Gertrude, pour achever la journée, eut à subir les félicitations, les louanges et les conseils de la vieille. Elle lui parla à son tour de plusieurs de ses tantes et grand'tantes qui s'étaient trouvées enchantées de la vie de religieuse, parce que, étant issues de cette maison, elles avaient toujours joui des premiers honneurs ; elles avaient toujours su tenir une main au dehors, et, du fond de leur parloir, étaient sorties victorieuses d'entreprises où avaient échoué les plus grandes dames. Elle parla des visites qu'elle recevrait ; un jour, elle verrait monseigneur le jeune prince avec son épouse, qui ne pourrait être assurément qu'une grande dame, et alors non-seulement le couvent, mais tout le pays serait en mouvement. La vieille avait parlé en déshabillant Gertrude, elle parlait que Gertrude était déjà couchée, et Gertrude dormait qu'elle parlait encore. La jeunesse et la fatigue avaient été plus fortes que les soucis. Le sommeil fut inquiet, agité, plein de songes pénibles; mais il ne fut interrompu que par la voix criarde de la vieille, qui vint de bon matin la réveiller pour qu'elle se préparât au voyage de Monza.

« Debout, debout, madame la *sposina!* Il est grand jour, et avant que vous soyez habillée et ajustée il faudra encore une heure au moins. Madame la princesse se lève, et on l'a éveillée quatre heures plus tôt que de coutume. Monseigneur le jeune prince est déjà descendu aux écuries; puis il est remonté, et il est prêt à partir quand vous voudrez. Il est vif comme un lièvre, le petit démon; mais il était ainsi étant tout petit, et je le peux bien dire, moi qui l'ai tenu dans mes bras. Mais quand il est pour partir, il ne le faut pas faire attendre, parce que, bien que ce soit la meilleure pâte d'homme qu'il y ait au monde, alors il s'impatiente et se met en fureur. Pauvre enfant! il faut lui complaire : c'est l'effet du tempérament; et puis cette fois il a aussi un peu de raison, car il prend toute cette peine pour vous. Malheur dans ces moments-là à qui l'irrite! Il n'a de respect pour personne, si ce n'est pour monseigneur le prince; mais un jour il sera aussi, lui, monseigneur le prince, le plus tard que possible, pourtant. Alerte! alerte! signorina. Pourquoi me regarder ainsi ébahie? A cette heure, vous devriez déjà être hors du nid. »

A l'image du jeune prince impatienté, toutes les autres idées qui s'étaient présentées en foule à Gertrude éveillée se dissipèrent aussitôt comme une volée de moineaux à la vue d'un épouvantail. Elle obéit, s'habilla en hâte, se laissa parer, et se rendit au salon où ses parents et son frère étaient réunis. On la fit asseoir sur un fauteuil, et on lui apporta une tasse de chocolat; c'était alors la même

chose que de faire prendre la robe virile chez les Romains.

Quand on annonça que la voiture était prête, le prince
tira sa fille à l'écart et lui dit : « Çà, Gertrude, hier vous
vous êtes fait honneur ; aujourd'hui vous devez vous surpasser vous-même. Il s'agit de paraître au couvent et dans
le pays où vous êtes destinée à jouer le premier rôle. On
vous attend (il est inutile de dire que le prince avait envoyé la veille un messager à l'abbesse). On vous attend, et
tous les yeux seront fixés sur vous. De la dignité et de l'aisance dans le maintien. L'abbesse vous demandera ce que
vous voulez : c'est une affaire de forme. Vous pouvez répondre que vous demandez à être admise à prendre l'habit
dans le couvent où vous avez été élevée avec tant de bonté,
où vous avez reçu tant de marques de tendresse, ce qui
est la pure vérité. Dites ce peu de mots d'un air libre et
sans embarras ; qu'on ne s'avise pas de dire qu'on vous a
soufflée et que vous ne savez pas parler de vous-même. Ces
bonnes mères ne savent rien de ce qui est arrivé : c'est un
secret qui doit rester enseveli dans le sein de la famille.
Cependant n'ayez pas un visage triste et incertain, car
vous pourriez donner quelques soupçons. Faites voir de
quel sang vous sortez : soyez polie et modeste. Mais souvenez-vous que, dans ce lieu, hors votre famille, il n'y a
personne au-dessus de vous... »

Sans attendre sa réponse, le prince s'achemina vers la
porte ; Gertrude, la princesse et le jeune prince marchèrent derrière lui, descendirent les marches, et les voilà en
voiture. Les soucis et les ennuis du monde, la vie heureuse
du cloître, surtout pour les jeunes filles d'un sang illustre,
tel fut le thème de la conversation durant le trajet. Au
moment d'arriver, le prince renouvela ses instructions à
sa fille, et lui répéta plusieurs fois la formule de la réponse. En entrant dans le pays, Gertrude éprouva un ser-
rement de cœur ; mais son attention fut aussitôt détournée
par je ne sais quels personnages qui, ayant fait arrêter la
voiture, récitèrent je ne sais quels compliments. On se

remit en marche, et l'on chemina plus lentement vers le
monastère, à travers une haie de curieux qui accouraient
de toutes parts sur la route. Quand la voiture s'arrêta devant ce mur, devant cette porte, le cœur de Gertrude se
serra bien davantage. Elle descendit à travers deux files de
peuple que les domestiques firent rester en arrière. Tant
de regards fixés sur l'infortunée la forçaient d'étudier à
tout moment sa contenance ; mais ce qui, plus que tout
le reste ensemble, la tenait en sujétion, c'était l'œil de
son père vers lequel, malgré la peur qu'elle en ressentait,
elle ne pouvait s'empêcher de tourner à tout moment le
sien. Cet œil gouvernait ses mouvements et l'expression
même de ses traits comme par d'invisibles ressorts. La
première enceinte traversée, on entra dans la seconde, et
là parut la porte du cloître intérieur, tout ouverte et occupée par les religieuses. Au premier rang était l'abbesse,
entourée des anciennes ; derrière, les autres religieuses
pêle-mêle, quelques-unes sur la pointe des pieds ; au dernier rang, les sœurs converses montées sur des escabeaux.
On voyait aussi, au milieu des frocs, briller çà et là quelques petits yeux, se montrer quelques petites figures :
c'étaient les plus avisées et les plus hardies des pensionnaires, qui, se glissant et se faufilant entre les religieuses,
étaient parvenues à se faire un peu de place pour voir
aussi quelque chose. De cette foule sortaient des acclamations ; on voyait beaucoup de bras s'agiter en signe de félicitation et de joie. On arriva à la porte : Gertrude se
trouva face à face avec la mère-abbesse. Après les premiers compliments, celle-ci, d'un ton demi-joyeux, demi-
solennel, lui demanda ce qu'elle désirait en ce lieu où l'on
ne pouvait rien lui refuser.

« Je viens... » commença Gertrude : mais au moment de
proférer les paroles qui devaient décider presque irrévocablement de sa destinée, elle hésita un moment, et demeura
les yeux fixés sur la foule qui était devant elle. Elle vit en
ce moment une de ses compagnes les plus familières qui la
regardait d'un air mêlé de compassion et de malice, et qui

semblait dire : « Ah! la voilà donc prise aussi, notre petite héroïne. » Cette vue, réveillant plus vifs dans son âme tous ses anciens sentiments, lui rendit aussi un peu de son premier courage, et déjà elle était à chercher une réponse tout autre que celle qu'on lui avait dictée. Mais ayant levé les yeux sur la figure de son père, comme pour éprouver ses forces, elle y découvrit une inquiétude si sombre, une impatience si menaçante, que, résolue par crainte, avec la même promptitude qu'elle aurait mise à fuir devant un objet terrible, elle poursuivit : « Je viens demander d'être admise à prendre l'habit de religieuse dans ce couvent, où j'ai été élevée avec tant de bonté. » L'abbesse répondit aussitôt qu'elle était désolée, en cette conjoncture, que les règlements lui défendissent de donner immédiatement une réponse qui devait venir du suffrage commun des sœurs, et que devait précéder la licence des supérieures ; qu'au reste Gertrude connaissait assez les sentiments qu'on avait pour elle dans ce lieu pour prévoir quelle serait la réponse, et qu'en attendant aucun règlement n'empêchait l'abbesse et les sœurs de manifester la joie qu'elles éprouvaient d'une telle demande. Il s'éleva alors un bruit confus de félicitations et d'acclamations. On apporta aussitôt de grandes corbeilles pleines de sucreries qui furent présentées d'abord à la *sposina*, puis à ses parents. Pendant que quelques-unes des religieuses se l'arrachaient, que d'autres faisaient leur compliment à sa mère, d'autres au jeune prince, l'abbesse fit prier le prince de vouloir bien venir à la grille du parloir, où elle l'attendait. Elle était accompagnée de deux anciennes, et quand elle le vit paraître : « Seigneur prince, dit-elle, pour obéir aux règlements... pour accomplir une formalité indispensable, bien que, dans ce cas..., pourtant je suis forcée de dire... que toutes les fois qu'une fille demande à être admise à prendre l'habit..., la supérieure, que je suis indignement..., est tenue d'avertir les parents... que, si par hasard... ils forçaient la volonté de leur fille, ils encourraient l'excommunication. Vous m'excuserez...

« — Très-bien, très-bien, révérende mère. Votre exactitude est fort louable, c'est trop juste;… mais vous ne pouvez douter…

— Oh! je le pense ainsi, seigneur prince. J'ai parlé pour remplir une obligation…; du reste…

— Assurément, assurément, mère-abbesse. »

Après avoir échangé ce peu de paroles les deux interlocuteurs se firent tour à tour une inclination et se séparèrent, comme si l'un et l'autre éprouvaient un égal embarras à prolonger la conversation. Chacun alla rejoindre sa compagnie, l'un au dedans, l'autre au dehors du cloître. « Allons, dit le prince, Gertrude jouira bientôt tout à son aise de la société de ces bonnes mères. Pour le moment, nous les avons assez longtemps importunées. » Et, après avoir salué, il donna le signal du départ. Sa famille l'imita, on renouvela les compliments, et l'on partit.

Gertrude, au retour, n'avait guère envie de parler. Épouvantée du pas qu'elle avait fait, honteuse de sa faiblesse, mécontente des autres et d'elle-même, elle faisait tristement le compte des occasions qui lui restaient encore pour dire *Non,* et elle se promettait faiblement et confusément à elle-même que dans celle-ci ou dans celle-là, ou bien dans une autre, elle aurait plus d'adresse et de courage. Avec toutes ces pensées elle n'avait pourtant pas pu se remettre entièrement de la frayeur que lui causait le regard irrité de son père; si bien que lorsqu'un coup d'œil jeté à la dérobée sur son visage lui eut fait connaître qu'il n'y était plus resté aucune trace de colère, qu'au contraire il paraissait très-content d'elle, cela lui sembla un grand bonheur, et pour un moment elle en fut toute radieuse.

A peine arrivés, longue toilette, puis le dîner, puis quelques visites, puis la promenade, puis la conversation, et enfin le souper. Comme il finissait, le prince mit sur le tapis une autre affaire, le choix d'une marraine. C'est ainsi qu'on appelait une dame qui, à la prière des parents, devenait gardienne et conductrice de la *sposina* durant tout le temps qui s'écoulait entre la demande et la prise d'Labit. Ce temps s'employait à visiter les églises et les sanctuaires, les édifices publics, les sociétés, les maisons de campagne, toutes les choses enfin les plus remarquables de la ville et des environs, afin que les jeunes personnes, avant de prononcer un vœu irrévocable, connussent bien ce à quoi elles renonçaient. « Il faudra penser à une marraine, dit le prince, parce que demain viendra le vicaire des religieuses pour la formalité de l'examen, et aussitôt après Gertrude sera proposée au chapitre pour être acceptée par les mères. » En disant ces mots il s'était tourné vers la princesse ; et celle-ci, croyant que c'était une invitation pour elle à proposer, commençait : « Il serait... » Mais le prince l'interrompit : « Non, non, madame la princesse, la marraine doit avant tout agréer à la *sposina* ; et quoique l'usage général en donne le choix aux parents, cependant Gertrude a tant de jugement, tant de tact, qu'elle mérite bien qu'on fasse une exception pour elle. » Et se tournant vers Gertrude d'un air qui semblait annoncer une grâce singulière, il poursuivit : « Chacune des dames qui se sont trouvées ce soir au salon possède les conditions nécessaires pour être marraine d'une fille de notre maison ; chacune, je me plais à le-croire, se tiendra honorée d'obtenir la préférence : choisissez. »

Gertrude sentait bien que choisir, c'était donner un nouveau consentement ; mais la proposition était faite avec tant de solennité, qu'un refus aurait eu un air de mépris, et que s'en excuser même eût semblé du dédain ou de l'ingratitude. Elle fit donc encore ce pas, et elle nomma la dame qui, dans cette soirée, lui avait fait le plus de caresses, qui l'avait le plus louée, qui l'avait traitée avec ces manières familières, affectueuses et empressées, qui donnent à une connaissance de quelques moments l'air d'une ancienne amitié. « Excellent choix ! » s'écria le prince, qui désirait et attendait précisément celui-là. Que ce fût adresse ou hasard, il était arrivé ce qui arrive lorsqu'un bateleur, faisant courir devant vos yeux les cartes d'un paquet, vous dit d'en penser une qu'il devinera ; mais il les a fait courir de manière à ne vous en laisser voir qu'une seule. Cette dame avait été si bien à côté de Gertrude toute la soirée, elle l'avait tant occupée d'elle, qu'il aurait fallu à la jeune fille un grand effort d'imagination pour penser à une autre. Tant d'empressement n'était pas sans motifs. La dame avait depuis longtemps jeté les yeux sur le jeune prince pour en faire son gendre : elle regardait donc les affaires de cette maison comme les siennes propres ; et il était bien naturel qu'elle s'intéressât à cette chère Gertrude tout autant que ses parents les plus proches.

Le lendemain Gertrude s'éveilla la tête remplie de l'examinateur qui devait venir ; et tandis qu'elle était à réfléchir s'il était prudent de saisir cette occasion si décisive pour retourner en arrière, et quels moyens elle pourrait employer, le prince la fit appeler. « Ah çà, ma fille, lui dit-il, jusqu'ici vous vous êtes parfaitement comportée ; aujourd'hui il s'agit de couronner l'œuvre. Tout ce qui s'est fait jusqu'ici s'est fait de votre consentement. Si dans l'intervalle il vous était survenu quelque doute, quelque mouvement de repentir, quelque caprice de jeunesse, vous deviez vous en expliquer ; mais au point où sont les choses, il n'est plus temps de faire l'enfant. Cet homme de bien qui doit venir ce matin vous fera cent questions sur votre vocation, et si vous entrez volontiers au couvent? et pourquoi? et comment? et que sais-je, moi? Si vous tâtonnez sur vos réponses, il vous tiendra sur la sellette qui sait combien de temps? ce serait pour vous d'un ennui et d'une impatience à n'en plus finir. Mais il en pourrait résulter quelque chose de plus sérieux. Après toutes les démonstrations publiques qui ont été faites, la moindre hésitation que l'on verrait en vous tournerait à mon déshonneur. On pourrait croire que j'ai pris en vous un moment de caprice pour une résolution arrêtée, que je l'ai saisi avec empressement, que j'ai..., que sais-je, moi? Je me trouverais alors dans la nécessité de choisir entre deux partis fort douloureux, ou de laisser le monde prendre une idée fâcheuse de ma conduite, et ce parti ne peut absolument pas s'accorder avec ce que je me dois à moi-même ; ou de révéler le véritable motif de votre résolution... » Mais il s'aperçut que Gertrude était devenue toute de feu, que ses yeux se gonflaient, que son visage se contractait comme les feuilles d'une fleur au vent brûlant qui précède la tempête, et, rompant aussitôt ce discours, il reprit d'un air serein : « Courage, courage ! tout dépend de vous, de votre raison ; je sais que vous en avez beaucoup, et vous n'êtes pas fille à gâter sur sa fin une affaire si bien commencée. Mais je devais prévoir tous les cas. Qu'il n'en soit plus question, et restons d'accord sur ce que vous répondrez avec franchise, de manière à ne pas faire naître de doutes dans l'esprit de cet homme de bien ; vous en serez aussi beaucoup plus tôt quitte. » Et après lui avoir insinué quelques réponses aux demandes qui lui pourraient être faites, il en revint au chapitre ordinaire des douceurs et des jouissances réservées à Gertrude dans la vie du cloître, et il l'entretint de cela jusqu'à ce qu'un domestique vînt annoncer l'examinateur. Le prince rappela en deux mots à sa fille les instructions les plus importantes, et la laissa seule avec lui, comme le voulaient les règlements.

Le saint homme arrivait avec l'opinion à peu près formée que Gertrude avait une grande vocation pour le cloître : ainsi du moins l'avait dit le prince quand il était allé l'inviter à venir. Il est bien vrai que le bon prêtre, qui savait que la défiance était une des vertus les plus nécessaires de son ministère, avait pour maxime de ne pas ajouter légèrement foi à de semblables assurances, et d'être en garde contre toute espèce de préoccupation ; mais il est bien rare que les paroles prononcées avec un ton d'affirmation par une personne qui a de l'autorité ne teignent pas de leur couleur l'esprit de celui qui les écoute. Après les compliments d'usage : « Signorina, dit-il, je viens jouer le rôle du diable ; je viens mettre en doute ce que dans votre requête vous avez donné pour certain ; je viens vous mettre devant les yeux les difficultés, et m'assurer si vous les avez bien considérées. Permettez-moi de vous faire quelques questions.

— Parlez, » répondit Gertrude.

Le bon prêtre commença alors à l'interroger dans la forme prescrite par les règlements : « Sentez-vous dans votre cœur la résolution bien libre, bien spontanée, de vous faire religieuse? N'a-t-on pas usé d'aucune autorité pour vous y déterminer? Parlez sans crainte et avec sincérité à un homme dont le devoir est de connaître vos vraies intentions, pour empêcher qu'il ne vous soit fait violence en aucune manière. »

La vraie réponse à une telle question se présenta aussitôt à l'esprit de Gertrude avec une terrible évidence. Mais pour la donner il fallait en venir à une explication, dire de quoi on l'avait menacée, raconter une histoire... L'infortunée recula effrayée devant cette idée, et elle courut aussitôt chercher toute autre réponse, celle qui la tirerait le mieux et le plus promptement de cette pénible situation. « Je me fais religieuse, dit-elle en cachant son trouble, je me fais religieuse de mon propre gré, librement.

— Depuis quel temps vous est venue cette pensée? demanda encore le bon prêtre.

— Je l'ai toujours eue, répondit Gertrude devenue depuis ce premier pas plus hardie à mentir contre elle-même.

— Mais quel est le motif principal qui vous porte à vous faire religieuse? »

Le bon prêtre ne savait pas quelle terrible corde il touchait ; et Gertrude se fit un grand effort pour ne pas laisser percer sur son visage l'effet que ces paroles produisaient sur son esprit. « Le motif, dit-elle, c'est de servir Dieu et de fuir les dangers du monde.

— Ne serait-ce pas quelque dégoût? quelque... veuillez m'excuser..., quelque caprice? Souvent une cause momentanée peut faire une impression telle qu'elle semble devoir être éternelle ; et quand ensuite cette cause vient à disparaître, et que le cœur change, alors...

« — Non, non, répondit précipitamment Gertrude ; il n'y a pas d'autre cause que celle que je vous ai dite. »

Le vicaire, plutôt pour remplir jusqu'au bout son devoir que par opinion que la chose fût nécessaire, continua son enquête ; mais Gertrude était décidée à le tromper. Outre la honte qu'elle éprouvait à la seule pensée de confier le secret de sa faiblesse à ce grave et digne prêtre, qui paraissait si loin de soupçonner une telle chose d'elle, l'infortunée pensait aussi qu'il pouvait bien l'empêcher d'être religieuse, mais que c'était là le terme de son autorité sur elle et de sa protection. Parti qu'il serait, elle resterait seule avec le prince ; et ce qu'elle aurait ensuite à souffrir dans la maison, le bon prêtre n'en saurait rien : ou, s'il le savait, avec la meilleure intention du monde, il ne pourrait tout au plus que la plaindre. L'examinateur fut las d'interroger avant que Gertrude le fût de mentir. Voyant que ses réponses étaient toujours conformes, et n'ayant aucune raison d'en soupçonner la franchise, il changea à la fin de langage, et dit ce qu'il croyait de plus propre à la confirmer dans sa bonne résolution ; puis, après l'en avoir félicitée, il prit congé d'elle. En traversant les appartements pour sortir, il rencontra le prince, qui semblait passer là par hasard, et il ne manqua pas de se féliciter avec lui des bonnes dispositions où il avait trouvé sa fille. Le prince avait été jusqu'alors dans une incertitude mortelle : à cette nouvelle, il respira ; et, oubliant sa gravité accoutumée, il alla presque en courant vers Gertrude, la combla d'éloges, de caresses et de promesses, avec l'accent d'une joie cordiale, d'une tendresse en grande partie sincère. Ainsi est faite cette bizarre énigme du cœur humain.

Nous ne suivrons pas Gertrude dans ce tourbillon continuel de spectacles et de divertissements ; nous ne décrirons pas non plus en particulier et par ordre les sentiments de son cœur dans cet espace de temps : ce serait une histoire de douleurs et d'agitations trop monotone et trop semblable à ce que nous avons dit. Le charme des sites, la variété des objets, ce plaisir de courir en plein air, lui

rendaient encore plus odieuse l'idée du lieu où elle devait
entrer pour la dernière fois, pour toujours. Plus poignantes
encore étaient les impressions qu'elle recevait dans les
réunions et les fêtes de la ville. La vue de chaque femme
à laquelle on donnait le nom d'épouse, dans le sens le plus
ordinaire et le plus usité, lui causait une jalousie, un dé-
chirement insupportable ; et parfois aussi la vue de quelques autres personnages lui faisait croire que s'entendre
donner ce titre était le comble de la félicité. D'autres fois,
la pompe des palais, la splendeur des ameublements, le
bourdonnement et le bruit de fête des assemblées lui com-
muniquaient une ivresse, une ardeur telle de vivre dans les
joies du monde, qu'elle se promettait à elle-même de se
dédire, de tout souffrir, plutôt que de retourner à l'ombre
froide et morte du cloître. Mais toutes ces résolutions s'é-
vanouissaient à la considération plus calme des difficultés,
à un seul regard jeté sur le visage du prince. Quelquefois
aussi l'idée qu'elle devait abandonner pour toujours ces
jouissances lui rendait amère et pénible la courte épreuve
qu'elle en faisait, comme le malade altéré regarde avec
haine et repousse avec dédain la cuillerée d'eau que le médecin accorde à grand'peine à ses instances. Cependant le
vicaire des religieuses avait donné l'attestation nécessaire,
et la licence de tenir le chapitre pour l'acceptation de
Gertrude était arrivée. Le chapitre se tint ; les deux tiers
des votes secrets qui étaient exigés par les règlements s'ac-
cordèrent, comme on devait s'y attendre, et Gertrude fut
acceptée. Elle-même, fatiguée de ce long martyre, demanda alors d'entrer au plus vite au couvent. Il n'y avait
certes personne qui se voulût opposer à un tel empressement. On fit donc selon ses désirs, et, conduite en grande
pompe au monastère, elle y prit l'habit. Après douze mois
de noviciat pleins de regrets et de repentir, vint le moment de la profession, c'est-à-dire le moment où il fallait
prononcer un *Non* plus étrange, plus inattendu, plus scan-
daleux que jamais, ou bien répéter un *Oui* déjà dit tant de
fois : elle le répéta, et fut religieuse pour toujours.

C'est un des singuliers et incommunicables priviléges de la religion chrétienne de pouvoir donner une direction salutaire et un asile de paix à toute âme qui, en quelque circonstance et par quelque motif que ce soit, a recours à elle. S'il y a un remède, elle l'indique, le fournit, prête des lumières et de la force pour l'appliquer à quelque prix que ce soit; s'il n'y en a pas, elle donne le moyen de pratiquer réellement et en effet ce que l'homme dit en proverbe, de faire de nécessité vertu. Ce qu'on a entrepris par légèreté, elle enseigne à le continuer par sagesse; elle plie doucement l'âme au joug que la force lui a imposé, et donne à un choix qui fut téméraire, mais qui est irrévocable, toute la sainteté, toute la maturité, disons-le même franchement, toutes les joies de la vocation. C'est une route tellement faite, qu'au sortir d'un labyrinthe ou d'un précipice, l'homme qui se le rappelle et s'y engage peut dorénavant cheminer en sûreté et sans effort, et arriver doucement à une heureuse fin. Par ce moyen, Gertrude aurait pu être une religieuse sainte et contente, de quelque façon qu'elle le fût devenue. Mais l'infortunée se débattait vainement sous le joug, et elle n'en sentait que plus fortement le poids et l'étreinte. Un regret éternel de la liberté perdue, l'horreur de son état présent, la douloureuse poursuite de mille désirs qui ne seraient jamais satisfaits, telles étaient les principales occupations de son âme. Elle revenait sans cesse sur ce passé si amer; elle repassait dans sa mémoire toutes les circonstances par lesquelles elle avait été conduite au point où elle était, et défaisait mille fois inutilement par la pensée ce qu'elle avait fait; elle s'accusait de lâcheté, elle accusait les autres de tyrannie et de perfidie, et rongeait son frein. Elle idolâtrait à la fois et pleurait sa beauté, gémissait sur sa jeunesse destinée à se consumer en un lent martyre, et, en de certains moments, elle enviait le sort de la première femme venue, fût-elle de la plus basse condition, de la plus mauvaise renommée, pourvu qu'elle pût librement jouir dans ce monde de ses dons.

La vue des religieuses qui avaient contribué à la faire entrer au couvent lui était odieuse. Elle se rappelait les artifices et les ruses qu'elles avaient mis en œuvre, et elle les payait d'autant d'impolitesses, de caprices, et quelquefois même de reproches ouverts. Leur rôle était le plus souvent de n'y pas prendre garde et de se taire : car le prince avait bien voulu tyranniser sa fille autant qu'il était nécessaire pour la forcer au cloître ; mais, parvenu à son but, il n'aurait pas souffert aussi facilement que d'autres prétendissent avoir raison contre son sang. Le moindre petit bruit qu'elle eût fait risquait de leur faire perdre cette grande protection, ou même de changer leur protecteur en ennemi.

Il semblerait qu'elle eût dû éprouver un certain penchant pour les autres sœurs qui n'avaient pas mis la main à cette sale intrigue, et qui, sans l'avoir désirée pour compagne, l'aimaient comme telle ; pieuses filles, toujours occupées et joyeuses, qui lui montraient par leur exemple comment, même en ce lieu, on pouvait nonseulement vivre, mais encore trouver quelque plaisir. Mais celles-là lui étaient odieuses pour un autre motif. Leurs dehors de piété et de contentement étaient à ses yeux un reproche de son humeur inquiète et de ses manières ; et elle ne laissait jamais échapper l'occasion de les traiter par derrière de bigotes, et de les railler comme autant d'hypocrites. Peut-être aurait-elle eu moins d'aversion pour elles si elle avait su ou deviné que c'était par elles qu'avaient été mises le peu de boules noires qui s'étaient trouvées dans l'urne où son acceptation avait été décidée.

Quelquefois il lui semblait trouver quelque consolation à jouir du commandement, à se voir courtisée au dedans et visitée avec flatterie par quelques personnes du dehors, à faire réussir quelque affaire, à donner sa protection, à s'entendre appeler la *signora*. Mais quelles consolations ! Le cœur, qui sentait leur insuffisance, aurait voulu de temps en temps y joindre les consolations de la religion pour se créer un double appui ; mais celles-là ne viennent que lors-

qu'on ne court pas après les autres, comme le naufragé,
pour saisir la planche qui le peut conduire sain et sauf au
rivage, doit auparavant ouvrir la main et lâcher les algues
et les racines qu'il avait embrassées par un instinct dont
il n'avait pas été maître.

Peu après sa profession, Gertrude avait été désignée
pour maîtresse des pensionnaires. Je laisse à penser comme
devaient se trouver ces jeunes filles sous une telle discipline! Ses anciennes compagnes étaient toutes sorties;
mais elle gardait toutes les passions de ce temps, et, d'une
manière ou d'autre, les pauvres élèves en devaient sentir
le poids. Quand il lui venait à la pensée que plusieurs
d'entre elles étaient destinées à ce genre de vie dont elle
avait perdu toute espérance, elle ressentait contre ces innocentes une haine, un presque désir de vengeance; elle
les tenait dans une dépendance absolue, les rudoyait et
leur faisait expier par anticipation les plaisirs qu'elles devaient goûter un jour. A voir, dans ces moments d'humeur, la rigueur qu'elle mettait à reprendre la plus légère
petite faute, on l'aurait prise pour une femme d'une au-
stérité sauvage et exagérée. En d'autres instants, la même
horreur pour le cloître, pour la règle, pour l'obéissance,
éclatait en des accès d'humeur tout opposés. Alors, non-
seulement elle supportait la turbulence bruyante de ses
jeunes disciples, mais elle prenait plaisir à l'exciter; elle
se mêlait à leurs jeux, et les rendait encore plus désordonnés; elle prenait part à leurs propos pour les faire aller
bien au delà de ce qu'elles avaient eu l'intention de dire
en commençant. Si quelqu'une d'entre elles se permettait
un mot sur le babil de la mère-abbesse, la maîtresse se
mettait à suivre longuement l'exemple, et elle en faisait
une scène de comédie; elle contrefaisait la mine d'une religieuse, le maintien d'une autre; elle riait alors comme
une folle, mais c'étaient des éclats qui ne duraient guère.
Elle avait ainsi vécu quelques années, n'ayant ni le moyen
ni l'occasion de faire davantage, quand son malheur voulut
qu'une occasion se présentât.

Parmi les autres priviléges et les distinctions qu'on lui
avait accordés pour la dédommager de ne pouvoir pas être
encore abbesse, était celui de loger dans un quartier à part.
Cette partie du monastère touchait à une maison habitée
par un jeune homme, scélérat de profession, un de ceux,
si nombreux à cette époque, qui, avec leur troupe de bandits et l'alliance d'autres scélérats, se pouvaient moquer,
jusqu'à un certain point, des lois et de la force publique.
Notre manuscrit le nomme Égidio, sans plus. Celui-ci,
d'une lucarne qui donnait sur une petite cour de ce quartier, avait vu quelquefois Gertrude aller et venir par désœuvrement. Excité plutôt que détourné par le danger et
l'impiété de l'entreprise, il osa un jour lui adresser la parole. La malheureuse répondit.

Au premier moment elle éprouva un contentement qui
n'était pas bien pur, sans doute, mais très-vif. Dans le vide
nonchalant de son âme était venue se placer une occupation forte, continue, et comme une puissance de vie toute
nouvelle; mais ce contentement ressemblait au breuvage
fortifiant que la cruauté ingénieuse des anciens versait au
condamné pour lui donner la force de supporter le martyre. Alors aussi quelque chose d'entièrement nouveau se
fit remarquer dans toutes ses manières. Elle devint tout à
coup plus régulière, plus paisible; elle ne donna plus
cours à ses emportements et à ses plaintes; elle se montra
même prévenante et affectueuse, si bien que les sœurs se
réjouissaient à l'envi de cet heureux changement. Elles
étaient bien loin d'en soupçonner le vrai motif, et d'imaginer que cette vertu nouvelle n'était autre chose que l'hypocrisie ajoutée à ses anciens vices. Toutefois, ces beaux
semblants, ce brillant vernis, ne durèrent pas longtemps,
du moins d'une manière égale et soutenue. Elle retourna
bientôt à ses dédains et ses caprices accoutumés; elle fit
entendre de nouveau ses imprécations et ses amères railleries contre la prison du cloître, exprimées quelquefois
dans un langage étrange et inaccoutumé dans un tel lieu
et dans une telle bouche. Cependant, chaque fois qu'elle

s'oubliait, elle en ressentait du repentir ; elle avait grand soin de chercher à réparer sa faute à force de prévenances. Les sœurs supportaient du mieux qu'elles pouvaient toutes ces alternatives, et elles les attribuaient au naturel léger et fantasque de la signora.

Pendant quelque temps, il ne parut pas qu'aucune d'entre elles s'avisât de quelque chose ; mais un jour que la signora se prit de paroles avec une sœur converse, pour je ne sais quelles bagatelles, elle se laissa aller jusqu'à l'injurier sans relâche ni mesure. La sœur converse endura quelque temps ses emportements, et rongea son frein en silence ; mais la patience finit par lui échapper : elle dit qu'elle savait quelque chose, et qu'à son tour elle pourrait parler. Dès ce moment, la signora n'eut plus de repos. Mais, peu de temps après, un beau matin, on attendit en vain la sœur converse à ses devoirs accoutumés. On court la chercher dans sa cellule, on ne l'y trouve pas ; on l'appelle à haute voix, personne ne répond ; on se met en quête, on cherche, on furette ici, là, en haut, en bas, de la cave au grenier : personne nulle part. Dieu sait les conjectures qu'on aurait faites si, en cherchant de tous côtés, on n'avait pas découvert un grand trou à la muraille du jardin, ce qui fit présumer qu'elle s'était enfuie par là. On expédia des courriers sur toutes les routes pour courir après elle et la rattraper ; on fit de grandes recherches au dehors, et l'on n'en eut jamais la moindre nouvelle. Peut-être en aurait-on su davantage, si, au lieu de la chercher si loin, on eût creusé un peu la terre. Après beaucoup de marques d'étonnement, car personne ne l'aurait crue capable d'une telle chose, après mille et mille raisonnements, on finit par conclure qu'elle devait s'en être allée bien loin, bien loin ; et comme une des sœurs avait dit sans hésiter : « Elle se sera réfugiée en Hollande, il n'y a pas le moindre doute, » on répéta et l'on tint désormais pour certain au couvent qu'elle s'était réfugiée en Hollande. Il ne paraît pas, toutefois, que telle fût l'opinion de la signora, non qu'elle en témoignât rien, et qu'elle combattît l'opinion générale par des raisons particulières. Certes, si elle en avait de telles, jamais raisons ne furent tenues mieux cachées; il n'y avait chose au monde dont elle s'abstint plus volontiers que de revenir sur cette histoire; il n'y avait chose dont elle se souciât moins que de toucher le fond de ce mystère. Mais moins elle en parlait, plus elle y pensait. Que de fois, le jour, l'image de cette femme venait soudain se présenter à son esprit, et s'y fixait sans en vouloir sortir! que de fois elle aurait souhaité de la voir devant ses yeux, vivante et sous sa vraie figure, plutôt que de la trouver toujours établie dans sa pensée, plutôt que de passer les jours et les nuits dans la compagnie de ce vain fantôme, si terrible, si impassible! que de fois elle aurait voulu entendre la véritable voix et le babil de la malheureuse sœur, quand bien même elle eût dû en être encore menacée, plutôt que d'entendre résonner au fond de son âme le bruit fantastique de cette même voix, et ces paroles auxquelles elle ne pouvait pas répondre, répétées avec une obstination, avec une opiniâtreté infatigables, que n'eut jamais un être vivant!

Un an environ s'était écoulé depuis cet événement, lorsque Lucia fut présentée à la signora, et qu'elle eut avec elle l'entretien où s'est arrêté notre récit. La signora multipliait ses questions sur les persécutions de don Rodrigo, et elle entrait dans certains détails avec une intrépidité qui parut et qui devait paraître plus qu'étrange à Lucia, qui n'avait jamais imaginé que la curiosité des religieuses pût s'exercer sur des sujets semblables. Les jugements qu'elle mêlait à ses questions, ou qu'elle laissait percer, n'étaient pas moins singuliers. Elle semblait rire de la grande frayeur que Lucia avait toujours eue de ce seigneur; elle lui demandait s'il était bien laid, s'il faisait réellement peur; on voyait même qu'elle eût trouvé sotte et déraisonnable la conduite de la jeune fille, si elle n'avait eu pour motif la préférence donnée à Renzo; et, sur celui-ci, elle lui adressait des questions qui lui faisaient monter le rouge au visage. S'apercevant ensuite que sa langue avait suivi trop étourdiment le mouvement irréfléchi de sa tête, elle chercha à revenir sur son bavardage et à le colorer de son mieux ; mais tous ses efforts ne purent pas faire qu'il ne restât à Lucia un étonnement et un sentiment confus de terreur. A peine put-elle se trouver seule avec sa mère, qu'elle s'ouvrit à elle ; mais Agnese, en femme plus expérimentée, dissipa d'un mot tous ses doutes, et éclaircit tout le mystère. « Il ne faut pas tant s'étonner, dit-elle : quand tu connaîtras le monde comme moi, tu verras que ce ne sont pas là des choses dont on puisse être surpris. Les signori, plus ou moins, pour une chose ou pour une autre, ont tous un grain de folie. Il faut les laisser dire, surtout quand on a besoin d'eux ; faire semblant de les écouter sérieusement, comme s'ils disaient des choses fort justes. As-tu vu comme elle m'a coupé la parole, ni plus ni moins que si j'avais dit quelque grosse sottise? Je n'ai pas eu l'air de m'en étonner. Ils sont tous ainsi faits. Néanmoins que le ciel soit loué, car elle semble t'avoir prise en amitié, et vouloir vraiment nous protéger. Et puis, si tu te tires d'embarras, ma chère fille, et s'il t'arrive jamais d'avoir affaire avec des signori, tu en verras, tu en verras, tu en verras. »

Le désir de rendre le père gardien son obligé, l'idée de la bonne réputation que lui pouvait faire une protection si pieusement acquise, un certain penchant pour Lucia, et même la satisfaction qu'on éprouve à faire du bien à une créature innocente, à secourir et à consoler les opprimés, avaient réellement disposé la signora à prendre à cœur le sort des deux pauvres fugitives. Sur les ordres qu'elle donna, et sur l'empressement qu'elle fit voir, elles furent logées dans le quartier de l'économe, contigu au cloître, comme si elles eussent été attachées au service du couvent. La mère et la fille se réjouissaient ensemble d'avoir trouvé si vite un asile sûr et révéré. Elles eussent bien souhaité aussi de rester ignorées de tout le monde; mais la chose n'était pas facile dans un couvent. Cela leur importait d'autant plus qu'il y avait un homme bien décidé à savoir ce que l'une d'elles était devenue, et dans l'âme de qui la rage d'avoir été prévenu et joué s'unissait à la passion qui l'animait d'abord. Nous allons laisser nos deux femmes dans leur asile, et retourner dans son château, au moment où il attendait l'issue de sa criminelle entreprise.

XI.

Comme une meute de limiers, après avoir en vain suivi un lièvre à la trace, retourne découragée vers son maître, la queue serrée et portant bas l'oreille, de même, dans cette nuit d'alarmes, les bravi retournaient au château de don Rodrigo. Celui-ci se promenait en long et en large, au milieu des ténèbres, dans un vaste appartement inhabité de l'étage supérieur, qui donnait sur l'esplanade. De temps en temps il s'arrêtait pour prêter l'oreille, pour regarder à travers les fentes des poteaux entr'ouverts, plein d'impatience et non pas sans inquiétude non-seulement pour l'incertitude de la réussite, mais encore pour les conséquences possibles; car c'était la plus forte et la plus hardie des entreprises auxquelles ce vaillant homme eût encore mis la main. Il s'allait pourtant rassurant à l'idée des précautions qu'il avait prises pour qu'il n'en restât aucun indice. « Quant aux soupçons, je m'en moque. Je voudrais un peu savoir quel drôle osera venir ici pour s'assurer s'il y a ou s'il n'y a pas une jeune personne. Qu'il vienne, qu'il vienne, cet imbécile : il sera bien reçu. Sera-ce le frère? qu'il vienne. La vieille? qu'elle aille à Bergame. La justice? bah! la justice! Le podestat n'est pas du tout un enfant ni un fou. Et à Milan? Qui a soucie de ces gens-ci à Milan? Qui leur prêterait l'oreille? qui sait qu'ils sont ici? Ce sont comme des gens perdus sur la terre; ils n'ont pas même un patron; ce sont des gens de rien. Allons, allons, point de frayeur. Quelle mine fera demain Attilio! Il verra, il verra si je suis un homme à sornettes et à vanteries Et puis..., s'il survenait jamais quelque embarras..., que sais-je, moi? quelque ennemi qui voulût saisir cette occasion..., Attilio aussi me saura conseiller : il y va de l'honneur de toute la parenté. » Mais l'idée sur laquelle il s'arrêtait le plus, parce qu'il y trouvait en même temps un calme pour ses doutes et une pâture à sa passion principale, c'était la pensée des leurres, des promesses qu'il emploierait pour endormir Lucia. « Elle aura tant de peur de se trouver ici seule, au milieu de ces gens-ci, de ces figures, que... (il n'y a que moi ici qui aie figure humaine), par Bacchus,... elle sera forcée de revenir à moi, de me supplier, et si elle me supplie... »

Pendant qu'il fait ces beaux comptes, il entend un bruit de pas ; il va à la fenêtre, il ouvre un peu, présente la tête : ce sont eux. « Et la litière? diable! où est la litière? Trois, cinq, huit ; ils y sont tous ; Griso y est aussi. La litière n'y est pas ! Diable ! diable ! Griso m'en rendra compte. »

Quand ils furent entrés, Griso déposa dans un coin d'une salle du rez-de-chaussée son bourdon, son grand chapeau et son sarrau ; et, comme il avait une responsabilité qu'en ce moment personne ne lui enviait, il monta pour faire son rapport à don Rodrigo. Celui-ci l'attendait au haut de l'escalier ; et l'ayant vu paraître avec cet air sot et niais d'un coquin trompé : « Eh bien, lui dit-il, ou plutôt lui cria-t-il, seigneur bravache, seigneur capitaine, seigneur *laissez-moi faire?*

— Il est dur, répondit Griso, en restant avec un pied sur la première marche, il est dur de recevoir des reproches après avoir travaillé fidèlement, cherché à faire son devoir, et risqué même sa peau.

— Comment cela est-il allé? Nous verrons, » dit don Rodrigo ; et il s'achemina vers sa chambre, où Griso le suivit, et fit aussitôt la relation de ce qu'il avait disposé, fait, vu ou non vu, entendu, craint, réparé, et il la fit avec cet ordre et cette confusion, avec cette inexactitude et cet étourdissement qui devaient nécessairement régner ensemble dans ses idées.

« Tu n'as aucun tort, et tu t'es bien conduit, dit don Rodrigo ; tu as fait ce que tu as pu faire Mais..., mais, que sous ce toit il y ait un espion ! S'il y est, si je parviens jamais à le découvrir, et nous le découvrirons ; s'il y est, je te jure, Griso, que je le garde pour les jours de fête.

— Un tel soupçon, seigneur, m'est aussi passé par la tête ; et s'il se vérifiait, si l'on venait à découvrir un tel coquin, vous n'avez qu'à le mettre entre mes mains. Un drôle qui se serait donné le plaisir de me faire passer une nuit comme celle-ci ! c'est à moi qu'il appartiendrait de le lui faire payer. Cependant, j'ai emporté de tout ceci l'idée qu'il devait y avoir quelque autre intrigue, que pour l'heure on ne saurait deviner. Demain, seigneur, demain on tirera cela au clair.

— Vous n'avez pas été reconnus au moins? » Griso répondit qu'il espérait que non, et la conclusion de cet entretien fut que don Rodrigo lui ordonna trois choses auxquelles il aurait pensé de son chef. Il lui ordonna d'expédier de très-grand matin deux hommes vers le consul, pour lui intimer l'avis que nous avons vu lui intimer ; deux autres à la masure abandonnée pour rôder alentour, en tenir loin tout oisif qui s'y dirigerait, et soustraire la litière à tous les regards jusqu'à la nuit prochaine, où on l'enverrait prendre, car pour le moment il ne fallait pas bouger, de peur d'exciter le soupçon. Il lui ordonna enfin d'aller à la découverte, et d'en envoyer quelques-uns des plus éveillés et des plus adroits pour savoir quelque chose du motif et de l'issue de tout le désordre de cette nuit. Là-dessus don Rodrigo alla dormir, et il y laissa aller aussi Griso, qu'il congédia en le comblant de louanges à travers lesquelles perçait évidemment l'intention de ranimer son courage, et en quelque sorte de lui faire des excuses pour les reproches hasardés dont il l'avait accueilli.

« Va dormir, pauvre Griso, car tu en dois avoir besoin. Pauvre Griso, en affaires tout le jour, en affaires au milieu de la nuit, sans compter le danger de tomber entre les mains des paysans, ou de s'attirer une bonne récompense pour le *rapt d'une femme honnête,* ajoutée à celle que tu as déjà sur le dos; et puis être ainsi reçu! Hélas! c'est ainsi que les hommes payent souvent les bons services. Tu as dû pourtant te convaincre en cette occasion que quelquefois on sait reconnaître le mérite, et que les comptes se règlent aussi dans ce bas monde. Va dormir pour le moment : un jour viendra où tu auras peut-être à donner une autre preuve de ton dévouement, et bien plus remarquable que celle-ci. »

Au matin Griso était déjà de nouveau en affaires quand don Rodrigo se leva. Celui-ci chercha aussitôt le comte Attilio, qui, en le voyant paraître, prit un air et un ton de raillerie, et lui cria : « La Saint-Martin !

— Je ne sais que dire, répondit don Rodrigo en s'approchant de lui; je payerai le pari. Mais ce n'est pas là ce qui me chagrine. Je ne vous ai rien dit, parce que, je l'avoue, je projetais de vous donner une petite surprise ce matin. Mais..., baste! maintenant je vous dirai tout.

— Le frère a mis la main à cette affaire, dit le cousin après avoir tout entendu avec un silence, un étonnement, et beaucoup plus de gravité qu'on n'en devait attendre d'un tel écervelé. Ce frère, poursuivit-il, avec sa patte de velours, son langage mesuré, je le tiens pour un coquin et pour un hypocrite. Et vous n'avez pas voulu vous fier à moi; vous ne m'avez jamais rien dit bien nettement ce qu'il vous est venu barbouiller l'autre jour. » Don Rodrigo rapporta l'entretien. « Et vous avez souffert tout cela? s'écria le comte Attilio; et vous l'avez laissé s'en aller comme il était venu?

— Vouliez-vous que je m'attirasse sur les bras tous les capucins d'Italie?

— Je ne sais, dit le comte Attilio, si dans un tel moment je me serais souvenu qu'il y eût au monde d'autres capucins que ce téméraire coquin. Mais, en suivant les règles les plus strictes de la prudence, est-ce que l'on manque de moyens de tirer satisfaction même d'un capucin? Il suffit de savoir redoubler d'égards pour tout le corps, et alors on

18.

peut impunément donner une petite bastonnade à un membre. Suffit, il a échappé au châtiment qu'il méritait si bien ; mais je le prends sous ma protection, et je veux avoir le plaisir de lui apprendre comment on parle à des gens tels que nous.

— Ne gâtez pas mes affaires.

— Rapportez-vous-en une fois à moi. Je vous servirai en parent et en ami.

— Que comptez-vous faire ?

— Je ne le sais pas encore ; mais assurément je servirai le frère, je le servirai. J'y penserai, et... le seigneur comte mon oncle, du conseil secret, est l'homme qui me pourra rendre ce service. Ce cher seigneur mon oncle ! que je m'amuse quand je peux faire travailler pour moi un diplomate de ce calibre ! Après-demain je serai à Milan, et d'une manière ou d'autre le frère sera servi... »

Là-dessus vint le déjeuner, qui n'interrompit pas l'entretien sur une affaire de cette importance. Le comte Attilio en parlait à cœur ouvert ; et bien qu'il y prît cette part que réclamaient son amitié pour son cousin et l'honneur de leur nom, toutefois de temps en temps il ne pouvait s'empêcher de rire un peu de la mésaventure de son parent et ami. Mais don Rodrigo, qui discutait sa propre affaire, et qui, en songeant à frapper un grand coup, l'avait manqué avec éclat, était agité de passions plus sérieuses, et distrait par des pensées plus inquiètes. « Ces drôles-là feront des caquets à n'en plus finir là-dessus, disait-il, mais que m'importe ? Quant à la justice, je m'en moque. Il n'y a pas de preuves ; et quand il y en aurait, je m'en moquerais également. J'ai fait avertir ce matin le consul qu'il se gardât bien de faire sa déposition sur cet événement. Il n'en serait rien résulté de fâcheux pour moi ; mais ces babils me fatiguent quand ils durent trop longtemps : c'est déjà bien assez que j'aie été si amèrement joué !

— Vous avez très-bien fait, répondait le comte Attilio. Votre podestat..., votre brutal, votre buse, votre grand ennuyeux de podestat.... est au fond un galant homme,

un homme qui connaît son devoir; et quand on a affaire à
de telles personnes, il faut veiller avec beaucoup de soin à
ne pas les mettre dans l'embarras. Si un imbécile de consul
fait un rapport, le podestat, quelque bien intentionné qu'il
soit, est obligé de...

— Mais vous, interrompit don Rodrigo avec un peu de
colère, vous gâtez mes affaires avec votre rage de le contredire en tout, de lui couper la parole, de le railler même
dans l'occasion. Que diable! pourquoi un podestat n'aurait-il pas la licence d'être un sot et un obstiné, lorsqu'au
demeurant il est galant homme?

— Savez-vous, cousin, dit le comte Attilio en lui jetant
un regard d'étonnement moqueur, savez-vous que je commence à croire que vous avez tant soit peu peur? Vous
prenez au sérieux même le podestat...

— Allons, allons, n'avez-vous pas dit vous-même qu'il
fallait tenir compte...

— Je vous l'ai dit; et lorsqu'il s'agit d'une affaire sérieuse, je vous prouverai que je ne suis pas un enfant.
Savez-vous ce que je suis capable de faire pour vous? Je
suis homme à aller en personne rendre visite au seigneur
podestat. Hé, sera-t-il satisfait de l'honneur! Je suis
homme à le laisser parler une demi-heure du comte-duc
et de notre seigneur châtelain espagnol, et à lui donner
raison en tout, quand bien même il dirait les choses les
plus extravagantes du monde. Je toucherai ensuite quelques mots du comte mon oncle, du conseil secret; et vous
savez quel effet font ces mots à l'oreille du seigneur podestat. A la fin des fins, il a plus besoin de notre protection que vous n'en avez de sa condescendance. Je ferai
tout bien, j'irai, et je vous le laisserai mieux disposé que
jamais. »

Après ces mots et quelques autres semblables, le comte
Attilio sortit pour aller à la chasse, et don Rodrigo resta
plein d'anxiété à attendre le retour de Griso. Celui-ci vint
enfin vers l'heure du dîner pour faire son rapport.

Le désordre de la nuit avait été si bruyant, la dispari-

tion de trois personnes d'un petit village était un si grand
événement, que les recherches, soit intérêt, soit curiosité,
devaient naturellement être nombreuses, vives et obstinées. D'autre part, il y avait trop de monde instruit de
quelques particularités pour que tous s'accordassent à se
taire. Perpetua ne pouvait mettre le nez à la porte qu'elle
ne fût assaillie par chacun pour qu'elle dît qui avait été
faire cette grande peur à son maître; et Perpetua, en repassant et en combinant dans sa tête toutes les circonstances, en voyant combien elle avait été jouée par Agnese,
ressentait tant de courroux de cette perfidie, qu'elle avait,
à vrai dire, besoin de se soulager un peu. Bien qu'elle allât
se lamenter avec le tiers et le quart sur les moyens qu'on
avait pris pour jouer au fin avec elle, elle ne soufflait pas
mot sur ce point; mais elle ne pouvait passer entièrement
sous silence le tour joué à son pauvre maître, et surtout
qu'un tour semblable eût été concerté et hasardé par cette
innocente, par ce bon jeune homme, par cette excellente
veuve. Don Abbondio pouvait bien lui ordonner résolûment
et la prier par amour de se taire; elle pouvait bien lui répéter qu'il n'était pas besoin de lui recommander une
chose si claire et si naturelle. Il est certain qu'un si grand
secret était dans le cœur de la pauvre femme comme est dans
un tonneau vieux et mal cerclé un vin tout nouveau qu'on
vient de boucher : il travaille, fermente, rebout; et s'il n'envoie pas le bondon en l'air, il travaille tout alentour, en sort
en écume, et s'échappe à travers les douves, coule çà et là
goutte à goutte, si bien que l'on en peut boire, et dire, à un
jour près, son âge. Gervaso, qui croyait rêver de se voir une
fois mieux informé que les autres; Gervaso, qui ne tenait
pas à petit honneur d'avoir eu une si grande peur, et qui,
pour avoir coopéré à une action qu'il savait être blâmable,
croyait être devenu un homme comme les autres, mourait
d'envie de s'en vanter. Et quoique Tonio, qui songeait sérieusement aux recherches et aux procès possibles, et au
compte qu'il en faudrait rendre, lui fit bien sa leçon en lui
mettant le poing sous le nez, il ne put pas toutefois lui

faire mourir toutes les paroles dans la bouche. Au reste, Tonio lui-même, après avoir été absent cette nuit de sa maison à une heure indue, en retournant chez lui d'un pas et avec un visage extraordinaires, avec une agitation d'esprit qui le disposait à la sincérité, ne put pas taire le fait à sa femme, et celle-ci n'était pas muette. Celui qui parla le moins, ce fut Menico, parce qu'à peine eut-il raconté à ses parents l'histoire et l'objet de son expédition, que ceux-ci furent si alarmés de voir leur enfant s'être mêlé, pour la gâter, d'une affaire de don Rodrigo, que c'est à peine, à peine s'ils le laissèrent achever son récit. Ils lui ordonnèrent ensuite, en le menaçant, de se bien garder d'en rien dire, et le lendemain matin, ne se croyant pas bien encore en sûreté, ils résolurent de le tenir renfermé à la maison pour ce jour-là et pour quelques autres. Mais, quoi! eux-mêmes ensuite, en jasant avec les gens du village, et sans vouloir montrer qu'ils en savaient plus que les autres, quand on venait à ce point obscur de la fuite de nos trois infortunés, et au comment, et au pourquoi, et au lieu où ils avaient pu aller, eux-mêmes ajoutaient, comme une chose connue, qu'ils s'étaient réfugiés à Pescarenico. C'est ainsi que cette circonstance entra aussi dans le discours général.

Avec tous ces brins de notices mis ensuite ensemble et unis comme on a coutume de le faire, et avec la bordure que l'on applique naturellement lorsque l'on coud, il y avait de quoi faire une histoire d'une vérité et d'une clarté plus qu'ordinaires, et dont l'esprit le plus critique aurait dû être satisfait. Mais cette invasion des bravi, accident trop grave et trop bruyant pour être négligé, et dont personne n'avait une connaissance un peu positive, cet accident était surtout ce qui rendait l'histoire obscure et embrouillée. On murmurait le nom de don Rodrigo, sur ce point tout le monde était d'accord ; quant au reste, tout était obscurité et dissentiment. On parlait beaucoup des deux bravaches qui avaient été vus dans la rue à l'entrée de la nuit, et de celui qui était à la porte de l'hôtellerie ; mais quelle lumière pouvait-on tirer de ce fait isolé? On demandait bien à l'hôte qui avait été chez lui le soir précédent; mais l'hôte ne se souvenait pas même s'il avait vu du monde ce soir-là, et il finissait toujours par dire que son auberge était comme un port de mer. Ce qui brouillait les têtes et dérangeait les conjectures, c'était surtout ce pèlerin vu par Stefano et par Carlandrea, ce pèlerin que les brigands voulaient tuer, et qui était parti avec eux, ou qu'ils avaient emmené au loin. Qu'était-il venu faire? C'était l'âme d'un homme de bien qui était revenue pour secourir les deux femmes; c'était une mauvaise âme, l'âme d'un scélérat, d'un imposteur de pèlerin, qui revenait toujours la nuit pour s'unir à ceux qui faisaient de ces choses qu'il avait faites quand il vivait; c'était un pèlerin vivant et réel, que les bravi avaient voulu tuer, parce qu'il se disposait à éveiller tout le village; c'était (voyez un peu ce qu'on va penser!), c'était un de ces coquins déguisés en pèlerin : c'était ceci, c'était cela; c'était tant de choses, que toute la sagacité et toute l'expérience de Griso n'auraient pas suffi pour apprendre ce que c'était, si Griso avait dû apprendre cette partie de l'histoire dans les propos d'autrui. Mais, comme le sait le lecteur, ce qui la rendait si embrouillée pour les autres était précisément ce qu'il y avait de plus clair pour lui. A l'aide de quelques interprétations pour les faits qu'il avait recueillis par lui-même ou par ses espions en sous-ordre, il parvint à en faire pour don Rodrigo une relation passablement claire. Il s'enferma aussitôt avec lui, lui fit part de la démarche tentée par les deux malheureux fiancés, circonstance qui expliquait tout naturellement comment la maison s'était trouvée vide, et pourquoi l'on avait sonné le tocsin sans qu'il fût nécessaire de supposer des traîtres (au dire de ces deux honnêtes gens) dans la maison. Il lui fit part de la fuite, et il était facile aussi d'y trouver une raison; la frayeur des deux fiancés surpris en faute, ou quelque avis de l'invasion, reçu quand elle avait été découverte, et tout le village en mouvement. Il finit par dire qu'ils s'étaient réfugiés à Pescarenico : sa science n'allait pas plus loin. Don Rodrigo fut content d'être sûr que personne ne l'avait trahi, et de voir qu'il ne restait aucune trace de ce qu'il avait fait; mais ce ne fut qu'une faible et rapide satisfaction. « Ils ont pris la fuite ensemble! cria-t-il; ensemble! Et ce scélérat de frère! ce frère!... » Les mots ne s'échappaient qu'avec peine de sa bouche; il grinçait des dents : tout son aspect était hideux comme les passions qui l'animaient. « Ce frère me le payera! Griso,... je ne sais plus où j'en suis... Je veux savoir,... je veux trouver... Ce soir même je veux savoir où ils sont : je n'aurai pas de repos jusque-là. A Pescarenico sur-le-champ, pour savoir, pour voir, pour trouver... Quatre scudi à l'instant même, et ma protection pour toujours. Ce soir je le veux savoir Et ce scélérat!... et ce frère!... »

Voilà Griso de nouveau en campagne; et le soir même il put donner à son maître l'éclaircissement tant désiré. Voici par quel moyen.

Un des plus grands bonheurs de cette vie, c'est l'amitié; et l'un des bonheurs de l'amitié, c'est d'avoir à qui confier un secret. Or les amis ne sont pas divisés en couples, comme les époux; chacun, généralement parlant, en a plus d'un, et cela forme une chaîne dont personne ne peut trouver le bout. Alors donc qu'un ami se procure le plaisir de déposer un secret dans le sein d'un autre, il donne à celui-ci l'envie de se procurer à son tour le même plaisir. Il le prie, il est vrai, de n'en rien dire à personne; et qui prendrait une telle condition dans le sens rigoureux du mot, couperait immédiatement le cours des bonheurs. Mais l'usage a voulu qu'il s'obligeât seulement à ne confier le secret qu'à un ami également sûr, en lui imposant la même condition. Ainsi, d'ami sûr en ami sûr, le secret roule et roule par cette immense chaîne, si bien qu'il arrive aux oreilles de celui ou de celle à qui le premier bavard n'aurait jamais voulu qu'il arrivât. Il aurait pourtant à rester longtemps en route, si chacun n'avait que deux amis : celui à qui on le confie et celui à qui on le répète, sous la condition qu'il se taira. Mais il y a de ces hommes privilégiés qui le racontent à une centaine; et quand le secret parvient jusqu'à un de ces hommes, les tours deviennent si rapides et si multipliés qu'il n'est plus possible de les retenir. Notre auteur n'a jamais pu savoir par combien de bouches avait passé le secret que Griso avait ordre de découvrir. Ce qu'il y a de certain, c'est que le digne homme qui avait conduit nos deux femmes à Monza, en retournant sur le soir à Pescarenico avec son chariot, s'arrêta, avant d'arriver chez lui, chez un ami intime à qui il raconta en confidence la bonne œuvre qu'il avait faite, et ce qui s'ensuit; et ce qu'il y a de certain, c'est que Griso put, deux heures après, courir au château pour rapporter à don Rodrigo que Lucia et sa mère s'étaient réfugiées dans un couvent de Monza, et que Renzo avait continué sa route jusqu'à Milan.

Don Rodrigo éprouva une joie criminelle de cette séparation, et sentit renaître au fond du cœur la coupable espérance d'arriver à ses fins. Il rêva au moyen une bonne partie de la nuit, et il se leva de grand matin avec deux projets, l'un arrêté, l'autre ébauché. Le premier, c'était d'expédier aussitôt Griso à Monza pour avoir des renseignements sur Lucia, et savoir s'il y avait moyen de tenter quelque chose. Il fit donc appeler aussitôt son fidèle serviteur; il lui mit quatre scudi dans la main, le loua de nouveau de l'habileté avec laquelle il les avait gagnés, et lui donna l'ordre qu'il avait arrêté.

« Seigneur,... dit Griso en hésitant.

— Qu'est-ce? N'ai-je pas parlé clairement?

— Si vous y pouviez envoyer quelque autre?...

— Comment?

— Illustrissime seigneur, je suis prêt à risquer ma peau pour mon maître, c'est mon devoir; mais je sais aussi qu'il ne veut pas trop hasarder la vie de ses sujets.

— Eh bien?

— Votre Seigneurie illustrissime sait bien les sentences que j'ai sur le corps. Et... ici je suis sous la protection de votre seigneurie; nous sommes une bande; le seigneur podestat est l'ami de la maison, les sbires me portent respect, et moi aussi... : c'est une chose qui fait peu d'honneur, j'en conviens; mais pour vivre tranquille..., je les traite en amis. A Milan, la livrée de votre seigneurie est connue; mais à Monza, c'est moi au contraire qui suis connu. Votre seigneurie sait-elle (je ne le dis pas pour me vanter) que celui qui me pourrait remettre aux mains de la justice, ou lui porter ma tête, ferait un beau coup? il aurait cent beaux écus bien empilés, et la faculté de délivrer deux bannis.

— Que diable! dit don Rodrigo; tu me fais l'effet d'un chien de cour qui a à peine le courage de s'attaquer aux jambes de ceux qui passent devant la porte, en regardant derrière lui si les gens de la maison sont prêts à le soutenir, et ne se hasarde jamais à s'en éloigner de quatre pas.

— Seigneur patron, je crois avoir donné des preuves...

— Eh bien donc!

— Eh bien donc! reprit hardiment Griso, ainsi pris au mot, eh bien donc! que votre seigneurie prenne que je n'ai rien dit. Cœur de lion, jambes de lièvre, je suis prêt à partir.

— Et je n'ai jamais dit que tu irais seul. Prends avec toi une couple des meilleurs... Sfregiato et Tira-Dritto, et va sans peur, et sois toujours Griso. Que diable! qui veux-tu qui ne soit content de laisser passer trois figures comme les vôtres qui cheminent tranquillement? Il faudrait que les sbires de Monza eussent pris la vie en dégoût pour jouer à un jeu aussi hasardeux au prix de cent scudi. Et puis, et puis je ne crois pas être tellement inconnu là-bas qu'on tienne pour rien l'avantage d'être à mon service. »

Après avoir ainsi piqué Griso d'honneur, il lui donna des instructions plus amples et plus détaillées. Griso prit ses deux compagnons et partit d'un air joyeux et décidé, mais en pestant au fond du cœur contre Monza, et les sentences, et les femmes, et les caprices du patron. Il cheminait comme un loup qui, poussé par la faim, amaigri par un long jeûne, et dont les côtes percent à travers son poil fauve, descend de ses montagnes couvertes de neige, s'avance avec précaution dans la plaine, s'arrête à chaque pas, une jambe en arrêt, et, agitant sa queue pelée,

Leva il muso odorando il vento infido [1],

pour voir si le vent lui porte une odeur d'homme ou de fer, dresse ses oreilles fines, et roule deux yeux sanglants où respirent à la fois l'ardeur de la proie et la terreur de la chasse. Au reste, si l'on veut savoir où a été pris ce beau vers, il est tiré d'une diablerie inédite sur les croisades et les Lombards, qui bientôt ne le sera plus et fera un bruit d'enfer. Je l'ai cité parce qu'il venait à propos, et j'ai cru devoir dire d'où je l'avais tiré, pour qu'on ne m'accusât pas de me parer du bien d'autrui. Que personne n'aille penser pourtant que ce soit un détour que je prends pour annoncer que l'auteur de cette diablerie et moi nous sommes comme frères, et que je puise à mon gré dans ses manuscrits.

L'autre machination de don Rodrigo roulait sur le moyen d'empêcher que Renzo, maintenant séparé de Lucia, ne retournât auprès d'elle, et ne mît le pied dans le pays. Il songeait à répandre des bruits de menaces et d'embûches qui, en lui parvenant par un ami, pussent lui ôter le désir de retourner de ce côté. Il estimait pourtant que le plus sûr serait de trouver un moyen pour le faire bannir de l'État ; et pour réussir dans cette entreprise, il sentait que la justice pourrait beaucoup mieux le servir que la violence. On pourrait, par exemple, présenter sous de noires couleurs la tentative qu'il avait faite dans la maison du curé, la dépeindre comme une agression, un acte séditieux, et, avec l'aide du docteur, faire entendre au podestat que c'était un cas assez grave pour lâcher contre Renzo une bonne prise de corps. Mais l'homme qui délibérait sur ce point sentit bientôt que ce n'était pas à lui

[1] Lève le museau en interrogeant le vent trompeur.
On va voir que ce vers est tiré d'un poëme inédit de M. Manzoni.

de remuer cette sale affaire ; et, sans se rompre plus longtemps la tête, il résolut de s'en ouvrir au docteur Azzecca-
Garbugli, autant qu'il en fallait pour lui faire comprendre
son désir. « Il y a tant d'ordonnances ! pensait don Rodrigo ; et le docteur n'est pas un oison. Il saura trouver
quelque chose qui aille à mon cas, quelque grabuge à
chercher à ce drôle : autrement je le débaptise [1]. » Mais
voyez pourtant comme vont quelquefois les affaires de ce
monde ! Tandis qu'il pense au docteur comme à l'homme
le plus habile qui le puisse servir en cette occurrence, un
autre homme, un homme dont personne ne se douterait,
Renzo lui-même, puisqu'il le faut dire, travaillait de toute
son âme à le servir d'une manière bien plus sûre et bien
plus expéditive que toutes celles que le docteur aurait jamais pu imaginer.

J'ai souvent vu un charmant enfant, beaucoup trop vif, à
vrai dire, mais qui, dans tout ce qu'il fait, promet d'être un
jour un homme accompli ; je l'ai vu souvent, dis-je, tout
occupé vers le soir à faire rentrer au gîte son troupeau de
cochons d'Inde qu'il avait laissés s'écarter le jour dans un
petit jardin. Il aurait voulu les faire rentrer tous en même
temps ; mais il se fatiguait en pure perte : l'un allait à
droite, et pendant que le petit pâtre courait pour le ramener au troupeau, un autre, deux, trois, en sortaient à
gauche, de toutes parts ; si bien qu'après s'être un peu impatienté, il se faisait à leurs manières, poussait d'abord dedans ceux qui étaient près de la porte, puis allait quérir
les autres un à un, deux à deux, trois à trois, comme ils
étaient. Nous sommes forcé de jouer à un jeu semblable
avec nos personnages. Après avoir conduit Lucia à son asile,
nous avons couru vers don Rodrigo. Il faut maintenant
que nous le quittions pour caser Renzo, qui s'offre à nous.

Après la douloureuse séparation que nous avons racontée, il s'achemina de Monza vers Milan dans une situation
d'esprit que chacun se peut aisément figurer. S'éloigner
de sa maison, bien plus, de son pays, bien plus encore, de

[1] On sait que Azzecca-Garbugli signifie cherche-grabuge.

Lucia! se trouver sur une grande route sans savoir où il irait reposer sa tête, et tout cela à cause de ce scélérat! Quand cette image s'offrait à l'imagination de Renzo, il était bouffi de rage et tout entier à la soif de la vengeance. Mais il se souvenait alors de la prière qu'il avait faite avec le bon frère à l'église de Pescarenico, et il s'amendait. Il entrait de nouveau en fureur; mais, en voyant une image peinte sur le mur, il tirait son chapeau, et s'arrêtait un moment pour prier de nouveau; si bien que dans ce voyage il tua en son cœur et ressuscita don Rodrigo au moins vingt fois. La route était alors ensevelie entre deux hautes rives, fangeuse, pleine de cailloux, sillonnée d'ornières profondes qui, après une pluie, se changeaient en ruisseaux; tout inondée, véritable bourbier, et presque impraticable quand les ornières n'offraient pas à l'eau un lit assez vaste. A ces passages, un petit sentier escarpé en guise d'escalier, sur les bords, indiquait que les autres piétons s'étaient frayé une route à travers champs. Renzo, étant monté par une de ces ouvertures sur un terrain plus élevé, regarda devant lui : il vit cette immense masse de la cathédrale, isolée sur la place comme si elle s'élevait, non du sein d'une ville, mais d'un désert; il oublia un moment tous ses chagrins, et se mit à contempler de loin cette huitième merveille dont il avait tant ouï parler depuis son enfance. Mais quelques moments après il regarda derrière lui : il vit à l'horizon ce long amas de cimes inégales; il vit son *Resegone,* si reconnaissable et si élevé; il sentit tout son sang se troubler; il s'arrêta quelque temps et regarda tristement de ce côté, puis il poursuivit sa route plus tristement encore. Peu à peu il commença à découvrir les clochers, les tours, les coupoles et les toits; il s'aperçut qu'il était bien près de la ville; il accosta un passant, et, s'inclinant avec toute la politesse dont il était capable, il lui dit : «Je vous présente mes civilités, monsieur.

— Que voulez-vous, brave jeune homme?

— Pourriez-vous m'enseigner le chemin le plus court

pour me rendre au couvent des capucins, où est le père Bonaventure? »

L'individu à qui Renzo s'adressait était un riche habitant des environs, qui, étant allé ce matin-là à Milan pour affaires, en revenait sans avoir rien fait, en grande hâte, craignant d'arriver trop tard chez lui, et qui se serait fort bien passé de s'arrêter. Néanmoins, sans donner aucune marque d'impatience, il répondit avec beaucoup de douceur : « Mon enfant, il y a plus d'un couvent; il faudrait me pouvoir dire plus clairement lequel, et qui vous cherchez. » Renzo tira de son estomac la lettre du père Cristoforo, et la montra à ce monsieur, qui, ayant lu *porte Orientale*, la lui remit en disant : « Vous êtes heureux, mon brave jeune homme; le couvent que vous cherchez n'est pas loin d'ici. Prenez ce petit sentier à gauche, c'est le plus court; vous vous trouverez bientôt au coin d'un édifice long et bas, c'est le lazaret. Côtoyez le fossé qui l'entoure, et vous arriverez à la porte Orientale. Entrez, et au bout de trois ou quatre cents pas vous verrez s'ouvrir devant vous une petite place avec de beaux ormeaux. C'est là qu'est le couvent : il est impossible de s'y tromper. Que Dieu soit avec vous, brave jeune homme! » Et en accompagnant ces derniers mots d'un geste amical, il partit. Renzo resta stupéfait et édifié de la politesse des citadins envers les villageois : il ne savait pas que c'était un jour extraordinaire, un jour où les capes s'humiliaient devant les pourpoints[1].

Il suivit la route qui lui avait été indiquée, et il se trouva à la porte Orientale. Il ne faut pourtant pas qu'à ce nom le lecteur laisse aller son esprit aux images qui y sont aujourd'hui associées : cette large rue, tirée au cordeau, et bordée de peupliers; cet immense passage entre deux édifices commencés avec beaucoup de prétention; à l'entrée, ces deux allées latérales qui s'élèvent jusqu'à la hauteur des bastions, régulièrement inclinées, aplanies et bordées d'arbres; d'une part ce jardin, et au delà ces palais à droite

---

[1] On dirait aujourd'hui les habits devant les vestes.

et à gauche du grand chemin du faubourg. Quand Renzo entra par cette porte, la rue au dehors courait en droite ligne toute la longueur du lazaret, puis elle se prolongeait étroite et tortueuse entre deux haies. La porte consistait en deux pilastres avec un auvent pour garantir les poteaux, et d'un côté une petite cabane pour les commis aux gabelles.

Les débouchés qui conduisaient aux bastions descendaient en pentes irrégulières, et le pavé n'offrait qu'une superficie âpre et inégale de débris d'immondices jetés au hasard. Le chemin du faubourg, qui s'ouvrait devant le voyageur entrant par cette porte, ressemblait assez au chemin qui se présente maintenant à celui qui entre par la porte Tosa. Un petit fossé courait au milieu jusqu'à peu de distance de la porte, et la partageait ainsi en deux petites rues tortueuses, couvertes de poussière ou de boue, suivant la saison. A l'endroit où était et où est encore ce petit amas de maisons qu'on nomme le Borghetto, le fossé se jetait dans un grand égout, et de l'autre côté dans le fossé qui baigne le mur. Là était une colonne surmontée d'une croix, qu'on appelait la colonne de San-Dionigi [1]. A droite et à gauche étaient des jardins entourés de haies, et d'intervalle en intervalle de petites chaumières habitées la plupart par des blanchisseuses.

Renzo entra, passa : aucun des gabelous ne lui dit mot. Cela lui parut très-étonnant, parce qu'il avait entendu raconter au petit nombre des habitants de son village qui se pouvaient vanter d'avoir été à Milan, mille choses incroyables des recherches et des questions que l'on faisait à celui qui arrivait avec un air étranger. La route était tellement déserte, que, s'il n'avait pas entendu un bourdonnement lointain qui annonçait un grand mouvement, il aurait cru entrer dans une ville abandonnée. En marchant devant lui sans savoir ce qu'il en devait penser, il vit sur le pavé des traînées blanches, semblables à la neige; mais ce n'en pouvait pas être, car la neige ne tombe ordinairement ni

[1] Saint-Denis.

en traînées, ni dans cette saison. Il s'approche, il regarde, il touche, et il voit que c'est de la farine. « Il doit y avoir une grande abondance à Milan, se dit-il, si l'on gaspille ainsi le bien de Dieu. On nous donnait pourtant à entendre qu'il y avait partout la disette. Voilà comment ils s'y prennent pour faire rester tranquilles les pauvres villageois. » Mais, après avoir fait encore quelques pas, il arriva à la colonne, et il vit au pied quelque chose de plus étrange. Il vit sur les marches du piédestal certaines choses éparses qui n'étaient pas assurément des cailloux : car, si elles avaient été dans la boutique d'un boulanger, on n'aurait pas hésité un moment à leur donner le nom de pains. Mais Renzo n'osait pas s'en fier aussi vite à ses yeux, parce que, de par tous les diables, ce n'était pas là la place du pain. « Voyons un peu ce que c'est que cela, » se dit-il encore. Il alla droit vers la colonne, se baissa, en ramassa un : c'était en effet un pain rond, très-blanc, de celui que Renzo n'avait coutume de manger qu'aux grands jours. « C'est vraiment du pain, dit-il à haute voix, tant sa surprise était grande ! C'est ainsi qu'ils le sèment dans ce pays cette année, et ils ne daignent pas se baisser pour le ramasser quand il tombe ! Il faut que ce pays soit le pays de Cocagne. » Après dix milles qu'il avait faits à l'air frais du matin, la vue de ce pain, le premier étonnement passé, lui réveilla l'appétit. « Le prendrai-je ? Poh ! ils l'ont laissé là à la discrétion des chiens : autant vaut-il qu'un chrétien en profite. Au bout du compte, si le maître vient, je le lui payerai. » Tout en y pensant il mit dans une poche celui qu'il tenait déjà, il en prit un second et le mit dans l'autre, un troisième, et il commença à manger ; puis il se remit en route, plus incertain que jamais, et désireux d'apprendre quelle histoire était cela. Il vit aussitôt arriver du monde qui venait de l'intérieur de la ville, et il observa attentivement ceux qui paraissaient les premiers. C'étaient un homme, une femme, et, un peu en arrière, un petit garçon, tous trois avec une charge sur le dos, qui semblait supérieure à leur force. Ils avaient tous trois une figure étrange ;

les vêtements ou plutôt les haillons enfarinés, le visage ardent, enflammé, et couvert de farine ; la démarche non-seulement pénible à cause du fardeau, mais souffrante, comme si les membres avaient été froissés et meurtris. L'homme portait sur son cou un grand sac de farine percé çà et là, et qui en laissait échapper des poignées à chaque rencontre, à chaque faux pas. Mais la figure de la femme était plus singulière encore : elle avait un corps énorme, et deux bras tendus qui semblaient ne le soutenir qu'avec peine, et ressemblaient à deux anses recourbées qui iraient du col au ventre d'une large cruche. De cet énorme corps sortaient deux jambes nues jusqu'au-dessus du genou, qui s'avançaient en vacillant. Renzo regarda fixement : il vit que ce vaste corps, c'était le jupon que cette femme tenait relevé, et farci d'autant et même d'un peu plus de farine qu'il n'en pouvait contenir ; et il y en avait tant, qu'à chaque instant elle s'envolait en poussière. Le petit garçon tenait des deux mains sur la tête une corbeille toute pleine de pains ; mais comme il avait les jambes plus courtes que ses parents, il restait un peu en arrière ; il doublait ensuite le pas à chaque instant pour les rejoindre ; la corbeille per-dait l'équilibre, et il en tombait quelques pains.

« Si tu en jettes encore un, grand paresseux..., dit la mère en montrant les dents au petit garçon.

— Je ne les jette pas, ils tombent d'eux-mêmes. Com-ment puis-je faire ?

— Oh !... il est heureux pour toi que j'aie les mains em-barrassées, » répondit la femme en agitant le poing, comme si elle donnait une taloche au pauvre enfant ; et ce mouve-ment fit voler un nuage de farine, de quoi faire beaucoup plus que les deux pains que le petit garçon avait laissés tomber.

« Allons, allons, dit l'homme. Nous les viendrons ra-masser, ou quelqu'un les ramassera. Il y a si longtemps que nous manquons de tout ! maintenant qu'il nous arrive un peu d'abondance, jouissons-en en sainte paix. »

Cependant il arrivait beaucoup de gens du dehors ; et

l'un de ceux-ci, s'approchant de la femme : « Où va-t-on prendre du pain! » lui demanda-t-il.

« En avant, en avant, » répondit-elle; et, quand ils se furent éloignés de dix pas, elle ajouta en grommelant : « Ces brigands de paysans viendront piller tous les fours et tous les magasins, et il ne restera plus rien pour nous.

— Un peu pour chacun, criarde, dit le mari. Abondance! abondance! »

Renzo commença à conclure de ce qu'il voyait et de ce qu'il entendait qu'il était arrivé dans une ville insurgée, et que c'était un jour de conquête, c'est-à-dire que chacun prenait selon son désir et sa force, en donnant des coups pour payement. Nous voudrions bien sincèrement faire jouer un beau rôle à notre pauvre montagnard; mais la sincérité dont nous faisons profession nous oblige à dire qu'il en éprouva d'abord du plaisir. Il avait si peu à se louer de l'allure ordinaire des choses, qu'il était porté à approuver ce qui les changerait de manière ou d'autre. Au reste, notre jeune homme, qui n'était point du tout supérieur à son siècle, était dans cette opinion, ou plutôt avec cette passion générale, que la rareté du pain était causée par les accapareurs et les boulangers; il inclinait volontiers à trouver juste tout moyen de leur arracher des mains les subsistances que ceux-ci, toujours selon cette opinion, refusaient cruellement à la faim de tout un peuple. Toutefois, il se promit bien de ne pas prendre part au désordre, et il se félicita d'être recommandé à un capucin qui lui pourrait donner asile et une bonne direction. En pensant ainsi, et en regardant pourtant les nouveaux conquérants qui apparaissaient chargés de dépouilles, il franchit le court trajet qui lui restait à faire pour arriver au couvent.

Là où s'élève aujourd'hui ce beau palais avec cette haute galerie, était alors, et était encore il n'y a pas bien longtemps, une petite place. Au fond se trouvait le couvent des capucins, avec quatre grands ormeaux devant. Nous félicitons, non sans un peu de jalousie, ceux de nos lecteurs qui n'ont pas vu les choses dans cet état : cela signifie qu'ils sont très-jeunes, et qu'ils n'ont pas eu le temps de commettre beaucoup de sottises. Renzo alla droit à la porte, mit dans son estomac la moitié du pain qui lui restait, tira la lettre, et fit sonner la sonnette. Aussitôt s'ouvrit un petit guichet qui avait une grille, et parut la figure du frère portier, qui demanda ce qu'on voulait.

« C'est quelqu'un du dehors, qui apporte au père Bonaventure une lettre pressée du père Cristoforo.

— Donnez-la-moi, dit le portier en présentant la main à la grille.

— Non, non, dit Renzo : je la lui dois remettre en mains propres.

— Il n'est pas au couvent.

— Laissez-moi entrer, je l'attendrai.

— Faites mieux, allez l'attendre à l'église; en l'attendant vous pourrez faire un peu de bien. On n'entre pas au couvent pour le moment. »

Cela dit, il referma le guichet. Renzo resta un peu sot avec sa lettre. Il fit dix pas vers la porte de l'église, pour suivre le conseil du portier; mais il songea ensuite à aller donner un peu de l'œil à tout ce tumulte. Il traversa la petite place, se planta sur le bord de la rue, et, les bras croisés sur la poitrine, il se mit à regarder à gauche vers l'intérieur de la ville, où le tapage était le plus fort et le plus bruyant. Le tourbillon entraîna le spectateur. « Allons voir cela, » pensa-t-il. Il tira de nouveau son pain, et, le mordant à belles dents, il se dirigea de ce côté. Tandis qu'il chemine, nous aurons le temps de raconter succinctement les motifs et le commencement de ce désordre.

XII

C'était pour la seconde fois que la récolte manquait. L'année précédente, les provisions qui étaient restées des années antérieures y avaient suppléé tant bien que mal, et la population était arrivée à la moisson de l'an 1628, où nous nous trouvons avec notre histoire, non pas entièrement rassasiée ni affamée, mais dépourvue de ressources. Or cette moisson si désirée fut encore plus faible que la précédente, un peu à cause de la constance de la mauvaise saison (et cela non-seulement dans le Milanais, mais dans une bonne partie des pays circonvoisins), un peu par le fait des hommes. Les dégâts et les gaspillages de la guerre étaient tels, que, dans la partie de l'État la plus voisine du lieu qui en était le théâtre, un grand nombre de propriétés restaient plus que de coutume en friche et désertées par les paysans, qui, au lieu de procurer du pain par leur travail à eux-mêmes et aux autres, étaient contraints de l'aller mendier pour l'amour de Dieu. J'ai dit plus que de coutume, parce que les charges énormes qu'on imposait avec une avidité et un aveuglement sans exemple; la conduite habituelle, même en pleine paix, des troupes sédentaires, conduite que les tristes documents de cette époque comparaient à celle d'une armée d'invasion; d'autres raisons, que ce n'est point ici le lieu d'énumérer, opéraient lentement et déjà depuis longtemps ce triste effet dans le Milanais. Les circonstances particulières dont nous parlions tantôt étaient comme l'irritation subite d'une maladie chronique. A peine eut-on achevé la moisson, que les provisions pour l'année et le gaspillage qui les suit toujours y firent une telle brèche, que la disette et avec elle ce fâcheux mais salutaire comme inévitable effet, la cherté, se firent bientôt sentir.

Mais quand la cherté arrive à un certain point, il vient toujours à naître (ou du moins il est né jusqu'à nos jours; et si cela dure encore après les nombreux écrits de tant d'habiles gens, jugez ce que ce devait être alors!), il vient à naître dans l'esprit du plus grand nombre l'opinion qu'elle n'est point causée par la rareté des denrées. On se souvient de l'avoir redoutée, de l'avoir prédite; on suppose aussitôt qu'il y a suffisamment de grains, et que le mal vient seulement de ce qu'on n'en met pas assez en vente pour la consommation : suppositions qui sont tout à fait hors de raison, mais qui trompent pour un temps les colères et les espérances. Les accapareurs de grains, réels ou imaginaires, les propriétaires qui ne vendaient pas toute leur récolte en un jour, les boulangers qui en achetaient, tous ceux enfin qui en avaient peu ou beaucoup, ou passaient pour en avoir, ceux-là étaient considérés comme les auteurs de la pénurie et de la cherté des denrées. C'est contre eux qu'éclataient des plaintes universelles; ils étaient l'abomination de la multitude bien et mal vêtue. On disait, à ne pas se tromper d'un point, où étaient les magasins, les greniers comblés, regorgeant de grains, croulant sous le poids des sacs; on indiquait le nombre des sacs, un nombre immense; on parlait avec certitude de l'énorme quantité de blé qu'on expédiait pour les autres pays; et là on criait, toujours avec la même assurance et avec la même colère, que le blé de ce pays venait à Milan. On implorait des magistrats ces mesures qui paraissent toujours ou du moins ont paru jusqu'ici à la multitude si justes, si simples, si propres à faire sortir le grain caché, muré, enterré, à ce qu'on disait, et à ramener l'abondance. Les magistrats en faisaient toutefois quelque chose, comme, par exemple, de fixer le maximum de chaque denrée, de porter des peines contre ceux qui refuseraient de vendre, et autres mesures de ce genre. Mais cependant, comme les précautions humaines, quelque efficaces qu'elles soient, n'ont pas la vertu de diminuer le besoin qu'on a de nourriture, ni de faire pousser la moisson hors de saison; et comme ceux qui exerçaient le pouvoir n'avaient assurément pas celui de faire venir du blé des lieux où il pouvait y en avoir de trop, le mal durait toujours et allait en empirant. La multitude attribuait cet effet au défaut et à la faiblesse des remèdes, et elle en sollicitait à grands cris de plus vigoureux et de plus décisifs. Elle trouva, pour ses péchés, un homme selon son cœur.

En l'absence du gouverneur don Gonzalo Fernandez de Cordoue, qui campait à Casale de Montferrat, le grand

chancelier Antonio Ferrer, aussi Espagnol, le remplaçait à
Milan. Celui-ci s'avisa (et qui ne s'en serait pas avisé?) que
la modicité du prix du pain était une chose très-désirable;
et il pensa (voilà la sottise) qu'un ordre de sa main suffirait pour obtenir ce résultat. Il fixa la *meta* (c'est le nom
qu'on donne à Milan aux tarifs en matière de comestibles).
il fixa la *meta* du pain au prix que le pain aurait eu si le
froment avait valu communément trente-trois livres le
moggio[1], et il en valait jusqu'à quatre-vingts. Il agit
comme une dame qui fut jeune, et qui croit se rajeunir en
altérant son extrait de baptême.

Des ordres moins absurdes et moins injustes étaient restés plus d'une fois sans exécution, à cause de la résistance
des choses mêmes; mais le peuple, qui voyait enfin ses
désirs convertis en lois, et qui n'aurait pas souffert que
cela passât en badinage, veillait à leur exécution. Il courut
vite aux fours, en demandant du pain au prix taxé. Il en
demanda avec l'air résolu et menaçant que donnent la passion, la force et la loi, quand elles se trouvent toutes trois
réunies. Si les boulangers jetèrent les hauts cris, ne le
demandez pas. Bluter la farine, travailler la pâte, enfourner et défourner sans relâche (car le peuple, qui entre-
voyait confusément que la chose était arbitraire et violente, assiégeait les fours du matin au soir pour profiter
de cette bonne fortune passagère), se fatiguer, dis-je, et
s'éreinter même, tout cela pour perdre, chacun voit quel
plaisir ce devait être. Mais, d'une part, les magistrats portaient des peines sévères; de l'autre, le peuple s'impatien-
tait, murmurait au moindre retard que l'un d'eux mettait
à le servir, et menaçait sourdement d'un de ses actes de
justice, qui sont les pires qui se fassent en ce bas monde.
Il n'y avait pas de milieu : il fallait pétrir, enfourner, défourner et vendre.

Toutefois, pour les forcer de durer à cette besogne, il ne
suffisait pas de ne point se relâcher de la sévérité des ordres; il ne suffisait pas non plus que ceux-ci en eussent

[1] Le boisseau.

grand'peur, il fallait encore qu'ils le pussent; et, pour peu que la chose eût duré, ils ne l'auraient pas pu. Ils remontraient sans cesse combien la charge qu'on leur imposait était injuste et au-dessus de leurs forces; ils protestaient de vouloir jeter la pelle dans le four et de s'en aller. En attendant, ils allaient de l'avant comme ils pouvaient, espérant toujours qu'un jour ou l'autre le grand chancelier ouvrirait enfin les yeux. Mais Antonio Ferrer, qui était ce qu'on appellerait aujourd'hui un homme de caractère, répondait que les boulangers avaient beaucoup et beaucoup gagné par le passé, qu'ils gagneraient encore beaucoup et beaucoup à l'avenir, quand les temps seraient meilleurs; qu'on verrait même, qu'on songerait à leur donner une indemnité; mais qu'en attendant ils allassent de l'avant. Était-il vraiment convaincu le premier des raisons qu'il alléguait, ou, jugeant par les effets de l'impossibilité de maintenir cette mesure, voulait-il donner à d'autres tout l'odieux de la révoquer? Qui pourrait se flatter maintenant de lire dans la pensée d'Antonio Ferrer? Ce qu'il y a de certain, c'est qu'on ne changea pas une ligne à ce qu'il avait établi. A la fin, les décurions (c'était une magistrature municipale composée de nobles, qui dura jusqu'à l'an 1796) informèrent par lettres le gouverneur de l'état des choses, en le priant de trouver quelque moyen qui les pût faire aller.

Don Gonzalo, enfoncé jusqu'au cou dans les affaires de la guerre, fit ce que le lecteur imagine assurément. Il nomma une junte à laquelle il conféra le pouvoir de fixer au pain un prix raisonnable : c'était une chose juste pour les deux partis. Les députés se réunirent, ou, comme on le disait dans le jargon diplomatique d'alors, emprunté aux Espagnols, s'assemblèrent en junte; et, après mille révérences, compliments, préambules, soupirs, réticences, propositions en l'air, tergiversations, entraînés tous vers une délibération dont ils sentaient tous la nécessité, assurés qu'ils jouaient à un jeu terrible, mais convaincus qu'on ne pouvait pas faire autrement, ils augmentèrent le prix du pain. Les boulangers respirèrent, mais le peuple entra en fureur.

Le soir qui précéda le jour où Renzo fit son entrée à Milan, les rues et les places publiques regorgeaient d'hommes qui, transportés d'une même indignation, mus par une même pensée, amis ou indifférents l'un à l'autre, se réunissaient en cercles, en attroupements, sans être d'abord de concert, presque sans s'en apercevoir, comme des gouttes d'eau qui se précipitent sur le même déclin. Chaque discours accroissait la passion et la persuasion des auditeurs comme de celui qui l'avait tenu. Au milieu de tant d'hommes exaltés, il y en avait pourtant quelques-uns de sang-froid qui observaient avec beaucoup de plaisir comment l'eau se troublerait; ils s'amusaient à la troubler de plus en plus avec ces raisonnements et avec ces nouvelles que les coquins savent trouver, que les esprits exaltés savent croire; et ils se proposaient de ne pas laisser reposer cette eau sans y faire un peu de pêche. Des milliers d'hommes se couchèrent avec l'idée confuse qu'il fallait faire, qu'on ferait quelque chose. Les rassemblements précédèrent le point du jour. Enfants, femmes, hommes, vieillards, ouvriers, mendiants, s'attroupaient au hasard. Ici, c'était un mélange confus de mille voix; là, quelqu'un pérorait, et les autres applaudissaient. Celui-ci faisait à son voisin la même demande qu'on lui venait de faire; cet autre répétait l'exclamation qu'il avait entendue résonner à ses oreilles; de toutes parts éclataient des plaintes, des menaces, des cris de surprise. Tant de discours ne roulaient que sur un petit nombre de mots.

Il ne manquait plus qu'un point d'appui, un acheminement, une impulsion légère, pour faire succéder les faits aux paroles, et cela ne tarda pas beaucoup. Au point du jour, les garçons avaient coutume de sortir des boutiques des boulangers avec une hotte remplie de pains qu'ils allaient porter chez les chalands accoutumés. Le premier malavisé qui parut au milieu de cette assemblée fit l'effet d'un pétard embrasé qui tombe dans une poudrière. —

« Voyez s'il n'y a pas de pain ! crient cent voix en même temps. — Oui, pour nos tyrans qui nagent dans l'abondance et nous veulent faire mourir de faim, » dit l'un. Il s'approche du jeune garçon, pose la main sur le bord de la hotte, la tire à lui et dit : « Laisse-moi voir. » Le jeune garçon rougit, pâlit, tremble ; il voudrait dire : « Laissez-moi passer mon chemin ; » mais la parole expire dans sa bouche ; il lâche les bras, et cherche à se dégager en hâte des courroies. « En bas cette hotte ! » crie-t-on. Plusieurs s'en saisissent ; elle est par terre ; on jette en l'air le linge qui la couvre ; on se précipite, on se presse alentour. « Nous sommes chrétiens, nous aussi ; nous devons manger du pain, » dit le premier. Il en prend un, le soulève en le montrant à la troupe, et le mord à belles dents. Mains à la hotte, pain en l'air ; en moins de temps qu'on en mettrait à le dire, la hotte fut vidée. Ceux qui n'avaient rien eu, irrités à la vue du gain d'autrui, et animés par la facilité de l'entreprise, se mirent à marcher en bandes à la recherche des autres hottes : autant de rencontrées, autant de dévalisées. Il n'arrivait pourtant plus qu'on fût obligé d'assaillir les porteurs ; ceux qui se trouvaient par malheur dans la rue, en voyant quel vent soufflait, déposaient volontairement leur fardeau et jouaient des jambes. Néanmoins, ceux qui restaient les dents longues étaient sans comparaison les plus nombreux ; les conquérants eux-mêmes n'étaient pas satisfaits d'une si petite proie ; et au milieu des uns et des autres se trouvaient ceux qui avaient compté sur un désordre bien mieux conditionné. « Au four ! au four ! » criait-on.

Dans la rue de la *Corsia dei Servi,* il y avait un four, et il y en a encore un aujourd'hui qui porte le même nom. Ce nom, qui en toscan signifie le four des Béquilles, est composé, en milanais, de mots si hétéroclites, si bizarres, si sauvages, que l'alphabet de la langue italienne n'a pas de caractères pour en indiquer le son[1]. C'est là que s'abattit la foule. Les gens de la boutique étaient à interroger le

[1] El prestin di scanse. *(Note de l'Auteur.)*

garçon revenu sans fardeau, qui, tout essoufflé et tout troublé, racontait en balbutiant sa triste aventure, quand tout à coup on entend une rumeur de peuple en mouvement; le bruit augmente et s'approche; on voit paraître l'avant-garde de la foule.

« Fermez, fermez vite. » L'un court demander du secours au capitaine de justice; les autres ferment en hâte la boutique et barricadent les portes. Le peuple commence à s'épaissir devant et à crier : « Du pain! du pain! ouvrez! ouvrez! »

Voilà que l'on voit arriver le capitaine de justice au milieu d'un piquet de hallebardiers. « Place! place! mes enfants. Au logis! au logis! laissez passer le capitaine, » crie-t-il avec ses hallebardiers. Le peuple, qui n'était pas encore nombreux, s'écarte un peu : ceux-ci purent arriver et se porter, bien serrés, sinon en bon ordre, devant la porte fermée de la boutique.

« Mais, mes enfants, criait le capitaine, que faites-vous là? Retournez, retournez chez vous. Où est donc la crainte de Dieu? Que dira le roi notre seigneur? Nous ne voulons pas vous faire du mal; mais retournez chez vous. Comportez-vous en braves gens! Que diable venez-vous faire ainsi entassés les uns sur les autres? Rien de bien ni pour votre âme ni pour votre corps. Au logis! au logis! » Mais, quand bien même ceux qui étaient assez près de l'orateur pour le voir et pour entendre ses paroles auraient voulu obéir, ils ne l'auraient pas pu, poussés qu'ils étaient et refoulés par ceux de derrière que les autres poussaient à leur tour, comme le flot pousse le flot, de rang en rang, jusqu'à l'extrémité de la presse, qui allait toujours en croissant. Le capitaine commença à éprouver de l'inquiétude. « Faites-les un peu reculer, que je puisse reprendre haleine, disait-il aux hallebardiers; mais ne faites de mal à personne. Tâchons d'entrer dans la boutique; frappez; faites-les rester en arrière.

— En arrière! en arrière! » criaient les hallebardiers en se portant tous ensemble contre les premiers, et en les repoussant avec le manche de leurs armes. Ceux-ci hurlaient, reculaient comme ils pouvaient, donnant du dos dans la poitrine, des coudes dans le ventre, des talons sur la pointe des pieds à ceux qui étaient derrière. On se presse, on se serre, on se heurte, tellement que ceux qui se trouvaient au milieu auraient payé de bon cœur pour se trouver ailleurs. Cependant on a fait un peu de place devant la porte. Le capitaine heurte, heurte encore, crie qu'on lui vienne ouvrir. Les gens de la maison l'aperçoivent des fenêtres; on descend en hâte, on ouvre. Le capitaine entre, il appelle les hallebardiers qui entrent l'un après l'autre, les derniers en contenant la foule avec leurs armes. Quand ils y sont tous, on met le cadenas; le capitaine monte en hâte, il paraît à une fenêtre. « Juste ciel ! quel tumulte !

— Mes enfants ! » crie-t-il. Beaucoup regardent en l'air. « Mes enfants ! retournez chez vous. Pardon général à qui retournera aussitôt chez soi.

— Du pain ! du pain ! Ouvrez ! ouvrez ! » Tels étaient les mots les plus distincts au milieu des vociférations cruelles que la foule lui envoyait en réponse.

« De la raison, mes enfants. Observez bien : vous y êtes encore à temps. Allons ! retournez, retournez chez vous. Vous aurez du pain ; mais ce n'est point là la manière. Hé !... hé ! que faites-vous là-bas ? Hé ! à cette porte ! Ho ! ho !... je vois, je vois. Ayez de la raison ! observez bien ! c'est un grand crime que vous commettez. Je vais descendre maintenant. Hé ! hé ! laissez là ces fers. A bas ces mains ! Ho !... ho !... vous autres Milanais, qui êtes renommés dans le monde entier pour la bonté ! Écoutez ! écoutez ! Vous avez toujours été de bons enf... Ah ! canaille ! »

Ce rapide changement de style fut causé par une pierre qui, sortie des mains d'un de ces bons enfants, vint frapper le front du capitaine sur la protubérance gauche de la profondeur métaphysique. — Canaille ! canaille ! » continuait-il en fermant en furie la fenêtre et en se retirant. Mais bien qu'il eût crié de toutes ses forces, ses discours, bons et mauvais, s'étaient tous évanouis et perdus dans les airs, étouffés par les cris qui venaient d'en bas. Ce qu'il voyait, ce qu'il disait voir, c'était un grand travail de pierres et de fers (les premiers qu'on avait pu se procurer dans la rue) que l'on faisait à la porte et aux fenêtres pour briser les poteaux et enfoncer les ferrements, et déjà l'ouvrage était fort avancé.

Cependant les maîtres et les garçons de la boutique, qui étaient aux fenêtres des étages supérieurs avec une munition de pierres (ils avaient probablement dépavé une cour), faisaient des cris, des mines, des gestes à ceux d'en bas pour qu'ils restassent tranquilles; ils montraient les pierres en menaçant de les lancer. Voyant que rien n'y faisait, ils commencèrent à les lancer en effet. Aucune ne tombait en vain : car l'entassement était tel, qu'un grain de mil, comme on a coutume de le dire, ne serait pas tombé à terre.

« Ah! coquins! ah! scélérats! C'est là le pain que vous donnez aux pauvres gens! Aïe! aïe! Oïe! oïe! Maintenant! maintenant! A nous! à nous! » hurlait-on. Plus d'un fut mal arrangé; deux enfants restèrent sur la place. La fureur doubla les forces de la multitude; les poteaux, les ferrements furent arrachés, et le torrent pénétra par toutes les ouvertures. Ceux de la maison, voyant cette malheureuse issue, se réfugièrent en hâte dans le galetas. Le capitaine, les hallebardiers et quelques-uns de la maison restèrent tapis sous les tuiles; les autres, sortant par les lucarnes, erraient sur les toits à la manière des chats.

La vue du butin fit oublier aux vainqueurs leurs projets sanguinaires de vengeance. Ils se jettent sur les huches; le pain est au pillage. Un autre au contraire se hâte d'enfoncer la serrure du comptoir, met la main sur la monnaie; il prend à poignée, empoche, et sort chargé de liards, pour retourner ensuite voler du pain, s'il en reste. La foule se répand dans les magasins intérieurs. On s'empare des sacs, on les traîne, celui-ci en renverse un, il en délie l'ouverture, et, pour en faire une charge qu'il puisse porter,

il jette une portion de la farine ; celui-là, en criant : « Attends, attends, » se met dessous pour recueillir avec ses
habits ce que celui-ci gaspille ; un autre se jette sur une
huche, et il fait un butin de pâte qui s'allonge et lui échappe
de toutes parts ; un autre enfin, qui a conquis un bluteau,
le porte soulevé en l'air ; on va, on vient, on furette de tous
côtés ; hommes, femmes et enfants se poussent, s'entre-
choquent ; une poussière blanche qui se pose partout et
partout se soulève, enveloppe et blanchit tout. Au dehors
c'est une presse composée de deux files en sens opposé qui
se heurtent et se choquent à l'envi : ceux-ci, gorgés de
butin, veulent sortir ; ceux-là veulent entrer pour piller à
leur tour.

Pendant que ce four était ainsi dévasté, aucun autre de
la ville n'était tranquille et à l'abri du danger. Mais la foule
ne se porta devant aucun en assez grand nombre pour
pouvoir tout oser. Dans quelques-uns les maîtres avaient
appelé des auxiliaires, et se tenaient sur la défensive. Ailleurs, moins forts en nombre ou plus intimidés, ils en
venaient en quelque sorte à transiger ; ils distribuaient du
pain à ceux qui avaient commencé à s'attrouper devant la
boutique, sous la condition qu'ils s'en iraient. Et ceux-ci
s'en allaient, non pas tant parce qu'ils étaient satisfaits
de ce qu'ils avaient acquis que parce que les hallebardiers
et les sbires, en se tenant loin de ce terrible four des Béquilles, paraissaient pourtant ailleurs en force suffisante
pour tenir en respect ces petites troupes de mutins.

Les choses en étaient là quand Renzo, en achevant,
comme nous l'avons dit, de manger son pain, arrivait du
faubourg de la porte Orientale, et s'acheminait, sans le
savoir, justement au point central du tumulte. Il allait
tantôt précipité, tantôt retardé par la foule ; et en allant,
il guettait de l'oreille et de l'œil pour recueillir dans ce
bourdonnement confus de discours quelque éclaircissement plus positif de l'état des choses. Et voici à peu près
les mots qu'il put recueillir dans tout ce voyage :

« Elle est maintenant découverte, disait l'un, l'infâme

imposture de ces brigands, qui disaient qu'il n'y avait ni pain, ni farine, ni blé. Maintenant on voit clairement la chose, et ils ne pourront plus en conter. Vive l'abondance!

— Je vous dis, moi, que tout ceci ne mène à rien, disait un autre; c'est un trou dans l'eau : ce sera pire encore si l'on ne fait pas une bonne justice. Le pain sera à bon marché, mais on vous y mettra du poison pour faire mourir les pauvres gens comme des mouches. Ils disent déjà que nous sommes trop; ils l'ont dit à la junte, et je le sais pour sûr, car je l'ai entendu dire de mes propres oreilles à une de mes commères, qui est l'amie d'un parent du marmiton de l'un de ces seigneurs.

— Ce ne sont pas des choses à en rire, disait un autre, la bouche écumante, en tenant d'une main un chiffon de mouchoir sur ses cheveux épars et ensanglantés. » Et un voisin, comme pour le consoler, lui faisait écho.

« Place, place, messieurs, je vous en prie. Laissez passer un pauvre père de famille qui porte à manger à cinq petits enfants, » disait l'un d'entre eux, qui chancelait sous le poids d'un grand sac de farine. Et chacun s'efforçait de se retirer pour lui faire place.

« Moi, disait un autre presque à demi-voix à son compagnon, je me sauve. Je suis un homme du monde, et je sais comment vont ces sortes de choses. Ces braillards qui font aujourd'hui tant de tapage, demain ou après se tiendront cois dans leurs maisons, tremblant de peur. J'ai déjà aperçu certains visages, certains honnêtes gens qui rôdent en faisant le guet, et notent qui il y a et qui il n'y a pas. Quand tout est fini, on consulte les notes, et à chacun son compte.

— Celui qui protége les boulangers, criait une voix sonore qui attira l'attention de Renzo, c'est le vicaire de la Provision.

— Ce sont tous des coquins, disait un voisin.

— Oui, mais il en est le chef, » répliquait le premier.

Le vicaire de la Provision, nommé chaque année par le

gouvernement sur une liste de six nobles dressée par le
conseil des décurions, était le président de ce conseil et du
tribunal de Provision. Ce tribunal, composé de douze
membres nobles aussi, avait plusieurs attributions, mais
principalement celle des vivres. L'homme qui occupait un
tel poste devait nécessairement, dans un temps de disette
et d'ignorance, être appelé l'auteur de tous les maux, à
moins qu'il n'eût fait ce que fit Ferrer ; mais quand bien
même la chose aurait été dans ses idées, elle n'aurait aucunement été en son pouvoir.

« Les scélérats, s'écriait un autre, peut-on faire quelque
chose de pire ! Ils sont allés jusqu'à dire que le grand
chancelier était un vieux radoteur tombé dans l'enfance,
pour lui ôter tout son crédit et commander eux seuls. Il
faudrait les pendre tous, les jeter en prison, et les nourrir
de vesce et d'ivraie comme ils nous voulaient traiter.

— Est-ce du pain cela ? disait l'un qui cherchait à s'en
aller en hâte. Est-ce du pain ? Des quartiers de pierre
d'une livre ! des pierres à ne pas tenir dans mes deux
mains, qui pleuvaient comme la grêle ! J'ai les côtes écra-
sées. Je ne vois pas le moyen de retourner chez moi. »

A travers ces propos qui l'étourdissaient probablement
plus qu'ils ne le mettaient au fait, à travers les poussées,
Renzo arriva enfin devant le four. La foule s'était déjà beaucoup éclaircie, et il put contempler ces tristes et récentes
ruines, les murs mis à nu et meurtris par les pierres et les
briques, les fenêtres arrachées des gonds, la porte brisée.

« Ce n'est pas un fort beau trait, pensa Renzo. S'ils
arrangent ainsi tous les fours, où veulent-ils que l'on cuise
le pain ? Dans les puits ? »

De temps en temps sortaient de cette maison des individus qui portaient un fragment de huche ou de bluteau,
un banc, une corbeille, un livre de comptes, quelques débris du pauvre four, et en criant : « Place ! place ! » passaient à travers la foule. Tous ces gens-là s'acheminaient
du même côté, et s'arrêtaient à un lieu convenu. Renzo
voulut voir quelle histoire était cela. Il se mit derrière un

de ces individus, qui, ayant fait un faisceau de planches brisées et d'éclats de bois, le mit sur ses épaules, et alla, comme les autres, par la rue qui longe le côté septentrional de la cathédrale, et a pris son nom des degrés [1] qui y étaient, et qui depuis peu n'y sont plus.

Le désir de voir ce qui arriverait ne put faire que notre montagnard, arrivé en présence de cette grande masse, ne s'arrêtât pas un moment pour regarder en haut, la bouche béante. Il doubla ensuite le pas pour rejoindre celui qu'il avait pris pour guide; il tourna le coin, donna aussi un coup d'œil à la façade de la cathédrale, grossière encore en grande partie, et bien loin d'être achevée, et se tint constamment derrière celui qui se dirigeait vers le milieu de la place. Plus on avançait, plus la foule était épaisse; mais on faisait place au porteur. Il fendait les flots du peuple, et Renzo, s'insinuant dans le vide que celui-ci faisait, parvint avec lui au centre de la foule. Là était un grand espace vide, et au milieu un feu de joie, un monceau de braise, restes des ustensiles que nous avons dits ci-dessus. On battait des mains, on tapait des pieds; de toutes parts s'élevaient des imprécations et des cris de triomphe : c'était un tapage à fendre la tête.

L'homme au fardeau le jette sur la braise; d'autres, avec un tronçon de pelle à demi consumé, l'éparpillent et l'attisent par-dessous et sur les côtés. La fumée s'élève et se condense, la flamme monte, et avec elle les cris s'élèvent plus forts encore : « Vive l'abondance ! Mort aux affameurs ! Meure la disette ! Crève la Provision ! Crève la junte ! Vive l'abondance ! Vive le pain ! »

A vrai dire, la destruction des bluteaux et des huches, le pillage des fours, la ruine et l'épouvante des boulangers, ne sont pas les moyens les plus efficaces pour faire vivre le pain; mais c'est une de ces susceptibilités métaphysiques qui ne viennent pas à l'esprit d'une multitude. Sans être une tête trop métaphysique, Renzo, qui ne partageait pas le délire général, faisait cette réflexion. Il la

[1] La rue des *Scalini* (degrés).

garda prudemment pour lui, parce qu'il n'y avait pas un de ces visages qui ne semblât dire : « Frère, si j'ai tort, essaye de me corriger, tu le payeras cher. »

La flamme s'éteignait de nouveau ; on ne voyait plus venir personne avec d'autres combustibles, et la troupe commençait à s'ennuyer, quand le bruit se répand que l'on a mis le siége devant un four au *Cordusio*. C'était une petite place ou un carrefour peu distant de là. En de telles conjonctures, l'annonce d'un fait suffit souvent pour qu'il arrive. Avec ce bruit court aussitôt le désir de se porter là. « J'y vais ; y vas-tu ? — Allons, allons, » entendait-on de tous côtés. La foule s'échauffe, s'ébranle, se met en marche. Renzo restait en arrière sans faire presque aucun mouvement, si ce n'est quand il était entrainé par le torrent ; il tenait, en attendant, conseil en lui-même pour savoir s'il se devait tirer hors de ce bacchanal, et retourner au couvent, à la recherche du père Bonaventure, ou aller voir encore cette au.tre affaire. La curiosité l'emporta. Toutefois il résolut de ne pas se fourrer au gros de la mêlée et se faire briser les os, ou risquer quelque chose de pire, mais de se tenir, comme il était, à observer de loin. Le parti pris, et déjà se trouvant un peu au large, il tira le second pain, et l'ayant mordu, il se mit en route derrière l'armée tumultueuse.

Le peuple, en débouchant par un angle de la place, s'était déjà introduit dans la rue courte et droite de *Pescheria-Vecchia,* et de là à la place des *Mercanti.* Il y en avait bien peu qui, en passant devant la niche qui coupe vers le milieu la galerie de l'édifice alors appelé Collége des Docteurs [1], ne jetassent pas un coup d'œil sur la grande statue qui l'occupait, sur cette figure sérieuse, hautaine, farouche, et je dis peu encore, de don Philippe II, qui même en marbre imposait un vague sentiment de respect, et semblait presque dire : « Je suis là, marmaille. »

Cette niche est maintenant vide par un accident singulier. Cent soixante ans environ après l'événement que nous

[1] *Collegio de Dottori.*

racontons, on changea un beau jour la tête de la statue; on lui ôta des mains le sceptre qu'elle tenait, on y mit un poignard, et on lui donna le nom de Marcus Brutus. Ainsi métamorphosée, elle resta debout une ou deux années; mais un matin certains individus qui n'éprouvaient pas beaucoup de sympathie pour Marcus Brutus, qui même devaient avoir contre lui une haine secrète, jetèrent une corde autour de la statue, la tirèrent en bas, lui firent cent injures; mutilée et réduite à un tronc informe, ils la traînèrent, non sans pousser des cris, par les rues; et quand ils furent bien las, ils la jetèrent je ne sais où. Qui l'eût dit à Andréa Biffi quand il la sculptait?

De la place des *Mercanti* la troupe bruyante se jeta et s'entassa dans la ruelle des *Fustagnai,* pour se répandre de là dans le *Cordusio.* Tout le monde, en débouchant sur la place, se tournait aussitôt pour regarder vers le four qui avait été indiqué. Mais au lieu de la foule qu'ils s'attendaient à y trouver déjà en travail, ils virent seulement quelques individus qui se tenaient aux aguets et en hésitant, à quelque distance de la boutique, qui était fermée, et aux fenêtres, des gens armés qui faisaient mine de se vouloir défendre au besoin. Ils se tournaient alors et s'arrêtaient pour en informer ceux qui arrivaient, afin de voir quel parti les autres voudraient prendre. Quelques-uns retournaient sur leurs pas ou restaient en arrière. On demande et l'on reçoit des éclaircissements; chacun hésite, est incertain; un bourdonnement confus s'élève, on se consulte. Là-dessus un cri maudit sort du milieu de la foule : « La maison du vicaire de la Provision est ici près; allons-y nous faire justice, allons en faire le sac! » On eût dit alors que c'était comme un souvenir subit et général d'un accord déjà conclu, plutôt que l'acceptation d'une proposition nouvelle. « Chez le vicaire! chez le vicaire! » c'est le seul cri que l'on puisse entendre. La foule se précipite en fureur vers la rue où était la maison qui venait d'être si malheureusement nommée.

XIII

Le malheureux vicaire venait à peine de prendre à contre cœur un triste et modeste repas avec un peu de pain rassis. Il attendait, incertain, inquiet, comment finirait cette bourrasque ; mais il était bien éloigné toutefois de soupçonner qu'elle dût venir fondre si terriblement sur sa tête. Un officier se hâta charitablement de précéder la troupe, et entra dans la maison pour donner avis du péril imminent qu'on y courait. Les domestiques, que le bruit avait déjà attirés sur la porte, observaient, épouvantés, dans toute la longueur de la rue, du côté d'où la rumeur venait en s'approchant. Comme ils écoutent le conseil, ils voient paraître l'avant-garde. On court, on vole porter l'avis au maître. Pendant que celui-ci délibère s'il faut fuir et comment, un autre lui vient dire qu'il n'est plus temps. C'est à peine si les domestiques ont pu fermer la porte. Ils l'étayent, ils la barricadent bien, courent fermer les fenêtres comme quand le temps s'obscurcit et qu'on s'attend d'un moment à l'autre à voir tomber la grêle. Ce long et terrible hurlement qui va toujours en grandissant tombe du ciel comme un tonnerre, retentit dans la cour vide ; toutes les cavités de la maison y répondent, et du milieu de ce vaste tumulte on entend craquer la porte sous les coups de pierre dont elle est à chaque instant assaillie.

« Le vicaire ! le tyran ! l'affameur ! Nous le voulons ! vif ou mort ! »

L'infortuné errait de chambre en chambre, à demi mort, tremblant, joignant les mains, se recommandant à Dieu, conjurant ses serviteurs de tenir ferme, de trouver un moyen pour le faire sauver. Mais comment et par où ? Il monte au galetas ; par une lucarne d'où il ne saurait être aperçu, il jette un regard effaré dans la rue : il la voit pleine de furibonds ; il entend les cris qui demandent sa mort. Plus épouvanté que jamais, il se retire pour cher-

cher un lieu plus sûr et plus secret où se cacher. Il s'y
blottit; il écoute, il écoute encore si cette cruelle fermentation se calme, si le tumulte s'apaise; mais entendant au
contraire le mugissement s'élever unanime, immense, la
porte chanceler sous tant d'efforts, il se bouchait en hâte
les oreilles. Puis, comme hors de lui, grinçant des dents,
le visage contracté, il tendait vivement le bras et appuyait
le poing comme s'il eût voulu tenir la porte ferme contre les coups. Enfin, perdant toute espérance, il se laissait tomber, étourdi, comme insensible, et attendant la
mort.

Renzo se trouvait cette fois au fort de la mêlée; il ne
s'y était pas laissé porter par le torrent, il y était accouru.
A cette première proposition de sang il avait senti tout le
sien se troubler. Quant au saccagement, il n'était pas très-
sûr si c'était bien ou mal en une telle conjoncture; mais
l'idée d'un assassinat lui causa une vive et subite horreur.
Quoique, par cette funeste facilité qu'ont les esprits pas-
sionnés à tout croire, il fût bien convaincu, au dire pas-
sionné de tant de gens, que le vicaire était un scélérat, un
affameur, comme s'il avait su de point en point ce que le
malheureux avait fait, omis de faire et projeté, cependant
il était accouru des premiers avec la ferme résolution de
faire tout ce qui serait en son pouvoir pour le sauver. Dans
cette disposition d'esprit, il était arrivé près de la porte,
qui était travaillée de cent manières. Les uns avec des
cailloux frappaient sur les clous de la serrure pour la briser; les autres, avec des pieux, des ciseaux et des marteaux, cherchaient à la travailler plus en règle; d'autres
ensuite, avec des pierres aiguës, avec des couteaux dépoin-
tés, avec des clous, avec les ongles, s'ils n'avaient rien autre, s'attaquaient à l'enduit de la muraille, la démolis-
saient, et s'industriaient à en retirer les pierres une à une
pour y faire une brèche. Ceux qui n'y pouvaient mettre les
mains animaient les autres par leurs cris, mais en même
temps, en se jetant sur les premiers, en les tenant collés
l'un à l'autre, ils arrêtaient le travail, déjà suspendu par

les débats que les travailleurs avaient entre eux ; car, par
la grâce du ciel, il arrive souvent aussi pour le mal ce qui
arrive trop fréquemment pour le bien : les fauteurs les
plus ardents deviennent le premier obstacle.

Les magistrats, instruits de cette émeute, firent aussitôt
demander un secours de troupe au commandant du château, qui s'appelait alors le château de la porte Giovia ; et
celui-ci détacha aussitôt une compagnie. Mais entre l'avis,
l'ordre, le temps de se réunir, de se mettre en marche, de
faire la route, la compagnie arriva que la maison était
déjà entourée d'un vaste siége, et elle fit halte très-loin
de celle-ci, à la naissance de la presse. L'officier qui la
commandait ne savait quel parti prendre. Il n'y avait là
pour ainsi dire qu'un rassemblement de gens oisifs et
désœuvrés de tout âge et de tout sexe. A l'ordre qu'on
leur donnait de se séparer et de faire place, ils répondaient par un sourd et long murmure ; personne ne bougeait.
Faire feu sur cette canaille semblait à l'officier chose non-
seulement cruelle, mais pleine de dangers ; chose qui, en
offensant les moins terribles, aurait irrité les plus violents ;
et d'ailleurs il n'avait pas reçu de telles instructions. Ouvrir cette première foule, la renverser à droite et à gauche,
et aller en avant porter la guerre à qui la faisait, c'était
fort bien, sans doute ; mais le point, c'était de réussir. Qui
sait si les soldats auraient pu s'avancer unis et en bon ordre,
et si, au lieu de rompre la foule, ils ne se trouveraient pas
eux-mêmes disséminés et engagés au milieu de la bagarre,
et à la merci de la populace après l'avoir provoquée ? L'irrésolution du commandant et l'immobilité des soldats furent prises, à tort ou à raison, pour de la peur. Les gens du
peuple qui se trouvaient près d'eux se contentaient de les
regarder au visage avec un air, « je m'en moque », pour
me servir d'un dicton milanais. Ceux qui étaient un peu
plus loin ne se contentaient pas de les provoquer avec des
gestes et des railleries ; au delà, il y en avait peu qui sussent
qu'ils étaient là ou qui s'en souciassent : les saccageurs
continuaient à démolir, sans autre pensée que de réussir

bientôt dans leur entreprise; les spectateurs ne cessaient de les animer par leurs cris.

Un vieillard de mauvaise vie se détachait de la foule, et il était à lui seul un spectacle. Il ouvrait deux yeux caves et enflammés, et contractait ses rides par un rire atroce de plaisir; les mains levées par-dessus ses indignes cheveux blancs, il agitait un marteau, une corde, quatre grands clous, avec lesquels, disait-il, il voulait crucifier le vicaire sur les panneaux de sa porte quand il aurait rendu l'âme.

« Hé quoi! vous n'avez pas honte! » s'écria Renzo, saisi d'horreur à ces paroles, à la vue d'un grand nombre d'autres visages qui semblaient les goûter beaucoup, et encouragé peut-être aussi à la vue de quelques autres sur lesquels, bien qu'ils fussent muets, se peignait l'horreur dont il était saisi. « Hé quoi! voulons-nous faire le métier de bourreau? Assassiner un chrétien! Comment voulez-vous que Dieu nous donne du pain si nous commettons de tels crimes? Il nous enverra son tonnerre, et non du pain!

— Ah, chien, traître à la patrie! cria, en se tournant vers Renzo, avec un air diabolique, un de ceux qui avaient pu entendre au milieu du fracas ces saintes paroles. Attends! attends! C'est un domestique du vicaire, déguisé en paysan; c'est un espion. Qu'on tombe dessus! « Cent bruits s'élèvent et se croisent. » Qu'est-ce? Où est-il? Quel est-il? — Un domestique du vicaire! Un espion! Le vicaire déguisé en paysan, qui se sauve. — Où est-il? où est-il? Tombez sur lui, tombez sur lui! »

Renzo se tait; il se fait tout petit, tout petit; il voudrait disparaître. Quelques-uns de ses voisins l'aident à se cacher; ils poussent de grands cris; ils cherchent à étouffer et à confondre ces voix ennemies et avides de sang. Mais ce qui le servit plus que tout le reste, ce fut un « Place, place! » qu'il entendit crier près de lui. « Place! voici du secours qui nous arrive! Place! hé! »

Qu'était-ce donc? C'était une longue échelle de bois que quelques hommes portaient pour pénétrer dans la maison par une fenêtre. Mais, par bonheur, ce moyen, qui

aurait rendu la chose si facile, n'était guère facile à mettre
en œuvre. Les porteurs, à l'un et à l'autre bout, ici, là,
tout le long de la machine, heurtés, séparés par la foule,
chancelaient à chaque pas : l'un, avec la tête emprisonnée
entre deux échelons, et les deux supports sur les épaules,
poussait des mugissements lamentables ; celui-là était
arraché à son fardeau par un autre choc ; l'échelle abandonnée tombait sur les têtes, les épaules, les bras ; c'é-
taient des plaintes, des cris, des hurlements à n'y pas
tenir ; d'autres la soulèvent, se mettent dessous, la chargent sur leurs dos en criant : « A nous, allons ! » La fatale
machine s'avance par bonds et par sauts, tantôt à droite,
tantôt à gauche. Elle vint à temps pour distraire et confondre les ennemis de Renzo, qui profita de ce désordre.
Il se cacha d'abord ; puis, jouant tant qu'il put des coudes,
il s'éloigna de cette place, où l'air n'était pas bon pour lui,
avec l'intention aussi de sortir le plus tôt qu'il pourrait
du tumulte, et d'aller vraiment trouver ou attendre le
père Bonaventure.

Tout à coup une commotion partie de l'une des extrémités se propage dans la foule. Un bruit se répand ; il circule, il vole de bouche en bouche, de chœur en chœur.
« Ferrer ! Ferrer ! » Un mouvement de surprise, de plaisir,
de dépit, de joie ou de colère, éclate partout où arrive ce
nom. Qui le crie, qui le veut étouffer, qui affirme, qui nie,
qui bénit, qui jure.

« Voici Ferrer ! — Ce n'est pas vrai ! ce n'est pas vrai !
— Oui ! oui ! Vive Ferrer, celui qui donne le pain à bon
marché ! — Non, non ! — Il est ici, il est ici en carrosse.
— Que fait celui-là ? de quoi se mêle-t-il ? Nous ne vou-
lons personne ! — Ferrer ! Vive Ferrer ! l'ami des pauvres
gens ! Il vient prendre le vicaire pour le mettre en prison.
— Non, non ! nous voulons nous faire justice nous-mêmes.
En arrière ! en arrière ! — Oui, oui, Ferrer ! qu'il vienne,
Ferrer ! en prison le vicaire ! »

Et tous, en se dressant sur la pointe des pieds, se tour-
nent pour regarder du côté où l'on annonce cette arrivée

imattendue. En se dressant tous, ils ne voyaient ni plus ni moins que s'ils étaient tous restés les pieds sur la terre ; mais qu'importe ? tous se dressaient.

En effet, à l'une des extrémités de la foule, du côté opposé à celui où étaient les soldats, était arrivé en carrosse le grand chancelier Antonio Ferrer, qui, se faisant probablement conscience d'avoir, par ses sottises et son opiniâtreté, été la cause ou au moins l'occasion de cette émeute, venait maintenant chercher à la calmer, à en prévenir au moins le plus terrible, l'irréparable effet : il venait pour bien dépenser une popularité mal acquise.

Dans les émeutes populaires, il y a toujours un certain nombre d'hommes qui, soit effet de la violence de leurs passions, soit par une persuasion fanatique, un dessein criminel, un infernal amour de destruction, font tout ce qu'ils peuvent pour pousser les choses au pire. Ils proposent ou appuient les projets les plus barbares ; ils attisent le feu chaque fois qu'il semble se ralentir. Rien n'est jamais trop violent pour eux ; ils voudraient que le tumulte n'eût ni mesure ni fin. Mais, pour servir de contre-poids, il y a toujours aussi un certain nombre d'autres hommes qui, peut-être avec la même ardeur et la même obstination, s'appliquent à obtenir l'effet contraire, ceux-ci portés d'amitié ou de partialité pour les personnes qu'on menace, ceux-là sans autre impulsion qu'une pieuse et soudaine horreur du sang et du crime. Que le ciel les bénisse ! Dans chacun de ces deux partis opposés, encore bien qu'il n'y ait jamais de mesures concertées d'abord, la conformité des volontés fait naître un concours subit dans les opérations. Ce qui compose ensuite la masse et même le matériel du tumulte, c'est un vaste mélange d'hommes qui, par des nuances et des gradations infinies, tiennent à l'une et à l'autre de ces extrémités ; un peu échauffés, un peu coquins, penchant un peu vers une certaine justice comme ils l'entendent, un peu affamés de voir quelque bonne scélératesse, prompts à la férocité et à la miséricorde, à l'adoration et à l'exécration, selon que l'occasion se présente d'éprouver l'un ou l'autre sentiment ; avides à chaque instant de savoir, de croire quelque chose d'étrange ; éprouvant le besoin de crier, d'applaudir ou de hurler contre quelqu'un. Qu'il vive ! et qu'il meure ! sont les mots qu'ils aiment à jeter. Si l'un a réussi à leur persuader qu'un tel n'a pas mérité d'être écartelé, on n'a pas besoin de dépenser plus de paroles pour les convaincre qu'il est digne d'être porté en triomphe. Acteurs, spectateurs, instruments, obstacles, tout va selon le vent : prompts aussi à se taire quand personne ne leur donne le mot, à se désister quand les instigateurs manquent, à se débander quand plusieurs voix d'accord et non contredites ont dit : « Allons-nous-en, » et à s'en retourner chez eux en se demandant l'un à l'autre : « Qu'est-ce donc ? » Toutefois, comme, en de telles occurrences, cette masse a la plus grande force, qu'elle est la force même, chacun des deux partis actifs use de toute son habileté pour l'attirer à lui, pour s'en rendre maître. Ce sont comme deux âmes ennemies qui combattent pour entrer dans ce vaste corps et le faire mouvoir. C'est à qui saura le mieux répandre les bruits les plus propres à exciter les passions, à diriger les mouvements en faveur de l'une ou de l'autre intention ; c'est à qui saura le plus à propos trouver les nouvelles qui excitent l'indignation ou la tempèrent, mettre en jeu les espérances et les craintes ; c'est à qui saura trouver le cri qui, répété de bouche en bouche, exprime, atteste et forme en même temps le vœu du plus grand nombre, pour l'un ou pour l'autre parti.

Nous avons fait tout ce long bavardage pour en venir à dire que, dans la lutte entre les deux partis qui se disputaient le vœu du peuple rassemblé en foule devant la maison du vicaire, l'apparition d'Antonio Ferrer donna presque en un instant un grand avantage au parti des modérés, qui avait visiblement le dessous. Si ce secours avait encore un peu tardé d'arriver, il n'aurait plus eu ni la force ni un but pour combattre. L'homme était agréable à la multitude à cause de ce tarif de son invention si favorable aux acheteurs, et à cause de son héroïque résistance contre tout raisonnement contraire. Les esprits déjà portés en sa faveur étaient maintenant encore plus touchés de la courageuse confiance d'un vieillard qui, sans gardes, sans appareil, venait trouver et affronter une multitude courroucée et tumultueuse. Cet avis, qu'il venait prendre le vicaire pour le conduire en prison, faisait ensuite un admirable effet. La fureur contre ce malheureux se serait soulevée plus terrible encore si l'on était venu la braver et si l'on n'y avait voulu faire aucune concession ; mais, avec cette promesse de satisfaction, ou, pour le dire à la milanaise, avec cet os dans la bouche, elle s'apaisait un peu et donnait place aux autres sentiments opposés qui naissaient dans une grande partie des esprits.

Les partisans de la paix, ayant repris haleine, secondaient Ferrer de cent manières : ceux qui se trouvaient près de lui, en excitant à chaque moment par leurs applaudissements l'applaudissement public, et cherchant en même temps à faire un peu reculer le monde pour ouvrir un passage au carrosse ; les autres, en applaudissant, en répétant et en faisant courir ses paroles ou celles qui paraissaient les meilleures qu'il pût dire, en imposant silence aux furieux obstinés et en tournant contre eux la nouvelle passion de la mobile assemblée. « Qui est celui qui ne veut pas qu'on dise vive Ferrer ? Tu ne voudrais donc pas, hé ! que le pain fût à bon marché ? Ce sont des coquins, ceux qui ne veulent pas d'une justice de chrétiens ; et il y en a parmi eux qui crient plus fort que les autres pour faire sauver le vicaire. En prison, le vicaire ! vive Ferrer ! place à Ferrer ! » Le nombre de ceux qui parlaient ainsi allant toujours en augmentant, le nombre du parti contraire diminuait sans cesse.

Les premiers en vinrent même à donner sur les doigts à ceux qui voulaient tout ruiner, à les maltraiter, à leur ôter les outils des mains. Ceux-ci écumaient de rage, menaçaient même, cherchaient à se relever ; mais la cause du sang était perdue ; le cri qui dominait, c'était : « Prison, justice, Ferrer ! » Après une courte lutte, ceux-ci furent vaincus; les autres s'emparèrent de la porte, et pour la défendre contre de nouveaux assauts et pour préparer l'entrée à Ferrer. L'un d'eux, en criant au travers (car les fentes n'y manquaient pas), avertit les gens de la maison qu'il était venu du secours, et que le vicaire eût à se tenir prêt « pour aller tout de suite... en prison. Hein! vous comprenez!

— Est-ce ce Ferrer qui aide à faire les ordonnances? demanda à un de ses voisins notre Renzo, qui se souvint du *vidit Ferrer* que le docteur lui avait montré au bas de la fameuse ordonnance que l'on sait, et qu'il lui avait fait sonner à l'oreille.

— Justement, le grand chancelier, lui répondit-on.

— C'est un galant homme, n'est-il pas vrai?

— C'est bien plus, vraiment, qu'un galant homme! C'est lui qui avait mis le pain à bon marché; ils ne l'ont pas voulu, et maintenant il vient chercher le vicaire pour le mener en prison, parce qu'il n'a pas agi selon la justice. »

Il est inutile de dire que Renzo fut aussitôt pour Ferrer. Il voulait aller à sa rencontre. La chose n'était pas facile; mais avec ses coups de pied, ses coups de coude de montagnard, il parvint à se faire jour et à se porter au premier rang, juste à côté de la voiture.

La voiture avait déjà pénétré dans la foule; dans ce moment, elle était arrêtée par un de ces écueils inévitables et fréquents dans une telle promenade. Le vieux Ferrer présentait tantôt à l'une, tantôt à l'autre des portières, une figure tout humble, toute douce, tout aimable, une figure qu'il avait toujours tenue en réserve pour le jour où il viendrait à se trouver en présence de don Philippe IV; mais il fut contraint de la dépenser en cette occasion. Il parlait aussi, mais le bruit et le bourdonnement de tant de voix, les *vivat* même qu'on poussait pour lui ne laissaient entendre qu'à peine et bien peu de ses discours. Il s'aidait aussi du geste : tantôt il portait le bout de ses doigts unis sur ses lèvres pour y prendre un baiser que ses mains, en s'ouvrant aussitôt, distribuaient à gauche et à droite

comme pour rendre grâce de la bienveillance que lui témoignait le public; tantôt il les allongeait et les agitait lentement hors de la portière pour demander un peu de place;
tantôt il les baissait poliment pour demander un peu de
silence. Quand il en avait un peu obtenu, les plus voisins
entendaient et répétaient ses paroles : « Pain, abondance.
Je viens pour faire justice; un peu de place, de grâce. »
Étouffé ensuite et comme suffoqué du bourdonnement de
tant de voix, de la vue de tant de figures enflammées, de
tant de regards fixés sur lui, il se tirait un moment en arrière, gonflait ses joues, en chassait le vent à grand bruit
et se disait à part : *Por mi vida, que de gente*[1] !

« Vive Ferrer! N'ayez pas peur. Vous êtes un brave
homme. Du pain! du pain!

— Oui! du pain! du pain! répondit Ferrer. Abondance!
je vous le promets, moi; » et il mettait la main sur son
cœur. « Ouvrez-moi le passage, ajoutait-il ensuite en criant
de toutes ses forces, je viens pour le mener en prison, pour
lui infliger un juste châtiment. » Et il ajouta à voix bien
basse : *Si est à culpable*[2]. Se baissant ensuite vers son cocher, il lui disait en hâte: *Adelante, Pedro, si puedes*[3]. »

Le cocher souriait aussi au peuple avec une politesse
affectueuse, comme s'il avait été un grand personnage : et
avec une grâce ineffable, il promenait lentement, lentement, le fouet à droite et à gauche, pour demander aux
voisins incommodes de se ranger et de se retirer un peu
sur les côtés. « De grâce, disait-il aussi, messieurs, un peu
de place, un tant soit peu, à peine de quoi passer. »

En attendant, les officieux les plus actifs s'employaient
pour faire le passage demandé avec tant de grâce. Quelques-uns, devant les chevaux, font retirer le monde avec
de bonnes paroles, en leur mettant les mains sur la poitrine, en les poussant doucement : « La la, un peu de
place, messieurs. » Les autres faisaient le même manége

---

[1] Sur ma vie, que de monde!
[2] S'il est coupable.
[3] En avant, Pedro, si tu peux.

aux deux côtés du carrosse, pour qu'il pût courir sans effleurer les pieds ni caresser les visages ; accident qui, outre le mal qui aurait pu en résulter, aurait fait courir de grands risques à la popularité d'Antonio Ferrer.

Renzo, qui avait été quelques instants à regarder avec complaisance cette respectable vieillesse, un peu troublée par le chagrin, tourmentée par la fatigue, mais animée par la sollicitude, embellie, pour ainsi dire, par l'espérance d'arracher un homme à des angoisses mortelles ; Renzo, dis-je, laissa de côté toute idée de retraite. Il résolut de prêter main-forte à Ferrer, et de ne pas l'abandonner jusqu'à ce qu'il fût venu à bout de ses desseins. Il se mit aussitôt avec les autres à faire faire place, et il n'était, certes, pas un des plus paresseux. Un passage s'ouvre. « Avancez, avancez, » disaient quelques-uns au cocher en se retirant ou en courant en avant pour faire ranger le monde un peu plus loin. « *Adelante presto, con juicio*[1], » lui dit aussi le patron ; et le carrosse se mit en mouvement.

Au milieu des saluts qu'il prodiguait à l'aventure au public, Ferrer en adressait certains autres de remerciement, avec un sourire d'intelligence, à ceux qu'il voyait s'employer pour lui : plus d'un de ces sourires fut adressé à Renzo, qui, en vérité, les méritait bien, et servait en ce jour le grand chancelier mieux que ne l'aurait pu faire le plus intrépide de ses secrétaires. Le jeune montagnard extravaguait de joie de cette politesse ; il lui semblait presque qu'il s'était lié d'amitié avec Antonio Ferrer.

La voiture, une fois en mouvement, poursuivit sa route avec plus ou moins de lenteur, et non sans s'arrêter de temps à autre. Le trajet était très-court ; mais, eu égard au temps qu'on y mettait, il aurait semblé un petit voyage même à qui n'aurait pas eu la sainte hâte de Ferrer. Le peuple se pressait, s'agitait en avant, en arrière, à droite, à gauche du carrosse, comme des dauphins autour d'un vaisseau qui s'avance, battu par la tempête. Le fracas était plus perçant, plus discordant, plus étourdissant que celui

[1] En avant, vite, avec précaution.

de la tempête. Ferrer, en regardant tantôt d'un côté, tantôt de l'autre, en s'agitant et en gesticulant toujours, cherchait à entendre quelque chose pour régler là-dessus ses réponses. Il voulait, pour mieux faire, entamer la conversation avec cette troupe d'amis : mais la chose était difficile, la plus difficile peut-être qu'il eût encore rencontrée dans ses longues années de service à la grande chancellerie. De temps en temps pourtant, quelque mot, quelque phrase même répétée par l'assemblée sur son passage , se faisait entendre comme l'éclat d'une grosse fusée domine le bruit confus d'un feu d'artifice. Lui, tantôt en se mettant en quatre pour répondre d'une manière satisfaisante à ces cris, tantôt criant de toute la force de ses poumons les mots qu'il savait devoir être les mieux accueillis, ou que quelque nécessité subite semblait demander, leur parla tout le long de la rue : « Oui, messieurs, pain, abondance. Je le mènerai en prison ; il sera châtié..., *si està culpable* [1]. Oui, oui, je l'ordonnerai, moi : le pain à bon marché. *Asi es...* Cela est ainsi, veux-je dire. Le roi notre seigneur ne veut pas que ses fidèles sujets souffrent de la faim. *Ox, ox, guardaos* [2]. Qu'on ne vous fasse pas de mal, messieurs. *Pedro, adelante, con juicio* [3]. Abondance, abondance ! Un peu de place, par charité. Pain ! pain ! En prison ! en prison ! — Qu'est-ce...?» demandait-il ensuite à un homme qui avait jeté la moitié de son corps dans la portière pour lui hurler un conseil, une demande, un applaudissement, n'importe quoi. Mais celui-ci, sans pouvoir entendre le « Qu'est-ce? » avait été tiré brusquement en arrière par un autre qui le voyait sur le point d'être écrasé sous les roues. A travers les acclamations réitérées, à travers aussi quelque frémissement d'opposition qui se faisait entendre çà et là, mais qui était aussitôt comprimé, voilà que Ferrer arriva enfin à la maison, grâce surtout à ses bons auxiliaires.

Les autres qui, comme nous l'avons dit, étaient là avec

[1] S'il est coupable.
[2] Ho! ho! prenez garde.
[3] Pedro, en avant, avec précaution.

les mêmes bonnes intentions, avaient, en attendant, travaillé à faire et à refaire un peu de vide. Prière, exhortation,
menace, ils avaient tout employé; ils poussent, ils pressent, ils foulent aux pieds deçà et delà avec ce redoublement d'ardeur et de force que donne toujours l'approche
d'une issue désirée. Ils étaient parvenus à partager la foule
en deux, et ensuite à rejeter les deux files en arrière, si
bien qu'entre la porte et le carrosse, qui s'arrêta devant,
il y avait un petit espace libre. Renzo, qui, en faisant un
peu le batteur d'estrade et un peu le guide, était arrivé
avec le carrosse, put trouver place dans l'un de ces deux
remparts d'officieux qui faisaient en même temps face au
carrosse et servaient de digues aux deux flots frémissants
de peuple. En aidant à en soutenir une avec ses puissantes
épaules, il se trouva très-bien placé pour voir.

Ferrer respira en voyant la place libre et la porte encore
fermée, ou, pour mieux dire, pas encore ouverte. Du reste
les gonds étaient plus qu'ébranlés dans leurs fondements;
les huisseries en éclats, brisées, enfoncées, fendues vers le
milieu, laissaient voir par une large brèche un bout de
cadenas tordu, forcé et presque arraché, qui, pour ainsi
dire, les tenait jointes ensemble. Un officieux s'était mis à
ce pertuis à crier qu'on ouvrît, un autre accourt pour ouvrir la portière du carrosse; le vieillard met la tête dehors,
se lève, et s'appuyant de la main sur le bras de ce digne
homme, il pose le pied sur le marchepied.

La foule se soulève de tous côtés pour voir; mille figures,
mille nez sont à l'air. La curiosité et l'attention générale
font naître un moment de silence. Ferrer s'arrête en ce
moment sur le marchepied; il promène ses regards autour
de lui, s'incline pour saluer le peuple, met la main sur le
cœur, et crie : « Pain et justice! » Revêtu de sa toge, la
tête haute, la démarche assurée, il descend à travers les
acclamations qui montent jusqu'au ciel.

Les gens de la maison avaient, en attendant, ouvert la
porte, ou, pour mieux dire, avaient fini d'arracher le cadenas et les anneaux déjà chancelants. Ils firent une ouver-

ture pour donner l'entrée à cet hôte si désiré, en mettant toutefois un grand soin à borner l'ouverture à l'espace que son corps pouvait occuper. « Vite, vite, disait celui-ci, ouvrez bien, que je puisse entrer ; et vous, en braves gens, contenez le peuple, et ne le laissez pas venir derrière moi..., pour l'amour du ciel...! Préparez un peu de passage pour tantôt, à l'instant. Aïe, aïe! messieurs, un moment, disait-il ensuite aux gens de la maison; doucement avec cette porte; laissez-moi passer. Hé, mes côtes! je vous recommande mes côtes. Fermez maintenant. Non, hé, hé! ma robe! ma robe! » Elle serait restée prise entre les jointures si Ferrer n'en avait pas retiré avec précipitation la queue. Elle parut comme la queue d'un serpent qui, poursuivi, se cache dans un trou.

Les portes, refermées du mieux que l'on pouvait, étaient, en attendant, étayées par derrière avec des supports. Au dehors, ceux qui s'étaient constitués gardes du corps de Ferrer travaillaient des épaules, des bras et de la voix à maintenir la place vide, en priant du fond du cœur leur Seigneur Dieu qu'il eût bientôt fait.

«Vite, vite, disait encore celui-ci dans la maison, sous le portique, aux serviteurs qui l'entouraient essoufflés et criant : Soyez béni! Ah! Excellence! Oh! Excellence! Juste ciel! Excellence!

— Vite, vite, répétait Ferrer ; où est ce cher homme? »

Le vicaire descendait l'escalier, demi-entrainé, demi-porté par les autres domestiques, pâle comme la mort. Quand il vit son sauveur, il poussa un grand soupir; il lui revint un peu de pouls, il lui courut un peu de vie dans les jambes, un peu de couleur sur les joues, et il se hâta d'arriver devant Ferrer en disant : « Je suis dans les mains de Dieu et de Votre Excellence. Mais comment sortir d'ici? Nous sommes entourés de toutes parts de gens qui veulent ma mort.

— *Venga con migo, usted*[1], et prenez courage. Ma voiture est là dehors : vite, vite. » Il le prend par la main et

[1] Venez avec moi.

le conduit vers la porte en le rassurant durant tout le trajet, mais en disant en son cœur : *Aqui està el busilis! Dios nos valga[1]!* »

La porte s'ouvre ; Ferrer sort le premier ; l'autre le suit, tout rapetissé, cramponné, collé à cette toge protectrice comme un petit enfant à la jupe de sa mère. Ceux qui avaient maintenu la place libre lèvent aussitôt les mains, agitent leurs chapeaux ; ils font en quelque sorte un nuage pour soustraire le vicaire à la vue dangereuse de la multitude. Celui-ci entre le premier dans le carrosse et se tapit dans un coin. Ferrer monte ensuite : la portière se ferme. Le peuple entrevoit, sait, devine ce qui est arrivé, et il envoie un bruit confus d'applaudissements et d'imprécations.

La partie du voyage qui restait à faire semblait la plus difficile et la plus dangereuse. Mais le vœu public pour laisser aller le vicaire en prison s'était suffisamment manifesté ; et pendant que la voiture s'était arrêtée, plusieurs de ceux qui avaient favorisé l'arrivée de Ferrer s'étaient encore plus appliqués à préparer et à maintenir un chemin au milieu de la foule ; le carrosse put, au retour, courir avec un peu plus de vitesse et sans intervalles. A mesure qu'il s'avançait, les deux foules rangées sur les côtés se confondaient ensemble et se réunissaient derrière.

Ferrer, à peine assis, s'était baissé pour avertir le vicaire qu'il se tînt bien caché dans le fond, et qu'il ne se laissât point voir, pour l'amour du ciel ; mais l'avis était inutile. Le grand chancelier au contraire se devait montrer, pour occuper et attirer sur lui toute l'attention du public. Durant tout ce trajet, comme durant le premier, il fit à son changeant auditoire une harangue la plus constante et en même temps la plus décousue qui fut jamais ; il l'interrompait pourtant à chaque instant par quelques mots espagnols qu'il glissait en toute hâte, et en se retournant, à l'oreille de son invisible compagnon. « Oui, messieurs, pain et justice. Au château, en prison sous ma garde. Grâces,

[1] Voici le point difficile! Que Dieu nous soit en aide!

grâces, mille grâces! Non, non; il n'échappera pas! *Por ablandarlos*[1]. C'est trop juste; on examinera, on verra. Moi aussi, je vous veux du bien. Un châtiment sévère! *Esto lo digo por su bien*[2]. Une *meta* juste, une *meta*[3] modérée, et des châtiments pour les affameurs. Retirez-vous un peu, de grâce. Oui, oui, je suis un galant homme, ami du peuple. Il sera châtié; c'est vrai, c'est un coquin, un scélérat. *Pardone usted*[4]. Il passera un mauvais quart d'heure, il passera un mauvais quart d'heure... *si está culpable*[5]. Oui, oui; nous ferons marcher droit les boulangers. Vive le roi! vive les bons Milanais, ses fidèles sujets! Il est frais, il est frais. *Animo, estamos ya quasi afuera*[6]. »

Ils avaient en effet traversé la plus grande foule, et déjà ils étaient sur le point d'en sortir et de cheminer à l'aise. Là, pendant que Ferrer commençait à donner un peu de repos à ses poumons, il vit le secours de Pise, ces soldats espagnols, qui pourtant sur la fin n'avaient pas été tout à fait inutiles, puisque, soutenus et dirigés par quelques bourgeois, ils avaient renvoyé en paix un peu de monde, et tenu le passage libre à la dernière sortie. A l'arrivée du carrosse ils firent la haie et présentèrent les armes au grand chancelier, qui rendit aussi un salut à droite, un salut à gauche; à l'officier qui vint de plus près lui présenter le salut, il dit, en faisant un signe de la main droite: *Beso a usted las manos*[7], paroles que l'officier prit pour ce qu'elles signifiaien[t] réellement, c'est-à-dire : Vous m'avez porté un beau secours ! En réponse il fit un autre salut et haussa les épaules. C'était vraiment le cas de dire : *Cedant arma togæ*; mais Ferrer n'avait pas en ce moment

---

[1] C'est pour les amadouer.
[2] Je dis cela pour votre bien.
[3] Le tarif.
[4] Pardonnez-moi.
[5] S'il est coupable.
[6] Courage, nous en sommes déjà presque dehors.
[7] Je vous baise les mains.

l'esprit tourné aux citations, et du reste ç'auraient été des paroles au vent, car l'officier ne savait pas le latin.

Pedro, en passant à travers ces deux files de miquelets, à travers ces mousquets si respectueusement élevés, sentit renaître en son âme son ancienne valeur. Il revint tout à fait de son étourdissement, il se rappela qui il était et qui il conduisait, et criant : « Hé, hé ! » sans ajouter d'autres cérémonies pour le monde, désormais assez clair-semé pour être traité ainsi, il fouetta ses chevaux et leur fit prendre leur course vers le château.

« *Levantese, levantese, estamos afueras*[1], » dit Ferrer au vicaire, qui, rassuré par la cessation des cris, et par le rapide mouvement de la voiture, et par ces mots, se tira de son coin, se leva, et retrouvant la voix, commença à rendre mille et mille actions de grâces à son libérateur. Celui-ci, après s'être affligé avec lui du péril et réjoui de l'en avoir délivré : « Ah ! s'écria-t-il, *que dirà de esto Su Excelencia*[2], qui est déjà presque fou à cause de ce maudit Casale, et qui ne veut pas céder ? *que dirà el condeduque*[3], qui s'alarme si une feuille fait plus de bruit que de coutume ? *Que dirà el rey nuestro senor*[4], qui ne manquera pas d'apprendre quelque chose d'un si grand tapage ? Et ensuite sera-ce fini ? *Dios lo sabe*[5].

— Ah ! pour moi, je ne veux plus m'en mêler, disait le vicaire, je m'en lave les mains. Je me démets de mon poste aux mains de Votre Excellence, et je vais vivre dans une caverne, sous une montagne, en ermite, loin, bien loin de ce peuple féroce.

— *Usted*[6] ferez ce qui sera le plus convenable *por el servicio de Su Majestad*, répondit gravement le grand chancelier.

[1] Levez-vous, levez-vous, nous en voilà dehors.
[2] Que dira de ceci Son Excellence.
[3] Que dira le comte-duc ?
[4] Que dira le roi notre seigneur ?
[5] Dieu le sait.
[6] Vous... pour le service de Sa Majesté.

« — Sa Majesté ne voudra pas ma mort, répliquait le vicaire. Dans une caverne, dans une caverne, loin de ces gens-là. »

Notre auteur ne dit pas ce qu'il avint de ce projet : car, après avoir accompagné le pauvre homme au château, il ne s'occupe plus de lui.

XIV

La foule restée en arrière commença à se disperser, à s'écouler de côté et d'autre. L'un allait au logis pour vaquer à ses affaires ; l'autre s'éloignait pour respirer un peu à l'aise après tant d'heures de presse ; un autre cherchait des gens de connaissance pour dire son petit mot sur les grands événements de la journée. L'autre bout de la rue s'éclaircissait aussi. Le monde y était assez clair-semé pour que le détachement de soldats espagnols pût, sans avoir à combattre, s'avancer et arriver près de la maison du vicaire. Devant celle-ci était encore réunie la lie, pour ainsi dire, de l'émeute : c'était une bande de brigands qui, mécontents d'un dénoûment si froid, et qui répondait si peu à tant d'éclat, murmuraient, juraient, se consultaient pour s'encourager les uns les autres à chercher quelle chose on pourrait encore entreprendre ; et comme pour essayer, ils se mettaient à assaillir et à secouer cette pauvre porte, qui avait été fermée et barricadée du mieux qu'on avait pu. A l'arrivée du détachement, tous ces gens-là, d'une résolution unanime et sans s'arrêter à se consulter, s'ébranlèrent, se mirent en marche du côté opposé, laissant la place libre aux soldats, qui la prirent et s'y postèrent pour garder la maison et la rue. Mais les rues et les petites places des alentours étaient pleines de rassemblements ; là où s'arrêtaient deux ou trois individus, trois, quatre, vingt autres se venaient arrêter ; quelques-uns s'en détachaient, d'autres s'y réunissaient, comme ces petits nuages qui quelquefois restent épars et flottent dans l'azur du ciel après une tempête, et font dire à qui lève les yeux : « Le temps n'est pas bien remis. » C'était un caquetage divers, confus et changeant. L'un narrait avec emphase les accidents particuliers dont il avait été témoin; l'autre racontait ce qu'il avait fait lui-même; celui-ci se félicitait de ce que la chose eût bien fini, exaltait Ferrer et prédisait de grands malheurs au vicaire; celui-là, d'un air railleur, assurait qu'il ne lui serait point fait de mal, parce que les loups ne se mangent point entre eux; un autre enfin disait en murmurant et avec colère, qu'on n'avait pas bien fait les choses, que c'était une vraie duperie, que ç'avait été folie que de faire tant de bruit pour se laisser prendre à ce leurre.

Cependant le soleil était tombé; les objets allaient en se confondant dans une seule et même teinte. Beaucoup de gens, fatigués de la journée et ennuyés de jaser dans l'obscurité, retournaient au logis. Notre jeune homme, après avoir aidé au carrosse à aller jusqu'où il était nécessaire qu'on lui aidât, après l'avoir suivi par derrière et avoir passé entre la haie des soldats comme en triomphe, se réjouit quand il le vit courir librement hors de tout danger. Il suivit un moment la rue avec la foule, et en sortit au premier débouché pour respirer aussi un peu librement. A peine eut-il fait quelques pas au grand air, au milieu de l'agitation de tant d'images, de tant de passions, de tant de souvenirs récents et confus, qu'il éprouva un grand besoin de nourriture et de repos. Il commença à regarder en haut d'un et d'autre côté, cherchant à trouver une enseigne d'auberge, car il était trop tard pour aller au couvent des capucins. En cheminant ainsi la tête levée, il alla donner dans un rassemblement. Il s'arrêta, et il entendit qu'on y mettait en avant des conjectures, des desseins et des projets pour le lendemain. Après être resté un moment à écouter, il ne put s'empêcher de dire aussi son mot. Il lui semblait que celui qui avait si bien travaillé pouvait, sans trop de présomption, donner aussi son avis. Persuadé, par tout ce qu'il avait vu en ce jour, que, pour faire réussir quelque chose, il suffisait de la faire goûter par ceux qui rôdaient dans les rues : « Messieurs, cria-t-il d'un ton d'exorde, puis-je donner aussi mon humble avis? Mon humble avis, le voici. Ce n'est pas seulement dans l'affaire du pain que l'on commet des iniquités ; et puisque aujourd'hui on a vu clairement que, en se faisant entendre, on obtient justice, il faut marcher en avant de cette façon jusqu'à ce qu'on ait porté remède à tous les autres brigandages, jusqu'à ce que le monde marche un peu plus chrétiennement. N'est-il pas vrai, messieurs, qu'il y a une bande de tyrans qui font justement tout à rebours des dix commandements de Dieu, viennent chercher les gens paisibles qui ne pensent pas à eux pour leur faire toute sorte de mal, et, au bout du compte, ont toujours raison? Et même quand ils ont commis une scélératesse plus forte que de coutume, ils cheminent avec la tête plus haute qu'il ne leur appartiendrait de l'avoir. A Milan même, il y en doit avoir quelques-uns.

— Que trop, dit une voix.

— Je le dis, moi, reprit Renzo, on en conte les histoires même chez nous. Et puis, la chose parle de soi. Supposons qu'un de ceux que je veux dire ait un pied au dehors et un pied à Milan : si c'est un diable là-bas, sera-t-il un ange ici? Il me semble que non. Dites-moi donc un peu, messieurs, si vous avez jamais vu un de ces gens-là avec un air à la Ferrer? Mais ce qu'il y a de pis (et cela, je le puis assurer), c'est qu'il y a des ordonnances imprimées pour les châtier, et ce ne sont point du tout des ordonnances en l'air : elles sont très-bien faites; nous ne pourrions pas en souhaiter de meilleures. On vous y désigne clairement les brigandages justement comme ils sont, et à chacun son bon châtiment. Et on y dit : Qui que ce soit, manant et plébéien, et que sais-je, moi? Maintenant, allez-moi dire aux docteurs, scribes et pharisiens qu'ils vous fassent rendre la justice selon que chante l'ordonnance : ils vous écoutent comme le pape les coquins. Il y a de quoi faire sortir un galant homme du droit chemin. On voit donc

clairement que le roi et ceux qui commandent voudraient
que les coquins fussent châtiés; mais on n'en fait rien,
parce qu'il y a une ligue. Il la faut donc rompre. Il faut
aller demain matin chez Ferrer, qui est un galant homme,
lui, un digne seigneur. On a pu voir aujourd'hui combien
il était content de se trouver avec les pauvres gens, comme
il cherchait à entendre ce qu'on lui disait, comme il répondait de bonne grâce. Il faut aller chez Ferrer, et lui
dire comment vont les choses; et moi, pour ma part, je
lui en puis conter de belles, moi qui ai vu de mes propres
yeux une ordonnance avec des armoiries long comme le
bras, et qui avait été faite par trois de ceux qui mènent
tout. Leur nom était bel et bien imprimé au bas, et un de
ces noms était Ferrer, que j'ai vu de mes propres yeux. Or
cette ordonnance me donnait positivement raison. J'allai
en conséquence dire à un docteur de me faire rendre justice, puisque telle était l'intention de ces trois seigneurs,
parmi lesquels se trouvait aussi Ferrer; mais aux yeux de
ce seigneur docteur qui m'avait montré l'ordonnance lui-
même, ce qu'il y a de plus beau, ah, ah! il semblait que je
parlasse comme un fou. Je suis sûr que, quand ce cher
vieillard entendra toutes ces belles petites choses, car il ne
les peut pas savoir toutes, surtout celles du dehors, il ne
voudra plus que le monde aille ainsi, et il y trouvera un bon
remède. Et puis, eux aussi, s'ils font les ordonnances, ils
doivent avoir le désir qu'on y obéisse : car c'est une insulte, une épitaphe pour leurs noms, que de les compter
pour rien. Et si les *prepotenti* ne veulent pas baisser la tête
et le rendent fou, nous sommes ici, nous, pour l'aider
comme nous l'avons fait aujourd'hui. Je ne dis pas qu'il
doive aller rôder en carrosse pour coffrer tous les coquins,
prepotenti et tyrans : hé, hé! il faudrait l'arche de Noé. Il
faut qu'il ordonne à ceux que ce soin regarde, et non-seulement à Milan, mais partout, de faire les choses conformé-
ment à ce que veulent ces ordonnances; d'intenter un bon
procès à tous ceux qui ont commis de ces iniquités; et là
où elles disent : « Prison, » prison, où elles disent « Ga-

lères, » galères; et dire aux podestats qu'ils se comportent bien; sinon, les envoyer promener et en mettre de meilleurs; et puis, comme je le dis, nous serons aussi là, nous, pour lui donner un coup de main. C'est l'état des docteurs d'avoir à écouter les pauvres gens, et de parler en faveur du bon droit. N'ai-je pas raison, messieurs? »

Renzo avait parlé de si bon cœur, que, dès son début, une grande partie de ceux qui étaient rassemblés avaient laissé de côté tout autre discours, s'étaient tournés vers lui pour l'entendre, et s'étaient mis tous à l'écouter. Une clameur confuse d'applaudissements, un « Bravo, assurément il a raison, ce n'est que trop vrai, » suivit sa harangue. Les critiques ne manquèrent pourtant pas. « Eh! oui, disait l'un, prêtez l'oreille aux montagnards! ils sont tous avocats, » et il s'en allait. « Maintenant, murmurait un autre, tout va-nu-pieds voudra dire la sienne; et, avec cette rage de s'occuper de tout, on n'aura pas le pain à bon marché : c'est pourtant pour cela que nous nous sommes mis en mouvement. » Renzo pourtant n'entendit que les compliments; un lui prenait une main, un lui prenait l'autre. « Au revoir, demain. — Où? — Sur la place de la Cathédrale. — Oui, bien. — Et l'on fera quelque chose? — Et l'on fera quelque chose.

— Quel est celui de ces braves messieurs qui voudra m'enseigner une hôtellerie pour manger un morceau et dormir en honnête garçon? dit Renzo.

— Me voilà prêt pour vous servir, digne jeune homme, dit quelqu'un qui l'avait écouté prêcher très-attentivement, et qui n'avait pas encore soufflé le mot. Je connais précisément une hôtellerie qui fera votre affaire; je vous recommanderai au maître, qui est mon ami, et de plus un fort brave homme.

— Ici près?

— Pas très-loin. »

L'assemblée se dissipa, et Renzo, après plusieurs serrements de mains inconnues, se mit en route avec son guide en lui rendant grâce de sa courtoisie.

« Ce n'est rien, ce n'est rien, disait celui-ci, une main lave l'autre, et les deux le visage. Est-ce qu'on ne doit pas obliger son prochain? » Et, tout en cheminant, il faisait à Renzo, en train de parler, tantôt une question, tantôt une autre. « Ce n'est point par curiosité, ni pour savoir vos affaires, mais vous me semblez fatigué. De quel pays venez-vous?

— Je viens jusque, jusque de Lecco?

— Jusque de Lecco! Êtes-vous de Lecco?

— De Lecco..., c'est-à-dire du territoire.

— Pauvre jeune homme! par ce que j'ai pu saisir de vos discours, il paraît qu'on vous en a fait de terribles!

— Eh! mon cher et digne homme! j'ai dû parler avec un peu de politique pour ne pas dire en public mes affaires; mais... baste : quelque jour cela se saura, et alors... Mais je vois là une enseigne d'auberge, et, sur ma foi, je n'ai pas envie d'aller plus loin.

— Non, non; venez où je vous ai dit : il ne reste plus que peu de chemin. Là vous ne serez pas bien.

— Oh! que si. Je ne suis point du tout un petit seigneur élevé dans du coton, moi : un morceau de ce que l'on voudra pour me mettre dans l'estomac et un peu de paille me suffisent. Ce qui m'importe, c'est de trouver bientôt l'un et l'autre. A la garde de Dieu. » Et il entra dans une grande porte sur laquelle pendait l'enseigne de la *Pleine lune*.

« C'est bien : je vous conduirai là, puisque vous le voulez, » dit l'inconnu, et il le suivit.

« Je ne voudrais pas vous déranger plus longtemps; toutefois, faites-moi la grâce de venir boire un verre avec moi.

— J'accepte votre offre obligeante, » répondit celui-ci; et précédant Renzo en homme qui connaissait mieux les lieux, il entra dans une petite cour, il s'approcha d'une porte vitrée, leva le loquet, ouvrit, et s'avança avec son compagnon dans la cuisine.

Elle était éclairée par deux lampes qui pendaient à deux pieux appliqués à la poutre du plafond. Beaucoup de gens, tous en affaires, étaient assis sur les bancs qui entouraient de toutes parts une table étroite qui tenait presque tout un côté de l'appartement; d'intervalle en intervalle, il y avait des serviettes et des viandes servies; d'intervalle en intervalle, des cartes tournées et retournées, des dés jetés et ramassés; partout de grandes bouteilles et des verres. On voyait courir aussi sur la table des *berlinghe*, des *reali* et des *parpagliole*, qui, s'ils avaient pu parler, auraient dit probablement : « Nous étions ce matin dans le comptoir d'un boulanger, ou dans les poches de quelque curieux, qui, tout occupé à voir comment iraient les affaires publiques, oubliait de veiller à ses petites affaires particulières. » C'était un tapage à n'y pas tenir. Un garçon ne faisait qu'aller et venir, tout essoufflé, pour servir en même temps la grande et les petites tables; l'hôte était assis sur une banquette sous le manteau de la cheminée, occupé en apparence à tracer sur la cendre, avec des pincettes, certaines figures qu'il traçait et effaçait tour à tour, mais très-attentif au fond à tout ce qui se passait autour de lui. Au bruit du loquet, il se leva et alla à la rencontre des deux nouveaux venus. Quand il eut vu le guide : « Maudit homme! se dit-il; faut-il que tu viennes toujours te fourrer entre mes jambes quand je te voudrais à tous les diables! » Jetant ensuite un rapide regard sur Renzo, il se dit encore : « Je ne te connais pas; mais si tu viens avec un tel chasseur, tu es ou un chien ou un lièvre. Quand tu auras dit deux mots, je saurai à quoi m'en tenir. » Rien ne transpirait pourtant de ce muet soliloque sur la figure de l'hôte, figure épaisse et reluisante, immobile comme un portrait, avec une barbe épaisse et roussâtre, et deux yeux clairs et fixes.

« Que demandent ces messieurs? dit-il.

— D'abord un bon flacon de vin blanc, dit Renzo, ensuite un petit morceau à manger. » En disant cela il s'assit sur un banc, à l'un des bouts de la table, et il poussa un *Ah!* long et sonore, comme s'il eût voulu dire : « Cela fait du bien de s'asseoir après avoir été si longtemps sur ses pieds et en affaires. » Mais il se souvint aussitôt de ce banc et de cette table où il s'était assis la veille avec Lucia et avec Agnese, et il poussa un soupir. Il secoua ensuite la tête pour chasser cette pensée, et il vit venir l'hôte avec du vin. Le compagnon s'était assis en face de Renzo. Celui-ci lui versa aussitôt à boire en disant : « Pour mouiller les lèvres, » et ayant rempli l'autre verre, il le vida en un instant.

« Que me donnerez-vous à manger? dit-il ensuite à l'hôte.

— Un bon morceau d'étuvée, reprit celui-ci.

— Oui, monsieur; va pour un bon morceau d'étuvée.

— Vous allez être servi, » dit l'hôte à Renzo; et au garçon: « Servez cet étranger. »

Et il se dirigea vers le foyer. « Mais…, reprit-il ensuite en se tournant de nouveau vers Renzo, je n'ai pas de pain aujourd'hui.

— Du pain! dit Renzo à haute voix et en riant, la Providence y a pensé. » Il tira le troisième et dernier des pains qu'il avait ramassés sous la croix de *San-Dionigi*, il le souleva en criant : « Voilà le pain de la Providence ! »

A cette exclamation, plusieurs se retournèrent, et voyant ce trophée en l'air, l'un d'eux s'écria : « Vive le pain à bon marché !

— A bon marché! dit Renzo, *gratis et amore*.

— C'est encore mieux, c'est encore mieux.

— Mais, ajouta-t-il aussitôt, je ne voudrais pas que ces messieurs pensassent mal de moi. Je ne l'ai pas du tout volé, je l'ai trouvé par terre, et si je pouvais trouver le maître…, je suis prêt à le lui payer.

— Bravo! bravo! » s'écrièrent les compagnons en riant plus fort. Il ne vint à l'esprit d'aucun d'eux que ces mots exprimassent sérieusement un fait et une intention réelle.

« Vous croyez que je plaisante; mais c'est proprement cela, » dit Renzo à son guide; et faisant courir ce pain dans ses mains, il ajouta : « Voyez comme ils l'ont arrangé! on dirait une fouace; mais on était les uns sur les autres! S'il

y en avait de ceux qui ont les os un peu tendres, ils ont
dû être frais. » Aussitôt après avoir mordu et dévoré trois
ou quatre morceaux de ce pain, il les arrosa d'un second
verre de vin, et il ajouta : « Ce pain ne veut absolument
pas descendre seul. Je n'ai jamais eu le gosier si sec : j'ai
tant crié !

— Préparez un bon lit à ce jeune homme, dit le guide,
car il veut coucher ici.

— Voulez-vous coucher ici ? demanda l'hôte à Renzo
en s'approchant de la table.

« Assurément ; je m'accommoderai du lit, quel qu'il soit :
il suffit que les draps soient blancs, car je suis un pauvre
garçon, mais accoutumé à la propreté[1].

— Oh ! pour cela !... » dit l'hôte. Il alla à son comptoir,
qui était dans un coin de la cuisine, et il revint portant
d'une main un encrier et un petit morceau de papier blanc,
et de l'autre une plume.

— « Que veut dire cela ? s'écria Renzo en avalant un
morceau de l'étuvée que le garçon avait mise devant lui, et
souriant ensuite d'un air d'étonnement. Est-ce le drap
blanc, cela ? »

L'hôte, sans répondre, posa le papier sur la table, l'écritoire près du papier ; puis il se courba, appuya sur la table
le bras gauche et l'extrémité du coude droit ; puis, la plume
à la main et le visage tourné vers Renzo, il lui dit : « Faites-
moi le plaisir de me dire votre nom, votre prénom et votre
pays.

— Qu'est cela ? dit Renzo. Qu'ont à faire toutes ces histoires avec le lit ?

« Je fais mon devoir, dit l'hôte en regardant le guide au
visage. Nous sommes obligés de donner un compte exact
de toutes les personnes qui viennent chez nous. *Nom et
prénom, et de quelle nation il sera ; pour quelle affaire il
vient ; s'il a des armes... ; combien de temps il doit s'arrêter*

---

[1] Il y a dans le texte un jeu de mots intraduisible : *pulizia* signifie à
la fois police et propreté. Cela explique la réponse de l'hôte, qui prend
d'abord Renzo pour un espion.

dans cette ville : ce sont les propres expressions de l'ordonnance. »

Avant de répondre, Renzo vida un autre verre : c'était le troisième, et je crains que bientôt nous n'en puissions plus tenir le compte. Puis il dit : « Ah! ah! vous avez l'ordonnance! Je me pique d'être docteur en lois, et alors je sais quel cas on fait des ordonnances.

— Je dis vrai, » répondit l'hôte en regardant toujours le muet compagnon de Renzo. Il alla de nouveau au comptoir, en tira une grande feuille de papier : c'était un exemplaire de l'ordonnance, qu'il vint déployer sous les yeux de Renzo.

« Ah! voilà! » s'écria celui-ci en haussant d'une main le verre qu'il avait rempli de nouveau et qu'il vida aussitôt; puis, étendant la main vers l'ordonnance déployée, et allongeant l'index : « Voilà ce beau chiffon de papier. Je m'en réjouis beaucoup. Je connais ces armes; je sais ce que veut dire cette figure de païen avec un lacet au cou. (En tête des ordonnances on mettait alors les armes du gouverneur; et dans celles de don Gonzalo Fernandez de Cordoue on voyait un roi maure enchaîné par la gorge.) Cette figure signifie : Commande qui peut, et obéit qui veut. Quand cette figure aura fait aller aux galères le seigneur don... baste, je le sais, moi, comme il le dit dans un autre chiffon de papier semblable à celui-ci! quand il aura pris ses mesures pour qu'un jeune homme honnête puisse épouser une jeune fille honnête qui l'épouse librement et de son plein gré, alors je dirai mon nom à cette figure; je lui ferai même un baiser par-dessus le marché. Je peux avoir de bonnes raisons pour ne pas dire mon nom. Ce serait beau, vraiment! Et si un brigand, qui aurait sous son commandement une autre bande de brigands, parce que, s'il était seul... » Ici il acheva la phrase avec un geste. « Si un brigand voulait savoir où je suis pour me jouer quelque mauvais tour, je vous demande si cette figure se remuerait le moins du monde pour me secourir? Est-ce que j'ai besoin de dire mes affaires? Celle-là est nouvelle aussi! Je suis venu à Milan pour me confesser, c'est une supposition; mais je veux me confesser à un père capucin, c'est une manière de parler, et non à un hôte. »

L'hôte se taisait, et regardait pourtant l'ordonnance; elle ne désignait point le cas. Renzo avala un autre verre, et poursuivit : « Je te vais pousser un argument, mon cher hôte, qui te fera ouvrir les yeux. Si les ordonnances qui parlent bien en faveur des bons chrétiens ne valent rien, celles qui parlent mal doivent à plus forte raison ne rien valoir. Laisse donc de côté tous ces brouillamini, et porte-moi en échange un autre flacon, parce que celui-ci est percé. » En disant cela il le frappa légèrement de la main, et il ajouta : « Entends-tu comme il sonne creux? »

Le discours de Renzo avait encore cette fois attiré l'attention de toute la compagnie; et, quand il eut fini, il s'éleva un murmure général de faveur.

« Que faut-il faire? dit l'hôte en regardant cet inconnu, qui n'en était pas un pour lui.

— Allons! allons! s'écrièrent beaucoup de ces compagnons, cet étranger a raison : ce sont des vexations, des tromperies, des gabelles. Loi nouvelle aujourd'hui, loi nouvelle. »

Au milieu de ces cris, l'inconnu, lançant à l'hôte un regard de reproche pour cette interpellation trop claire, dit : « Laissez-le un peu faire à sa manière; ne faites pas de scandale.

— J'ai fait mon devoir, » dit l'hôte à haute voix; et à part soi : « Maintenant, j'ai le dos à couvert. » Il prit le papier, la plume, l'écritoire, l'ordonnance, et le flacon vide pour le remettre aux mains du garçon.

« Donne-moi du même, dit Renzo, car je le trouve honnête; et nous l'enverrons dormir avec l'autre sans lui demander ni son nom, ni son prénom, ni ce qu'il vient faire, ni s'il doit rester longtemps dans cette ville.

— Du même, » dit l'hôte au garçon en lui donnant le flacon; et il retourna s'asseoir sous le manteau de la cheminée. « Ce n'est pas autre chose qu'un lièvre, pensait celui-ci en jouant toujours avec les cendres. Et en quelles mains tu es tombé, grand imbécile ! Si tu te veux noyer, noie-toi ; mais l'hôte de la *Pleine lune* n'ira pas s'embourber pour tes folies. »

Renzo rendit grâces à son guide et à tous ceux qui avaient pris son parti. « Dignes amis, dit-il, je vois maintenant que les braves gens se donnent la main et se soutiennent. » Ensuite, en frappant sur la table et en se mettant en attitude d'orateur : « N'est-ce pas une chose unique, s'écriat-il, que tous ceux qui mènent les affaires veuillent faire entrer papier, plume et écritoire? Toujours la plume en l'air ! Quelle fureur de se servir toujours de la plume !

— Hé ! jeune et digne étranger, en voulez-vous savoir la raison? dit en riant un des joueurs qui gagnait.

— Voyons un peu, répondit Renzo.

— La raison en est que, comme ces seigneurs mangent les oies, ils se trouvent ensuite avoir tant et tant de plumes, qu'il faut bien qu'ils en fassent quelque chose. »

Tous se mirent à rire, hors le compagnon qui perdait.

« Oh ! oh ! dit Renzo, c'est un poëte celui-là. Vous avez aussi des poëtes ici ! Il en naît partout maintenant. J'en ai aussi une veine, moi, et j'en dis quelquefois de belles…, mais quand les choses vont bien. »

Pour comprendre cette facétie du pauvre Renzo, il faut savoir qu'aux yeux du vulgaire de Milan, et surtout des environs, poëte ne signifiait point alors, comme chez tous les hommes bien nés, un esprit sublime, un habitant du Pinde, un nourrisson des Muses : cela signifiait, au contraire, un cerveau bizarre et un peu fêlé, qui, dans ses discours et dans ses actions, avait plus de piquant et d'étrangeté que de raison. Tant ce gâte-métier de vulgaire est porté à faire violence aux mots, et à leur faire dire les choses les plus éloignées de leur vrai sens ! car, je vous le demande, qu'a de commun le mot poëte avec cerveau fêlé?

— Mais je dirai, moi, la véritable raison, ajouta Renzo. C'est parce que ce sont eux qui tiennent la plume. Les paroles qu'ils lâchent volent dans l'air et ne laissent pas de traces; ils sont bien attentifs, au contraire, aux moindres paroles d'un pauvre garçon; et vite, vite, ils les enfilent à la volée avec cette plume, et les clouent sur le papier pour s'en servir en temps et lieu. Ils ont ensuite aussi une autre malice. Quand ils veulent embrouiller un pauvre garçon qui ne sait pas lire, mais qui a un peu de..., je m'entends bien...; » et, pour se faire comprendre, il frappait son front avec le bout de l'index; « et quand ils s'aperçoivent qu'il commence à comprendre l'imbroglio, zeste, ils fourrent dans le discours quelques mots latins pour lui faire perdre le fil, pour lui faire perdre l'escrime, pour lui embrouiller la tête. Baste ! il faut en faire perdre l'usage. Aujourd'hui, on a tout très-bien fait à la manière du peuple, et sans papier, plumes ni écritoire. Demain, si le monde sait se gouverner, on fera encore mieux, sans ôter un cheveu de la tête à qui que ce soit, pourtant tout par les voies de la justice. »

Cependant quelques-uns des compagnons s'étaient mis à jouer, d'autres à manger, beaucoup à crier; quelques-uns s'en allaient; il en revenait d'autres. L'hôte avait des attentions pour tous; mais ces sortes de choses n'ont que faire avec notre histoire. Le guide inconnu ne faisait pas mine de vouloir s'en aller; il n'avait, à ce qu'il semblait, aucune affaire dans ce lieu, et pourtant il ne voulait pas partir avant d'avoir jasé encore un peu avec Renzo en particulier. Il se tourna vers lui, et reprit la conversation sur le pain. Après quelques-unes de ces phrases qui, depuis quelque temps, couraient dans toutes les bouches, il accoucha des siennes.

« Eh ! si je commandais, moi, je trouverais le moyen de bien faire aller les choses.

— Comment feriez-vous? dit Renzo en le regardant avec des yeux plus brillants que de coutume, et en tordant un peu la bouche comme pour être plus attentif.

— Comment je ferais? Je voudrais qu'il y eût du pain pour tout le monde, tant pour les pauvres que pour les riches.

— Ah! c'est très-bien cela.

— Voici comment. Je fixerais un *meta* raisonnable, à la portée de tout le monde; ensuite on distribuerait le pain en raison des bouches, parce qu'il y a des goulus indiscrets qui veulent tout pour eux, pillent tout, raflent tout, et puis les pauvres gens manquent de pain. Il faut donc partager le pain. Et comment faire? le voici. On donnerait un bon billet à chaque famille, en proportion des bouches, pour aller prendre le pain chez les boulangers. A moi, par exemple, on me devrait délivrer un billet ainsi conçu: Ambrogio Fusella, fourbisseur de profession, avec une femme et quatre enfants, tous en âge de manger du pain (notez bien cela); qu'on lui donne tant de pain, et qu'il paye tant. Mais il faudrait faire les choses justes, toujours en raison des bouches. A vous, par supposition, il faudrait vous faire un billet pour... Votre nom?

— Lorenzo Tramaglino, » dit le jeune homme. Enchanté du projet, il ne réfléchit pas qu'il reposait tout entier sur le papier, la plume et l'écritoire; et que, pour le mettre à exécution, le premier point, c'était d'inscrire le nom des personnes.

« Très-bien, dit l'inconnu. Mais avez-vous femmes et enfants?

— Je devrais bien... Des enfants, non..., c'est trop tôt...; mais une femme... Si le monde allait comme il devrait aller...

— Ah! vous êtes seul! Alors ayez patience, on vous donnera une portion plus petite.

— C'est juste. Mais si bientôt, comme je l'espère..., et avec l'aide de Dieu...., suffit. Quand j'aurai aussi une femme, moi?...

— Alors on change de billet, et l'on augmente la portion, comme je vous l'ai dit, toujours en raison des bouches, dit l'inconnu en se levant.

— Ce serait très-bien ainsi, » s'écria Renzo; et il poursuivit en criant et en tapant du poing sur la table: « Et pourquoi ne fait-on pas une loi de cette manière?

— Que voulez-vous que je vous dise, moi? En attendant, je vous souhaite une bonne nuit, et je m'en vais, car je pense que ma femme et mes enfants sont depuis long-temps à m'attendre.

— Une autre rasade, une autre rasade, » criait Renzo en remplissant en toute hâte le verre de cet homme; et s'étant levé, et le saisissant par un bout du pourpoint, il le tirait de toutes ses forces pour qu'il s'assît de nouveau. « Une autre rasade; ne me faites pas cet affront. »

Mais l'ami se dégagea par une secousse; puis laissant Renzo faire un déluge d'instances et de reproches, il lui dit de nouveau : « Bonne nuit, » et s'en alla. Renzo lui parlait encore qu'il était déjà dans la rue; et puis il retomba d'aplomb sur le banc. Il regarda ce verre qu'il avait rempli jusqu'au bord; et voyant passer le garçon devant la table, il le retint d'un signe de main, comme s'il avait quelque affaire à lui communiquer. Il lui montra le verre du doigt, et, avec un accent lent et solennel, prononçant les mots d'un certain air particulier : « Voilà ! dit-il, je l'avais préparé pour ce galant homme; voyez, il est plein, il déborde : c'est bien pour un ami, mais il n'en a pas voulu. Quelquefois les gens ont de singulières idées. Je n'y peux mais : j'ai montré mon bon cœur. Mais maintenant, puisque la chose est faite, il ne faut pas la laisser perdre. » Cela dit, il prit le verre et le vida d'un trait.

« Je comprends, dit le garçon en s'en allant.

— Ah ! vous comprenez, vous aussi ! C'est donc vrai. Quand les raisons sont justes !... »

Ici il ne faut rien moins que tout l'amour que nous avons pour la vérité pour nous faire poursuivre fidèlement un récit qui fait si peu d'honneur à un personnage si principal, nous pourrions presque dire au héros de notre histoire. Toutefois cette même impartialité dont nous faisons profession nous oblige aussi d'avertir le lecteur que c'était la première fois qu'une chose semblable arrivait à Renzo. Et ce fut précisément le peu d'habitude qu'il avait de la débauche qui fut cause en grande partie que la première lui fut si funeste. Ce peu de verres qu'il avait avalés d'abord l'un après l'autre contre son habitude, soit pour éteindre le feu de sa gorge, soit à cause d'une certaine altération d'esprit qui ne lui laissait faire rien avec mesure, lui portèrent subitement à la tête. Ce n'eût rien été pour un buveur un peu exercé. Là-dessus notre anonyme fait une observation que nous répèterons vaille que vaille. « Les habitudes honnêtes et modérées, dit-il, ont encore cet avantage, que plus elles sont vieilles et enracinées chez un homme, plus, quand il s'en veut dévier, il en ressent à l'instant du dommage, ou de l'incommodité, ou au moins de l'embarras ; de sorte qu'il en a ensuite de quoi se souvenir pour quelque temps. Une faute même lui sert de leçon.»

Quoi qu'il en soit, quand ces premières fumées furent montées au cerveau de Renzo, vin et paroles continuèrent à aller l'un sur l'autre sans règle ni mesure. Au moment où nous l'avons laissé, il était déjà comme il pouvait. Il se sentait une grande envie de parler ; ses auditeurs, ou du moins ceux qu'il pouvait prendre pour tels, ne manquaient pas ; et pendant quelque temps encore les mots avaient marché d'un assez bon train, et s'étaient laissé arranger dans un certain ordre. Mais, peu à peu, cette affaire d'achever les phrases commença à devenir pour lui extrêmement difficile. La pensée qui s'était présentée vive et décidée à son esprit s'évanouissait et se dissipait tout à coup en nuage, et le mot, après s'être fait attendre un moment, n'était pas celui qui s'ajustait au propos. Dans cette perplexité, par un de ces faux instincts qui, en tant de circonstances, perdent les hommes, il recourait à ce bienheureux flacon. Mais de quel secours pouvait lui être le flacon dans une telle circonstance ?

Nous rapporterons seulement quelques mots des innombrables discours qu'il tint dans cette malheureuse soirée. Ceux que nous omettons sont trop extravagants, parce que non-seulement ils n'ont pas de sens, mais même ils n'ont pas l'air d'en avoir, condition nécessaire dans un ouvrage imprimé.

« Ah! l'hôte, l'hôte! » recommença-t-il en suivant de l'œil autour de la table ou sous le manteau de la cheminée, souvent en le regardant fixement où il n'était pas, et en parlant toujours au milieu du tapage de la compagnie. « Hôte que tu es! je ne peux pas la digérer..., cette demande de nom, prénom et affaire... A un bon garçon comme moi!... Tu ne t'es pas bien comporté. Quelle satisfaction, quel avantage, quel plaisir... de coucher sur le papier un pauvre garçon?... N'ai-je pas raison, dites, messieurs? Les hôtes devraient tenir aux bons garçons... Écoute, écoute, l'hôte, je te veux faire une comparaison... pour la raison... Ils rient, hé! Je suis un peu gai...; mais je dis bien les choses. Dis-moi un peu, qui est-ce qui fait aller ta boutique? Les pauvres garçons, n'est-il pas vrai? Regarde un peu si ces seigneurs des ordonnances viennent jamais chez toi s'humecter la bouche.

—Ce sont tous gens qui ne boivent que de l'eau, dit un voisin de Renzo.

— Ils veulent garder leur bon sens, ajouta un autre, pour pouvoir dire proprement des mensonges.

— Ah! s'écria Renzo, maintenant c'est le poëte qui a parlé. Entendez donc aussi ma raison. Réponds donc, l'hôte. Et Ferrer, qui est le meilleur de tous, est-il jamais venu ici boire à la santé de quelqu'un et dépenser la moitié d'un liard? Et ce chien d'assassin de don!... Je me tais, parce que je suis trop en train de jaser. Ferrer et le père Crrr..., je m'entends, sont deux excellents hommes. Les vieux sont pires que les jeunes; et les jeunes... sont pires encore que les vieux. Je suis pourtant enchanté qu'il n'y ait pas eu de sang : ce sont de ces horreurs qu'il faut laisser faire au bourreau. Du pain, oh! pour cela, oui. J'ai reçu diablement de poussées; mais... j'en ai aussi passablement donné. Place! abondance! *vivat!*... Et pourtant Ferrer aussi... Quelques mots en latin... *Si es baraos trapolorum*... Malheureux défaut! *Vivat!* justice! pain! Ah! voilà des mots parfaits!... C'était là qu'il fallait de ces... quand se fit entendre ce maudit ton, ton, ton, puis encore ton, ton, ton. Il ne s'agissait point du tout de fuir alors, mais de tenir là ce seigneur curé... Je sais à quoi je pense! »

A ces mots il baissa la tête, et il resta quelque temps comme absorbé par une idée; puis il poussa un grand soupir, et leva la tête avec un air, avec deux yeux si enflammés, avec une émotion si forte, que malheur à celui qui la causait, s'il l'avait pu voir en ce moment. Mais ces hommes qui avaient déjà commencé à s'amuser de l'éloquence passionnée et embrouillée de Renzo, s'amusèrent encore plus de son air ému. Les plus voisins disaient aux autres : « Regardez donc! » Et tous se tournaient vers lui, si bien qu'il devint le point de mire de toute la compagnie. Non pas que tous fussent dans leur bon sens ou dans celui où ils étaient d'ordinaire; mais, à vrai dire, personne n'en était autant sorti que le pauvre Renzo, et par-dessus tout il était étranger. Ils se mirent, tantôt l'un, tantôt l'autre, à l'exciter avec des questions sottes et impertinentes, et avec des civilités moqueuses. Lui, tantôt faisait mine de s'en fâcher, tantôt prenait la chose en riant; tantôt, sans prendre garde à tous ces propos, parlait de tout autre chose; tantôt répondait, tantôt interrogeait, toujours à rebours et hors de sens. Par bonheur, dans cette espèce de folie, il lui était resté comme une attention d'instinct de ne pas prononcer les noms des personnes, de manière que celui même qui devait être le plus profondément gravé dans sa mémoire ne fut pas proféré dans ce lieu. Nous aurions trop souffert si ce nom, pour lequel nous éprouvons nous-même un peu d'amour et de respect, eût été déchiré par ces sales bouches et fût devenu le divertissement de ces langues maudites.

XV

L'hôte, voyant que le jeu allait trop loin et durait trop longtemps, s'était approché de Renzo. Priant ensuite poliment les autres buveurs de le laisser tranquille, il le secouait par un bras, et cherchait à lui faire entendre et à lui persuader de s'aller mettre au lit. Mais notre montagnard en revenait toujours aux mêmes choses, au nom, au prénom, aux ordonnances, et aux bons enfants. Toutefois ces mots le *lit* et *dormir*, répétés à son oreille, firent un moment impression sur son esprit. Il s'aperçut un peu plus distinctement du besoin qu'il en éprouvait, et ces mots donnèrent à sa raison chancelante un intervalle lucide. Ce peu de sens qui lui revint lui fit entrevoir, confusément toutefois, que la plus grande partie s'en était allée, à peu près comme la dernière bougie allumée d'un lustre fait voir les autres éteintes. Il prit une résolution; il appuya ses mains ouvertes sur la table, essaya à une ou deux reprises de se soulever, soupira, chancela; au troisième effort, aidé par l'hôte, il fut sur pied. Celui-ci, en le soutenant toujours, le fit sortir de la table et du banc. Il prit d'une main une lanterne, et, le tenant de l'autre, il le conduisit en partie et en partie il le traîna vers la porte de l'escalier. Là Renzo, au bruit des salutations que lui envoyait à grands cris la tumultueuse assemblée, se retourna en hâte. Si celui qui le soutenait n'avait pas été prompt à le retenir par le bras, il aurait fait une chute violente. Il se tourna donc, et avec le bras qui restait libre, il allait traçant et décrivant dans l'air certains saluts en guise d'un nœud de Salomon.

« Allons au lit, au lit, » dit l'hôte en l'entraînant. Il lui fit franchir la porte, et avec plus de peine encore il le hissa par un étroit escalier de bois dans la chambre qu'il lui avait assignée. A la vue du lit qui l'attendait, Renzo se réjouit; il regarda amoureusement l'hôte avec deux petits yeux qui tantôt brillaient plus que jamais, tantôt s'éclipsaient comme deux lucioles; il chercha à se mettre d'aplomb sur ses jambes, et il étendit la main vers la joue de l'hôte pour la prendre entre l'index et le médium en signe d'amitié et de reconnaissance; mais il n'y put parvenir. « Digne hôte, parvint-il pourtant à dire, je vois maintenant que tu es un brave homme : donner un lit à un bon garçon, voilà qui est très-bien; mais cette rage de nom et de prénom n'était pas d'un galant homme. Par bonheur, moi aussi, je suis bien... »

L'hôte, qui ne croyait pas qu'il pût encore si bien réunir ses idées, l'hôte, qui savait, par une longue expérience, combien les hommes sont en cet état plus sujets que de coutume à changer subitement de sentiment, voulut profiter de cet intervalle lucide pour faire une autre tentative. « Mon cher enfant, dit-il d'une voix et d'un air tout caressants, je ne l'ai point du tout fait pour vous importuner ni pour savoir vos affaires. Que voulez-vous? il y a une loi : nous sommes obligés, nous aussi, d'y obéir, sans quoi nous serions les premiers à en porter la peine. Il vaut mieux les contenter. De quoi s'agit-il, au bout du compte? La belle affaire! de dire deux mots. Ce n'est point du tout pour eux, mais pour me faire plaisir, à moi. Allons, ici, entre nous, entre quatre yeux, faisons notre affaire; dites-moi votre nom, et... et ensuite allez vous coucher tranquille.

—Ah! coquin! s'écria Renzo, ah! maroufle! tu me viens encore mettre sur le tapis cette infamie de nom, de prénom et d'affaires!

—Tais-toi, malin; va te coucher, » disait l'hôte.

Mais celui-ci criait plus fort : « J'entends, tu es encore de cette ligue. Attends, attends, que je t'arrange. » Et dirigeant sa bouche vers la porte du petit escalier, il commençait à hurler de toutes ses forces : «Les amis! l'hôte est de la...

—Je l'ai dit pour rire, cria celui-ci sur la figure de Renzo, en le repoussant vers le lit, pour rire; tu n'as pas compris que je l'ai dit pour rire?

—Ah! pour rire, maintenant tu parles bien. Puisque tu l'as dit pour rire... Ce sont justement des choses pour rire. » Et il tomba sur le lit.

« Nous y voilà; déshabillez-vous vite, » dit l'hôte; et au conseil il ajouta l'aide, car le pauvre diable en avait besoin. Quand Renzo fut venu à bout d'ôter son pourpoint, celui-ci, l'ayant pris, mit aussitôt les mains sur les poches pour voir s'il y avait le magot. Il l'y trouva, et, pensant

que le lendemain son hôte aurait tout autre affaire que de
le payer, et que le magot tomberait probablement en des
mains d'où un aubergiste ne le pourrait faire sortir, il voulut hasarder une autre tentative.

« Vous êtes un bon enfant, un galant homme, n'est-il
pas vrai? lui dit-il.

— Bon enfant, galant homme, répondit Renzo en faisant
toujours travailler ses doigts sur les boutons des culottes
qu'il n'avait pas encore pu s'ôter du corps.

— Eh bien, soldez-moi donc maintenant ce petit bout de
compte, parce que demain je dois sortir pour certaines affaires...

— Cela est juste, dit Renzo. Je suis fin, je suis un galant
homme... Mais les deniers! Maintenant il faut que je cherche les deniers!...

— Les voilà, dit l'hôte; » et mettant en œuvre tout son
savoir, toute sa patience, toute son adresse, il vint à bout
d'arranger l'affaire et de se faire payer l'écot.

« Donne-moi un coup de main pour que j'achève de me
déshabiller, l'hôte, dit Renzo. Je comprends aussi, moi,
vois-tu, que j'ai un grand sommeil. »

L'hôte lui rendit ce service. Il fit plus, il étendit la couverture sur lui, et lui dit en l'arrangeant : « Bonne nuit. »
Mais Renzo ronflait déjà. Puis, par cette espèce de penchant invincible qui nous porte quelquefois à considérer
un objet de haine à l'égal d'un objet d'amour, et qui peut-
être n'est rien autre chose que le désir de connaître ce qui
agit fortement sur notre esprit, il s'arrêta un moment à
contempler cet hôte si ennuyeux pour lui, en levant la
lanterne, et en faisant avec la main tomber la lumière sur
sa figure, à peu près dans l'attitude où l'on nous peint
Psyché quand elle vient épier furtivement son époux inconnu. « Fou d'imbécile, dit-il en son esprit au pauvre endormi, tu es allé la chercher. Demain ensuite tu me pourras
dire quel goût elle aura. Lourdauds qui voulez courir le
monde sans savoir de quel côté se lève le soleil, pour vous
embourber vous et votre prochain! »

Cela dit ou pensé, il retira la lanterne, sortit de l'appartement et ferma la porte à clef. Arrivé sur le palier, il appela l'hôtesse; il lui ordonna de laisser ses enfants à la garde d'une petite servante, et de descendre à la cuisine pour y présider et veiller à sa place. « Il faut que je sorte, grâce à un voyageur qui est arrivé ici pour mon malheur, » lui dit-il. Il lui raconta en abrégé cet ennuyeux contre-temps. Puis il ajouta : « Aie l'œil à tout, et surtout de la prudence dans cette malheureuse journée. Nous avons là-bas une bande d'enragés qui, un peu par le vin, un peu parce que de leur naturel ils ont la bouche large, en disent de toute sorte. Baste!... si quelque téméraire...

— Oh ! je ne suis point un enfant, et je sais ce qu'il faut faire. Jusqu'ici il me semble que l'on ne peut pas dire...

— Bien, bien. Sois attentive à les faire payer. Quant aux discours qu'ils tiennent sur le vicaire de la Provision, et le gouverneur, et Ferrer, et les décurions, et les chevaliers, et l'Espagne, et la France, et autres sottises semblables, fais semblant de ne point entendre, parce que si tu les contredis, cela peut aller mal aussitôt; et si tu leur donnes raison, cela peut aller mal par la suite. Ne sais-tu pas aussi, toi, que quelquefois ceux qui disent les plus fortes..., suffit. Quand on dira des choses..., tu m'entends..., il faut tourner aussitôt la tête, et dire : J'y vais, comme si quelqu'un appelait d'un autre côté. Je tâcherai de revenir le plus tôt possible. »

Cela dit, il descendit avec elle dans la cuisine, jeta un coup d'œil dans la salle pour voir s'il n'y avait rien de nouveau, détacha d'une cheville son chapeau et sa cape, prit un bâton dans un coin, renouvela à sa femme par un autre coup d'œil les instructions qu'il lui avait données, et sortit. Mais, tout en faisant cette opération, il avait repris en son cœur le fil de l'apostrophe commencée au lit du pauvre Renzo, et il la poursuivait en cheminant dans la rue : « Têtu de montagnard ! » car Renzo aurait eu beau vouloir déguiser cette qualité, elle se manifestait dans ses discours, dans sa prononciation, dans son aspect et dans ses manières; « une journée comme celle-ci! à force d'adresse, à force de jugement, je m'en tirais les mains nettes; et il fallait que tu me vinsses sur la fin pour me gâter l'œuf dans le panier! Est-ce qu'il manque d'hôtelleries à Milan, pour venir tomber précisément à la mienne? Au moins si tu étais venu seul, j'aurais fermé l'œil pour ce soir, et demain matin je te l'aurais donné à entendre. Mais non; monsieur vient en compagnie, et en compagnie d'un mouchard, pour mieux faire! »

A chaque pas l'hôte rencontrait dans son chemin ou des passants isolés, ou des bandes, ou des troupes de gens qui rôdaient en parlant bas. Il en était là de sa muette allocution quand il vit venir une patrouille de soldats. Se tirant de côté, il les regarda du coin de l'œil, et continua à part lui : « Les voilà, les châtie-fous. Et toi, grand butor, pour avoir vu un peu de peuple en mouvement qui faisait un peu de bruit, tu t'es fourré dans la tête que le monde allait être bouleversé. Sur ce beau fondement, tu t'es perdu, toi, et tu me voulais perdre par-dessus le marché : ce n'est pas juste. Je faisais mon possible pour te sauver; et toi, imbécile, pour remerciements, peu s'en est fallu que tu ne me misses mon auberge sens dessus dessous. C'est à toi de voir maintenant comment tu sortiras d'embarras; quant à moi, j'y saurai pourvoir. Comme si je voulais savoir ton nom par curiosité! Que m'importe que tu sois Taddeo ou Bartolommeo? J'ai en effet beaucoup de plaisir à avoir la plume à la main! Mais vous n'êtes point les seuls, vous autres, à vouloir que les choses marchent à votre guise. Je le sais, parbleu! bien aussi, qu'il y a des ordonnances dont on ne tient point compte. Belle nouvelle, pour qu'on ait besoin qu'un montagnard vous l'apprenne! Mais tu ne sais pas, toi, que les ordonnances contre les hôtes comptent pour quelque chose. Tu veux changer le monde, tu veux parler, et tu ignores que, lorsqu'on veut faire à sa guise, et avoir les ordonnances dans sa poche, la première chose c'est de n'en pas dire de mal en public! Et sais-tu, grande bête, sais-tu ce qui arriverait à un pauvre aubergiste qui serait de ton avis et ne s'informerait pas du nom de celui qui lui fait la grâce de descendre chez lui? *Sous peine, contre qui que ce soit desdits aubergistes, cabaretiers et autres comme dessus, de trois cents écus...* On les couvera, les trois cents écus, et pour les si bien dépenser! *Pour être appliqués, les deux tiers à la chambre royale, et l'autre tiers à l'accusateur ou au délateur. Et, au cas d'impuissance, cinq ans de galères, et plus forte peine pécuniaire ou corporelle, à la discrétion de Son Excellence.* Bien obligé! à ses grâces! »

Comme il disait ces mots, l'hôte mettait le pied sur le seuil du palais du capitaine de justice.

Là, comme dans toutes les autres secrétaireries, on était fort en affaires. De toutes parts on s'appliquait à donner les ordres qui semblaient les plus propres à tout prévoir pour le jour suivant, à ôter tout prétexte à la rébellion, à refroidir l'audace de ceux qui désiraient de nouveaux désordres, à assurer la force aux mains accoutumées à l'employer. On augmenta le nombre des soldats qui veillaient à la maison du vicaire. Les avenues de la rue furent barrées avec des poutres, et fermées avec des chariots. On enjoignit à tous les boulangers de travailler sans relâche à faire du pain; l'on expédia des estafettes aux villages circonvoisins, avec l'ordre d'envoyer du blé à la ville; on députa des nobles à chaque four, pour s'y porter de grand matin, y surveiller la distribution, et contenir les inquiets par l'autorité de leur présence et de bonnes paroles. Mais pour donner, comme on dit, un coup sur le cercle et un coup sur le tonneau, et rendre par un peu de frayeur les caresses plus efficaces, on songea aussi au moyen de mettre la main sur quelque séditieux. Ce soin regardait principalement le capitaine de justice. On imagine aisément de quel œil celui-ci voyait les insurrections et les insurgés, avec un bandeau d'eau vulnéraire sur l'un des organes de la profondeur métaphysique. Ses limiers étaient en quête depuis le commencement du tumulte. Cet Ambrogio Fusella était, comme l'a dit notre hôte, un mouchard déguisé, envoyé à la découverte pour en prendre un sur le fait, le pouvoir reconnaître, l'épier, le tenir pour ainsi dire sous la main, afin de l'empoigner à la nuit, quand le calme serait revenu, ou le lendemain. Après avoir entendu quatre mots du fameux sermon de Renzo, il avait fait aussitôt fond sur lui. Renzo lui paraissait un bon enfant de coupable, qui était justement son affaire. Voyant ensuite qu'il était nouvellement débarqué de son village, il avait tenté le coup de maître de le conduire tout chaud aux prisons, comme à l'hôtellerie la plus sûre de la ville; mais l'événement ne réussit pas, ainsi que nous l'avons vu. Il put cependant porter à la police des renseignements bien sûrs sur son nom, sur son prénom, et sur son pays, outre cent autres conjectures, de sorte que, lorsque l'hôte arriva pour dire ce qu'il savait de Renzo, on en savait déjà plus que lui.

Il entra dans la salle accoutumée, et fit son rapport : il dit comment un étranger était venu loger chez lui, et n'avait jamais voulu décliner son nom.

« Vous avez fait votre devoir en nous en donnant avis, dit un notaire criminel en quittant la plume; mais nous le savions déjà.

— Le beau mystère ! pensa l'hôte : il faut, en effet, une grande habileté !

— Et nous savons aussi? continua le notaire, ce fameux nom.

— Diable! le nom aussi. Comment ont-ils fait? pensa l'hôte cette fois.

— Mais, reprit le notaire d'un air sérieux, vous ne dites pas tout sincèrement.

— Qu'ai-je à dire de plus?

— Ah! ah! nous savons très-bien que cet homme a porté dans votre auberge une grande quantité de pain dérobé, pillé, acquis par le vol et par la sédition.

— Un homme vient avec un pain dans sa poche : je sais beaucoup, moi, où il l'est allé prendre! car s'il faut parler comme je le ferai à l'article de la mort, je ne lui ai vu qu'un seul pain.

— Vous voilà bien, à toujours excuser, à toujours défendre ! A vous entendre, ce sont tous de braves gens. Comment pouvez-vous prouver que ce pain fût bien acquis?

— Qu'ai-je à prouver, moi? Je n'entre pas dans tout cela. Je suis aubergiste.

— Vous ne pourrez pas nier au moins que votre habitué a eu l'audace de tenir des propos injurieux contre les ordonnances, et de faire des plaisanteries indécentes sur les armes de Son Excellence.

— Permettez, Votre Seigneurie. Comment peut-il être un de mes habitués, si je le vois pour la première fois? C'est le diable, sauf votre respect, qui l'a envoyé chez moi. Si je l'avais connu, Votre Seigneurie comprend très-bien que je n'aurais pas eu besoin de lui demander son nom.

— Cependant, dans votre auberge, en votre présence, on a tenu des propos incendiaires, des discours audacieux; on a fait des propositions séditieuses; il y a eu des murmures, des clameurs.

— Comment Votre Seigneurie veut-elle que je fasse attention aux folies que peuvent dire tant de braillards qui parlent tous à la fois? Je ne fais attention qu'à mes intérêts, car je suis un pauvre homme. Et puis Votre Seigneurie sait que celui qui est hardi dans ses propos est encore plus hardi dans ses gestes, surtout quand ils sont tant de gens ensemble.

— Oui, oui, laissez-les, laissez-les faire et dire : demain, demain, vous verrez si la chaleur aura délogé de leur cerveau. Que croyez-vous?

— Je ne crois rien.

— Que la canaille soit devenue maîtresse de Milan?

— Oh! justement.

— Vous verrez, vous verrez.

— J'entends très-bien. Le roi sera toujours le roi; mais qui aura mis la main sur quelque chose le gardera... Naturellement, un pauvre père de famille n'a pas envie d'envoyer la main. Vos Seigneuries ont la force : c'est elles que cela regarde.

— Avez-vous encore beaucoup de gens chez vous?

— Un monde.

— Et votre habitué, que fait-il? continue-t-il à crier, à travailler les gens, à préparer des séditions?

— Cet étranger, veut dire Votre Seigneurie? il est allé dormir.

— Vous avez donc beaucoup de monde?... Suffit. Prenez garde de ne le pas laisser partir.

— Est-ce que je dois faire le sbire, moi? » pensa l'hôte; mais il ne dit ni oui, ni non.

« Retournez chez vous, et soyez prudent, reprit le notaire.

— J'ai toujours été prudent. Votre Seigneurie peut dire si j'ai eu des démêlés avec la justice.

— Bien, bien; et ne croyez pas que la justice ait perdu sa force.

— Moi! bonté divine! je ne crois rien. Je suis aubergiste, moi.

— Le refrain accoutumé. N'avez-vous rien de plus à dire?

— Que voulez-vous que je vous dise de plus, Votre Seigneurie? La vérité est une.

— Baste! Pour aujourd'hui, ce que vous avez déposé nous suffit; nous verrons ensuite l'affaire : vous informerez plus amplement la justice sur ce qu'on pourra vous demander.

— Qu'ai-je à déposer, moi! Je ne sais rien; j'ai à peine assez de tête pour veiller à mes affaires.

— Prenez bien garde de ne le point laisser partir.

— J'espère que l'illustrissime seigneur capitaine saura que je suis venu faire mon devoir. Je baise les mains à Votre Seigneurie. »

A la pointe du jour, Renzo ronflait depuis environ sept heures; et le pauvre diable était encore au fort de son sommeil, quand deux fortes secousses au bras et une voix qui criait des pieds du lit : « Lorenzo Tramaglino! » le réveillèrent en sursaut. Il se secoua, étendit les bras ouvrit à grand'peine les yeux, et il vit debout devant lui au pied du lit, un homme vêtu de noir, et deux autres armés, l'un à droite, l'autre à gauche du chevet. Renzo, entre la surprise, le sommeil et les fumées de ce vin que vous savez, resta un moment comme enchanté. Croyant rêver encore, et ne trouvant pas le rêve agréable, il s'agitait, comme pour s'éveiller entièrement.

« Ah! vous avez enfin entendu, Lorenzo Tramaglino, dit l'homme à la cape noire, ce même notaire du soir précédent. Debout. Allons donc, levez-vous, et venez avec nous.

— Lorenzo Tramaglino! dit Renzo, Tramaglino! Que veut dire ceci? Que voulez-vous de moi? Qui vous a dit mon nom?

— Point de bavardages : debout, vite, dit l'un des sbires qui étaient à ses côtés, en le prenant de nouveau par le bras.

— Hé! quelle *prepotenza* est ceci? cria Renzo en retirant le bras. L'hôte! oh! l'hôte!

— Emmenons-le en chemise, dit encore ce sbire en se tournant vers le notaire.

— Vous l'avez entendu, dit celui-ci à Renzo; on fera ainsi si vous ne vous levez pas aussitôt pour venir avec nous.

— Et pourquoi donc? demanda Renzo.

— Vous apprendrez le pourquoi de la bouche du seigneur capitaine de justice.

— Moi? je suis un brave homme, je n'ai rien fait, et je m'étonne ..

— Tant mieux pour vous, tant mieux pour vous. Vous en serez quitte en deux mots, et vous pourrez aller à vos affaires.

— Laissez-moi donc y aller maintenant : je n'ai rien à démêler avec la justice.

— Or sus, finissons-en! dit un sbire.

— L'emmenons-nous? dit l'autre.

— Lorenzo Tramaglino! dit le notaire.

— Comment Votre Seigneurie sait-elle mon nom?

— Faites votre devoir, dit le notaire aux sbires. » Ceux-ci mirent aussitôt les mains sur Renzo pour le tirer hors du lit.

« Eh! ne touchez pas à la peau d'un galant homme, sans quoi...! Je saurai bien m'habiller.

— Habillez-vous donc et levez-vous vite, dit le notaire.

— Je me lève..., » répondit Renzo.

Il ramassait çà et là ses vêtements épars sur le lit, comme les débris d'un naufrage sur le rivage. Puis, commençant à se les mettre, il poursuivait toujours en disant : « Mais je ne veux pas aller vers le capitaine de justice; je n'ai que faire avec lui. Puisqu'on me fait injustement cet affront, je veux être conduit vers Ferrer. Je connais celui-là, je sais que c'est un galant homme, et il m'a des obligations.

— Oui, oui, mon garçon, vous serez conduit vers Ferrer, » répondit le notaire.

En d'autres circonstances, il aurait ri de bon cœur d'une proposition semblable; mais ce n'était pas le moment de rire. Déjà en venant il avait vu dans les rues un mouvement tel qu'il n'avait pas pu définir si c'était le reste d'une émeute qui n'était point encore apaisée, ou le commencement d'une nouvelle. Les habitants des faubourgs descendaient en grand nombre; on s'abordait, on marchait en troupes, on s'arrêtait en bandes. Et maintenant, sans en faire le semblant, ou en s'efforçant du moins de ne le pas faire, il prêtait l'oreille, et il lui semblait que le bruit allait toujours croissant. Il désirait donc de se hâter; mais il aurait voulu emmener Renzo doucement et de son plein gré : car, s'il s'était mis en guerre avec lui, il ne pouvait pas être sûr, une fois arrivé dans la rue, de se trouver encore trois contre un. C'est pourquoi il faisait signe de l'œil aux sbires d'avoir patience, et de ne pas aigrir le jeune homme. De son côté il s'efforçait de l'apaiser par de douces paroles. Cependant le jeune homme, tout en s'habillant à la hâte, en se rappelant du mieux qu'il pouvait les souvenirs un peu confus de la veille, s'apercevait bien à peu près que les ordonnances et le nom et le prénom devaient être cause de tout ce qui arrivait; mais comment diable cet homme-là savait-il son nom? que diable était-il arrivé cette nuit pour que la justice eût pris tant de hardiesse que de venir en droiture mettre les mains sur un de ces bons garçons qui le jour précédent avaient tant de voix au chapitre, et qui ne devaient pas être tous endormis, puisque Renzo s'apercevait aussi d'une rumeur toujours croissante dans la rue? En regardant ensuite le notaire au visage, il y découvrit l'agitation que celui-ci s'efforçait en vain de tenir cachée. De là, comme pour s'éclaircir sur ses conjectures et reconnaître le pays, comme pour gagner du temps, et même pour tenter un coup, il dit : « Je comprends bien ce qui cause tout ceci : c'est pour l'amour du nom et du prénom. Hier au soir j'étais véritablement un peu en belle humeur : ces diables d'hôtes ont quelquefois des vins bien traîtres, et quelquefois, comme je dis, on sait que, lorsque le vin a passé par le canal où passent les paroles, il veut dire aussi son mot. Mais, il ne s'agit pas d'autre chose, je suis prêt maintenant à vous donner toute espèce de satisfaction. D'ailleurs vous savez déjà mon nom. Qui diable vous l'a dit?

— Bravo, mon garçon, bravo! répondit le notaire d'un air tout aimable. Je vois que vous avez de la raison, et vous pouvez m'en croire, moi qui suis du métier, vous êtes plus doux que tous les autres. C'est le meilleur moyen pour s'en tirer bientôt et bien; avec ces bonnes dispositions, en deux mots vous serez expédié et mis en liberté. Mais moi, voyez-vous, j'ai les mains liées, et je ne vous peux pas relâcher ici comme je le voudrais. Courage, dépêchez-vous, et venez hardiment : quand on verra qui vous êtes... Et puis, je dirai... laissez-moi faire... suffit. Dépêchez-vous, mon garçon.

— Ah! vous ne le pouvez pas! j'entends, » dit Renzo. Et il continuait à s'habiller, repoussant de la main les sbires qui faisaient mine de mettre les mains dessus pour qu'il se dépêchât.

« Passerons-nous par la place de la Cathédrale? demanda-t-il ensuite au notaire.

— Par où vous voudrez, par le chemin le plus court, afin de vous laisser plus tôt libre, » dit celui-ci, pestant en son cœur d'être obligé de laisser tomber cette question mystérieuse de Renzo, qui pouvait fournir un thème à cent interrogations. « Faut-il être malheureux ! disait-il. Voilà ! il me tombe entre les mains un gaillard qui, à le voir, ne demande pas mieux que de jaser. Si l'on avait seulement le temps de respirer, là, *extra formam*, académiquement, en jasant familièrement on lui ferait avouer sans peine tout ce qu'on voudrait. Ce serait un homme à conduire en prison, bien et dûment examiné sans qu'il s'en fût aperçu le moins du monde. Faut-il qu'un homme de cette pâte me tombe entre les mains dans un moment si difficile ! Hé ! il n'y a pas moyen de l'éviter, continuait-il à penser en prêtant l'oreille et en portant la tête en arrière ; il n'y a pas de remède : la journée risque d'être encore plus chaude que celle d'hier. » Une rumeur extraordinaire qui se fit entendre dans la rue lui donna lieu de penser ainsi. Il ne put s'empêcher d'ouvrir le châssis de la fenêtre pour jeter un coup d'œil à la dérobée. Il vit que c'était un rassemblement d'habitants des faubourgs qui, sur l'ordre que leur avait intimé une patrouille de se séparer, avaient d'abord répondu par de mauvaises paroles, et finissaient enfin par se séparer en murmurant toujours. Ce qui sembla au notaire un signe mortel, c'est que les soldats s'avançaient avec beaucoup de politesse. Il referma le châssis, et il hésita un moment à savoir s'il devait mener l'entreprise à fin, ou laisser Renzo sous la garde des deux sbires, et courir vers le capitaine de justice pour lui rendre compte de ce qui arrivait. « Mais, pensa-t-il bientôt, on me dira que je suis un lâche, un poltron, et que je devais exécuter les ordres qu'on m'a donnés. Nous sommes en danse, il faut danser. Maudite foule ! damné métier ! »

Renzo était debout ; les deux satellites se placèrent à ses côtés, l'un à droite, l'autre à gauche ; le notaire leur fit signe de ne lui pas faire violence, puis, s'adressant à Renzo : « Allons, mon digne garçon ! à nous, dépêchez-vous ! »

Cependant Renzo écoutait, voyait et réfléchissait. Il était déjà tout habillé, à l'exception de son pourpoint qu'il tenait d'une main, et dont il fouillait les poches avec l'autre. « Hé! dit-il en regardant le notaire d'un air très-significatif, il y avait là de l'argent et une lettre, monsieur! »

— On vous rendra tout fidèlement, reprit le notaire, quand on aura rempli ces petites formalités. Marchons, marchons.

— Non, non, non, disait Renzo en secouant la tête; cela ne me plaît pas du tout. Je veux ce qui m'appartient, monsieur. Je rendrai compte de mes actions; mais je veux ce qui m'appartient.

— Je veux vous montrer que j'ai de la confiance en vous. Tenez, et dépêchons-nous, » dit le notaire en tirant de son estomac et en remettant, avec un soupir, à Renzo les choses séquestrées. Celui-ci, en les remettant à leur place, murmurait entre ses dents : « Quelle curiosité! Vous avez tant de rapports avec les voleurs, que vous en avez un peu appris le métier! » Les sbires n'y pouvaient plus tenir; mais le notaire les modérait de l'œil, et il se disait : « Si tu mets une fois le pied hors de la maison, tu me le payeras avec usure, tu me le payeras. »

Pendant que Renzo mettait son pourpoint et prenait son chapeau, le notaire fit signe à l'un des sbires de passer devant dans l'escalier; il fit marcher ensuite le prisonnier, puis l'autre ami derrière, et il se mit enfin en mouvement. Arrivés dans la cuisine, et tandis que Renzo se mit à dire : « Et ce saint homme d'hôte, où s'est-il fourré? » le notaire fit un autre signe à ses compagnons. Ceux-ci prennent, l'un la main droite, l'autre la main gauche du jeune homme et en toute hâte ils lui lient les poings avec de certaines machines que, par cette hypocrite figure de rhétorique de l'euphémisme, on nomme menottes. Elles consistaient (on regrette d'être obligé de descendre à des minuties indignes de la gravité de l'histoire, mais la clarté l'exige), elles consistaient en une petite corde un peu plus longue que le tour d'un poing ordinaire, qui avait aux deux bouts deux petits morceaux de bois comme deux garrots. La corde entourait le poing du patient ; les chevilles, passées entre le médium et l'annulaire du capteur, restaient enfermées dans sa main, de manière qu'en les tordant il resserrait le lien à volonté. Cette mesure avait pour but non-seulement d'assurer la capture, mais encore de martyriser les récalcitrants ; pour mieux l'atteindre, la corde était pleine de nœuds.

Renzo se débat et crie : « Quelle trahison est ceci ? à un brave garçon !... » Mais le notaire qui avait des paroles dorées pour tous les événements : « Prenez patience, disait-il. Ils font leur devoir. Que voulez-vous ? ce sont toutes formalités. Nous ne pouvons pas traiter le monde comme nous le voudrions. Si nous ne faisions pas ce qu'on nous ordonne, nous serions frais ! nous serions plus mal que vous. Prenez patience ! »

Comme il parlait, les deux opérateurs donnèrent un tour aux menottes. Renzo se rebiffa comme un cheval ombrageux qui sent sa bouche pressée par le mors, et il s'écria : « Patience !

— Mais, digne garçon ! dit le notaire, c'est la vraie manière de s'en bien tirer. Que voulez-vous ? c'est ennuyeux, j'en conviens ; mais, en vous conduisant bien, vous en serez dehors en un moment. Et puis, je vois que vous êtes bien disposé ; je me sens porté à vous servir, et je veux aussi vous donner un avis pour votre bien. Croyez-moi, car j'ai l'habitude de ces choses, passez votre chemin en droiture, sans regarder autour de vous, sans vous faire remarquer. Personne ne prendra garde à vous, personne ne s'avisera de ce qui se passe, et vous conserverez votre honneur. Dans une heure vous serez en liberté ; on a tant de choses à faire, qu'on a hâte aussi de vous expédier ; et puis je parlerai, moi... Vous irez à vos affaires, et personne ne saura que vous avez été aux mains de la justice. Et vous, poursuivit-il d'un air sévère, en s'adressant aux sbires, observez bien de ne lui faire aucun mal, parce que je le prends sous ma protection. Il faut que vous fassiez votre devoir; mais rappelez-vous que c'est un brave et digne garçon, un jeune homme honnête, qui sous peu sera libre, et qu'il doit avoir son honneur à cœur. Que rien ne paraisse. Allez comme trois hommes paisibles qui font leur chemin ensemble. Vous m'entendez! » dit-il d'un air impératif et le sourcil menaçant. Puis, se tournant vers Renzo, le sourcil calme et l'air devenu riant en un moment, qui semblait dire : « Ah! nous sommes vraiment bons amis, nous deux! » il lui glissa de nouveau : « Un peu de raison; faites ce que je vous dis, ne regardez pas autour de vous; fiez-vous en qui vous porte tant d'intérêt! Allons! » Et le convoi se mit en marche.

Toutefois Renzo ne crut pas un mot de tant de beaux discours. Que le notaire lui voulût plus de bien qu'aux sbires, qu'il prît tant à cœur sa réputation, qu'il eût l'intention de le servir, Renzo n'en crut absolument rien. Il comprit très-bien que le digne homme, craignant qu'il ne se présentât dans la rue une bonne occasion de s'échapper de leurs mains, mettait ces beaux motifs en avant pour le détourner d'être attentif à la saisir et à en profiter. Toutes ces exhortations ne servirent qu'à raffermir Renzo dans la résolution qu'il avait déjà prise vaguement, c'est-à-dire de faire tout le contraire.

Que personne n'aille conclure de ceci que le notaire fût un fourbe novice et sans expérience, car on s'abuserait. C'était au contraire un maître fourbe, dit notre historien, qui semble avoir été de ses amis; mais il avait dans ce moment l'esprit tout agité. Je puis vous assurer que de sang-froid il se serait bien moqué d'un homme qui, pour engager quelqu'un à faire une chose suspecte, serait allé la lui suggérer et la lui conseiller si chaudement, sous la pitoyable apparence de lui donner un avis désintéressé, un conseil d'ami. Mais quand les hommes sont en proie à l'agitation et à l'inquiétude, et qu'ils s'avisent du moyen qu'un autre pourrait employer pour les tirer d'embarras, ils ont tous une tendance à le leur demander avec instance, à chaque minute, et sous toutes sortes de prétextes ; et quand les fourbes sont agités et inquiets, ils tombent aussi sous cette loi commune. De là vient qu'en de telles occurrences ils font pour l'ordinaire une triste figure. Ces coups de maître, ces bonnes malices, à l'aide desquels ils ont coutume de triompher, qui sont devenus pour eux comme une seconde nature, et qui, employés à temps et conduits avec la présence, avec la sécurité d'esprit nécessaires, réussissent si bien et sont si adroitement cachés ; ces bonnes malices, qui, lorsqu'elles éclatent, recueillent, après la réussite, des applaudissements unanimes, les pauvres diables, quand ils sont dans les angoisses, les emploient en toute hâte, en désordre, sans esprit ni délicatesse. Ils excitent le rire et font pitié à qui les observe s'industrier et s'agiter en cent manières. Celui qu'ils veulent alors envelopper, quoiqu'il soit beaucoup moins rusé qu'eux, sait fort bien découvrir tous leurs manéges ; il s'éclaire à leurs artifices, et les tourne contre eux-mêmes. C'est pourquoi on ne saurait trop recommander aux fourbes de profession de garder toujours leur sang-froid, ou, ce qui vaut mieux encore, de ne jamais se trouver dans des circonstances difficiles.

Renzo donc, à peine furent-ils dans la rue, commença à jeter les yeux çà et là, à s'agiter de tous ses membres, à mettre la tête en avant, à prêter l'oreille. Il n'y avait pourtant pas un concours extraordinaire de peuple ; et bien que sur la figure de plus d'un passant on pût facilement lire quelque chose de séditieux, cependant tout le monde passait son chemin, et il n'y avait pas de sédition proprement dite.

« De la raison ! de la raison ! lui murmurait le notaire derrière les épaules. Votre honneur, l'honneur, jeune homme. » Mais quand Renzo, en prêtant l'oreille à trois hommes qui venaient avec la figure enflammée, entendit parler d'un four, de farine cachée, de justice, il commença aussi à leur faire des mines et à tousser de cette manière qui annonce tout autre chose qu'un rhume. Ceux-ci regardèrent plus attentivement le convoi et s'arrêtèrent; les autres, qui l'avaient déjà dépassé, entendant un bruit sourd, revenaient sur leurs pas et se mettaient à la queue.

« Prenez garde à vous; ayez de la raison, mon garçon; ne gâtez pas vos affaires; l'honneur, la réputation, » disait tout bas le notaire, Renzo faisait pire. Les sbires, après s'être consultés de l'œil, et croyant bien faire (chacun est sujet à erreur), lui serrèrent les menottes.

« Aïe! aïe! aïe! » cria le patient. A ce cri la foule s'épaissit alentour; on accourt de toutes les parties de la rue. Le convoi se trouve engravé. « C'est un mauvais garnement, disait le notaire à ceux qui étaient sur lui; c'est un voleur pris sur le fait. Retirez-vous; laissez passer la justice. » Mais Renzo s'aperçoit que l'occasion est favorable; il voit les sbires pâlir et presque mourants de peur. « Si je ne m'aide pas maintenant, pensa-t-il, tant pis pour moi. » Et aussitôt il élève la voix : « Mes amis! on m'emmène parce que j'ai crié hier : Pain et justice! Je n'ai rien fait; je suis un brave homme. Secourez-moi; ne m'abandonnez pas, mes amis! »

On lui répondit par un léger murmure qui se changea bientôt en un cri unanime de faveur. Les sbires ordonnent d'abord, puis ils demandent, puis ils conjurent les plus voisins de s'en aller et de leur livrer passage; la foule au contraire les enveloppe et les presse de toutes parts. Ceux-ci, à la vue du danger, lâchent les menottes, et ils s'efforcent de se perdre dans la foule pour en sortir sans être vus. Le notaire désirait du fond de son âme d'en faire autant; mais ce qui lui était difficile, à cause de sa cape noire. Le pauvre homme, la pâleur sur le visage et la mort dans l'âme, cherchait à se faire petit. Il allait en tordant son corps pour se tirer de la foule; mais il ne pouvait pas lever les yeux sans en voir vingt sur lui. Il s'étudiait en tous sens pour paraître un étranger qui, passant par là par hasard, s'était trouvé pris dans la foule comme un brin de paille dans la glace, et, se rencontrant nez à nez avec un homme qui le regardait fixement et d'un air pire que les autres, lui, la bouche composée au sourire, et d'un air niais, il lui demanda : « Qu'est-ce donc que cette rumeur?

— Ouh! vilain corbeau! » répondit celui-ci. « Corbeau! corbeau! » répète-t-on de toutes parts. Aux cris se joignirent les poussées, si bien que, pour en finir, partie avec ses propres jambes, partie avec les coudes d'autrui, il obtint ce qui lui tenait le plus au cœur en ce moment, de se tirer de cette bagarre.

XVI

« Sauve-toi, sauve-toi, mon brave homme. Ici est un couvent, là est une église : par ici! par là! » crie-t-on à Renzo de tous côtés. L'avis n'était pas nécessaire. Dès l'instant que Renzo avait commencé à concevoir l'espérance de se tirer des griffes de la police, il avait fait son compte, délibéré, si l'événement venait à réussir, de marcher sans s'arrêter jusqu'à ce qu'il fût hors non-seulement de la ville, mais du duché. « Parce que, avait-il pensé, de quelque manière qu'ils soient parvenus à se le procurer, ils ont mon nom sur leurs damnés de livres; avec mon nom et mon prénom, ils me pourront venir prendre quand ils voudront. » Quant à un asile, il ne s'y serait jeté qu'à la dernière extrémité. « Parce que, si je puis être oiseau des champs, avait-il ensuite pensé, je ne me veux pas faire oiseau de cage. » Il avait donc choisi pour terme de sa course et pour refuge ce pays, dans le territoire de Bergame, où s'était établi son cousin Bortolo, qui, s'il vous en souvient, l'avait fait presser plusieurs fois de s'y aller établir. Mais le point était de trouver la route. Laissé dans une partie inconnue d'une ville entièrement inconnue pour lui, Renzo ne savait pas par quelle porte on sortait pour aller à Bergame; et quand il l'aurait su, il ne l'aurait pas su trouver. Il eut un moment la pensée de demander des renseignements à ses libérateurs; mais comme, dans le peu de temps qu'il avait eu pour méditer sur ses affaires,

il lui était venu à l'esprit d'étranges pensées sur ce fourbisseur si obligeant, père de quatre enfants, il ne voulut
rien laisser percer de ses projets devant tant de monde,
car il pouvait s'y trouver un autre homme de cet acabit. Il
délibéra aussitôt de s'éloigner en hâte de ce lieu ; il pourrait ensuite demander son chemin dans un endroit où personne ne saurait qui il était ni pourquoi il le demandait.
Il dit à ses libérateurs : « Je vous rends grâces, mille grâces, les amis ! Que le ciel vous bénisse ! » Et sortant par
une large ouverture qu'on lui fit immédiatement, il lève les
talons, et en route ; il se jette dans une ruelle, il enfile
une traverse, il galope un bon moment sans savoir où.
Quand il lui sembla qu'il s'était suffisamment éloigné, il
ralentit le pas pour ne pas donner de soupçon, et il commença à regarder autour de lui pour choisir l'homme à qui
il ferait sa demande, une figure qui inspirât de la confiance.
La demande était suspecte de soi ; le temps pressait. Les
sbires, à peine revenus de leur première frayeur, devaient,
sans aucun doute, s'être mis à la recherche de leur fugitif.
Le bruit de cette fuite pouvait être arrivé jusque-là ; et,
dans une si grande foule, Renzo dut peut-être faire dix jugements physionomiques avant de trouver la figure qui lui
semblât convenable. Cet homme replet, qui était debout
sur la porte de sa boutique, les jambes écartées, les mains
derrière le dos, le ventre en dehors, le menton en l'air,
d'où pendait un triple étage de chair, et qui, par délassement, allait alternativement soulevant sur la pointe des
pieds sa tremblante masse et la laissant retomber sur ses
talons, avait l'air d'un bavard curieux, qui, au lieu de lui
répondre, l'aurait accablé de questions. Cet autre qui venait vers lui les yeux fixes et la bouche béante, loin de
pouvoir enseigner son chemin à quelqu'un, semblait à
peine savoir le sien. Ce petit garçon, qui, à vrai dire, paraissait très-éveillé, paraissait être aussi plus malin encore ; et probablement il se serait fait un divin plaisir d'envoyer un pauvre étranger du côté opposé à celui où il
tendait. Tant il est vrai que tout est un nouvel embarras à

l'homme qui est dans un premier embarras! Il en aperçut enfin un qui marchait en toute hâte : il pensa que celui-ci, ayant probablement quelque affaire pressante, lui répondrait vite et franchement pour se débarrasser de lui ; et l'entendant parler seul, il estima que ce devait être un homme franc. Il l'aborde, et lui dit : « De grâce, monsieur, de quel côté sort-on de la ville pour aller à Bergame !

— Pour aller à Bergame? par la porte Orientale.

—Mille grâces, monsieur. Et pour aller à la porte Orientale?

—Prenez cette rue à gauche ; vous tomberez sur la place de la Cathédrale ; puis...

—Il suffit, monsieur ; je sais le reste. Que Dieu vous le rende! » Et il chemina en toute hâte du côté qui lui avait été indiqué. L'indicateur le suivit de l'œil ; et combinant dans sa tête cette manière de cheminer avec la demande, il se dit : « Ou il a fait quelque coup de tête, ou on veut lui faire un mauvais parti. »

Renzo arriva sur la place de la Cathédrale. Il la traversa, passa près d'un monceau de cendres et de charbons éteints, et reconnut les restes du feu de joie auquel il avait assisté la veille. Il côtoya l'escalier de la cathédrale, revit le four des Béquilles à demi démoli et gardé par des soldats, et il passa outre. En cheminant toujours, sans s'arrêter, par le chemin par où il était venu dans la ville avec la foule, il arriva devant le couvent des capucins ; il jeta un coup d'œil sur cette petite place et sur la porte de l'église, et il se dit en soupirant : « Ce frère d'hier m'avait pourtant donné un bon conseil, qui m'avait dit de rester dans l'église à attendre et d'y faire un peu de bien. »

Là il s'arrêta un moment à regarder fixement vers la porte par où il devait sortir. Il y vit de loin beaucoup de monde qui la gardait. Comme il avait l'imagination un peu échauffée (il le faut plaindre, il y avait bien de quoi), il éprouva une grande répugnance à risquer le passage. Il se trouvait comme sous la main un lieu d'asile, un lieu où, avec cette lettre, il serait bien accueilli. Il fut fortement tenté d'y entrer ; mais reprenant aussitôt courage : « Oiseau de champ tant que je pourrai, se dit-il. Qui me connaît ? Les sbires ne se seront pas mis en morceaux pour se multiplier et m'aller attendre à toutes les portes. » Il regarda derrière lui pour voir s'ils ne venaient pas de ce côté : il ne vit ni sbires ni personne qui semblât prendre garde à lui. Il se remit en marche, ralentit ses bienheureuses jambes qui voulaient toujours courir, bien qu'il ne fallût plus que marcher, et doucement, doucement, en fredonnant à demi-voix, il arriva à la porte. Il y avait précisément sur le seuil une bande de gabelous, et pour renfort une compagnie de miquelets espagnols ; mais ils étaient tous occupés à veiller au dehors, pour ne pas laisser entrer ces gens qui, à la nouvelle d'une émeute, accourent comme les corbeaux sur le champ où s'est livrée une bataille. Si bien que Renzo, faisant l'innocent, les yeux baissés, d'un air entre le voyageur et le passant, franchit le seuil sans que personne lui dit rien ; mais son cœur battait d'une manière étrange. Voyant à droite un petit sentier, il y entra pour éviter la grand'route, et il marcha un bon moment avant de regarder derrière lui.

Il marche, il marche ; il rencontre des hameaux, il rencontre des villages ; il passe devant sans demander leur nom. Il est sûr de s'éloigner de Milan ; il espère aller vers Bergame : cela lui suffit pour le moment. De temps en temps il se retournait, et de temps en temps il regardait et frottait tantôt l'un, tantôt l'autre de ses poings, encore engourdis et marqués tout alentour par une raie rouge, trace de la corde. Ses pensées étaient, comme on l'imagine aisément, un mélange confus de repentirs, de troubles, d'inquiétudes, de chagrins, de tendresses ; il cherchait, il s'étudiait à se rappeler ce qu'il avait dit et fait le soir précédent, à découvrir la partie secrète de son histoire, et surtout comment on avait pu savoir son nom. Ses soupçons tombaient naturellement sur le fourbisseur, à qui il se souvenait bien de l'avoir décliné. En se rappelant la manière dont celui-ci le lui avait tiré de la bouche, et le maintien de cet homme, et toutes ses offres qui tendaient toujours à vouloir savoir quelque chose, le soupçon se changeait presque en certitude. Il avait comme une lueur confuse d'avoir continué de jaser après le départ du fourbisseur ; mais avec qui ? devine-le, si tu peux, étourneau. De quoi ? il avait beau interroger sa mémoire, elle ne lui pouvait rien, absolument rien dire, si ce n'est que dans ce moment elle n'était plus au logis. Le pauvre diable se perdait dans toutes ses recherches. C'était comme un homme qui a confié beaucoup de blancs seings à un individu qu'il tenait pour sûr et pour honnête ; il découvre ensuite que c'était un fripon : il voudrait savoir l'état de ses affaires. Qu'y connaître ? c'est un chaos.

Une autre étude bien cruelle était celle de fonder sur l'avenir quelque projet qui ne fût pas en l'air ou bien triste ; mais la plus pénible fut bientôt celle de trouver la route. Après avoir fait un bon morceau de chemin presque à l'aventure, il sentit la nécessité de prendre langue. Il éprouvait bien un certain déplaisir à prononcer le nom de Bergame, comme si ce nom avait je ne sais quoi de suspect, d'étrange ; mais pourtant il ne pouvait pas faire autrement. Il délibéra, ainsi qu'il l'avait fait à Milan, de demander des renseignements au premier voyageur dont la figure lui agréerait ; et ainsi fit-il.

« Vous êtes hors de la route, » lui répondit celui-ci. Après avoir cherché un moment, moitié par le discours, moitié par les gestes, il lui indiqua le chemin qu'il devait tenir pour se remettre sur la grand'route. Renzo le remercia de l'avis, fit semblant de le suivre en tout, alla en effet de ce côté avec l'intention de s'approcher de cette bienheureuse grand'route, de ne pas la perdre de vue, de cheminer en la longeant autant que possible, mais sans y mettre le pied. Le projet était plus facile à concevoir qu'à exécuter. En allant ainsi de droite à gauche, en zigzag, un peu en suivant les indications qu'il obtenait en route, un peu en les corrigeant selon ses lumières et en les adaptant à son intention, un peu en se laissant guider par les chemins où il se trouvait engagé, notre fugitif avait déjà fait peut-être douze milles qu'il n'était pas éloigné de Milan de plus de six. Quant à Bergame, c'était un grand bonheur s'il ne s'en était pas éloigné. Il commença à comprendre que de cette manière il n'en viendrait jamais à ses fins, et il résolut de chercher quelque autre expédient. Celui qui lui vint en tête, ce fut d'avoir le nom de quelque pays voisin de la frontière, et où il pourrait se rendre par des chemins de traverse. En interrogeant sur ce pays, il tirerait des éclaircissements nécessaires sans rien demander sur ce Bergame, qui lui semblait tant respirer la fuite, l'expulsion, le criminel.

Pendant qu'il ruminait le moyen de pêcher tous ces avis sans donner de soupçon, il vit un rameau vert sur la porte d'une chaumière isolée en dehors d'un village. Depuis longtemps il sentait s'accroître le besoin de réparer ses forces. Il pensa que là serait le lieu où il pourrait faire d'une pierre deux coups, et il entra. Il n'y avait qu'une vieille femme, la quenouille sur le flanc et le fuseau à la main. Il demanda à manger un morceau : on lui offrit un peu de *stracchino*[1] et de bon vin. Il accepta le mets, il refusa le vin. Il l'avait pris en horreur à cause du tour qu'il lui avait joué la veille. Il s'assit, et pria cette femme de se hâter. Elle eut fait en un moment, et elle commença aussitôt à assaillir son voyageur de demandes, et sur ce qu'il était, et sur les grands événements de Milan, dont le bruit était venu jusque-là. Renzo sut non-seulement éluder les demandes et en sortir avec beaucoup d'adresse, mais, tirant avantage de la difficulté, il fit servir à ses projets la curiosité de la vieille, qui lui demandait où il allait.

« J'ai à aller en beaucoup d'endroits, répondit-il ; et si je trouve un moment de temps, je voudrais m'arrêter un moment à ce village assez considérable sur la route de Bergame, près de la frontière, pourtant sur le territoire de Milan... Comment le nomme-t-on?... Il y en aura bien quelqu'un, pensait-il.

[1] Sorte de fromage mou.

— C'est Gorgonzola que vous voulez dire, répondit la vieille.

— Gorgonzola! » répéta Renzo comme pour mieux graver le nom dans sa mémoire. « Est-ce bien loin d'ici?

— Je ne sais pas bien ; peut-être dix , peut-être douze milles. S'il y avait ici quelqu'un de mes enfants, il vous le saurait dire.

— Et croyez-vous que l'on y puisse aller par ces jolis petits sentiers, sans prendre la grand'route, où il y a une poussière, mais une poussière ! Il y a si longtemps qu'il n'a plu !

— Je me figure que oui. Vous le pourrez demander au premier village que vous rencontrerez en vous dirigeant vers la droite. » Et elle le lui nomma.

« Cela va bien, » dit Renzo. Il se leva, prit un morceau de pain qui lui était resté de ce repas frugal, un pain bien différent de celui qu'il avait trouvé la veille au pied de la croix de San-Dionigi ; il paya l'écot , sortit , et prit la route à droite. Et, pour ne pas allonger le récit, avec le nom de Gorgonzola à la bouche, de village en village, il chemina tant qu'il y arriva une heure environ avant le coucher du soleil.

Il avait en route formé le projet de faire là une autre halte et d'y prendre un repas un peu plus substantiel. Le corps aurait eu aussi besoin d'un peu de sommeil ; mais, avant que d'y satisfaire, Renzo l'aurait laissé tombé mort sur la route. Son dessein était de s'informer à l'hôtellerie de la distance de l'Adda, de tirer adroitement quelques renseignements sur quelque chemin de traverse qui y pourrait conduire, et de se remettre en route aussitôt après le repas. Né et élevé à la seconde source[1] de ce fleuve, il avait plus d'une fois ouï dire qu'à un certain point, et durant un certain trajet, ses eaux marquaient les confins entre l'État milanais et l'État vénitien... Il n'avait aucune idée précise du point ; mais, pour le moment, la principale

---

[1] Le lecteur doit se rappeler la description de l'Adda, dans le premier chapitre.

affaire c'était de franchir le fleuve. S'il n'y parvenait pas
ce jour-là, il était décidé à cheminer tant que la nuit et
ses forces le lui permettraient, et d'attendre ensuite l'aurore suivante dans un champ, dans des broussailles, où
il plairait à Dieu, pourvu que ce ne fût pas une hôtellerie.

Ayant fait quelques pas dans Gorgonzola, il avisa une
enseigne. Il entra, et demanda à l'hôte, qui s'avança vers
lui, de quoi manger un morceau et un demi-setier de vin.
Quelques milles de plus et le temps lui avaient fait passer
cette horreur trop extrême pour être durable. « Je vous
prie de faire vite, ajouta-t-il, parce qu'il faut que je me
remette aussitôt en route. » Et il ajouta cela, non-seulement parce que c'était la vérité, mais aussi de peur que
l'hôte, s'imaginant qu'il voulait coucher là, ne lui vînt demander son nom et son prénom, et d'où il venait, et pour
quelle affaire... Au diable !

L'hôte répondit à Renzo qu'il serait satisfait ; et celui-ci
s'assit à l'extrémité du banc, tout à côté de la porte : c'est
la place des honteux.

Il y avait dans cette salle quelques oisifs de l'endroit,
qui, après avoir disputé, discuté et glosé sur les grandes
nouvelles de Milan du jour précédent, se tourmentaient
pour savoir comment l'affaire était allée en ce jour, d'autant plus que les premières nouvelles étaient plus propres
à exciter la curiosité qu'à la satisfaire ; une sédition qui
n'avait été ni réprimée ni victorieuse, suspendue plutôt
que terminée par la nuit ; une chose inachevée, la fin d'un
acte plutôt que d'un drame.

L'un d'eux se détacha de la compagnie, s'approcha du
nouveau venu, et lui demanda s'il arrivait de Milan.

— Moi ? dit Renzo surpris, pour gagner du temps afin
de pouvoir répondre.

— Vous, si la demande n'est pas trop indiscrète. »

Renzo, serrant les lèvres, et en faisant sortir un ton inarticulé, dit : « Milan, à ce que j'imagine... d'après ce
qu'on en dit... n'est pas un pays où l'on puisse aller pour

le moment, à moins qu'une grande nécessité ne vous y appelle.

— Le tumulte continue donc encore aujourd'hui? demanda le curieux avec plus d'instance.

— Il faudrait être là-bas pour le savoir.

— Mais ne venez-vous pas de Milan?

— Je viens de Liscate, » répondit nettement notre jeune homme, qui avait préparé sa réponse.

A la rigueur, il en venait, car il y avait passé. Il en avait appris le nom d'un voyageur, qui le lui avait indiqué comme le premier village qu'il aurait à traverser pour arriver à Gorgonzola.

« Oh! dit l'interrogant oisif, comme s'il eût voulu dire: Vous auriez mieux fait de venir de Milan. Mais patience... Et à Liscate, ajouta-t-il, ne savait-on rien de Milan?

— Il est bien possible que quelqu'un en sût quelque chose, répondit notre montagnard ; mais je n'y ai rien ouï dire. » Et il dit ces mots de cet air qui semble dire : J'ai fini. Le curieux retourna vers sa compagnie, et, un moment après, l'hôte vint servir.

« Combien y a-t-il d'ici à l'Adda? lui dit Renzo à demi-voix, de cet air indifférent à demi niais que nous lui avons vu prendre quelquefois.

— A l'Adda... pour passer l'eau?

— C'est-à-dire... oui... à l'Adda.

— Voulez-vous passer par le pont de Cassano ou par le bac de Canonica?

— Où que ce soit... je le demande par simple curiosité.

— Hé! je vous le dis parce que ce sont les lieux par où passent les honnêtes gens, ceux qui peuvent rendre compte de leurs actions.

— C'est bien. Et combien y a-t-il?

— Il faut compter que, tant par un endroit que par l'autre, un peu plus, un peu moins, il y a six milles.

— Six milles! Je ne le savais pas, dit Renzo. Mais, reprit-il ensuite d'un air d'indifférence qui allait jusqu'à l'affectation; mais, si l'on avait besoin de raccourcir, j-aurait-il d'autres endroits pour passer?

« — Assurément, » répondit l'hôte en le regardant fixement avec des yeux pleins d'une curiosité maligne. Cela suffit pour faire expirer dans la bouche du jeune homme les autres questions qu'il tenait toutes prêtes. Il tira le plat vers lui; et, regardant la demi-bouteille que l'hôte avait posée sur la table, il dit : « Le vin est-il franc?

« — Comme l'or. Demandez plutôt à tous les habitants du village et des environs. D'ailleurs vous en jugerez. » Cela dit, il alla se joindre à l'assemblée.

« Que maudits soient les hôtes! s'écria Renzo en son cœur. Plus j'en connais, pires je les trouve. »

Il se mit pourtant à manger de bon appétit, prêtant en même temps l'oreille, sans en faire semblant, afin de reconnaître le pays, d'apprendre ce que l'on pensait en ce lieu du grand événement auquel il n'avait pas pris une petite part, et d'observer surtout si parmi ces grands discoureurs, il n'y aurait pas un brave homme à qui un pauvre garçon pût se hasarder de demander sa route sans crainte d'être mis à l'étroit et sans être forcé de parler de ses affaires.

« Mais, disait l'un, il paraît que cette fois les Milanais ont voulu en faire de bonnes. Suffit; demain au plus tard on en saura quelque chose.

« — Je me repens de ne pas être allé à Milan ce matin, dit l'un.

« — Si tu y vas demain, j'irai aussi, dit l'un, puis un second, puis un troisième.

« — Ce que je voudrais savoir, reprit le premier, c'est si ces messieurs de Milan penseront un peu au pauvre monde du dehors, ou s'ils ne songeront à obtenir quelque chose que pour eux. Vous savez comme ils sont faits. Les citadins sont orgueilleux; ils ne pensent qu'à eux : les villageois sont traités comme s'ils n'étaient pas chrétiens.

« — Nous avons aussi une bouche, soit pour manger, soit

pour dire notre raison, dit une autre voix d'autant plus timide que la proposition était plus audacieuse. Et puisque la chose est en route... Mais il ne jugea pas à propos d'achever la phrase.

— Ce n'est pas seulement à Milan qu'il y a du blé caché, » commençait un autre d'un air malin et mystérieux, lorsqu'on entendit tout à coup le bruit des pas d'un cheval qui s'approchait. Ils courent tous vers la porte; ils reconnaissent l'homme qui arrive, et vont tous au-devant de lui. C'était un marchand de Milan qui allait souvent à Bergame pour son commerce, et avait coutume de passer la nuit dans cette auberge. Comme il y trouvait presque toujours la même compagnie, il avait lié connaissance avec chacun d'eux. Ils se pressent autour de lui; l'un prend la bride, l'autre l'étrier. « Soyez le bienvenu.

— Soyez les bien trouvés.

— Avez-vous fait un bon voyage?

— Très-bon. Et vous autres, comment allez-vous?

— Bien, bien. Quelles nouvelles de Milan?

— Ah! voilà des choses bien nouvelles, en vérité, dit le marchand en descendant et en laissant le cheval aux mains d'un garçon. Et d'ailleurs, continua-t-il en entrant par la petite porte avec la bande oisive, à cette heure, vous le savez peut-être mieux que moi.

— Sur ma foi, nous ne savons rien, dirent-ils presque tous en mettant la main sur le cœur.

— Est-ce possible?... Eh bien, vous en entendrez de belles..., ou plutôt de bien laides. Hé! l'hôte! mon lit accoutumé n'est-il pas occupé? C'est bien. Un verre de vin et mon ragoût accoutumé. Vite, vite, parce que je me veux mettre au lit de bonne heure, et partir de très-grand matin pour arriver à Bergame à l'heure du dîner. Et vous autres, poursuivit-il en s'asseyant à la table du côté opposé à celui où Renzo était silencieux et attentif, vous ne savez pas toutes les diableries d'hier?

— Nous avons entendu parler d'hier.

— Vous voyez donc bien que vous savez les nouvelles. Je

savais très-bien aussi qu'en étant là toujours de garde pour
guetter les passants...

— Mais aujourd'hui? comment cela est-il allé aujourd'hui?

— Ah! aujourd'hui? Vous ne savez rien d'aujourd'hui?

— Rien du tout. Il n'est passé personne.

— Laissez-moi m'humecter les lèvres, et je vous dirai
les choses d'aujourd'hui. »

Il remplit le verre jusqu'au bord, le prit de la main
droite, puis avec les deux premiers doigts de l'autre main
releva ses moustaches, puis aplatit sa barbe avec la paume,
but, et reprit . « Aujourd'hui, mes chers amis, peu s'en
est fallu que la journée ne fût aussi chaude qu'hier, et pire
encore. Et je ne peux presque pas croire que je sois ici à
vous le conter, car j'avais déjà mis de côté toute idée de
voyage pour rester à garder ma pauvre boutique.

— Qu'y avait-il donc! dit l'un des auditeurs.

— Ce qu'il y avait? vous le verrez. » Et, découpant la
viande qu'on lui avait servie, et puis se mettant à manger,
il poursuivit son récit. La troupe, debout à droite et à
gauche de la table, l'écoutait la bouche béante. Renzo, à
sa place, sans paraître y porter la moindre attention, était
peut-être le plus attentif de tous, et il mangeait lentement, lentement, ses dernières bouchées.

« Ce matin donc les brigands qui avaient fait hier cet
horrible fracas se trouvèrent aux portes convenues (on
était déjà d'intelligence, tout était préparé d'avance); ils
se mirent ensemble, et recommencèrent cette belle histoire de courir de rue en rue en criant pour faire amasser
le peuple. Vous savez qu'il en est de ces gens-là comme
lorsque l'on balaye la maison, parlant avec respect : plus
on avance, plus le tas d'ordures grossit. Quand il leur
sembla qu'il y avait suffisamment de peuple, ils se dirigèrent vers la maison du vicaire de la Provision, comme si
ce n'était pas assez des atrocités qu'ils lui ont faites hier!
à un seigneur de ce caractère! Oh! les scélérats! Et les injures qu'ils vomissaient contre lui! Tout était invention et

fausseté : c'est un seigneur homme de bien, ponctuel ; et je puis le dire, moi, car je connais toutes ses affaires, et je le fournis de draps pour sa livrée. Ils s'acheminèrent donc vers cette maison. Il fallait voir cette canaille, ces visages ! Figurez-vous qu'ils ont passé devant ma boutique. Ce sont des visages tels que... les Juifs de la *Via Crucis* ne sont rien auprès. Et les horreurs qui sortaient de leurs bouches ! c'était à se boucher les oreilles, si l'on n'avait pas tant risqué à se faire remarquer. Ils allaient donc avec la bonne intention d'y mettre le sac ; mais... » Et là, levant et étendant la main gauche, il appuya l'extrémité de son pouce sur l'extrémité de son nez.

« Mais ? » dirent presque tous les écoutants.

« Mais ils trouvèrent la rue fermée par des poutres et des charrettes, et derrière cette barricade une belle file de miquelets, avec les arquebuses en joue, les crosses appuyées sur les moustaches. Quand ils virent cette cérémonie... Qu'auriez-vous fait, vous autres ?

— Retourner en arrière.

— Assurément ; et c'est ce qu'ils firent. Mais voyez un peu si ce n'était pas le diable qui les poussait ! Les voilà sur le Cordusio ; ils voient le four qu'ils avaient voulu saccager hier. Et que faisait-on dans cette boutique ? On distribuait le pain aux acheteurs. Il y avait des chevaliers, et la fleur des chevaliers, qui veillaient à ce que tout se passât en bon ordre. Ceux-ci (ils avaient le diable au corps, vous dis-je, et puis il y en avait qui leur soufflaient aux oreilles), ceux-ci entrent en rage : Pille, toi, je pillerai aussi. En un clin d'œil, chevaliers, boulangers, acheteurs, pain, comptoir, bancs, huches, sacs, bluteaux, son, farine, pâte, tout est sens dessus dessous.

— Et les miquelets ?

— Les miquelets avaient la maison du vicaire à garder. On ne peut pas chanter et porter la croix. Ce fut fait en un clin d'œil, vous dis-je. Pille, pille ; tout ce qu'il y avait à prendre fut emporté. Et puis on proposa ce beau divertissement d'hier, de brûler le reste sur la place, et d'en faire un feu de joie. Et déjà les scélérats commençaient à tout trainer hors de la maison, quand l'un d'entre eux... Devinez un peu quelle belle proposition il mit en campagne?

— Quoi donc?

— Quoi? de faire un monceau de tout dans la boutique, et de mettre le feu au monceau et à la maison ensemble. Aussitôt dit que fait...

— Ils y ont mis le feu?

— Attendez. Un brave homme du voisinage eut une inspiration du ciel. Il monte, il court dans les appartements, il cherche un crucifix, le trouve, le plante sur une fenêtre, ôte d'un chevet de lit deux bougies bénites, les allume, et les place à droite et à gauche du crucifix. Le monde regarde en haut. Dans un Milan, il le faut dire, il y a encore un peu de crainte de Dieu : chacun rentra en lui-même, je veux dire la plus grande partie. Il y avait bien des démons qui, pour voler, auraient mis le feu même au paradis ; mais, voyant que le monde n'était pas de leur avis, ils furent obligés de se tenir tranquilles. Devinez maintenant ce qui survint ! Tous les monsignori de la cathédrale en procession, la croix haute, en habit pontifical; et monseigneur l'archiprêtre commença à prêcher d'une part, et monseigneur le pénitencier d'une autre, et puis d'autres d'ici et de là : Mais, braves gens, mais que voulez-vous faire? mais est-ce là l'exemple que vous donnez à vos enfants? Mais retournez chez vous; mais vous aurez le pain à bon marché; mais allez voir, la *meta* est affichée dans tous les coins.

— Était-ce vrai?

— Comment ! si c'était vrai? Voulez-vous que les monsignori de la cathédrale viennent en grande cape pour conter des sornettes?

— Et que fit le peuple?

— Peu à peu tout le monde s'en alla; on courut à tous les coins; la *meta* s'y trouvait pour qui savait lire. Dites un peu ! le pain d'un sou, huit onces de poids.

— Quel bonheur !

— La vigne est belle ; pourvu que cela dure ! Savez-vous combien on a gaspillé de farine entre hier et ce matin ? De quoi nourrir tout le duché pendant deux mois.

— Et n'a-t-on fait aucune bonne loi pour nous autres du dehors ?

— Ce qu'on a fait à Milan ne regarde que la ville. Je ne sais que vous dire : pour vous autres il en sera ce que Dieu voudra. Le tumulte a entièrement cessé maintenant. Je ne vous ai pas tout dit. Voici le bon...

— Qu'y a-t-il encore ?

— Il y a qu'hier au soir ou ce matin on a arrêté plusieurs chefs, et l'on a su aussitôt que quatre seront pendus. A peine ce bruit a-t-il commencé à se répandre, que chacun a couru au logis par le chemin le plus court, pour ne pas risquer de faire le nombre de cinq. Milan, lorsque j'en suis sorti, ressemblait à un couvent de moines.

— Mais les pendra-t-on vraiment ?

— Sans doute, et bientôt, répondit le marchand.

— Et que fera le peuple ? demanda encore celui qui avait fait l'autre question.

— Le peuple ira voir, dit le marchand. Ils avaient tant d'envie de voir pendre un chrétien en plein air, qu'ils voulaient, les scélérats, se procurer ce plaisir sur le vicaire de la Provision. Ils auront en échange quatre coquins, servis avec toutes les formalités, accompagnés des capucins et des frères de la Bonne Mort[1] : ce sont des gens qui l'ont mérité. C'est une providence, voyez-vous ; c'était une chose nécessaire. Ils commençaient déjà à prendre l'habitude d'entrer dans les boutiques, et de se servir sans mettre la main à la bourse. Si on les avait laissés faire, après le pain serait venu le tour du vin, et ainsi de suite... Jugez si ces gens-là auraient laissé tomber de leur propre volonté une habitude si commode ! Et je vous peux assurer que, pour un brave homme qui a une boutique ouverte, c'était une pensée fort peu agréable.

[1] Confrérie qui existe sous le même nom dans le midi de la France.

« — Assurément, dit l'un des écoutants. — Assurément, répétèrent les autres en chœur.

— Et, » continua le marchand en s'essuyant la barbe avec la nappe, « c'était préparé de longue main. Il y avait une ligue, le savez-vous?

— Il y avait une ligue?

— Il y avait une ligue. C'étaient toutes cabales ourdies par les Navarrois, par ce cardinal de France, vous savez, qui a un nom à demi turc, et qui, chaque jour, en imagine une nouvelle pour faire quelque affront à la couronne d'Espagne. Mais c'est surtout à Milan qu'il vise, parce qu'il comprend bien, le fourbe, que c'est là qu'est la force du roi.

— Allons!

— En voulez-vous voir la preuve? Ceux qui ont fait le bruit étaient étrangers; il y avait par les rues des figures qu'on n'avait jamais vues à Milan. J'oubliais même de vous dire une chose qui m'a été donnée pour sûre. La justice en avait attrapé un dans une hôtellerie... »

Quand on toucha cette corde, Renzo, qui ne perdait pas une syllabe de cette conversation, fut saisi d'un frisson, et tressaillit avant qu'il pût penser à se contenir. Personne toutefois ne s'en aperçut, et l'orateur, sans interrompre un seul moment le récit, avait poursuivi :

« On ne sait pas bien encore d'où il venait, par qui il avait été envoyé, ni quelle espèce d'homme ce pouvait être; mais assurément c'était un des chefs. Hier, au fort du bacchanal, il avait fait le diable. Ensuite, non content de cela, il s'était mis à pérorer, et à proposer une toute petite gentillesse : il voulait qu'on tuât tous les *signori*. Scélérat! qui ferait vivre le monde quand tous les *signori* auraient été tués? La justice, qui l'avait guetté, lui mit les mains dessus, et on trouva sur lui un paquet énorme de lettres, et on le menait en prison. Mais quoi! ses compagnons, qui rôdaient autour de l'hôtellerie, vinrent en grande force et le délivrèrent. Le coquin!

— Et qu'en est-il avenu?

— On l'ignore. Il se sera sauvé, ou il se sera caché dans Milan. Ce sont des gens qui n'ont ni feu ni lieu, et qui trouvent partout à se cacher, du moins tant que le diable peut et veut les aider. Ils donnent ensuite dans le piége quand ils y pensent le moins, parce que, quand la poire est mûre, il faut qu'elle tombe. Pour l'heure on sait de science certaine que les lettres sont restées aux mains de la justice et que toute la cabale y est décrite ; et l'on dit qu'il y aura beaucoup de monde compromis. Ils ont mis Milan sens dessus dessous ; ils voulaient faire pis encore : autant en soit-il d'eux. On dit que les boulangers sont des coquins. Je le sais aussi, moi ; mais il faut les pendre judiciairement. Il y a du blé caché, qui ne le sait ? mais c'est à ceux qui commandent qu'il appartient d'y bien veiller, et de l'aller déterrer, et de faire battre des entrechats en l'air aux accapareurs en compagnie des boulangers. Et si ceux qui commandent ne font rien, la ville doit réclamer ; et s'ils ne prêtent pas d'abord l'oreille, il faut réclamer encore : à force de réclamer on finit par obtenir. Voilà comme on agit, et on ne va pas mettre en avant une manière si scélérate d'entrer en rage dans les boutiques et dans les magasins pour piller. »

Le peu que Renzo avait mangé s'était changé en poison. Il aurait donné un bras pour être loin de cette hôtellerie, de ce village. Il s'était dit plus de dix fois : « Partons, partons. » Mais la peur d'être soupçonné, cette peur, accrue alors outre mesure, et devenue le tyran de toutes ses pensées, l'avait retenu cloué sur son banc. Dans cette perplexité, il pensa que le bavard finirait enfin de parler de lui, et il résolut en lui-même de se lever aussitôt qu'il entendrait entamer un autre sujet de conversation.

« C'est pour cela, dit quelqu'un de la compagnie, que moi, qui sais comment vont ces sortes d'affaires, et que les honnêtes gens ne sont pas bien dans les tumultes, je ne me suis pas laissé vaincre par la curiosité, et je suis resté tranquille chez moi.

— Et moi, ai-je bougé ? dit un autre.

— Moi, ajouta un troisième, si je m'étais trouvé par hasard à Milan, j'aurais laissé inachevée quelque affaire que ce fût, et je serais retourné aussitôt chez moi. J'ai femme et enfant; et puis, je dis la vérité, le tapage ne me plaît pas. »

A ce point, l'hôte, qui s'était mis aussi à écouter, alla vers l'autre extrémité de la table pour voir ce que faisait cet étranger. Renzo prit la balle au bond; il appela l'hôte à lui par un signe, lui demanda son compte, le paya sans marchander, bien que les eaux fussent bien basses; et, sans faire aucun autre mouvement, il alla en droite ligne vers la porte de la rue, franchit le seuil, observa bien de ne pas retourner du côté par où il était venu, et se mit en route du côté opposé, à la garde de Dieu.

XVII

Il suffit souvent d'un désir pour tourmenter un homme: jugez ce que ce doit être lorsqu'on éprouve en même temps deux désirs contraires! Le pauvre Renzo était, comme vous savez, dans cette fâcheuse position. Il concevait à la fois le désir de fuir et le désir de se tenir caché. Les discours de ce marchand malencontreux l'avaient jeté dans une inconcevable agitation d'esprit. Hélas! il n'en peut donc plus douter! son aventure a fait du bruit; on cherche à s'emparer de lui! Qui sait combien de sbires sont en campagne pour lui donner la chasse? Qui sait quels ordres ont été donnés de surveiller les villages, les hôtelleries, les chemins?

Il pensait bien aussi qu'au bout du compte il n'y avait que deux sbires qui le connussent, et qu'il ne portait pas son nom écrit sur son visage; mais il lui revenait en tête mille et une histoires qu'il avait ouï raconter sur des fugitifs arrêtés et découverts dans des chemins écartés, qu'on avait reconnus à leur manière d'aller, à leur air suspect, à d'autres signes imprévus. Tout lui portait ombrage. Quoiqu'au moment où il sortait de Gorgonzola on sonnât l'*Ave Maria*, et que les ténèbres toujours croissantes diminuassent de plus en plus le danger, il ne prit pourtant qu'à regret la grand'route, et il se promit bien d'entrer dans le premier sentier qui lui semblerait se diriger du côté où il désirait si ardemment d'arriver. Il rencontra d'abord quelques voyageurs; mais, l'imagination remplie de ces fatales craintes, il n'eut pas le courage de les accoster pour prendre langue. « L'hôte a dit qu'il y a six milles, pensa-t-il. S'il y en a huit ou dix en cheminant par les sentiers, les jambes qui ont fait les autres feront encore ceux-ci. Je ne vais assurément pas du côté de Milan, donc je vais du côté de l'Adda. En marchant, en marchant toujours, j'y arriverai tôt ou tard. L'Adda a la voix assez forte pour se faire entendre. Quand j'en approcherai, je n'aurai plus besoin qu'on me l'indique. S'il y a quelque barque pour passer l'eau, je la passerai aussitôt; sinon je m'arrêterai jusqu'à demain matin dans un champ, sur l'herbe, comme les moineaux. Il vaut mieux dormir sur l'herbe qu'en prison. »

Il vit bientôt un petit chemin de traverse s'ouvrir à sa gauche, et il s'y jeta. A cette heure, s'il avait rencontré quelqu'un sur sa route, il l'aurait interrogé sans crainte; mais on n'entendait pas un seul bruit de pas. Il allait donc en se laissant guider par le chemin, et il réfléchissait :

« Moi, faire le diable! moi, assassiner tous les signori! Un paquet de lettres, moi! Mes compagnons qui restaient à faire le guet! Je donnerais quelque chose de bon cœur pour me trouver nez à nez avec ce marchand de l'autre côté de l'Adda (ah! quand l'aurai-je passée, cette bienheureuse Adda!); je l'arrêterais pour lui demander, mais je dis poliment, où il a pêché toutes ces belles nouvelles. Apprenez, mon cher monsieur, que la chose s'est passée de telle et telle manière. J'ai fait le diable, dites-vous; j'ai secondé Ferrer, comme s'il avait été mon propre frère. Apprenez que ces scélérats qui étaient mes amis, à vous entendre, m'ont voulu faire un mauvais parti, parce que, en un certain moment, j'ai parlé en bon chrétien. Apprenez enfin que, tandis que vous étiez à garder votre boutique, je me faisais écraser les côtes pour sauver votre seigneur vicaire de la Provision, que je n'ai jamais vu ni connu. Vous pouvez attendre que je me remue une autre fois pour secourir des signori... Il est vrai qu'on le doit faire par bonté d'âme : les signori sont aussi notre prochain. Et ce gros paquet de lettres où était toute la cabale, ce paquet de lettres qui est maintenant aux mains de la justice, ainsi que vous le dites avec tant d'assurance, si je vous le faisais paraître ici sans l'aide du diable. Êtes-vous curieux de le voir? Le voilà, ce paquet... C'est une seule lettre!... Oui, monsieur, une seule lettre. Et cette lettre, savez-vous qui l'a écrite? C'est un religieux, si vous le voulez savoir, qui vous pourrait donner des leçons sur tout. Sans vous mépriser, un seul poil de sa barbe vaut mieux que toute la vôtre. Il l'a écrite, cette lettre, comme vous voyez, lui voudrais-je dire, à un autre religieux qui est aussi un homme... Vous voyez maintenant quels sont ces brigands, mes amis. Apprenez un peu à parler une autre fois, surtout quand il s'agit de votre prochain. »

Mais, après quelque temps, ces pensées firent place à d'autres. Les circonstances présentes occupaient toutes les facultés du pauvre voyageur. La crainte d'être poursuivi ou découvert, cette crainte, qui durant le jour avait rendu son voyage si amer, ne lui donnait plus de souci ; mais que de choses rendaient celui-ci plus triste! Les ténèbres, la solitude, la fatigue toujours croissante et toujours plus pénible! Il soufflait une bise froide, égale, pénétrante, et le pauvre Renzo n'avait sur le corps que ces vêtements légers qu'il avait mis pour aller à l'église, et retourner triomphant au logis après son mariage. C'était beaucoup déjà ; pour surcroît de malheur, il lui fallait aller à l'aventure, et chercher, sans savoir où, un gîte où il pût prendre en sûreté un moment de repos.

Quand il venait à traverser quelque village, il cheminait doucement, doucement. Il regardait toutefois si quelque porte était encore ouverte ; mais tout le monde était

couché. Il ne voyait que rarement, et à de longs intervalles, une faible lumière percer à travers quelques châssis de croisée. Le hameau franchi, il s'arrêtait à chaque
instant sur la route, il prêtait l'oreille, il cherchait à entendre ce bienheureux murmure de l'Adda ; mais c'était
vainement. Il n'entendait d'autre bruit qu'un long hurlement de chiens qui partait de quelque chaumière isolée, se
perdant dans le vague de l'air, plaintif à la fois et menaçant.
À son approche, le hurlement se changeait en aboiement
animé, furieux. Arrivé devant la chaumière, il entendait, il
voyait presque l'animal, le museau au défaut de la porte,
redoubler ses hurlements ; cette circonstance lui ôtait la
tentation de heurter et de demander à être abrité. Peut-
être même, sans la crainte des chiens, n'aurait-il pas eu plus
de courage. « Qui est là? pensait-il ; que voulez-vous à
cette heure ? comment êtes-vous arrivé ici? faites-vous
connaître ; est-ce qu'on manque d'auberges où passer la
nuit? voilà, si je frappe, la meilleure réponse que je pourrai recevoir. Bienheureux encore si je n'avais pas affaire à
quelque poltron qui se mettrait à crier : Au secours ! au voleur !... Il faut avoir aussitôt quelque chose de net à répondre, et qu'ai-je à répondre, moi? Celui qui entend du
bruit la nuit ne rêve que voleurs, que mauvais garnements,
que piéges. On ne croit jamais qu'un honnête homme
puisse se trouver à rôder de nuit, si ce n'est un gentilhomme en carrosse. » Alors il gardait ce parti pour l'extrême nécessité, et il allait en avant, toutefois avec l'espérance de découvrir au moins l'Adda, s'il ne la pouvait pas
passer cette nuit, et dans la ferme résolution de ne pas rechercher le grand jour.

Il continua donc sa route. Il arriva en un lieu où la
campagne cultivée mourait en une lande de fougère et
d'arbrisseaux. Cela lui parut, sinon les approches d'un
fleuve, au moins un indice favorable, et il s'y engagea en
suivant le sentier qui le traversait. Quand il eut fait quelques pas, il se mit à prêter l'oreille, mais en vain. Ce lieu
désolé, où il ne voyait plus ni un mûrier, ni une vigne, ni

aucune trace de culture qui, jusqu'alors, avait semblé
lui faire une demi-compagnie, accrut encore l'ennui du
chemin. Il alla toutefois de l'avant, et, comme dans son
esprit commençaient à s'élever certaines images, certaines
apparitions, vains restes de mille histoires qu'il avait ouï
raconter, lui, pour les chasser ou pour les apaiser, réci-
tait, en cheminant, et répétait les prières pour les morts.

Peu à peu il atteignit des buissons plus élevés de ronces,
de pruniers, de chênes nains[1]. En avançant toujours, et
en doublant le pas avec plus d'impatience que de joie, il
commença à voir entre les broussailles quelques arbres
épars. Il avance toujours, toujours, guidé par le même
sentier, et il tombe dans un bois touffu. Il éprouvait d'a-
bord une certaine répugnance à s'y engager; mais il la
surmonta, et, quoique à contre-cœur, il passa outre. Plus
il s'y enfonçait, plus sa répugnance augmentait. Chaque
objet lui donnait de l'ennui. Les arbustes qu'il apercevait de loin, et qu'il regardait fixement, lui apparaissaient
sous des aspects étranges, difformes, étonnants; l'ombre
des cimes légèrement agitées qui tremblait sur le sentier éclairé par la lune lui déplaisait. Le bruissement des
feuilles sèches que ses pieds foulaient avait pour son oreille
je ne sais quoi de sinistre. Vaincu, hors de lui, ses jambes,
par un instinct machinal, voulaient prendre leur course et
l'emporter hors de ces lieux; mais il semblait en même
temps qu'elles se dérobassent sous lui, qu'elles eussent
peine à le soutenir. Il sentait la bise battre plus froide et
plus aiguë sur son visage et sur ses joues; il la sentait
s'insinuer et courir entre les vêtements et la chair, les
raidir, les pénétrer jusqu'aux os affaiblis, et éteindre ce
dernier reste de vigueur. Il y eut un moment où cette impression de peine, cette horreur indéfinissable, contre lesquelles sa raison combattait depuis quelque temps, sem-
blèrent tout à coup se surmonter. Il était sur le point de
perdre la tête; mais, effrayé de   terreur plus que de

<hr>

[1] *Quercioule.* C'est le chêne sur lequel on recueille le kermès. Je crois
qu'il est inconnu dans le nord de la France.

toute autre chose, il rappela au cœur ses anciens esprits, et leur ordonna de le conduire. Ainsi rassuré un moment, il s'arrêta pour délibérer. Il résolut de sortir aussitôt de ce bois fatal par le chemin qu'il avait déjà parcouru, d'aller droit au dernier village qu'il avait traversé, de retourner parmi les hommes, et d'y chercher un asile même à l'hôtellerie. Comme il s'arrête, les feuilles cessent de crier sous ses pieds, tout se tait autour de lui ; le vent apporte un bruit nouveau à son oreille. C'est un léger murmure, le murmure d'une eau qui court. Il écoute, il interroge l'air, il cherche à s'assurer si ce n'est point une erreur de ses sens, il s'écrie : « C'est l'Adda ! » On eût dit qu'il retrouvait un ami, un frère, un sauveur. La fatigue s'évanouit, son pouls recommença à battre ; il sentit le sang circuler libre et chaud dans toutes ses veines, il sentit ses pensées renaître plus calmes, plus confiantes, et se dissiper en grande partie ce trouble, cette vague inquiétude, ces craintes qui le dominaient. Il n'hésita pas à s'enfoncer toujours plus avant dans le bois, en se dirigeant vers ce bruit ami.

Il arriva bientôt à l'extrémité de la plaine, sur la lisière d'une large rive. En regardant à travers les broussailles qui la couvraient de toutes parts, il vit au loin briller l'eau qui courait. Il lève la tête, il découvre la vaste plaine de l'autre rive semée de villages ; au delà des collines, et sur l'une d'elles une large tache blanchâtre dans laquelle il croit distinguer une ville, Bergame assurément. Il descend un peu sur le penchant, et, se faisant jour des mains et des bras à travers les broussailles, il cherche à voir si quelque barque est en mouvement sur ce fleuve ; il écoute s'il n'entendra pas le bruit des rames qui fendent l'eau ; mais il ne voit, il n'entend rien. Si ç'avait été quelque chose de moins que l'Adda, Renzo serait descendu alors pour tenter le gué ; mais il savait bien qu'avec l'Adda ce n'était pas une chose qu'il fût prudent d'essayer.

Toutefois, il se mit à délibérer très-posément en lui-même sur le parti à prendre. Se coucher sur l'herbe et res-

ter là à attendre l'aurore, peut-être pour six heures qu'elle
pouvait encore tarder à paraître, avec cette bise, avec cette
gelée blanche, sous cet habit léger, il y en avait plus qu'il
ne fallait pour transir. Se promener à grands pas à droite,
à gauche, en avant, en arrière, pour se réchauffer pendant
tout ce temps, aurait été d'un faible secours contre la rigueur du froid de la nuit; et c'était d'ailleurs par trop
exiger de ses pauvres jambes, qui avaient déjà fait plus que
leur devoir. Il se souvint à point nommé d'avoir vu dans
un des champs les plus voisins de la lande inculte un *cascinotto*. C'est le nom que les paysans de la plaine du Milanais donnent à des cabanes couvertes de paille, construites
avec des troncs et des rameaux d'arbres, bâties et calfeu-
trées avec de la boue, où ils ont l'habitude, l'été, de déposer
les récoltes et de dormir la nuit pour les garder. Dans les
autres saisons, elles restent abandonnées. Il la choisit
aussitôt pour son hôtellerie; il s'engagea de nouveau dans
le sentier, repassa le bois, les buissons, la lande; arrivé
dans les champs cultivés, il revit le *cascinotto*, et il y alla.
Une petite porte vermoulue et à demi brisée était rabat-
tue, sans clef ni cadenas, sur le seuil; Renzo la tire à lui;
il entre : il voit, soutenue par des branches d'arbres et
suspendue en l'air, une claie en guise de hamac, mais il ne
se soucie pas d'y monter. Il vit un peu de paille sur la
terre, et il pensa que même là il pourrait goûter les douceurs du sommeil.

Avant de se jeter sur le lit que la Providence lui avait
préparé, il s'agenouilla pour lui rendre grâces de ce bienfait et de toute l'assistance qu'il en avait reçue dans cette
terrible journée. Il dit ensuite ses prières accoutumées.
Après les avoir terminées, il demanda pardon au Seigneur
d'avoir négligé de les dire le soir précédent, d'être allé
dormir comme un chien, et pis encore, ce sont ses expressions. « C'est pour cela, » ajouta-t-il à part soi, en appuyant les mains sur la terre qui lui servait de matelas, et
en s'étendant de tout son long, « c'est pour cela qu'au matin m'est échu ce beau réveil. » Il amoncela ensuite en un

seul tas toute la paille qui était autour de lui, il en couvrit son corps, s'en fit, du mieux qu'il put, une espèce de couverture contre la rigueur du froid qui pénétrait dans la cabane, et il se tapit dessous en ramassant ses membres, avec l'intention de faire un bon somme, car il lui semblait l'avoir acheté assez cher dans cette journée.

A peine eut-il fermé l'œil, que, dans sa mémoire ou dans son imagination (je ne saurais pas indiquer le lieu précis), commencèrent à aller, venir, se presser, les images de tant de gens, que ces distractions sans fin chassèrent loin de lui toute idée de sommeil. Il revoyait le marchand, le notaire, les sbires, le fourbisseur, l'hôte, Ferrer, le vicaire, la compagnie de l'hôtellerie, toute cette foule par les rues, puis don Abbondio, puis don Rodrigo. De tant de gens, il n'y en avait aucun qui ne portât à Renzo un souvenir d'aventure ou de douleurs.

Trois images seules lui apparaissaient exemptes de tout souvenir amer, pures de tout soupçon, entièrement aimables, et deux surtout très-dissemblables sans doute, mais étroitement liées l'une à l'autre dans le cœur du jeune homme : c'étaient une tresse de noirs cheveux et une barbe blanche. Mais le plaisir que sa pensée goûtait à s'arrêter sur ces images était bien loin d'être pur et tranquille. En se représentant le bon frère, il ressentait plus vivement la honte de ses escapades, de sa honteuse intempérance, du peu de compte qu'il avait tenu des conseils que celui-ci lui avait donnés; et en contemplant l'image de Lucia, nous n'essayerons pas de dire ce qu'il sentit. Le lecteur connaît les circonstances; il l'imagine aisément. Et cette pauvre Agnese! il n'oubliait pas non plus cette Agnese qui l'avait choisi, qui l'avait déjà considéré comme ne faisant plus qu'un avec sa fille, et qui, avant de recevoir de lui le nom de mère, en avait pris le langage, le cœur, les manières, la tendre sollicitude. Mais que la pauvre femme fût maintenant chassée de chez elle, fugitive, incertaine de l'avenir; qu'elle ne trouvât que des chagrins et des peines là où elle avait espéré de trouver le repos et la joie de ses dernières années, et que sa bienveillance, ses généreuses intentions, en fussent la seule cause : voilà ce qui était la plus poignante des douleurs pour le cœur du jeune homme. Quelle nuit, pauvre Renzo! et cette nuit devait être la cinquième de ses noces. Quelle chambre! quel lit nuptial! et après quelle journée! et pour arriver à quel lendemain, à quelle suite de jours! « A la volonté de Dieu! » répondit-il aux pensées qui l'assiégeaient et le tourmentaient toujours de plus en plus, « à la volonté de Dieu! Il sait ce qu'il fait; il veille aussi sur nous. J'accepte tout, en pénitence de mes péchés. Lucia est si bonne! le Seigneur ne la voudra pas faire souffrir si longtemps, si longtemps, si longtemps! »

Au milieu de ses rêveries, il desespérait toujours de gagner le sommeil, le froid lui devenait insupportable. Il grelottait, ses dents claquaient involontairement; il soupirait après la venue du jour, et il mesurait avec impatience le lent courir des heures. Je dis qu'il les mesurait, parce qu'à chaque demi-heure il entendait, dans ce vaste silence, retentir les sons d'une horloge. Je suppose que ce devait être celle de Trezzo. La première fois que ce bruit inattendu, ce bruit dont il ne pouvait deviner l'origine, vint frapper son oreille, il lui porta je ne sais quoi de mystérieux et de solennel, le sens d'un avertissement qui venait d'une personne invisible avec une voix inconnue.

Quand le marteau eut frappé onze coups[1] (c'était l'heure que Renzo avait fixée pour son lever), il se leva tout engourdi, étendit les jambes et les bras, secoua sa taille et ses épaules, comme pour joindre ensemble les membres, qui semblaient n'agir que chacun pour soi; souffla dans l'une, puis dans l'autre main, les frotta, et ouvrit la porte du *cascinotto*. Avant tout, il jeta un rapide regard autour de lui pour voir s'il n'y avait personne. Il chercha ensuite de l'œil le sentier qu'il avait parcouru le soir pré-

[1] On comptait autrefois et dans certaines parties de l'Italie on compte encore par vingt-quatre heures. La première heure était celle qui précède la nuit; en hiver, le onzième coup correspondait à peu près à quatre heures du matin.

cédent; il le reconnut plus aisément qu'il ne l'espérait, d'après les images confuses de la veille, et il se mit en route.

Le ciel annonçait une belle journée. La lune sur son déclin, pâle et sans rayons, brillait dans le champ immense d'un ciel gris d'azur, qui, vers l'orient, allait en s'évanouissant légèrement dans un jaune rosé. Plus loin, touchant l'horizon, s'étendaient en longs flocons inégaux des nuages plutôt azurés que bruns, dont les derniers étaient bordés d'une bande de feu qui, de moment en moment, devenait plus vive et plus tranchante. Vers le midi, d'autres nuages amoncelés, légers et souples allaient en se teignant de mille couleurs sans nom. C'était bien là le ciel de Lombardie, si beau quand il est beau, si brillant, si calme. Si Renzo s'était trouvé là pour son plaisir, il se serait assurément arrêté pour contempler cette aube si différente de celle qu'il avait coutume de voir dans ses montagnes; mais il regardait la terre et il allait en courant, autant pour se réchauffer que pour arriver plus vite. Il dépasse les champs, il dépasse les arbrisseaux, il dépasse les broussailles, il traverse le bois en regardant autour de lui, et en songeant avec une espèce de pitié à la terreur qu'il y avait éprouvée quelques heures auparavant. Il parvient à la naissance de la rive; il regarde en bas : à travers les broussailles il voit une petite barque de pêcheur qui vient lentement contre le fil de l'eau en rasant le bord. Il descend aussitôt par le chemin le plus court à travers les ronces; il est sur la rive; il appelle à demi-voix le pêcheur, et, avec l'intention d'avoir l'air de lui demander un service de peu d'importance, mais, sans s'en apercevoir, d'un air à demi suppliant, il lui fait signe de s'approcher. Le pêcheur jette un regard le long de la rive, regarde attentivement et fort loin devant lui l'eau qui vient, se tourne pour regarder derrière au loin l'eau qui va, dirige ensuite la proue vers Renzo, et aborde Renzo, qui était sur la dernière extrémité de la rive, presque avec un pied dans l'eau, saisit la pointe de la proue, et saute dans le bateau.

« Rendez-moi un service, en vous payant pourtant, dit-il.
Je voudrais passer un moment sur l'autre bord. »

Le pêcheur l'avait deviné, et déjà il tournait la proue
de ce côté. Renzo aperçoit une autre rame au fond de la
barque ; il se baisse et s'en saisit.

« Doucement, doucement, » dit le patron. Mais voyant
ensuite avec quelle adresse le jeune homme avait empoi-
gné la rame et se disposait à la manier : « Ah! ah! ajouta-
t-il, vous êtes du métier?

— Un tantinet, » répondit Renzo ; et il se mit à ramer
avec une vigueur et une adresse qui n'étaient pas celles
d'un amateur. En voguant, toujours à tour de bras, il jetait de temps en temps un regard sombre sur la rive d'où
il s'éloignait, et puis un regard inquiet sur celle où il tendait. Il était au supplice d'être contraint d'aller si lentement. Le courant était trop rapide pour le couper en droite
ligne ; la barque, partie en rompant, partie en suivant le
fil de l'eau, était obligée de faire un trajet diagonal. Dans
toutes les affaires un peu obscures et un peu embrouillées,
les difficultés se présentent d'abord en masse; à l'exécution, elles nous apparaissent en détail et mille fois plus
nombreuses. Renzo, maintenant que l'Adda était presque
passée, éprouvait beaucoup d'inquiétude de ne pas savoir
au juste si le fleuve servait, à ce passage, de limite aux
deux États, ou si, cet obstacle surmonté, il lui en resterait un autre à vaincre. Il appela alors le pêcheur, qui se
retourna vers lui, et, lui montrant de la tête cette tache
blanchâtre qu'il avait aperçue la nuit précédente, et qui
alors était bien plus distincte : « Est-ce Bergame, dit-il,
ce pays?

— La ville de Bergame, répondit le pêcheur.

— Et cette ville est-elle bergamasque?

— Territoire de Saint-Marc.

— Vive saint Marc! » s'écria Renzo. Le pêcheur ne
dit rien.

Ils atteignent enfin cette rive tant désirée. Renzo s'y
précipite. Il rend grâce à Dieu du fond de son cœur, puis

il adresse de vive voix ses remerciements au batelier. Il
fouille dans sa poche, il en tire une *berlinga*, et la donne
à ce brave homme. Vu les circonstances, ce n'était pas une
petite générosité. Celui-ci jeta encore un regard sur la rive
milanaise et sur le fleuve dans toute sa longueur, étendit
la main, reçut le don qu'on lui faisait, le mit dans sa
poche, puis serra les lèvres et y mit l'index en croix. Tout
son air prit une expression vive, particulière et très-signi-
ficative. « Bon voyage ! » dit-il ensuite, et il s'en retourna.

Pour que l'obligeance si prompte et si discrète de cet
homme envers un étranger ne soit pas pour le lecteur un
trop grand sujet d'étonnement, nous lui devons apprendre
que cet homme, requis souvent d'un semblable service par
les contrebandiers et les bannis, était habitué à le rendre,
moins pour l'amour du gain faible et incertain qu'il en
pouvait retirer que pour ne pas se faire d'ennemis dans
ces deux classes de gens. Il le prêtait, dis-je, toutes les
fois qu'il pouvait être sûr de n'être pas vu par les gabelous, les sbires, les espions. Ainsi, sans vouloir beaucoup
plus de bien aux uns qu'aux autres, il cherchait à les satisfaire tous avec cette impartialité à laquelle s'applique
pour l'ordinaire celui qui est obligé d'avoir affaire à certaines gens, et qui est sujet à rendre compte de ses actions
à certaines autres.

Renzo s'arrêta un moment sur la rive à contempler la
rive opposée, cette terre qui, peu d'instants auparavant,
brûlait ses pieds. « Ah ! m'en voilà dehors ! » telle fut sa
première pensée. « Reste là, maudit ! » fut la seconde. Ce
fut l'adieu à la patrie. Mais la troisième se porta vers ceux
qu'il laissait dans ce pays. Alors il croisa les bras sur sa
poitrine, poussa un soupir, baissa les yeux sur l'eau qui
courait à ses pieds. « Elle a passé sous le pont ! » pensa-
t-il. C'est ainsi, selon l'usage de ses compatriotes, qu'il
appelle, par antonomase, le pont de Lecco. « Ah ! monde
infâme !... Suffit. A la volonté de Dieu ! »

Il détourna la vue de ces tristes objets, et se mit en
marche en prenant pour point de mire la tache blanchâtre

sur le penchant de la montagne, jusqu'à ce qu'il trouvât quelqu'un qui lui pût enseigner sa route. Il fallait voir avec quel air leste et dégagé il accostait les voyageurs. Il n'hésitait plus, ses paroles n'étaient plus enveloppées; il prononçait hardiment le nom du pays qu'habitait son cousin pour en demander la route. Au dire du premier passant qui la lui indiqua, il comprit qu'il lui restait encore neuf milles de chemin.

Ce voyage ne fut pas agréable. Sans parler des chagrins qui accompagnaient Renzo, des objets douloureux attristaient à chaque instant sa vue. Il s'apercevait bien qu'il allait retrouver dans le pays où il entrait la pénurie qu'il avait laissée dans le sien. Tout le long de la route, et plus encore dans la campagne et dans les hameaux, il voyait des mendiants passer près de lui, mendiants et même quelque chose de plus, que la dureté des temps, et non l'habitude, avait réduits à cette extrémité. La misère se peignait encore plus sur leurs visages que dans leurs habits. C'étaient des paysans, des montagnards, des artisans, des familles entières. On entendait un murmure sourd et divers de supplications, de plaintes et de vagissements. Cette vue, outre la pitié douloureuse qui se réveillait dans son cœur, le mettait encore en soucis de ses affaires.

« Qui sait, se disait-il tout pensif, si je trouverai à faire mes affaires? qui sait s'il y aura du travail comme les années précédentes? Bortolo me voulait du bien; c'est un bon garçon; il a gagné de l'argent; il m'a invité très-souvent à venir : il ne m'abandonnera pas. Et puis la Providence m'a secouru jusqu'ici, elle me secourra toujours. »

En attendant, la longueur de la route avait irrité son appétit, éveillé déjà depuis longtemps. Bien que Renzo sentît qu'il pourrait se soutenir aisément jusqu'au terme de son voyage, qui n'était déjà plus distant que de deux milles, cependant il fit réflexion que ce ne serait pas bien de tomber devant son cousin comme un mendiant affamé, et de lui dire pour premier compliment : « Donne-moi à manger. » Il tira de sa poche toute sa fortune, la fit cou-

rir avec le doigt sur sa main et en fit le compte. Pour faire
ce compte, il ne fallait pas un arithméticien bien habile.
Il y avait pourtant de quoi faire un petit festin, et au delà.
Il entra dans une hôtellerie pour se restaurer, et quand il
eut payé l'écot, il lui resta encore quelques sous.

Comme il sortait, il vit près de la porte, et même il y
aurait donné du pied s'il n'y avait pris garde, il vit, gisantes
dans la rue, deux femmes, l'une déjà vieille, l'autre plus
jeune, avec un petit enfant qui, après avoir sucé en vain
l'une et l'autre mamelle, poussait des cris. Ils étaient tous
trois pâles comme la mort. Un homme était debout près
d'eux. Sur son visage et dans ses membres on pouvait découvrir encore les traces d'une ancienne vigueur, domptée
et presque éteinte par un long jeûne. Tous trois tendirent
la main vers Renzo, qui sortait la démarche fière et l'air
ragaillardi. Aucun ne parla : que pouvait dire de plus une
prière?

« Voilà la Providence! » dit Renzo. Et fouillant à la hâte
dans sa poche, il la débarrassa de quelques sous, les mit
dans la main qui était la plus voisine, et reprit sa route.

Ce léger repas et cette bonne œuvre (car nous sommes
composés d'une âme et d'un corps) avaient rafraîchi et
égayé toutes ses pensées. Après s'être ainsi dépouillé de ses
derniers liards, il prit plus de confiance en l'avenir que s'il
lui était arrivé d'en trouver dix fois autant. Si, pour soutenir en ce jour ces malheureux, la Providence a tenu en
réserve les derniers liards d'un étranger fugitif, loin de sa
maison, incertain aussi des moyens qu'il emploiera pour
vivre, comment croire qu'elle voudra laisser ensuite dans
l'embarras celui dont elle s'est servie en cette occurrence,
et à qui elle a donné un sentiment de pitié si vif, si efficace,
si généreux? Telles étaient là-dessus les idées du jeune
homme, moins claires toutefois que je ne les ai su retracer.
En repassant dans son esprit les circonstances et les événements qui lui avaient paru les plus obscurs et les plus
embarrassés, tout lui semblait devenu facile. La cherté et
la misère devaient finir. Toutes les années on moissonne,

En attendant, il avait le cousin Bortolo et sa propre industrie ; il avait en outre chez lui de petites épargnes qu'il se ferait bientôt envoyer. Avec cela, en mettant les choses au pis, il aurait de quoi vivre, en ménageant, jusqu'au bon temps. « Voici enfin le bon temps revenu, » poursuivit Renzo dans son imagination. « La fureur des travaux renait, les maîtres se mettent en quatre pour avoir des ouvriers milanais, qui sont ceux qui savent bien le métier ; les ouvriers milanais portent la tête haute : qui veut des gens habiles les doit payer. On gagne de quoi vivre et de quoi économiser un peu. On arrange comme il faut une petite maison, et l'on fait écrire à ces dames de venir... Et pourquoi tant attendre ? N'est-il pas vrai qu'avec ces petites épargnes nous aurions vécu là-bas tout l'hiver ? Nous vivrons ici tout de même. Il y a des curés partout. Qu'elles viennent, ces deux chères femmes : nous ferons maison ici. Quel plaisir de nous venir promener tous ensemble sur cette même route ! d'aller jusqu'à l'Adda en chariot, et de faire un petit repas sur la rive, même sur la rive ; de montrer aux dames le lieu où je me suis embarqué, les bois par où j'ai passé, la place où je me suis mis à regarder s'il y avait un bateau ! »

Il arriva enfin au pays du cousin. A l'entrée, et même avant d'y mettre le pied, il avisa une maison très-haute, garnie de longues et nombreuses fenêtres, et beaucoup plus rapprochées l'une de l'autre que ne le comporte une division par étages. Il reconnut une filature, entra, demanda à haute voix, entre le bruit des roues et de l'eau qui tombait, si c'était là que demeurait Bortolo Castagneri.

« Monsieur Bortolo ? le voilà.

— Monsieur ! c'est bon signe, » pensa Renzo. Il aperçoit le cousin, et court à lui. Celui-ci se retourne, reconnaît le jeune homme, qui lui dit : « Me voilà, moi. » Il jette un Oh ! de surprise, il lève les bras et se jette à son cou. Il tire ensuite notre jeune homme dans une autre pièce, loin du bruit des machines et des regards des curieux, et lui dit : « Je te vois avec plaisir, mais tu es un drôle de garçon. Je t'avais invité je ne sais combien de fois à venir, tu avais toujours refusé, et tu arrives maintenant dans un fort mauvais moment.

— Que veux-tu que je te dise? Je ne suis pas venu de mon plein gré, » dit Renzo. Et, aussi succinctement que possible, mais non sans beaucoup d'émotion, il lui raconta sa douloureuse histoire.

« C'est une autre paire de manches, dit Bortolo. Oh! pauvre Renzo! Mais tu as compté sur moi, et je ne t'abandonnerai pas. A vrai dire, on ne court pas maintenant après les ouvriers; même c'est à peine si chacun garde les siens pour ne pas perdre et pour ne pas interrompre son commerce. Mais le patron me veut du bien, et il a de l'argent. Il me le doit, il est vrai, en grande partie, sans me vanter. Il a mis son capital, et moi mon peu de talent. Je suis le premier ouvrier, le sais-tu? Et puis, s'il te le faut dire, je suis le *factotum*. Pauvre Lucia Mondella! je me la rappelle comme si c'était hier. Une excellente fille! toujours la plus modeste à l'église; et quand on passait devant sa maisonnette... Je la vois encore, cette maisonnette, hors du village, avec un beau figuier qui dépassait le mur...

— Non, non, n'en parlons pas.

— Je veux dire que, lorsqu'on passait devant cette maisonnette, on entendait toujours ce dévidoir qui allait, qui allait. Et ce don Rodrigo! déjà de mon temps il était sur la voie. Mais maintenant, à ce que je vois, il fait tout à fait le diable, jusqu'à ce que Dieu lui lâche la bride. Ainsi donc, comme je te le disais, on souffre aussi un peu de la famine ici... Et, à propos, comment es-tu du côté de l'appétit?

— J'ai mangé en route il y a peu de temps.

— Et pour l'argent, comment sommes-nous? »

Renzo ouvrit une de ses mains, et, l'approchant de la bouche, il souffla légèrement dessus.

« Cela ne fait rien, dit Bortolo : j'en ai, moi. Prends courage : bientôt les choses changeront, s'il plaît à Dieu. Tu me le rendras, et tu en mettras même de côté.

— J'ai quelques petites épargnes à la maison : je me les ferai envoyer.

— Cela va bien. En attendant, fais fond sur moi. Dieu m'a donné du bien pour que je fasse du bien. Si je n'en fais pas à mes parents et à mes amis, à qui en ferai-je?

— J'ai bien dit que tu serais ma providence! » s'écria Renzo en serrant affectueusement la main du bon cousin.

« Ainsi donc, reprit celui-ci, ils ont fait tout ce fracas à Milan? Ces gens-là me semblent quelque peu fous. Le bruit en avait déjà couru ici; mais tu me raconteras la chose en détail. Nous avons de quoi discourir tous deux, j'espère! Ici pourtant, vois-tu bien, cela va un peu mieux, et l'on fait les choses avec un peu plus de jugement. La ville a acheté deux mille *some*[1] de blé d'un marchand qui reste à Venise. C'est du blé qui vient de Turquie; mais quand il s'agit de manger, on n'y regarde pas de si près. Vois maintenant ce qu'il arrive? Il arrive que les recteurs de Vérone et de Bresse ferment les passages, et disent : Le blé ne passe pas par ici. Que font alors les Bergamasques? Ils expédient à Venise un homme qui sait parler. Cet homme est parti en toute hâte, s'est présenté au doge, et a dit : Qu'est-ce donc que cette mauvaise plaisanterie? C'est un discours, mais un discours! un discours, dit-on, à faire imprimer. Ce que c'est que d'avoir un homme qui sait parler! Aussitôt on expédie un ordre de laisser passer le blé. Il faut non-seulement que les recteurs le laissent passer, mais encore qu'ils le fassent escorter, et il est en route. On a pensé aussi à la campagne. Un autre brave homme a fait entendre au sénat que le monde, ici, du dehors, avait faim, et le sénat a accordé quatre mille *staia*[2] de millet. Cela aide aussi à faire le pain. Et puis, faut-il que je te le dise? s'il n'y a pas de pain, nous mangerons de la viande. Le bon Dieu m'a donné du bien, comme je te dis. Maintenant je te vais conduire vers mon patron. Je lui ai souvent parlé

[1] *Soma*, charge. Cette mesure est connue sous le même nom dans l'extrême midi de la France.

[2] Boisseaux.

de toi. Il te fera bonne mine. C'est un Bergamasque de la vieille roche, un cœur excellent. A la vérité, il ne t'attendait pas maintenant; mais quand il saura l'histoire... Et puis il sait aussi faire cas des ouvriers, parce que la disette passe, et que le commerce dure. Mais avant tout il faut que je te donne avis d'une chose : sais-tu comment on nous appelle dans ce pays, nous autres de l'État de Milan?

— Comment nous appelle-t-on?

— On nous appelle *baggiani*[1].

— Ce n'est pas du tout un beau nom.

— Qu'importe? celui qui est né sur le territoire de Milan et veut vivre sur celui de Bergame, doit prendre doucement la chose. Pour ces gens-ci, donner du *baggiano* à un Milanais, c'est comme donner de l'illustrissime à un chevalier

— Ils le disent, j'imagine, à qui se le veut laisser dire.

— Mon garçon, si tu n'es pas disposé à avaler du *baggiano* tout ton soûl, compte bien que tu ne pourras pas vivre ici. Il faudrait avoir toujours le couteau à la main. Et quand (c'est une supposition), quand tu en aurais tué deux, trois, quatre, viendrait ensuite celui qui te tuerait; et alors quel beau plaisir de comparaître au tribunal de Dieu avec trois ou quatre homicides sur le corps!

— Et un Milanais qui aurait un peu de..... » Ici il frappa son front avec son doigt, comme il avait fait dans l'auberge de la *Pleine lune*. « Je veux dire un Milanais qui saurait bien son métier?

— C'est tout un. Ici c'est aussi un *baggiano*. Sais-tu comment s'exprime mon patron quand il parle de moi avec ses amis? « Ce *baggiano* m'a été envoyé par le ciel pour mon commerce. Si je n'avais pas ce *baggiano*, je serais bien embarrassé. » C'est l'usage.

— C'est un sot usage, et surtout quand on sait ce que nous savons faire. Après tout, qui a porté cet art ici? qui

---

[1] *Baggiano*, lourdaud, niais. C'est un mot emprunté à la langue romane. En roman, *baggiano* signifie au propre une salade de haricots; au figuré il a la même signification qu'en italien.

le fait aller? c'est nous. Est-il possible que cela ne les ait pas corrigés?

— Jusqu'ici, non. Avec le temps cela pourra venir. Les enfants changeront peut-être ; mais, pour les hommes faits, il n'y a pas de remède : ils ont pris cette habitude, ils la garderont. Qu'est-ce, au bout du compte? Ce que t'ont fait et ce que te voulaient faire nos compatriotes, c'est bien autre chose.

— Au fait, c'est juste. S'il n'y a pas d'autre mal...

— Maintenant que tu en es convaincu, tout ira bien. Allons chez le patron. Bon courage. »

En effet, tout alla bien ; les promesses de Bortolo se réalisèrent. Ce fut vraiment une providence, car nous allons voir combien Renzo devait faire peu de fond sur les épargnes qu'il avait laissées chez lui.

XVIII

Ce même jour, 13 novembre, il arriva un courrier extraordinaire au seigneur podestat de Lecco. Le courrier lui remit une dépêche du seigneur capitaine de justice, contenant l'ordre de faire toutes les recherches possibles et les plus opportunes, pour découvrir si un certain jeune homme nommé Lorenzo Tramaglino, fileur de soie, échappé des mains *prædicti egregii domini capitanei*[1], ne serait pas retourné *palam vel clam*[2] à son village, *ignotum*[3] précisément lequel, *verum in territorio Leuci*[4].

Quod si compertum fuerit sic esse[5], que le seigneur podestat fasse tous ses efforts, *quanta maxima diligentia fieri poterit*[6], de lui mettre la main dessus ; et, après l'avoir fait bien garrotter, *videlicet*, avec de bonnes menottes, il le

[1] Du susdit illustre seigneur capitaine.
[2] Publiquement ou secrètement.
[3] Inconnu.
[4] Mais dans le territoire de Lecco.
[5] Que si l'on découvre qu'il en est ainsi.
[6] Avec la plus grande diligence que faire se pourra.

fasse conduire en prison et l'y retienne sous bonne et sûre garde, pour le remettre aux mains de ceux qui seront commis pour le recevoir. Au cas qu'il soit ou non retourné dans sa maison, *accedatis ad domum prædicti Laurenti Tramaglini, et, ficta diligentia debita, quidquid ad rem repertum fuerit auferatis ; et informationes de illius prava qualitate, vita et complicibus sumatis*[1]; et sur tout ce qui aura été dit et fait, trouvé et non trouvé, pris et laissé, *diligenter referatis*[2].

Le seigneur podestat, après s'être assuré, par tous les moyens humains, que le sujet n'était pas retourné dans le pays, mande auprès de lui le consul du village. Suivi par cet homme, il se porte à la maison indiquée, accompagné du notaire et d'un grand nombre de sbires. La maison est fermée; celui qui en a les clefs n'y est pas ou ne se laisse pas trouver. On force les serrures; on fait les diligences accoutumées, c'est-à-dire qu'on procède comme dans une ville prise d'assaut. Le bruit de cette expédition court aussitôt dans tous les environs et parvient aux oreilles du père Cristoforo. Le bon religieux s'étonne et s'afflige; il interroge le tiers et le quart pour avoir quelque lumière sur un événement aussi inattendu; mais il n'en tire que de vagues conjectures et des bruits contradictoires, et il écrit aussitôt au père Bonaventure, de qui il espère recevoir des éclaircissements plus précis. Cependant les parents et les amis de Renzo sont cités pour déposer sur ce qu'ils peuvent savoir de sa *prava qualitate*. Avoir nom Tramaglino est un malheur, une honte, un crime; le village est sens dessus dessous. Peu à peu l'on parvient à savoir que Renzo s'est sauvé des mains de la justice au beau milieu de Milan, et puis a disparu. On dit vaguement qu'il a fait quelque chose d'énorme, mais on ne peut pas dire la

[1] Rendez-vous à la maison dudit Laurent Tramaglino, et, ayant fait toutes les diligences de droit, emportez tout ce que vous y trouverez pour la chose ; prenez des informations sur ses méchantes habitudes, sa vie et ses complices.

[2] Faites promptement votre rapport.

chose, ou on la dit de cent manières. Plus le crime est grand, moins on y ajoute foi dans le pays, car Renzo est connu pour un jeune homme de bien. Le plus grand nombre pense, et va disant aux oreilles du voisin, que c'est une machination de ce *prepotente* de don Rodrigo pour perdre son rival. Tant il est vrai qu'à juger par induction et sans la connaissance des faits, connaissance indispensable, on s'expose quelquefois à faire tort, même aux malhonnêtes gens.

Mais nous qui avons les faits sous la main, comme on a coutume de le dire, nous pouvons affirmer que si cet homme n'avait eu aucune part à l'infortune de Renzo, il en ressentit autant de plaisir que si cela avait été son ouvrage, et il s'en réjouit avec ses affidés, surtout avec le comte Attilio. Celui-ci aurait dû, selon son premier dessein, se trouver déjà à Milan; mais à la nouvelle de la fermentation qui y régnait, et de la canaille qui y était en pleine révolte, plus disposée à donner des coups qu'à en recevoir, il avait cru prudent de se tenir à l'écart jusqu'à meilleur avis. Comme il avait offensé beaucoup de monde, il avait quelque raison de craindre que, parmi tant de gens qui ne restaient tranquilles que par impuissance, quelqu'un ne vînt à se trouver à qui les circonstances donnassent du courage, et qui jugeât le moment propice pour se constituer le vengeur de tous. Cette crainte ne fut pas de longue durée. L'ordre venu de Milan de poursuivre Renzo indiquait déjà que les choses avaient repris leur marche accoutumée; les renseignements positifs qui arrivèrent presque en même temps en donnèrent la certitude. Le comte Attilio partit aussitôt, il exhorta son cousin à persister dans son entreprise, à surmonter tous les obstacles, et il lui promit que, de son côté, il s'occuperait bientôt de le débarrasser du frère. Attilio était à peine parti que Griso arriva sain et sauf de Monza, et il rapporta à son seigneur ce qu'il avait pu recueillir. Il lui dit que Lucia avait été reçue à tel couvent, sous la protection d'une telle signora; qu'elle y vivait en recluse, comme si elle était

religieuse; qu'elle ne mettait jamais le pied dehors, et
qu'elle assistait aux cérémonies de l'église derrière une petite fenêtre grillée, circonstance qui déplaisait à beaucoup
de gens, car on avait ouï parler de certaines aventures, on
avait ouï faire un grand éloge de sa figure, et on n'aurait
pas été fâché de voir si l'éloge était mérité.

Ce rapport aurait mis le diable au corps de don Rodrigo,
s'il ne l'avait déjà eu. Tant de circonstances favorables à
son dessein enflammaient ce mélange de pique, de rage et
d'infâmes désirs qu'il prenait pour une passion. Renzo est
absent, expulsé, banni; tout devient permis contre lui; sa
fiancée elle-même pouvait être, en quelque sorte, considérée comme le bien d'un rebelle. Le seul homme qui la
voudrait et la pourrait prendre sous sa protection, et faire
un bruit à être entendu de fort loin, l'enragé de frère sera
probablement bientôt hors d'état de nuire; et voilà qu'un
nouvel obstacle non-seulement contre-balance ces facilités
nouvelles, mais les rend même entièrement inutiles! Un
monastère de Monza, quand bien même il ne s'y serait pas
trouvé une signora, était une puissance trop forte pour
que don Rodrigo osât s'y jouer. Il avait beau rôder en imagination autour de cet asile, il ne pouvait inventer aucun
moyen de le violer, ni par la force, ni par la ruse. Il fut
presque sur le point de renoncer à son entreprise; il fut
sur le point de se résoudre à aller à Milan, en prenant un
détour, afin de ne point passer par Monza. Arrivé à Milan,
il s'oubliera avec ses amis; il se jettera dans le tourbillon
des plaisirs pour chasser, par des pensées toutes joyeuses,
une pensée devenue toujours plus tourmentante. Mais,
mais les amis! Il faut aller un peu doucement avec ces
amis. Au lieu d'une distraction, ne trouvera-t-il pas dans
cette société un nouvel aliment à sa douleur? Attilio aura
assurément déjà pris la trompette; de toutes parts il s'er-
tendra demander des nouvelles de la montagnarde, il faudra répondre. Il a désiré, il a tenté; qu'a-t-il obtenu? Un
obstacle s'est élevé, un obstacle un peu ignoble, à vrai
dire; mais on ne peut pas toujours vaincre ses caprices : le

grand point, c'est de les satisfaire. Et comment s'est-il tiré de cet embarras? Comment? humilié par un manant et par un capucin. Quelle honte!... Et quand un heureux hasard, quand un hasard inattendu l'a délivré de l'un, quand un habile ami l'a débarrassé de l'autre, sans qu'il ait pris, lui, la moindre peine, il n'a pas su, le sot qu'il est, tirer parti de la circonstance; il renonce lâchement à son entreprise! il y a de quoi ne jamais oser lever la tête parmi les gens bien nés, ou bien avoir à chaque instant la main sur la garde de l'épée. Et puis, comment retourner ou comment rester dans ce château, dans ce pays? S'efforcera-t-il de vaincre les souvenirs si amers et si poignants de sa passion, et se résignera-t-il à la honte d'un coup manqué? La haine qu'on lui porte vient de s'accroître; la renommée de sa puissance vient de déchoir. Sur le visage du dernier vaurien, au milieu même des salutations, il pourra lire une amère ironie! Que résoudre? que faire? Ira-t-il en avant? reculera-t-il? Il ne savait quel parti prendre. Un moyen se présentait à son esprit, qui aurait pu faire réussir son entreprise : c'était d'appeler à son aide un homme dont la puissance immense, infinie, s'étendait fort au loin; un homme pour qui la difficulté de l'entreprise était précisément un aiguillon de plus. Mais ce parti avait pourtant ses inconvénients et ses dangers; ils étaient d'autant plus graves qu'on pouvait moins en calculer les suites. Personne n'aurait pu prévoir jusqu'où pourrait aller l'affaire une fois qu'il se serait embarqué avec cet homme, auxiliaire assurément puissant, mais guide non moins absolu que dangereux.

De telles pensées tinrent pendant plusieurs jours don Rodrigo dans une mortelle irrésolution. Il reçut toutefois une lettre de son cousin, qui lui donnait avis que l'intrigue était en bon chemin. Après l'éclair éclata la foudre. Un beau matin on entendit dire que le père Cristoforo était parti du couvent de Pescarenico. Ce succès si complet et si prompt, la lettre d'Attilio, qui l'animait par ses exhortations et le menaçait de grandes plaisanteries, le firent incliner vers le parti hasardeux. Ce qui acheva de le déterminer, ce fut l'avis inattendu qu'Agnese était retournée chez elle : c'était un obstacle de moins. Rendons compte de ces deux événements en commençant par le dernier.

Nos deux pauvres femmes étaient à peine entrées dans leur asile, que la nouvelle de la terrible émeute de Milan se répandit dans Monza et pénétra dans le couvent. A cette nouvelle se joignirent mille détails qui grossissaient et qui variaient à chaque instant. L'économe, placée précisément entre le couvent et la rue, avait les nouvelles du dedans et du dehors; elle les recevait à pleines oreilles, et en faisait part à ses hôtes. « On en a mis en prison deux, sept, huit, quatre, sept; on les a pris les uns devant le four des Béquilles, les autres dans le quartier habité par le vicaire de la Provision... Ehi ! ehi ! écoutez celle-ci ! Il s'en est échappé un qui était de Lecco ou de ce côté. Je ne sais pas son nom: mais quelqu'un viendra qui me le saura dire. Nous verrons si vous le connaissez. »

Cette nouvelle, jointe à la circonstance que Renzo avait dû arriver à Milan précisément dans ce jour fatal, donna quelque inquiétude aux deux femmes, et surtout à Lucia. Mais que fut-ce, hélas! quand l'économe leur vint dire : « Celui qui s'est enfui pour ne pas être compromis est précisément de votre village : c'est un fileur de soie qui se nomme Tramaglino. Le connaissez-vous? »

Lucia était assise; elle ourlait je ne sais quelle toile : le travail s'échappa de ses mains. Elle pâlit et changea tellement de visage, que l'économe s'en serait aperçue si elle avait été plus près d'elle. Mais elle était debout sur le seuil avec Agnese. Celle-ci, troublée aussi, mais un peu moins que sa fille, put se rendre maîtresse de son visage. Elle s'efforça de répondre que dans un petit village tout le monde se connaissait; mais qu'elle avait peine à croire qu'une telle chose fût arrivée à Tramaglino, parce que c'était un jeune homme tranquille. Elle demanda ensuite s'il était vraiment échappé, et en quel lieu.

« Pour échappé, il l'est, car tout le monde le dit, mais

où, c'est ce qu'on ignore. Il peut se faire qu'on le reprenne, il peut se faire qu'il soit en sûreté; mais si votre jeune homme si tranquille tombe dans les filets... »

Là fort heureusement l'économe fut appelée et partit. Je vous laisse à penser dans quelle situation se trouvaient la mère et la fille! La pauvre femme et Lucia désolées restèrent plus d'un jour dans cette cruelle incertitude à rechercher, à imaginer les causes, les détails, les suites probables de ce douloureux événement; à commenter, chacune à part soi, ou à voix basse entre elles, autant qu'elles pouvaient, ces terribles paroles.

Enfin, un jeudi, un homme vint au couvent demander Agnese. C'était un marchand de poisson de Pescarenico, qui allait à Milan, selon son habitude, pour vendre sa marchandise. Le bon Cristoforo l'avait prié, puisqu'il passait par Monza, de pousser jusqu'au couvent, de saluer ces dames en son nom, de leur raconter ce qu'il savait de la triste aventure de Renzo, de les exhorter à prendre patience et à se confier en Dieu. Quant à lui, pauvre frère, il ne les oublie certainement pas, et il saisirait, il ferait naître toutes les occasions possibles de les secourir, et en attendant il ne manquerait pas chaque semaine de leur faire parvenir les nouvelles qu'il aurait apprises par ce moyen ou par un autre semblable. Le messager ne put rien leur faire savoir de nouveau sur Renzo, si ce n'est les perquisitions dans sa maison, et les recherches qu'on avait faites pour le saisir; mais il leur apprit en même temps que tout avait été vain, et qu'on tenait pour sûr qu'il s'était réfugié à Bergame. Une telle certitude (qu'est-il besoin de le dire?) fut un grand baume à la douleur de Lucia. Depuis ce jour ses larmes coulèrent plus faciles et plus douces; elle éprouva un plus grand confort dans les soulagements secrets avec sa mère, et des actions de grâces se mêlèrent à toutes ses prières.

Gertrude la faisait venir souvent dans son parloir particulier. Elle l'entretenait longuement; elle trouvait du charme à l'ingénuité et à la douceur de la pauvrette; elle se plaisait à s'entendre rendre grâce et bénir à chaque instant. Elle lui racontait aussi en confidence une partie de son histoire, la partie qu'elle pouvait avouer ; elle lui disait tout ce qu'elle avait souffert pour être contrainte de venir souffrir au couvent, et ce premier étonnement soupçonneux de Lucia se changeait insensiblement en pitié. Elle trouvait dans cette histoire des raisons plus que suffisantes pour expliquer ce qu'il y avait d'un peu étrange dans les manières de sa bienfaitrice. Cette manière de les expliquer lui semblait plus satisfaisante que la doctrine d'Agnese sur les cerveaux des signori. Toutefois, bien qu'elle se sentît portée à payer de retour la confiance que lui témoignait Gertrude, elle se garda bien de lui parler de ses nouvelles terreurs, de ses nouvelles infortunes, de lui dire ce qu'était pour elle ce fileur de soie qui avait pris la fuite, pour ne pas se hasarder à répandre un bruit si plein de douleurs et de scandales. Elle se défendait aussi de tout son pouvoir de répondre aux curieuses enquêtes de la signora sur cette partie de son histoire qui avait précédé la promesse de mariage ; mais ici ce n'était point par raison de prudence. Cette histoire paraissait à la pauvre innocente plus épineuse, plus difficile à raconter que toutes celles qu'elle avait entendues et qu'elle croyait pouvoir entendre de la signora. Dans celle-ci il y avait des oppressions, des piéges, des souffrances, des choses pénibles et dégoûtantes, mais qu'on pouvait pourtant nommer. Dans la sienne un sentiment était mêlé partout ; à chaque instant il lui aurait fallu prononcer un mot qui ne pouvait pas échapper de sa bouche, un mot auquel elle n'aurait jamais trouvé à substituer de périphrase qui ne lui semblât contraire à la pudeur : l'amour.

Parfois Gertrude était tentée de se fâcher de ces refus ; mais il y perçait tant de tendresse, tant de respect, tant de reconnaissance, et même tant de confiance ! Quelquefois peut-être cette pudeur si tendre, si délicate, si susceptible, lui déplaisait plus encore pour un autre motif ; mais tout se perdait dans la suavité d'une pensée qui lui revenait à chaque instant en contemplant Lucia : « Je lui fai du bien. » Et c'était vrai : car, outre l'asile qu'elle lui donnait, ces entretiens, ces caresses familières rassuraient l'esprit timide de Lucia. Elle trouvait un autre soulagement dans un travail assidu ; elle priait toujours qu'on lui donnât quelque chose à faire ; même au parloir elle portait toujours quelque ouvrage, pour tenir ses mains en exercice. Mais comme les pensées douloureuses se fixent partout ! En cousant, en cousant sans cesse, métier dont elle s'était jusqu'alors peu occupée, son dévidoir lui revenait à chaque instant en tête, et derrière ce dévidoir que de choses !

Le second jeudi, revint ce même messager, ou peut-être un autre, avec les saluts et les encouragements du père Cristoforo, et avec une nouvelle confirmation de la fuite de Renzo. Des nouvelles plus positives sur sa mésaventure, aucune. Ainsi que nous l'avons dit au lecteur, le capucin avait espéré qu'il en recevrait de son confrère de Milan, à qui il l'avait recommandé, et celui-ci répondit qu'il n'avait vu ni lettre ni personne ; qu'un homme du dehors était bien venu le demander au couvent, mais que, ne l'ayant pas trouvé, il s'en était allé et n'avait plus reparu.

Le troisième jeudi, point de messager. Ce retard fit naître dans l'esprit de nos deux femmes mille soupçons inquiétants ; elles ne savaient sur quoi arrêter leur pensée. Déjà, avant ce contre-temps, Agnese avait conçu l'idée de faire un tour à sa maison : l'absence du messager promis la décida. Il semblait d'abord très-étrange à Lucia de se séparer de sa mère ; mais le désir d'apprendre quelque chose, et la sûreté qu'elle trouvait dans cet asile sacré, vainquirent ses répugnances. Il fut décidé entre elles qu'Agnese irait, le jour suivant, attendre sur le chemin le marchand de poisson qui devait passer par là en retournant de Milan, et qu'elle lui demanderait poliment une place sur sa petite charrette pour se faire conduire à ses montagnes. Elle le trouva en effet ; elle lui demanda si le père Cristoforo ne ui avait pas donné de commission pour elle. Le marchand de poisson avait été, tout le jour qui avait précédé son départ, occupé à pêcher, et il n'avait eu ni *nouvelle* ni *ambassade* du père. Agnese le pria de ce service, et elle l'obtint sans peine. Elle prit congé de la signora et de sa fille, non sans verser des larmes, en promettant d'envoyer bientôt de ses nouvelles, et de revenir aussitôt; et elle partit.

Le voyage se fit sans accidents. Ils reposèrent une partie de la nuit dans une auberge sur la route, selon l'usage; ils se remirent en chemin avant le jour, et ils arrivèrent de grand matin à Pescarenico. Agnese monta sur la petite place du couvent, et quitta son conducteur en l'accablant de remerciements. Comme elle se trouvait sur les lieux, elle voulut, avant d'aller au logis, voir le bon frère, son bienfaiteur. On tira le cordon de la sonnette : ce fut le frère Galdino qui lui vint ouvrir, celui de la quête des noix.

« Oh! madame! quel bon vent vous amène...?

— Je viens voir le père Cristoforo.

— Le père Cristoforo? il n'y est pas.

— Oh! tardera-t-il beaucoup?

— Mais...! dit le frère en haussant les épaules et en enfonçant sa tête rase dans son capuchon.

— Où est-il allé?

— A Rimini.

— A...?

— Rimini.

— Où est cet endroit?

— Eh! eh! eh! répondit le frère en allongeant le bras pour signifier une grande distance.

— Malheur à moi! Mais pourquoi s'en est-il allé ainsi à l'improviste?

— Parce que le père provincial l'a voulu ainsi.

— Et pourquoi donc l'a-t-on envoyé loin du pays, lui qui y faisait tant de bien? Oh! malheureuse que je suis!

— Si les supérieurs étaient obligés de rendre raison des ordres qu'ils donnent, où serait l'obéissance, ma bonne dame?

— Mais c'est ma perte.

— Savez-vous ce que ce sera? on aura eu besoin à Rimini d'un bon prédicateur (nous en avons partout, mais quelquefois on a besoin précisément d'un homme fait exprès). Le père provincial de là-bas aura écrit au père provincial d'ici pour savoir s'il aurait un sujet de telle ou telle manière; et le père provincial aura dit : Il n'y a que le père Cristoforo qui puisse convenir ici.

— Oh! malheureuses que nous sommes! Quand est-il parti?

— Avant-hier.

— Voilà! si j'avais écouté mon inspiration de venir ici quelques jours plus tôt! Et l'on ne sait pas quand il pourra revenir, à un jour près?

— Eh! ma chère dame! le père provincial le sait, si pourtant il le sait. Quand un de nos pères-prédicateurs a pris son vol, on ne peut plus savoir sur quelle branche il ira se poser. On le demande ici, on le demande là; et nous avons des couvents dans les quatre parties du monde. Comptez bien que le père Cristoforo fera un grand bruit à Rimini avec son carême; parce qu'il ne prêche pas toujours d'abondance, comme il le faisait ici pour l'usage des villageois. Pour les élégants de la ville, il a ses beaux sermons écrits : c'est la fleur de la chose. La renommée de ce grand prédicateur vole de tous côtés, et on le peut demander de... de..., que sais-je, moi? Et alors il le faut donner, parce que nous vivons de la charité de tout le monde, et il est juste que nous servions tout le monde.

— Oh! misère! misère! s'écria de nouveau Agnese, presque en pleurant. Comment ferai-je sans cet homme? Il nous servait de père : pour nous c'est une ruine.

— Écoutez, madame, le père Cristoforo était vraiment un homme; mais nous en avons d'autres, le savez-vous? pleins de charité et d'habileté, et qui savent vivre également avec les signori et avec les pauvres. Voulez-vous le père Atanasio? Voulez-vous le père Girolamo? Voulez-vous le père Zaccaria? c'est un homme de mérite, voyez-vous, que le père Zaccaria. Et ne soyez pas à vous étonner, comme font certains ignorants, qu'il soit si fluet, avec une voix grêle et une pauvre petite barbe toute petite. Je ne dis pas que ce soit un prédicateur, parce que chacun a son talent ; mais pour donner un conseil, c'est un homme, savez-vous ?

— Oh ! sainte patience ! s'écria Agnese avec ce mélange de gratitude et de dépit que l'on éprouve à une offre où se trouve plus de bonne volonté que de convenance. Que m'importe à moi qu'un autre soit ou ne soit pas un homme, quand ce pauvre homme, qui n'est plus ici, était celui qui savait nos affaires, et avait tout préparé pour nous secourir !

— Alors, il faut prendre patience.

— Je sais cela. Pardon de vous avoir dérangé.

— Ce n'est rien, ma bonne dame. Cela me fait de la peine pour vous. Si vous vous décidez à demander quelqu'un de nos pères, le couvent est ici qui ne bouge pas. Eh ! je me ferai bientôt voir pour la quête de l'huile.

— Portez-vous bien, » dit Agnese ; et elle se dirigea vers son village, troublée, confuse, déconcertée comme un pauvre aveugle qui aurait perdu son bâton.

Un peu mieux informé que fra Galdino, nous pouvons dire maintenant comment était vraiment allée la chose. Attilio, à peine arrivé à Milan, alla, ainsi qu'il l'avait promis à don Rodrigo, rendre visite à leur oncle commun du conseil secret. (C'était un comité composé alors de treize membres, hommes de robe et d'épée, dont le gouvernement prenait l'avis. Quand le gouverneur venait à mourir ou à être changé, le conseil exerçait provisoirement le pouvoir.) Le comte, leur oncle, homme de robe, l'un des anciens du conseil, y jouissait d'un certain crédit ; mais il n'avait pas son égal pour le faire valoir, et surtout pour en faire montre. Son langage était toujours ambigu ; son silence était toujours significatif. Il n'achevait presque jamais ses phrases ; ses yeux semblaient dire : « Je ne puis pas parler. » Il avait l'air de flatter sans promettre, de menacer avec éclat. Chez lui, le désir de montrer son crédit était le mobile de toutes ses actions; et il réussissait à merveille, il savait le faire percer dans ses moindres mots. Était-il obligé de dire : « Je ne puis rien dans cette affaire, » c'était souvent l'exacte vérité; mais il le disait d'une telle manière qu'on n'en pouvait rien croire; cette circonstance servait à accroître l'opinion qu'on avait de son pouvoir, et de là son pouvoir s'accroissait en effet. C'était comme ces boîtes que l'on voit encore dans quelques boutiques d'apothicaires, avec certains mots arabes pour étiquettes, et où il n'y a rien, mais qui servent à donner du crédit à la boutique. Celui du comte, qui depuis longtemps était toujours allé croissant, mais à petits pas, avait fini par faire d'un seul coup un pas de géant par une occasion extraordinaire. Le comte avait fait un voyage à Madrid, chargé d'une mission à la cour. Il fallait l'entendre raconter lui-même quel accueil on lui avait fait! Pour ne rien dire de plus, le comte-duc l'avait traité avec une attention particulière, et l'avait mis dans sa confidence, au point de lui avoir demandé une fois, en présence, on peut le dire, de la moitié de la cour, si Madrid lui plaisait, et de lui avoir dit une autre fois, entre quatre yeux, dans l'embrasure d'une croisée, que la cathédrale de Milan était la plus grande église qui fût dans les domaines du roi.

Après avoir rendu ses devoirs au comte son oncle, et lui avoir présenté les compliments de son cousin, Attilio, avec cet air sérieux qu'il savait prendre à propos, dit : « Je crois qu'il est de mon devoir, sans manquer à la discrétion que j'ai promise à Rodrigo, d'informer le seigneur mon oncle d'une affaire qui, s'il n'y met pas la main, peut devenir sérieuse et avoir des conséquences...

— Quelque tour de sa façon, j'imagine.

— Pour l'amour de la vérité, je dois dire que le tort n'est pas du côté de Rodrigo; mais il est échauffé, et, comme je le dis, personne autre que mon oncle ne peut...

— Voyons, voyons.

— Il y a de ce côté un frère capucin qui s'est butté

contre mon cousin, qui l'a pris en haine, et la chose est au point...

— Combien de fois vous ai-je dit à l'un et à l'autre qu'il faut laisser les frères cuire dans leur bouillon [1]! C'est bien assez du souci qu'ils donnent à qui doit..., à qui cela regarde... » Et ici il souffla. « Mais vous qui pouvez l'éviter...

— Seigneur oncle, c'est mon devoir ici de vous dire que Rodrigo l'aurait évité si ç'avait été possible. C'est le frère qui a voulu avoir querelle avec lui, qui s'est mis à le provoquer de toutes les manières...

— Que diable ce frère avait-il de commun avec mon neveu?

— D'abord c'est un brouillon connu pour tel, et qui fait profession de se prendre de querelle avec les chevaliers. Il protége, il dirige, que sais-je, moi? une petite paysanne de là-bas; et il a pour cette créature une charité, une charité..., je ne dis pas intéressée, mais une charité très-jalouse, soupçonneuse, chatouilleuse.

— J'entends, » dit le comte. Et sur un certain fond de sottise peint par la nature sur sa face, voilé ensuite et recouvert par plusieurs couches de politique, étincela un rayon de malice qui était à peindre.

« Maintenant, depuis quelque temps, continua Attilio, ce frère s'est mis en tête que Rodrigo avait je ne sais quels desseins sur cette jeune fille.

— Il s'est mis en tête, il s'est mis en tête! Je connais aussi le seigneur don Rodrigo, et il faudrait un autre avocat que Votre Seigneurie pour le justifier dans ces sortes de matières.

— Que don Rodrigo, seigneur oncle, puisse s'être permis quelque badinage avec cette créature en la rencontrant dans la rue, je ne serais pas éloigné de le croire : il est jeune, et, après tout, il n'est pas capucin. Mais ce sont là des vétilles dont on ne peut pas entretenir le seigneur

---

[1] On plaisante beaucoup en Italie les capucins sur le bouillon qu'ils donnent à ceux qui leur demandent l'aumône. Boccace est, je crois, le premier qui les ait traités de *brodolosi*.

oncle. Le sérieux, c'est que le frère s'est mis à parler de Rodrigo comme on ferait d'un manant; il cherche à soulever contre lui tout le pays.

— Et les autres frères?

— Ils ne s'en mêlent pas, parce qu'ils le connaissent pour une tête chaude, et ils ont beaucoup de respect pour Rodrigo; mais, d'un autre côté, ce frère a un grand crédit près des villageois, parce qu'il fait le saint, et...

— J'imagine qu'il ne sait pas que Rodrigo est mon neveu...

— S'il le sait! c'est même ce qui l'anime le plus.

— Comment! comment!

— Il trouve, et il le dit à qui veut l'entendre, il trouve beaucoup plus de plaisir à chagriner Rodrigo, précisément parce que celui-ci a un protecteur aussi puissant que l'est Votre Seigneurie, et qu'il se rit des grands et des diplomates, et que le cordon de saint François tient liées même les épées, et que...

— Oh! téméraire frère!... Comment s'appelle-t-il?

— Fra Cristoforo de ***, » dit Attilio. Le comte tira d'un coffret un petit portefeuille, et, en soufflant, en soufflant, il y inscrivit ce pauvre nom.

En attendant, Attilio poursuivait toujours : « Il a toujours été de cette humeur. On sait sa vie : c'était un roturier qui, se trouvant avoir quatre sous, voulait lutter avec les gentilshommes de son pays, et, par rage de ne les pouvoir pas tous réduire, il en tua un : pour éviter la potence, il se fit frère.

— Mais bravo! mais bien! nous verrons, nous verrons, » disait le comte en soufflant toujours.

« Maintenant, continuait Attilio, il est plus enragé que jamais, parce qu'un projet qui lui tenait fort à cœur a échoué. C'est par là que Votre Seigneurie verra quel homme ce peut être. Il voulait marier sa créature. Que ce fût pour la soustraire aux périls du monde, vous m'entendez, ou pour tout autre motif, il la voulait absolument marier, et li avait trouvé le... l'homme, encore une ses créatures, un garnement que peut-être, que sans doute le seigneur mon oncle doit reconnaître de nom, parce que je tiens pour sûr que le conseil secret aura dû s'occuper de ce digne sujet.

— Quel est cet homme?

— Un fileur de soie, Lorenzo Tramaglino, celui qui...

— Lorenzo Tramaglino ! s'écria le comte. Mais bien ! mais bravo, père ! Assurément ;... en effet..., il avait une lettre pour un... C'est dommage que... ; mais, n'importe, cela va bien. Et pourquoi le seigneur don Rodrigo ne dit-il rien de tout cela, laisse-t-il aller les choses si loin, ne s'a-dresse-t-il pas à qui le peut et le veut diriger et soutenir?

— Je vous dirai aussi la vérité sur ce point. D'une part, sachant que d'intrigues, que d'affaires Votre Seigneurie a dans la tête... (celui-ci, en soufflant, y mit la main, comme pour montrer quelle fatigue c'était pour lui de les y faire toutes tenir), il s'est fait en quelque sorte conscience, poursuivit Attilio, de lui donner un souci de plus. Et puis je dirai tout : d'après ce que j'ai pu comprendre, il est si outré, si hors de lui, si lassé des insultes de ce frère, qu'il a plus envie de se faire justice lui-même, d'une manière sommaire, que de l'obtenir d'une manière régulière, de la prudence et du bras du seigneur notre oncle. J'ai essayé de jeter de l'eau sur le feu ; mais, voyant la chose prendre une mauvaise route, j'ai cru qu'il était de mon devoir d'avertir de tout Votre Seigneurie, qui, au bout du compte, est le chef et la colonne de la maison...

— Vous auriez mieux fait de parler plus tôt.

— C'est vrai. Mais j'espérais que la chose tomberait d'elle-même, ou que le frère reprendrait un peu de raison, ou qu'il s'en irait de ce couvent, comme il arrive de ces frères, qui tantôt sont ici, tantôt sont là ; et alors tout se-rait fini. Mais...

— Le soin d'arranger l'affaire me regarde maintenant.

— C'est à quoi j'ai pensé. Je me suis dit : Le seigneur notre oncle, avec sa prévoyance, avec son autorité, saura bien, lui, prévenir un scandale et sauver en même temps l'honneur de Rodrigo, qui, après tout, est aussi le sien. Ce frère, disais-je, parle toujours du cordon de saint François ; mais pour l'employer à propos, ce cordon de saint François, il n'est pas besoin de l'avoir autour du corps ! Le seigneur notre oncle a cent moyens que je ne connais pas ; je sais que le père provincial a, comme de juste, une grande déférence pour lui ; et si le seigneur notre oncle croit qu'en ce cas le meilleur expédient soit de faire changer d'air à ce frère, il peut en deux mots...

— Laissez le soin d'y penser à celui que ce soin regarde, Votre Seigneurie, dit un peu âprement le comte.

— Ah ! c'est vrai ! » s'écria Attilio en secouant la tête, et avec un sourire de compassion pour lui-même. « Je suis bien homme à donner des conseils à Sa Seigneurie ! Mais c'est l'amour que j'ai de l'honneur de la maison qui me fait parler. Et j'ai aussi peur d'avoir fait une autre sottise, » ajouta-t-il en affectant un air pensif ; « j'ai peur d'avoir fait tort à Rodrigo dans l'opinion du seigneur notre oncle. Je ne me donnerais pas de repos si j'étais cause qu'il pût penser que Rodrigo n'ait pas toute cette confiance en lui, toute cette soumission qu'il doit avoir. Que le seigneur notre oncle croie que, dans ce cas, c'est proprement... ment...

— Allons ! allons ! quel tort, quel tort, entre vous deux, qui serez toujours amis jusqu'à ce que l'un devienne sage ? Libertins, libertins, qui en faites toujours de nouvelles ! et c'est sur moi que tombe le soin de les réparer ; qui... Vous me ferez dire quelque sottise ; vous me donnez plus de souci vous deux que... (et ici pensez quel souffle il envoya) toutes les bienheureuses affaires de cet État. »

Attilio fit encore quelque excuse, quelque promesse, quelque compliment ; puis il prit congé et s'en alla accompagné d'un « Et soyons sages, » qui était la formule de congé du comte pour ses neveux.

XIX.

Si, en voyant dans un champ mal cultivé une herbe sauvage, par exemple, une belle plante de patience, l'on voulait savoir au juste si elle provient d'une graine qui a mûri dans le champ même ou d'une graine que le vent y a jetée, ou enfin d'une graine qu'un oiseau y a laissée tomber, on aurait beau se creuser la cervelle, on n'arriverait jamais à un résultat satisfaisant; de même nous ne saurions jamais dire si le comte trouva dans sa tête la résolution de se servir du père provincial pour trancher ce nœud embrouillé, ou si elle lui fut suggérée par Attilio. Assurément celui-ci n'avait pas jeté ce mot au hasard; et quoiqu'il dût bien s'attendre qu'à une insinuation aussi directe l'amour-propre ombrageux du comte se serait révolté, il voulut pourtant, à tout prix, faire luire à ses yeux l'idée de cet expédient, et l'aviser de la route où il désirait qu'il s'engageât. D'autre part, l'expédient était si conforme à l'humeur du comte, si clairement indiqué par les circonstances, qu'on pourrait parier qu'il l'aurait imaginé et adopté sans que personne le lui suggérât. Il s'agissait qu'un homme qui portait son nom, un de ses neveux, n'eût pas le dessous dans une querelle ouverte : c'était un point très-essentiel à la réputation de son pouvoir, réputation qu'il avait tant à cœur. La satisfaction que son neveu en pouvait tirer lui-même aurait été un remède pire que le mal, une pépinière de chagrins : il fallait y parer sans perdre un seul moment. Lui ordonnera-t-il de partir aussitôt de son château ? il n'obéira pas; et s'il obéit, c'est proprement céder le champ de bataille. La maison a l'air de reculer devant un couvent. Des ordres formels, l'emploi de la force légale, et tous les épouvantails de ce genre, n'avaient aucune prise sur un adversaire de cette condition. Le clerc régulier et séculier était entièrement affranchi de toute juridiction laïque. Ces im-

munités étaient acquises non-seulement à leurs personnes, mais encore aux lieux qu'ils habitaient. Tous nos
lecteurs, ceux mêmes qui n'auraient pas lu d'autre histoire que la nôtre, doivent savoir cela. Tout ce qu'on pouvait tenter contre un tel adversaire, c'était de chercher à
le faire déguerpir ; et le père provincial en avait seul le
pouvoir.

Or le comte et le père provincial étaient de vieilles connaissances ; ils s'étaient vus rarement, mais chaque fois
avec de grandes démonstrations d'amitié et avec des offres
réitérées de service. En toutes les rencontres, on a plus
aisément bon marché d'un homme qui commande à un
grand nombre d'autres qu'à un des subordonnés : car celui-
ci ne voit que son affaire, ne sent que sa passion, ne se
soucie que de son point, tandis que l'autre découvre cent
relations, cent points de contact, cent intérêts, cent choses
à éviter, cent choses à sauver ; et l'on peut ainsi le prendre
de cent côtés.

Tout bien pesé, tout mûrement réfléchi, le comte invita
un beau jour le père provincial à dîner, et il le fit trouver
avec une bande de convives assortis avec un choix fort
bien entendu. On y voyait quelques parents des gens les
plus titrés, dont le nom était un grand titre, et qui, par
leur maintien, par une certaine hardiesse native, par un
dédain tout à fait seigneurial en parlant de grandes choses
avec des termes familiers, réussissaient, même sans y penser, à imprimer à chaque instant l'idée de la supériorité et
de la puissance. Il s'y trouvait aussi quelques clients atta-
chés à la maison par un dévouement héréditaire, et au
personnage par une servitude de toute la vie ; lesquels, en
commençant, depuis le potage, à tout approuver de la
bouche, des yeux, des oreilles, de toute la tête, de tout le
corps, de toute l'âme, au dessert vous avaient réduit un
homme à ne plus se souvenir comment on faisait pour im-
prouver.

A table, le comte fit bien vite tomber la conversation sur
le thème de Madrid. On va à Rome par plus d'un chemin ;

il allait par tous à Madrid[1]. Il parla de la cour, du comte-duc, des ministres, de la famille du gouverneur, des courses de taureaux, qu'il pouvait fort bien décrire, parce qu'il avait eu le plaisir de les voir d'une place d'honneur de l'Escurial, dont il pouvait parler dans le plus petit détail, parce qu'un laquais du comte-duc l'avait conduit dans les moindres recoins. Pendant quelque temps, toute la compagnie ne fut, comme un auditoire, attentive que pour lui seul ; puis elle se partagea en colloques particuliers. Il continua alors à raconter une foule de ces belles choses, comme en confidence, au père provincial, qui était assis près de lui et le laissa dire, dire et dire encore. Mais tout à coup il donna une autre tournure à la conversation ; il la détacha de Madrid, et, de cour en cour, de dignité en dignité, il la fit tomber sur le cardinal Barberini, qui était capucin et frère du pape Urbain VIII, alors régnant. Le comte fut obligé de laisser parler un peu les autres, de se mettre à écouter, et de se rappeler qu'après tout la compagnie n'était pas toute composée d'individus qui dépendaient de lui. A peine était-on sorti de table, qu'il pria le père provincial de passer avec lui dans un autre appartement.

Deux puissances, deux vieillesses, deux expériences consommées se trouvaient face à face. Le magnifique seigneur fit asseoir le très-révérend père, s'assit auprès de lui, et commença en ces termes : « D'après l'amitié qui existe entre nous, j'ai cru pouvoir parler à votre paternité d'une affaire qui nous intéresse tous deux, et qui doit être conclue entre nous, sans aller par d'autres chemins qui pourraient... Et pourtant, bonnement, là, le cœur sur la main, je vous dirai ce dont il s'agit, et je suis certain que nous serons d'accord en deux mots. Dites-moi, dans votre couvent de Pescarenico il y a un père Cristoforo de ***, n'est-il pas vrai ? »

Le père provincial fit signe que oui.

[1] L'allusion n'est pas aussi claire en français qu'en italien. Nous disons en français : Tout chemin mène à Rome. On dit en italien : *A Roma si va per più strade.*

« Je prie votre paternité de me dire franchement, en ami... Cet homme..., ce père..., je ne le connais pas personnellement, il est vrai; je connais beaucoup de capucins, fervents, prudents, humbles, qui valent leur pesant d'or : j'ai été l'ami de l'ordre depuis mon enfance... Mais dans toutes les familles un peu nombreuses... il y a toujours quelque individu, quelque tête..., et je sais, par certaines aventures, que ce père Cristoforo est un homme... qui aime un peu les querelles..., qui n'a pas toute cette prudence, tous ces égards... Je gage qu'il a donné plus d'une fois du souci à votre paternité.

— J'entends : il s'est encore mêlé de quelque intrigue, pensait le père provincial. C'est ma faute : je savais bien que ce saint homme de Cristoforo était un sujet qu'il fallait faire courir de chaire en chaire, et qu'on ne le pouvait pas laisser reposer six mois en un même lieu, surtout dans les couvents de campagne. Oh ! dit-il ensuite à haute voix, je suis vraiment fâché de voir que votre magnificence ait pris une telle opinion du père Cristoforo ; car, pour ce que j'en sais, c'est un religieux.... d'une conduite exemplaire au couvent, et que l'on tient en haute estime même au dehors.

— J'entends très-bien ; votre paternité doit... Cependant, je veux, en ami sincère, l'avertir d'une chose qu'il lui importe de savoir ; et si elle en est déjà informée, sans manquer à mes devoirs je lui peux faire apercevoir certaines conséquences... possibles : je n'en dis pas davantage. Nous savons que ce père Cristoforo avait pris sous sa protection un homme de ce pays, un homme..., votre paternité doit en avoir ouï parler : c'est celui qui s'échappa avec tant de scandale des mains de la justice, après avoir fait, dans cette terrible journée de la Saint-Martin, des choses..., des choses... Enfin c'est Lorenzo Tramaglino !

— Aïe ! » pensa le père provincial, et il dit : « C'est pour la première fois que j'entends parler de cette particularité ; mais votre magnificence sait bien qu'il entre précisément dans nos devoirs d'aller à la recherche des hommes égarés, pour les ramener...

— C'est bien ; mais des relations suivies avec des hommes égarés d'une certaine espèce...! ce sont choses épineuses, affaires très-délicates... » Et ici, au lieu de goufler ses joues et de souffler, il serra les lèvres et il aspira autant d'air qu'il avait coutume d'en chasser en soufflant. « J'ai cru nécessaire de vous donner cet avis, parce que, si jamais Son Excellence... On a pu en écrire quelque chose à Rome..., je n'en sais rien... ; et de Rome il pourrait venir quelque...

— Je suis fort obligé de l'avis à votre magnificence. Toutefois je suis certain que, si l'on prend des informations sur cette affaire, on trouvera que le père Cristoforo n'a eu de relations suivies avec l'homme en question que pour le rendre à la raison. Je connais, moi, le père Cristoforo.

— Votre paternité doit donc savoir mieux que moi ce qu'il a été dans le monde, et les fredaines de sa jeunesse.

— Telle est la gloire de notre habit, seigneur comte, qu'un homme qui dans sa vie mondaine a pu faire parler de lui, une fois revêtu de cet habit, devient un tout autre homme; et depuis que le père Cristoforo porte cet habit...

— Je le voudrais croire, je le dis du fond du cœur, je le voudrais croire; mais quelquefois..., comme dit le proverbe..., l'habit ne fait pas le moine. »

Le proverbe ne venait pas bien à propos ; mais le comte l'avait cité au lieu d'un autre qui lui passait par la tête : Le loup a beau changer de poil, il ne devient pas chien[1].

« J'ai des indices, poursuivit-il, j'ai des informations.

— Si votre magnificence sait positivement que ce religieux a commis quelque faute (nous pouvons tous faillir), qu'elle me fasse la grâce de m'en informer. Je suis le supérieur, indigne sans doute, mais je le suis précisément pour châtier, pour remédier...

— A cette circonstance fâcheuse de la protection que ce père accordait à l'homme que j'ai dit, se joint une autre chose désagréable, et qui pourrait... ; mais, entre nous,

[1] Le proverbe italien dit : *Il lupo muta il pelo, non il vizio.*

nous arrangerons tout à la fois. Il arrive, dis-je, que le même père Cristoforo s'est mis à lutter contre mon neveu, don Rodrigo***.

— Oh! cela me fâche, cela me fâche, en vérité.

— Mon neveu est jeune, bouillant; il se sent; il n'est pas habitué à être provoqué...

— Il est de mon devoir de prendre de bonnes informations sur un fait semblable. Comme je l'ai déjà dit à votre magnificence, et avec sa longue expérience du monde et son équité, elle sait cela mieux que moi, nous sommes tous de chair, sujets à faillir... tant d'un côté que de l'autre; et si notre père Cristoforo a manqué...

— Mais, votre paternité, ce sont des choses, comme je le disais, qui doivent se terminer entre nous, s'ensevelir ici; des choses qui, trop remuées... vont de mal en pis. Votre paternité sait ce qu'il en avient : ces piques, ces querelles commencent souvent pour une bagatelle, et vont très-loin, très-loin... Si l'on veut en trouver les racines, l'on n'en peut venir à bout, ou bien il naît cent autres embarras. Assoupir, trancher l'affaire, très-révérend père; trancher, assoupir, voilà ce qu'il faut. Mon neveu est jeune; le religieux, d'après ce que j'en ai pu saisir, a encore tout l'esprit, tout le penchant d'un jeune homme. C'est à nous, qui sommes avancés en âge (que trop, n'est-il pas vrai, très-révérend père?), c'est à nous qu'il appartient d'avoir de la raison pour les jeunes gens et de réparer leurs sottises. Par bonheur, nous y sommes encore à temps. Il n'y a point eu d'éclat, et c'est encore le cas d'un bon *Principiis obsta*. Il faut éloigner le feu de la paille. On a vu souvent un individu qui ne se conduit pas bien, ou qui cause quelque désordre dans un endroit, se comporter ailleurs à merveille. Votre paternité saura bien trouver où nicher convenablement ce religieux. Une autre circonstance se rencontre comme à point nommé : il est peut-être tombé dans la disgrâce de quelqu'un dont il souhaite peut-être d'être ardemment éloigné. En le plaçant dans un poste un peu éloigné, nous ne lui faisons faire qu'un voyage, et nous rendons deux services; tout s'arrange de soi, ou, pour mieux dire, il n'y a plus rien de compromis. »

Le père provincial s'attendait à cette conclusion depuis le commencement de la conversation.

« Eh, mon Dieu! se disait-il, je vois où il me veut mener; nous y sommes faits. Quand un pauvre frère est en querelle avec vous autres, ou avec l'un de vous, ou vous donne le moindre ombrage, vite, vite, le supérieur doit le faire promener, sans chercher s'il a tort ou raison. »

Quand le comte eut fini, et qu'il eut longuement soufflé, circonstance qui équivalait à une ferme résolution : « J'entends très-bien, dit le père provincial, ce que veut dire le seigneur comte; mais avant de faire un pas...

— C'est un pas, et ce n'en est pas un, très-révérend père; c'est une chose toute naturelle, tout ordinaire; et si l'on n'y vient pas vite, je prévois un déluge de désordres, une iliade de malheurs. Une sottise... je ne crois pas que mon neveu en fît... je suis là pour l'en empêcher... Mais au point où l'affaire est arrivée, si nous n'y mettons pas fin entre nous, il n'est pas possible qu'elle s'arrête, qu'elle reste secrète..., et alors ce n'est plus seulement mon neveu... : nous éveillons tout un guêpier, très-révérend père. Vous le voyez, nous sommes une maison; nous avons des attenances...

— Illustres.

— Vous m'entendez, ce sont toutes gens qui ont du sang dans les veines, et qui dans ce monde... comptent pour quelque chose. On se pique d'honneur, cela devient une affaire générale, et alors... même ceux qui sont amis de la paix... Ce serait un vrai crève-cœur pour moi d'être obligé... de me trouver......, moi qui ai toujours eu un si grand penchant pour les pères capucins!... Vos pères, pour faire le bien, comme ils le font, à la grande édification du public, ont besoin de tranquillité; ils ont besoin de n'avoir pas de cabales, d'être en bonne harmonie avec ceux... et d'ailleurs ils ont des parents dans le monde... et ces petites affaires de point d'honneur, pour peu qu'elles durent, s’étendent, se ramifient, y font entrer... la moitié du monde. Je me trouve pourvu de cette bienheureuse charge qui m’oblige à un certain décorum... Son Excellence... messeigneurs, mes collègues... Tout devient affaire de corps..., surtout avec cette autre circonstance... Votre paternité sait comment vont ces sortes de choses.

— Il est vrai, dit le père provincial, que le père Cristoforo est prédicateur, et j’avais déjà le projet... On me l’a précisément demandé...; mais en ce moment, dans de telles circonstances, cela pourrait être pris pour une punition; et punir avant d’avoir bien éclairci...

— Mais non, ce n’est point une punition : c’est une précaution prudente, un moyen honnête d’empêcher les malheurs qui pourraient... Je me suis expliqué.

— Entre le seigneur comte et moi, la chose est assurément ainsi, j’entends bien. Mais le fait étant tel qu’on l’a rapporté à votre magnificence, je dis, moi, qu’il est impossible qu’il n’en ait pas transpiré quelque chose dans le pays... Il y a partout des boute-feux, des instigateurs, ou au moins de malins oisifs qui trouvent un plaisir exquis à voir les seigneurs et les moines aux prises; ils font des observations malignes, ils bavardent, ils crient... Chacun a son décorum à conserver; et moi ensuite, en qualité de supérieur, indigne sans doute, j’ai un devoir exprès... l’honneur de l’habit... Ce n’est pas ma propre affaire...; c’est un dépôt dont... Puisque votre seigneur neveu est si animé, à ce que dit votre magnificence, il pourrait prendre la chose comme une satisfaction qu’on lui donne, et... je ne dis pas en tirer vanité, s’en glorifier, mais...

— Votre paternité se moque-t-elle? Mon neveu est un gentilhomme qui est considéré dans le monde... selon son rang et ce qui lui est dû; mais dans ses rapports avec moi, ce n’est qu’un enfant; il ne fera ni plus ni moins que ce que je lui prescrirai. Je vous dirai bien davantage, mon neveu n’en saura rien. Quel besoin avons-nous de lui rendre des comptes? Ce sont choses que nous faisons entre nous, en bons amis, et que nous mettrons sous les pieds. Que cela ne vous donne aucune inquiétude. Je dois être accoutumé à me taire. » Et il souffla. « Quant aux bavards, reprit-il, que voulez-vous qu'ils aient à dire? C'est une chose si ordinaire que de voir un religieux aller prêcher dans un autre endroit! Et puis, nous qui voyons, nous qui prévoyons, nous qui devons... nous n'avons pas à nous soucier des propos.

— Cependant, afin de les prévenir, il serait bien qu'en cette occasion le neveu de votre magnificence fît quelque démonstration, donnât quelque signe visible d'amitié, de déférence, non pour nous, mais pour l'habit.

— Assurément, assurément, c'est juste... pourtant ce n'est pas nécessaire. Je sais que les capucins sont toujours accueillis par mon neveu comme ils doivent l'être. Il le fait par inclination; c'est un instinct de famille; et puis il sait qu'il fait une chose qui m'est agréable. Au reste, en ce cas... quelque chose de plus signalé..., c'est trop juste. Laissez-moi faire, très-révérend père : j'ordonnerai à mon neveu... c'est-à-dire il le lui faudra insinuer avec prudence, afin qu'il ne se doute pas de ce qui s'est passé entre nous, parce que je ne voudrais pas que nous missions un emplâtre où il n'y a pas de blessure. Quant à ce que nous avons arrêté, le plus tôt sera le mieux; et si l'on trouvait quelque niche un peu loin... pour ôter toute occasion...

— On me demande précisément un sujet pour Rimini. Peut-être même que, sans autre motif, j'aurais jeté les yeux...

— C'est fort à propos, c'est fort à propos. Et quand?

— Puisque la chose doit se faire, elle se fera promptement.

— Promptement, promptement, très-révérend père; plutôt aujourd'hui que demain. Et, poursuivit-il en se levant, si je puis être de quelque utilité, par moi et par mes attenances, à nos bons pères capucins...

— Nous avons souvent éprouvé la bonté de la maison, » dit le père provincial, qui s'était aussi levé et qui se dirigeait vers la porte derrière son vainqueur.

« Nous avons éteint une étincelle, dit celui-ci en s'avançant lentement, une étincelle, très-révérend père, qui pouvait faire naître un grand incendie. Entre bons amis, en
deux mots on arrange de grandes choses. »

Arrivé à la porte, il ouvrit les deux battants, et voulut
absolument céder le pas au père provincial. Ils entrèrent
dans l'autre appartement et se mêlèrent au reste de la
compagnie.

Ce seigneur mettait un grand soin, un grand art, de
grands mots, dans le maniement d'une affaire; mais il obtenait aussi des effets analogues. Au fait, avec l'entretien
que nous avons rapporté, il parvint à faire aller fra Cristoforo à pied de Pescarenico à Rimini : c'est un grand
voyage.

Un soir, un capucin de Milan arrive à Pescarenico avec
un *pli* pour le père gardien. C'est l'ordre pour fra Cristoforo de se rendre à Rimini pour y prêcher le carême. La
lettre au gardien porte l'instruction d'insinuer audit frère
qu'il dépose toute pensée d'affaires qu'il peut avoir enta-
mées dans le pays qu'il doit quitter; qu'il n'y entretienne
aucune correspondance; le frère porteur doit être son compagnon de voyage. Le gardien ne dit rien le soir; au matin
il fait appeler fra Cristoforo, lui montre l'ordre, lui dit
d'aller querir sa corbeille, son bourdon, son suaire, sa ceinture, et de se mettre ensuite en route avec ce père-compa-
gnon qu'il lui présente.

Jugez quel coup ce fut pour notre bon père; Renzo, Lucia, Agnese se présentèrent aussitôt à sa pensée, et il
s'écria, pour ainsi dire, à part soi : « Grand Dieu! que
feront ces malheureux quand je ne serai plus ici? « Mais il
leva aussitôt les yeux vers le ciel, et il s'accusa d'avoir
manqué de confiance, de s'être cru nécessaire à quelque
chose. Il croisa les mains sur sa poitrine en signe d'obéissance, et s'inclina devant le père gardien. Celui-ci le tira
ensuite à l'écart, et lui donna cet autre avis, moitié comme
un conseil, moitié comme un ordre. Fra Cristoforo alla à
sa cellule, prit sa corbeille, y mit son bréviaire, son ca-

rême et le pain du pardon ; il ceignit ses reins d'une cour-
roie, prit congé de tous ses confrères, alla demander la
bénédiction du gardien, et prit avec son compagnon la
route qui lui avait été prescrite.

Nous avons dit que don Rodrigo, tenant plus que jamais
à son infâme entreprise, avait résolu de rechercher l'assistance d'un homme terrible. Nous n'en pouvons dire le prénom, ni le nom, ni même un seul titre ; bien plus, nous
ne pouvons pas hasarder là-dessus la moindre conjecture.
C'est d'autant plus étrange que nous trouvons le souvenir
de ce personnage dans plus d'un livre (nous disons des
livres imprimés) de ce temps. L'identité des faits ne per-
met pas de douter que ce ne soit le même personnage ;
mais on voit partout un soin extrême d'éviter d'en tracer
le nom, comme si ce nom avait dû brûler la plume, la
main de l'écrivain. Francesco Rivola, dans la vie du cardinal Frédéric Borromée, ayant à parler de cet homme, dit
que c'est un « seigneur aussi puissant par ses richesses
qu'illustre par sa naissance, » sans plus. Giuseppe Ripamonti, qui, dans le cinquième livre de la cinquième dé-
cade de sa *Storia patria*, en fait une plus longue mention,
le nomme toujours un homme, cet homme, un personnage, ce personnage. « Je rapporterai, » dit-il en son beau
latin, « l'aventure d'un homme qui, étant au premier rang
parmi les plus puissants de la ville, avait choisi la campagne pour demeure ; et là, s'assurant l'impunité à force
de crimes, il ne tenait aucun compte des sentences, ni des
juges, ni de la magistrature, ni de la souveraineté. Placé
sur l'extrême confin de l'État, il menait une vie indépendante ; il donnait un asile aux bannis ; il fut banni lui-
même, et puis absous de la sentence qui avait été portée... » Nous emprunterons à cet auteur quelque autre
passage qui viendra à propos pour confirmer et pour éclaircir le récit de l'auteur anonyme avec qui nous marchons.

Faire ce qui était défendu par les lois, ou empêché par
une force quelconque ; être l'arbitre, le juge suprême dans
les affaires d'autrui, sans autre intérêt que la soif de com-

mander; être craint de tous, même de ceux qui se faisaient craindre de chacun, telles avaient été en tout temps les passions principales de cet homme. Dès son adolescence, au spectacle et au bruit de tant de *prepotenze*, de tant de concussions, de tant de disputes, à la vue de tant de tyrans, il éprouvait un sentiment mêlé de colère et d'envie impatiente. Supérieur au plus grand nombre en richesse et en serviteurs dévoués, et peut-être à tous en naissance et en audace, il contraignit les uns à renoncer à toute rivalité, il arrangea mal les autres, et fit ses amis du reste; mais il était bien loin d'admettre entre eux et lui la moindre égalité; son esprit altier et dédaigneux ne pouvait se plaire qu'avec des amis qui lui fussent subordonnés, qui fissent en quelque sorte profession de leur infériorité, qui lui cédassent en toute occurrence. Et toutefois il leur servait quelquefois d'instrument sans qu'il s'en doutât. Quand ceux-ci se trouvaient engagés dans quelque pas difficile, ils ne manquaient jamais de réclamer le secours d'un aussi puissant auxiliaire. Pour lui, reculer un moment, c'aurait été déchoir de sa réputation, du haut rang où il était placé. Tellement que, pour son compte et pour le compte d'autrui, il en fit tant que ni son nom, ni sa parenté, ni ses amis, ni son audace, ne pouvant plus le soutenir contre les bans publics et contre tant de haines puissantes, il fut contraint de céder et de sortir de l'État. Je crois que c'est à cette circonstance que se rattache un fait remarquable rapporté par Ripamonti : « Il fut obligé de sortir du pays. Voici le secret, le respect, la timidité qu'il montra : il traversa la ville à cheval, avec une nombreuse meute, à son de trompe, et passant devant le palais de la cour, il laissa aux gardes une ambassade d'injures pour le gouverneur. »

Pendant son absence, il ne renonça pas à ses menées; il n'interrompit pas ses relations avec ses amis, qui restèrent unis avec lui, pour traduire littéralement Ripamonti, « dans une ligue occulte de conseils atroces et de choses funestes. » Il paraît même qu'il contracta alors certaines habitudes nouvelles dont l'historien que nous avons déjà

cité parle avec une brièveté mystérieuse. « Des princes
étrangers recoururent à lui pour des crimes importants, et
même ils lui envoyèrent des renforts de gens qui servirent
sous ses ordres. »

Enfin (on ignore depuis combien de temps), soit qu'on
eût levé le ban par quelque puissante intercession, soit que
l'audace de cet homme lui tînt lieu de toute autre franchise, il résolut de retourner chez lui, et il y retourna en
effet ; non pas toutefois à Milan, mais dans un de ses châ-
teaux sur la frontière du territoire bergamasque, qui était
alors, comme chacun sait, du domaine vénitien ; et c'est
là qu'il fixa sa demeure. « Cette maison, » je cite encore
Ripamonti, « était comme une officine de mandats sanguinaires. On n'y voyait que des serviteurs dont la tête était
mise à prix, et qui s'étaient faits coupeurs de têtes ; ni le
cuisinier, ni même le marmiton, n'étaient dispensés de
l'homicide ; les mains des jeunes enfants étaient ensan-
glantées. » Outre cette belle famille domestique, il en avait,
comme l'affirme le même historien, une autre de semblables sujets, dispersés et postés comme en garnison dans
différents lieux des deux États sur le confin desquels il vivait, et toujours prompts et attentifs à ses ordres.

Tous les tyrans, dans un rayon assez vaste, avaient été
contraints, celui-ci dans une occasion, et celui-là dans une
autre, de choisir entre l'amitié et l'inimitié de ce tyran
extraordinaire. Mais il en était si mal avenu aux premiers
qui avaient voulu tenter l'épreuve de lui résister, que personne n'éprouvait plus l'envie de la tenter encore. On aurait
eu beau s'observer, rester, comme l'on dit, dans son manteau, on ne pouvait pas conserver son indépendance. Il
envoyait un messager pour intimer l'ordre qu'on eût à se
désister d'une telle entreprise, qu'on eût à cesser de molester un tel débiteur, ou autres choses semblables : il
fallait se décider franchement. Quand une partie, avec un
hommage de vassalité, était allé remettre à son arbitrage
une affaire quelconque, l'autre partie se trouvait dans la
dure alternative ou de se conformer à la sentence, ou de se

déclarer son ennemie, ce qui était à peu près la même chose que d'être, comme on le disait autrefois, pulmonique au troisième degré. Beaucoup de gens, en ayant tort, recouraient à lui pour avoir raison en effet; plusieurs y recouraient, en ayant raison, pour gagner un aussi haut patronage et en fermer l'avenue à leurs adversaires. Les uns et les autres devenaient plus spécialement ses dépendants. Il arriva quelquefois qu'un faible, opprimé, vexé, tourmenté par un *prepotente*, s'adressa à lui; et cet homme, ayant pris le parti du faible, força le *prepotente* de cesser ses vexations, de réparer le tort qu'il avait causé, de descendre jusqu'à des excuses. Si celui-ci refusait, il s'acharnait contre lui, le forçait à se retirer des lieux qu'il avait tyrannisés, et il lui faisait même quelquefois un parti plus expéditif et plus terrible. Dans ces cas, ce nom si redouté et si abhorré avait été pourtant béni un moment, parce que dans ces temps malheureux on ne pouvait obtenir cette espèce de justice d'aucune autre force, soit privée, soit publique. Il avait été et il était presque toujours le ministre, l'instrument de volontés iniques, de vengeances atroces, de caprices infâmes; mais les emplois divers qu'il faisait de sa force imprimaient dans les esprits une grande idée de tout ce qu'il pouvait vouloir et exécuter au mépris du juste et de l'injuste, ces deux choses qui apportent tant d'obstacles à la volonté des hommes et les font si souvent hésiter.

La renommée des tyrans ordinaires restait pour l'ordinaire restreinte dans ce petit espace de pays qu'ils habitaient presque toujours et qu'ils opprimaient. Chaque district avait les siens, et ils se ressemblaient tant, qu'il n'y avait pas de raison pour que le monde s'occupât de ceux dont il ne sentait pas le poids. Mais la renommée de celui-ci était déjà depuis longtemps répandue dans tout le Milanais; de toutes parts sa vie était le sujet des récits populaires, et son nom signifiait quelque chose d'extraordinairement puissant, d'obscur, de fabuleux. Le soupçon qu'on avait de toutes parts de ses alliés et de ses sicaires contribuait aussi à réveiller l'attention publique. Ce n'était rien de plus que des soupçons, car qui aurait professé ouvertement une telle dépendance? Mais chaque tyran pouvait être son allié, chaque coquin un des siens, et cette incertitude même rendait plus vaste l'opinion et plus profonde la terreur de la chose. Chaque fois que l'on voyait paraître des figures de scélérats inconnues et plus méchantes que de coutume, à chaque crime énorme dont on ne pouvait pas d'abord désigner ou deviner l'auteur, on proférait, on murmurait le nom de cet homme que, grâce à la bienheureuse circonspection de nos écrivains, nous serons contraint de nommer l'Inconnu.

Du château de celui-ci au petit château de don Rodrigo, il n'y avait pas plus de six milles. Ce dernier, à peine devenu maître et tyran, avait dû voir qu'à si peu de distance d'un tel personnage, il n'était pas possible de faire ce métier sans en venir aux prises, ou vivre en bonne intelligence avec lui. C'est pourquoi il s'était offert à lui, et était devenu son ami, à la manière de tous les autres, s'entend; il lui avait rendu plus d'un service (le manuscrit ne dit rien de plus), et il en avait rapporté chaque fois des promesses d'aide et de réciprocité en toute occurrence. Il mettait pourtant beaucoup de soin à cacher une telle amitié, ou au moins à ne pas laisser voir de quelle nature elle était, et combien elle était étroite. Don Rodrigo voulait bien faire le tyran, mais non le tyran effréné; la profession était pour lui un moyen, non un but; il voulait rester librement en ville, y jouir des avantages, des plaisirs, des honneurs de la vie civile. Pour cela il lui fallait user de certains ménagements, tenir compte des parentés, cultiver les amitiés des personnages en place; avoir une main sur la balance de la justice, pour la faire, au besoin, pencher de son côté, ou pour l'arrêter, ou pour la faire tomber, dans quelque occasion, sur la tête de quelqu'un que, par ce moyen, on pouvait atteindre plus facilement qu'avec les armes de la violence privée. Or l'intimité, disons mieux, une ligue avec un homme aussi fameux, avec un ennemi déclaré de la force publique, ne l'aurait assuré-

ment pas servi, surtout auprès du comte son oncle. Le peu
de liaison qui ne se pouvait cacher pouvait passer pour un
devoir indispensable envers un homme dont l'inimitié était
trop dangereuse, et ainsi recevoir son excuse de la nécessité, parce que celui qui a l'obligation de pourvoir à la sûreté générale et n'en a pas le désir ou n'en trouve pas le
moyen, finit par consentir que les autres pourvoient d'eux-
mêmes à leurs affaires; s'il n'y consent pas expressément,
il ferme au moins les yeux.

Un matin don Rodrigo sortit à cheval, en équipage de
chasse, avec une petite escorte de sicaires à pied, Griso à
l'étrier et quatre autres derrière, et il se dirigea vers le
château de l'Inconnu.

XX

Le château de l'Inconnu était situé au-dessus d'une
vallée étroite et sombre, sur la cime d'un pic qui naît
d'une chaine de montagnes escarpées et la domine. Au
premier aspect on ne saurait dire s'il s'y rattache ou s'il
en est séparé par les cavernes, les précipices et les abîmes
qui le bordent de toutes parts. Le côté qui regarde le vallon est le seul praticable; il descend en pente raide, égale
et continue. Au sommet sont des pâturages; il est cultivé
vers le bas et semé çà et là d'habitations. Le fond est un
lit de cailloux où court, selon la saison, un petit ruisseau
ou un large torrent, qui alors servait de limite aux deux
territoires. Les chaines des montagnes opposées qui forment, pour ainsi dire, l'autre muraille du vallon, sont
aussi à leur naissance mollement inclinées et cultivées,
mais seulement durant un court trajet; le reste n'est que
rochers, pierres, pentes rapides, nues et sans vie, sauf
quelques buissons qui croissent dans les crevasses.

Du haut de ce château, comme l'aigle de son aire en-
sanglantée, le sauvage seigneur dominait alentour tout
l'espace où se pouvait poser un pied mortel, et il n'enten-

dait aucun bruit humain au-dessus de sa tête. Ses regards
pouvaient embrasser à la fois toute cette enceinte, les penchants, le gouffre, les chemins qui y étaient pratiqués.
Aux yeux de celui qui le contemplait d'en haut, le sentier
tortueux qui montait vers le terrible manoir se déployait
en serpentant comme un ruban. Des fenêtres, des meur-
trières, le seigneur pouvait compter à loisir les pas de celui
qui montait, et l'examiner cent fois. Avec cette garnison
de bravi qu'il entretenait au château, il aurait pu défier
toute une armée d'ennemis ; il l'aurait couchée sur le sentier ou fait rouler tout entière dans la vallée avant qu'aucun homme fût arrivé jusqu'à la cime. Au reste, à moins
d'être l'ami du maître du château, personne n'osait mettre
le pied même dans la vallée. Le sbire qui aurait eu le malheur de s'y montrer aurait été traité comme un espion
ennemi qui est découvert dans un camp. On racontait les
tragiques histoires des derniers qui avaient voulu tenter
l'entreprise ; mais c'étaient déjà des histoires anciennes ;
aucun des jeunes vassaux ne se souvenait d'avoir vu dans
ces lieux un homme de cette espèce, ni vivant, ni mort.

Telle est la description que l'anonyme nous donne du
site ; quant au nom, il n'en parle pas. Bien plus, de peur
de nous le laisser découvrir, il ne dit rien du voyage de
don Rodrigo. Il le fait arriver tout d'un coup au milieu de
la vallée, au pied du pic, à la naissance de ce sentier tortueux et escarpé. Là était une taverne qu'on aurait pu
nommer aussi un corps de garde. Une vieille enseigne où
était peint des deux côtés un soleil rayonnant était suspendue au-dessus de la porte ; mais le peuple, qui répète
quelquefois les noms comme on les lui apprend, et quelquefois s'amuse à les refaire à sa guise, ne désignait cette
taverne que sous le nom de la *Malanotte*.

Au bruit d'une cavalcade qui s'approchait, un jeune
garçon, armé jusqu'aux dents de coutelas et de pistolets,
parut sur le seuil. Après avoir jeté un regard rapide, il
entra pour avertir trois brigands qui jouaient aux cartes.
Celui qui semblait être le chef se leva, parut sur la porte,

et, ayant reconnu un ami de son maître, il le salua. Don Rodrigo lui rendit le salut avec beaucoup de politesse, et lui demanda si le seigneur se trouvait au château. Cet homme ayant répondu qu'il le croyait, il descendit de cheval, et jeta la bride à Tira-dritto, un des bravi de son cortége. Il ôta ensuite le fusil de son épaule et le remit à Montanarolo, en apparence pour se soulager d'un poids inutile et monter plus aisément, mais au fond parce qu'il savait bien qu'il n'était pas permis de se montrer avec un fusil dans ces parages. Il tira ensuite de sa poche quelques *berlinghe*, et les donna à Tanabuso, en lui disant : « Vous autres, restez ici à m'attendre ; pendant ce temps, vous vous amuserez un peu avec ces braves gens. » Il tira quelques écus d'or, et les donna au chef, la moitié pour lui, l'autre moitié pour ses hommes. Il se mit enfin à gravir le sentier avec Griso, qui avait aussi quitté son fusil. Les trois bravi que nous avons dits, et Squinternotto, qui était le quatrième (voyez un peu les beaux noms pour les conserver avec tant de soin !) restèrent à jouer, à boire, et à raconter tour à tour leurs prouesses avec les trois bravi de l'Inconnu et le jeune garçon élevé à une aussi bonne école.

Un autre bravache de l'Inconnu, qui montait, joignit peu après don Rodrigo. Il le regarda, le reconnut, et chemina de compagnie. Il lui épargna ainsi l'ennui de décliner son nom et de dire qui il était à tous ceux qu'il aurait rencontrés, et dont il n'aurait pas été connu. Quand il fut arrivé et introduit dans le château (Griso fut laissé à la porte), on lui fit traverser une longue enfilade de corridors obscurs, et diverses salles tapissées de mousquets, de sabres et de pertuisanes. Chacune de ces salles était gardée par un bravo. Après avoir attendu quelque temps, il fut admis dans celle où se trouvait l'Inconnu.

Celui-ci alla au-devant de lui en répondant à son salut, et en même temps en le toisant et en le regardant aux mains et au visage, ainsi qu'il avait coutume de faire, et presque toujours involontairement, à quiconque venait vers lui, quand bien même c'eussent été de vieux amis sûrs et éprouvés. Il était d'une haute stature, maigre, chauve. Au premier aspect, cette tête chauve, la blancheur du peu de cheveux qui lui restaient et les rides de son visage l'auraient fait croire d'un âge beaucoup plus avancé qu'il n'était en effet : il venait à peine d'atteindre sa soixantième année. Son maintien et ses mouvements, la dureté prononcée de ses traits, et un feu caché qui brillait dans ses yeux, indiquaient une vigueur de corps et d'esprit qui aurait été extraordinaire dans un jeune homme.

Don Rodrigo lui dit qu'il venait pour lui demander conseil et assistance ; que, se trouvant embarqué dans une entreprise difficile dont son honneur ne lui permettait pas de se retirer, il s'était souvenu des promesses de cet homme, qui ne promettait jamais ni trop ni en vain, et il lui exposa son abominable intrigue. L'Inconnu, qui en savait déjà quelque chose, mais confusément, écouta avec beaucoup d'attention le récit, et comme amateur de semblables histoires, et parce que dans celle-ci se trouvait mêlé un nom qui lui était connu, qui lui était très-odieux, le nom de fra Cristoforo, ennemi ouvert des tyrans, et en paroles, et, quand il le pouvait, en actions. Don Rodrigo se mit ensuite à exagérer la difficulté de l'entreprise, la distance du lieu, un monastère, la signora. . A cela l'Inconnu, comme si un démon caché dans son cœur le lui eût commandé, l'interrompit tout à coup en disant qu'il prenait l'affaire sur lui. Il prit note du nom de notre pauvre Lucia, et congédia don Rodrigo en lui disant : « Sous peu, vous recevrez de moi l'avis de ce que vous devez faire. »

Si le lecteur se souvient de ce scélérat d'Égidio, qui habitait près du monastère où la pauvre Lucia avait été reçue, qu'il apprenne maintenant que c'était un des plus intimes collègues de méchanceté qu'eût l'Inconnu : c'était pourquoi celui-ci avait engagé si promptement et si résolûment sa parole. Cependant, à peine resté seul, il se trouva, je ne dirai pas repentant, mais fâché de l'avoir donnée. Déjà depuis quelque temps il commençait à éprouver, sinon un remords, au moins une vague inquiétude de ses scélératesse. Chaque fois qu'il en commettait une nouvelle, le souvenir de celles qui étaient accumulées dans sa mémoire, à défaut de sa conscience, se réveillait de nouveau et les lui faisait paraître plus pénibles et plus nombreuses. C'était comme un fardeau déjà incommode que l'on aggraverait encore. Une répugnance indéfinissable qu'il avait éprouvée à commettre ses premiers crimes, répugnance qu'il avait ensuite vaincue, et qui s'était presque entièrement évanouie, recommençait alors à se faire sentir. Mais dans ces premiers temps l'image d'un avenir vaste, indéterminé, le sentiment intime d'une puissante et longue vitalité, remplissaient son cœur d'une confiance irréfléchie. Maintenant, au contraire, les pensées de l'avenir étaient celles qui rendaient le passé plus douloureux. « Vieillir ! mourir ! et après ? » Et, chose remarquable, l'image de la mort, qui, dans un péril prochain, en face d'un ennemi, avait coutume de redoubler l'ardeur de cet homme, de lui inspirer une colère pleine de courage ; cette même image, en lui apparaissant dans le silence de la nuit, dans son château, asile sûr et impénétrable, lui apportait une consternation subite. Cette mort n'était plus celle dont l'aurait menacé un ennemi implacable ; il ne pouvait pas se la figurer avec des armes plus fortes, avec un bras plus prompt. Elle venait seule, elle naissait en lui-même ; elle était peut-être encore éloignée, mais à chaque instant elle faisait un pas, et tandis que son esprit luttait douloureusement pour en éloigner la pensée, elle s'approchait. Dans les premiers temps, les exemples si fréquents, le spectacle, pour ainsi dire, perpétuel de la violence, de la vengeance, de l'homicide, en lui inspirant une émulation féroce, lui avaient aussi servi d'une espèce d'autorité contre sa conscience ; maintenant renaissait à chaque instant dans son esprit l'idée confuse, mais terrible, d'un jugement personnel, d'une raison indépendante de l'exemple. L'idée d'être sorti de la foule des criminels vulgaires, de les avoir laissés bien loin derrière lui, cette idée, qui flattait autrefois son orgueil, lui donnait maintenant le sentiment d'une solitude terrible. Ce Dieu dont il avait entendu parler, mais que depuis longtemps il ne se souciait ni de nier ni de reconnaître, occupé seulement à vivre comme s'il n'existait pas; maintenant, en de certains moments d'abattement, sans cause de terreur, sans péril, il lui semblait l'entendre crier au fond de son âme : « J'existe pourtant! » Dans la première effervescence de ses passions, la loi qu'il avait entendu annoncer au nom de ce Dieu ne lui avait paru qu'une chose odieuse; maintenant, quand elle venait assiéger son esprit à l'improviste, son esprit, malgré lui, la concevait comme une chose qui a son accomplissement. Mais au lieu de laisser jamais rien percer de cette inquiétude nouvelle ni dans ses discours, ni dans ses actions, il la cachait profondément, et la masquait sous les apparences d'une férocité plus profonde et plus intense. Par ce moyen il cherchait aussi à se la cacher à lui-même ou à l'étouffer. En regrettant (puisqu'il ne pouvait ni les anéantir ni les oublier) ces temps où il avait coutume de commettre l'iniquité sans remords, sans autre sollicitude que celle de la réussite, il faisait tous ses efforts pour les faire revenir, pour retenir ou pour rappeler cette volonté d'autrefois, pleine, hardie, imperturbable, afin de se convaincre lui-même qu'il était encore le même homme.

C'est pourquoi, en cette occasion, il avait aussitôt engagé sa parole envers don Rodrigo, pour se fermer l'entrée à toute hésitation. Mais celui-ci à peine parti, il sentit de nouveau s'affaiblir cette résolution qu'il s'était commandée pour promettre, il sentit peu à peu se présenter à son esprit les pensées qui le tentaient de manquer à cette parole, et l'avaient presque exposé à faiblir en présence d'un ami, d'un complice subalterne. Il voulut aussitôt mettre fin à ce douloureux combat. Il appela Nibbio, l'un des plus adroits et des plus résolus ministres de ses crimes atroces, celui dont il avait coutume de se servir pour sa correspondance avec Egidio; et, d'un air résolu, il lui ordonna de monter aussitôt à cheval, d'aller droit vers Monza, de signifier à Egidio l'affaire qu'il avait entreprise, et de requérir son assistance pour l'accomplir.

L'infâme messager revint plus vite que ne l'attendait son maître avec la réponse d'Egidio. L'entreprise était facile et sûre ; l'Inconnu n'avait qu'à envoyer aussitôt une voiture avec deux ou trois bravi bien déguisés ; Egidio se chargeait du reste. A cet avis, l'Inconnu, quoi qu'il lui passât par l'esprit, donna ordre en hâte à Nibbio de tout disposer, et de partir avec deux autres qu'il désigna pour l'expédition.

Si, pour rendre l'horrible service qui lui avait été demandé, Egidio avait dû ne compter que sur ses moyens ordinaires, il n'y aurait certainement pas donné si vite une réponse aussi formelle. Mais dans cet asile même, où tout semblait devoir être un obstacle pour lui, le scélérat avait un moyen connu de lui seul ; et ce qui aurait été pour d'autres la plus grande difficulté était pour lui un instrument. Nous avons rapporté comment la malheureuse signora prêta une fois l'oreille à ses paroles, et le lecteur peut avoir compris que cette fois ne fut pas la dernière ; ce ne fut qu'un premier pas dans une voie d'abomination et de sang. Cette même voix, devenue impérieuse, cette voix qui n'admettait pas de refus pour le crime, alla jusqu'à lui imposer le sacrifice de l'innocente qui lui avait été confiée.

La proposition parut effroyable à Gertrude. Perdre Lucia par un accident imprévu, sans sa faute, lui aurait semblé un malheur, un châtiment amer ; et on lui ordonnait de s'en priver avec une criminelle perfidie, de convertir en un nouveau remords un moyen d'expiation ! La malheureuse tenta tous les moyens pour se dispenser d'obéir à cet ordre affreux ; tout, hors le seul qui aurait été infaillible, et qui était pourtant en son pouvoir. Le crime est un maître sévère et inflexible contre lequel on n'est fort que lorsqu'on se révolte entièrement. Gertrude ne voulait pas se résoudre à cela, et elle obéit.

C'était le jour fixé ; l'heure convenue approchait ; Gertrude, retirée avec Lucia dans son parloir particulier, lui faisait de plus grandes caresses que de coutume, et Lucia

les recevait et les rendait avec une tendresse croissante,
comme la brebis, en tremblant sans crainte sous la main
du pasteur qui la tâte et l'entraîne mollement, se retourne
pour lécher cette main : elle ne sait pas que le boucher à
qui le pasteur vient de la vendre est à l'attendre hors de
ce bercail.

« J'ai besoin d'un grand service, et vous seule me le
pouvez rendre. J'ai beaucoup de gens prompts à m'obéir ;
mais je n'ai personne à qui me fier. Pour une affaire de la
plus haute importance que je vous raconterai ensuite, j'ai
besoin de parler tout de suite, tout de suite, à ce père
gardien des capucins qui vous a conduite ici, ma pauvre et
chère Lucia ; mais il est pourtant nécessaire que personne
ne sache que je l'ai envoyé chercher. Je n'ai que vous pour
faire secrètement ce message... »

Lucia fut atterrée d'une telle demande, et, avec sa timidité ordinaire, mais non sans une forte expression d'étonnement, elle allégua, pour s'en dispenser, les raisons que
la signora devait comprendre, qu'elle aurait dû prévoir :
sans sa mère, sans escorte, dans un chemin solitaire, dans
un pays inconnu... Mais Gertrude, élevée à une école infernale, montra à son tour tant d'étonnement et tant de
déplaisir d'éprouver un tel refus de celle qu'elle avait com-
blée de bienfaits ; elle affecta de trouver ces excuses si fri-
voles ! en plein jour, un court trajet, un chemin que Lucia
avait fait peu de jours auparavant ! Sur une simple indication, celui même qui ne l'aurait jamais vu ne pourrait pas
se tromper... Elle en dit tant, que la pauvrette, touchée
de reconnaissance et de honte en même temps, laissa
échapper de sa bouche : « Eh bien, que dois-je faire ?

— Allez au couvent des capucins. » Et elle lui décrivit
de nouveau la route. « Faites appeler le père gardien ;
dites-lui qu'il vienne à l'instant ici, mais qu'il ne laisse
soupçonner à personne que ce soit sur ma demande.

— Mais que dirai-je à l'économe qui ne m'a jamais vue
sortir, et qui me demandera où je vais ?

— Tâchez de passer sans être vue ; et si vous ne le pouvez pas, dites-lui que vous allez à telle église, ou vous avez promis de faire des oraisons. »

Nouvelle difficulté pour Lucia, mentir ! Mais la signora se montra de nouveau si affligée du refus, elle lui fit tant de honte de préférer un vain scrupule à la reconnaissance, que la malheureuse, étourdie plus que convaincue, se sentant émue par ses paroles, répondit : « Eh bien, j'y vais ; que Dieu me soit en aide ! » Et elle se mit en marche.

Quand Gertrude, qui de la grille la suivait d'un œil fixe et troublé, la vit mettre le pied sur le seuil ; comme surmontée par un sentiment irrésistible : « Écoutez, Lucia,... » dit-elle.

Celle-ci retourna vers la grille. Mais déjà une autre pensée, une pensée habituée à prédominer, avait prévalu dans l'esprit de la malheureuse Gertrude. Elle feignit de ne pas être satisfaite des instructions qu'elle lui avait déjà données ; elle dépeignit de nouveau à Lucia la route qu'elle devait suivre, et elle la congédia en disant : « Faites tout comme je vous l'ai dit, et revenez aussitôt. » Lucia partit.

Elle franchit sans être vue la porte du cloître, suivit la rue les yeux baissés en rasant le mur, trouva, avec les indications qu'on lui avait données et avec ses propres souvenirs, la porte du bourg, en sortit, alla toute timide et un peu tremblante par la grand'route, arriva bientôt à la naissance de celle qui conduisait au couvent et elle la reconnut. Cette route était et est encore enfoncée, comme le lit d'un fleuve, entre deux hautes rives bordées d'arbres. Lucia y entra. En la voyant entièrement déserte, elle sentit s'accroître sa peur, et elle doubla le pas ; mais, après un petit trajet, elle se rassura un peu en voyant une voiture de voyage arrêtée, et près de celle-ci, devant la portière ouverte, deux voyageurs qui regardaient de côté et d'autre, comme incertains du chemin. Arrivée plus près, elle entendit l'un des deux qui disait : « Voilà une bonne fille qui nous enseignera la route. » En effet, quand elle fut devant la voiture, ce même homme, avec un maintien plus poli que son air, se tourna et dit : « Jeune fille, pourriez-vous nous enseigner la route de Monza?

— Ces messieurs ont pris la route contraire, répondit la pauvrette : « Monza est par là... » Et elle se tournait pour la leur montrer du doigt, quand l'autre compagnon (c'était Nibbio) la prit vivement par le milieu du corps, et lui fit quitter terre. Lucia, épouvantée, tourne la tête et pousse un cri ; le brigand la jette dans la voiture ; un troisième, qui était assis dans le fond, la saisit, et la force, se débattant en vain, à s'asseoir devant lui ; un autre lui met un mouchoir sur la bouche et étouffe ses cris. Alors Nibbio se précipite aussi dans la voiture, la portière se referme, et la voiture part au grand galop. Celui qui avait fait cette demande perfide, resté sur la grand'route, regarda avec inquiétude de tous côtés : il n'y avait personne. Il essaya de sauter sur la rive, et, saisissant une branche d'arbre, il y parvint. Il entra dans une haie de chênes nains qui bordait la route pendant un certain trajet, et il s'y tapit pour n'être pas vu du monde qui pourrait accourir au bruit. Cet homme était un serviteur d'Égidio ; il s'était mis à épier près de la porte du couvent ; il avait vu Lucia en sortir ; il avait remarqué son habit et sa figure, et il était accouru par un chemin plus court, pour l'attendre à la place convenue.

Mais qui pourrait décrire la terreur, les angoisses de cette infortunée? qui pourrait dire ce qui se passait dans son cœur? Dans sa cruelle anxiété, elle voulait connaître son horrible situation ; elle ouvrait des yeux effarés et elle les refermait aussitôt, tant ces épouvantables visages lui inspiraient de terreur. Elle se débattait, mais elle était tenue de toutes parts ; elle rassemblait toutes ses forces et s'élançait pour se jeter vers la portière, mais deux bras nerveux la tenaient comme clouée dans le fond de la voiture ; quatre autres larges mains semblaient l'y enchaîner. A chaque mine qu'elle faisait de vouloir pousser un cri, le mouchoir venait l'étouffer dans son gosier. En attendant, trois bouches d'enfer, avec la voix la plus humaine qu'il leur était donné de prendre, lui disaient : « Doucement, doucement; n'ayez pas peur; nous ne voulons pas vous faire de mal. » Après quelques moments d'une lutte si pleine d'angoisses, elle sembla se calmer, elle laissa aller ses bras, sa tête retomba en arrière, elle ouvrit à peine ses paupières en tenant l'œil immobile, et les horribles visages qui étaient devant elle lui parurent se confondre et ondoyer ensemble en un monstrueux mélange; les couleurs s'enfuirent de son visage, une sueur froide la couvrit, et elle se laissa aller et s'évanouit.

« Allons, allons, courage! disait Nibbio. — Courage, courage! » répétaient les deux autres scélérats. Mais l'évanouissement de tous ses sens préservait en ce moment Lucia d'entendre les encouragements de ces horribles voix.

« Diable! elle semble morte! dit l'un d'eux : si elle était morte en effet!

— Bah! dit l'autre, c'est un de ces évanouissements qui viennent aux femmes. Je sais, moi, que, quand j'ai voulu envoyer quelqu'un en l'autre monde, homme ou femme, il a fallu bien autre chose.

— Allons, dit Nibbio, soyez attentifs à votre devoir, et n'allez pas chercher autre chose. Tirez les tromblons de dessous le siége et tenez-les prêts, parce que ce bois où nous entrons est un nid de brigands. Ne les tenez pas en main. Diable! remettez-les derrière vous; couchez-les. Ne voyez-vous pas que cette fille est une poule mouillée qui s'évanouit pour un rien? si elle voit des armes, elle est capable de mourir tout de bon. Quand elle aura repris ses sens, faites bien attention de ne lui pas faire peur; ne la touchez que si je vous fais signe; il suffit de moi pour la tenir, et chut! laissez-moi parler. »

Cependant la voiture, allant toujours avec la plus grande rapidité, était entrée dans le bois.

Après quelque temps, la pauvre Lucia commença à s'éveiller comme d'un sommeil profond et pénible, et elle ouvrit les yeux. Elle eut d'abord beaucoup de peine à distinguer les horribles objets qui l'entouraient, à recueillir ses esprits ; à la fin, elle comprit de nouveau son effroyable situation. Le premier usage qu'elle fit du peu de forces qui lui étaient revenues, ce fut de se jeter vers la portière, pour se précipiter hors de la voiture ; mais on la retint, et elle ne put entrevoir qu'un moment la sauvage solitude du lieu par où elle passait. Elle poussa de nouveau un cri ; mais Nibbio, en levant la main avec le mouchoir : « Allons, lui dit-il le plus doucement qu'il put, soyez tranquille, c'est ce que vous pouvez faire de mieux. Nous ne voulons pas vous faire de mal ; mais si vous ne vous taisez pas, nous vous ferons taire.

— Laissez-moi partir ! Qui êtes-vous ? Où me conduisez-vous ? Pourquoi m'avez-vous prise ? Laissez-moi partir, laissez-moi m'en aller.

— Je vous dis de n'avoir pas peur. Vous n'êtes pas un enfant, et vous devez comprendre que nous ne voulons pas vous faire de mal. Ne voyez-vous pas que nous aurions pu vous tuer cent fois, si nous avions eu de mauvaises intentions ? Soyez donc tranquille.

— Non, non ; laissez-moi passer mon chemin ; je ne vous connais pas.

— Nous vous connaissons bien, nous.

— Oh ! très-sainte Vierge ! Laissez-moi m'en aller, par charité. Qui êtes-vous ? Pourquoi m'avez-vous prise ?

— Pourquoi nous l'a-t-on ordonné ?

— Qui ? qui ? qui peut vous l'avoir ordonné ?

— Chut ! dit Nibbio d'un air sévère. On ne doit jamais nous faire de semblables questions. »

Lucia tenta une seconde fois de se précipiter par la portière ; mais voyant que c'était en vain, elle recourut de nouveau aux prières. La tête baissée, les joues baignées de larmes, la voix entrecoupée par les sanglots, les mains jointes : « Oh ! disait-elle, pour l'amour de Dieu et de la très-sainte Vierge, laissez-moi m'en aller ! Quel mal vous ai-je fait ? Je suis une pauvre créature qui ne vous ai fait aucun mal ; celui que vous m'avez fait, je vous le pardonne du fond du cœur, et je prierai Dieu pour vous. Si vous avez une fille, une épouse, une mère, pensez à ce qu'elles souffriraient si elles étaient en cet état. Souvenez-vous qu'un jour nous devons tous mourir, et qu'un jour vous désirerez que Dieu use de miséricorde envers vous. Laissez-moi m'en aller, laissez-moi là : le Seigneur me fera trouver mon chemin.

— Nous ne le pouvons pas.

— Vous ne le pouvez? Oh! Seigneur, pourquoi ne le pouvez-vous pas? Où voulez-vous me conduire? Pourquoi?...

— Nous ne le pouvons pas, c'est inutile. N'ayez pas peur; nous ne voulons pas vous faire de mal; soyez tranquille, personne ne vous touchera. »

Toujours plus tremblante, plus alarmée, plus épouvantée de voir que ses paroles ne produisaient aucun effet, Lucia se tourna vers celui qui tient dans ses puissantes mains le cœur des hommes, et peut, quand il le veut, attendrir les plus féroces. Elle se jeta dans le coin où elle avait été mise, croisa ses bras sur sa poitrine, et pria avec ferveur du fond du cœur; puis, tirant son chapelet de sa poche, elle commença à le dire avec plus de foi et de ferveur qu'elle ne l'avait fait encore de sa vie. De temps en temps, espérant d'avoir obtenu la grâce qu'elle demandait, elle se tournait pour prier de nouveau ces hommes, mais toujours vainement. Puis elle perdait encore l'usage de ses sens, puis elle les reprenait pour retourner à de nouvelles angoisses. Mais nous n'avons pas le cœur de les décrire plus longuement : une pitié trop douloureuse nous presse d'arriver au terme de ce voyage, qui dura plus de quatre heures, et après lequel il nous faudra encore passer par d'autres heures pleines d'angoisses. Transportons-nous au château où l'infortunée était attendue.

L'Inconnu l'attendait avec une inquiétude, avec une agitation d'esprit extraordinaires. Chose étrange! lui qui avait de sang-froid disposé de tant d'existences, qui, dans tant de crimes qu'il avait commis, avait compté pour rien les tourments qu'il avait fait souffrir, si ce n'est pour savourer quelquefois une sauvage volupté de vengeance; maintetenant, dans la tyrannie qu'il exerçait sur cette Lucia, sur une inconnue, une humble villageoise, il sentait comme un frisson, comme une impression de peine, je dirais presque de terreur. D'une haute fenêtre de son château, il épiait depuis quelque temps vers un débouché de la vallée. Il voit paraître la voiture qui s'arrête lentement, parce que la vitesse de la première course avait éteint la fougue et dompté les forces des chevaux; et bien que, du point où il était à regarder, le convoi ne parût qu'une de ces petites voitures qui servent de jouets aux enfants, il le reconnut pourtant aussitôt, et il sentit de nouveau son cœur battre fortement.

« Y sera-t-elle? pensa-t-il aussitôt. Que d'ennuis me donne cette fille! poursuivit-il en son âme. Il faut m'en délivrer. »

Et il se disposait à demander un de ses sicaires, et à l'expédier aussitôt à la rencontre de la voiture pour ordonner à Nibbio qu'il tournât bride, et conduisît cette fille au château de don Rodrigo. Mais un *Non* impérieux, qui résonna aussitôt dans son esprit, fit évanouir ce dessein. Tourmenté pourtant du besoin d'ordonner quelque chose, trouvant insupportable d'attendre si longtemps cette voiture qui s'avançait pas à pas, comme une trahison, que sais-je, moi? comme un châtiment, il fit appeler une vieille qu'il avait à son service.

Cette femme était née dans ce même château, d'un ancien serviteur, et elle y avait passé toute sa vie. Ce qu'elle avait vu et entendu depuis sa naissance avait imprimé dans son esprit une opinion magnifique et terrible du pouvoir de ses maîtres; et la maxime principale qu'elle avait retenue des instructions et des exemples était qu'il fallait leur obéir en toute chose, parce qu'ils pouvaient faire beaucoup de bien. L'idée du devoir, déposée comme un germe dans le cœur de tous les hommes, en se développant dans le sien, unie aux sentiments d'un respect, d'une crainte, d'un dévouement servile, s'y était entièrement associée. Quand l'Inconnu, devenu le maître du château, commença à faire cet usage épouvantable de sa force, celle-ci en éprouva d'abord une certaine peine, et en même temps un sentiment plus profond de sujétion. Avec le temps, elle s'était habituée à ce qu'elle voyait et à ce dont elle entendait parler tout le jour; la volonté puissante et sans frein d'un tel seigneur était pour elle comme une espèce de justice fatale. Déjà avancée en âge, elle avait épousé un serviteur de la maison. Celui-ci, étant allé à une expédition hasardeuse, laissa sa peau sur une grande route et sa femme veuve dans le château. La vengeance que le seigneur tira alors aussitôt de cette mort lui donna une consolation féroce, et accrut en elle l'orgueil d'être sous une telle protection. A dater de ce jour, elle ne mit que bien rarement le pied hors du château; et peu à peu il ne lui resta de la vie humaine presque aucune autre idée que ce qu'elle en recevait en ce lieu. Elle n'était attachée à aucun service particulier; mais, dans cette bande de scélérats, tantôt l'un, tantôt l'autre lui donnait à chaque instant quelque chose à faire : c'était là son tourment. Elle avait tantôt des chiffons à rapiécer, tantôt à préparer en hâte le repas à ceux qui revenaient d'une expédition, tantôt les blessés à soigner. Les ordres et les reproches, comme les remerciements de ces gens-là, étaient mêlés de railleries et d'injures; on ne l'appelait que la vieille, et les douceurs que l'on ajoutait à ce nom variaient selon les circonstances et l'humeur de celui qui parlait. Elle, troublée dans sa paresse et provoquée dans son amour-propre, qui étaient deux de ses passions prédominantes, payait quelquefois ces compliments de paroles dans lesquelles Satan aurait reconnu plus de son esprit que dans celles des provocateurs.

« Tu vois là-bas cette voiture? dit le seigneur.

— Je la vois, répondit-elle en avançant son menton effilé et en ouvrant ses yeux caves et éteints.

— Fais aussitôt préparer une litière; entres-y, et fais-toi porter à la *Malanotte*. Vite, vite; il faut que tu y arrives avant la voiture, elle s'en approche avec le pas de la mort. Dans cette voiture, il y a..., il doit y avoir... une jeune fille. Si elle y est, dis à Nibbio, par mon ordre, qu'il la mette dans la litière, et qu'il vienne aussitôt vers moi... Tu monteras dans la litière avec cette... jeune fille; et quand vous serez ici, tu la conduiras dans ta chambre. Si elle te demande où tu la mènes, à qui est ce château, garde-toi bien...

— Oh! dit la vieille.

— Mais, poursuivit l'Inconnu, ranime-la, rassure-la.

— Qu'ai-je à lui dire?

— Ce que tu as à lui dire? Rassure-la, te dis-je. Es-tu arrivée à ton âge sans savoir comment on s'y prend pour rassurer quelqu'un quand il le faut? N'as-tu jamais éprouvé des peines de cœur? N'as-tu jamais eu peur? Ne sais-tu pas les paroles qui font plaisir en ces moments? Dis-lui de ces paroles; trouves-en dans le souvenir de tes malheurs. Va vite. »

Quand elle fut partie, il s'arrêta quelque temps à la fenêtre, les yeux fixés sur cette voiture, qui déjà paraissait beaucoup plus grande; ensuite il regarda le soleil qui en ce moment se cachait derrière la montagne; puis il regarda les nuages épars au-dessus, qui, de bruns qu'ils étaient, devinrent en un moment couleur de feu. Il se retira, ferma la fenêtre, et se mit à se promener en long et en large dans l'appartement, du pas d'un voyageur pressé.

XXI

La vieille s'était empressée d'obéir, et de donner des ordres avec l'autorité de ce nom qui, par quelque bouche qu'il fût prononcé, mettait tout le monde en mouvement dans le château, parce que personne ne pouvait imaginer que quelqu'un se hasardât jamais à s'en prévaloir faussement. Elle se trouva en effet à la *Malanotte* un peu avant que la voiture y arrivât. Quand elle la vit venir, elle sortit de la litière et fit signe au cocher d'arrêter, s'approcha de la portière, et signifia tout bas à Nibbio, qui avançait la tête, la volonté du maître.

Quand Lucia sentit que la voiture s'arrêtait, elle tressaillit et sortit de la léthargie où elle était plongée. Elle éprouva un nouveau surcroît de frayeur, ouvrit la bouche et les yeux, et regarda de tous côtés. Nibbio s'était retiré en arrière, et la vieille, le menton sur la portière, disait à Lucia : « Venez, mon enfant; venez, pauvre petite, venez avec moi. J'ai ordre de vous bien traiter et de vous rassurer l'esprit. »

Au son d'une voix de femme, l'infortunée éprouva un courage momentané; mais elle retomba aussitôt dans une terreur plus profonde. « Qui êtes-vous? » dit-elle d'une voix tremblante, en fixant ses regards étonnés sur la vieille.

« Venez, venez, pauvre petite, » répétait celle-ci.

Nibbio et ses deux compagnons devinant, aux paroles et à la voix si extraordinairement radoucie de la vieille, les intentions du seigneur, cherchaient, par de bonnes paroles, à persuader à l'infortunée d'obéir; mais Lucia, inattentive, regardait au dehors. Bien que ce lieu sauvage et inconnu, et l'air de sécurité de ses gardiens, ne lui laissassent concevoir aucune espérance de secours, cependant elle ouvrait la bouche pour crier; mais, en voyant Nibbio lui montrer le mouchoir, elle se tut, elle trembla. On la prit et on la mit dans la litière; la vieille y entra après elle. Nibbio ordonna aux deux autres coquins de marcher derrière pour l'escorter, et il gravit en toute hâte la montée pour accourir à l'ordre du maître.

« Qui êtes-vous? demanda Lucia alarmée à la vue de ce visage difforme et inconnu. Pourquoi suis-je avec vous? Où suis-je? Où me conduisez-vous?

— Vers quelqu'un qui vous veut faire du bien! C'est heureux, très-heureux pour vous. N'ayez pas peur; soyez joyeuse. Il m'a ordonné de vous rassurer : vous lui direz que je vous ai rassurée, n'est-il pas vrai?

— Quel est cet homme? quel est-il? Que veut-il de moi?

Je ne lui appartiens pas. Dites-moi où je suis. Laissez-moi m'en aller. Dites à ces hommes qu'ils me laissent aller, qu'ils me conduisent dans quelque église. Oh! vous qui êtes femme, au nom de la Vierge Marie! »

Ce nom chaste et saint, qu'elle avait prononcé avec respect dans son enfance, et que, depuis un si grand nombre d'années, elle n'avait ni invoqué ni peut-être ouï prononcer, ce nom faisait sur l'esprit de la malheureuse qui l'entendait alors une impression vague, étrange, confuse, comme le souvenir de la lumière et des objets sur un vieillard aveugle dès son bas âge.

Cependant l'Inconnu, debout sur la porte du château, regardait en bas. Il voyait la litière monter lentement comme tantôt la voiture, et, à une distance qui augmentait à chaque instant, Nibbio qui la devançait à pas pressés. Quand celui-ci eut atteint la cime, « Viens ici, » lui dit le seigneur; et, en le précédant, il entra dans une salle du château.

« Eh bien! dit-il en s'arrêtant.

— Tout à souhait, répondit Nibbio en s'inclinant. L'avis à temps, la jeune fille à temps, personne sur les lieux, un seul cri, personne qui ait accouru, le cocher diligent, les chevaux agiles, personne sur la route; mais...

— Mais quoi?

— Mais..., à vrai dire, j'aurais mieux aimé recevoir l'ordre de lui lâcher un coup d'arquebusade par derrière sans l'entendre parler, sans la voir en face.

— Qu'est-ce? qu'est-ce? Que veux-tu dire?

— Je veux dire que durant tout ce temps, oui, tout ce temps..., elle m'a causé trop de compassion.

— Compassion! Que sais-tu, toi, de la compassion? Qu'est-ce que la compassion?

— Je ne l'ai jamais aussi bien compris qu'aujourd'hui. La compassion est une histoire qui ressemble un peu à la peur : si on s'y laisse prendre, on n'est plus un homme.

— Voyons un peu comment a fait cette fille pour te toucher de compassion.

— O illustrissime seigneur! Si longtemps... pleurer, prier, et faire certains yeux, et devenir pâle, pâle comme la mort; et puis sangloter, et prier de nouveau, et certaines paroles....

— Je ne veux pas de cette femme dans mon château, pensait l'Inconnu. J'ai eu tort de m'embarquer dans cette affaire; mais j'ai promis... j'ai promis... Quand elle sera loin... » Et regardant Nibbio d'un air de hauteur : « Maintenant, dit-il, laisse la compassion de côté; monte à cheval, prends un compagnon, prends-en deux si tu veux, et va, va, jusqu'à ce que tu sois arrivé au logis de ce don Rodrigo, tu sais. Dis-lui qu'il envoie promptement, mais promptement, sans quoi... »

Mais un autre *Non*, plus impérieux que le premier, qu'il sentit résonner au fond de son âme, l'empêcha de poursuivre. « Non, » dit-il avec un accent de résolution, comme pour s'exprimer à lui-même le commandement de cette voix secrète; « non; va te reposer; et demain matin... tu feras ce que je te dirai.

— Il faut que cette fille ait quelque démon avec elle, » pensa-t-il ensuite, resté seul, debout, les bras croisés sur la poitrine, et le regard immobile sur la partie du plancher où les rayons de la lune, entrant par une fenêtre élevée, traçaient un carré de lumière pâle, coupé à grands carreaux par l'ombre des barreaux de fer, et traversé en sens divers par l'ombre des petits compartiments des vitraux. « Il faut qu'elle ait quelque démon.... ou quelque ange qui la protége.... Faire compassion à Nibbio!... Demain matin, demain matin, au plus tard, hors d'ici cette femme; qu'elle aille à son destin; qu'il n'en soit plus question. Et... poursuivait-il de cet air avec lequel on intime un ordre à un enfant indocile, en sachant bien qu'il n'obéira pas, qu'il n'en soit plus question. Que cet animal de don Rodrigo ne me vienne pas rompre la tête avec ses remerciements, car... je ne veux plus entendre parler de cette femme. Je l'ai servi parce que,.... parce que j'ai promis; et j'ai promis parce que.... c'est mon destin. Mais je ferai

payer ce service à don Rodrigo avec usure. Voyons un
peu.... »

Et il cherchait à imaginer quelque entreprise bien fâcheuse afin de l'imposer à don Rodrigo en compensation
et presque en châtiment ; mais ces mots qui le poursuivaient sans relâche vinrent de nouveau se jeter au travers
de ses pensées indécises : « Compassion à Nibbio ! Comment a-t-elle donc fait ? se disait-il, tourmenté par cette
idée. Je veux la voir. Eh non ! Oui, je veux la voir. »

Il passa d'une salle dans une autre ; il trouva un petit
escalier, le monta à tâtons, arriva à l'appartement de la
vieille, et heurta la porte du pied.

« Qui est là ?

— Ouvre. »

A cette voix la vieille fit trois sauts. Aussitôt on entendit
la targette courir dans les anneaux, et la porte s'ouvrit
toute grande. Avant d'entrer, l'Inconnu jeta un coup d'œil
dans la chambre. A la lueur d'une lanterne qui brûlait sur
une table, il vit Lucia couchée par terre, dans le coin le
plus éloigné de la porte.

« Qui t'a dit de la jeter là par terre comme un paquet
de linge sale, malheureuse ? dit-il à la vieille d'un air courroucé.

— Elle s'est mise où elle a voulu, répondit hardiment
celle-ci. J'ai fait l'impossible pour la rassurer, elle le vous
pourra dire ; mais elle ne m'a pas écoutée.

— Levez-vous, » dit-il à Lucia en s'approchant d'elle.
Mais le bruit qu'il avait fait en heurtant la porte ouverte, le
bruit de ses pas, le son de sa voix, avaient porté dans l'esprit de Lucia une alarme nouvelle, une terreur plus vague
et plus forte encore. Elle s'enfonça dans son coin, le visage
caché dans ses deux mains, silencieuse, immobile, saisie
d'un tremblement universel.

« Levez-vous ; je ne vous veux pas faire de mal..., et je
peux vous faire du bien, répéta le seigneur. Levez-vous ! »
cria-t-il ensuite d'une voix de tonnerre, irrité d'avoir commandé deux fois en vain.

Comme si l'épouvante eût ranimé ses forces mourantes, l'infortunée se dressa aussitôt sur ses genoux ; elle joignit les mains comme si elle s'était agenouillée devant une sainte image ; elle leva les yeux sur l'Inconnu, et, les baissant aussitôt, elle dit : « Me voilà, tuez-moi ! »

— Je vous ai déjà dit que je ne voulais pas vous faire de mal, répondit l'Inconnu d'une voix plus douce, en regardant fixement ces traits altérés par le chagrin et la frayeur.

— Courage, courage, disait la vieille. S'il vous dit lui-même qu'il ne vous veut pas faire de mal !…

— Et pourquoi, reprit Lucia d'une voix où, à travers le tremblement et l'épouvante, perçait pourtant l'assurance que donnent l'indignation et le désespoir, pourquoi me fait-il souffrir les tourments de l'enfer ? Que lui ai-je fait ?

— On vous a peut-être maltraitée ! Parlez…

— Oh ! maltraitée ! Ils m'ont enlevée par trahison, de force ! Pourquoi, pourquoi m'ont-ils enlevée ? Pourquoi suis-je ici ? où suis-je ? Je suis une pauvre créature. Que vous ai-je fait ? Au nom de Dieu…

— Dieu ! Dieu ! toujours Dieu ! Ceux qui ne peuvent pas se défendre eux-mêmes, les faibles, ont toujours ce Dieu à mettre en avant, comme s'ils lui avaient parlé ! Que prétendez-vous, avec ce mot, me faire ?… » Et il laissa la phrase inachevée.

— O seigneur ! prétendre !… Que puis-je prétendre, moi, chétive, sinon que vous usiez de miséricorde envers moi ? Dieu pardonne tant de choses pour une seule œuvre de miséricorde ! Laissez-moi m'en aller ; par pitié, par charité, laissez-moi m'en aller. Il n'en avient pas bien à qui doit mourir un jour de tant faire souffrir une pauvre créature. Oh ! vous qui pouvez ordonner, dites qu'on me laisse aller ! Ils m'ont amenée ici de force. Faites-moi remettre dans la voiture avec cette femme, et faites-moi porter à ***, où est ma mère. O très-sainte Vierge ! ma mère ! ma mère ! par pitié, ma mère ! Peut-être n'est-elle pas loin d'ici… J'ai aperçu mes montagnes ! Pourquoi me faites-vous souffrir ? Faites-moi porter dans une église : je prierai pour vous toute ma vie. Vous en coûte-t-il tant de dire un mot ? Oh ! voilà que vous êtes attendri ! Dites un mot, dites-le. Dieu pardonne tant de choses pour une œuvre de miséricorde.

— Oh ! pourquoi n'est-elle pas fille d'un des lâches qui m'ont banni ! pensait l'Inconnu, d'un de ces misérables qui me voudraient voir mort ! Comme je jouirais maintenant de ses souffrances ! et au contraire...

— Ne rejetez point une aussi bonne inspiration ! poursuivit avec ferveur Lucia, en voyant un certain air d'hésitation sur le visage et dans la contenance de son persécuteur. Si vous ne m'accordez pas cette grâce, le Seigneur me l'accordera : il me fera mourir, et tout sera fini pour moi. Mais vous..., un jour, peut-être, vous aussi... ; mais non, non : je prierai toujours le Seigneur qu'il vous préserve de tout mal. Que vous coûte-t-il de dire une parole ? Si vous veniez jamais à éprouver ces tourments...

— Allons, prenez courage, dit l'Inconnu avec une douceur qui étonna la vieille. Vous ai-je fait aucun mal ? vous ai-je menacée ?

— Oh ! non. Je vois que vous avez bon cœur, et que vous prenez pitié d'une pauvre créature. Si vous vouliez, vous pourriez me faire plus de peur que tous les autres, vous me pourriez faire mourir ; et, au contraire, vous m'avez... un peu soulagé le cœur. Dieu vous le rendra. Achevez l'ouvrage de votre pitié : délivrez-moi, délivrez-moi.

— Demain matin...

— Oh ! délivrez-moi tout de suite, tout de suite.

— Demain matin nous nous reverrons, vous dis-je. Allons, prenez courage. Reposez-vous. Vous devez avoir besoin de prendre quelque nourriture ; on va vous en apporter.

— Non, non ; je meurs si quelqu'un entre ici, je meurs. Conduisez-moi dans une église... : ces pas, Dieu vous les comptera.

— Une femme viendra pour vous apporter à manger, » dit l'Inconnu ; et il resta lui-même surpris qu'un tel expédient lui fût venu en tête, et qu'il eût songé au besoin d'en chercher un pour rassurer une femme.

« Et toi, reprit-il aussitôt en se tournant vers la vieille, exhorte-la à manger, et fais-la reposer dans ce lit. Si elle consent que tu couches avec elle, soit; autrement tu peux bien dormir une nuit sur le carreau. Ranime-la, te dis-je; tiens-la joyeuse; et prends garde surtout qu'elle n'ait à se plaindre de toi. »

Il dit, et se dirigea rapidement vers la porte. Lucia se leva et courut pour le retenir et renouveler sa prière; mais il avait disparu.

« Oh! malheureuse que je suis! Fermez, fermez vite. » Et quand elle eut entendu la porte se fermer avec la targette, elle retourna se tapir dans son coin. « Oh! malheureuse que je suis! s'écria-t-elle de nouveau en sanglotant. Qui prierai-je maintenant? Où suis-je? Dites-moi, vous, dites-moi, par charité, quel est ce seigneur?.... Celui qui m'a parlé, quel est-il?

— Quel est-il? Eh! quel est-il? Vous voulez que je vous le dise, moi! Tu peux attendre que je te le dise. Vous faites la fière parce qu'il vous protége. Pourvu que vous soyez satisfaite, peu vous importe que j'en sois victime. Demandez-le lui. Si j'avais le malheur de vous complaire en ceci, je ne recevrais pas des paroles aussi douces que celles que vous avez entendues. Je suis vieille, moi, je suis vieille, continua-t-elle en grommelant tout bas. Maudites soient les jeunes filles qui ont de la grâce à pleurer comme à rire, et qui ont toujours raison! » Mais elle entendit sangloter Lucia, elle se souvint de l'ordre menaçant du maître; elle se baissa vers l'infortunée, qui restait toujours accroupie dans son coin; et d'une voix moins aigre et plus humaine, elle reprit : « Allons, je ne vous ai pas dit de mal. Un peu de gaieté! Ne me demandez pas de ces choses que je ne puis vous dire, et prenez courage. Si vous saviez! que de gens seraient contents de l'entendre parler comme il vous a parlé! Un peu de gaieté! Il viendra tout à l'heure de quoi manger, et moi qui comprends..., à la manière dont il vous a parlé, je sais que ce sera du bon. Et puis vous vous coucherez, et..... vous me laisserez bien un petit coin pour moi, ajouta-t-elle avec un accent de dépit comprimé.

— Je ne veux pas manger, je ne veux pas dormir. Laissez-moi, ne m'approchez pas. Vous ne partez pas !

— Non, non, » dit la vieille en allant s'asseoir sur une large et vieille chaise, d'où elle jetait sur la pauvrette des regards de crainte et de rage tout ensemble. Elle regardait ensuite son lit ; elle enrageait à cette idée qu'elle aurait le tourment d'en être peut-être bannie pour toute la nuit, et elle se plaignait aigrement du froid ; mais son esprit se récréait par la pensée du souper et par l'espérance qu'il y en aurait pour elle. Lucia ne s'apercevait pas du froid, ne ressentait pas la faim, et, comme étourdie, elle n'avait de ses douleurs, de ses terreurs même, qu'un sentiment vague et confus, semblable à ces vaines images que fait rêver le délire de la fièvre.

Elle tressaillit quand elle entendit heurter, et, tout alarmée : « Qui est là ? s'écria-t-elle, qui est là ? Que personne ne vienne !

— Ce n'est rien, ce n'est rien. Bonne nouvelle ! c'est Marta qui nous apporte à manger.

— Fermez ! fermez ! criait Lucia.

— Eh ! assurément, on fermera tout de suite, tout de suite, » répondit la vieille. Elle prit une corbeille des mains de cette Marta, qu'elle congédia en hâte ; elle referma la porte, et vint poser la corbeille sur une table au milieu de l'appartement. Elle invita ensuite à plusieurs reprises Lucia à venir savourer ces mets délicieux. Elle employait les paroles les plus efficaces, selon elle, pour faire revenir l'appétit à l'infortunée. Les mets étaient si exquis à son goût, qu'elle se répandait en exclamations : « Quand les personnes du commun peuvent se graisser les dents de ces morceaux, elles s'en souviennent longtemps ! Du vin que le maître boit avec ses amis... quand ils le viennent visiter..., et qu'ils veulent se réjouir ! hem ! » Mais voyant que toutes ses tentatives étaient inutiles : « C'est vous qui ne le voulez pas, dit-elle : il ne faudra pas oublier de lui dire demain que je vous ai encouragée. Je mangerai, moi, et il en restera plus qu'il n'en faudra pour vous lorsque vous aurez repris votre raison, et que vous voudrez obéir. » Cela dit, elle se jeta avidement sur le souper. Quand elle fut rassasiée, elle se leva, alla vers le coin, et, se penchant sur Lucia, elle l'invita de nouveau à manger et à se coucher.

« Non, non, je ne veux rien, répondit la jeune fille d'une voix éteinte et comme assoupie. La porte est-elle fermée? dit-elle ensuite avec plus de résolution; est-elle bien fermée? »

La vieille y courut avant elle, porta la main sur la serrure, secoua la targette, et la fit crier avec le pêne qui la tenait étroitement serrée. « Vous voyez, elle est bien fermée. Êtes-vous contente maintenant?

—Oh! contente! contente, ici, moi! dit Lucia en se remettant dans son coin. Mais Dieu sait que j'y suis.

—Venez dormir. Que voulez-vous faire là étendue comme un chien? A-t-on jamais vu refuser ses aises quand on les peut avoir?

— Non, non, laissez-moi.

— C'est vous qui le voulez. Rappelez-vous-le bien, je vous laisse la bonne place : je me couche sur le bord. Si vous voulez venir vous mettre au lit, vous savez comment vous avez à faire. Rappelez-vous que je vous en ai priée à plusieurs reprises. » En disant cela, elle se tapit tout habillée sous la couverture, et tout rentra dans un profond silence.

Lucia restait immobile, accroupie dans son coin, les genoux sur la poitrine, les mains sur les genoux et le visage dans les mains. L'état d'abattement où elle se trouvait n'était ni le sommeil, ni la veille, mais une succession rapide, douloureuse et vague, de pensées accablantes, d'imaginations pénibles, de battements de cœur. Tantôt, plus sûre de sa raison, et se rappelant mieux toutes les horreurs qu'elle avait vues et souffertes en ce jour, elle en repassait douloureusement dans son esprit les moindres circonstances; tantôt son esprit, transporté dans une région

plus obscure, luttait contre les fantômes nés de l'incertitude et de la terreur. Elle resta un long espace de temps
en proie à ces transes mortelles. A la fin, abattue, excédée,
elle sentit ses membres souffrants se détendre ; elle se coucha, ou plutôt elle se laissa tomber sur le carreau, et resta
quelque temps dans un état plus voisin du sommeil. Mais
tout à coup elle s'éveilla comme au bruit d'une voix extérieure qui l'appelait. Elle éprouva le besoin de s'éveiller
entièrement, d'avoir toute l'étendue de sa pensée, de savoir où elle était, comment, pourquoi. Un bruit se fit entendre ; elle y prêta l'oreille : ce n'était que la respiration
lente et embarrassée de la vieille. Elle ouvrit ses yeux
effarés, et elle vit une clarté sourde paraître et disparaître
tour à tour : c'était le lumignon de la lanterne qui, sur le
point de s'éteindre, jetait une lumière tremblante, et aussitôt la retirait pour ainsi dire en arrière, comme la vague
qui va et vient sur le rivage. Cette lumière, qui fuyait
avant que les objets eussent reçu d'elle un relief et une
couleur distincte, n'offrait à l'œil qu'une succession de
choses flottantes et indécises. Mais bientôt ses récentes
impressions se présentèrent à l'esprit de Lucia ; elles l'ai-
dèrent à distinguer ce que ses yeux ne pouvaient entrevoir
que d'une manière confuse. L'infortunée, réveillée, reconnut sa prison. Tous les souvenirs de l'horrible journée de
la veille, toutes les terreurs de l'avenir, l'assaillirent à la
fois. Ce nouveau calme même après tant d'agitation, cette
espèce de tranquillité, cet abandon où elle était laissée,
lui apportèrent une terreur nouvelle, et elle fut vaincue
par une telle anxiété, qu'elle désira de mourir. Mais en ce
moment elle se souvint qu'elle pouvait adresser ses prières
au ciel, et cette pensée lui fit concevoir une subite espérance de bonheur. Elle prit son chapelet. A mesure que la
prière tombait de ses lèvres tremblantes, son cœur sentait
croître une confiance indéterminée. Tout à coup une autre
pensée s'offre à elle. Elle croit que sa prière sera mieux
accueillie et plus sûrement exaucée si elle fait un vœu et
une offrande. Elle se souvient de ce qu'elle a de plus cher au

monde, hélas! de ce qu'elle avait de plus cher; car, dans
ce moment terrible, son cœur peut-il éprouver autre chose
que l'épouvante, peut-il concevoir d'autre désir que celui
de sa délivrance? Elle s'en souvient, et se résout aussitôt
à en faire le sacrifice. Elle s'agenouille, et, serrant contre
son cœur ses mains jointes, où pend son chapelet, elle
lève vers le ciel son visage et ses paupières mouillées de
larmes. « O très-sainte Vierge! dit-elle, vous à qui je me
suis tant de fois recommandée, et qui m'avez consolée tant
de fois! vous qui avez tant souffert de douleurs et êtes
maintenant si glorieuse; vous qui avez fait tant de miracles pour les pauvres affligées, sainte Vierge, secourez-
moi! faites-moi sortir de ce péril, mère de Dieu; faites-
moi retourner chaste et pure auprès de ma mère, et je
vous fais vœu de rester vierge; je renonce pour jamais à
ce pauvre malheureux, pour n'être jamais à d'autres qu'à
vous! »

A peine eut-elle prononcé ces mots, qu'elle baissa la
tête; elle passa son chapelet autour de son cou en signe de
consécration, et en même temps comme une sauvegarde,
comme une armure de la nouvelle milice où elle s'était engagée. Elle s'étendit ensuite sur le carreau, et elle sentit
entrer dans son âme un certain calme, une plus vaste confiance. Ce *demain matin* répété par ce puissant inconnu
lui revint en tête, et il lui sembla trouver dans cette parole une promesse de salut. Ses sens, fatigués d'un aussi
long combat, s'assoupirent peu à peu dans ce nouveau calme
de pensées. Le jour était déjà sur le point de paraître : elle
s'endormit d'un sommeil profond et paisible en murmurant
le nom de sa protectrice.

Mais dans ce même château se trouvait une autre personne qui aurait voulu en pouvoir faire autant, et qui ne
le put jamais. Après avoir brusquement quitté Lucia, après
avoir donné des ordres pour le souper de la jeune fille,
visité selon l'usage certains postes du château, toujours
préoccupé de Lucia et de ses paroles, toujours avec cette
vive image à l'esprit, et ces mots qui résonnaient à son

oreille, le seigneur s'était retiré dans sa chambre. Il en avait fermé précipitamment la porte, comme s'il eût eu au dehors un ennemi plus fort que lui. Il se déshabilla tout agité, et se mit au lit ; mais il lui sembla que cette image, plus que jamais présente à son esprit, lui dit en ce moment : « Tu ne dormiras pas. — Quelle sotte curiosité de jeune fille m'est venue de la voir ! pensait-il. Cet imbécile de Nibbio a raison, on n'est plus homme : c'est vrai, on n'est plus homme !... Qui ? moi !... je ne suis plus homme, moi ? Que s'est-il donc passé ? que diable ai-je donc ? qu'y a-t-il de nouveau ? Ne savais-je pas, avant de la voir, que les femmes sont toujours à larmoyer ? Les hommes eux-mêmes pleurent quelquefois quand ils ne sont pas assez forts pour se défendre. Que diable ! est-ce que je n'ai jamais entendu pleurnicher des femmes ? »

Et ici, sans qu'il eût besoin de fatiguer sa mémoire, il se rappela aussitôt plus d'une circonstance où ni les prières ni les lamentations n'avaient pu l'ébranler dans la résolution de mener ses entreprises à fin. Mais, loin de lui donner le courage qui lui manquait pour accomplir celle-ci, comme il semblait s'y attendre et le désirer, tous ses souvenirs ne firent qu'ajouter à son irrésolution une espèce de consternation et de terreur. Il en était si obsédé, que ce lui parut un soulagement que de retourner à cette première image de Lucia contre laquelle il avait cherché d'abord à affermir son courage. « Celle-ci vit encore, elle vit, disait-il ; elle est ici ; il est encore temps ; je lui peux dire : Allez-vous-en, réjouissez-vous ! Je la veux voir à ces mots changer de visage. Je peux aussi lui dire : Pardonnez - moi..., pardonnez-moi ! Moi, demander pardon ! à une femme ! moi... Et pourtant, si une parole, si une semblable parole avait le pouvoir de me faire du bien, si elle m'aidait à secouer un moment le démon qui m'obsède, je la dirais ; oui, je sens que je la dirais. A quoi suis-je réduit ! Je ne suis plus homme, je ne suis plus homme...! Allons ! » dit-il ensuite en s'agitant comme un furieux sur son oreiller devenu si dur, sous ses couvertures devenues si pesantes ; « allons !

ces sottises-là m'ont passé plus d'une fois par la tête. Celle-
ci passera aussi. »

Et pour la faire passer il se mit à chercher quelque grand
projet, quelqu'un de ces projets qui avaient coutume de
l'occuper fortement, de ne lui pas laisser un moment de
réflexion ; mais il n'en trouva pas. Tout lui semblait changé.
Ce qui excitait jadis le plus fortement ses désirs, maintenant n'avait plus aucun attrait pour lui. Comme un cheval
devenu tout à coup rétif pour une ombre qui a frappé sa
vue, la passion refusait d'avancer. S'il songeait aux entreprises commencées et inachevées, au lieu de s'animer à
l'idée de les accomplir, au lieu de s'irriter des obstacles
(dans un tel moment la colère même lui aurait semblé
douce, car elle aurait été une distraction), il éprouvait une
sombre tristesse ; il s'étonnait presque des pas qu'il avait
déjà faits. Le temps se présentait à son imagination frappée
vide de tout intérêt, de tout vouloir, de toute action, plein
seulement d'ennuis et d'insupportables souvenirs. Toutes
les heures à venir lui paraissaient semblables à celle qui
courait si lente et si pesante sur sa tête. Il passait en revue
tous ses sicaires, et il ne trouvait pas une chose qu'il lui
importât de commander à aucun d'eux ; l'idée même de
les revoir, de se trouver parmi eux, était pour lui un poids
aussi pesant, il n'y voyait que du dégoût et de l'embarras.
Quand il voulait pourtant trouver pour le lendemain une
occupation, une chose exécutable, il ne s'arrêtait qu'à une
seule idée : c'est que le lendemain il pouvait rendre la liberté à cette infortunée.

« Je la délivrerai ; oui, je la délivrerai. A peine le jour
commencera-t-il à poindre, je volerai près d'elle et lui
dirai : Partez, allez-vous-en. Je la ferai accompagner... Et
ma promesse ? et l'engagement que j'ai pris ? et don Rodrigo... ? Quel est donc ce don Rodrigo ? »

Comme un homme à qui son supérieur adresse à l'improviste une question embarrassante, l'Inconnu songea
aussitôt à répondre à celle qu'il s'était faite ; ou plutôt cet
autre lui-même qu'il venait de trouver en son âme, ce

nouveau lui-même qui avait grandi en un moment sous
une forme terrible, s'élevait comme pour juger l'ancien. Il
allait donc cherchant dans sa tête comment, avant presque
d'en être prié, il avait pu se résoudre à prendre l'engagement de faire autant souffrir, sans aucun motif de haine
ni de crainte, une infortunée qu'il ne connaissait pas, uniquement pour servir ce don Rodrigo. Mais loin de réussir
à trouver en ce moment aucune raison qui lui parût propre
à excuser cette action, il ne pouvait presque pas même
parvenir à comprendre comment il y avait été amené. Cette
détermination irréfléchie avait été un mouvement instantané d'un esprit obéissant à des sentiments anciens et ha-
bituels, la conséquence de mille faits antérieurs; et au
milieu du douloureux examen auquel il se livrait pour se
rendre compte d'un seul fait, il se trouva entraîné à l'examen de toute sa vie.

En remontant bien loin derrière lui, d'année en année,
d'entreprise en entreprise, de crime en crime, d'assassinat
en assassinat, chacune de ses actions apparaissait à son
nouvel esprit isolée des sentiments qui l'y avaient déterminé et la lui avaient fait commettre; elle apparaissait
sous un aspect monstrueux que ces mêmes sentiments ne
lui avaient pas alors laissé apercevoir. Toutes lui appartenaient bien; c'était lui tout entier, c'était toute sa vie.
L'horreur de cette pensée, qui naissait à chacune de ces
funestes images et en était presque inséparable, alla pro-
gressivement jusqu'au désespoir. Il se mit comme un furieux sur son séant; il porta comme avec rage ses mains à
la muraille voisine de son lit, prit un pistolet, le saisit fortement, l'arma, et... Au moment de terminer une vie qui
lui était insupportable, sa pensée, surprise d'une terreur,
d'une inquiétude que faisait naître en lui ce qui lui devait survivre, se lança dans le temps qui continuerait à
courir après sa mort. Il se représentait avec effroi son cadavre défiguré, immobile, au pouvoir des hommes les plus
vils; l'étonnement, le trouble, la confusion qui règneraient
le lendemain au château; son cadavre, sans force, sans

voix, jeté qui sait où. Il se représentait le bruit qui ne manquerait pas d'en courir, les discours que cette catastrophe ferait tenir aux environs et même au loin, la joie de ses ennemis. Les ténèbres mêmes, le silence de la nuit lui faisaient appréhender dans la mort quelque chose de plus triste, de plus épouvantable. Il lui semblait qu'il n'aurait pas hésité s'il s'était trouvé en plein jour, hors de chez lui, en présence de quelqu'un. Qu'était-ce, après tout, que de se jeter dans l'eau et disparaître pour jamais? Absorbé dans ces contemplations déchirantes, il allait armant et désarmant avec une force convulsive le chien du pistolet, quand une autre pensée lui vint à l'esprit : « Si cette autre vie dont on m'a parlé quand j'étais enfant, dont on me parle toujours, dont on me parle sans cesse comme si c'était une chose sûre; si cette vie vient à ne pas être, si c'est une invention des prêtres, que fais-je alors? pourquoi mourir? Qu'importe tout ce que j'ai fait? qu'importe? c'est une folie que ma... Et s'il y avait en effet une autre vie!... »

A un tel doute, à un tel risque, il fut saisi d'un désespoir encore plus sombre, encore plus déchirant, et contre lequel il ne pouvait pas même trouver un refuge dans la mort. Il laissa tomber l'arme fatale, il porta ses mains à ses cheveux, ses dents craquaient, un tremblement convulsif s'était emparé de tous ses membres. Tout à coup les paroles qu'il avait entendues peu d'heures auparavant vinrent retentir dans sa mémoire. « Dieu pardonne tant de choses pour une œuvre de miséricorde! » Elles ne revenaient pas à son esprit telles qu'elles avaient été prononcées, avec un accent d'humble prière, mais avec un son plein d'autorité, et qui en même temps laissait entrevoir une lointaine espérance. Ce fut pour lui un moment le soulagement; il laissa retomber ses mains, et, dans une attitude plus calme, il fixa ses regards, comme s'il l'avait eue devant lui, sur celle qui avait prononcé ces paroles. Il la voyait, non comme sa captive, non comme une suppliante, mais comme un ange qui dispense des grâces et des consolations. Il attendit avec

anxiété le jour pour courir la délivrer, pour entendre de sa
bouche d'autres paroles de soulagement et de vie. Il croyait
se voir la conduisant lui-même à sa mère. « Et ensuite,
que ferai-je demain, le reste de la journée? Que ferai-je
après-demain, et le jour suivant, et la nuit? la nuit qui reviendra dans douze heures? Oh! la nuit! Non, non, plus
de nuit! ne pensons pas à la nuit. » Et, retombé alors
dans le vide effrayant de l'avenir, il cherchait en vain un
emploi de son temps, un moyen de vivre les jours, les nuits.
Tantôt il voulait abandonner son château et fuir dans des
pays lointains où on n'eût jamais ouï parler de lui; tantôt
il lui revenait un espoir confus de recouvrer son ancien
courage, de reprendre ses anciens goûts, et il ne considé-
rait son affreuse situation du moment que comme un délire
passager; tantôt il redoutait la lumière du jour qui devait
le montrer si misérablement changé aux yeux des siens;
tantôt il soupirait après cette lumière, comme si elle devait porter ainsi la lumière dans ses pensées. Tout à coup,
à la pointe du jour, peu d'instants après que Lucia s'était
endormie, tandis qu'il était assis immobile sur son lit, un
son vague et confus, mais qui respirait je ne sais quel air
joyeux, vint frapper son oreille. Il écoute, c'est un lointain
carillon de fête. Il écoute encore : il distingue l'écho de la
montagne qui répète, languissante et affaiblie, la lointaine
harmonie, et se confond avec elle. Bientôt le bruit s'approche : c'est une cloche plus voisine du château, puis une
autre qui lui répond, puis une autre encore. « Qu'est
ceci? Pourquoi ce bruit de fête? De quoi se réjouissent ces
gens-là? Quel bonheur leur est donc arrivé? » Il quitte ce
lit de douleur, il passe à la hâte un vêtement, court ouvrir
la fenêtre, et regarde de tous côtés. Les montagnes étaient
encore sombres; le ciel semblait enveloppé par un obscur
et vaste nuage; mais, à la clarté du jour déjà commencé,
on distinguait sur la route, au fond de la vallée, des gens
qui cheminaient à pas pressés, d'autres qui sortaient de
leurs maisons et se mettaient en route, tous du même côté,
vers le débouché de la vallée, à droite du château; on pou-

vait même distinguer l'habit et l'air de fête des villageois.
« Que diable ont ces gens-là? Qu'est-il arrivé de si heureux
dans ce maudit pays? » Il appela un bravo affidé qui dormait dans la chambre voisine; il lui demanda la cause de
tout ce mouvement. Celui-ci, qui n'en savait pas plus que
lui, répondit qu'il allait s'en informer aussitôt. Le seigneur
resta à contempler ce mobile spectacle, que le jour croissant rendait à chaque instant plus distinct. Il voyait passer
une foule de gens, et toujours une nouvelle foule succéder
à la première; c'étaient des hommes, des femmes, des enfants, par bandes, par troupes, seuls; l'un joignait celui
qui allait devant lui et cheminait de compagnie; l'autre,
en sortant de sa maison, accostait le premier venu qu'il
rencontrait sur la route, et ils allaient ensemble, comme
des amis, à un voyage convenu. On voyait percer dans tous
leurs mouvements une hâte et une joie communes; les
cloches, plus ou moins voisines, plus ou moins distinctes,
qui retentissaient au loin, quelquefois sans être d'accord,
mais toujours de concert, semblaient en quelque sorte la
voix unanime de tout ce peuple, l'expression de paroles
qui ne pouvaient pas arriver au château. L'Inconnu regardait, regardait encore. Il sentait naître dans son âme une
avide curiosité de savoir ce qui pouvait communiquer une
telle allégresse, un même désir à tant de gens.

XXII

Le bravo ne tarda pas à venir rapporter que le cardinal
Federigo Borromeo, archevêque de Milan, était arrivé la
veille à ***, et qu'il y passerait toute la journée. Le bruit
de cette arrivée s'était répandu le soir même fort au loin
dans les environs; il avait excité chez tout le peuple l'envie d'aller voir cet homme, et on sonnait les cloches pour
solenniser la fête et en même temps pour en donner avis.
Le seigneur, resté seul, continua à regarder vers la vallée,
encore plus pensif. « Pour un homme! tous pressés d'ar-

river, tous joyeux, pour voir un homme! et pourtant chacun d'eux doit avoir son démon qui le tourmente; mais
aucun, aucun n'en doit avoir un comme le mien; aucun
n'a dû passer une nuit comme la mienne! Qu'a-t-il donc,
cet homme, pour exciter la joie de tout un peuple? quelque
argent qu'il leur jettera à l'aventure....; mais tout ce
monde n'y va pas pour recevoir l'aumône. Eh bien! quelques signes en l'air, quelques paroles! Oh! s'il les avait
pour moi, les paroles qui peuvent consoler! Si... Pourquoi
n'irais-je pas? pourquoi non? J'irai. Que pourrais-je faire
autre? J'irai, et je lui veux parler; je lui veux parler entre
quatre yeux. Que lui dirai-je? eh bien! ce que, ce que....
Je verrai ce qu'il sait dire, cet homme! »

Ayant pris cette vague détermination, il acheva à la
hâte de s'habiller, et il mit son habit, une casaque d'une
coupe qui avait quelque chose de militaire; il prit le pistolet qui était resté sur le lit, le suspendit à sa ceinture;
il en mit de l'autre côté un second qu'il prit à un clou de
la muraille; il prit ensuite son poignard; il détacha aussi
de la muraille une carabine presque aussi fameuse que lui,
qu'il mit en bandoulière; il prit son chapeau, se couvrit,
sortit de sa chambre, et, avant de partir, il alla vers celle
où il avait laissé Lucia. Il laissa sa carabine dans un coin
près de la porte, et il heurta en faisant en même temps
entendre sa voix. La vieille se précipita du lit, passa en
hâte un vêtement, et courut ouvrir. Le seigneur entra, et,
ayant jeté un coup d'œil autour de la chambre, il vit Lucia
ramassée dans un coin et tranquille.

« Elle dort? demanda-t-il à voix basse à la vieille; elle
dort là! Était-ce là mes ordres? malheureuse!

— J'ai fait l'impossible, mais elle n'a jamais voulu manger; elle n'a jamais voulu venir...

— Laisse-la dormir en paix; garde-toi de la troubler;
et quand elle s'éveillera... Marta viendra ici dans la chambre voisine, et tu l'enverras quérir ce que cette jeune fille
te pourra demander. Quand elle s'éveillera... dis-lui que,
je... que le maître est sorti pour peu de temps, qu'il

reviendra, et que... il fera tout ce qu'elle voudra. »

La vieille resta toute stupéfaite. « Il faut que ce soit quelque princesse ! » pensa-t-elle.

Le seigneur sortit, reprit sa carabine, envoya Marta faire antichambre, donna ordre au premier bravo qu'il rencontra de monter la garde pour qu'aucun autre que cette femme ne mît le pied dans l'appartement ; puis il sortit du château, et d'un pas agile il prit la descente.

Le manuscrit ne note pas la distance du château au village où était le cardinal : elle ne devait guère être plus considérable qu'une bonne promenade. Ce n'est pas seulement le grand nombre de villageois qui s'y rendait qui nous fait juger de cette proximité, car dans les mémoires du temps nous trouvons que, de vingt milles et plus, on accourait pour voir une fois le cardinal Federigo ; mais, de toutes les choses que nous avons à raconter et qui arrivèrent en ce jour, nous sommes forcé de conclure que ce trajet ne devait pas être long. Les bravi qui le rencontraient sur la montée s'arrêtaient respectueusement au passage du seigneur, attendant s'il n'avait pas d'ordres à donner, ou s'il voulait les prendre avec lui pour quelque expédition, et ils restaient étonnés de cet air et de ces regards qu'il donnait en réponse à leurs saluts.

Quand enfin il se trouva au bas, sur la route publique, ce fut bien une autre affaire. A peine fut-il aperçu, que les passants se mirent à chuchoter, à jeter sur lui des regards soupçonneux, à s'écarter de côté et d'autre. Pendant toute la route, il ne fit pas deux pas de compagnie avec un autre voyageur : chaque individu qui le voyait arriver près de lui se troublait, s'inclinait profondément, et ralentissait le pas pour rester derrière. Il arriva au village : c'est là qu'était la foule. A son apparition, son nom vola de bouche en bouche, et la foule s'ouvrit. Il accosta l'un de ces hommes et lui demanda où était le cardinal. « Dans la maison du curé, » répondit celui-ci respectueusement, et il la lui indiqua. Le seigneur y alla, entra dans une petite cour où étaient beaucoup de prêtres, qui tous le regardèrent d'un air attentif, étonné et soupçonneux. Vis-à-vis il remarqua une porte ouverte qui conduisait à un petit salon où beaucoup de prêtres étaient aussi rassemblés. Il quitta sa carabine et l'appuya dans un coin de la cour; puis il entra dans le petit salon. Il y fut aussi accueilli par des regards en dessous, un bruit sourd, son nom répété de bouche en bouche, puis un long silence. Il s'adressa à l'un d'eux, et lui demanda où était le cardinal, parce qu'il lui voulait parler.

« Je suis étranger, » répondit l'interrogé; et ayant aussitôt jeté un regard sur l'assemblée, il appela le porte-croix, qui était précisément dans un coin du salon à dire à voix basse à son compagnon : « Celui-là? ce fameux?.... Que vient-il faire ici, celui-là? Au large! » Toutefois, à cet appel, qui résonna dans le silence général, il fut contraint de venir. Il s'inclina devant l'Inconnu, entendit sa demande, et levant, avec une curiosité inquiète, les yeux sur ce visage et les baissant aussitôt, il resta quelque temps étourdi, puis il dit ou il balbutia : « Je ne sais pas si l'illustrissime monsignore..., en ce moment..., se trouve..., est..., peut.... Suffit : je vais voir. » Et il alla à contre-cœur porter le message dans l'appartement voisin où se trouvait le cardinal.

A cet endroit de notre histoire, nous ne pouvons pas faire autrement que de nous arrêter un peu, comme le voyageur, harassé et attristé d'une longue route par un chemin aride et sauvage, se récrée et perd un peu de temps à l'ombre d'un bel arbre, sur l'herbe, près d'une fontaine d'eau vive. Nous avons rencontré un personnage dont le nom et le souvenir, en venant à l'esprit dans quelque circonstance que ce soit, lui causent une émotion tranquille de respect, et un agréable sentiment de sympathie. Or, combien ce sentiment est-il plus doux après tant d'images de douleurs, après la contemplation de tant de perversité! Il faut absolument que nous dépensions quatre paroles sur ce personnage. Si l'on ne se soucie pas de les entendre, et que l'on ait le désir d'aller en avant dans

notre histoire, on peut passer, sans s'arrêter, au volume
suivant.

Federigo Borromeo, né dans l'année 1564, fut un de ces
hommes rares en tout temps, qui ont employé un beau
génie, toutes les ressources d'une grande fortune, tous les
avantages d'une condition privilégiée, une application
continuelle à la recherche et à la pratique du bien. Sa vie
est comme un ruisseau qui, naissant limpide de la roche,
sans s'étancher ni se troubler jamais dans un long cours
sur divers terrains, va se jeter limpide dans le fleuve. Au
milieu des plaisirs et des fêtes, des loisirs et des pompes
de la magnificence, il s'appliqua dès sa plus tendre enfance
à ces paroles d'abnégation et d'humilité, à ces maximes
sur la vanité du plaisir, sur l'injustice de l'orgueil, sur la
vraie dignité et les vrais biens, qui, comprises ou non par
les cœurs, sont transmises d'une génération à l'autre dans
l'enseignement le plus élémentaire de la religion. Il s'appliqua, dis-je, à ces paroles, à ces maximes; il les prit au
sérieux, les goûta, les trouva vraies; il comprit qu'il ne
pouvait y avoir de vérité dans les paroles et les maximes
opposées qui se transmettent aussi d'âge en âge avec la
même persévérance, et souvent par les mêmes bouches. Il
se proposa de prendre pour règles de ses actions et de ses
pensées celles qui étaient la vérité. Elles lui firent comprendre que la vie n'est pas destinée à être un fardeau
pour le plus grand nombre et un plaisir pour quelques-
uns, mais qu'elle était pour tous un emploi dont tous
devaient rendre compte, et, encore enfant, il commença
à penser comment il pourrait rendre la sienne utile et
sainte.

En l'année 1580 il manifesta la résolution de se consacrer
au ministère ecclésiastique, et il en prit l'habit des mains
de son cousin Carlo[1], que la voix publique, déjà alors ancienne et universelle, signalait comme un saint. Il entra
peu de temps après dans le collége fondé à Pavie par ce
saint homme, et qui porte encore le nom de leur maison.

[1] Saint Charles Borromée.

Là , en s'appliquant avec assiduité aux occupations qui y
étaient prescrites, il s'en imposa deux autres de son propre
mouvement : ce fut d'enseigner la doctrine chrétienne aux
gens les plus pauvres et les plus ignorants, et de visiter,
servir, consoler et secourir les malades. Il se prévalut de
l'autorité que tout lui donnait en ce lieu pour amener ses
compagnons à le seconder dans ses bonnes œuvres ; il
exerça, dans tout ce qui était honnête et profitable, une
primauté d'exemple, une primauté que, de l'esprit et du
cœur dont il était, il aurait peut-être également obtenue,
quand bien même il aurait été le dernier de tous par sa
fortune. Non-seulement il ne chercha pas les avantages
d'un autre genre que les circonstances de sa fortune lui
auraient pu procurer, mais encore il mit tous ses soins à
les refuser. Il voulut une table plutôt mesquine que frugale, des habits plutôt pauvres que modestes ; son maintien,
tout le reste de sa façon de vivre, furent conformes à ces
habitudes. Il ne se crut jamais obligé de les changer pour
complaire à sa famille, qui jeta les hauts cris, qui se plai-
gnit avec éclat, parce qu'à son sens il avilissait ainsi la
dignité de la maison. Il eut une autre guerre à soutenir
avec ses maîtres. Soit que ceux-ci se fussent imaginé qu'à
la longue ils lui seraient agréables par ces manières , soit
qu'ils fussent pris de cette faiblesse servile qui se plaît à la
splendeur d'autrui et y trouve un motif de vanité, soit
qu'ils fussent de ces hommes prudents à qui les vertus extrêmes portent ombrage comme les vices, gens qui ne
cessent de prêcher que la perfection est toujours entre les
deux excès , et placent ce milieu précisément au point où
ils sont arrivés et où ils se trouvent être à leur aise, ils
cherchaient furtivement et comme par surprise à lui donner des marques de distinction et à le faire paraître comme
le prince du lieu. Non-seulement il ne se rendit pas à leurs
soins empressés, mais il reprit les officieux de leur zèle,
et cela à cet âge si tendre, entre la puberté et la jeunesse.

Que, du vivant du cardinal Carlo, son aîné de vingt-six

ans, en présence d'un homme aussi imposant, et pour ainsi dire aussi solennel, entouré d'hommages et d'un respectueux silence, rehaussée par une aussi grande renommée, et empreint des armes de la sainteté, Federigo, encore enfant, cherchât à se conformer au maintien et aux habitudes d'un tel cousin, ce n'est certes pas un grand sujet d'étonnement ; mais ce qui est bien fait pour surprendre, c'est qu'après la mort de ce saint homme, personne ne put s'apercevoir que Federigo, alors âgé de vingt ans, fût privé d'un guide et d'un censeur. Le bruit toujours croissant de ses talents, de son instruction et de sa piété, la parenté et les démarches de plus d'un cardinal puissant, le crédit de sa famille, son nom même, auquel le cardinal Carlo avait presque attaché dans les esprits une idée de sainteté et de supériorité pontificales, tout ce qui doit et tout ce qui peut conduire les hommes aux dignités ecclésiastiques concourait à les lui pronostiquer. Mais lui, persuadé au fond de son âme, et un vrai bon chrétien ne peut le nier, persuadé qu'un homme ne peut avoir une juste supériorité sur les autres qu'en se dévouant à les servir, il redoutait les dignités et cherchait à les éviter. Ce n'est assurément pas qu'il voulût échapper à l'obligation de servir son prochain : peu de vies y furent autant employées que la sienne ; mais il ne s'estimait ni assez digne ni assez capable d'un aussi haut et aussi périlleux service. C'est pourquoi lorsque Clément VIII lui proposa, en l'an 1595, l'archevêché de Milan, il parut fortement troublé, et il refusa sans hésiter cette charge. Il céda ensuite au commandement exprès du pape.

De telles démonstrations ne sont ni difficiles ni rares. Qui l'ignore? Il ne faut pas à l'hypocrisie un plus grand effort d'esprit pour les faire qu'à la raillerie pour s'en moquer en toute rencontre. Mais cessent-elles pour cela d'être l'expression naturelle d'un sentiment sage et vertueux? La vie est la pierre de touche du discours ; et quand bien même les mots qui expriment ce sentiment auraient passé sur les lèvres de tous les imposteurs et de tous les railleurs du monde, ils seront toujours beaux lorsqu'ils seront précédés d'une vie de désintéressement et de sacrifice.

Federigo, une fois évêque, mit une étude particulière et perpétuelle à ne prendre pour lui de son avoir, de son temps, de ses soins, de tout lui-même enfin, que ce qui lui était strictement nécessaire; il disait, comme tout le monde le dit, que les revenus ecclésiastiques sont le patrimoine des pauvres. On va voir comment il mettait cette maxime en pratique. Il voulut qu'on estimât à combien pouvait se monter sa dépense et celle des domestiques employés à son service personnel; quand on lui eut dit qu'elle était de six cents scudi (l'on donnait alors le nom de scudo à cette monnaie d'or qui, qui en restant toujours du même poids et au même titre, reçut ensuite le nom de zecchino[1]), il donna ordre qu'on en versât autant chaque année de ses revenus patrimoniaux dans la caisse de la mense. Il ne croyait pas qu'il fût permis à un homme aussi riche de vivre de ce patrimoine. Il était si ménager, si minutieusement économe pour lui-même, qu'il ne quittait un habit que lorsqu'il était entièrement usé; il joignait pourtant, et cela fut remarqué par les écrivains contemporains, à l'habitude d'une grande simplicité, celle d'une propreté exquise : ce sont deux habitudes extrêmement remarquables dans ce temps de luxe et de malpropreté. Il fit plus : afin que rien ne se perdît des reliefs de sa table frugale, il les assigna à un hospice de pauvres, et l'un de ceux-ci, par son ordre, entrait chaque jour dans la salle à manger pour recueillir ce qui était resté. Ces soins minutieux pourraient peut-être faire concevoir de sa vertu et de son esprit l'idée d'une vertu avare, petite, étroite, d'un esprit adonné à des minuties, et incapable de s'élever à de plus grands desseins, sans cette bibliothèque Ambroisienne qui est encore debout, bibliothèque dont Federigo conçut l'idée avec tant de magnificence, et qu'il érigea à si grands frais. Pour la garnir de livres et de manuscrits, outre le don qu'il fit de ceux qu'il avait déjà recueillis au prix de tant de soins et de

[1] Sequin.

34.

dépenses, il envoya huit hommes, les plus instruits et les plus habiles qu'il put trouver, pour faire des achats en Italie, en France, en Espagne, en Allemagne, en Flandre, en Grèce, au mont Liban, à Jérusalem. Il parvint à réunir environ trente mille volumes imprimés et quatorze mille manuscrits. Il joignit à la bibliothèque un collège de docteurs. Ces docteurs furent au nombre de neuf, et entretenus par lui tant qu'il vécut; ensuite les revenus ordinaires ne suffisant pas à cette dépense, ils furent réduits à deux. Leur office était de cultiver les diverses branches des connaissances humaines, la théologie, l'histoire, les belles-lettres, les antiquités ecclésiastiques, les langues orientales. Chacun d'eux était obligé de publier quelque travail sur la matière qui lui était assignée. Il y joignit un collège appelé par lui Trilingue [1], pour l'étude des langues grecque, latine et italienne, et un collège d'élèves à qui on enseignait ces sciences et ces langues pour les professer à leur tour. Il y joignit encore une imprimerie pour les langues orientales, c'est-à-dire pour l'hébreu, le chaldéen, l'arabe, le persan et l'arménien; une galerie de tableaux, une autre de statues, et une école des trois principaux arts du dessin. Pour ceci, il trouva aisément des professeurs déjà formés; pour le reste, nous avons vu que de peines lui avait coûtées la recherche des livres et des manuscrits. Mais les caractères de ces langues, beaucoup moins cultivées en Europe qu'elles ne le sont aujourd'hui, étaient certes beaucoup plus difficiles à trouver; et beaucoup plus encore que les caractères, les professeurs. Qu'il suffise de dire que sur neuf docteurs il en prit huit parmi les jeunes élèves du séminaire; jugement entièrement conforme à celui que semble en avoir porté la postérité, qui a mis les uns et les autres en oubli. Dans les ordres qu'il laissa pour l'usage et pour l'administration de la bibliothèque perce une attention perpétuelle d'utilité, non-seulement belle de soi, mais savante et fort bien entendue, et, dans plusieurs parties, fort au delà des idées et des habitudes ordinaires

---

[1] Trilinguiste, des trois langues.

de ce temps : il prescrivit au bibliothécaire d'entretenir
un commerce réglé avec les hommes les plus savants d'Europe, qui le missent au courant de l'état des sciences, et
lui donnassent avis des meilleurs livres étrangers qui paraîtraient en tout genre, pour qu'il en fît l'acquisition ; il lui
donna le soin d'indiquer, à ceux qui voudraient étudier,
les ouvrages qui pourraient leur être utiles, et il voulut
que, soit nationaux, soit étrangers, on leur donnât toutes
les facilités possibles de profiter des livres qu'on y conservait. Une telle intention doit maintenant paraître à tout
le monde très-naturelle, inhérente même à la fondation
d'une bibliothèque ; elle ne l'était pourtant pas alors. Dans
une histoire de la bibliothèque Ambroisienne, écrite avec
le but d'utilité et l'élégance ordinaires du siècle par un certain Pierpaolo Bosca, qui en fut bibliothécaire après la
mort de Federigo, on note expressément, comme une chose
fort singulière, que, dans cet établissement, fondé par
un particulier et presque en entier à ses frais, les livres
étaient exposés à la vue de tout le monde, apportés à quiconque les demandait ; qu'on donnait même au public des
siéges pour s'asseoir, du papier, des plumes et de l'encre
pour prendre des notes ; tandis que, dans toutes les autres
grandes bibliothèques de l'Italie, non-seulement les livres
n'étaient pas visibles, mais ils étaient soigneusement cachés dans des armoires. On ne les en tirait jamais, à moins
que les employés ne daignassent, par humanité, ainsi que
notre historien le dit lui-même, les montrer un moment.
Quant à une place, des siéges, des facilités pour les visiteurs, on n'en avait pas même eu l'idée. De telle sorte
qu'enrichir de telles bibliothèques, c'était soustraire les
livres à l'usage du public : c'était une de ces cultures
comme il y en avait et comme il y en a tant encore, qui
rendent le champ stérile.

N'allez pas demander quels ont été les effets de cette
fondation de Borromeo sur l'instruction publique. Il serait
facile de démontrer en deux phrases, de la manière dont
on démontre, qu'ils furent miraculeux, ou qu'ils furent

nuls. Chercher et expliquer jusqu'à un certain point quels ils ont vraiment été, ce serait chose très-fatigante, de peu d'utilité et hors de saison. Mais pensez quel généreux, quel judicieux, quel bienfaisant, quel persévérant ami de l'amélioration de l'homme dut être celui qui put vouloir une telle chose, qui la voulut ainsi, qui l'exécuta au milieu de cette ignorance, de cette inertie, de ce dégoût général pour toute application studieuse, et qui la voulut par conséquent au milieu des « Qu'importe?... Il y avait bien autre chose à penser!... Oh, la belle invention!... Il ne manquait plus que celle-là!..., » et cent choses semblables. Assurément les propos durent être plus nombreux encore que les scudi qu'il dépensa pour cette entreprise, et il n'en dépensa pas moins de cinq cent mille.

Pour donner à un tel homme le titre de bienfaisant et de libéral au plus haut degré, il ne serait pas nécessaire qu'il eût encore dépensé beaucoup d'argent à secourir immédiatement les indigents. Il y a force gens dans cette opinion, que les dépenses de ce genre, j'allais dire toutes les dépenses, sont la meilleure et la plus utile des aumônes. Mais, dans l'opinion de Federigo, l'aumône proprement dite était un devoir essentiel. En ceci, comme pour le reste, ses actions furent d'accord avec son opinion. Sa vie fut une longue et perpétuelle aumône. A l'occasion de cette disette dont notre histoire a déjà parlé, nous aurons à rapporter plus tard quelques traits qui feront voir quelle sagesse et quelle générosité il sut mettre dans ses libéralités. Nous ne citerons qu'un seul trait des nombreux exemples de vertu que ses biographes ont recueillis. Il apprit un jour qu'un gentilhomme usait d'artifices et de mauvais traitements pour forcer à se faire religieuse une de ses filles, qui avait plus de goût pour le mariage. Federigo fit venir le père ; et, lui ayant arraché l'aveu que le vrai motif de cette tyrannie était qu'il n'avait pas quatre mille scudi, somme qui, selon ce père, aurait été nécessaire pour marier convenablement sa fille, il la dota de quatre mille scudi. Peut-être une telle largesse paraîtra-t-elle à quel-

ques-uns de nos lecteurs excessive, mal entendue, trop
condescendante aux sots caprices d'un orgueilleux; peut-
être trouveront-ils que quatre mille scudi pouvaient être
beaucoup mieux employés à ceci et à cela. Nous n'avons
rien à répondre, si ce n'est toutefois qu'il serait à désirer
qu'on vît souvent de tels excès d'une vertu si libre des opinions dominantes (chaque temps a les siennes), si dégagée
de la tendance générale, comme le fut dans ce cas celle
qui porta un homme à donner quatre mille scudi pour
qu'une jeune fille ne fût pas forcée de se faire religieuse.

L'inépuisable charité de cet homme éclatait autant dans
tout son maintien que dans ses largesses. D'un abord facile à tout le monde, il croyait devoir montrer surtout un
visage riant, une politesse affectueuse à ceux qu'on est
convenu d'appeler d'une condition basse, d'autant plus
qu'ils en trouvaient moins dans le monde. Et là-dessus
pourtant il eut à batailler avec ces galants hommes du *Ne
quid nimis*[1]. Un jour que, dans une de ses visites dans un
pays montagneux et sauvage, Federigo instruisait de pauvres enfants, et dans un moment de repos les caressait
amicalement de la main, l'un de ceux que j'ai dits l'avertit
de faire attention aux bontés qu'il avait pour ces enfants,
parce qu'ils étaient trop sales et trop dégoûtants; comme
s'il eût supposé, cet habile homme, que Federigo n'eût pas
assez de sens pour faire une telle découverte, ou pas assez
de pénétration pour deviner ce qu'il y avait de caché dans
ce conseil. Tel est le malheur des hommes constitués en
dignité, que, tandis que les gens qui les avisent de leurs
fautes sont très-rares, il est toujours des hommes coura-
geux pour les reprendre quand ils font bien. Mais le bon
évêque répondit non sans un peu de ressentiment : « Ce
sont des âmes commises à ma garde; ces enfants ne me
verront peut-être plus, et vous ne voulez pas que je les em-
brasse! »

Le ressentiment était pourtant bien rare chez lui. On
l'admirait pour sa tranquillité d'esprit, son égalité d'hu-

[1] Rien de trop.

meur, qu'on aurait volontiers attribuées à un bonheur de
tempérament peu ordinaire. C'était pourtant l'effet d'une
lutte constante contre un naturel prompt et vif. S'il se
montra quelquefois sévère, même brusque, ce fut contre
les pasteurs ses subordonnés qu'il découvrit coupables d'a-
varice, ou de négligence, ou d'autres vices diamétralement
opposés à l'esprit de leur noble ministère. Quant à ce qui
pouvait avoir trait ou à ses intérêts ou à sa gloire temporelle, il ne leur donna jamais aucun signe ni de joie, ni de
regret, ni d'ardeur, ni d'agitation; admirable en effet si
ces mouvements ne se présentaient pas à son esprit, plus
admirable encore s'ils s'y présentaient. Non-seulement
d'un grand nombre de conclaves où il assista il emporta la
réputation de n'avoir jamais aspiré à ce poste si envié par
l'ambition et si redouté par la vraie piété; mais une fois,
qu'un de ses collègues les plus éminents lui vint offrir sa
voix et celle de sa faction (c'est malheureusement le mot
dont on se servait), Federigo refusa cette proposition si
résolûment, que celui-ci renonça à son idée et se rejeta
ailleurs. Cette modestie, cet éloignement de toute domination, perçaient également dans les occasions les plus
ordinaires de la vie. Attentif et infatigable à tout calmer,
à tout accommoder, là où il croyait qu'il fût de son devoir
de le faire, il eut toujours grand soin de ne jamais s'ingérer des affaires d'autrui; lors même qu'on réclamait son
intervention, il s'en défendait de tout son pouvoir : c'é-
tait, comme chacun sait, une discrétion et une retenue
peu communes dans les amis zélés du bien, comme l'était
Federigo.

Si nous voulions nous laisser aller au charme de recueillir les beaux traits de son caractère, il en résulterait
assurément un mélange singulier de mérites opposés en
apparence, et qu'il est certainement difficile de trouver
réunis; toutefois nous n'omettrons pas de noter une particularité de cette belle vie. Pleine comme elle le fut d'actions, de soins importants, de fonctions, d'enseignement,
d'audiences, de visites diocésaines, de voyages, de contro-

verses, non-seulement l'étude y trouva place, mais cette place fut si grande, qu'elle aurait suffi à un littérateur de profession. En effet, parmi tant d'autres titres à la louange, il eut à un très-haut degré, auprès de ses contemporains, celui d'homme savant.

Nous ne devons pourtant pas dissimuler qu'il adopta avec une ferme persuasion et qu'il soutint avec une longue constance certaines opinions qui, à l'heure d'aujourd'hui, paraîtraient à tout le monde plutôt étranges que mal fondées, je dis même à ceux qui auraient grande envie de les trouver bonnes. Si l'on voulait le défendre sur ce point, il y aurait une excuse courante et reçue : c'étaient plutôt les erreurs de son temps que les siennes. A vrai dire, quand on la tire de l'examen particulier des faits, cette excuse peut encore être valable et signifier quelque chose ; mais quand on l'applique en général et toute nue, ainsi qu'on le fait pour l'ordinaire et ainsi que nous sommes obligé de le faire en cette circonstance, elle ne signifie absolument rien. Toutefois, comme nous ne voulons pas résoudre par de simples formules ces questions très-compliquées, nous nous abstiendrons même de les exposer. Il nous suffit d'avoir indiqué à la dérobée que nous sommes loin de prétendre que, dans un homme aussi admirable en masse, tout fût également admirable, de peur de paraître avoir voulu composer une oraison funèbre.

Ce n'est certainement pas faire injure à nos lecteurs que de supposer que quelqu'un d'entre eux vienne à demander si un homme si savant et si studieux n'a pas laissé quelque monument. S'il en a laissé ! Les œuvres qui restent de lui, tant grandes que petites, tant latines qu'italiennes, tant imprimées que manuscrites, s'élèvent à plus de cent ; on les conserve avec soin dans la bibliothèque qu'il a fondée. Ce sont des traités de morale, des sermons, des dissertations sur l'histoire, l'antiquité sacrée et profane, la littérature, les beaux-arts, etc.

Et comment donc, dira le lecteur, tant d'œuvres sont-elles oubliées, ou du moins si peu connues, si peu recherchées? Comment donc, avec tant de génie, avec tant d'amour pour l'étude, avec une si grande expérience des hommes et des choses, avec un si grand penchant à la méditation, avec une si grande passion pour le beau, avec une si grande candeur d'âme, avec tant de ces qualités qui font le grand écrivain, cet homme n'a-t-il pas, en cent œuvres, laissé une seule de celles qui sont réputées supérieures par ceux mêmes qui ne les approuvent pas entièrement, et connues de titre même par ceux qui ne les lisent pas? Comment donc toutes ensemble n'ont-elles pas suffi pour valoir, au moins par leur nombre, à son nom une renommée littéraire auprès de nous, qui sommes la postérité pour lui?

La demande est raisonnable sans doute, et le débat en serait fort intéressant. Les causes de ce phénomène se trouvent, ou il faut du moins les chercher dans beaucoup de faits généraux. Trouvées qu'elles y seraient, elles conduiraient à l'explication de beaucoup d'autres phénomènes semblables; mais elles seraient nombreuses et prolixes : et puis si elles venaient à ne pas vous plaire! Si.... Il vaut donc beaucoup mieux que nous reprenions le cours de notre histoire, et qu'au lieu de bavarder plus longtemps sur cet homme, guidé par notre auteur, nous l'allions voir agir.

XXIII.

En attendant l'heure du service divin, le cardinal Federigo était à étudier, ainsi qu'il avait coutume de le faire dans tous ses moments de loisir, lorsque le chapelain porte-croix entra d'un air inquiet et troublé.

« Une étrange visite, étrange, en vérité, illustrissime monseigneur.

— Qui donc? demanda le cardinal.

— Rien moins que le seigneur..., » reprit le chapelain; et en appuyant sur chaque syllabe d'un air très-significatif, il prononça ce nom que nous ne pouvons pas dire à nos lecteurs. « Il est là, en personne, ajouta-t-il; il ne demande pas moins que d'être introduit auprès de Votre Seigneurie illustrissime.

— Lui! dit le cardinal, le visage animé, en fermant son livre et en se levant. Qu'il vienne, qu'il vienne aussitôt!

— Mais, répliqua le chapelain sans bouger, Votre Seigneurie doit savoir quel est cet homme. C'est ce banni, ce fameux...

— Et n'est-ce pas un heureux événement pour un évêque que l'envie de le venir trouver soit venue à un tel homme?

— Mais..., insista le chapelain, nous ne pouvons jamais parler de certaines choses, parce que monseigneur dit que ce sont des contes. Cependant, quand le cas échoit, il me semble que c'est un devoir... Le zèle fait des ennemis, monseigneur; et nous savons positivement que plus d'un scélérat a osé se vanter que tôt ou tard...

— Et qu'ont-ils fait?

— Je dis que cet homme est un entrepreneur de crimes, un désespéré, qui tient correspondance avec les désespérés les plus furieux, et qu'il peut être envoyé...

— Oh! quelle discipline est celle-ci! dit le cardinal avec un sourire, et en l'interrompant encore. Les soldats exhortent le général à avoir peur! » Puis, d'un air grave et pensif, il reprit : « Saint Charles n'aurait pas à eu à délibérer un moment s'il devait recevoir un tel homme; il le serait allé chercher. Faites-le entrer à l'instant : il a déjà trop attendu. »

Le chapelain se mit en marche, disant en son cœur : « Il n'y a pas de remède; tous ces saints sont obstinés! »

Il ouvrit la porte; et, s'étant présenté à la salle où se trouvaient le seigneur et la compagnie, il vit celle-ci retirée dans un coin, occupée à chuchoter et à regarder en dessous cet homme laissé seul dans l'autre coin. Il se dirigea vers lui, et en le toisant, toutefois en dessous et sans oser le regarder au visage, il allait pensant quelles diables d'armes pouvaient être cachées sous cette casaque. « Vraiment, avant de l'introduire, on devrait au moins lui

proposer...., » mais il ne put pas s'y résoudre. Il l'aborda,
et lui dit : « Monseigneur attend Votre Seigneurie. Faites-
moi la grâce de venir avec moi. » Et, en le précédant dans
cette petite foule, qui fit aussitôt la haie, il allait jetant à
droite et à gauche ses regards qui semblaient dire : « Que
voulez-vous? ne savez-vous pas comme moi que ce saint
homme en fait toujours à sa tête? »

Dès qu'ils furent sortis, le chapelain souleva le rideau
de la porte[1] en introduisant l'Inconnu. Federigo vint au-
devant de lui d'un air joyeux et serein, et les mains éten-
dues comme vers quelqu'un qu'il attendait ; puis il fit
signe au chapelain de sortir. Celui-ci obéit.

Tous deux restèrent pendant quelque temps silencieux
et diversement indécis. L'Inconnu, qui avait été poussé là
comme par force, par un délire inexplicable, plutôt que
conduit par un dessein déterminé, y restait aussi comme
par force, déchiré par deux passions contraires. Il éprouvait à la fois le désir, l'espérance confuse de trouver un
soulagement à ses tourments intérieurs, et une sorte de
colère, de honte, de venir en ces lieux comme vaincu par
le repentir, comme un misérable, pour s'avouer coupable,
pour implorer un homme. Il ne pouvait pas trouver de paroles ; il n'en cherchait presque pas. Pourtant, en levant
les yeux sur le visage de cet homme, il se sentait de plus
en plus saisir d'un sentiment de respect suave, irrésistible,
qui, en accroissant la confiance, calmait la honte, et, sans
affronter l'orgueil, le faisait s'éloigner et se taire.

La personne de Federigo était en effet de celles qui an-
noncent une supériorité et la font aimer. Son port était
naturellement modeste et presque involontairement majestueux ; mais il n'était ni courbé, ni gâté par les années.
Son œil était grave et vif, son front serein et pensif. Dans
la blancheur de ses cheveux, dans la pâleur de son visage,
à travers les traces de l'abstinence, de la méditation, de la
fatigue, brillait pourtant je ne sais quelle fleur virginale.
Tous les traits de son visage indiquaient que, dans un autre

[1] La portiera.

âge, il avait été doué de ce qu'on appelle plus ordinairement beauté. L'habitude des pensées solennelles et bienveillantes, la paix intérieure d'une longue vie, l'amour des
hommes et la joie continuelle d'une espérance ineffable y
avaient substitué une beauté de vieillard qui brillait encore plus dans cette magnifique simplicité de la pourpre.

Il tint un moment fixé sur l'Inconnu son regard pénétrant et exercé dès longtemps à lire les pensées des hommes
dans leurs dehors. Il crut découvrir dans cet air sombre et
troublé quelque chose de conforme à l'espérance qu'il avait
conçue à la première annonce d'une telle visite. « Oh !
s'écria-t-il d'une voix animée, quelle agréable visite est
celle-ci, et combien je vous dois de remercîments pour
une aussi bonne résolution, quoiqu'elle ait pour moi un
air de reproche !

— De reproche ! s'écria le seigneur étonné, mais rassuré par ces paroles, par ces douces manières, et satisfait
que le cardinal eût rompu la glace et entamé la conversation.

— Assurément, ce m'est un reproche de m'être laissé
prévenir par vous. Que de fois et combien depuis longtemps
j'aurais pu, j'aurais dû aller vous trouver !

— Vous, me venir trouver ! Savez-vous qui je suis ? Vous
a-t-on dit mon nom ?

— Eh ! cette joie que j'éprouve et que vous devez lire
dans tous mes traits, croyez-vous que je l'aurais éprouvée
à l'annonce, à la vue d'un inconnu ? C'est vous qui me les
faites éprouver, vous que j'aurais dû chercher, vous que du
moins j'ai tant aimé et tant plaint, pour qui j'ai tant prié ;
vous, celui de mes fils, et je les aime tous du fond de mon
âme, celui de mes enfants que j'aurais le plus désiré de
voir et d'embrasser si j'avais cru le pouvoir espérer. Mais
Dieu seul sait opérer les miracles, et il supplée à la faiblesse, à la lenteur de ses pauvres serviteurs. »

L'Inconnu restait étonné à cet accueil si enflammé, à
ces paroles qui répondaient si bien à ce qu'il n'avait point
encore dit, et qu'il n'était pas bien décidé à dire. Ému,
mais troublé, il gardait le silence.

« Eh quoi! reprit encore plus affectueusement Federigo, vous avez une bonne nouvelle à me donner, et vous me la faites si longtemps désirer!

— Une bonne nouvelle! moi! J'ai l'enfer dans le cœur, et je vous donnerais une bonne nouvelle! Dites, dites, si vous le savez, quelle est cette bonne nouvelle que vous attendez d'un homme tel que moi.

— Que Dieu a touché votre cœur, et qu'il vous veut ramener à lui, répondit le cardinal d'un air calme.

— Dieu! Dieu! Dieu! Si je le voyais! si je le sentais! Où est-il, ce Dieu?

— Vous me le demandez! vous! Et qui en a plus que vous senti les approches? Ne le sentez-vous pas dans votre cœur, qui vous oppresse, qui vous agite, qui ne vous laisse pas un moment de repos, et qui en même temps vous attire vers lui, vous fait pressentir une espérance de tranquillité, de consolation, d'une consolation qui sera pleine, immense, aussitôt que vous le reconnaîtrez, que vous le confesserez, que vous l'implorerez?

— Oh! oui, oui; j'ai quelque chose là qui m'oppresse, qui me dévore. Mais, Dieu...! si c'est ce Dieu, si c'est celui qu'on dit, que voulez-vous qu'il fasse de moi? »

Ces mots furent prononcés avec un accent de désespoir; mais Federigo, d'un ton solennel et de paisible inspiration, répondit : « Ce que Dieu peut faire de vous, ce qu'il en veut faire? Un signe de sa puissance et de sa bonté. Il veut tirer de vous une gloire qu'aucun autre ne lui pourrait donner. Vous, contre qui le monde crie depuis si longtemps, vous, dont mille voix détestent les œuvres... » (L'Inconnu tressaillit, et il demeura un moment stupéfait de s'entendre parler un langage si inaccoutumé, plus étupéfait encore de ne point sentir de courroux, d'y trouver même une espèce de soulagement.) « Quelle gloire, poursuivit Federigo, en reviendra-t-il à Dieu? Ce sont des cris de terreur, ce sont des cris de préjudice, peut-être aussi des cris de justice, mais d'une justice si facile! si naturelle! Parmi ceux qui vous accusent, il en est peut-être, il n'en est que trop, hélas! qu'anime la jalousie de cette malheureuse puissance que vous avez exercée, de cette déplorable sécurité d'esprit que vous avez conservée jusqu'à ce jour. Mais quand vous-même vous vous lèverez pour condamner votre vie et pour vous accuser vous-même, alors, oh! alors Dieu sera glorifié! Et vous demandez ce que Dieu peut faire de vous? Que suis-je, moi, faible mortel, pour vous dire quel profit Dieu peut tirer désormais de vous, ce qu'il peut faire désormais de cette volonté impétueuse, de cette constance imperturbable, quand il l'aura animée, enflammée d'amour, d'espérance et de repentir? Qui êtes-vous, faible mortel, pour croire que vous avez su imaginer et exécuter pour le mal des choses plus grandes que Dieu ne peut vous en faire vouloir et accomplir pour le bien? Ce que Dieu peut faire de vous? Et vous pardonner? et vous sauver? et accomplir en vous l'œuvre de la rédemption? ne sont-ce pas des choses magnifiques et dignes de lui? Oh! parlez! Si moi, humble créature, moi, si misérable et pourtant si plein de moi-même, moi, tel que je suis, je me réjouis tant de votre salut, que pour l'assurer je donnerais avec joie (Dieu m'en est témoin) ce peu de jours qu'il me reste à vivre, oh! pensez quelle doit être la charité de celui qui m'en inspire une si vive, quoique si imparfaite, et combien vous aime, combien vous désire celui qui me commande et m'inspire pour vous un amour qui me dévore! »

A mesure que ces paroles sortaient de sa bouche, son visage, ses regards, chacun de ses mouvements en respirait le sens. La figure de l'Inconnu, jusque-là consternée, égarée, en proie à des mouvements convulsifs, devint étonnée et attentive, puis elle laissa paraître une émotion plus profonde et moins déchirante. Ses yeux, qui depuis l'enfance ne connaissaient plus les larmes, se gonflèrent; quand Federigo eut cessé de parler, il cacha son visage dans ses mains, et éclata en un long pleur qui fut comme sa dernière et sa plus claire réponse.

« Dieu grand et bon! s'écria Federigo en levant les yeux et les mains vers le ciel, qu'ai-je jamais pu faire, moi, serviteur inutile, pasteur négligent, pour que vous m'ayez convié à ce banquet de grâce, pour que vous m'ayez trouvé digne d'assister à un aussi doux prodige ! » En parlant ainsi il tendit la main pour prendre celle de l'Inconnu.

« Non ! s'écria celui-ci, non ! Loin, loin de moi ! Vous ne souillerez pas cette main innocente et bienfaisante. Vous ne savez pas tout ce qu'a fait cette main que vous voulez presser.

— Laissez, dit Federigo en la prenant avec une douce violence, laissez-moi presser cette main qui réparera tant de torts, qui répandra tant de bienfaits, qui soulagera tant d'affligés, qui s'offrira désarmée, pacifique, humble, à tant d'ennemis.

— C'en est trop ! dit en sanglotant l'Inconnu ; laissez-moi, monseigneur ! bon Federigo, laissez-moi ! Un peuple empressé vous attend. Il y a là tant d'âmes pures, tant d'innocents qui sont venus de bien loin pour vous voir une fois, pour vous entendre, et vous les laissez pour vous entretenir... avec qui !

— Laissons les quatre-vingt-dix-neuf brebis, répondit le cardinal, elles sont en sûreté sur la montagne. Je veux maintenant rester avec celle qui était égarée. Ces âmes sont peut-être maintenant bien plus contentes que si elles voyaient le pauvre évêque. Peut-être ce Dieu qui a opéré en vous un prodige de miséricorde les pénètre maintenant d'une joie dont elles ne devinent pas encore la cause. Ce peuple est peut-être uni à nous sans le savoir ; peut-être l'Esprit-Saint anime leurs cœurs d'une ardeur fervente de charité ; il leur inspire une prière qu'il exauce pour vous, des actions de grâces dont vous êtes l'objet encore ignoré. »

En parlant ainsi il passa ses bras autour du cou de l'Inconnu, qui, après avoir essayé de s'y soustraire et résisté un moment, céda, comme vaincu par cette impétuosité de charité, embrassa à son tour le cardinal, et laissa tomber sur son épaule son visage tremblant et méconnaissable. Ses larmes brûlantes tombaient sur la pourpre sans tache de Federigo, et les mains pures de l'évêque serraient affectueusement ces membres, pressaient cette casaque habituée à porter les armes de la violence et de la trahison.

L'Inconnu, après ce long embrassement, se couvrit de nouveau les yeux avec une main, et levant en même temps la tête, il s'écria : « Dieu vraiment grand ! Dieu vraiment bon ! Je me connais maintenant, je comprends qui je suis, mes iniquités sont toutes devant moi ; j'ai horreur de moi-même ; et cependant... ! et cependant j'éprouve une consolation, une joie, oui, une joie que je n'ai jamais éprouvée dans toute mon horrible vie.

— C'est une grâce, dit Federigo, que Dieu vous accorde pour vous captiver à son service, pour vous animer à entrer résolûment dans la nouvelle voie où vous aurez tant à défaire, tant à réparer, tant à pleurer !

— Malheureux que je suis ! s'écria le seigneur ; il y a tant, tant de choses... que je ne pourrai que pleurer ! Mais au moins il en est quelques-unes qui ne sont qu'à peine commencées, et que je pourrai rompre ; j'en ai une que je peux rompre aussitôt, défaire, réparer. »

Federigo devint attentif, et l'Inconnu raconta succinctement, mais avec des termes d'exécration peut-être plus énergiques que nous ne l'avons fait, son entreprise sur Lucia, les souffrances et les terreurs de l'infortunée, comment elle l'avait imploré, l'espèce de frénésie que les supplications de cette jeune fille avaient fait naître dans son âme, et comment elle était encore dans le château.

« Ah ! ne perdons pas de temps ! s'écria Federigo, palpitant de pitié et de sollicitude. Quel bonheur pour vous ! Voilà le gage du pardon céleste ! Dieu fait de vous un instrument de salut pour celle à qui vous vouliez être un instrument de ruine. Que Dieu vous bénisse ! Dieu vous a béni !... Savez-vous d'où est notre pauvre malheureuse ? »

Le seigneur nomma le pays de Lucia.

« Ce n'est pas loin d'ici, dit le cardinal ; Dieu soit loué ! Et probablement... » En parlant ainsi, il court à une petite table et agita une sonnette. Le chapelain entra aussitôt d'un air inquiet, et il porta d'abord ses regards sur l'Inconnu. En voyant cette figure toute décomposée, ces yeux rouges de larmes, il regarda le cardinal, et à travers cette modestie, ce calme inaltérable, il découvrit dans son air comme un grand contentement, une extraordinaire sollicitude. Il serait resté en extase, la bouche béante, si le cardinal ne l'avait aussitôt éveillé de cette contemplation en lui demandant si parmi les curés réunis dans l'autre salle se trouvait celui de***.

« Il y est, illustrissime monseigneur, répondit le chapelain.

— Faites-le entrer aussitôt, dit Federigo, et avec lui le curé de cette église. »

Le chapelain sortit et alla dans la salle où les prêtres étaient rassemblés. Tous les regards se tournèrent vers lui. La bouche toujours ouverte, l'étonnement peint sur son visage, il dit en haussant les mains et en les agitant en l'air : « Seigneur ! Seigneur ! *hæc mutatio dexteræ Excelsi.* » Et il resta un moment sans rien ajouter ; puis, changeant de ton, il reprit, pour s'acquitter de sa commission : « Sa Seigneurie illustrissime et révérendissime demande le seigneur curé de la paroisse et le seigneur curé de***. »

Le premier parut aussitôt, et dans le même temps sortit du milieu de la foule un *Moi?* traînant et prononcé d'un ton de surprise.

« N'êtes-vous pas le seigneur curé de***? reprit le chapelain.

— Justement ; mais...

— Sa Seigneurie illustrissime et révérendissime vous demande.

— Moi? » répondit la même voix. Le ton dont ce court monosyllabe fut prononcé disait clairement : « Qu'ai-je à voir là dedans? » Mais cette fois l'homme sortit de la foule en même temps que la voix. C'était don Abbondio en personne. Il s'avança d'un pas forcé, d'un air entre l'étonnement et le regret. Le chapelain lui fit un signe de la main qui voulait dire : A nous, allons, faut-il un si grand ef-

fort? et précédant les deux curés, il alla vers la porte,
l'ouvrit et les introduisit.

Le cardinal laissa aller la main de l'Inconnu, avec qui il
avait en attendant concerté ce qu'il fallait faire. Il s'en
éloigna un peu, et fit venir à lui le curé de l'église. Il lui
raconta en peu de mots ce dont il s'agissait, et lui demanda
s'il pourrait trouver une bonne dame qui voulût aller dans
une litière au château pour prendre Lucia. Il fallait une
femme dévouée, charitable, capable de se bien savoir gouverner dans une expédition si nouvelle, qui sût mettre en
usage les manières les plus convenables, trouver les moyens
les plus propres à ranimer, à tranquilliser cette jeune infortunée, à qui sa délivrance, même après tant d'angoisses
et une aussi grande inquiétude, pouvait causer un trouble
nouveau.

Après avoir réfléchi un moment, le curé dit qu'il avait
l'affaire, et il partit. Le cardinal ordonna au chapelain de
faire aussitôt préparer la litière et de faire seller deux mules
pour montures. Le chapelain parti, il se tourna vers don
Abbondio.

Celui-ci, qui s'était déjà placé près du cardinal pour se
tenir loin de cet autre seigneur, et qui regardait en dessous
tantôt le digne évêque, tantôt l'Inconnu, s'évertuant à
chercher ce que pouvait signifier tout cela, fit un pas en
avant, s'inclina, et dit : « On m'a signifié que Votre Seigneurie illustrissime me demandait ; mais je crois que c'est une
équivoque.

— Il n'y a pas autrement d'équivoque, répondit Federigo.
J'ai à vous donner à la fois une agréable nouvelle et une
commission bien douce. Une de vos paroissiennes, que vous
avez pleurée comme perdue, Lucia Mondella, est retrouvée ;
elle est ici près, dans la maison de mon cher ami que voilà.
Vous irez avec lui et avec une dame que le seigneur curé
de ce village est allé chercher ; vous irez, dis-je, prendre
cette jeune fille, qui vous doit être si chère, et vous l'accom-
pagnerez ici. »

Don Abbondio fit son possible pour dissimuler l'ennui,

que dis-je? le tourment, le martyre que lui causaient une telle proposition, un tel ordre. N'étant plus à temps de retenir une laide grimace déjà formée sur son visage, il la cacha en s'inclinant profondément en signe d'obéissance. Il ne se redressa que pour faire une autre profonde salutation à l'Inconnu, avec un regard piteux qui disait : « Je suis dans vos mains, ayez la miséricorde *parcere subjectis*. »

Le cardinal lui demanda ensuite quels parents avait Lucia.

« Elle n'a de proche parent que sa mère, avec qui elle vivait, répondit don Abbondio.

— Se trouve-t-elle à sa maison?

— Oui, monseigneur.

— Puisque, reprit Federigo, cette pauvre enfant ne peut pas encore rentrer chez elle, ce lui sera une grande consolation que de voir au plus tôt sa mère. Si le seigneur curé de ce village n'arrive pas avant que j'aille à l'église, je vous prie de lui vouloir bien dire de trouver un chariot ou une monture, et d'envoyer un homme de sens pour chercher cette mère et la conduire ici.

— Et si j'y allais moi-même? dit don Abbondio.

— Non, non : je vous ai déjà prié d'autre chose.

— Je m'offrais, reprit don Abbondio, pour y préparer cette pauvre mère. C'est une femme extrêmement sensible, et il faut quelqu'un qui la sache bien prendre, afin de ne lui pas faire plus de mal que de bien.

— C'est pour cela que je vous prie d'avertir le seigneur curé de choisir un homme de sens. Vous serez plus utile ailleurs, » répondit le cardinal. Il aurait voulu dire : « Cette pauvre enfant a besoin de voir promptement une figure connue et sûre dans ce château, après tant d'heures de frayeur, et dans une si terrible obscurité de l'avenir. » Mais c'était chose qui ne se pouvait pas dire clairement devant le seigneur. Le cardinal trouva pourtant étrange que don Abbondio ne l'eût pas compris à son air, et même qu'il n'y eût pas songé de son propre mouvement. L'offre et l'insistance qu'il y mettait lui parurent si hors de saison, qu'il pensa qu'il devait y avoir quelque autre chose là-dessous. Il le regarda au visage, et il y découvrit sans peine la peur que le pauvre curé éprouvait de voyager avec cet homme redoutable, la peur d'être son hôte, même pour peu d'instants. Il voulut dissiper entièrement ses craintes, et, comme il ne jugea pas convenable de le tirer à l'écart et de lui parler en secret en présence de son nouvel ami, il pensa que le meilleur moyen était de faire ce qu'il aurait fait sans ce motif, c'est-à-dire de parler à l'Inconnu lui-même. Don Abbondio verrait ainsi par ses réponses que ce n'était plus un homme dont on pût avoir peur. Il s'approcha donc de l'Inconnu, et, avec cet air de confiance spontanée qu'on trouve dans une nouvelle et forte affection comme dans une vieille inimitié : « Ne croyez pas, lui dit-il, que je me contente de cette visite pour aujourd'hui. Vous reviendrez, n'est-il pas vrai, en compagnie de ce digne ecclésiastique ?

— Si je reviendrai ! répondit l'Inconnu. Quand bien même vous me refuseriez, je resterais obstiné à votre porte, comme un mendiant. J'ai besoin de vous parler, j'ai besoin de vous entendre, de vous voir ; j'ai besoin de vous ! »

Federigo lui prit la main, la lui serra, et lui dit : « Faites-nous donc la faveur, au curé du village et à moi, de dîner avec nous : j'y compte. En attendant, je vais prier et rendre grâces à Dieu avec le peuple. Vous allez recueillir les premiers fruits de la miséricorde. »

Don Abbondio, à ces démonstrations, était comme un enfant peureux qui voit un homme caresser sans crainte un gros chien dogue au poil hérissé, aux yeux rouges, renommé pour ses coups de dents et les frayeurs qu'il a causées. Il a beau entendre dire au maître que son chien est une bonne bête, douce, tranquille, il regarde le maître et ne le contredit ni ne l'approuve ; il regarde le chien et n'ose pas s'en approcher, dans la crainte que la bonne bête ne lui montre les dents, quand même ce ne serait que pour jouer ; il n'ose pas s'en éloigner, pour ne pas paraître poltron, et il dit en son cœur : « Oh ! si j'étais au logis ! »

Le cardinal, qui allait pour sortir, tenant toujours par la main et emmenant avec lui l'Inconnu, s'aperçut que le pauvre curé restait en arrière, triste, embarrassé, mortifié, avec une mine longue d'une aune. Il pensa qu'il était peut-être fâché de ce qu'on ne prit pas garde à lui, et qu'on le laissât dans un coin, surtout en présence d'un criminel si bien accueilli, tant caressé. Il se tourna vers lui, s'arrêta un moment, et, avec un sourire tout aimable, il lui dit : « Seigneur curé, vous êtes toujours resté avec moi dans la maison de notre bon père ; mais celui-ci..., celui-ci *perierat, et inventus est.*

— Oh ! combien je m'en réjouis ! » dit Abbondio en leur faisant en même temps à tous deux une grande révérence.

L'archevêque passa outre, poussa les deux battants de la porte qui furent aussitôt ouverts en dehors par deux domestiques qui y veillaient, et l'admirable couple parut aux regards avides du clergé rassemblé dans la salle. On vit ces deux visages où se peignait une émotion diverse, mais également profonde. Les traits vénérables de Federigo respiraient une tendresse reconnaissante, une joie humble ; dans ceux de l'Inconnu on lisait une confusion tempérée de contentement, une pudeur nouvelle, une componction où perçait pourtant toujours la vigueur de ce naturel âpre et sauvage. On a su ensuite qu'à plus d'un spectateur ce passage d'Isaïe était revenu en mémoire : « Le loup et l'agneau iront au même pâturage ; le lion et le bœuf paîtront ensemble. » Derrière eux venait don Abbondio, à qui personne ne prit garde.

Quand ils furent au milieu de l'appartement, le valet du cardinal entra ; il s'approcha de lui pour lui rapporter qu'il avait exécuté les ordres qui lui avaient été communiqués par le chapelain. La litière était prête ; on n'attendait plus que la dame que le curé devait conduire. Le cardinal lui dit qu'à l'arrivée du curé on l'avertit de parler à don Abbondio, et que tout fût ensuite aux ordres de celui-ci et de l'Inconnu, à qui Il serra de nouveau la main en signe de congé, en lui disant : « Je vous attends. » Il salua don Abbondio de la tête, et se dirigea du côté qui conduisait à l'église. Le clergé le suivit en bon ordre : les deux compagnons de voyage restèrent dans l'appartement.

L'Inconnu était tout absorbé dans ses idées, recueilli, pensif, impatient que le moment arrivât d'aller tirer *sa* Lucia de peine et de prison ; car elle est encore *sa* Lucia, mais dans un sens bien différent de celui qu'elle l'était la veille. Son visage exprimait une agitation concentrée, qui, à l'œil ombrageux de don Abbondio, pouvait aisément paraître quelque chose de pire. Il le regardait en dessous, le regardait encore, comme s'il avait voulu entamer une conversation amicale. « Mais qu'ai-je à lui dire ? pensait-il ; lui dirai-je de nouveau que je m'en réjouis ? Je me réjouis ! de quoi ? De ce qu'ayant été jusqu'ici un démon, vous ayez pris la résolution de devenir un galant homme comme les autres. Le beau compliment ! Eh ! eh ! eh ! de quelque manière que je tourne mes paroles, mon *Je m'en réjouis* ne signifierait rien autre. Allez croire, d'ailleurs, qu'il soit devenu un brave homme tout à coup, en un moment ! Les démonstrations ne prouvent rien : on en fait tant en ce monde, et pour tant de raisons ! Que sais-je, moi ? quelquefois... Et en attendant, il faut que j'aille avec lui ! dans ce château !... Oh ! quelle histoire ! quelle histoire ! quelle histoire ! Qui me l'aurait dit ce matin ? Ah ! si j'ai le bonheur de m'en tirer, la signora Perpetua aura affaire à moi pour m'avoir poussé ici par force, sans nécessité, hors de ma cure. Tous les curés des environs et même de plus loin y accourent, et il ne faut pas rester en arrière, et ceci, et cela, et m'embarquer dans une affaire de cette sorte ! Oh ! malheureux que je suis ! Il faudrait pourtant dire quelque chose à cet homme. » Il avait enfin trouvé quelque chose à lui dire : « Je ne me serais jamais attendu au bonheur de me trouver dans une aussi respectable compagnie, » et il allait ouvrir la bouche, lorsque le valet de chambre entra avec le curé du village, qui annonça que la dame était dans la litière. Il se tourna ensuite vers don Abbondio pour recevoir de lui l'autre commission du cardinal. Don Abbondio s'en acquitta comme il put dans ce désordre d'idées, et s'approchant ensuite du valet, il lui dit : « Donnez-moi au moins une bête douce, car, à vrai dire, je suis un pauvre cavalier.

— Soyez tranquille, répondit le valet d'un air à demi goguenard ; c'est la mule du secrétaire, qui est un savant.

— Il suffit... répliqua don Abbondio, et il continua à part lui : Que le ciel me l'envoie bonne ! »

Le seigneur s'était hâté de se mettre en marche au premier avis. Arrivé sur le seuil, il s'aperçut que don Abbondio était resté en arrière. Il se mit à l'attendre ; et quand celui-ci arriva en toute hâte avec l'air de lui demander pardon, il le salua et le fit passer devant d'un air poli et humble. Cette circonstance remit d'autant l'âme du pauvre homme. Mais, à peine eut-il mis le pied dans la petite cour, il vit une autre nouveauté qui lui gâta un peu cette petite consolation : il vit l'Inconnu aller vers le coin, prendre d'une main sa carabine par la crosse, puis de l'autre par la bandoulière, et avec un prompt mouvement, comme s'il faisait l'exercice, la mettre sur ses épaules.

« Ohi ! ohi ! ohi ! pensa don Abbondio. Que veut-il faire de cet outil ? Beau cilice, belle discipline de converti ! Et s'il lui revient en tête quelque bizarrerie ! Oh ! quelle expédition ! quelle expédition ! »

Si le seigneur avait pu soupçonner le moins du monde la nature des pensées qui passaient par l'esprit de son compagnon, il aurait fait l'impossible pour le rassurer ; mais il était à cent lieues d'un tel soupçon, et don Abbondio se gardait bien de faire un mouvement qui signifiât clairement : « Je ne me fie pas à Votre Seigneurie. »

Arrivés à la porte de la rue, ils trouvèrent les deux montures toutes prêtes. L'Inconnu sauta sur celle qui lui fut présentée par le palefrenier.

« N'a-t-elle point de vices ? » dit au valet de chambre

don Abbondio, avec un pied passé dans l'étrier et l'autre
planté en terre.

« Montez donc, et soyez tranquille ; c'est un agneau, »
répondit celui-ci. Don Abbondio, se cramponnant à la
selle, aidé par le valet, monte, monte, monte, et le voilà
enfin à cheval.

La litière, qui était en avant de quelques pas, traînée
aussi par deux mules, s'ébranla à un mot du cocher, et le
convoi partit.

Il fallait passer devant l'église, toute pleine de peuple,
par une petite place pleine aussi d'une foule de villageois
nouveaux venus qui n'avaient pas pu y trouver place. Déjà
la grande nouvelle avait couru. A peine vit-on paraître les
voitures, à peine aperçut-on cet homme, objet, encore peu
d'heures auparavant, de terreur et d'exécration, objet
maintenant d'étonnement agréable, un murmure confus
d'applaudissements s'éleva de la foule. On se rangeait
pour lui faire place, et pourtant on se pressait de toutes
parts pour le voir de près. La litière passa, l'Inconnu
passa. Arrivé devant la porte de l'église, qui était tout
ouverte, il ôta son chapeau, et baissa jusque sur la crinière
de sa mule ce front si redouté, à travers le murmure confus
de cent voix qui disaient : « Que Dieu vous bénisse ! » Don
Abbondio tira aussi son chapeau, s'inclina et se recommanda au ciel ; mais, entendant le concert solennel de ses
confrères qui chantaient sans interruption, il éprouva une
envie, une sorte de tendresse triste, un tel assaut de piété
au cœur, qu'il ne put retenir ses larmes.

Mais lorsqu'on eut franchi le village, quand on se trouva
en rase campagne, dans les détours souvent entièrement
déserts de la route, un voile plus obscur s'étendit sur ses
pensées. Il n'avait pas d'autre objet où reposer d'une manière sûre ses regards que le cocher, qui, appartenant à
la maison du cardinal, devait assurément être un homme
de bien, et, avec cela, n'avait pas l'air d'un poltron. De
temps en temps passaient des voyageurs, qui accouraient
pour voir le cardinal. Leur vue était un baume pour don

Abbondio ; mais ce baume était passager ; mais on allait vers cette redoutable vallée où l'on ne rencontrait que des serviteurs de l'ami. Et quels serviteurs ! Il aurait désiré maintenant plus que jamais d'entrer en conversation avec l'ami, comme pour le tâter encore, comme pour le maintenir dans ses bonnes dispositions ; mais, en le voyant préoccupé, il sentait s'évanouir son envie. Il fut donc obligé de converser avec lui-même, et voici une partie de ce que le pauvre homme se dit dans ce trajet ; car, si l'on voulait tout écrire, il y aurait de quoi faire un volume :

« N'est-ce pas une chose étonnante que les saints, comme les coquins, aient toujours du vif-argent dans les veines ; qu'ils ne se contentent pas de se démener, de se chagriner eux-mêmes, mais qu'ils veuillent faire entrer en danse, s'ils le peuvent, tout le genre humain ? N'est-ce pas une fatalité que les plus remuants me viennent toujours trouver, moi qui ne cherche personne, me prendre presque aux cheveux pour me fourrer dans leur affaire, moi qui ne demande rien autre chose que de vivre tranquille, si l'on veut bien me le permettre ? Ce scélérat, ce fou à lier de don Rodrigo ! que lui manquait-il pour être l'homme le plus heureux du monde, s'il avait seulement eu tant soit peu de raison ? Il est riche, jeune, respecté, courtisé ; son bonheur lui pèse, et il faut qu'il aille chercher des soucis pour lui et pour son prochain. Il pouvait faire le métier de Michelaccio[1] : mon Dieu non ! il veut faire le métier de molester les femmes, le plus fou, le plus sot, le plus enragé métier de ce monde. Il pouvait aller en paradis en carrosse, et il veut aller à cloche-pied dans la maison du diable. Et celui-ci... » Et là il le regardait comme s'il eût craint qu'il n'entendît ses pensées. « Celui-ci, après avoir, par ses scélératesses, mis le monde sens dessus dessous, il le met maintenant sens dessus dessous par sa conversion,... si toutefois elle est vraie. En attendant, c'est moi qui en dois faire l'expérience !... Il y a des gens qui, lorsqu'ils

---

[1] *Michelaccio*, le gros Michel. Personnage assez semblable à notre Roger-Bontemps.

sont nés avec cette folie au corps, sont toujours possédés de la rage de faire du bruit. Est-ce qu'il en coûte tant de faire le galant homme toute sa vie, comme je l'ai fait, moi? Pas du tout! ils aiment mieux écarteler, tuer, faire les cinq cents diables... Oh! malheureux que je suis! Eh quoi! toujours du fracas, même pour faire pénitence! Quand on a la bonne volonté de faire pénitence, on peut faire pénitence chez soi, paisiblement, sans tant d'éclat, sans donner tant d'incommodité à son prochain... Et Sa Seigneurie illustrissime! l'accueillir tout de suite à bras ouverts, le nommer son cher ami, son digne ami; écouter ses moindres paroles comme s'il l'avait vu faire des miracles, prendre en un clin d'œil une résolution, l'approuver en tout, donner des pieds et des mains dans tout ce qu'il propose: vite par ici! vite par là. Cela s'appelle, chez moi, de la précipitation. Et sans avoir aucun gage, sans avoir la moindre sûreté, remettre entre ses mains un pauvre curé! Cela s'appelle jouer un homme à pair ou non. Un saint évêque, et c'en est un assurément, un saint évêque doit faire autant de cas de ses curés que de la prunelle de ses yeux. Un peu de flegme, un peu de prudence, un peu de charité, sont des choses qui peuvent, ce me semble, se concilier aussi avec la sainteté... Et si tout ceci n'était qu'un jeu? Qui peut connaitre tous les desseins des hommes, et surtout des hommes comme celui-ci? Quand je songe qu'il faut que j'aille avec lui dans sa maison! il peut y avoir quelque diablerie là-dessous. Suis-je assez malheureux! Il vaut mieux n'y pas penser. N'y pensons pas... Quel imbroglio est cette affaire de Lucia? On dirait, à voir, que c'était un entendu avec don Rodrigo. Quelles gens! Dieu fasse, encore, que la chose soit ainsi! Mais comment est-elle tombée dans les griffes de cet homme? Qui le sait! C'est un secret entre lui et monseigneur; et l'on ne daigne pas m'en dire un mot, à moi que l'on fait trotter ainsi. Je ne me soucie pas de savoir les affaires d'autrui; mais quand quelqu'un y va de sa peau, il a droit de savoir les choses. Si c'était en effet pour aller prendre cette pauvre créature, patience ! quoiqu'il pût fort bien, au reste, la conduire avec lui. Et puis, s'il s'est en effet converti, s'il est devenu un saint homme, quel besoin avait-on de moi ? Oh ! quel chaos !... Suffit. Veuille le ciel qu'il en soit ainsi ! La corvée aura été pénible ; mais patience ! j'en serai bien content pour Lucia. La pauvre enfant se sera tirée d'un bien mauvais pas. Dieu sait ce qu'elle a souffert ! Je la plains ; mais elle est née pour ma perte... Au moins, si je pouvais lire dans le cœur de cet homme et savoir ce qu'il pense ! Qui pourrait se flatter de le comprendre ? Le voilà : on dirait tantôt un saint Antoine dans le désert, tantôt un Holopherne en personne. Oh ! malheureux, malheureux que je suis ! suffit. Le ciel est obligé de me secourir, puisque je ne m'en suis pas mêlé de mon propre mouvement. »

En effet, on voyait presque passer sur le visage de l'Inconnu les pensées qui l'agitaient, comme on voit, un jour d'orage, les nuages courir devant le soleil, et tantôt laisser échapper la lumière étincelante de ses rayons, tantôt assombrir le jour. L'esprit encore tout enivré des suaves paroles de Federigo, et comme refait et rajeuni par une nouvelle vie, il s'élevait jusqu'à cette idée de miséricorde, de pardon et d'amour ; puis il retombait sous le poids de ce terrible passé. Inquiet, agité, il recherchait dans sa mémoire quelles iniquités étaient réparables, quelles autres on pouvait arrêter avant qu'elles ne fussent achevées, quels remèdes seraient les plus prompts et les plus sûrs. Comment trancher tant de nœuds ? que faire de tant de complices ? C'était une terrible, une alarmante obscurité. Cette expédition où il court, cette expédition, la plus facile de toutes, et qui déjà touche à sa fin, il n'y va qu'avec un désir mêlé d'angoisses, tourmenté qu'il est par la pensée que cette malheureuse fille souffre, hélas ! Dieu sait combien. Il désire de toute son âme de la délivrer, et, en attendant l'heure de la délivrance, c'est lui, c'est lui qui la fait souffrir ! A chaque détour, le cocher se retournait pour demander la route ; l'Inconnu la lui montrait du doigt, et lui faisait en même temps signe de se hâter.

On entre enfin dans la vallée. Dans quelle situation d'esprit était alors le pauvre don Abbondio! se trouver dans cette vallée fameuse dont il avait ouï raconter tant de noires, tant d'horribles histoires! ces fameux hommes, la fleur de la braverie d'Italie, ces hommes sans peur et sans miséricorde, les voir en chair et en os, en rencontrer un, deux, trois à chaque pas! Ils s'inclinaient, il est vrai, avec respect devant le seigneur; mais ces visages pâles et dévorés par le soleil, ces moustaches hérissées, ces grands vilains yeux qui, au sens d'Abbondio, semblaient dire : Faut-il lui faire bon compte à ce prêtre?... Le saint homme était si troublé, qu'en un moment d'extrême consternation, il lui échappa de penser : « L'aurais-je mérité, il ne pouvait pas m'arriver pis! »

Cependant on cheminait par un sentier sablonneux, le long du torrent. En face, les regards ne tombaient que sur ces noirs et déserts précipices; derrière était cette affreuse population auprès de laquelle la plus affreuse solitude eût été préférable. Dante n'était pas pis au milieu de Malebolge[1].

On passe devant la Malanotte. Aussitôt bravaches sur la porte, qui s'inclinent à la vue du seigneur, et jettent leurs regards à la dérobée sur son compagnon et sur la litière. Ils ne savaient que penser. Déjà le départ de l'Inconnu, seul, à la pointe du jour, avait quelque chose d'extraordinaire; le retour ne l'était pas moins. Est-ce une proie qu'il conduit? et comment l'a-t-il faite lui seul? et comment une litière étrangère? et de qui pouvait être cette livrée? Ils regardaient, ils regardaient encore; mais personne ne bougeait, parce que tel était l'ordre qu'il leur donnait de l'air et du regard.

[1] C'est le huitième cercle de l'enfer, où le poëte place les *fraudolenti* (les frauduleux). Ceux de nos lecteurs à qui la langue italienne est familière doivent se rappeler ce magnifique début du XVIIIe chant de la *Divina Commedia* :

> Luoco é in inferno detto Malebolge
> Tutto di pietra e di color ferrigno
> Come la cerchia che d' interno 'l volge, etc.

On monte, on arrive. Les bravi, qui sont sur l'esplanade et sur la porte, se retirent de tous côtés pour laisser le passage libre. L'Inconnu leur fait signe de ne pas aller plus loin. Il donne un coup d'éperon à sa monture, passe devant la litière, fait signe au cocher et à don Abbondio de le suivre; il entre dans une première cour, de celle-ci dans une seconde; il va vers une petite porte, fait rester derrière par un geste un bravo qui accourait pour lui tenir l'étrier, et lui dit : « Toi là, et personne plus près. » Il descend, et, les rênes à la main, il va vers la litière, s'approche de la dame, qui avait ouvert les rideaux, et lui dit à voix basse : « Empressez-vous de la consoler, et faites-lui tout de suite comprendre qu'elle est libre, avec des amis. Dieu vous en récompensera. » Il s'approcha ensuite de don Abbondio, et, d'un air serein où se peignait la joie qu'il éprouvait de voir toucher à sa fin la bonne œuvre qu'il allait accomplir, il l'aida à descendre, et lui dit aussi à voix basse : « Seigneur curé, je ne vous demande pas pardon du dérangement que vous avez souffert à cause de moi : vous le faites pour quelqu'un qui paye bien et pour cette infortunée. »

Cet air et ces paroles remirent l'âme de don Abbondio. Poussant un soupir qui roulait depuis une heure dans sa poitrine sans jamais trouver d'issue, il répondit : « Votre Seigneurie se moque-t-elle? Mais, mais, mais!...» Et, acceptant la main qu'on lui offrait d'une manière aussi courtoise, il se laissa glisser du mieux qu'il put de sa monture. L'Inconnu en prit aussi la bride, et il les remit toutes deux au cocher, en lui enjoignant de rester à l'attendre. Il tira une clef de sa poche, ouvrit la petite porte, fit entrer le curé et la dame, entra après eux, marcha devant, alla vers le petit escalier, et monta en silence suivi de ses deux compagnons.

<h2 style="text-align:center">XXIV</h2>

Lucia venait à peine de se réveiller. Elle avait employé ce court espace de temps à chasser les vapeurs du sommeil, à distinguer les confuses visions de ses songes, des souvenirs et des images de cette triste réalité qui ne ressemblait que trop aux rêves pénibles d'un malade. La vieille s'approcha aussitôt d'elle, et de cette voix qu'elle était contrainte de rendre humble et douce : « Ah ! avez-vous dormi ? lui dit-elle. Vous auriez pu dormir au lit : je vous l'ai pourtant dit bien des fois hier au soir. » Et ne recevant point de réponse, elle poursuivit d'une manière forcée : « Prenez donc un morceau ; ayez de la raison. Ouh ! comme vous voilà faite ! Vous avez bien besoin de manger. Et s'il allait s'en prendre à moi, quand il reviendra !

— Non, non, je m'en veux aller, je veux aller vers ma mère. Le maître me l'a promis ; il a dit : « Demain matin. Où est-il, le maître ?

— Il est parti ; mais il a dit qu'il reviendrait bientôt, et qu'il ferait tout ce que vous voudriez.

— A-t-il dit cela ? l'a-t-il dit ? Eh bien ! je veux aller chez ma mère, tout de suite, tout de suite. »

Tout à coup on entend un bruit de pas dans la chambre voisine ; puis on frappe à la porte. La vieille accourt et demande : « Qui est là ? »

— Ouvre, » répond à voix basse une voix bien connue.

La vieille tire la targette, l'Inconnu pousse légèrement la porte : il l'entr'ouvre, ordonne à la vieille de sortir, introduit aussitôt don Abbondio et la bonne dame, ferme de nouveau la porte, reste en dehors, et envoie la vieille dans une partie reculée du château, comme il avait déjà renvoyé l'autre femme, qui veillait au dehors pour garder.

Tout ce mouvement, ce moment d'attente, la première apparition de personnes nouvelles, causèrent à Lucia un surcroît d'agitation ; car si sa situation présente lui était insupportable, tout changement pourtant était pour elle un nouveau surcroît d'épouvante. Elle regarde ; elle voit un prêtre, une femme ; elle se rassure un peu ; elle regarde plus fixement. Est-ce ou non lui ? Elle reconnaît don Abbondio, et reste les yeux fixes, comme vaincue par un enchantement. La bonne dame s'approche, se penche vers elle, la regarde d'un air attendri, lui prend les deux mains, comme pour la caresser et la soulever en même temps; puis elle lui dit : « Oh! pauvre enfant! venez, venez avec nous.

— Qui êtes-vous? » demande Lucia; mais, sans attendre la réponse, elle se tourne encore vers Abbondio, qui était debout à deux pas de distance, avec un air touché de compassion. Elle le regarde fixement de nouveau, et s'écrie : « Vous! est-ce vous? le seigneur curé? Où sommes-nous?... Oh! malheureuse que je suis! j'ai perdu le sens.

— Non, non; c'est moi, en effet; reprenez courage. Voyez! nous sommes ici pour vous emmener. Je suis bien votre curé, venu ici tout exprès, à cheval... »

Comme si elle eût retrouvé en un instant toutes ses forces, Lucia se dressa précipitamment sur ses pieds; puis elle fixa encore sa vue sur ces deux visages, et dit : « C'est donc la Madone qui vous a envoyés? »

— Je crois bien que oui, dit la bonne dame.

— Mais est-il vrai que nous puissions partir? est-il vrai? reprit Lucia en baissant la voix d'un air timide et craintif. Et tout ce monde?... poursuivit-elle avec les lèvres contractées et tremblantes d'épouvante et d'horreur; et ce signor..., cet homme?... il me l'avait bien promis.

— Il est aussi là en personne, venu tout exprès avec nous, dit Abbondio. Il est là dehors qui attend. Partons vite; ne faisons pas attendre un homme tel que lui. »

Alors celui dont on parlait ouvrit la porte, parut et s'avança. Lucia, qui d'abord le désirait, qui même, en n'ayant pas d'autre espérance au monde, ne désirait que lui, maintenant, après avoir vu et entendu ces voix amies, ne put se défendre d'une terreur subite. Elle tressaillit, elle retint sa respiration, se serra contre la bonne dame, et cacha son visage dans le sein de celle-ci. A l'aspect de cette jeune innocente, sur laquelle déjà, le soir précédent, il n'avait pas eu la force d'arrêter sa vue, à l'aspect de cette malheureuse qu'un long jeûne et des souffrances prolongées avaient rendue pâle, abattue, méconnaissable, il s'arrêta. En voyant ensuite ce mouvement de terreur, il baissa les yeux, resta encore un moment immobile et muet ; puis, répondant à ce que la pauvre enfant n'avait pas dit : « C'est vrai ! s'écria-t-il ; pardonnez-moi !

— Il vient pour vous délivrer : ce n'est plus le même homme ; il s'est fait bon. L'entendez-vous qui vous demande pardon ? disait la bonne dame à l'oreille de Lucia.

— Peut-on rien dire de plus ? Allons ! levez la tête ; ne faites pas l'enfant. Nous pouvons partir à l'instant même, » lui disait Abbondio.

Lucia leva la tête, regarda l'Inconnu, et, voyant ce front baissé, ce regard confus et atterré, saisie d'un sentiment d'espoir, de reconnaissance, de pitié : « Oh ! monseigneur ! que Dieu vous récompense de votre miséricorde !

— Et à vous, qu'il vous rende mille et mille fois le bien que me font ces paroles. »

En disant cela, il alla vers la porte, et sortit le premier. Lucia, toute ranimée, avec la dame qui lui donnait le bras, le suivit. Don Abbondio fermait la marche. Ils descendirent l'escalier, et arrivèrent à la petite porte qui donnait dans la cour. L'Inconnu en poussa les deux battants, alla vers la litière, ouvrit la portière, et, avec une certaine politesse presque timide (deux choses nouvelles en lui), en soutenant Lucia par le bras, il l'aida à y entrer, ensuite la bonne dame. Puis il prit des mains du cocher les brides des deux montures, et donna le bras à don Abbondio, qui s'était approché de la sienne.

« Oh ! que de complaisance ! » dit celui-ci ; et il monta beaucoup plus lestement que la première fois.

Le convoi se mit en route dès que l'Inconnu eut monté sur sa mule. Sa tête était relevée ; son regard avait repris son expression ordinaire de commandement. Les brigands qui se trouvaient sur son passage découvraient bien sur son visage les marques d'une forte pensée, d'une sollicitude extraordinaire ; mais ils ne comprenaient pas, ils ne pouvaient rien comprendre au delà. Ils ne savaient rien encore du grand changement qui s'était opéré dans le cœur de cet homme, et certes aucun d'eux n'y serait arrivé par conjectures.

La bonne dame s'était empressée de tirer les courtines sur les fenêtres de la litière. Elle prit ensuite affectueusement les mains de Lucia, et se mit à la ranimer par des paroles de piété, de félicitation et de tendresse. Voyant ensuite combien, outre la fatigue de tant de peines souffertes, la confusion et l'obscurité des événements empêchaient que la pauvrette ne sentit le contentement de sa délivrance, elle lui dit ce qu'elle put trouver de plus apte à lui remettre ses pensées en mémoire, à les éclaircir, à leur faire reprendre leur cours ordinaire. Elle lui nomma le village d'où elle était, et vers lequel on allait.

« Oui ! dit Lucia, qui savait que ce village était peu distant du sien. Ah ! très-sainte Madone ! je vous rends grâces ! Ma mère ! ma mère !

— Nous l'enverrons aussitôt chercher, dit la bonne dame, qui ne savait pas que la chose fût déjà faite.

— Oui, oui : Dieu vous en récompensera... Et vous, qui êtes-vous? Comment êtes-vous venue?...

— C'est notre curé qui m'a envoyée, parce que ce seigneur, à qui Dieu a touché le cœur (qu'il soit béni !), est venu à notre village pour parler au seigneur cardinal-archevêque, qui est chez nous à faire sa visite, ce cher homme de Dieu. Il s'est repenti de ses horribles péchés, et il veut changer de vie ; et il a dit au cardinal qu'il avait fait enlever une pauvre innocente, c'est vous, de connivence avec un autre sans crainte de Dieu, et dont le curé ne m'a pu dire le nom. »

Lucia leva les yeux au ciel.

« Vous le savez peut-être, continua la bonne dame. Suffit. Or donc le seigneur cardinal a pensé que, s'agissant d'une jeune fille, il fallait une femme pour l'accompagner. Il a dit au curé d'en chercher une, et le curé est venu chez moi par effet de sa bonté...

— Oh ! que le Seigneur vous récompense de votre charité.

— Figurez-vous, ma pauvre enfant ! et le seigneur curé

m'a dit de vous rassurer, de chercher à vous tirer aussitôt d'inquiétude, et de vous faire entendre comment le Seigneur vous a miraculeusement sauvée....

— Oh oui! bien miraculeusement, par l'intercession de la Madone.

— Il m'a dit de vous faire prendre courage, de vous conseiller de pardonner à qui vous a fait du mal, d'être contente que Dieu ait usé de miséricorde envers lui, et même de prier pour lui ; car, outre que vous y aurez du mérite, vous vous sentirez encore soulager le cœur. »

Lucia répondit par un regard qui exprimait l'assentiment aussi clairement que l'auraient pu faire des paroles, et avec une douceur que les paroles n'auraient pas pu rendre.

« Digne jeune fille! reprit la dame. Et comme votre curé se trouvait aussi dans notre village, car il y en a tant, mais tant, de tous les environs qu'on pourrait en même temps célébrer quatre offices complets, le seigneur cardinal a aussi jugé convenable de l'envoyer avec nous, bien qu'il nous ait été de peu de secours. J'avais déjà ouï dire que c'était un pauvre homme ; mais en cette occasion j'ai vu qu'il était justement embarrassé comme un poussin dans l'étoupe.

— Et celui-là,... celui qui est devenu bon,... qui est-il ?

— Comment! vous ne le savez pas ? » dit la bonne dame ; et elle le nomma.

« Oh! miséricorde divine! » s'écria Lucia. Que de fois elle avait entendu répéter avec horreur ce nom dans plus d'une histoire où il apparaissait comme, dans les histoires d'un autre genre, apparaissait toujours celui de l'*Orco*[1]. A l'idée d'avoir été en sa terrible puissance et d'être maintenant sous sa garde, à l'idée d'un aussi grand danger et d'une délivrance aussi imprévue, en considérant quel était cet homme qui lui avait apparu si farouche, puis ému, puis si humble et si doux, elle demeurait comme en extase, disant seulement de temps en temps : « Oh! miséricorde!

— Oui, c'est une grande miséricorde! c'est un grand

[1] L'Ogre.

bonheur pour beaucoup de monde, dans ce pays et au loin. Quand on pense qu'il tenait tant de gens en alarmes; et maintenant, comme me l'a dit notre curé.... Et puis il n'a qu'à le regarder en face : il est devenu un saint! D'ailleurs on n'a qu'à voir ses œuvres. »

Dire que cette bonne dame n'éprouvait pas beaucoup de curiosité de connaître un peu plus clairement la grande aventure où elle jouait un rôle, ce serait mentir à la vérité. Mais il faut dire à sa gloire que, saisie d'une pitié respectueuse pour Lucia, sentant d'une certaine manière la gravité et la dignité du soin qu'on lui avait confié, elle ne pensa pas un moment à lui faire une demande indiscrète ni oiseuse. Tous ses discours, dans ce court voyage, furent d'encouragement et d'intérêt pour la pauvre enfant.

« Dieu sait depuis quand vous n'avez pris de nourriture!

— Je ne m'en souviens plus,... depuis longtemps.

— Pauvre enfant! vous avez besoin de reprendre des forces.

— Oui, répondit Lucia d'une voix éteinte.

— Chez moi, grâce à Dieu, nous trouverons tout de suite quelque chose. Courage, nous n'en sommes pas loin. »

Lucia se laissa ensuite tomber languissamment dans le fond de la litière, comme assoupie, et alors la bonne dame la laissa en repos.

Quant à don Abbondio, le retour ne lui causait pas autant d'effroi que lui en avait causé tantôt le voyage; mais ce ne fut pourtant pas pour lui un voyage d'agrément. Dès que sa frayeur eut cessé, il se sentit d'abord tout soulagé d'un grand poids; mais bientôt commencèrent à naître cent autres ennuis, comme au lieu où a été déraciné un grand arbre le terrain reste quelque temps vide et nu, mais il se couvre bientôt de hautes herbes. Il était devenu plus impressionnable à tout le reste, et tant dans le présent que dans les pensées de l'avenir il trouvait matière à se tourmenter. Il sentait maintenant beaucoup plus qu'en allant l'incommodité de cette manière de voyager, à laquelle il n'était pas fait; c'était surtout dans la descente du châ-

teau au fond de la vallée. Le cocher, obéissant à un signe de
l'Inconnu, faisait aller ses bêtes d'un bon pas ; les deux
montures suivaient l'une après l'autre à pas égal : il arrivait de là qu'aux endroits les plus rapides le pauvre don
Abbondio, comme s'il eût été assis par derrière sur un
ressort, chancelait, se jetait en avant, et pour se soutenir
était obligé de se cramponner à la selle. Il n'osait pourtant
pas demander qu'on allât moins vite, et d'un autre côté il
aurait voulu être au plus tôt hors de ce pays. En outre, là
où la route était sur une éminence, sur une ornière, la
mule, selon la coutume des animaux de sa race, semblait
faire à dessein de se tenir toujours sur la partie qui était
en dehors, et de poser justement le pied sur le bord. Don
Abbondio voyait au-dessous de lui, presque perpendiculai-
rement, un saut à faire, ou plutôt, comme il pensait, un
vaste précipice. « Toi aussi, disait-il en son cœur à sa bête,
toi aussi tu as ce malheureux penchant d'aller chercher les
endroits périlleux, quand le sentier est si large ! » Et il
tirait la bride de l'autre côté, mais inutilement. De sorte
que, comme de coutume, mourant de dépit et de peur, il
se laissait conduire à la volonté d'autrui. Les bravi ne lui
causaient plus autant d'épouvante, maintenant qu'il savait
plus clairement comment pensait le maître. « Mais, se disait-il pourtant, si la nouvelle de cette grande conversion
se répand là dedans tandis que nous y sommes encore, qui
sait comment la prendront ces gens-là ? qui sait ce qu'il en
pourra résulter ? S'ils allaient s'imaginer que je suis venu
faire le missionnaire (que le ciel m'en préserve !) ils me
martyriseraient. » L'air farouche de l'Inconnu ne lui donnait plus aucune inquiétude. « Pour contenir ces affreux
visages, pensait-il, il ne faut pas moins que celui-là, je le
comprends bien ; mais pourquoi faut-il que je me trouve
au milieu de tous ces gens-ci ? »

Mais en voilà assez sur la peur d'Abbondio. On arrive à
l'extrémité de la descente, et l'on sort enfin de la vallée.
Le visage de l'Inconnu devenait plus serein. Don Abbondio
lui-même prit un air plus naturel ; il tira sa tête de ses

épaules, où il l'avait jusqu'alors emprisonnée ; il allongea ses bras et ses jambes, se mit un peu plus sur son séant, ce qui ne laissait pas que de lui donner une tout autre tournure, respira plus à son aise, et d'un esprit plus reposé se rejeta à considérer les autres périls éloignés. « Que dira cet imbécile de don Rodrigo ? Rester ainsi le nez long, vexé, raillé, jugez s'il trouvera la pilule fâcheuse ! C'est maintenant qu'il fera tout à fait le diable. Reste à voir s'il viendra encore me chercher querelle pour m'être trouvé dans cette damnée affaire. S'il a eu, dans le principe, le cœur de m'envoyer ces deux démons pour me faire une figure de cette sorte sur la route, que sera-ce à présent ? Il ne peut pas s'attaquer à Sa Seigneurie illustrissime, parce que c'est un morceau un peu trop gros à avaler pour lui : il sera forcé de ronger son frein. En attendant il aura le venin au corps, et il voudra s'en décharger sur quelqu'un. On ne sait que trop comment finissent ces sortes d'affaires : les coups tombent toujours en bas, les chiffons volent en l'air. Sa Seigneurie illustrissime s'occupera, comme de raison, de mettre Lucia en lieu de sûreté ; cet autre pauvre diable est hors d'atteinte, et il a déjà eu la sienne : voilà que c'est moi qui suis devenu le chiffon. Ne serait-ce pas cruel, après tant de dérangements, tant d'agitation (et sans en avoir le mérite, s'il vous plaît), que je dusse en porter la peine ? Que fera maintenant Sa Seigneurie illustrissime pour me défendre après m'avoir fait entrer en danse ? Est-ce qu'il peut empêcher que ce damné d'homme ne me joue un tour pire que le premier ? Et puis il a tant d'affaires en tête ! il met la main à tant de choses ! comment pourrait-il faire attention à tout ? C'est ce qui fait qu'on laisse quelquefois les choses plus embrouillées que devant. Ceux qui font le bien le font en masse. Quand ils ont éprouvé cette satisfaction, ils en ont suffisamment, et ils ne veulent pas s'ennuyer à suivre toutes les conséquences ; mais ceux qui ont le goût de faire le mal y mettent plus d'attention ; ils le suivent jusqu'à la fin, ils ne se donnent jamais de repos, parce qu'ils ont ce chancre qui les ronge. Irai-je dire que je suis venu par les ordres exprès de Sa Seigneurie illustrissime, et non de mon propre mouvement? Il semblerait que je tiens pour le parti de l'iniquité. O juste ciel! du parti de l'iniquité, moi! pour les passe-temps qu'elle me donne! Suffit : le mieux sera de raconter à Perpetua la chose comme elle est, et de lui laisser le soin de la publier. Pourvu que l'envie ne prenne pas à monseigneur de faire quelque éclat, quelque scène inutile, et de m'y fourrer! Aussi, à peine serons-nous arrivés, s'il est sorti de l'église, j'irai lui tirer vite et vite ma révérence, si je ne lui fais pas tenir mes excuses, et je file au logis. Lucia est bien appuyée; on n'a plus besoin de moi; et après tant de remuements je peux prétendre aussi à m'aller reposer. Et puis..., si la curiosité venait à prendre à monseigneur de savoir toute l'histoire, et qu'il me fallût rendre compte de l'affaire du mariage! Il ne manquerait plus que cela! Et s'il vient aussi visiter ma paroisse!... Oh! il en arrivera ce qui pourra. Je ne veux pas me tourmenter tant à l'avance: j'ai assez de soucis. Pour le moment je me vais renfermer chez moi. Jusqu'à ce que monseigneur se trouve de ce côté, don Rodrigo n'aura pas le front de faire des folies. Et puis.., et puis? Ah! je ne vois que trop que je passerai mal mes dernières années. »

La troupe arriva que l'office divin n'était pas encore terminé. Elle passa au milieu de la même foule, non moins émue que la première fois, puis elle se divisa. Les deux cavaliers tournèrent vers une petite place sur le côté, au fond de laquelle était la maison du curé; la litière alla, droit devant elle, vers celle de la bonne dame.

Don Abbondio se tint parole. A peine descendu de cheval, il fit les compliments les plus expansifs à l'Inconnu, et le pria de vouloir bien l'excuser auprès de monseigneur, parce qu'il était forcé de retourner en droiture à sa paroisse pour affaires urgentes. Il alla chercher ce qu'il nommait son cheval, c'est-à-dire son bâton, qu'il avait laissé dans un coin du salon, et il se mit en route. L'Inconnu resta à attendre que le cardinal revînt de l'église.

La bonne dame ayant fait asseoir Lucia sur le meilleur siége, dans la meilleure place de sa cuisine, s'empressa de lui apprêter à manger pour réparer ses forces épuisées. Elle repoussait avec une certaine brusquerie cordiale ses remerciements et ses excuses réitérées.

Elle s'empressa de mettre quelques branches sèches sous une marmite qu'elle avait remise au feu et où nageait un bon chapon. Elle laissa bouillir un moment le bouillon ; elle en remplit ensuite une écuelle où elle avait coupé des tranches de pain, et elle l'offrit enfin à Lucia. En voyant la pauvre enfant reprendre ses forces à chaque cuillerée, elle se félicitait à haute voix que la chose fût arrivée un jour où, selon son expression, le chat n'était pas sur le foyer. « C'est un jour de gala pour tout le monde, ajouta-t-elle, excepté pour les malheureux qui ont peine à avoir du pain de vesce et de la *polenta* de maïs. Ils espèrent pourtant recevoir tous aujourd'hui quelque chose d'un aussi charitable seigneur. Quant à nous, grâce au ciel, nous ne sommes point dans ce cas. Entre le métier de mon mari et quelque chose que nous avons au soleil, nous joignons aisément les deux bouts. Mangez donc, mangez de bon appétit en attendant : le chapon sera bientôt cuit à point, et vous pourrez un peu mieux vous restaurer. » Elle reprit l'écuelle, puis elle alla soigner le dîner et préparer la table pour sa famille.

Après avoir repris un peu de force, et sentant naître le calme dans son âme, Lucia songeait à réparer le désordre de sa toilette par une habitude, par un instinct de propreté et de pudeur. Elle renouait et arrangeait sur sa tête ses longues tresses en désordre ; elle ajustait son fichu sur son sein et autour de son cou. Ses doigts rencontrèrent le chapelet qui y était suspendu. Elle y porta la vue : elle se troubla aussitôt. Le souvenir du vœu qu'elle a fait, ce souvenir jusqu'alors étouffé par tant de sensations douloureuses, s'offrit tout à coup clair et distinct à son esprit. Alors toutes les puissances de son âme, à peine réveillées, furent de nouveau vaincues en un moment. Et si cette âme n'avait pas été jusqu'à ce jour préparée par une vie d'innocence, de résignation et de confiance, la consternation qu'elle éprouva serait allée jusqu'au désespoir. Après le premier tumulte de ces pensées, trop confuses pour venir à l'esprit avec des paroles, les premières qui s'y formèrent furent : « Oh ! malheureuse ! qu'ai-je fait ? »

Mais à peine les eut-elle conçues, qu'elle en ressentit comme de l'épouvante. Elle se rappela toutes les circonstances de son vœu, ses mortelles angoisses, sans espérance d'un secours humain, la ferveur de sa prière, la plénitude de sentiment avec laquelle sa promesse avait été faite. Se repentir de sa promesse, après avoir obtenu la grâce qu'elle demandait, lui parut une ingratitude sacrilége, une perfidie envers Dieu et la Vierge. Il lui sembla qu'une telle infidélité lui attirerait de nouvelles aventures plus terribles encore où elle ne pourrait plus rien espérer, même par le secours de la prière, et elle se hâta de renier ce repentir momentané. Elle ôta avec respect le chapelet de son cou, et, le tenant dans sa main tremblante, elle confirma, elle renouvela son vœu en demandant en même temps, avec une fervente instance, que le ciel lui accordât la force de l'accomplir, qu'il chassât loin d'elle les pensées et les circonstances qui auraient pu, sinon l'en détourner, au moins la faire trop souffrir. L'éloignement où était Renzo, cet éloignement sans aucune probabilité de retour qui lui avait été jusqu'ici si amer, lui paraissait maintenant une disposition de la Providence, qui avait fait coïncider deux événements pour arriver à une seule fin, et elle s'efforçait de trouver dans l'un une raison pour se consoler de l'autre. Derrière cette pensée, elle allait se figurant que cette même Providence saurait bien, pour achever son ouvrage, trouver le moyen de faire que Renzo se consolât aussi et n'y pensât plus.... Mais à peine une telle imagination fut-elle entrée dans son esprit, qu'il s'y éleva un grand tumulte. En sentant que son cœur voulait de nouveau se repentir, l'infortunée retourna à la prière, aux confirmations, au combat, et elle en sortit comme un vainqueur blessé et accablé de fatigue se relève sur son ennemi abattu.

Tout à coup on entendit un long bruit de pas et des cris joyeux. C'était la famille de la bonne dame qui revenait de l'église. Deux petits garçons et un jeune enfant entrèrent en sautillant. Ils s'arrêtent un moment pour jeter un regard curieux sur Lucia; puis ils courent vers leur maman et se groupent autour d'elle. Celui-ci lui demande le nom de cette hôte inconnue, et comment, et pourquoi. Celui-là veut raconter les merveilles qu'il a vues. La bonne dame répond à tous par un : « Soyez tranquilles, silence! » Le maître du logis entra ensuite d'un pas plus calme, mais avec une joie expansive peinte sur tous ses traits. C'était, si nous ne l'avons pas déjà dit, le tailleur du village, et même d'assez loin à la ronde; un homme qui savait lire, qui avait même lu plus d'une fois la *Légende des saints* et les *Reali di Francia* [1], qui passait parmi les paysans pour un homme de tête et de science, toutes louanges qu'il repoussait avec beaucoup de modestie, en disant seulement qu'il avait manqué sa vocation, et que, s'il avait fait ses études au lieu de tant d'autres....; au demeurant, la meilleure pâte d'homme. Il était présent quand le curé avait prié sa femme d'entreprendre ce charitable voyage. Non-seulement il y avait donné son approbation, mais il y aurait même ajouté ses persuasions, s'il en avait été besoin. Maintenant que l'office, les cérémonies, et surtout le sermon du cardinal, avaient, comme on dit, exalté ses bons sentiments, il rentrait au logis avec une attente, avec un désir ardent de savoir comment s'était passée la chose, et de voir la pauvre innocente qu'on avait sauvée.

« Voyez un peu, » lui dit, comme elle entrait, la bonne dame en montrant Lucia. Celle-ci se leva en rougissant et commença à balbutier quelques excuses. Mais il s'appro-

---

[1] Vieux roman où se trouve la généalogie de Charlemagne. On croit qu'il est traduit de nos anciennes chroniques. C'est là que les romanciers italiens ont pris l'histoire de Roland. Le Bolardo y a puisé le sujet de l'*Orlando innamorato*.

cha d'elle, non sans de grandes démonstrations de joie, et s'écria : « Soyez la bienvenue, la bienvenue! Vous êtes la bénédiction du ciel dans cette maison. Que je suis content de vous y voir! J'étais bien sûr que vous seriez arrivée à bon port, parce que je n'ai jamais vu que le Seigneur ait commencé un miracle sans le bien finir ; mais je suis content de vous voir ici. Pauvre enfant! Mais c'est pourtant une grande chose que d'avoir été l'objet d'un miracle! »

Qu'on n'aille pas croire qu'il fût le seul à qualifier ainsi cet événement, parce qu'il avait lu la Légende. Dans tout le village et dans tous les environs, on n'en parla pas en d'autres termes tant qu'en vécut le souvenir. A vrai dire, avec les accessoires qui s'y appliquèrent par la suite, on n'y pouvait pas donner un autre nom.

Il s'approcha ensuite peu à peu de sa femme, qui détachait la marmite de la chaîne qui la tenait suspendue sur le feu, et lui dit bien doucement : « Tout est-il bien allé?

— Très-bien. Je te conterai cela plus tard.

— Oui, oui, à ton aise. »

Quand la table fut mise, la maîtresse alla prendre Lucia, l'y accompagna et la fit asseoir. Elle découpa une aile du chapon et la lui servit. Elle s'assit ensuite avec son mari, et tous deux exhortèrent leur hôte abattue et honteuse à prendre courage et à manger. Le tailleur commença, la bouche pleine, à discourir avec beaucoup d'emphase au milieu des interruptions des enfants, qui mangeaient debout autour de la table, et qui avaient vu trop de choses extraordinaires pour se borner longtemps au seul rôle d'écoutants. Il décrivait les solennelles cérémonies, puis il tombait sur la miraculeuse conversion. Mais ce qui lui avait fait le plus d'impression, et ce dont il parlait le plus souvent, c'était le sermon du cardinal.

« Voir devant l'autel, disait-il, un signore de cette espèce comme un simple curé...

— Et cette chose qu'il avait sur la tête, disait une petite fille.

— Tais-toi. Quand on pense, dis-je, qu'un signore comme lui, un homme aussi savant, qui, à ce qu'on dit, a lu tous les livres du monde, chose qui n'est jamais arrivée à personne autre, pas même à Milan ; quand on pense qu'il a su se plier à dire ces belles choses de manière que tout le monde les ait comprises....

— J'ai compris, moi aussi, disait la petite bavarde.

— Tais-toi. Que veux-tu y avoir compris, toi?

— J'ai compris qu'il expliquait l'Evangile à la place du seigneur curé.

— Tais-toi. Je ne dis pas qu'il se soit seulement fait comprendre de ceux qui savent quelque chose, parce que, en ce cas, chacun est obligé d'entendre ; mais même ceux qui avaient la tête la plus dure, les plus ignorants, en saisissaient parfaitement le sens. Allez maintenant leur demander s'ils pourraient répéter ses discours! Oh oui! ils n'en pourraient pas retrouver un seul mot, mais ils en ont le sens dans la tête. Et comme on comprenait qu'il parlait de ce signore sans qu'il en prononçât jamais le nom! Et d'ailleurs, pour comprendre, il aurait suffi de voir les larmes qui coulaient de ses yeux. Et alors toute l'église s'est mise à pleurer...

— C'est bien vrai, s'écria là-dessus le petit garçon. Mais pourquoi donc pleuraient-ils tous ainsi comme des enfants?

— Tais-toi. Et il y a pourtant des cœurs bien durs dans ce pays. Il nous a fait voir, mais je dis voir, que, bien qu'il y ait la disette, il faut rendre grâce au Seigneur, et être content ; faire ce qu'on peut, s'industrier, s'aider, et puis être content, parce que le malheur n'est pas du tout de pâtir et d'être pauvre : le malheur, c'est de faire le mal. Ce ne sont pas du tout de belles paroles : on sait qu'il vit aussi comme un pauvre homme, qu'il s'ôte le pain de la bouche pour le donner aux malheureux, quand il pourrait mener une plus heureuse vie que qui que ce soit. Oh! il y a alors plaisir à entendre parler un homme. Il n'est pas comme tant d'autres qui vous disent : Faites ce que je vous dis, et non ce que je fais. Et puis il a bien fait voir aussi que ceux mêmes qui ne sont pas ce qu'on appelle des signori, mais qui ont plus que le nécessaire, sont obligés d'en faire part à ceux qui manquent de tout. »

Ici il s'interrompit, comme tourmenté par une pensée. Il s'arrêta un moment, puis il remplit un plat des mets qui étaient sur la table, y joignit un pain, l'enveloppa dans une serviette qu'il prit par les quatre bouts. « Prends cela, toi, dit-il à l'aînée de ses filles. » Il lui mit dans l'autre main une bouteille de vin. « Va chez Maria la veuve, ajouta-t-il, laisse-lui cela, et dis-lui que c'est pour se régaler un peu avec ses enfants. Mais fais bien attention à ce que tu lui diras, vois-tu : n'aie pas l'air de lui faire la charité. N'en souffle pas mot si tu rencontres quelqu'un, et prends garde de rien casser. »

Lucia fut touchée jusqu'aux larmes, et sentit en son âme une tendresse qui la vint distraire de sa douleur. Déjà les discours de ce digne homme lui avaient donné un soulagement que les paroles de consolation les plus douces, les plus directes, ne lui auraient pas pu procurer. Son esprit, cédant à l'attrait de ces descriptions de pompes augustes, de ces émotions de piété, saisi par l'enthousiasme même du narrateur, se détachait de lui-même de ses pensées douloureuses, et, quand il y retournait, il se trouvait affermi contre elles. La pensée même de son grand sacrifice, sans avoir perdu son amertume, avait pris je ne sais quoi d'une joie austère et solennelle.

Le curé du village entra peu d'instants après; il dit qu'il était envoyé par le cardinal pour avoir des nouvelles de Lucia, et pour l'avertir que monseigneur la voulait voir en ce jour; ensuite il remercia en son nom les deux époux. Tous trois, émus jusqu'aux larmes, ne pouvaient pas trouver de paroles pour répondre à un tel message d'un tel personnage.

« Votre mère n'est-elle pas encore arrivée? dit le curé à Lucia.

— Ma mère! » s'écria-t-elle

Quand elle eut ensuite entendu raconter au curé comment il l'avait envoyé querir par ordre de l'archevêque, elle porta son tablier à ses yeux, et elle se répandit en larmes qui coulèrent longtemps encore après le départ du curé. Lorsque les sentiments tumultueux qui s'étaient élevés dans son âme à cette annonce eurent fait place à des pensées plus calmes, la pauvre enfant se souvint que le contentement alors si prochain de revoir sa mère, un contentement si inespéré peu d'heures auparavant, elle l'avait aussi expressément imploré en ces mêmes heures, et l'avait placé presque comme une condition à son vœu. « Faites-moi retourner chaste et pure auprès de ma mère, » avait-elle dit; et ces paroles revinrent distinctes à sa mémoire. Elle se confirma plus que jamais dans le dessein de maintenir sa promesse, et se fit de nouveau et plus amèrement conscience du chagrin, du regret qu'elle en avait un moment éprouvé.

Agnese, en effet, quand on parla d'elle, n'avait plus pour arriver qu'un court trajet à faire. Il est facile d'imaginer comment la pauvre femme resta, à une invitation aussi inattendue, et à cette annonce nécessairement incomplète et confuse d'un péril qui avait cessé, mais d'un péril épouvantable, d'une aventure obscure que le messager ne savait ni circonstancier ni expliquer, et pour laquelle elle n'avait pas une liaison d'explication dans ses idées antécédentes. Après avoir porté les mains à sa tête, après avoir crié souvent : « Ah ! Seigneur ! ah ! Madone ! » après avoir fait au messager diverses demandes auxquelles celui-ci ne pouvait pas satisfaire, elle se jeta dans le chariot, et continuant tout le long de la route à se répandre en exclamations et en demandes sans fruit. Mais elle rencontra don Abbondio qui s'avançait pas à pas, en s'appuyant sur son bâton. Après un Oh ! des deux côtés, don Abbondio s'arrêta ; Agnese fit arrêter le chariot et en descendit. Tous deux se tirèrent à l'écart dans un petit bois de châtaigniers qui était sur le flanc du chemin. Don Abbondio lui donna avis de ce qu'il avait pu savoir et dû voir. La chose n'était pas claire ; mais au moins Agnese fut certaine que Lucia était en lieu de sûreté, et elle respira.

Il voulut ensuite aborder un autre sujet de conversation, et lui donner une longue instruction sur la manière de se gouverner avec l'archevêque, si celui-ci, comme c'était probable, les voulait voir, elle et sa fille; il lui dit qu'il ne convenait pas surtout de parler du mariage. Mais Agnese, s'apercevant qu'il ne parlait que pour son propre intérêt, le planta là sans lui rien promettre, même sans se rien proposer, parce que, dit-elle, on avait bien autre chose à penser, et elle se remit en route.

Le chariot arriva enfin et s'arrêta devant la maison du tailleur. Lucia se lève aussitôt : Agnese descend ; elle se précipite dans la maison : les voilà dans les bras l'une de l'autre. La bonne dame, qui se trouvait seule présente à cette scène, les rassura toutes deux, les calma, se réjouit avec elles, et puis, toujours discrète, elle les laissa toutes seules, en leur disant qu'elle leur allait préparer un lit; qu'elle le pouvait ; mais que, dans tous les cas, ils auraient mieux aimé, tant elle que son mari, dormir sur le plancher que de souffrir qu'elles allassent chercher ailleurs un asile pour cette nuit.

Quand ce premier feu d'embrassements et de sanglots eut passé, Agnese voulut savoir les aventures de Lucia, et celle-ci se mit douloureusement à les lui raconter ; mais, le lecteur le sait bien, c'était une histoire que personne ne connaissait tout entière, et pour Lucia elle-même, il y avait des parties obscures, entièrement inexplicables; c'était surtout cette fatale coïncidence de cette terrible voiture qui s'était trouvée là, précisément sur la route, au moment où Lucia y passait par un hasard extraordinaire. Là-dessus la mère et la fille se perdaient en conjectures, sans jamais en deviner la vraie cause, sans même en approcher.

Quant au principal auteur de cette trame, aucune des deux ne pouvait douter que ce ne fût don Rodrigo.

« Ame noire! tison d'enfer! s'écriait Agnese. Mais son

heure viendra : le Seigneur le récompensera selon ses œuvres, et alors il éprouvera aussi...

— Non, non, maman; non!... s'écria Lucia. Ne lui augurez point de mal; n'en augurez à personne! Si vous saviez ce que c'est que de souffrir! si vous l'aviez éprouvé! Non, non! prions plutôt Dieu et la Madone pour lui; que Dieu lui touche le cœur comme il a touché celui de cet autre pauvre seigneur qui était pire que lui, et qui est maintenant un saint. »

La frayeur que Lucia éprouvait à revenir sur des souvenirs aussi récents et aussi cruels la fit plus d'une fois hésiter; plus d'une fois elle dit qu'elle n'avait pas le cœur de poursuivre, et, après beaucoup de larmes, elle ne reprit qu'avec peine l'usage de la parole. Mais un sentiment contraire la fit hésiter à un certain endroit de son récit, au moment où elle devait parler de son vœu. Elle craignit d'être accusée par sa mère d'imprudence et de précipitation; elle craignit que celle-ci, comme elle l'avait fait dans l'affaire du mariage, ne mît en avant sa règle si large de conscience, et ne la voulût faire prévaloir; elle craignit que la pauvre femme ne dît la chose à quelqu'un en confidence, quand ce ne serait que pour s'éclairer et en recevoir un conseil, et ne la rendît ainsi publique. Cette seule pensée faisait éprouver à Lucia une honte insupportable, une inexplicable répugnance à parler d'une telle matière. Elle passa sous silence cette circonstance importante, en se proposant en son cœur de s'en ouvrir d'abord au père Cristoforo. Mais que devint-elle lorsqu'en s'informant de lui, elle apprit qu'il n'y était plus; qu'il avait été envoyé dans un pays lointain, dans un pays qui avait un certain nom...

« Et Renzo? dit Agnese.

— Il est en sûreté, n'est-il pas vrai? dit précipitamment Lucia.

— C'est certain, puisque tout le monde le dit. On assure qu'il est allé du côté de Bergame; mais personne ne peut dire vraiment l'endroit : jusqu'ici il n'avait pas donné de ses nouvelles : il faut qu'il n'en ait pas trouvé le moyen.

— Ah! s'il est en sûreté, que le Seigneur soit loué! »
dit Lucia; et elle cherchait un autre sujet de conversation,
quand elles furent interrompues par un événement bien
inattendu, l'arrivée du cardinal-archevêque.

Celui-ci, revenu de l'église où nous l'avons laissé, après
avoir appris de l'Inconnu l'heureuse arrivée de Lucia, s'é-
tait mis à table en faisant asseoir le seigneur à sa droite,
au milieu d'un cercle de prêtres qui ne pouvaient se lasser
de regarder cet aspect si radouci sans faiblesse, si humilié
sans bassesse, et de le comparer avec l'idée que depuis longtemps ils s'étaient faite du personnage.

Quand on eut desservi, l'Inconnu et le cardinal se retirèrent de nouveau ensemble. Après un entretien qui dura
beaucoup plus que le premier, l'Inconnu était parti pour
son château sur cette même mule qui l'y avait porté le
matin. Le cardinal fit appeler le curé, et lui dit qu'il désirait d'être conduit vers la maison où Lucia avait reçu un
asile.

« Oh! monseigneur! répondit le curé, laissez, laissez. Je
ferai avertir tout de suite la jeune fille, la mère si elle est
arrivée, les hôtes eux-mêmes si monseigneur le veut, tous
ceux que désir ra Votre Seigneurie illustrissime, de venir
ici.

— Je désire de les aller trouver.

— Il n'est pas besoin que Votre Seigneurie illustrissime
se dérange; je les vais faire appeler, ce sera bientôt fait, »
insista le curé, gâte-métier (brave homme au demeurant),
qui ne comprenait pas que, par cette visite, le cardinal
voulait rendre hommage au malheur, à l'innocence, à l'hospitalité et à son propre ministère en même temps. Mais le
supérieur ayant exprimé de nouveau le même désir, l'inférieur s'inclina et se mit en marche.

Quand les deux personnages furent aperçus dans le chemin, on accourut de toutes parts et on les entoura. Le
curé s'efforçait de dire : « Allons, en arrière, retirez-vous.
Mais! mais! » Federigo disait au curé : « Laissez, laissez; » et il s'avançait, tantôt levant la main pour bénir le

peuple, tantôt la baissant pour caresser les petits garçons qui embarrassaient sa marche. Ils arrivèrent enfin devant la maison et y entrèrent ; la foule resta en dehors. Mais dans la foule se trouvait le tailleur, qui avait suivi avec les autres, les yeux fixes et la bouche béante, sans savoir où l'on irait. Quand il vit l'archevêque entrer dans sa maison, il se fit faire place, je vous laisse à penser avec quel fracas, criant sans cesse : « Laissez passer qui doit passer ; » et il entra.

Agnese et Lucia entendirent un bourdonnement toujours croissant dans la rue. Tandis qu'elles cherchaient à deviner ce que ce pouvait être, elles virent la porte s'ouvrir, et paraître le cardinal avec le curé.

« Est-ce celle-ci ? » demanda le premier au second ; et, à un signe affirmatif, il alla vers Lucia, qui était restée là avec sa mère, immobiles et muettes toutes deux de surprise et de honte. Mais l'accent de cette voix, le maintien et surtout les paroles de Federigo, les eurent bientôt rassurées. « Pauvre enfant, dit-il, Dieu a permis que vous fussiez soumise à une grande épreuve ; mais il vous a bien fait voir qu'il avait toujours l'œil sur vous, qu'il ne vous avait pas oubliée. Il vous a sauvée, et il s'est servi de vous pour accomplir une grande œuvre, pour faire une grande miséricorde à un homme, et pour en soulager beaucoup d'autres en même temps. »

Là-dessus la maîtresse du logis entra dans l'appartement. Au bruit de la rue, elle s'était mise à la fenêtre, et, voyant quel homme entrait chez elle, elle avait descendu l'escalier en toute hâte, après s'être un peu rajustée. Le tailleur entra presque en même temps par une autre porte. En voyant la conversation engagée, ils se tinrent dans un coin d'un air respectueux. Le cardinal, après les avoir salués avec beaucoup de politesse, continua à s'entretenir avec les deux femmes. Il mêlait à ses consolations quelques demandes, pour tâcher de trouver dans leurs réponses s'il pourrait saisir quelque occasion de faire du bien à qui avait tant souffert.

« Il faudrait que tous les prêtres fussent comme Votre Seigneurie, qu'ils prissent un peu le parti des pauvres, et n'aidassent pas à les mettre dans l'embarras pour s'en tirer eux-mêmes, » dit Agnese, encouragée par l'air familier et affable de Federigo, et courroucée à l'idée que le seigneur don Abbondio, après avoir toujours sacrifié les autres, prétendait en outre leur interdire un petit soulagement, la moindre plainte envers quelqu'un qui était au-dessus de lui, quand par hasard l'occasion s'en était présentée.

« Dites tout ce que vous pensez, dit le cardinal ; parlez librement.

— Je veux dire que, si notre seigneur curé avait fait son devoir, la chose ne serait pas allée ainsi. »

Mais comme le cardinal lui faisait de nouvelles instances pour qu'elle s'expliquât plus clairement, elle commença à se trouver embarrassée pour raconter une histoire où elle avait pris une part qu'elle ne se souciait pas de faire savoir, surtout à un tel homme. Elle trouva toutefois le moyen de tout arranger : elle raconta le mariage concerté, le refus de don Abbondio ; elle ne passa pas sous silence le prétexte des supérieurs que celui-ci avait mis en avant (ah ! Agnese !), et elle passa à l'attentat de don Rodrigo ; elle dit comment, après en avoir été avertis, ils avaient pu s'échapper. « Mais, oui, ajouta-t-elle en concluant, c'était s'échapper pour tomber dans d'autres filets. Si, en cette circonstance, le seigneur curé nous avait dit sincèrement la chose, et qu'il eût aussitôt marié nos pauvres enfants, nous nous en serions allés aussitôt tous ensemble, en secret, bien loin, dans un lieu où personne ne l'aurait su, pas même l'air. C'est ainsi que le temps s'est perdu, et qu'il est arrivé ce qui est arrivé.

— Le seigneur curé m'en rendra compte, dit le cardinal.

— Non, seigneur, non, seigneur, reprit Agnese. Je n'ai pas parlé pour lui ; ne le réprimandez pas, parce que ce qui est fait est fait, et d'ailleurs cela ne servirait à rien.

38.

C'est un homme de ce caractère ; si le cas se présentait de nouveau, il agirait de même. »

Mais Lucia, mécontente de cette manière de raconter l'histoire, ajouta : « Nous aussi, nous avons fait du mal. On voit que la volonté du Seigneur n'était pas que la chose réussît.

— Quel mal avez-vous pu faire, pauvre enfant ? » demanda Federigo.

Lucia, malgré les clignements d'yeux que sa mère cherchait à lui faire à la dérobée, raconta à son tour l'histoire de la tentative faite dans la maison de don Abbondio, et dit en finissant : « Nous avons mal agi, et Dieu nous a châtiés.

— Acceptez de sa main les souffrances que vous avez endurées, et rassurez-vous, dit Federigo : car qui aura raison de se réjouir et d'espérer, si ce n'est celui qui a souffert et qui pense à s'accuser lui-même ? »

Il demanda alors où était le fiancé, et apprenant d'Agnese (Lucia était devenue muette, la tête et les yeux baissés) comment il était *fuyard* [1], il en ressentit, il en témoigna de l'étonnement et du déplaisir, et il en demanda le pourquoi. Agnese balbutia le peu qu'elle savait de l'histoire de Renzo.

« J'ai entendu parler de cet homme, dit le cardinal ; mais comment un homme qui se trouve compromis dans des affaires de cette nature pouvait-il être en traité de mariage avec cette jeune fille ?

— C'était un jeune homme de bien, dit Lucia en rougissant, mais d'une voix assurée.

— C'était un jeune homme paisible, trop paisible peut-être, ajouta Agnese ; et Votre Seigneurie le peut demander à qui que ce soit, même au seigneur curé. Qui sait quelles intrigues, quelles chicanes on aura faites là-bas ? Il faut bien peu de chose pour faire passer de pauvres gens pour des coquins.

— Ce n'est que trop vrai, dit le cardinal. Je m'informerai

[1] *Fuoruscito.* Le lecteur doit se rappeler la note du chapitre XVII.

de lui, sans aucun doute. » Il se fit dire le nom et le prénom
du jeune homme, et il en prit note. Il ajouta ensuite qu'il
comptait se porter, sous peu de jours, à leur village ; qu'a-
lors Lucia pourrait venir sans crainte, et qu'en attendant
il s'occuperait de leur donner un asile sûr jusqu'à ce que
tout fût arrangé pour le mieux.

Il se tourna alors vers les maîtres de la maison, qui s'a-
vancèrent aussitôt ; il leur renouvela les remercîments
qu'il leur avait adressés par la bouche du curé, et il leur
demanda s'ils voudraient bien garder quelques jours encore les hôtes que Dieu leur avait envoyés.

« Oh ! oui, seigneur, » répondit la dame d'un ton et d'un
air qui en disaient beaucoup plus que cette courte réponse
étouffée par la timidité. Mais son mari, tout animé par la
présence d'un tel homme, par l'envie de se faire honneur
dans une occasion de cette importance, étudiait avec peine
quelque belle réponse. Son front se rida, ses yeux devinrent louches ; il serra fortement la bouche, tendit de toutes
ses forces l'arc de l'intelligence, chercha, fureta, sentit au
dedans un choc d'idées boiteuses et de demi-paroles. Mais
le moment pressait ; le cardinal faisait déjà mine d'avoir
interprété son silence. Le pauvre homme ouvrit la bouche
et dit : « Figurez-vous... » Rien de plus ne voulut venir en
ce moment. Il n'en resta pas honteux seulement ce jour-là ;
ce souvenir importun lui gâta toujours le plaisir du grand
honneur qu'il avait reçu. Combien de fois, en pensant à
cette circonstance, comme pour le contrarier, lui vinrent
à l'esprit une foule de mots qui tous auraient mieux valu
que son stupide *Figurez-vous*. Mais les cavités de tous les
cerveaux sont pleines de présence d'esprit après coup.

Le cardinal partit en disant : « Que la bénédiction du
ciel soit sur cette maison ! »

Il demanda ensuite, dans la soirée, au curé, comment on
pourrait convenablement dédommager cet homme, qui ne
devait pas être riche, d'une hospitalité coûteuse, surtout
à cause du malheur des temps. Le curé répondit qu'à la
vérité ni les profits de sa profession, ni les revenus de quel-

ques petits champs que le bon tailleur possédait, n'auraient suffi cette année pour le mettre en état d'être libéral envers autrui ; mais qu'ayant fait quelques économies les années précédentes, il se trouvait l'un des plus aisés du canton ; qu'il pouvait se permettre quelques libéralités sans se mettre à la gêne, et qu'il les ferait certainement avec plaisir ; que d'ailleurs il tiendrait à offense qu'on lui offrît un dédommagement en argent.

« Il doit probablement avoir, dit le cardinal, quelques créances sur ces gens qui ne le peuvent pas payer.

— Jugez donc, monseigneur illustrissime ! ces pauvres gens payent avec l'excédant de la récolte. Une année de disette il n'y a pas d'excédant ; au contraire, tout le monde est en deçà du nécessaire.

— Eh bien, je prends sur moi toutes ces dettes. Vous me ferez le plaisir d'avoir de lui la note des mémoires et de les acquitter.

— Ce sera une somme assez forte.

— Tant mieux. Et vous n'aurez que trop de ceux plus misérables, plus souffrants encore, qui n'ont pas de dettes parce qu'ils ne trouvent pas de crédit.

— Oh ! oui, que trop ! On fait ce qu'on peut ; mais comment suffire à tout dans des temps aussi durs ?

— Faites qu'il les habille à mes frais, et payez-le bien. Vraiment, cette année, tout l'argent qui ne se dépense pas pour du pain me paraît volé ; mais ceci est un cas particulier. »

Nous ne voulons pas finir l'histoire de cette journée sans raconter succinctement comment la termina l'Inconnu.

Cette fois le bruit de sa conversion l'avait précédé dans la vallée. Il s'y était répandu et avait excité une surprise, une anxiété, une irritation difficiles à dépeindre. Il fit signe de le suivre à tous les bravi qu'il rencontrait. Ceux-ci marchèrent derrière lui en proie à une inquiétude nouvelle et avec leur obéissance accoutumée. Sa suite grossissait à chaque instant. Il arrive enfin au château ; il fait signe à ceux qui se trouvent sur la porte de le suivre avec les autres ;

il entre dans la première cour, et là, restant toujours sur les arçons, il pousse un cri de tonnerre, signal accoutumé auquel accouraient tous ceux des siens qui le pouvaient entendre. En un moment tous ceux qui étaient répandus dans le château s'empressèrent d'accourir à cette voix terrible, et ils se joignirent au reste de la troupe en tenant tous leurs regards fixés sur le maître.

« Allez m'attendre dans la grande salle, » dit-il, et du haut de sa monture il les regarda partir. Il mit ensuite pied à terre, conduisit lui-même sa mule aux écuries, et alla où il était attendu. Le sourd murmure qui régnait dans la salle cessa à son aspect. Ils se retirèrent tous dans un coin, en laissant un grand espace vide autour de lui. Ils étaient une trentaine.

L'Inconnu leva la main comme pour maintenir le silence, que sa seule présence avait déjà fait naître ; il leva sa tête, qui dépassait toutes les autres, et dit : « Écoutez-moi tous, et que personne ne parle sans que je l'interroge. Mes enfants ! la route que nous avons suivie jusqu'à ce jour conduit au fond de l'enfer. Ce n'est point un reproche que je vous veux faire, moi qui vous ai tous devancés dans cette abominable carrière, moi le plus coupable de tous ; mais écoutez ce que j'ai à vous dire.

« Dieu, dans sa miséricorde, m'a appelé à changer de vie. J'en changerai, j'en ai changé. Puisse ce même Dieu en faire autant pour vous ! Apprenez donc, tenez tous pour certain que j'aimerais mieux mourir que de rien entreprendre contre sa sainte loi. Je retire à chacun de vous les ordres criminels que vous tenez de moi : vous m'entendez. Bien plus ! je vous ordonne de ne rien faire de ce que je vous ai prescrit. Tenez également pour certain que personne ne pourra désormais faire du mal avec ma protection, à mon service. Ceux qui voudront rester avec moi à ces conditions seront pour moi comme des enfants. Je me trouverais heureux, en un jour de famine et de misère, de rassasier le dernier de vous avec le dernier pain qui me resterait. A ceux qui refuseront, on donnera ce qui reste dû de leurs salaires, et une gratification de plus. Ils pourront s'en aller ; mais qu'ils ne mettent pas les pieds ici, si ce n'est pour changer de vie, car pour cela ils seront toujours reçus à bras ouverts. Pensez-y cette nuit : demain matin je demanderai à chacun de vous en particulier sa réponse, et alors je vous donnerai de nouveaux ordres. Maintenant retirez-vous chacun à votre poste. Puisse ce Dieu, qui a usé envers moi de tant de miséricorde, vous envoyer une bonne pensée ! »

Il cessa de parler, et tous gardèrent le silence. Bien que d'étranges et de tumultueuses pensées fermentassent dans leurs têtes, ils n'en laissèrent rien paraître. Ils étaient habitués à écouter la voix de leur seigneur comme la manifestation d'une volonté absolue à laquelle il fallait obéir sans mot dire. En annonçant que cette volonté était aujourd'hui changée, cette voix n'annonçait pas qu'elle fût affaiblie. Il ne vint à l'esprit d'aucun d'eux que, pour être converti, on pût s'enhardir contre lui, lui répliquer comme à un autre homme. Ils voyaient en lui un saint, mais un de ces saints que l'on représente la tête haute et l'épée au poing. Outre la crainte qu'il leur inspirait, ils avaient encore pour lui (surtout ceux qui étaient nés sous sa domination, et c'était le plus grand nombre) cette affection que des hommes liges portent à leur seigneur. Leur admiration avait quelque chose de l'amour, et ils éprouvaient à sa vue ce respect que les esprits les plus rebelles et les plus bouillants éprouvent devant une supériorité qu'ils ont déjà reconnue. Et d'ailleurs les choses qu'ils entendaient sortir de cette bouche étaient assurément odieuses à leurs oreilles, mais elles n'étaient ni mensongères ni entièrement étrangères à leur esprit. S'ils en avaient fait autrefois des sujets de plaisanteries, ce n'était pas parce qu'ils n'y ajoutaient point foi, mais bien pour prévenir par des plaisanteries la peur qui leur en serait venue à y penser sérieusement. Maintenant, à voir l'effet de cette peur sur un courage aussi indomptable que celui de leur maître, il n'y en eut aucun qui n'en ressentît quelque atteinte. C'est peu encore :

ceux d'entre eux qui avaient appris les premiers cette grande nouvelle hors de la vallée avaient vu aussi et avaient rapporté la joie de tout ce peuple. la nouvelle faveur qui s'attachait à l'Inconnu, cette tendre vénération qui succédait tout à coup à l'ancienne haine, à l'ancienne terreur. Dans l'homme qu'ils n'avaient jamais regardé qu'en tremblant, même lorsqu'ils étaient eux-mêmes sa force en grande partie, ils voyaient maintenant la merveille, l'idole d'une multitude ; ils le voyaient encore au-dessus des autres hommes, d'une manière différente, sans doute, mais non moins grande ; toujours hors de la foule commune, toujours le premier de tous. Ils étaient donc étourdis, incertains l'un de l'autre et d'eux-mêmes. L'un cherchait dans sa tête où il pourrait trouver un asile et de l'emploi ; l'autre s'interrogeait pour voir s'il se pouvait plier à ce nouveau genre de vie ; celui-ci, ému par ces paroles, en ressentait une certaine inclination ; celui-là, sans rien résoudre, se proposait de tout promettre, de partager un pain offert de si bon cœur, et si rare aujourd'hui, et de gagner du temps. Personne ne souffla, et quand l'Inconnu, à la fin de son discours, leva de nouveau cette main impérieuse pour leur faire signe de s'en aller, dociles comme un troupeau de brebis, ils prirent tous ensemble le chemin de la porte. Il sortit derrière eux, et, s'arrêtant au milieu de la cour, il regarda, à la faible lueur du crépuscule, comment ils se débanderaient. Chacun se dirigea vers son poste. Il entra ensuite pour prendre sa lanterne, parcourut de nouveau les cours, les corridors, les salles, visita toutes les avenues ; et quand il vit que tout était tranquille, il alla enfin dormir ; oui, dormir parce qu'il avait sommeil.

XXV

Le jour suivant, dans le village de Lucia et dans tout le territoire de Lecco, on ne parlait que d'elle, de l'Inconnu, de l'archevêque et d'un autre personnage qui, quoiqu'il fût très-désireux de faire parler de lui, s'en serait fort bien passé en cette conjoncture. C'est le seigneur don Rodrigo que nous voulons dire.

Ce n'est pas qu'avant ce jour on ne se fût très-occupé de ses actions; mais c'étaient des propos sans suite et secrets. Il fallait que les deux interlocuteurs se connussent bien pour entamer un tel chapitre; encore étaient-ils loin d'y mettre la chaleur dont ils auraient été susceptibles : car lorsqu'on ne peut pas, sans courir un grand danger, s'abandonner à son indignation, non-seulement on en témoigne beaucoup moins, ou l'on réprime celle qu'on éprouve en son âme, mais on en ressent moins en effet. Qui pourrait aujourd'hui se contenir? qui pourrait ne pas questionner et deviser sur un événement qui avait fait tant de bruit, sur un événement où l'on voyait la main du ciel, où deux personnages aussi grands jouaient un si beau rôle? Chez l'un, un ardent amour de la justice était uni à une vaste autorité; il semblait que chez l'autre la prepotenza en personne se fût humiliée, que la braverie eût rendu les armes. A de telles comparaisons le seigneur don Rodrigo devenait un peu petit. Alors tout le monde comprenait ce que c'était que de tourmenter l'innocence pour la déshonorer, de la poursuivre avec une instance aussi déhontée, avec une violence si atroce, avec des embûches si abominables. On faisait, à cette occasion, une revue de tant d'autres prouesses de ce seigneur, et, par-dessus toute chose, on en parlait comme on en pensait, enchanté qu'on était de se trouver d'accord avec tout le monde. C'était un murmure, un frémissement général, à distance pourtant, à cause de tous ces bravi que don Rodrigo avait autour de lui.

Une bonne portion de cette animadversion publique s'attachait aussi à ses amis et à ses parasites. On n'épargnait point le seigneur podestat, toujours sourd, aveugle, muet, pour les violences de ce tyran; mais on ne tenait ces discours qu'à voix basse, parce que le podestat avait ses sbires. On ne faisait pas tant de façons pour le docteur Azzecca-Garbugli, qui n'avait que du verbiage et des chicanes, et pour les autres petits parasites ses égaux : on les montrait tant au doigt, on les regardait tant de travers, qu'ils jugèrent prudent de ne pas paraitre de quelque temps dans la rue.

Don Rodrigo, frappé comme d'un coup de foudre par cette nouvelle imprévue, si différente de l'avis qu'il attendait de jour en jour, de moment en moment, se tint renfermé dans son château, seul avec ses bravi, à dévorer sa rage, deux grands jours durant; il partit pour Milan le troisième. Si ce n'avait été que ce sourd murmure du peuple, peut-être, quoique les choses fussent allées si avant, serait-il resté exprès pour l'affronter, pour chercher même l'occasion de donner sur quelqu'un des plus ardents une leçon pour tous; mais ce qui le chassa, ce fut l'avis sûr que le cardinal venait aussi de ce côté. Le comte son oncle, qui ne savait de cette histoire que ce qui lui en avait été dit par Attilio, aurait certainement exigé qu'en une telle conjoncture don Rodrigo fît au cardinal la première visite, qu'il en obtînt en public l'accueil le plus distingué : on voit combien il y était disposé. Le comte l'aurait exigé et s'en serait fait rendre compte point par point, parce que c'était une occasion importante de faire voir en quelle estime la maison était tenue par une puissance éminente. Pour échapper à une aussi dure contrainte, don Rodrigo, s'étant levé un matin avant le soleil, se jeta dans une voiture avec Griso, et les autres bravi en dehors, devant et derrière. Il laissa l'ordre que le reste de sa maison le suivît bientôt, et partit comme le fugitif, comme (qu'il nous soit un peu permis d'élever nos personnages par quelque illustre comparaison) comme Catilina de Rome, écumant de rage et jurant de revenir bien vite pour accomplir ses vengeances.

Cependant le cardinal s'avançait en visitant chaque jour une des paroisses situées dans le territoire de Lecco. Le jour qu'il devait arriver à celle de Lucia, une grande partie des habitants s'était déjà portée sur la route pour aller à sa rencontre. A l'entrée du village, précisément auprès de la chaumière de nos deux femmes, était un arc de triomphe construit en bois, recouvert de paille et de mousse, orné de rameaux verts de buis et de houx. La façade de l'église était tendue; à chaque fenêtre pendaient des couvertures et des linceuls, des maillots d'enfants en guise de drapeaux; tout ce peu de nécessaire enfin qui pouvait paraître, bien ou mal, du superflu. Sur le soir (c'était l'heure à laquelle Federigo avait coutume d'arriver aux églises qu'il visitait) ceux qui étaient restés au logis, les vieillards, les femmes et les plus jeunes des enfants se mirent aussi en marche pour aller à sa rencontre, les uns en file, les autres en troupe, précédés par don Abbondio. Le pauvre curé était triste au milieu de cette joie; ce fracas l'étourdissait; le mouvement de tant de peuple en avant et en arrière, ainsi qu'il le disait en lui-même, lui brouillait la vue, et il était tourmenté par la crainte secrète que les femmes n'eussent jasé, et qu'il ne fût obligé de rendre compte de sa conduite dans l'affaire du mariage.

On voit enfin paraître le cardinal, ou, pour mieux dire, on voit paraître la foule au milieu de laquelle se trouve sa litière, et sa suite qui l'entoure. C'est à peine si l'on pouvait distinguer dans toute cette cohue, et dominant tout le reste, un bout de la croix portée par le chapelain, qui était monté sur une mule. Le peuple, qui cheminait avec don Abbondio, se hâta d'aller rejoindre le gros de la foule. Celui-ci, après avoir dit trois ou quatre fois : « Doucement; en rang; que faites-vous? » rebroussa chemin tout fâché, et marmottant toujours : « C'est une vraie tour de Babel, c'est une vraie tour de Babel. » Il alla se placer dans l'église, qui était vide, et y resta à attendre.

Le cardinal s'avançait, donnant des bénédictions avec la main, et en recevant de la bouche du peuple, que les gens de sa suite pouvaient à peine, malgré tous leurs efforts, tenir un peu en arrière. Comme compatriotes de Lucia, ces paysans auraient voulu faire à l'archevêque des démonstrations extraordinaires; mais la chose n'était pas facile, parce qu'on avait depuis longtemps l'habitude partout où il arrivait d'en faire le plus que possible. Déjà, au beau commencement de sa dignité épiscopale, dans sa première entrée solennelle à la cathédrale, le concours empressé, l'impétuosité du peuple autour de lui, avaient été si grands qu'on avait craint pour sa vie. Quelques gentilshommes qui étaient près de lui tirèrent leurs épées pour effrayer et pour écarter la foule. Il y avait dans les habitudes de ce temps quelque chose de si déréglé et de si violent, que, même pour faire des démonstrations de bienveillance à un évêque dans l'église, et pour les contenir, on allait presque jusqu'à répandre du sang. Ce rempart n'aurait peut-être pas suffi, si deux prêtres, doués d'une grande vigueur et de beaucoup de présence d'esprit, ne l'avaient soulevé sur leurs bras et porté depuis la porte de l'église jusqu'au pied du maître-autel. A dater de ce jour, dans tant de visites épiscopales qu'il eut à faire, on peut sans raillerie compter cette première entrée dans l'église parmi ses travaux pastoraux, et quelque autre fois parmi les périls qu'il courut.

Il entra dans celle-ci comme il put ; il alla à l'autel, et de là, après avoir prié quelque temps, il adressa, selon sa coutume, quelques mots aux assistants sur son amour pour eux, sur le désir qu'il avait de leur salut, et comment ils se devaient disposer à la cérémonie du lendemain. Retiré ensuite dans la maison du curé, entre autres choses nombreuses dont il eut à s'entretenir avec lui, il l'interrogea sur les qualités et la conduite de Renzo. Don Abbondio dit que c'était un jeune homme un peu vif, un peu têtu, un peu colérique. Mais, sur les demandes plus spéciales et plus précises du cardinal, il fut obligé de répondre que c'était un brave garçon, et que lui-même ne pouvait pas comprendre comment, à Milan, il avait pu faire toutes ces diableries qu'il avait ouï dire.

« Quant à la jeune fille, reprit le cardinal, il vous semble même qu'elle peut maintenant revenir en sûreté et rentrer chez elle ?

— Pour maintenant, répondit don Abbondio, elle peut

venir et rester. Je dis pour maintenant; c'est votre question. Mais, ajouta-t-il ensuite avec un soupir, il faudrait que Votre Seigneurie illustrissime fût toujours là, ou au moins près d'ici.

— Le seigneur est toujours près, dit le cardinal. Au reste je songerai à la mettre en lieu de sûreté. » Et il ordonna aussitôt qu'on expédiât, le lendemain, la litière avec une escorte pour prendre les deux femmes.

Don Abbondio sortit tout content que le cardinal lui eût parlé des deux jeunes gens sans lui avoir demandé compte de son refus de les marier. « Donc il ne sait rien, disait-il à part soi. Agnese s'est tue. Quel miracle! Ils se verront encore; mais nous lui donnerons une autre instruction, nous la lui donnerons. » Il ne savait pas, le pauvre homme, que Federigo n'avait pas entamé ce sujet de conversation, précisément parce qu'il lui en voulait parler plus longuement et plus à loisir; et, avant de lui donner ce qui lui était dû, il voulait entendre aussi ses raisons.

Mais les soucis du bon prélat pour la sûreté de Lucia étaient devenus inutiles. Après qu'il l'eut laissée, il survint des choses que nous allons raconter.

Les deux femmes, dans ce peu de jours qu'elles eurent à passer sous le toit hospitalier du tailleur, avaient repris, autant qu'il était en elles, chacune son ancienne et habituelle manière de vivre. Lucia avait aussitôt demandé à travailler. Ainsi qu'elle l'avait fait au monastère, elle cousait toute la journée, retirée dans une petite chambre, loin des regards des curieux. Agnese allait un peu au dehors, elle travaillait aussi un peu en compagnie de sa fille. Leurs entretiens étaient d'autant plus tristes qu'ils étaient plus affectueux. Toutes deux étaient préparées à une séparation, puisque la brebis ne pouvait pas retourner à être aussi voisine de la tanière du loup. Mais quel serait le terme de cette séparation? L'avenir était obscur, inexplicable, pour une d'elles surtout. Agnese toutefois ne manquait pas de se livrer à des conjectures agréables. « Au bout du compte, disait-elle, s'il n'est rien arrivé de sinistre à Renzo, il donnera bientôt de ses nouvelles. S'il a trouvé à travailler et à s'établir, et si (comment en douter?) il tient la foi jurée à Lucia, pourquoi ne pourrait-on pas aller rester avec lui? » Elle allait entretenant sa fille de ses espérances, et je ne saurais dire si celle-ci éprouvait plus de douleur à les entendre que de peine à y répondre. Elle avait toujours renfermé son secret dans son cœur. Quoiqu'elle fût tourmentée par le déplaisir de cacher quelque chose à une aussi bonne mère, retenue cependant comme malgré elle par la honte et par mille craintes diverses, elle laissait s'écouler les journées sans en rien dire. Ses desseins étaient bien différents de ceux de sa mère, ou, pour mieux dire, elle n'en avait pas; elle s'était abandonnée pour tout le reste à la Providence. Elle cherchait donc à laisser tomber le discours ou à détourner ce sujet d'entretien. Quand elle était forcée de s'expliquer, elle disait en termes généraux qu'elle n'avait plus ni espérance ni désir au monde; qu'elle n'aspirait qu'à pouvoir bientôt se réunir avec sa mère; plus d'une fois les larmes venaient, en étouffant sa voix, lui sauver fort à propos l'embarras de parler.

« Sais-tu pourquoi cela te paraît ainsi? disait Agnese; parce que tu as beaucoup souffert, et il ne te semble pas possible que cela puisse tourner à bien. Mais laisse faire le Seigneur; et si... Laisse qu'il vienne un rayon, seulement un rayon, et alors tu me sauras dire si tu ne penses plus à rien. » Lucia embrassait sa mère et pleurait. Du reste, une soudaine et vive amitié avait pris naissance entre elles et leurs hôtes. Et où donc l'amitié pourrait-elle naître, si ce n'est entre les bienfaiteurs et ceux qui ont reçu le bienfait, quand les uns et les autres ont le cœur bien placé? Agnese surtout faisait de grands bavardages avec la maîtresse du logis. Le tailleur ensuite leur donnait un peu de délassement par ses histoires et ses discours moraux; au dîner surtout il avait toujours quelque belle chose à raconter sur l'épée de Roland ou les pères de la la Thébaïde.

A quelques milles de ce village habitait un couple d'importance : don Ferrante et donna Prassede. Le nom patronymique est resté, comme de raison, sous la plume de notre anonyme. Donna Prassede était une femme de qualité, avancée en âge et très-inclinée à faire le bien. C'est assurément le plus digne métier auquel on se puisse livrer en ce bas monde ; mais l'excès y peut être nuisible comme en toute chose. Pour faire le bien il le faut connaître, et, à l'égal de toute autre chose, nous ne le pouvons connaître qu'au travers de nos passions, par le moyen de notre jugement, avec nos idées. Tout cela est bien souvent comme il peut. Donna Prassede se gouvernait avec ses idées comme on doit faire avec ses amis : elle en avait peu, mais elle y était fort attachée. Parmi ce peu d'idées il s'en trouvait par malheur beaucoup de boiteuses, et ce n'étaient pas celles qu'elle aimait le moins. Il lui arrivait de là ou de se proposer pour bien ce qui ne l'était pas en effet, ou de prendre pour moyens des choses qui auraient pu plutôt faire réussir du côté opposé où elle tendait, ou de croire permises certaines autres qui ne l'étaient pas du tout, et cela par une certaine supposition en l'air que celui qui fait plus que son devoir peut se diriger comme il lui plait. Il lui arrivait de ne pas voir dans le fait ce qu'il y avait de réel, ou d'y voir ce qui n'y était pas, et beaucoup d'autres choses semblables qui peuvent arriver et qui arrivent à tout le monde, sans en excepter les meilleurs. Mais ces choses arrivaient très-souvent à donna Prassede, et elles arrivaient presque toujours toutes à la fois. A entendre le grand événement de Lucia et tout ce qui, à cette occasion, se disait de la jeune fille, elle se prit d'un curieux désir de la voir. Elle envoya une voiture avec un vieil écuyer pour prendre la mère et la fille. Celle-ci s'en défendait, et elle priait le tailleur, qui s'était chargé du message, de trouver le moyen de l'excuser. Tant qu'il s'était agi de petites gens qui cherchaient à faire connaissance avec la jeune fille du miracle, le tailleur lui avait volontiers rendu ce service ; mais en cette occurrence le refus lui aurait semblé une espèce de rébellion. Il fit tant de mines, tant d'exclamations, il dit tant de choses, et qu'on n'en usait pas ainsi, et que c'était une grande maison, et qu'on ne dit jamais *Non* aux signori, et que ce pouvait être leur fortune, et que la signora donna Prassede, outre le reste, était encore une sainte; bref, tant et tant de choses, que Lucia fut forcée de se rendre, d'autant plus qu'Agnese confirmait toutes ces raisons par autant de « Assurément, assurément. »

Arrivées devant la haute dame, celle-ci leur fit beaucoup d'accueil et beaucoup de félicitations; elle interrogea, elle conseilla, le tout avec une certaine supériorité presque innée, mais corrigée par tant d'expressions douces et modestes, tempérée par tant d'empressement, recouverte de tant de dévotion, qu'Agnese presque aussitôt, et peu d'instants après Lucia commencèrent à se sentir soulagées de ce respect tyrannique que leur avait d'abord imprimé cette haute présence; elles y trouvèrent même un certain attrait. Bref, donna Prassede, entendant que le cardinal s'était chargé de trouver un asile à Lucia, poussée par le désir de seconder et de prévenir en même temps cette bonne intention, offrit de prendre la jeune fille chez elle, où il ne lui serait imposé d'autre service que de veiller aux travaux de l'aiguille, ou des fers [1], ou du fuseau. Elle ajouta qu'elle aviserait à en faire part à monseigneur.

Outre le bien ordinaire et immédiat qu'il y avait dans une telle œuvre, donna Prassede en voyait et s'en proposait un autre peut-être plus considérable selon elle : c'était de guérir un cerveau malade, de mettre sur la bonne voie une jeune fille qui en avait grand besoin. Dès qu'elle avait entendu pour la première fois parler de Lucia, elle s'était tout à coup persuadée que, dans une jeune fille qui avait pu se fiancer à un brigand, à un criminel, à un échappé de potence, tel que Renzo, il devait y avoir un peu de corruption, quelque vice caché. Dis-moi qui tu hantes, et je te dirai qui tu es. La visite de Lucia l'avait confirmée dans cette

---

[1] Des fers à repasser. Le texte porte simplement *ferri*.

persuasion. Ce n'est pas qu'au fond elle ne parût à donna Prassede une excellente fille ; mais il y avait cent choses à dire. Cette tête basse, cette manie de ne jamais répondre, ou de ne répondre qu'à peine et comme par force, pouvaient indiquer de la honte ; mais elles décelaient à coup sûr beaucoup d'opiniâtreté. Il ne fallait pas un grand effort d'esprit pour augurer que cette petite tête avait ses idées. Et cette rougeur subite, et ces longs soupirs..., et ces deux grands yeux ensuite, qui ne plaisaient pas du tout à donna Prassede ! Elle tenait pour certain, comme si elle l'avait su de bonne part, que tous les malheurs de Lucia étaient une punition du ciel pour sa liaison avec ce coquin, et un avis d'en haut pour l'en détacher entièrement. Cela posé, elle se proposait de coopérer à une aussi bonne fin ; car, ainsi qu'elle le disait souvent aux autres et à elle-même, toute son étude n'était-elle pas de seconder les volontés du ciel ? Mais elle tombait souvent dans la terrible équivoque de prendre pour le ciel les rêves de son cerveau. Pourtant elle se garda bien de rien témoigner de la seconde intention que nous avons dite. C'était une de ses maximes que, pour conduire à fin un bon dessein, la première chose, c'est souvent de n'en rien laisser apercevoir.

La mère et la fille se consultèrent des yeux. La douloureuse nécessité de se séparer une fois admise, l'offre leur parut à toutes deux très-acceptable, ne fût-ce qu'à cause du peu de distance qui séparait le château de leur village. Chacune ayant lu dans le visage de l'autre un mutuel assentiment, elles acceptèrent avec beaucoup de remerciements l'offre de donna Prassede. Celle-ci renouvela les politesses et les promesses, et dit qu'elle leur ferait bientôt une lettre pour présenter à monseigneur. Nos deux femmes parties, elle se fit faire la lettre par don Ferrante. Ce don Ferrante était un homme lettré : elle s'en servait pour secrétaire dans les occasions d'importance. Comme il s'agissait d'une affaire de cette sorte, don Ferrante fit les plus grands efforts d'esprit ; et quand il remit l'original à copier à son épouse, il lui recommanda chaudement l'orthographe, car l'orthographe était du grand nombre des choses qu'il avait étudiées, et du petit nombre de celles sur lesquelles il avait le commandement dans la maison. Donna Prassede s'empressa de copier la lettre et de l'envoyer à la maison du tailleur. Ceci se passa deux ou trois jours avant que le cardinal n'envoyât la litière pour ramener les dames à leur logis.

Quand elles arrivèrent, il n'était pas encore allé à l'église, et elles entrèrent dans la maison curiale. On avait ordre de les introduire immédiatement. Le chapelain, qui les vit le premier, s'empressa d'obéir, en les retenant seulement autant qu'il était nécessaire pour leur faire en toute hâte une petite leçon sur le cérémonial dont il fallait user avec monseigneur, et sur les titres à lui donner ; chose qu'il avait coutume de faire chaque fois qu'il le pouvait, en se cachant de lui. C'était pour le pauvre homme un tourment continuel de voir le peu d'ordre qui régnait autour du cardinal en cette circonstance. « Tout cela arrive, disait-il aux autres employés de la maison, par la trop grande bonté de ce bienheureux homme, par sa grande familiarité. » Et il racontait avoir ouï lui-même, de ses propres oreilles, répondre à monseigneur : « Oui, monsieur, » et « Non, monsieur. »

En ce moment le cardinal était à discourir avec don Abbondio sur les affaires de la paroisse, de manière que celui-ci n'eut pas l'occasion de donner à son tour, comme il l'aurait désiré, ses instructions aux deux femmes ; seulement, en passant auprès d'elles, et pendant qu'il sortait et qu'elles entraient, il leur put faire signe de l'œil pour leur donner à entendre comment il était content d'elles, et qu'elles continuassent, en braves et dignes femmes, à se taire.

Après les premiers accueils d'une part et les premiers saluts de l'autre, Agnese tira la lettre de son sein et la remit au cardinal, en disant : « C'est de la part de la signora donna Prassede, qui dit qu'elle connaît beaucoup

Votre Seigneurie illustrissime, monseigneur, comme naturellement les grands seigneurs se doivent tous connaître entre eux. Quand vous l'aurez lue, vous verrez.

« — C'est bien, » dit Federigo après l'avoir lue et découvert le sens sous le fatras des fleurs de rhétorique de don Ferrante. Il connaissait assez cette maison pour être sûr que Lucia y était invitée à bonne intention, et qu'elle y serait à l'abri des piéges et de la violence de son persécuteur. Quant à l'opinion qu'il pouvait avoir de donna Prassede, nous n'en savons rien précisément. Probablement ce n'était pas la personne qu'il aurait choisie pour une telle œuvre ; mais, ainsi que nous l'avons dit ou fait entendre ailleurs, ce n'était pas son habitude de défaire les choses faites par qui il appartenait, pour les refaire mieux.

« Acceptez encore sans douleur cette séparation et l'incertitude où vous vous trouvez, ajouta-t-il ensuite. Ayez l'espoir que cela doit bientôt finir, et que Dieu veut conduire les choses jusqu'au bout ; mais tenez pour certain que tout ce qu'il voudra vous envoyer sera pour votre plus grand bien. » Il donna ensuite à Lucia, en particulier, quelque autre souvenir d'amitié, de nouveaux encouragements à toutes deux, les bénit et les laissa partir.

A peine eurent-elles mis le pied dans la rue, qu'elles furent entourées d'un essaim d'amis et d'amies : c'était le village tout entier qui les attendait, et qui les conduisit comme en triomphe jusque chez elles. Toutes ces dames les félicitaient, s'apitoyaient sur leur sort, les accablaient de questions : c'était à n'y pas tenir. En apprenant que Lucia devait partir le lendemain, elles se répandirent en exclamations, elles en témoignèrent un grand déplaisir. Les hommes se disputaient à qui leur offrirait ses services ; chacun voulait rester cette nuit à garder la chaumière. Là-dessus notre anonyme juge convenable de pousser un petit proverbe : « Voulez-vous avoir beaucoup de monde à votre service, tâchez de n'en avoir pas besoin. »

Ce bruyant accueil, qui confondait et étourdissait Lucia, ne laissa pas au fond que de lui faire un peu de bien : car il la vint un peu distraire des pensées et des souvenirs qui s'offraient à son esprit, au milieu même du tumulte, sur cette porte, dans ces appartements si connus, à la vue du moindre objet.

Au coup de la cloche qui annonçait les approches de l'auguste cérémonie, tout le monde se dirigea vers l'église, et ce fut pour les nouvelles venues une autre promenade triomphale.

Quand l'office fut terminé, don Abbondio, qui avait couru pour voir si Perpetua avait bien disposé toute chose pour le déjeuner, fut averti que le cardinal lui voulait parler. Il alla aussitôt à la chambre de son hôte illustre, qui, l'ayant laissé venir tout près de lui : « Seigneur curé, » dit-il. Ces mots furent dits d'un air à lui faire comprendre que c'était le début d'un discours long et sérieux. « Seigneur curé, pourquoi n'avez-vous point uni en mariage cette jeune Lucia avec son fiancé ?

— Elles ont vidé le sac ce matin, » pensa don Abbondio, et il répondit en balbutiant : « Votre Seigneurie illustrissime aura sans doute oui parler de tous les embarras qui sont nés dans cette affaire. Ç'a été une confusion telle qu'on ne pourrait pas, même à l'heure d'aujourd'hui, voir clair dans tout cela. Votre Seigneurie illustrissime sait bien que la jeune fille n'est ici, après tant d'accidents, que comme par miracle, et l'on ne sait pas où est le jeune homme.

— Je demande s'il est vrai qu'avant tous ces malheureux événements, vous ayez refusé de célébrer le mariage quand vous en avez été requis, au jour convenu, et pourquoi ?

— Vraiment..., si Votre Seigneurie illustrissime savait... quels ordres terribles j'ai reçus de ne point parler... » Et il s'arrêta sans rien conclure, avec un air qui faisait respectueusement entendre que ce serait une indiscrétion que d'en vouloir savoir davantage.

« Mais ! dit le cardinal d'un ton et d'un air beaucoup plus sévères que de coutume, c'est votre évêque qui, par devoir et pour votre propre justification, veut apprendre de vous pourquoi vous n'avez point fait ce que, dans les événements ordinaires de la vie, vous étiez rigoureusement tenu de faire.

— Monseigneur, dit don Abbondio en se faisant tout petit, je n'ai pas du tout voulu dire...; mais il m'a semblé que, comme c'étaient des choses embrouillées, des choses déjà vieilles et aujourd'hui sans remède, il était inutile de les aller remuer... Pourtant, pourtant, dis-je, je sais que Votre Seigneurie illustrissime ne veut pas trahir un pauvre curé, parce que, voyez-vous bien, monseigneur, Votre Seigneurie illustrissime ne peut pas être partout; et moi, je reste ici, exposé... Toutefois, puisqu'elle me l'ordonne, je dirai, je dirai tout.

— Dites; je ne demande pas mieux que de vous trouver exempt de faute. »

Don Abbondio se mit alors à raconter sa douloureuse histoire; mais il supprima le nom du principal personnage, et il y substitua « un grand seigneur, » donnant ainsi à la prudence le peu qu'il lui pouvait donner en une telle extrémité.

« Et vous n'avez pas eu d'autre motif? demanda le cardinal, après avoir tout entendu.

— Je ne me suis peut-être pas assez bien expliqué. C'est sous peine de la vie qu'on m'a ordonné de ne point faire ce mariage.

— Et cette raison vous a paru suffisante pour ne pas remplir un devoir rigoureux?

— Je suis toujours obligé de faire mon devoir, même à mon plus grand détriment; mais lorsqu'il s'agit de la vie...

— Et quand vous vous êtes présenté à l'Église, dit Federigo avec un accent plus sévère encore, pour être admis au saint ministère que vous avez exercé, l'Église vous a-t-elle exempté de la vie? vous a-t-elle dit que les devoirs imposés par ce saint ministère fussent francs de tout obstacle, exempts de tout péril? ou vous a-t-elle dit que là où commencerait le danger cesserait le devoir? Ne vous a-t-elle pas dit expressément le contraire? Ne vous a-t-elle pas averti qu'elle vous envoyait comme un agneau parmi les loups? Ne saviez-vous donc pas qu'il y avait des hommes

violents à qui ce qui vous serait ordonné pouvait déplaire?
Celui de qui nous tenons la doctrine et l'exemple, à l'imitation de qui nous nous laissons nommer et nous nom-
mons pasteurs, en venant sur la terre pour en remplir le
périlleux office, a-t-il mis pour condition que sa vie serait en sûreté? Et, pour la sauver, pour la conserver, dis je,
quelques jours de plus sur la terre, en oubliant la charité
et le devoir, qu'était-il donc besoin que vous reçussiez la
sainte onction, la grâce du sacerdoce? Le monde suffit
pour donner cette vertu, pour enseigner cette doctrine.
Que dis-je? ò honte! le monde lui-même la combat. Le
monde fait aussi ses lois, qui prescrivent le bien, qui pro-
scrivent le mal; il a aussi son évangile, un évangile d'orgueil et de haine; et il ne veut pas qu'il soit dit que l'amour
de la vie soit une raison pour en transgresser les commandements. Il le veut, et il est obéi. Et nous, nous, enfants et
messagers de la promesse! que serait l'Église, si votre langage était celui de tous vos confrères? où serait-elle aujour-
d'hui, si elle s'était annoncée au monde avec ces doctrines? »

Don Abbondio tenait la tête baissée; son esprit était,
sous le poids de ces arguments, comme un poussin sous
les serres du faucon, qui le tiennent suspendu dans une
région inconnue, dans une atmosphère qu'il n'a jamais
respirée. Voyant ensuite qu'il fallait absolument répondre
quelque chose, il dit, d'un air plus soumis que persuadé :
« Monseigneur, j'ai tort. Puisqu'on ne doit pas tenir compte
de la vie, je n'ai plus rien à dire. Mais quand on a affaire
à de certaines gens qui ont la force en main et qui ne veulent pas entendre raison, je ne vois pas ce qu'on peut gagner à faire le brave. C'est un seigneur avec qui on ne
peut ni gagner la partie ni rester quitte.

— Et ne savez-vous pas que notre gain, à nous, c'est de
souffrir pour l'amour de la justice? Si vous l'ignorez, que
prêchez-vous donc? qu'enseignez-vous? Quelle est la *bonne
nouvelle* [1] que vous annoncez aux pauvres? Qui donc exige

[1] Le lecteur doit savoir que le mot Évangile (en italien *angelo*) vient
du grec, et signifie *bonne nouvelle*.

de vous que vous domptiez la force par la force? Certes il ne vous sera pas demandé, au jour du jugement, si vous avez su réprimer les méchants, car on ne vous en a donné ni la mission ni les moyens. Mais il vous sera demandé si vous avez mis en œuvre les moyens qui étaient en vous de faire ce qui vous était prescrit, même quand on aurait eu la témérité de vous le défendre.

—Ces saints sont vraiment curieux, pensait don Abbondio. Exprimez le suc de tous ses discours, vous trouverez en substance qu'il a plus à cœur l'amour des deux jeunes gens que la vie d'un pauvre prêtre. » Quant à lui, il aurait été enchanté que la conversation finît là; mais il voyait le cardinal, à chaque pause, rester dans l'attitude de quelqu'un qui attend une réponse, un aveu ou une apologie, quelque chose enfin.

« Je reviens à dire, monseigneur, répondit-il que j'ai tort. On ne peut pas se donner du courage.

— Et pourquoi donc, vous pourrais-je dire, vous êtes-vous chargé d'un ministère qui vous impose la tâche d'être en guerre avec les passions du siècle? Mais comment, vous dirai-je plutôt, comment ne pensez-vous pas que si, dans ce saint ministère, de quelque manière que vous y soyez entré, le courage vous est indispensable pour remplir vos obligations, le Très-Haut vous le donnera infailliblement quand vous le lui demanderez? Croyez-vous que les milliers de martyrs eussent naturellement du courage? qu'ils eussent naturellement du mépris pour la vie, tant de jeunes chrétiens qui commençaient à peine à en goûter les charmes, tant de vieillards qui sentaient à chaque instant qu'elle leur allait échapper, tant de jeunes vierges, tant de mères? Tous ont eu du courage parce que le courage était nécessaire, et ils se confiaient en Dieu. Connaissant votre faiblesse et vos devoirs, avez-vous songé à vous préparer aux situations difficiles où vous pouviez vous trouver, où vous vous êtes trouvé en effet? Ah! si, durant tant d'années d'exercice pastoral, vous avez aimé votre troupeau (et comment ne l'eussiez-vous pas aimé?), si vous avez fait reposer

en lui vos affections, vos soins les plus chers, vos plus
chères délices, le courage ne vous devait pas manquer au
besoin : l'amour est intrépide. Si vous aimez ceux qui sont
commis à votre garde spirituelle, ceux que vous nommez
vos enfants, si vous les aimez en effet, quand vous avez vu
deux d'entre eux menacés en même temps que vous, ah!
certes, la charité a dû vous faire trembler pour eux, comme
la faiblesse de la chair vous a fait trembler pour vous-même.
Vous vous serez humilié de cette première crainte, parce
que c'était un effet de votre misère; vous aurez imploré la
force pour la vaincre, pour la chasser loin de vous, parce
que c'était une tentation. Mais cette crainte noble et sainte
pour le prochain, pour vos enfants, vous l'aurez écoutée,
celle-là ; elle ne vous aura sans doute pas laissé un moment
de trêve; elle vous aura excité, contraint à penser, à faire
ce qui se pouvait pour détourner d'eux le péril qui les menaçait... Quelle chose vous a donc inspiré cette crainte, cet
amour? Qu'avez-vous fait pour eux? Qu'avez-vous pensé? »

Et il se tut pour attendre la réponse.

XXVI

A une telle demande, don Abbondio, qui avait eu beaucoup de peine à trouver que répondre à des questions bien
moins précises, resta sans souffler un seul mot. Il le faut
confesser, nous-même, avec ce manuscrit devant nous,
avec une plume à la main, nous qui n'avons à disputer qu'a-
vec les phrases, et qui n'avons rien autre à craindre que les
critiques de nos lecteurs, nous éprouvons une certaine répugnance à poursuivre. Nous trouvons un je ne sais quoi
d'étrange dans cette ardeur de mettre si aisément en avant
tant de beaux préceptes de courage et de charité, d'infatigable sollicitude pour les autres, de sacrifice illimité de
soi-même. Mais en pensant ensuite que ces choses étaient
dites par un homme qui les mettait à exécution, nous
avançons avec ardeur.

« Vous ne répondez pas, reprit le cardinal. Ah! si vous aviez fait, de votre part, ce que réclamaient la charité, le devoir, de quelque manière que les choses fussent allées, vous sauriez maintenant que répondre. Voyez donc vous-même ce que vous avez fait. Vous avez obéi à l'iniquité, sans vous soucier de ce que vous prescrivait le devoir. Vous lui avez obéi ponctuellement; elle s'est montrée à vous seul, pour vous signifier son désir. Mais elle voulait rester cachée à qui aurait pu se défendre, se mettre en garde contre elle; elle ne voulait pas éveiller le soupçon, elle voulait le secret pour mûrir à loisir ses projets d'embûches ou de violence : elle vous a ordonné d'enfreindre vos devoirs et de vous taire; vous les avez enfreints et vous avez gardé le silence. Je vous demande maintenant si vous n'avez rien fait de plus. Dites-moi s'il est vrai que vous ayez donné de faux prétextes à votre refus pour n'en pas révéler le motif... » Et il se tut pour attendre une réponse.

« Elles ont aussi rapporté cela, les bavardes! » pensait don Abbondio; mais il ne faisait pas mine d'avoir rien à dire. C'est pourquoi le cardinal poursuivit : « Est-il vrai que vous ayez dit à ces pauvres enfants ce qui n'était pas, pour les tenir dans l'ignorance, dans l'obscurité où les voulait l'iniquité?... Je suis donc forcé de le croire; il ne me reste donc qu'à en rougir avec vous, et à espérer que vous en pleurerez avec moi! Voyez où vous a conduit (Dieu clement! et pourtant vous l'avanciez comme une justification!), voyez où vous a conduit cette sollicitude pour votre vie mortelle. Elle vous a conduit... Combattez librement ces paroles si elles vous semblent injustes; prenez-les en humiliation salutaire si elles ne le sont pas... Elle vous a conduit à tromper les faibles, à mentir à vos enfants.

— Voilà comme vont les choses, se disait encore don Abbondio. A ce démon incarné (et il pensait à l'Inconnu), les bras au cou; et à moi, pour un tout petit, pour un demi-mensonge, des reproches à n'en plus finir. Mais ce sont nos supérieurs; ils ont toujours raison. C'est mon étoile que tout le monde en ait à moi, même les saints. »

Puis il dit à haute voix : « J'ai failli ; je vois que j'ai failli. Mais qu'avais-je à faire dans une conjoncture aussi embarrassante?

— Vous le demandez encore ! ne vous l'ai-je pas dit? et devrais-je avoir besoin de vous le dire? Aimer, mon fils ; aimer et prier. Vous auriez senti alors que l'iniquité peut bien avoir des menaces à faire, des coups à donner, mais non des commandements ; vous auriez uni, selon la loi de Dieu, ce que l'homme voulait séparer ; vous auriez prêté à ces malheureux innocents le ministère qu'ils avaient le droit de vous demander. Dieu aurait répondu des conséquences, parce qu'on avait exécuté ses ordres. Aujourd'hui que vous en avez exécuté d'autres, c'est sur vous que tombe la responsabilité. Et quelles conséquences, juste ciel !... Et que saviez-vous si tous les moyens humains vous manquaient, s'il n'y avait aucune voie ouverte à vous sauver, lorsqu'à peine vous avez regardé autour de vous, lorsque vous y avez à peine pensé, lorsque vous n'avez pas daigné la chercher un seul instant? Vous savez maintenant que ces infortunés avaient songé à leur fuite aussitôt après leur mariage, qu'ils étaient disposés à fuir loin des atteintes de cet homme, qu'ils avaient déjà choisi leur lieu de refuge. Et même sans cela, ne vous êtes-vous pas souvenu que vous aviez un supérieur? Comment oserait-il prendre l'autorité de vous réprimander pour avoir manqué à vos devoirs, s'il ne se croyait pas obligé de vous aider à les accomplir? Pourquoi n'avez-vous pas songé à informer votre évêque des obstacles qu'une infâme violence mettait à l'exercice de votre ministère?

— C'était l'avis de Perpetua, » pensait douloureusement don Abbondio, à qui, au milieu de tous ces discours, ce qui était le plus vivement présent c'était l'image de ces bravi, l'idée que don Rodrigo était vivant et bien portant, et qu'un jour ou l'autre il reviendrait glorieux, triomphant et enflammé de rage. Quoique cette dignité présente, cet aspect et ce langage le rendissent confus et lui imprimassent une certaine crainte, c'était pourtant une crainte qui

ne le subjuguait pas entièrement, et qui n'empêchait pas
sa pensée de se regimber, parce qu'il songeait qu'au bout
du compte le cardinal n'employait ni escopette, ni épée,
ni bravi.

« Comment n'avez-vous pas pensé, poursuivait Federigo,
que, si aucun autre refuge n'était ouvert à ces innocentes
victimes, je pouvais, moi, les accueillir, les mettre en lieu
de sûreté quand vous me les auriez adressées, adressées
comme des abandonnées à un évêque, comme une chose
qui lui appartenait, comme la partie la plus précieuse, je
ne dis pas de sa charge, mais de ses richesses? Et quant à
vous, je serais devenu inquiet pour vous; je n'aurais pas
pu dormir jusqu'à ce que j'eusse été sûr qu'on ne touche-
rait à pas un seul de vos cheveux. Croyez-vous que je n'aurais pas su comment, où mettre en sûreté votre vie? Mais
croyez-vous que cet homme, quelque audacieux qu'il soit,
n'aurait rien perdu de son audace quand il aurait su que
ses trames étaient connues au loin, connues de moi, que
j'y veillais, que j'étais décidé à employer pour votre défense
tous les moyens mis en ma main? Ne saviez-vous pas que,
si l'homme promet trop souvent plus qu'il ne peut tenir, il
menace aussi quelquefois plus qu'il n'ose ensuite exécuter?
Ne saviez-vous pas que l'iniquité ne se fonde pas seulement sur ses propres forces, mais bien aussi sur la crédu-
lité et sur la frayeur d'autrui?

— Juste les raisonnements de Perpetua, » pensait don
Abbondio, sans réfléchir que cette singulière rencontre de
sa servante et de Federigo Borromeo, qui tous deux portaient le même jugement sur ce qu'il aurait pu et dû faire,
était un fort argument contre lui.

« Mais vous, poursuivit le cardinal, vous n'avez vu,
vous n'avez voulu voir que votre péril charnel. Comment
a-t-il pu vous paraître assez fort pour lui tout sacrifier?

— C'est parce que je les ai vus, ces affreux visages,
laissa échapper don Abbondio; je les ai entendues, ces
horribles paroles Votre Seigneurie illustrissime parle d'or;

mais il faudrait être dans les chausses d'un pauvre prêtre et s'être trouvé à cette scène. »

A peine eut-il prononcé ces paroles, qu'il se mordit la langue. Il s'aperçut qu'il s'était trop laissé vaincre par le dépit, et il se dit tout bas : « Maintenant la grêle va pleuvoir; » mais en levant timidement les yeux, il fut tout étonné de voir cet homme, qu'il ne lui était jamais donné de deviner ni de comprendre, passer, de cet air sévère d'autorité et de réprimande, à une gravité émue et pensive.

« Ce n'est que trop vrai, dit Federigo. Telle est notre terrible et misérable condition. Nous devons exiger rigoureusement des autres ce que Dieu sait si nous serions prêts à donner. Nous devons juger, corriger, reprendre, et Dieu sait ce que nous ferions dans le même cas, ce que nous avons fait dans des cas semblables ! Mais malheur à moi si je voulais prendre ma faiblesse pour mesure du devoir d'autrui, pour règle de mon enseignement. Toutefois il est certain qu'avec les doctrines je dois donner l'exemple à mon prochain, ne me pas rendre semblable au pharisien qui impose à autrui des fardeaux énormes qu'il ne veut pas ensuite toucher du doigt. Écoutez-moi donc, mon fils, mon cher frère : les erreurs de ceux qui commandent sont plus souvent connues des autres que d'eux-mêmes. Si vous savez que j'aie par lâcheté, par respect humain, négligé quelqu'un de mes devoirs, dites-le moi franchement, faitesm'en apercevoir, afin que là où a manqué l'exemple survienne au moins une humble confession. Remontrezmoi librement mes faiblesses, et alors les paroles acquerront plus de valeur dans ma bouche, parce que vous sentirez plus vivement qu'elles ne sont pas miennes, que ce sont les paroles de celui qui peut nous donner à tous deux la force nécessaire pour faire ce qu'elles prescrivent.

— Oh ! quel saint homme, mais quel homme tourmentant ! pensait don Abbondio. Il en a à lui-même; il veut que j'examine, que je remue, que je critique, que je sonde, que je contrôle même sa vie ! » Il dit ensuite à haute voix : « Oh ! monseigneur se moque ! qui ne connaît le cœur fort, le zèle infatigable de votre Seigneurie illustrissime? » Et il ajouta en son cœur : « Beaucoup trop infatigable.

— Je ne vous demandais pas une louange qui me fait trembler, parce que Dieu connaît mes fautes, et ce que j'en connais moi-même suffit pour me confondre. Mais j'aurais voulu, je voudrais que nous nous confondissions ensemble devant lui. Je voudrais, par amour pour vous, que vous pussiez sentir combien votre conduite a été, combien votre langage est opposé à la loi que pourtant vous prêchez, et selon laquelle vous serez jugé.

— Tout tourne contre moi. Mais ces personnes qui sont venues vous rapporter la chose ne vous ont pas dit qu'elles se sont introduites chez moi par trahison, pour me surprendre et pour faire un mariage contre les règles.

— Elles me l'ont dit, mon fils; mais ce qui m'afflige, ce qui m'atterre, c'est de voir que vous cherchiez encore à vous excuser, que vous pensiez vous excuser en accusant, que vous accusiez votre prochain de ce qui devrait faire partie de votre confession. Qui a mis ces infortunés, je ne dis pas dans la nécessité, mais dans la tentation de faire ce qu'ils ont fait? Auraient-ils cherché cette voie irrégulière si la voie légitime ne leur avait pas été fermée? Auraient-ils songé à tendre des piéges à leur pasteur s'ils avaient été reçus dans ses bras, aidés, conseillés par lui? à le surprendre, s'il ne s'était pas caché? Et vous voulez leur en faire supporter le poids! et vous vous indignez de ce que, après tant de malheurs, que dis-je? au milieu même du malheur, ils aient laissé échapper un mot de soulagement devant leur pasteur et le vôtre! Que les réclamations de l'opprimé, les plaintes de l'affligé soient odieuses au monde, cela est ainsi; mais nous! Et de quel avantage vous aurait été leur silence? Auriez-vous gagné à ce que leur cause allât tout entière au jugement de Dieu? N'est-ce pas pour vous une nouvelle raison d'aimer ces personnes (et vous en avez déjà tant d'autres!) qui vous ont donné l'occasion d'entendre la voix sincère de votre pasteur, qui vous ont donné un moyen de mieux connaître et d'acquitter en partie la grande dette que vous avez contractée envers elles? Ah! si elles vous avaient provoqué, offensé, tourmenté, je vous dirais (et devrais-je avoir besoin de vous le dire?) je vous dirais de les aimer précisément à cause de cela. Aimez-les donc parce qu'elles ont souffert, parce qu'elles souffrent; aimez-les parce qu'elles font partie de votre troupeau, parce qu'elles sont faibles, parce que vous avez besoin d'un pardon, et, pour l'obtenir, pensez de quelle force peut être leur prière! »

Don Abbondio gardait le silence, mais non plus ce silence de dépit d'un homme qu'on ne saurait persuader : il se taisait comme un homme qui a plus de choses à penser qu'à dire. Les paroles qu'il entendait étaient des conséquences inattendues, une application nouvelle d'une doctrine pourtant ancienne dans son esprit, et qu'il ne contestait pas. Le mal de son prochain, que la peur qu'il éprouvait pour lui-même l'avait toujours empêché de considérer, lui faisait maintenant une impression nouvelle. S'il ne sentait pas tous les remords que la remontrance voulait produire, à cause de cette maudite peur qui était toujours là pour jouer le rôle de défenseur officieux, il éprouvait du moins un secret déplaisir de soi-même, une certaine pitié pour les autres, un mélange de tendresse et de honte. C'était, s'il est permis de faire cette comparaison, comme la mèche humide et ramassée d'une chandelle, qui, présentée à la flamme d'un grand flambeau, commence par fumer, petille, semble s'y refuser; mais elle finit par s'allumer et brûle bien ou mal. Don Abbondio se serait hautement accusé, il aurait gémi de sa conduite, sans la pensée de don Rodrigo; toutefois, il se montra assez ému pour que le cardinal se pût apercevoir que ses paroles n'avaient pas été sans effet.

« Maintenant, poursuivit Federigo, l'un est fugitif loin de sa maison, l'autre sur le point de l'abandonner; tous deux n'ont que trop de raisons de s'en tenir éloignés sans aucune probabilité de s'y voir jamais réunis. Maintenant, hélas! ils n'ont plus besoin de vous; maintenant, hélas! vous n'avez plus d'occasion de leur faire du bien, et nos

courtes prévisions ne peuvent rien conjecturer de l'avenir.
Mais qui sait si Dieu, dans sa miséricorde, ne vous en prépare pas l'occasion? Ah! ne la laissez pas échapper! recher-
chez-la, épiez-la; suppliez-le de la faire naître.

— Je n'y manquerai pas, monseigneur, je n'y manquerai
pas, je vous assure, répondit don Abbondio avec un accent
qui partait du cœur.

— Ah! oui, mon fils, oui! s'écria Federigo avec une dignité affectueuse, le ciel sait combien j'aurais désiré de
vous tenir d'autres discours. Tous deux nous avons déjà
longuement cheminé dans la vie. Le ciel sait s'il m'a été
dur d'attrister votre vieillesse par des reproches. Combien
j'aurais mieux aimé nous consoler mutuellement de nos
soins communs, de nos peines, en parlant de la céleste
espérance où nous touchons déjà de si près! Dieu fasse que
les discours que j'ai été forcé de vous tenir nous servent à
tous deux! Faites qu'il ne me demande pas compte en ce
jour terrible de vous avoir maintenu dans un ministère où
vous avez failli. Réparons le temps perdu; la mi-nuit approche; l'époux ne peut tarder; tenons nos lampes allu-
mées. Offrons à Dieu nos cœurs vides et misérables, pour
qu'il lui plaise de les remplir de cette charité qui rachète le
passé, qui assure l'avenir, qui craint et espère, s'alarme et
se réjouit avec sagesse; qu'il nous donne en toute occasion
la vertu dont nous avons besoin. »

Il dit, et se leva. Don Abbondio le suivit.

Ici notre anonyme nous avertit que cet entretien n'est
pas le seul qu'eurent entre eux ces deux personnages, et
que Lucia ne fut pas le seul sujet de leurs entretiens; mais
il s'est borné à celui-ci, pour ne pas trop s'écarter de l'objet principal de son récit. C'est pour le même motif qu'il
ne fait pas mention d'autres choses très-remarquables dites
ou faites par Federigo dans le cours de sa visite. Il se tait
sur ses largesses, sur de vieilles haines entre des hommes,
des familles, des villages entiers, qu'il eut le bonheur d'é-
teindre, ou, ce qui n'arrive, hélas! que trop souvent, d'assoupir seulement; sur quelques bravaches ou petits tyrans

qu'il parvint à apaiser ou pour quelque temps ou pour toujours : toutes choses qui ne manquaient pas d'arriver plus ou moins dans tous les lieux du diocèse où cet excellent homme faisait quelque séjour.

Il raconte ensuite comment, le matin suivant, donna Prassede vint, ainsi qu'on en était convenu, pour chercher Lucia et rendre ses devoirs au cardinal. Celui-ci loua beaucoup la jeune fille et la lui recommanda chaudement. Lucia se sépara de sa mère, je vous laisse à penser avec combien de larmes ; elle sortit de sa chaumière, et dit pour la seconde fois adieu à son pays. Mais celui qu'elle avait reçu de sa mère ne devait pas être le dernier, car donna Prassede avait annoncé qu'on séjournerait encore quelques jours à sa villa, qui n'était pas fort éloignée, et Agnese promit à sa fille d'y aller pour donner et recevoir un plus douloureux adieu.

Le cardinal était aussi sur le point de partir pour se rendre à une autre paroisse, quand le curé du village où était situé le château de l'Inconnu arriva et demanda à lui parler. Après avoir été introduit, il présenta un petit paquet et une lettre de ce seigneur, par laquelle il priait Federigo de faire accepter à la mère de Lucia cent scudi d'or qu'apportait le curé pour servir de dot à la jeune fille, ou pour tel autre usage qu'elles jugeraient toutes deux convenable. Il le priait en même temps de leur dire que si jamais, et pour quelque motif que ce fût, elles croyaient qu'il leur pût rendre service, la pauvre enfant ne savait que trop où il était ; quant à lui, ce serait un des événements les plus heureux et les plus désirés de sa vie. Le cardinal fit aussitôt appeler Agnese, et lui fit part de la commission qu'il avait reçue. Celle-ci l'écouta dire avec autant de surprise que de joie. Il lui présenta le rouleau, qu'elle se laissa mettre sans trop de façons dans la main. « Que Dieu le rende à ce signore, dit-elle ; que Votre Seigneurie illustrissime l'en remercie bien ; mais qu'elle n'en dise rien à personne, parce que nous habitons un certain pays... Excusez-moi, voyez-vous ! Je sais bien qu'un homme comme vous ne va pas bavarder sur de semblables choses; mais... vous m'entendez. »

Elle retourna vite au logis, s'enferma dans sa chambre et défit le rouleau. Bien qu'elle y fût préparée, elle s'émerveillait à voir en un monceau en son pouvoir une aussi grande quantité de ces ruspi[1], qu'elle avait vus si rarement et toujours un à un. Elle les compta, eut beaucoup de peine à les remettre ensemble, à les empiler tous l'un sur l'autre, parce qu'à chaque instant ils s'échappaient de ses doigts novices. Elle en fit du mieux qu'elle put un petit rouleau, l'enveloppa dans un chiffon qu'elle lia bien soigneusement d'une ficelle, puis elle l'alla cacher dans un coin de sa paillasse. Le reste du jour elle ne fit que rêvasser, former des projets pour l'avenir, et soupirer après le lendemain. Elle se mit au lit et resta quelque temps éveillée, tourmentée par l'idée de l'or qu'elle avait sous elle; endormie, elle le vit en songe. Elle se leva au point du jour, et se mit aussitôt en route pour la villa où se trouvait Lucia.

La répugnance qu'elle éprouvait à parler de son vœu n'était nullement affaiblie dans le cœur de la jeune fille; elle résolut pourtant de se faire violence, et de s'en ouvrir avec sa mère dans cet entretien qui devait être pour longtemps le dernier.

A peine purent-elles être seules, qu'Agnese, le visage enflammé, et pourtant à voix basse, comme s'il y avait eu quelqu'un dont elle craignît de se faire entendre : « J'ai à te donner, dit-elle, une grande nouvelle; » et elle se mit à lui raconter cette aventure inespérée.

« Que Dieu bénisse ce seigneur! dit Lucia, vous avez maintenant de quoi vivre heureuse, et vous pourrez même faire du bien.

— Comment! tu ne vois pas que de choses nous pouvons faire avec tant d'argent! Écoute : je n'ai que toi, je n'ai que vous deux au monde, veux-je dire, car dès l'instant que Renzo a commencé à te parler[2], je l'ai regardé comme

<hr>

[1] Séquins.

[2] *Parler*, pour *court ser*. C'est une locution en usage chez le peuple.

mon fils. Le tout est qu'il ne lui soit point arrivé de disgrâce, à voir qu'il ne donne pas signe de vie. Mais bon!
est-ce que tout doit mal aller? Espérons que non, espé-
rons-le. Pour moi, j'aurais désiré de laisser mes os dans
mon pays; mais maintenant que tu n'y peux plus rester à
cause de ce brigand, bien plus! rien qu'à penser qu'il serait près de moi, j'ai pris mon pays en dégoût. J'étais décidée, jusqu'ici, à aller avec vous autres, même au bout
du monde; mais sans argent comment faire? Ce pauvre
enfant avait mis quelques sous de côté avec beaucoup de
peine, au prix de beaucoup d'économies : la justice est
venue et elle a fait place nette; mais, en récompense,
Dieu nous a envoyé une fortune. Ainsi donc, quand il aura
trouvé moyen de faire savoir s'il est vivant et où il est, et
quelles sont ses intentions, je t'irai chercher à Milan, moi,
j'irai t'y chercher. Autrefois je n'y aurais pas pensé, mais
le malheur donne de l'audace et de l'expérience. J'ai été
jusqu'à Monza, et je sais ce que c'est que de voyager. Je
prends avec moi un homme de résolution, un parent,
comme qui dirait Allessio de Maggianico; je vais à Milan
avec lui, nous faisons les frais, et... Comprends-tu?... »

Mais elle s'aperçut qu'au lieu de s'animer, Lucia pouvait
à peine cacher son trouble, et qu'elle ne montrait qu'une
tendresse sans consolation. Elle n'acheva pas son discours,
et dit : « Mais qu'as-tu donc? n'es-tu pas de mon avis?

— Pauvre maman! » s'écria Lucia en lui jetant un bras
autour du cou, et cachant dans son sein son visage baigné
de larmes.

« Qu'as-tu? lui demanda sa mère tout alarmée.

— J'aurais dû vous le dire plus tôt; mais je n'en ai pas
eu le cœur. Ayez pitié de moi.

— Mais parle, parle donc.

— Je ne peux plus être la femme de ce pauvre malheureux!

— Comment? comment? »

Lucia, la tête baissée, respirant à peine, suffoquée par
ses larmes, qu'elle laissait couler sans songer à gémir,

comme quelqu'un qui raconte une infortune sans remède, confessa enfin le vœu qu'elle avait fait. Elle joignit les mains, demanda de nouveau pardon à sa mère de lui en avoir fait jusqu'alors un mystère. Elle la conjura de n'en parler à personne au monde, de lui prêter son aide, de lui faciliter les moyens d'accomplir ce qu'elle avait promis.

Agnese resta stupéfaite et consternée. Elle voulait se fâcher du silence que sa fille avait gardé envers elle ; mais les graves pensées que faisait naître cette circonstance étouffèrent son ressentiment. Elle voulut d'abord blâmer sa résolution ; mais il lui sembla que ce serait quereller le ciel, d'autant plus que Lucia lui dépeignait de nouveau et plus vivement que jamais cette nuit affreuse, sa noire désolation et son salut inespéré : c'était alors qu'elle avait fait sa promesse, si expresse, si solennelle. Agnese écoutait attentivement, et cent exemples qu'elle avait ouï raconter souvent, qu'elle-même avait racontés à sa fille, cent exemples de châtiments étranges et terribles occasionnés par la violation de quelque vœu, lui revenaient en mémoire. Ce premier étonnement passé, elle lui dit : « Que feras-tu maintenant ?

— C'est le Seigneur que ce soin regarde, le Seigneur et la Madone. Je me suis mise dans leurs mains : ils ne m'ont pas abandonnée jusqu'ici, ils ne m'abandonneront pas maintenant que... La grâce que je demande au Seigneur, la seule grâce, après le salut de mon âme, c'est qu'il me fasse retourner auprès de vous. Il me l'accordera, oui, il me l'accordera. Ce jour fatal... dans cette voiture... Ah ! très-sainte Vierge !... Ces hommes !... Qui m'aurait dit que je me trouverais le lendemain avec vous !

— Mais n'en pas parler tout de suite à ta mère !

— Ayez pitié de moi ! je n'en avais pas le cœur... Que servait de vous affliger quelques jours plus tôt ?

— Et Renzo ? dit Agnese en secouant la tête.

— Ah ! s'écria Lucia en tressaillant, je ne dois plus penser à ce pauvre malheureux. Dieu ne nous avait pas destinés... Vous voyez comme il semble qu'il nous ait voulu séparer. Et qui sait?... Mais, non, non : le Seigneur l'aura préservé de tout danger, et il le rendra peut-être plus heureux sans moi.

— Mais en attendant, si tu ne t'étais pas liée pour jamais, pourvu qu'il ne fût arrivé aucun malheur à Renzo, avec cet argent j'aurais trouvé remède à tout le reste.

— Mais cet argent serait-il venu si je n'avais passé cette terrible nuit?... C'est Dieu qui a voulu que tout allât ainsi : que sa volonté soit faite! » Et la voix de Lucia s'éteignit dans les larmes.

A cet argument inattendu Agnese resta pensive. Après quelques moments de silence, Lucia, en comprimant ses sanglots, reprit : « Maintenant que la chose est faite, il s'y faut soumettre de bon cœur. Et vous, pauvre maman, vous me pouvez aider, d'abord en priant le Seigneur pour votre pauvre fille, ensuite... Il faut bien que ce pauvre malheureux le sache. Pensez-y, de grâce ; faites-moi encore cette charité, car vous y pouvez penser, vous. Quand vous saurez où il est, faites-lui écrire, trouvez un homme..., justement votre cousin Alessio, qui est prudent, charitable, qui nous a toujours voulu du bien, et qui ne jasera pas. Faites-lui écrire par Alessio la chose comme elle est, où je me suis trouvée, combien j'ai souffert ; dites-lui que Dieu l'a voulu ainsi ; qu'il mette son cœur en paix ; que je ne peux jamais, jamais, appartenir à un homme. Faites-lui bien comprendre la chose ; expliquez-lui que j'ai promis, que j'ai fait vœu... Quand il saura que j'ai promis à la Madone... Il a toujours été pieux... Et vous, dès que vous aurez de ses nouvelles, faites-moi écrire, faites-moi savoir qu'il est sain et sauf... et ne me faites rien savoir de plus. »

Agnese, tout attendrie, assura sa fille que tout se ferait selon ses désirs.

« Je voudrais vous dire une autre chose. Ce qui est arrivé à cet infortuné ne lui serait point arrivé s'il n'avait pas eu le malheur de penser à moi. Il est errant, fugitif ; on lui a fait perdre toutes ses avances ; on lui a ravi tout ce qu'il possédait, les épargnes qu'il avait faites, le pauvre malheureux! vous savez pourquoi... Et nous, nous avons tant d'argent! Oh, maman! puisque le Seigneur nous a envoyé du bien, et que ce pauvre malheureux... Vous le regardez comme votre fils... Oh! partagez, partagez avec lui. Tâchez de trouver un homme sûr, et envoyez-lui-en la moitié. Dieu sait comme il en a besoin :

— Eh bien! que crois-tu donc? répondit Agnese. Oui, je le ferai. Pauvre enfant! Et pourquoi penses-tu que je fusse si contente de cet argent? Mais... j'étais venue ici toute contente, moi. Suffit : je le lui enverrai. Pauvre enfant! Mais lui aussi... Je sais ce que je dis. Assurément, l'argent fait plaisir à qui en a besoin; mais cet argent ne sera pas celui qui le fera engraisser. »

Lucia rendit grâce à sa mère de cette prompte et libérale condescendance avec une gratitude, avec une effusion à faire penser à qui l'aurait observée que son cœur tenait encore à Renzo peut-être plus qu'elle ne le croyait elle-même.

« Et sans toi que ferai-je, moi, pauvre femme? » dit Agnese en pleurant à son tour.

« Et moi sans vous, ma pauvre maman, et dans une maison étrangère? Là-bas, dans ce Milan!... Mais le Seigneur sera avec toutes deux, et il nous réunira. Dans huit ou neuf mois nous nous reverrons; d'ici là, et même auparavant, j'espère qu'il aura arrangé les choses pour nous consoler. Laissons-le faire. Je demanderai sans cesse cette grâce à la Madone. Si j'avais quelque autre chose à lui offrir, je le ferais; mais elle est si miséricordieuse, qu'elle me l'octroiera en don. »

La mère et la fille se séparèrent enfin tout en larmes, en se promettant l'une et l'autre de se revoir l'automne prochain au plus tard; comme si cela dépendait d'elles, et comme l'on fait toujours en semblable occurrence.

Cependant un long laps de temps s'écoula avant qu'Agnese pût rien apprendre du sort de Renzo : il ne venait de lui ni lettre ni message; les gens du village ou des en-

virons à qui elle en pouvait demander n'en savaient pas
plus qu'elle.

Elle n'était pas la seule qui fît en vain une telle recherche. Le cardinal Federigo n'avait pas dit, pour la
forme, à nos deux pauvres femmes, qu'il voulait prendre
des informations sur le pauvre jeune homme : il avait écrit
aussitôt pour en avoir. Quand il fut à Milan, de retour de
sa visite diocésaine, il reçut une réponse où on lui disait
qu'on n'avait pu rien découvrir sur cet homme ; qu'il avait
bien fait un long séjour dans tel pays, où il n'avait rien
donné à dire, mais qu'un beau matin il en avait disparu à
l'improviste ; qu'un sien parent qui lui avait donné l'hospitalité ne savait pas ce qu'il était devenu, et ne pouvait
que répéter certains bruits en l'air et contradictoires qui
couraient. Le jeune homme s'était enrôlé pour le Levant ;
il était passé en Allemagne, il avait péri en traversant
un fleuve. On ajoutait qu'au reste on ne manquerait pas
d'être aux aguets s'il venait jamais quelque nouvelle plus
fondée, pour en faire aussitôt part à Sa Seigneurie illustrissime et révérendissime.

Plus tard, ces bruits et quelques autres semblables se
répandirent dans le territoire de Lecco, et arrivèrent par
conséquent aux oreilles d'Agnese. La pauvre femme faisait
tout son possible pour découvrir lequel était le vrai, pour
remonter à la source ; mais elle ne parvenait jamais à
trouver rien de plus que des on dit, qui pourtant, à l'heure
d'aujourd'hui, suffisent pour attester tant de choses. Quelquefois, à peine lui avait-on conté une nouvelle, que quelqu'un arrivait, et lui disait qu'elle n'était nullement vraie,
mais c'était pour lui en donner une autre également
étrange ou sinistre. Ce n'étaient que des contes. Voici
le fait.

Le gouverneur de Milan, lieutenant général d'Italie,
don Gonzalo Fernandez de Cordoue, s'était plaint amèrement au seigneur résident de Venise à Milan de ce qu'un
brigand, un scélérat, un provocateur au pillage et au mas-
sacre, le fameux Lorenzo Tramaglino, qui, dans les mains

mêmes de la justice, avait excité une rébellion pour échapper à la force, eût été accueilli et reçu sur le territoire bergamasque. Le résident avait répondu qu'il n'en savait rien ; qu'il en écrirait à Venise pour pouvoir donner quelque éclaircissement à Son Excellence.

On avait pour maxime à Venise de seconder et d'entretenir le penchant qu'avaient les ouvriers en soie milanais à s'établir dans le territoire bergamasque ; de faire qu'ils y trouvassent beaucoup d'avantages, et, par-dessus toute chose, la sûreté, sans laquelle il n'y a point de bien en ce monde. C'est pourquoi Bortolo fut averti en confidence, on ne sait par qui, que Renzo n'était pas bien dans ce pays, et qu'il ferait sagement de le placer dans quelque autre fabrique, en lui faisant même changer de nom pour quelque temps. Bortolo comprit le fin de la chose, et il ne s'amusa pas à faire des objections ; il conta le cas au cousin, l'emmena avec lui dans une petite voiture, le conduisit dans une autre filature distante de celle-ci d'environ quinze milles, et le présenta, sous le nom d'Antonio Rivolta, au maître, qui était aussi natif de l'État de Milan, et son ancienne connaissance. Celui-ci, bien que les temps fussent durs, ne se fit pas prier pour recevoir un ouvrier qui lui était recommandé comme honnête et habile par un galant homme intelligent. Il n'eut ensuite qu'à se louer de l'acquisition, si ce n'est toutefois que dans le principe le jeune homme lui avait paru un peu étourdi de sa nature, parce que, lorsqu'on l'appelait Antonio, le plus souvent il ne répondait pas.

Peu de temps après, un ordre vint de Venise, en style assez doux, au capitaine de Bergame, de s'informer et de donner avis si dans sa juridiction, et notamment dans tel village, se trouvait un tel individu. Le capitaine, ayant fait ses diligences de la manière qu'il avait compris qu'on les désirait, transmit une réponse négative, qui fut transmise au résident à Milan, pour qu'il la transmît à don Gonzalo Fernandez de Cordoue.

Les curieux ne manquèrent pas qui voulurent savoir de

Bortolo pourquoi ce jeune homme n'y était plus et où il était allé. A la première demande, celui-ci répondit : « Mais! il a disparu. » Pour se débarrasser des plus obstinés, sans leur laisser rien soupçonner de ce qui était en effet, il avait jugé à propos de les régaler l'un après l'autre des nouvelles que nous avons rapportées. Il ne les donnait pourtant que comme des choses incertaines qu'il avait lui-même ouï raconter, sans en avoir la moindre certitude.

Mais quand la demande lui fut faite par ordre du cardinal, sans le nommer, et avec un certain air d'importance et de mystère, en laissant entendre que c'était d'un grand personnage, Bortolo ne fit que devenir plus inquiet, et il jugea prudent de s'en tenir à sa méthode ordinaire de répondre. Bien plus, comme il s'agissait d'un grand personnage, il donna à la fois les nouvelles qu'il avait fabriquées une à une en ces diverses occurrences.

Qu'on ne croie pas toutefois que don Gonzalo, un seigneur de cette sorte, en voulût personnellement à un pauvre ouvrier montagnard; qu'on ne croie pas qu'informé peut-être de son irrévérence et des mauvais propos que le drôle avait tenus sur son roi maure enchaîné par la gorge, il en voulût tirer vengeance, ni qu'il le crût un sujet assez dangereux pour le poursuivre même dans sa fuite, pour ne le pas laisser vivre même au loin, comme le sénat romain avec Annibal. Don Gonzalo avait trop de grandes affaires dans la tête pour prendre souci des actions de Renzo ; et s'il parut qu'il en prît, cela vint d'un concours singulier de circonstances par lesquelles le pauvre diable, sans le vouloir et sans le savoir, ni alors, ni jamais, se trouva comme un fil très-délié et invisible attaché à ces nombreuses et importantes affaires.

XXVII

Nous avons déjà eu plus d'une fois occasion de parler de la guerre qui fermentait alors pour la succession aux

États du duc Vincenzo Gonzague, deuxième du nom ; mais cela nous est toujours arrivé dans des moments de presse, et nous n'en avons pu dire que quelques mots à la dérobée. Maintenant pourtant il faut, pour l'intelligence de notre récit, que nous entrions là-dessus dans quelques détails. Ce sont toutes choses connues de quiconque sait un peu d'histoire ; mais comme, par un juste sentiment de nous-même, nous devons supposer que cet ouvrage ne pourra être lu que par les ignorants, il ne sera pas mal que nous en disions ici autant qu'il suffit pour en donner une légère teinture à qui en aurait besoin.

Nous avons dit qu'à la mort de ce duc, son plus proche héritier, Charles Gonzague, chef d'une branche cadette transplantée en France, où il possédait les duchés de Nevers et de Rethel, était entré en possession de Mantoue ; nous ajoutons maintenant du Montferrat : la précipitation nous avait fait omettre cette autre circonstance. Le ministre espagnol, qui voulait à tout prix (nous avons aussi dit cela) exclure de ces deux fiefs le nouveau prince, et avait besoin d'une raison quelconque pour l'en exclure (parce qu'une guerre faite sans une raison serait par trop injuste), avait pris parti pour ceux qui prétendaient avoir à Mantoue un autre Gonzague Ferrante, prince de Guastalla dans le Montferrat, Charles-Emmanuel Ier, duc de Savoie, et Marguerite Gonzague, duchesse douairière de Lorraine. Don Gonzalo, qui était de la maison du grand capitaine[1] dont il portait le nom, et qui avait déjà fait la guerre en Flandre, désireux outre mesure d'en diriger une en Italie, était peut-être celui qui faisait le plus d'efforts pour qu'elle s'entreprît. En interprétant les intentions et en outre-passant les ordres du ministre, il avait, en attendant, conclu avec le duc de Savoie un traité d'invasion et de partage du Montferrat ; il en avait ensuite aisément obtenu la ratification du comte-duc, en lui persuadant que l'acquisition de Casal, qui était le point le plus défendu de la portion accordée au roi d'Espagne, était extrêmement fa-

____
[1] Gonzalve de Cordoue.

rile; il protestait pourtant, au nom de son souverain, de ne vouloir occuper le pays qu'à titre de dépôt jusqu'à la sentence de l'empereur. Celui-ci avait refusé l'investiture au nouveau duc, et lui avait ordonné de lui laisser en séquestre les États qui faisaient le sujet de la querelle; il promettait, après avoir entendu les parties, de les remettre à qui de droit. Le duc de Nevers n'avait pas voulu se plier à ces conditions.

Le duc avait au reste de hautes et puissantes amitiés; il était soutenu par le cardinal de Richelieu, le sénat de Venise et le pape. Mais le premier, absorbé alors tout entier par le siège de La Rochelle, embarrassé dans une guerre avec l'Angleterre, traversé par le parti de la reine mère Marie de Médicis, qui, pour certaines raisons particulières, était contraire à la maison de Nevers, ne pouvait donner que des espérances. Les Vénitiens ne voulaient pas bouger, ni même se déclarer, avant qu'une armée française ne fût arrivée en Italie; et en aidant sous main le duc de tout leur pouvoir, ils se tenaient, à l'égard de la cour de Madrid et du gouvernement de Milan, sur les protestations, les propositions, les exhortations pacifiques ou menaçantes, selon les circonstances. Urbain VIII recommandait le duc de Nevers à ses amis, il intercédait en sa faveur auprès de ses adversaires, il faisait des propositions de paix; mais pour mettre des soldats en campagne, il n'en voulait pas entendre parler.

Les deux alliés purent donc commencer avec sécurité leur entreprise. Charles-Emmanuel était entré dans la portion du Montferrat qui lui avait été dévolue. Don Gonzalo avait mis avec joie le siége devant Casal; mais il n'y trouvait pas toute la satisfaction qu'il s'y était promise, car à la guerre tout n'est pas rose. La cour ne le servait pas, tant s'en faut, de tous les moyens qu'il demandait; son allié ne le servait que trop : je veux dire qu'après avoir pris sa portion, il allait rognant aussi celle qui avait été assignée au roi d'Espagne. Don Gonzalo enrageait plus qu'on ne peut dire; mais craignant, s'il faisait le moindre bruit,

que ce duc, aussi actif en intrigues que mobile dans la foi
jurée et que brave les armes à la main, ne se rejetât du
côté de la France, il était contraint de fermer les yeux, de
ronger son frein, et de lui faire bon visage. Le siége allait
mal, traînait en longueur, et souvent prenait une fort mauvaise tournure, soit par la contenance ferme, habile, résolue, des assiégés, soit à cause du petit nombre de soldats
qu'il avait, et, au dire de quelques historiens, à cause de
beaucoup de sottises qu'il faisait. Ce fut sur ces entrefaites
que lui parvint la nouvelle de la sédition de Milan, qui
l'obligea d'accourir en personne.

Dans le rapport qu'on lui en fit, on ne manqua pas de
mentionner la fuite de Renzo, cette fuite séditieuse qui
avait fait tant d'éclat, et les faits vrais et supposés qui
avaient causé son arrestation ; on lui dit aussi que cet
homme s'était réfugié dans le territoire de Bergame. Cette
circonstance attira l'attention de don Gonzalo. Il était informé de toutes parts combien à Venise on avait pris intérêt à l'émeute de Milan ; comment, dans le principe, on
avait cru qu'il serait obligé à cause de cela de lever le
siége, et comment on tenait toujours qu'il en était abattu
et en grand souci. Ajoutez à cela qu'immédiatement après
cet événement était arrivée la nouvelle, tant désirée par le
sénat et tant redoutée par Gonzalo, de la reddition de La
Rochelle. Piqué au vif, et comme homme et comme politique, que le sénat eût une telle opinion de lui, il épiait la
moindre occasion de leur remettre en mémoire et de leur
persuader, par voie d'induction, qu'il n'avait rien perdu de
son ancienne hardiesse ; car dire en termes exprès : « Je
n'ai pas peur, » c'est ne rien dire. Un bon moyen, c'est de
faire le fâché, de se plaindre, de réclamer. Et pour cela le
résident de Venise étant venu lui rendre ses devoirs et
essayer en même temps de lire dans ses traits et dans son
maintien ce qui se passait dans son âme, don Gonzalo,
après avoir parlé du tumulte légèrement et en homme qui
a déjà tout réparé, fit cette sortie que vous savez sur Renzo.
Vous savez aussi ce qui en avint. Après quoi il ne s'oc-

cupa plus d'une affaire aussi minutieuse, et, quant à lui, entièrement terminée. Lorsque ensuite, longtemps après, la réponse lui parvint à son camp sous Casal, où il était retourné et où il avait tout autre chose dans l'esprit, il haussa et remua la tête comme un ver à soie qui cherche la feuille de mûrier. Il réfléchit un instant pour se mieux rappeler ce fait, dont il n'avait plus qu'une idée confuse ; il s'en ressouvint, eut une idée vague et fugitive du personnage, passa à une autre chose et n'y pensa plus.

Mais Renzo, qui était loin de soupçonner cela, n'eut longtemps d'autre pensée, d'autre étude que de vivre caché. Je vous laisse à penser s'il désirait ardemment d'envoyer de ses nouvelles à ses dames et d'en avoir d'elles ! Mais il y avait deux grandes difficultés. Il fallait d'abord qu'il se confiât à un secrétaire, car le pauvre diable ne savait ni écrire, ni même lire, dans le sens rigoureux du mot. Si, interrogé là-dessus, comme vous vous le rappelez peut-être, par le docteur Azzecca Garbugli, il avait répondu que oui, ce n'était point du tout pour se vanter, pour faire le fier, comme il dit : le fait est qu'il savait un peu lire la lettre moulée en y mettant le temps ; l'écriture, c'était une autre affaire. 1. lui fallait donc mettre un tiers dans la confidence de ses affaires et d'un secret aussi dangereux. On ne trouvait pas aisément alors un homme qui sût tenir la plume, et à qui l'on se pût fier, surtout dans un pays où il n'avait pas de vieilles connaissances. L'autre difficulté, c'était de trouver aussi un courrier, un homme qui allât précisément de ce côté, qui se voulût charger de la lettre, et se donner la peine de la remettre : c'étaient toutes choses difficiles à trouver dans un seul homme.

Enfin, à force de chercher et de tâtonner, il trouva quelqu'un qui écrivit pour lui. Mais comme il ne savait pas si ses dames étaient encore à Monza, ni où elles pouvaient être, il jugea à propos d'enfermer la lettre pour Agnese dans un pli à l'adresse du père Cristoforo, avec deux lignes pour lui. L'écrivain se chargea aussi de faire parvenir le pli ; il le remit à un homme qui devait passer tout près

de Pescarenico. Celui-ci le laissa, avec beaucoup de re-
commandations, dans une auberge de la route, à l'endroit
le plus voisin. Comme le pli était adressé à un couvent, il
y parvint ; mais on n'a jamais su ce qu'il était devenu.
Renzo, ne recevant point de réponse, fit faire une autre
lettre à peu près semblable à la première, et l'enferma dans
une seconde adressée à un de ses parents à Lecco. On chercha un autre porteur : on le trouva. Cette fois la lettre
arriva à son adresse. Agnese courut à Maggianico, se la fit
lire et expliquer par cet Alessio, son cousin ; elle concerta
avec lui une réponse qu'il coucha par écrit : on trouva le
moyen de la faire parvenir à Antonio Rivolta au lieu de sa
demeure. Tout cela pourtant ne se fit pas aussi vite que
nous le racontons. Renzo reçut la réponse, et avec le temps
il envoya la réplique. Bref, il s'établit des deux côtés une
correspondance peu rapide, peu régulière sans doute, mais
soutenue.

Pour avoir une idée de cette correspondance, il faut savoir un peu comment allaient alors ces sortes de choses, et
même comment elles vont encore, parce que je crois qu'en
ceci il n'y a presque rien de changé.

Le paysan qui ne sait pas écrire et qui pourtant se voit
dans la nécessité de le faire, s'adresse à quelqu'un qui possède cet art, en le prenant, autant que possible, parmi les
gens de sa condition, parce qu'il a peu de confiance aux
autres. Il l'informe, avec plus ou moins d'ordre et de clarté,
des antécédents, et il lui expose de la même manière ce
ce qu'il faut écrire. Le lettré, partie en comprenant et partie en devinant, donne quelque conseil, propose quelque
changement, dit : « Laissez-moi faire, » prend la plume,
traduit, comme il peut, de la langue parlée en la langue
écrite, l'idée qu'il a reçue, la corrige à sa manière, la travaille, l'améliore, l'ébrèche quelquefois, va même jusqu'à
l'omettre, selon qu'il lui semble que cela tournera mieux
à la chose, parce que, et il n'y a pas de remède, tout homme
qui en sait plus que les autres ne veut pas être un instrument matériel entre leurs mains ; et quand il entre dans

les affaires d'autrui, il veut aussi les faire à sa guise. Avec tout cela le lettré ne parvient pas toujours à dire tout ce qu'il voudrait dire ; il lui arrive quelquefois de dire tout le contraire : cela nous arrive même à nous qui écrivons des livres. Quand la lettre ainsi confectionnée parvient aux mains du correspondant, qui n'a pas non plus l'habitude de l'écriture, il la porte à un autre savant du même calibre, qui la lui lit et la lui explique. Des difficultés s'élèvent sur la manière de l'entendre, parce que l'intéressé, en se fondant sur la connaissance des faits antécédents, prétend que certains mots veulent dire une chose ; le lecteur, tout entier à l'habitude qu'il a de la composition, prétend qu'ils en veulent dire une autre. Finalement il faut que celui qui ne sait pas se mette dans les mains de celui qui sait, et le charge de la réponse. Celle-ci, faite dans le même genre que la première lettre, va ensuite courir les chances d'une semblable interprétation. Que si, par événement, le sujet de la correspondance est un peu scabreux, si l'on y traite d'affaires secrètes qu'on ne veut pas laisser entendre à un tiers, de peur que la lettre ne tombe en de mauvaises mains ; si, à cause de cela, on y met aussi l'intention de ne pas dire bien clairement les choses, alors, pour peu que la correspondance dure, les parties finissent par s'entendre entre elles comme deux écoliers qui disputent depuis quatre heures sur l'éthique. Nous faisons cette comparaison pour n'en pas emprunter une aux choses du jour, de peur d'attraper quelques horions.

Or le cas de nos deux correspondants était précisément celui que nous avons dit. La première lettre écrite au nom de Renzo contenait beaucoup de détails. D'abord, outre un récit de sa fuite, beaucoup plus concis sans doute, mais encore beaucoup plus mal arrangé que le nôtre, il lui faisait part aussi de sa situation actuelle. Agnese et son truchement furent bien loin d'en pouvoir tirer quelque chose de complet et de lucide. Il y parlait d'un avis secret, d'un changement de nom. Il était en sûreté ; mais il était forcé de se tenir caché. C'étaient toutes choses qui n'étaient guère familières à leur esprit, et qui dans la lettre étaient dites un peu énigmatiquement. Il y avait ensuite des demandes pressantes, passionnées, sur les aventures de Lucia, avec des mots obscurs et tristes sur le bruit qui en était venu jusqu'à Renzo. Il y avait enfin des espérances incertaines et lointaines, des desseins lancés dans l'avenir, et en attendant des promesses et des prières de maintenir la foi donnée, de ne perdre ni la patience ni le courage, d'attendre le temps.

Quelque temps après, Agnese trouva un moyen sûr de faire parvenir à Renzo une réponse avec les cinquante scudi qui lui avaient été assignés par Lucia. A voir autant d'or, il ne savait que penser, et, l'esprit agité par un étonnement et une inquiétude qui étaient bien loin d'être agréables, il courut chercher son secrétaire pour se faire interpréter la lettre, et avoir la clef d'un mystère aussi étrange.

Dans la lettre, le secrétaire d'Agnese, après quelques plaintes sur le peu de clarté de la première, venait à décrire d'une manière pour le moins aussi lamentable la lamentable histoire de cette personne (c'est ainsi qu'il disait); et là il rendait raison des cinquante scudi; puis il venait à parler du vœu, mais au moyen de circonlocutions, ajoutant, avec des paroles plus directes et plus claires, le conseil de mettre son cœur en paix et de n'y plus penser.

Peu s'en fallut que Renzo ne cherchât querelle à son interprète; il tremblait, il s'alarmait, il entrait en fureur et de ce qu'il avait compris et de ce qu'il n'avait pu comprendre. Il se fit relire trois ou quatre fois ce douloureux écrit, tantôt en le comprenant mieux, tantôt en trouvant obscur et inexplicable ce qui lui avait paru clair d'abord. Dans ce délire de passions, il voulut que son secrétaire mît aussitôt la main à la plume et répondit. Après les expressions les plus fortes que l'on puisse imaginer de pitié et de terreur pour les aventures de Lucia : « Écrivez, poursuivit-il en dictant, que je ne me veux pas mettre le cœur en paix, moi, et que je ne me l'y mettrai jamais; que ce ne sont pas des avis à donner à un homme comme moi, et

que je ne toucherai pas à son argent ; que je le garde ; que
je le tiens en dépôt pour la dot de la jeune fille ; que la
jeune fille doit m'appartenir, et que je ne veux pas entrer
dans cette promesse ; et que j'ai toujours entendu dire que
la Madone se mêle de nos affaires pour secourir les affligés
et pour obtenir des grâces ; mais pour faire du mal et pour
faire manquer de parole, je ne l'ai jamais entendu dire ; et
que cela ne peut pas être, et qu'avec cet argent nous avons
de quoi nous établir ici ; et que si maintenant nos affaires
sont un peu barbouillées, c'est une bourrasque qui passera. » Et cent choses semblables. Agnese reçut ensuite
cette lettre, elle y fit répondre, et la correspondance continua de la manière que nous avons dite.

Quand sa mère fut parvenue, j'ignore par quel moyen,
à lui faire savoir que Renzo était sain et sauf et en lieu
de sûreté, Lucia éprouva un grand soulagement ; elle ne
désirait qu'une chose : c'est qu'il parvint à l'oublier, ou,
pour mieux dire, qu'il pensât à l'oublier. De son côté,
elle prenait cent fois le jour une semblable résolution à
son égard ; elle employait tous les moyens pour l'accomplir en effet. Elle s'appliquait sans relâche au travail ;
elle s'efforçait d'y attacher toutes les puissances de son
âme. Quand l'image de Renzo s'offrait à son esprit, elle
essayait de l'en bannir par la prière. Mais, comme si elle
avait eu de la malice, cette image ne venait presque jamais
seule et à l'improviste ; elle s'y introduisait furtivement,
à la faveur d'autres images, de manière que l'esprit ne s'a
percevait de l'avoir reçue qu'après quelque temps qu'elle
y était. Lucia était souvent par la pensée avec sa mère.
Comment n'y aurait-elle pas été? Et ce Renzo imaginaire
venait doucement, doucement, se mettre en tiers, comme
l'avait fait tant de fois le vrai Renzo. Si l'infortunée se
laissait aller quelquefois à rêver, à chercher à lire dans
l'obscurité de son avenir, il apparaissait aussi pour dire :
« Moi, je n'y serai pas. » Pourtant, si ne plus penser à lui
était une entreprise désespérée, Lucia parvint jusqu'à un
certain point à y moins penser, et moins fortement que

son cœur ne l'aurait voulu. Elle y aurait mieux réussi si elle avait été seule à le vouloir. Mais il y avait donna Prassede, qui, tout occupée de son côté à lui arracher cet homme de l'esprit, n'avait pas trouvé de meilleur expédient que de lui en parler sans cesse. « Eh bien, lui disait-elle, n'y pensons-nous plus?

— Je ne pense à personne, » répondait Lucia.

Donna Prassede n'était pas femme à se payer d'une semblable réponse; elle répliquait qu'il fallait des faits et non pas des paroles. Elle discutait longuement sur les habitudes des jeunes filles, « qui, disait-elle, quand elles ont donné leur cœur à un libertin (et elles y ont toutes du penchant), ne l'en veulent plus détacher. Si un parti honnête, raisonnable, d'un brave homme, d'un homme convenable, vient à manquer par quelque accident, elles sont tout de suite consolées; mais l'amour pour un libertin, c'est une plaie incurable. » Et alors elle commençait le panégyrique du pauvre Renzo, de ce coquin venu à Milan pour le mettre à feu et à sang; elle voulait faire avouer à Lucia les brigandages qu'il avait faits aussi dans son pays.

Lucia, d'une voix tremblante de honte, de douleur et d'autant d'indignation que lui en pouvaient permettre son âme douce et son humble fortune, assurait et attestait que, dans son village, ce pauvre malheureux n'avait jamais fait dire que du bien de lui; elle aurait voulu, disait-elle, qu'il se trouvât quelqu'un du pays pour invoquer son témoignage, même sur les aventures de Milan, dont elle ne pouvait pas connaître les détails; elle le défendait précisément par la connaissance qu'elle avait de lui et de ses habitudes depuis l'enfance; elle le défendait ou elle se proposait de le défendre par pur devoir de charité, par amour de la vérité, et, pour nous servir du mot avec lequel elle s'expliquait à elle-même son sentiment, comme son prochain. Mais donna Prassede tirait de cette apologie de nouveaux arguments pour convaincre Lucia que cet homme tenait toujours dans son cœur une place dont il n'était pas digne. Je ne saurais vraiment dire ce qui s'y passait alors.

A l'indigne portrait que la vieille dame faisait de ce pauvre malheureux, le sentiment qu'une longue accoutumance avait fait naître dans l'esprit de la jeune fille s'y réveillait par opposition plus vif et plus distinct que jamais. Ses souvenirs, qu'elle avait tant de peine à vaincre, revenaient en foule ; cette aversion et ce mépris qu'on témoignait pour ce jeune homme réclamaient autant d'anciens motifs d'estime et de sympathie ; cette haine aveugle et violente excitait dans son cœur une pitié plus forte. Imprudente Prassede ! quelle corde allez-vous toucher ! Ce sentiment que l'infortunée s'efforce d'arracher de son cœur, c'est vous qui l'y allez réveiller ! Quoi qu'il en soit, les discours de la part de Lucia ne duraient pas longtemps ; ils se changeaient bientôt en larmes.

Si donna Prassede avait été portée à la traiter ainsi par une haine invétérée contre elle, peut-être que ses larmes l'auraient vaincue et l'auraient fait se taire ; mais comme elle parlait dans une bonne intention, elle poursuivait toujours sans se laisser émouvoir : car les gémissements, les cris de supplication, peuvent bien arrêter l'arme d'un ennemi, mais non le fer du chirurgien. Après avoir bien fait ce qu'elle appelait un devoir, après lui avoir adressé de longs reproches, elle passait aux exhortations, aux conseils, mêlés aussi de quelques louanges pour tempérer ainsi l'aigre par le doux, et obtenir plus sûrement l'effet qu'elle désirait, en opérant sur l'esprit de toutes les manières. Assurément Lucia ne conservait de toutes ces querelles (qui avaient toujours à peu près le même commencement, le même milieu et la même fin) aucune rancune contre son acerbe prêcheuse, qui la traitait d'ailleurs pour tout le reste avec beaucoup d'humanité, et même en cette circonstance était mue par de bonnes intentions. Il lui en restait pourtant une telle agitation, un réveil si inquiet de pensées et d'amour, qu'il lui fallait beaucoup de temps et de travail pour retourner à cette espèce de calme qu'elle éprouvait d'abord.

C'était un bonheur pour elle qu'elle ne fût pas la seule à

qui donna Prassede eût à faire du bien, car les querelles ne pouvaient pas être aussi fréquentes. Outre le reste de sa maison, peuplée selon elle de cerveaux qui avaient plus ou moins besoin d'être redressés et guidés; outre toutes les autres occasions qui s'offraient ou qu'elle savait trouver de rendre le même office par pure charité à beaucoup de gens envers lesquels elle n'était obligée à rien, elle avait encore cinq filles. Aucune d'elles n'était à la maison, mais elles lui donnaient beaucoup plus de soin que si elles y avaient été. Trois étaient religieuses; deux étaient mariées. Donna Prassede se trouvait naturellement par là avoir trois monastères et deux maisons à régenter : entreprise vaste et compliquée, et d'autant plus ardue, que deux maris, épaulés de pères, de mères, de frères; deux abbesses, flanquées d'autres dignités et de beaucoup d'autres religieuses, ne voulaient pas accepter sa surintendance. C'était une guerre, c'étaient même cinq guerres sourdes, polies jusqu'à un certain point, mais actives et toujours vigilantes. Il y avait dans chacun de ces lieux une attention perpétuelle de se dérober à sa sollicitude, de fermer l'entrée à ses avis, d'éluder ses enquêtes, de faire qu'elle ignorât autant que possible toutes leurs affaires. Je ne parle pas des oppositions, des difficultés qu'elle rencontrait dans le maniement d'autres affaires encore plus étranges : on sait qu'il faut pour l'ordinaire faire par force le bien aux hommes. Là où son zèle se pouvait déployer et jouer librement, c'était dans sa maison; tout le monde y était soumis en tout et pour tout à son autorité, sauf don Ferrante. Avec celui-ci les choses allaient d'une manière tout à fait particulière.

Homme d'étude, il n'aimait ni à commander ni à obéir. Que dans toutes les choses du monde madame son épouse fût la maîtresse, d'accord; mais qu'il fût son esclave, non; et si, lorsqu'il en était requis, il lui prêtait dans l'occasion le service de sa plume, c'est qu'il avait pour cela un goût tout particulier. Au reste, il savait aussi s'y refuser quand il n'était pas persuadé de ce qu'elle lui voulait faire écrire :

« Voyez, cherchez, lui disait-il alors ; faites-le vous-même, puisque la chose vous semble si claire. » Donna Prassede, après avoir essayé en vain pendant quelque temps à l'amener à faire ce qu'elle souhaitait, en était venue à grommeler souvent contre lui, et à le nommer un original, un homme qui n'en veut faire qu'à sa tête, un lettré, titre que, malgré son dépit, elle ne lui donnait pas sans quelque complaisance.

Don Ferrante passait beaucoup de temps dans son cabinet d'étude, où il avait un recueil très-considérable de livres qui se composaient d'au moins trois cents volumes : c'étaient tous livres choisis, toutes œuvres des plus renommées sur diverses matières, sur chacune de celles où il était plus ou moins versé. En astrologie, on le tenait à bon droit pour plus qu'un amateur, parce qu'il ne possédait pas seulement les notions générales et le vocabulaire commun d'influences, d'aspects, de conjonctions ; mais il savait parler à propos, et comme un professeur, des douze cases du ciel, des grands cercles, des degrés brillants et ténébreux, d'exaltations, de passages et de révolutions, bref, des principes les plus certains et les plus cachés de la science. Il y avait peut-être vingt ans qu'en des disputes longues et fréquentes il soutenait la prééminence de Cardano contre un autre savant attaché de cœur à celle de l'Alcabizio, par pure obstination, disait don Ferrante, qui, en reconnaissant volontiers la supériorité des anciens, ne pouvait pourtant pas souffrir cette rage de ne se vouloir jamais rendre aux modernes, là même où ils avaient évidemment raison. Il connaissait aussi plus que médiocrement l'histoire de la science ; il savait au besoin citer les plus célèbres prédictions vérifiées, et raisonner très-subtilement et en érudit sur d'autres célèbres prédictions qui avaient failli, pour démontrer que ce n'était pas la faute de la science, mais bien la faute de ceux qui ne l'avaient pas su appliquer.

Il avait appris de la philosophie antique autant qu'il en pouvait suffire, et il allait continuellement en apprenant davantage dans la lecture de Diogène Laërce. Toutefois,

comme on ne peut pas posséder tous les systèmes, tout
beaux qu'ils soient, et que, lorsqu'on veut être philosophe,
il faut nécessairement faire choix d'un auteur, don Ferrante
avait fait choix d'Aristote, qui, ainsi qu'il avait coutume
de le dire, n'est ni ancien ni moderne; c'est le philosophe
sans plus. Il possédait aussi divers ouvrages des plus sages
et des plus subtils de l'école d'Aristote, parmi les modernes : quant à ceux de ses adversaires, il n'avait jamais voulu
les lire, pour ne pas prodiguer son temps, disait-il ; ni les
acheter, pour ne pas prodiguer son argent. Seulement, et
par voie d'exception, il donnait place dans sa bibliothèque
aux célèbres vingt-deux livres *de Subtilitate* et à quelques
œuvres antipéripatéticiennes de Cardano, par égard pour
son mérite en astrologie. Il disait que celui qui avait pu
écrire le traité *de Restitutione temporum et motuum cœles-*
tium et le livre *Duodecim geniturarum*, méritait d'être
écouté, même lorsqu'il se trompait ; que le grand défaut de
cet homme avait été d'avoir trop de subtilité, et que personne ne saurait imaginer jusqu'où il serait arrivé, même
en philosophie, s'il s'était tenu dans le droit chemin. Au
reste, bien qu'au jugement des savants don Ferrante passât pour péripatéticien consommé, pourtant, à ses propres
yeux, il ne lui semblait pas en savoir assez ; et plus d'une
fois on l'entendit dire, avec une modestie touchante, que
l'essence, les universaux, l'âme du monde et la nature des
choses n'étaient pas matières si claires qu'on le pourrait
croire.

Quant à la philosophie naturelle, il s'en était fait plutôt
un passe-temps qu'une étude ; il avait plutôt lu qu'étudié
les œuvres d'Aristote lui-même sur cette matière. Néanmoins, avec cela et les connaissances qu'il avait incidemment recueillies dans les traités de philosophie générale,
avec quelques coups d'œil jetés sur la *Magia naturale* de
Porta, les trois histoires *Lapidum, Animalium, Plantarum*
de Cardano, le traité des herbes, des plantes, des animaux,
du grand Albert, et quelques autres ouvrages de moins
d'importance, il savait au besoin entretenir une réunion de

personnes instruites, en raisonnant sur les vertus les plus admirables et sur les curiosités les plus singulières de beaucoup de simples. Il décrivait exactement les formes et les habitudes des sirènes et du phénix, l'unique de son espèce; il expliquait comment la salamandre était dans le feu sans brûler; comment les gouttes de rosée deviennent perles dans les coquillages; comment le caméléon se nourrit d'air; comment, de la glace lentement durcie avec le cours des siècles, se forme le cristal; et mille autres secrets les plus merveilleux de la nature.

Il s'était beaucoup plus appliqué à ceux de la magie et de la sorcellerie, parce que, dit notre anonyme, il s'agissait d'une science beaucoup plus en vogue et plus nécessaire, et dans laquelle les faits sont d'une bien autre importance. Il n'est pas besoin de dire qu'en une telle étude il n'avait jamais eu d'autre but que de s'instruire et de connaître précisément les pires artifices des sorciers, pour s'en pouvoir préserver et se défendre. Guidé surtout par le grand Martino Delrio, l'homme de la science, il était en état de discourir *ex professo* sur le maléfice d'amour, sur le maléfice somnifère, sur le maléfice hostile, et sur les innombrables espèces qu'on ne voit, hélas! que trop à la journée, dit encore l'anonyme, de ces trois genres capitaux de maléfices avec de si douloureux effets.

Ses connaissances en histoire, surtout en histoire universelle, n'étaient pas moins vastes et moins solides. Sur ces matières, ses auteurs étaient Tarcagnota, le Dolce, Bugatti, Campana, le Guazzo, les plus renommés enfin.

« Mais, disait souvent don Ferrante, qu'est l'histoire sans la politique? un guide qui marche toujours sans avoir derrière lui personne qui apprenne la route, et qui, par conséquent, perd tous ses pas: comme aussi la politique sans l'histoire est un homme qui marche sans guide. » Il y avait donc dans ses tablettes une petite place assignée aux publicistes. Là, parmi plusieurs autres du second ordre, campaient Bodin, le Cavalcanti, Gansovino, Paruta, Boccalini. Il y avait pourtant deux livres que don Ferrante

préférait à tous, et de beaucoup, sur cette matière, deux
livres qu'il appela fort longtemps les premiers, sans pouvoir jamais décider auquel des deux convenait uniquement
ce rang : l'un était *il Principe* et les *Discorsi* du célèbre
secrétaire de Florence, « scélérat, j'en conviens, disait don
Ferrante, mais profond; » l'autre, *la Ragion di Stato*, du
non moins célèbre Giovanni Botero, « honnête homme, il
est vrai, disait-il aussi, mais rusé. » Mais peu avant le
temps dans lequel notre histoire est circonscrite, un ouvrage avait été mis au jour, qui termina la question de pré-
minence, en prenant le pas même sur les ouvrages de ces
« deux *matadors*, » disait don Ferrante; un ouvrage où se
trouvaient comprises et comme distillées toutes les malices pour les pouvoir connaître, et toutes les vertus pour
les pouvoir pratiquer; un ouvrage de peu de volume, mais
tout d'or; en un mot, le *Statista regnante* de don Valeriano
Castiglione, de cet homme célèbre que les plus grands savants exaltaient à l'envi, et que se disputaient les plus
grands personnages; de cet homme que le pape Urbain VIII
honora, et c'est un fait notoire, de magnifiques éloges; que
le cardinal Borghese et le vice-roi de Naples, don Pietro de
Tolède, sollicitaient d'écrire : le premier, la vie du pape
Paul V, l'autre, les guerres du roi catholique en Italie, et
tous deux vainement; de cet homme que Louis XIII, roi
de France, sur le conseil du cardinal de Richelieu, nomma
son historiographe, à qui le duc Charles-Emmanuel de
Savoie conféra le même office, à la louange de qui, pour
faire d'autres glorieuses marques d'honneur, la duchesse
Christine, fille du roi très-chrétien Henri IV, put, dans un
diplôme, avec beaucoup de titres, « ajouter la certitude
de la renommée qu'il obtient en Italie du premier écrivain
de notre époque. »

Mais si l'on pouvait dire don Ferrante instruit dans
toutes les susdites sciences, il y en avait une dans laquelle
il méritait et il obtenait le titre de professeur; c'était la
science chevaleresque : non-seulement il en parlait d'un
air de maître, mais, requis souvent d'intervenir dans des

affaires d'honneur, il donnait toujours quelque décision. Il avait dans sa bibliothèque, et l'on peut dire dans sa tête, les ouvrages des écrivains les plus renommés dans ces sortes de matières : Pans del Pozzo, Fausto da Longiano, l'Urea, Muzio, Romei, l'Alberga*o, Torquato Tasso, dont il avait toujours prêts, et dont au besoin il savait citer de mémoire, tous les passages de la *Jérusalem délivrée*, comme de la *Jérusalem conquise*, qui pouvaient faire autorité en matière de chevalerie. Toutefois, l'auteur des auteurs, dans son opinion, c'était le célèbre Francesco Birago, avec qui il se trouva même plus d'une fois à donner son avis sur des affaires d'honneur, et qui, de son côté, parlait de don Ferrante en termes d'estime toute particulière; et même, avant que les *Discorsi Cavallereschi* de cet insigne écrivain eussent vu le jour, il pronostiqua sans hésiter que cette œuvre ruinerait l'autorité d'Olevano, et resterait, avec ses autres nobles sœurs, comme le code d'une autorité sans rivale aux yeux de la postérité, prophétie, dit notre anonyme, qui s'est vérifiée, comme chacun peut voir.

Notre auteur ne s'en tient pas à ces petites particularités, il s'étend fort longuement sur le compte de ce savant homme; mais nous sommes trop pressé de reprendre le fil de notre histoire pour nous y arrêter plus longtemps. D'ailleurs nous avons encore une assez longue course à fournir avant de rencontrer ceux de nos personnages à qui le lecteur s'intéresse le plus, s'il s'intéresse pourtant à quelque chose.

Jusqu'à l'automne de l'année suivante ils étaient tous restés, les uns de leur propre gré, les autres par force, à peu près dans le même état où nous les avons laissés, sans qu'il arrivât à aucun d'eux la moindre chose digne d'être rapportée. Cet automne tant désiré, où Agnese et Lucia avaient projeté de se réunir, arriva enfin; mais un grand événement public qui survint fit échouer ce projet, et certes ce fut là le moindre de ses effets : d'autres événements vinrent ensuite, qui pourtant n'apportèrent aucun changement notable au sort de nos personnages. Enfin de

nouveaux malheurs, plus vastes, plus forts, plus extrêmes,
arrivèrent aussi jusqu'à eux comme un ouragan vaste, impétueux, vagabond, qui déracine les arbres, renverse les
maisons, abat le faîte des tours les plus élevées, dont il
sème çà et là les débris; enlève aussi les rameaux cachés
dans l'herbe, ramasse les feuilles légères et desséchées
qu'un vent plus faible avait jetées dans un coin, et les emporte dans son immense tourbillon avec sa vaste proie.

Pour que les faits particuliers qui nous restent à raconter ne paraissent point obscurs, il nous faut absolument
prendre d'un peu haut le récit des faits généraux.

*

XXVIII

Depuis la fameuse sédition du jour de la Saint-Martin et
du jour suivant, on eût dit que l'abondance était revenue
à Milan comme par enchantement. Les boutiques regorgeaient de pain, le prix n'était pas plus élevé que dans les
années les plus fertiles; ceux qui, dans ces deux terribles
journées, s'étaient mis à hurler dans les rues et même à
faire quelque chose de plus, avaient maintenant (hors le
petit nombre de ceux qui avaient été arrêtés) sujet de
s'applaudir. Et n'allez pas croire que, la première frayeur
passée, ils restassent tranquilles. Sur les places, dans les
carrefours, dans les tavernes, on dansait en rond, on se
félicitait, on se vantait même à demi-voix d'avoir trouvé
le moyen de faire réduire le prix du grain. Toutefois, au
milieu de ces fêtes et de ces joies populaires, régnaient
une vague inquiétude, un pressentiment confus que ce
bonheur serait de courte durée. On assiégeait les boutiques des boulangers et des marchands de farine, comme
on l'avait fait lors de cette autre abondance factice et
passagère que le premier tarif d'Antonio Ferrer avait pro-
curée. Celui qui avait quelques sous par devers lui les
convertissait en pain et en farine; on les entassait dans
les moindres coffres, dans les plus petits tonneaux, jusque

dans les pots de terre. En se pressant ainsi de jouir de l'avantage du moment, on en rendait, je ne dis pas la longue durée impossible, car elle l'était déjà par elle-même, mais toujours plus difficile, même la continuation momentanée.

Le 15 novembre, Antonio Ferrer, *de orden de Su Excellencia*[1] publia une ordonnance par laquelle il était défendu à quiconque aurait du grain et de la farine chez lui d'en acheter peu ni prou, et au reste du peuple d'acheter du pain au delà de ce qui lui était nécessaire pour deux jours, « sous peines pécuniaires ou corporelles à la discrétion de Son Excellence. » L'ordonnance intimait aux anzians (c'était une espèce d'officiers de justice), et elle insinuait à tout le monde de dénoncer les contrevenants ; elle ordonnait aux juges de faire des recherches dans les maisons qui leur pourraient être désignées ; elle faisait en même temps un nouveau commandement aux boulangers de tenir leurs boutiques bien garnies de pain, « sous peine, au cas de contravention, de cinq ans de galères, et de plus grande peine, à la discrétion de Son Excellence. » Il faudrait un grand effort d'imagination pour croire qu'une telle ordonnance pût être mise à exécution. Certes, si toutes celles que l'on portait alors avaient sorti leur plein et entier effet, le duché de Milan aurait sur mer au moins autant de monde qu'en peut avoir aujourd'hui la Grande-Bretagne.

Mais, en ordonnant aux boulangers de faire une aussi grande quantité de pain, il fallait aussi donner quelque ordre pour que la matière première ne leur manquât pas. Dans les temps de disette, on s'étudie toujours à réduire en pain les aliments qu'on a coutume de consommer sous une autre forme. On avait donc imaginé de faire entrer le riz dans la composition du pain dit de *mistura*[2]. Le 23 novembre, nouvelle ordonnance qui séquestre, aux ordres du

---

[1] Par ordre de Son Excellence.

[2] De mélange. C'est le pain auquel nos paysans donnent le nom de *pain de mouture*. Il est composé de plusieurs espèces de grains.

vicaire et de douze membres de la Provision, la moitié du riz brut [1] (on lui donnait alors et on lui donne encore le nom de *risono*) que chacun possède, sous peine, à quiconque en disposera sans la permission de ces seigneurs, de la perte de la denrée et d'une amende de trois scudi par moggio [2] : c'est, comme on voit, la plus juste de toutes.

Mais il fallait payer ce riz, et à un prix très-disproportionné à celui du pain. On imposa à la ville la charge de suppléer à cette énorme différence : mais le conseil des décurions délibéra, le même jour, 23 novembre, de remontrer au gouverneur l'impossibilité de soutenir plus longtemps une telle charge ; et le gouverneur fixa, par une ordonnance du 17 décembre, le prix de cette qualité de riz à 12 livres le moggio. Il porte contre quiconque en demanderait un prix plus élevé, ou refuserait de le vendre, la peine de la perte de la denrée et d'une amende de la même valeur, « et plus grande peine pécuniaire et même corporelle, même la peine des galères, à la discrétion de Son Excellence, selon la qualité des cas et des personnes. »

Le prix du riz mondé [3] avait déjà été fixé avant l'émeute. Le tarif, ou, pour nous servir d'une dénomination très-célèbre dans les annales modernes, le maximum du froment et des blés communs dut être probablement fixé par d'autres ordonnances que nous n'avons pas retrouvées.

Lorsque, par ces divers moyens, le blé et la farine eurent été maintenus à bas prix à Milan, il arriva qu'une foule de gens du dehors accoururent pour s'en pourvoir. Don Gonzalo, pour remédier à ce qu'il appelait cet inconvénient, fit défense, par une autre ordonnance du 15 décembre, d'emporter hors de la ville du pain pour plus de vingt sous : la peine était, outre la perte du pain, une amende de « 25 scudi, et, au cas d'insolvabilité, de deux fustigations en public, et même de plus grande peine, » comme de cou-

---

[1] *Riso vestito*, riz non pelé.

[2] Nous avons déjà dit que la mesure du *moggio* était à peu près celle du boisseau.

[3] *Riso brillato*.

tume, « à la discrétion de S. Exc. » Le 22 du même mois (et l'on ne voit pas bien pourquoi on s'y prit si tard), un ordre semblable fut porté pour les farines et les grains.

La populace avait voulu se procurer l'abondance par le pillage et l'incendie; la puissance légale la voulait maintenir par les galères et par la corde. Les moyens étaient assez assortis; mais le lecteur juge s'ils pouvaient atteindre le but; il va voir dans un moment comment ils parvinrent à l'atteindre. Il est d'ailleurs facile de s'assurer, et il n'est pas inutile d'observer que ces étranges moyens ont entre eux une connexion intime et nécessaire : chacun était la conséquence inévitable du précédent, et tous découlaient du premier, qui fixait au pain un prix si disproportionné à celui qui devait résulter de l'état réel des choses. Un tel expédient a toujours paru et a toujours dû paraître à la populace non-seulement conforme à l'équité, mais très-simple et très-facile à mettre à exécution : il est donc très-naturel que, dans les douleurs et dans les angoisses de la disette, elle le désire, elle l'implore, et, si la chose est en son pouvoir, elle l'impose. Mais à mesure que les conséquences se font sentir, il faut que ceux que ce soin regarde s'appliquent à les réparer toutes par une loi qui défende aux hommes de faire ce que portaient les lois antérieures. Qu'on nous permette ici d'observer, en passant, une singulière rencontre. Dans un pays et à une époque très-rapprochée de nous, à l'époque la plus fameuse et la plus remarquable de l'histoire moderne, on prit, en des circonstances semblables, de semblables mesures : c'était presque les mêmes en substance, avec la seule différence qu'elles étaient dans une proportion plus large et à peu près dans le même ordre. On prit ces mesures au mépris de la raison des temps, si changée, et des connaissances survenues en Europe, et dans ce pays peut-être plus qu'ailleurs; et cela principalement parce que la grande masse du peuple, à laquelle ces connaissances n'étaient pas arrivées, put faire prévaloir son avis, et forcer la main à ceux qui faisaient la loi.

Mais revenons à nous. Voici quels avaient été les deux fruits principaux de l'émeute. On avait gâté et perdu beaucoup de vivres dans l'émeute même ; tant que dura le tarif on en consomma largement, outre mesure ; on fit une brèche énorme à cette faible quantité de grain qui devait conduire jusqu'à la prochaine récolte. Il faut ajouter à ces effets généraux le supplice de quatre hommes du peuple, pendus comme fauteurs de la sédition, devant le four *des Béquilles*, deux au bout de la rue où était la maison du vicaire de la Provision.

Du reste, les relations historiques de cette époque sont tellement écrites sans ordre, qu'on n'y trouve pas comment et quand cessa ce tarif arbitraire. Si, en l'absence de preuves positives, il est permis d'avancer des conjectures, nous sommes porté à croire qu'il fut supprimé un peu avant ou un peu après le 24 décembre, jour de cette exécution. Quant aux ordonnances, après celle du 22 du même mois, que nous avons citée, nous n'en trouvons plus d'autres en matière de subsistances, soit qu'elles aient péri, soit qu'elles aient échappé à nos recherches, soit enfin que l'autorité, découragée, sinon convaincue, de l'inefficacité de ses remèdes, et entraînée par la force des choses, les ait abandonnées à leur propre cours. Mais nous trouvons dans les relations de plus d'un historien (inclinés, comme ils l'étaient tous, à décrire les grands événements plutôt qu'à en noter les causes et les progrès) le tableau du pays, et principalement de la ville, dans l'hiver avancé et dans le printemps. A cette époque, la disproportion entre les denrées et les besoins que n'avaient pu faire cesser ni les remèdes qui, en l'augmentant, en avaient suspendu pour un temps les effets, ni une introduction suffisante de denrées étrangères, à laquelle s'opposaient l'insuffisance des moyens publics et privés, la pénurie des pays circonvoisins, la langueur et la stagnation du commerce, les lois elles-mêmes, qui tendaient à établir le bon marché par des mesures violentes ; toutes ces circonstances, qui étaient la vraie cause de la disette, ou, pour mieux dire, la disette elle-même, agissaient sans obstacle et dans toute leur force. Voici la copie de ce douloureux tableau.

Toutes les boutiques étaient fermées, les manufactures en grande partie désertes; les rues offraient un spectacle terrible, et surtout une misère vaste et toujours croissante, un perpétuel séjour de douleurs. Les mendiants de profession, devenus alors le plus petit nombre, épars et confondus dans une nouvelle multitude, étaient réduits à disputer l'aumône avec ceux dont ils l'avaient reçue dans des jours plus heureux. Les garçons et les commis qu'avaient renvoyés les marchands et les négociants, privés de leur gain journalier, vivaient péniblement de leurs épargnes et de leur capital. Les ouvriers, errant de porte en porte, de rue en rue, couchés sur le pavé, le long des maisons et des églises, demandaient l'aumône d'une voix lamentable, ou hésitaient entre le besoin et une honte qu'ils n'avaient pas encore pu dompter; décharnés, faibles, ils avaient à peine la force de se soutenir, abattus qu'ils étaient par un long jeûne et par la rigueur du froid, qui pénétrait à travers leurs vêtements usés, où l'on pouvait pourtant voir encore les traces d'une ancienne aisance. On voyait mêlés à cette déplorable troupe, et ce n'en était pas la plus faible partie, des serviteurs congédiés par leurs maîtres tombés alors de l'aisance dans la gêne, ou même par les grands et les riches, devenus incapables dans une telle année d'entretenir une nombreuse et somptueuse maison; partout de jeunes enfants, des femmes, des vieillards, groupés autour de ceux qui avaient été jusqu'alors leurs soutiens, ou errants en tendant la main.

Il s'y trouvait aussi, et on les distinguait à leurs toupets touffus, aux restes de leurs habits magnifiques, à un certain je ne sais quoi dans le maintien et dans le geste, à ces traces que les habitudes impriment sur le visage; il s'y trouvait aussi beaucoup d'individus de cette engeance des bravi, qui, ayant perdu par un sort commun leur pain criminel, en allaient cherchant par miséricorde. Domptés par la faim, ne disputant avec les autres que de supplications, ils se

43.

traînaient dans cette ville, qu'ils avaient tant de fois parcourue la tête haute, d'un air altier et féroce, revêtus d'habits magnifiques et bizarres, munis de riches armes, couverts de plumes, bien peignés, parfumés, et ils tendaient humblement cette main qu'ils avaient tant de fois levée pour menacer avec insolence ou pour frapper en traîtres.

Mais le plus épais, le plus livide, le plus hideux essaim était celui des villageois : on en voyait par familles entières, maris, femmes, enfants, vieillards. Quelques-uns, dont les maisons avaient été envahies et dépouillées par la soldatesque, s'étaient enfuis en désespérés; quelques-uns, pour exciter plus de compassion et pour faire distinguer leur misère parmi tant d'autres misères, montraient les plaies et les cicatrices des coups qu'ils avaient reçus en défendant le peu qui leur restait; d'autres, que ce fléau n'avait point atteints, mais chassés par ces deux fléaux, dont aucun coin de terre n'avait été exempt, la stérilité et les charges plus exorbitantes que jamais, venaient à la ville, comme au séjour, comme au dernier asile de l'abondance et d'une pieuse munificence. On pouvait distinguer les nouveaux venus à leur air de stupeur et de rage de trouver un tel débordement, une si grande rivalité de misère, là où ils avaient espéré d'être des objets singuliers de compassion, et d'attirer sur eux les regards et les secours. Sur les traits de ceux qui, depuis plus ou moins longtemps, parcouraient et habitaient les rues de la cité, en prolongeant leur malheureuse existence par les faibles secours qu'ils obtenaient à de longs intervalles, était peinte une consternation plus noire et plus profonde.

On voyait çà et là, dans les rues, le long des murs, sous les gouttières, des tas de paille et de chaume mêlés de débris infects. Ces immondices étaient pour ces infortunés un don, un soin particulier de charité; c'étaient des lits où reposer leurs têtes pendant la nuit; quelquefois même, durant le jour, des vieillards, des femmes, de faibles enfants, chez qui la nature était plus promptement vaincue,

s'y venaient jeter ; quelquefois ce triste lit portait un cadavre ; quelquefois le malheureux, sans pouls, sans haleine, se laissait tomber sur le pavé de la rue, et il y restait cadavre.

Près de ces gens étendus, on voyait parfois un passant
ou un voisin attiré par une compassion subite. Sur quelques points venaient des secours ordonnés avec une plus
large prévoyance, dirigés par une main riche en moyens et
habituée à faire le bien en grand : c'était celle du bon Federigo. Il avait fait choix de six prêtres d'une charité ardente, empressée, tenace, et d'une constitution robuste ;
il les avait divisés en trois couples, et avait assigné à chacun le tiers de la ville à parcourir, suivis par des portefaix
chargés d'aliments, de cordiaux et de vêtements. Chaque
matin ces dignes prêtres parcouraient les rues, s'approchaient de ceux qu'ils rencontraient gisants sur le pavé, et
donnaient à chacun le secours dont il avait besoin. Celui
qui touchait à sa dernière agonie et ne pouvait plus recevoir d'aliments, recevait les derniers secours de la religion. Ils donnaient aux autres une nourriture propor-
tionnée à leurs forces, et des vêtements pour couvrir ou
pour cacher au moins leur nudité.

Leur assistance ne se bornait pas à cela. Le bon pasteur
avait voulu que là du moins où elle pouvait atteindre, elle
procurât un soulagement efficace et durable. Les infortunés à qui ce premier secours avait rendu assez de forces
pour marcher et se pouvoir conduire, recevaient aussi
quelque argent des prêtres, de peur que le besoin re-
naissant et le manque d'autres secours ne les fissent
bientôt retomber dans leur premier état ; ils cherchaient
aux autres un asile et un abri dans une maison des plus
voisines. S'il y en avait quelqu'une de gens à leur aise,
l'hospitalité y était presque toujours accordée par charité.
Dans celles où la bonne volonté était plus forte que les
moyens, ces dignes prêtres demandaient que le malheureux
fût reçu en pension : ils tombaient d'accord du prix, et ils
en payaient une partie d'avance. Ils donnaient ensuite

la note de ces malheureux aux curés, pour que ceux-ci les allassent visiter, et eux-mêmes y revenaient.

Federigo n'avait pas attendu que le mal fût à son comble pour en être touché et pour y donner tous ses soins. En réunissant tous ses moyens, en rendant son économie plus stricte encore, en puisant dans les épargnes destinées à d'autres libéralités devenues alors d'une importance trop secondaire, il avait cherché tous les moyens possibles d'amasser de l'argent pour l'employer tout entier à soulager les malheureux qui mouraient de faim. Il avait fait de grands achats de grains, et il en avait expédié une bonne partie dans les lieux les plus souffrants de son diocèse. Comme le secours était loin d'égaler le besoin, il y envoya aussi une grande quantité de sel, « avec quoi, » dit Ripamonti[1] en racontant la chose, « l'herbe des champs et l'écorce des arbres se changeaient en aliments pour les hommes. » Il avait distribué des grains et de l'argent aux curés de la ville; lui-même la parcourait par quartiers, en dispensant des aumônes; il secourait en secret beaucoup de familles indigentes. Dans le palais épiscopal on faisait journellement cuire une grande quantité de riz; et, au dire d'un écrivain contemporain (le médecin Alessandro Tadino, dans un de ses Recueils que nous aurons fréquemment occasion de citer plus bas), on en distribuait tous les matins deux mille écuelles.

Le vide que la mortalité faisait chaque jour dans cette déplorable troupe était chaque jour rempli et au delà : c'était un concours perpétuel, d'abord des villages circonvoisins, puis de toute la campagne, puis des villes du Milanais, enfin même des autres pays. Cependant d'anciens habitants de la ville en partaient chaque jour ; les uns pour se soustraire à la vue de tant de calamités; les autres, à qui la place était pour ainsi dire enlevée par tant de concurrents en mendicité, en sortaient avec la dernière espérance de trouver des secours ailleurs, dans quelque lieu que ce fût, là du moins où la foule serait moins pressée, où l'émulation

[1] Historia patriæ, dec. v, lib. vi, p. 386.   (*Note de l'Auteur.*)

de demander serait moins grande. Les deux bandes de fugitifs se rencontraient dans ce voyage si opposé. Douloureux spectacle! présage sinistre pour toutes deux du but où elles tendaient! Mais elles poursuivaient le chemin commencé, sinon dans l'espérance de changer de sort, au moins pour ne plus retourner sous un ciel devenu odieux, pour ne plus revoir les lieux où le désespoir les avait saisies. Parfois un malheureux dont le besoin avait consumé les dernières forces vitales tombait sur la route, et il y rendait le dernier soupir, objet d'horreur et peut-être de reproche aux autres voyageurs.

Ce contraste de vêtements magnifiques et de haillons, de luxe et de misère, ordinaire spectacle des temps ordinaires, avait alors entièrement cessé. Les haillons et la misère avaient presque tout envahi, et ce qui s'en distinguait n'était plus qu'une apparence d'humble médiocrité. On voyait les nobles cheminer en habit modeste ou même grossier, les uns parce que la misère générale avait changé jusque-là leur fortune, les autres par crainte de provoquer par le faste le public désespoir, ou par pudeur et pour ne pas insulter aux malheurs du peuple.

C'est ainsi que se passèrent l'hiver et le printemps. Déjà depuis quelque temps le tribunal de la Santé remontrait au tribunal de la Provision le danger que tant de misère faisait courir à la ville. Pour prévenir la contagion, il proposait de faire renfermer les mendiants vagabonds dans divers hospices. Pendant qu'on discute ce projet, pendant qu'on approuve, pendant qu'on se divise sur les moyens, sur les lieux, les cadavres encombrent les rues. Le tribunal de la Provision propose alors un autre parti plus facile et plus expéditif : c'est de renfermer tous les mendiants, sains ou malades dans un seul lieu, dans le lazaret, et de les y entretenir aux dépens de la ville. La chose fut ainsi résolue au mépris du tribunal de la Santé, qui objectait que, dans une aussi grande réunion d'hommes, le danger auquel on voulait porter remède ne ferait qu'augmenter.

Le peu d'ordre qui régnait dans le lazaret, la mauvaise

qualité des aliments qu'on donnait à ces malheureux, l'eau croupissante dont on les abreuvait, firent bientôt éclater de nombreuses maladies. A toutes ces causes de mortalité, d'autant plus actives qu'elles opéraient sur des corps déjà malades ou exténués, se joignit la méchanceté de la saison: des pluies obstinées, suivies d'une sécheresse plus obstinée encore, et des chaleurs précoces et violentes. Aux maux se joignirent le sentiment des maux, l'ennui et le désespoir de la captivité, le désir des anciennes habitudes, le regret des êtres chéris que ces infortunés avaient perdus, le souvenir inquiet et douloureux de ceux dont ils étaient séparés, mille autres passions d'abattement et de rage qu'ils y avaient apportées ou qui y avaient pris naissance, l'appréhension et le spectacle continuel de la mort, rendue fréquente par tant de causes, et devenue elle-même une cause nouvelle et puissante. On ne doit donc pas s'étonner que la mortalité s'accrût et régnât dans cette espèce de prison au point de prendre l'aspect, et, auprès de beaucoup de gens, le nom de peste. Le nombre des morts au lazaret s'éleva bientôt à plus de cent par jour.

Tandis que dans ces lieux régnaient la langueur, les angoisses, l'épouvante, un frémissement général, au tribunal de la Provision régnaient la honte, l'étourdissement, l'incertitude. On consulta, on écouta l'avis de la Santé; on ne trouva rien de mieux que de défaire ce qu'on avait fait avec tant d'appareil, à tant de frais, au prix de tant de vexations : car n'était-ce pas une injustice horrible que de priver tant de malheureux de leur liberté? On ouvrit le lazaret, on relâcha tous ceux qui étaient en état de sortir : ils s'en échappèrent avec une joie frénétique.

La ville retentit de nouveau des anciennes clameurs, mais plus faibles toutefois et interrompues; elle revit cette foule plus rare et plus misérable, dit Ripamonti, par la pensée qu'elle était tant décimée. On transporta les malades à Santa-Maria della Stella, qui était alors l'hôpital des pauvres mendiants : la plupart y périrent.

Cependant les campagnes commençaient à se dorer. Les

mendiants des environs sortirent, et allèrent, chacun de son côté, prendre part à cette moisson tant désirée. La charité inépuisable et ingénieuse du bon Federigo les secourut encore. Il fit donner à chaque paysan qui se présenta à l'archevêché un van et une faucille de moissonneur.

Avec la moisson cessa enfin la disette; la mortalité épidémique ou contagieuse, décroissant de jour en jour, se traîna pourtant jusqu'au cœur de l'automne. Elle était sur le point de finir, quand survint un nouveau fléau.

Beaucoup d'événements d'une haute importance historique étaient arrivés dans cet intervalle de temps. Le cardinal de Richelieu, après avoir, ainsi qu'on l'a déjà dit, pris La Rochelle, fait un traité de paix avec l'Angleterre, avait proposé et obtenu par sa puissante parole dans le conseil du roi de France qu'on secourût d'une manière efficace le duc de Nevers; il avait en même temps persuadé au roi de conduire l'expédition en personne. Tandis qu'on travaillait aux préparatifs, le comte de Nassau, commissaire impérial, insinuait, dans Mantoue, au nouveau duc de remettre ses États aux mains de Ferdinand, sans quoi celui-ci enverrait une armée pour les occuper. Le duc, qui, dans les circonstances les plus désespérées, avait refusé une condition si dure et si chanceuse, ranimé alors par les secours prochains de la France, s'en défendait encore davantage. Le commissaire s'en était allé en protestant que la force en déciderait. Au mois de mars, le cardinal de Richelieu était en effet descendu avec le roi à la tête d'une armée; il avait demandé le passage au duc de Savoie; on avait traité; on n'avait rien conclu. Après une rencontre où les Français obtinrent l'avantage, on avait traité de nouveau, et conclu un accord par lequel le duc, entre autres choses, avait stipulé que don Gonzalo de Cordoue lèverait le siége de Casal, en s'engageant, si celui-ci s'y refusait, à s'unir avec les Français pour envahir le duché de Milan. Don Gonzalo, qui estimait s'en tirer à bon marché, leva le camp d'autour de Casal, où entra aussitôt un corps de troupes françaises pour renforcer la garnison.

Ce fut à cette occasion que l'Achillini adressa au roi Louis son fameux sonnet :

   Sudate, o fochi, a preparar metalli[1];

et un autre dans lequel il l'exhortait à aller délivrer la terre sainte. Mais c'est un sort que les conseils des poëtes ne soient jamais suivis, et si dans l'histoire vous trouvez quelques faits conformes à ce qu'ils ont suggéré, dites hardiment que les choses étaient résolues longtemps auparavant. Le cardinal de Richelieu avait, au contraire, décidé de retourner en France pour des affaires qui lui paraissaient plus urgentes. Girolamo Soranzo, envoyé de Venise, eut beau déduire les raisonnements les plus forts pour faire avorter cette résolution, le roi et le cardinal ne firent pas plus d'attention à sa prose qu'aux vers de l'Achillini : ils s'en retournèrent avec le gros de l'armée, laissant seulement six mille hommes à Suse pour occuper le pas et maintenir le traité.

Tandis que cette armée s'éloignait d'un côté, celle de Ferdinand, commandée par le comte de Collato, s'avançait de l'autre. Elle avait envahi le pays des Grisons et la Valtellina ; elle se disposait à descendre dans le Milanais. Outre toutes les terreurs que causait l'annonce d'un tel passage, le triste bruit courait, et l'on en avait même des avis formels, que la peste couvait dans cette armée. Il y en avait toujours alors quelques germes dans les troupes allemandes, comme le dit Varchi en parlant de celle que, un siècle auparavant, les Allemands avaient apportée à Florence. Alessandro Tadino, l'un des conservateurs de la Santé (ils étaient six, outre le président, quatre magistrats et deux médecins), fut chargé par le tribunal, ainsi qu'il le raconte lui-même dans son Journal que nous avon déjà cité[2], de remontrer au gouvernement le danger épou-

---

[1] Littéralement : *Suez, ô feux ! à préparer les métaux.* Voyez, dans l'*Essai sur la littérature italienne*, quelques détails sur l'Achillini.

[2] *Ragguaglio dall' origine e giornali successi della gran peste conta-*

vantable qui menaçait le pays si cette armée obtenait le
passage pour se porter à Mantoue, comme en courait le
bruit. Il paraît, par toutes les actions de don Gonzalo,
qu'il était possédé de l'envie d'occuper une grande place
dans l'histoire, et elle ne peut pas en effet le passer sous
silence; mais, ainsi que cela arrive souvent, elle n'a pas
connu ou elle ne s'est pas souciée d'enregistrer celui de
ses actes le plus digne de mémoire et d'attention, la réponse qu'il fit au docteur Tadino en cette circonstance. Il
répondit qu'il ne savait qu'y faire : les raisons d'intérêt et
d'honneur pour lesquelles cette armée s'était mise en marche étaient d'un plus grand poids que le danger qu'on lui
opposait; qu'il chercherait pourtant à tout arranger pour
le mieux, et qu'on espérât en la Providence.

Afin donc de tout arranger pour le mieux, les deux médecins de la Santé (Tadino et le sénateur Settala, fils du
célèbre Lodovico) proposèrent à ce tribunal qu'il fût défendu, sous les peines les plus sévères, d'acheter aucun
objet des soldats qui devaient passer; mais il ne fut pas
possible de faire entendre la nécessité d'un tel ordre au
président, « homme, dit Tadino[1], d'une grande bonté, qui
ne pouvait pas croire que, du commerce de ces gens-là et
de la vente de ces objets, dût résulter la mort de tant de
milliers de personnes. » Quant à don Gonzalo, cette réponse fut un de ses derniers actes à Milan, parce que les
mauvais succès de la guerre, provoquée et dirigée en grande
partie par lui, furent cause qu'il fut démis de ce poste dans
le cours de cet été. Il fut remplacé par le marquis Ambrogio Spinola, dont le nom avait déjà acquis dans les guerres
de Flandre cette célébrité militaire dont il jouit encore.

Cependant l'armée allemande avait reçu l'ordre définitif
de se porter sur Mantoue, et, au mois de septembre, elle
entra dans le duché de Milan.

A cette époque, la milice était encore composée en

giosa, venefica e malefica, seguita nella città di Milano, etc. *Milano*, 1648,
page 16.   (*Note de l'Auteur.*)
[1] Page 17.

grande partie d'aventuriers enrôlés par des condottieri de profession, par commission de tel ou tel prince, quelquefois même pour leur propre compte et pour se vendre en masse. Les hommes étaient attirés à ce métier beaucoup moins par la solde qui leur était assignée que par l'espérance du pillage et tous les attraits de la licence. Il n'y avait dans l'armée aucune discipline stable et générale ; elle n'aurait pas pu facilement s'accorder avec l'autorité indépendante des divers condottieri. Ceux-ci, d'ailleurs, n'étaient pas très-raffinés en fait de discipline, et, quand même ils l'auraient voulu, on ne voit pas trop comment ils auraient pu parvenir à l'établir et à la maintenir. Des soldats de cette humeur se seraient révoltés contre un condottiere novateur qui se serait mis en tête d'abolir le pillage, ou, tout au moins, ils l'auraient laissé garder seul ses drapeaux. En outre, comme les princes, pour prendre, comme on dit, ces bandes à ferme, s'étudiaient plus à avoir beaucoup de monde pour assurer leurs entreprises qu'à en proportionner le nombre aux moyens qu'ils avaient de les payer, moyens ordinairement très-restreints, la solde n'était jamais comptée exactement. Les dépouilles des pays avec lesquels on avait guerroyé ou qu'on avait parcourus en devenaient comme un supplément tacitement convenu. Cette sentence de Wallenstein n'est guère moins célèbre que son nom : « Il est plus facile de maintenir une armée de cent mille hommes qu'une de douze mille. » Celle dont nous parlons était en grande partie composée de gens qui, sous son commandement, avaient ravagé l'Allemagne dans cette guerre célèbre entre toutes les guerres, et par elle-même et par ses effets, qui prit ensuite le nom des trente années de sa durée. Son propre régiment s'y trouvait conduit par un de ses lieutenants ; la plus grande partie des autres condottieri avaient commandé sous lui, et il s'y trouvait plus d'un de ceux qui, quatre ans après, devaient l'aider à arriver à cette fin malheureuse que chacun sait.

Il y avait vingt-huit mille fantassins et sept mille cavaliers. En descendant de la Valtellina pour se porter sur

Milan, ils devaient côtoyer l'Adda jusqu'à l'endroit où elle se jette dans le Pô, en tout huit journées de marche dans le duché de Milan.

Une grande partie des habitants se retiraient dans les montagnes, en emportant leurs objets les plus précieux et emmenant leurs bestiaux ; les autres restaient, ou pour garder quelque malade, ou pour préserver leur maison de l'incendie, ou pour veiller aux objets précieux qu'ils avaient cachés et enterrés ; d'autres, parce qu'ils n'avaient rien à perdre ; quelques vauriens enfin, pour tâcher de gagner. Quand le premier régiment arrivait dans l'endroit où il devait s'arrêter, il se répandait aussitôt dans le pays et dans les environs, et il les mettait aussitôt au pillage : ce qui pouvait être mangé ou emporté disparaissait, sans parler du dégât qu'il faisait, des campagnes abandonnées, des chaumières brûlées, des vexations, des homicides, des viols. Toutes les cachettes, toutes les défenses pour sauver son bien étaient souvent inutiles et tournaient quelquefois au détriment du propriétaire. Les soldats, gens bien plus exercés aux stratagèmes mêmes de cette guerre, furetaient dans les moindres recoins des maisons, perçaient les murs, les abattaient ; ils découvraient aisément dans les jardins la terre fraîchement remuée ; ils allaient jusque dans les montagnes pour ravir les bestiaux ; ils pénétraient dans les cavernes, guidés par quelques vauriens, comme nous avons dit, à la recherche des habitants opulents qui s'y étaient réfugiés ; ils les dépouillaient, les entraînaient à leur maison, et, à force de coups et de menaces, ils les forçaient d'indiquer le lieu où étaient cachés leurs trésors.

Ils partent enfin, ils sont partis ; on entend de loin mourir le son des tambours et des trompettes ; quelques heures d'une épouvante plus calme succèdent ; mais voilà qu'un nouveau roulement de tambours, un nouveau bruit maudit, annonce l'arrivée d'un autre détachement. Ceux-ci, furieux de ne plus trouver de proie, ravageaient ce qui restait, brûlaient les meubles, les portes, les poutres, les tonneaux, et même les maisons; ils exerçaient les plus mauvais traitements contre les habitants. Tout alla de pis en pis pendant vingt jours, car l'armée était divisée en autant de détachements.

Colico fut la première terre du duché qu'envahirent ces démons; ils se jetèrent ensuite sur Bellano; de là ils entrèrent et se répandirent dans la Valtellina, d'où ils débouchèrent dans le territoire de Lecco.

<h1 style="text-align:center">XXIX</h1>

Ici, parmi ces malheureux épouvantés, nous trouvons des personnes de notre connaissance.

Qui n'a pas vu don Abbondio le jour que se répandit tout à coup le bruit de la descente de l'armée, de son approche et de ses excès, ne peut pas savoir au juste ce que c'est que la frayeur. Ils viennent : ils sont trente, quarante, cinquante mille; ce sont des diables, des ariens, des antechrists; ils ont saccagé Cortenuova; ils ont mis le feu à Primaluna; ils quittent Introbbio, Pasturo, Barsio; on les a vus à Balabbio; demain ils seront ici. Telles étaient les nouvelles qui volaient de bouche en bouche. On courait, on s'arrêtait tour à tour, on se consultait tumultueusement, on hésitait entre la fuite et le séjour; les femmes s'attroupaient en poussant des cris lamentables et en portant leurs mains à la tête.

Don Abbondio, qui avait délibéré avant tous les autres et plus que tous les autres de s'enfuir à tout prix, en tout lieu, y voyait des obstacles invincibles et d'épouvantables dangers. « Comment faire? s'écria-t-il; où aller? » Les montagnes, sans parler de la difficulté du chemin, n'étaient pas sûres; déjà l'on savait que les lansquenets y grimpaient comme des chats, pourvu qu'ils eussent à peine le moindre indice ou l'espérance d'une proie. Les eaux du lac étaient enflées; un grand vent soufflait; outre cela, la plus grande partie des bateliers, craignant d'être forcés de passer des

soldats ou des bagages, s'étaient réfugiés avec leurs bar-
ques sur l'autre rive; le peu qui en étaient restées étaient
surchargées de monde. Travaillées par un poids énorme et
par la bourrasque, on disait qu'elles couraient à chaque
instant les plus grands risques. Pour se porter loin et hors
de la route que l'armée avait à parcourir, il n'était pas possible de trouver ni une voiture, ni un cheval, ni aucun
autre moyen. A pied, don Abbondio n'aurait pas pu faire
beaucoup de chemin, et il craignait d'être atteint en route.
Les confins du territoire bergamasque n'étaient pas si éloignés que ses jambes ne l'y pussent porter en un trait; mais
déjà le bruit avait couru qu'on avait expédié en toute hâte
de Bergame un escadron de *cappelletti* qui gardaient les
frontières pour tenir les lansquenets en respect. Ceux-ci
étaient des démons incarnés ni plus ni moins que les autres,
et ils faisaient de leur côté le pire qu'ils pouvaient. Le
pauvre homme courait, hors de lui et comme un insensé,
dans sa chambre: il allait vers Perpetua, pour concerter
avec elle une résolution; mais Perpetua, tout occupée à
ramasser les objets les plus précieux et à les cacher sous le
plancher, dans les moindres trous, passait en toute hâte,
affairée, préoccupée, les mains pleines, et répondait :
« Voilà que je finis de mettre ceci en sûreté; nous ferons
ensuite comme les autres. » Don Abbondio voulait l'entretenir et débattre avec elle les divers partis à prendre; mais
Perpetua, entre les affaires et la hâte, et l'épouvante qu'elle
avait au corps, et la rage que lui causait celle de son maître,
était en ce moment moins traitable que jamais. « Les autres
s'industrient, nous nous industrierons aussi. Excusez-moi,
mais vous n'êtes bon qu'à embarrasser. Croyez-vous que
les autres n'aient pas aussi leur peau à sauver? » Avec ces
réponses et d'autres semblables elle se débarrassait de lui,
et elle avait déjà arrêté, quand cette opération, faite à la
hâte, serait finie pour le mieux, de le prendre par un bras
comme un enfant et de l'entraîner dans les montagnes.
Laissé ainsi seul, il se mettait à la fenêtre, il épiait de
toutes parts, il prêtait l'oreille, et, voyant passer du monde,

il criait avec un accent de plainte et de reproche : « Faites la charité à votre pauvre curé de lui chercher quelque cheval, quelque mulet, quelque âne. Est-il possible que personne ne veuille venir à mon aide? Oh! quelles gens! Attendez-moi au moins, attendez que je puisse aller avec vous, attendez d'être une vingtaine pour m'emmener avec vous, pour que je ne sois pas abandonné. Me voulez-vous laisser au pouvoir de ces chiens? Ne savez-vous pas qu'ils sont luthériens pour la plupart, que tuer un prêtre leur semble une œuvre méritoire? Me voulez-vous laisser ici pour recevoir le martyre? Oh! quelles gens! quelles gens! »

Mais à qui adressait-il ce discours? à des hommes qui passaient courbés sous le poids de leur humble mobilier, et tourmentés par la pensée de ce qu'ils laissaient chez eux exposé au pillage. Celui-ci chassait devant lui sa vache; celui-là emmenait ses enfants, chargés autant qu'ils pouvaient l'être, et la femme portait dans ses bras ceux qui ne pouvaient marcher; quelques-uns poursuivaient leur route sans rien répondre ni même sans regarder; un autre lui disait : « Eh! messer, faites comme vous pourrez; vous êtes heureux de ne point avoir de famille à qui penser. Aidez-vous, cherchez.

— Oh! pauvre moi! s'écriait don Abbondio. Oh! quelles gens! quels cœurs! Il n'y a point de charité, chacun pense à soi, personne ne pense à moi. » Et il allait chercher Perpetua.

« Oh! vous voilà fort à propos, lui dit-elle. Et l'argent?

— Comment ferons-nous?

— Donnez-le moi; je l'irai enterrer, avec l'argenterie, dans le jardin.

— Mais...

— Mais, mais..., donnez-le-moi; gardez quelques sous pour le besoin, et puis laissez-moi faire. »

Don Abbondio obéit; il alla vers son coffre-fort, en tira son petit trésor et le remit à Perpetua. « Je le vais enterrer dans le jardin, au pied du figuier, » lui dit-elle; et elle sortit.

Elle revint peu de temps après avec une hotte pleine de munitions de bouche et avec une petite corbeille vide ; elle y mit un peu de linge pour elle et pour son maitre.

« Vous porterez au moins le bréviaire, dit-elle.

— Mais où allons-nous?

— Où va donc tout le monde? Avant tout, nous irons sur la route, et là nous entendrons et nous verrons ce qu'il nous faut faire. »

Sur ces entrefaites, Agnese entra avec une petite hotte sur les épaules, et l'air de quelqu'un qui vient faire une proposition importante.

Agnese, décidée aussi à ne pas attendre des hôtes si dangereux, seule qu'elle était au logis, et avec encore un peu de cet or de l'Inconnu, était restée quelque temps en doute du lieu où elle se pourrait réfugier. Le reste de ces scudi, qui au temps de la famine lui avaient été d'un si grand secours, était la principale cause de ses alarmes et de son irrésolution, car elle avait ouï dire comment, dans les pays déjà envahis, ceux qui avaient de l'argent s'étaient trouvés exposés à une condition plus terrible que les autres, exposés en même temps à la violence des étrangers et aux piéges de leurs compatriotes. Il est vrai qu'elle n'avait fait confidence à personne du bien qui lui était pour ainsi dire tombé du ciel, si ce n'est toutefois à don Abbondio, chez qui elle allait changer l'un après l'autre un scudo, en lui laissant toujours quelque chose pour les plus malheureux. Mais l'argent caché, surtout pour ceux qui ne sont pas habitués à en manier souvent, tient le possesseur dans un soupçon continuel d'autrui. Or, tandis qu'elle allait cachant çà et là ce qu'elle ne pouvait pas emporter avec elle, et qu'elle pensait aux scudi qu'elle tenait cachés sous ses jupons, il lui vint en mémoire qu'en les lui donnant l'Inconnu lui avait aussi fait faire les offres les plus larges de service. Elle se souvint de ce qu'elle avait ouï raconter de son château, situé dans un lieu très-sûr, et où, sans le gré du maitre, personne autre ne pouvait aller que les oiseaux du ciel. Elle résolut d'aller y demander asile. Elle pensa comment elle se pourrait faire reconnaître de ce seigneur, et elle songea aussitôt à don Abbondio. Celui-ci, depuis l'entretien qu'il avait eu avec l'archevêque, lui avait fait des démonstrations particulières de bienveillance avec une effusion de cœur d'autant plus grande, qu'il le pouvait sans se compromettre, et que, les deux jeunes fiancés étant fort loin, le cas était fort loin aussi où l'on lui pouvait faire une requête qui aurait mis sa bienveillance à une rude épreuve. Elle supposa qu'en un tel désordre le pauvre homme devait être encore plus empêché et plus alarmé qu'elle, et que le parti lui paraîtrait bon. C'est ce qu'elle lui venait proposer. L'ayant trouvé avec Perpetua, elle exposa à tous deux le motif de sa visite.

« Qu'en dites-vous, Perpetua? demanda don Abbondio.

— Je dis que c'est une inspiration du ciel, et qu'il ne faut pas perdre de temps, et se mettre la route sous les pieds.

— Et puis...

— Et puis, et puis, quand nous y serons, nous nous trouverons bien contents. On sait maintenant que ce signore ne cherche qu'à obliger son prochain, et c'est avec le plus grand plaisir qu'il nous donnera un asile. Là, sur la frontière, et presque perdus dans les airs, il ne viendra certainement point de soldats. Et puis, et puis, nous y trouverons aussi à manger. Là-haut sur les montagnes, quand nous aurions achevé cette petite grâce de Dieu, » et en disant cela, elle l'arrangeait dans le panier, sur le linge, « nous nous serions trouvés mal partagés.

— Il est converti, il est vraiment converti, n'est-ce pas?

— Est-ce qu'on en peut douter, après tout ce qu'on en sait, après ce que vous-même avez vu?

— Et si nous allions nous mettre nous-mêmes en cage?

— Quelle cage? Avec toutes ces balivernes, excusez-moi, on ne viendrait jamais à une conclusion. Digne Agnese, vous avez eu une excellente idée. » Elle mit la hotte sur une petite table, et ayant passé les bras dans les courroies, elle la chargea sur ses épaules.

« Est-ce qu'on ne pourrait pas, dit don Abbondio, trouver quelque homme qui vînt avec nous pour escorter son curé? Si nous rencontrions quelque coquin, et l'on n'en voit que trop dans ces sortes d'occasions, de quel secours me pourriez-vous être, vous autres?

— Encore une! et toujours pour perdre du temps! s'écria Perpetua. Allez le chercher maintenant cet homme, quand chacun est en souci de ses propres affaires? Finissons. Allez chercher votre bréviaire et votre chapeau, et en route. »

Don Abbondio y alla. Il ne tarda pas à revenir, son bréviaire sous le bras, son chapeau sur la tête et son bourdon à la main. Ils sortirent tous trois par une petite porte qui donnait sur la place de l'église. Perpetua la referma, plutôt pour ne pas omettre une formalité que par la foi qu'elle avait en cette serrure et en ses panneaux; elle mit la clef dans sa poche. Don Abbondio jeta, en passant, un regard sur l'église, et il dit entre ses dents: « C'est le peuple que concerne le soin de la garder, car c'est à lui qu'elle sert. S'ils ont un peu de cœur pour leur église, ils y penseront; s'ils n'en ont pas, autant leur en puisse arriver. »

Ils cheminèrent, avec précaution, à travers champs, pensant chacun à ses affaires, et regardant de tout côté, surtout don Abbondio, s'il ne paraîtrait pas quelque figure suspecte, quelque chose de peu sûr. Ils ne rencontraient personne : tout le monde était ou dans sa maison à la garder, à faire ses paquets, ou par les chemins qui conduisaient aux montagnes.

Après avoir soupiré à plusieurs reprises, et après avoir laissé échapper quelque interjection, don Abbondio commença à murmurer avec plus de suite. Il s'attaquait au duc de Nevers, qui aurait pu rester en France à jouir de la vie, à faire le prince, et qui voulait être duc de Mantoue en dépit de tout le monde; il s'attaquait à l'empereur, qui aurait dû avoir du sens pour les folies de ces gens-là, laisser couler l'eau, ne pas être si pointilleux : au bout du compte, n'aurait-il pas toujours été l'empereur, que ce fût

Pierre ou Paul qui fût duc de Mantoue? C'était surtout au gouverneur qu'il en avait, car le gouverneur aurait dû tout faire pour éloigner ces fléaux du pays, et c'était lui qui les y avait attirés par son goût pour la guerre. « Il faudrait, disait-il, que ces seigneurs fussent ici pour voir, pour tâter quel goût elle a. Ils ont un bon compte à rendre! mais, en attendant, cela retombe sur ceux qui n'y sont pour rien.

— Laissez donc ces gens-là tranquilles : ce n'est pas eux qui nous viendront aider, disait Perpetua. Voilà encore, excusez-moi, voilà encore de vos bavardages accoutumés, qui ne mènent à rien. Ce qui me donne le plus d'inquiétude.....

— Qu'est-ce donc? »

Perpetua, qui, dans ce trajet, pensait à loisir aux objets qu'elle avait cachés avec tant de précipitation, commença à s'affliger d'avoir oublié telle chose, d'avoir mal caché telle autre; ici, d'avoir laissé une trace qui mettrait les voleurs sur la voie; là...

« Brava, dit don Abbondio, rassuré peu à peu sur sa vie autant qu'il ça fallait pour se tourmenter pour sa fortune, Brava! c'est ainsi que vous avez fait? Où aviez-vous la tête?

— Comment? » s'écria Perpetua en s'arrêtant un moment sur ses deux pieds, et mettant les poings sur les hanches autant que lui permettait la hotte qu'elle portait, « comment! vous me venez faire de tels reproches, quand c'est vous qui me faisiez perdre la tête au lieu de m'aider! J'ai plus pensé peut-être aux choses de la maison qu'aux miennes propres; je n'ai eu personne qui me donnât un coup de main, j'ai été obligée d'être le *bon Dieu et les saints* [1] Si quelque chose va mal, je n'ai rien à dire : j'ai fait plus que mon devoir. »

Agnese interrompait ces débats en parlant de ses chagrins ; elle voyait s'évanouir l'espérance d'embrasser bientôt sa chère Lucia ; car comment supposer que donna

---

[1] Ho *dovuto far da Marta e da Maddalena.* Littéralement, *J'ai dû faire pour Marthe et pour Madeleine.*

Prassede voulût venir à la campagne de ce côté, en de telles circonstances? Si elle s'y était trouvée, elle en serait partie à la hâte comme tout le monde.

La vue des lieux rendait encore plus vifs ces pensers d'Agnese, et plus poignant son désir. Sortis des sentiers des champs, ils avaient pris la grande route, celle-là même par où la pauvre femme était venue reconduisant pour si peu de temps sa fille au logis, après avoir séjourné avec elle chez le tailleur. Déjà on apercevait le village.

« Nous irons bien saluer ces braves gens, dit Agnese.

— Et même nous reposer un tant soit peu, car je commence à avoir assez de cette hotte, et ensuite pour manger un morceau, dit Perpetua.

— A condition que nous ne perdrons pas de temps, car ceci n'est pas du tout un voyage d'agrément, » dit Abbondio.

Ils furent reçus à bras ouverts et vus avec grand plaisir : ils rappelaient une bonne action. « Faites le plus de bien que vous pourrez, dit à cette occasion notre auteur, et vous rencontrerez souvent des visages riants. »

Agnese, embrassant la bonne dame, laissa échapper des larmes qui lui furent d'un grand soulagement ; elle répondit avec des sanglots aux demandes que celle-ci et son mari lui faisaient touchant Lucia.

« Elle est mieux que nous, dit don Abbondio. Elle est à Milan, à l'abri du danger, loin de ces diaboñques scènes.

— Le seigneur curé et la compagnie s'échappent, n'est-il pas vrai?... dit le tailleur.

— Oui, répondirent en même temps le maître et la gouvernante.

— Je prends bien part à votre malheur.

— Nous nous dirigeons vers le château de ***.

— C'est bien pensé. Vous y serez en sûreté comme dans le paradis.

— Et vous n'avez pas peur ici?

— Nous sommes trop loin de la route de ces gens-là.

S'ils venaient à s'en détourner, nous en serions avertis assez à temps. »

Les trois voyageurs étaient décidés à prendre un moment de repos ; et comme c'était l'heure du dîner : « Faites-moi l'honneur, dit le tailleur, de partager ma table. A la fortune du pot ! Il y aura un plat de bonne mine. »

Perpetua dit qu'elle avait avec elle de quoi rompre le jeûne. Après un peu de cérémonies de part et d'autre, on en vint à l'accord de mettre tout ensemble et de dîner en compagnie.

Les enfants s'étaient mis avec grande fête autour d'Agnese, leur ancienne amie. Vite, vite, le tailleur ordonna à une jeune fille (celle qui avait été porter ce bien de Dieu à Maria la veuve : qui sait s'il vous en souvient ?) d'aller faire rôtir quelques châtaignes de primeur.

« Et toi, dit-il à un jeune garçon, va dans le jardin secouer le pêcher ; fais-en tomber quelques pêches, et apporte-les ici. Apporte-les bien toutes, au moins ! Et toi, monte sur le figuier, et cueilles-y quelques figues des plus mûres. C'est un métier que vous ne connaissez que trop. » Quant à lui, il alla percer un petit baril de vin, et sa femme courut chercher un peu de linge. Perpetua tira ses provisions. On dressa la table ; on mit un napperon grossier et une assiette de faïence à la place d'honneur pour don Abbondio, avec un couvert que Perpetua avait dans sa hotte. On servit ; tout le monde prit place, et l'on dîna, sinon avec beaucoup de joie, au moins avec beaucoup plus qu'aucun des commensaux ne se serait attendu à en goûter dans cette journée.

« Que dit le seigneur curé d'un remue-ménage de cette sorte ? dit le tailleur. Je crois lire l'histoire des Sarrasins en France.

— Qu'ai-je à dire ? Fallait-il que ce nouveau malheur m'arrivât encore ?

— Vous avez choisi un excellent refuge : car qui pourrait arriver là-haut sans la volonté du maître ? Vous y trouverez nombreuse compagnie. Beaucoup de monde s'y est déjà réfugié, et il en arrive toujours.

— J'ose espérer que nous serons bien accueillis. Je connais ce brave seigneur. Quand j'ai eu une autre fois l'honneur de me trouver avec lui, il a été si honnête !

— Et à moi, dit Agnese, il m'a fait dire par l'illustrissime monseigneur que lorsque j'aurais besoin de quelque chose, je n'avais qu'à aller vers lui.

— Grande et belle conversion ! reprit Abbondio. Et il y persévère, n'est-il pas vrai, il y persévère ? »

Le tailleur se mit à parler longuement de la sainte vie de l'Inconnu, et comment, après avoir été le fléau de tout le pays, il en était devenu l'exemple et le bienfaiteur.

« Et tout ce monde qu'il avait avec lui..., cette bande ?...» reprit don Abbondio, qui en avait plus d'une fois ouï dire quelque chose, mais qui n'en était pas assez sûr.

« La plupart s'en sont allés, répondit le tailleur, et ceux qui sont restés ont changé de vie, mais d'une manière !... En somme, ce château est devenu comme la Thébaïde. Vous devez savoir tout cela. »

Il se mit ensuite à se remémorer avec Agnese la visite du cardinal. « Grand homme ! disait-il, grand homme ! c'est dommage qu'il soit passé si vite, que je n'aie pas même pu lui faire un peu d'honneur. Oh ! que je voudrais pouvoir lui parler une autre fois un peu plus à loisir ! »

Quand ils se furent levés de table, il leur fit remarquer une estampe qui représentait le cardinal. Il la tenait collée sur la porte, en vénération du personnage, et aussi pour pouvoir dire à tout le monde que le portrait n'était pas ressemblant : il en savait quelque chose, car il avait pu observer de près et à loisir le cardinal dans cette chambre même.

« Est-ce lui qu'on a voulu faire avec cette chose-là ? dit Agnese. L'habit lui ressemble, mais...

— N'est-il pas vrai qu'il n'est pas ressemblant ? dit le tailleur. C'est ce que je dis toujours ; mais, à défaut d'autres choses, il y a au moins son nom dessous : c'est un souvenir. »

Don Abbondio était impatient d'arriver. Le tailleur courut chercher un chariot qui les portât jusqu'au pied de la montée, et il revint bientôt pour annoncer qu'il arrivait. « Seigneur curé, dit-il ensuite à Abbondio, si vous désiriez porter là-haut quelque livre pour passer le temps, je vous pourrais servir, en pauvre homme toutefois, car je m'amuse aussi un peu à lire. Ce ne sont pas des livres comme les vôtres, ce sont des livres en langue vulgaire ; mais pourtant....

— Mille grâces. Les circonstances sont telles, qu'on a à peine assez de tête pour lire son bréviaire. »

Tandis qu'on fait et qu'on refuse les remerciements, tandis qu'on échange les condoléances et d'heureux présages, des invitations et des promesses de s'arrêter encore au retour, le chariot est arrivé devant la porte. On y met les hottes, on monte, et l'on entreprend avec un peu de calme et de tranquillité d'esprit la seconde moitié du voyage.

Le tailleur avait dit vrai à don Abbondio touchant la nouvelle vie de l'Inconnu. Du jour que nous l'avons laissé, il avait toujours continué de faire ce qu'alors il s'était proposé, de réparer ses torts, de se réconcilier avec ses ennemis, de secourir les malheureux, de faire tout le bien qu'il pourrait. Ce courage qu'il avait jadis montré dans l'attaque et dans la défense, il en faisait preuve maintenant en évitant avec soin la défense et l'attaque. Il avait déposé toutes armes ; il allait toujours seul, disposé à subir les conséquences possibles de tant de violences qu'il avait commises, et persuadé que c'en serait commettre une nouvelle que d'employer la force à la défense d'une tête débitrice de tant de choses et à tant de monde, persuadé encore que tout le mal qui lui serait fait serait une injure envers Dieu, mais envers lui une juste rétribution, car il avait moins que tout autre le droit de se faire punisseur d'une injure. Mais il était resté non moins inviolé que lorsqu'il tenait armés, pour sa sûreté, tant de bras et le sien. Le souvenir de son ancienne férocité et la vue de sa nouvelle mansuétude, celui que devaient avoir laissé tant de désirs de vengeance, celui qui rendait cette vengeance si facile, conspiraient en cette occurrence à vaincre les haines et à lui conquérir une admiration qui lui servait principalement de sauvegarde. C'était cet homme que personne n'avait pu humilier et qui s'était humilié lui-même. Les haines que son mépris et la peur n'avaient fait jadis qu'envenimer s'assoupissaient devant cette nouvelle humilité. Les offensés avaient obtenu, hors de toute attente et sans danger, une satisfaction qu'ils n'auraient pas pu se promettre de la vengeance la plus heureuse, la satisfaction de voir un tel homme repentant de ses torts et participant, pour ainsi dire, à leur indignation. S'il s'en trouvait dont le courroux avait été plus amer et plus profond durant de longues années, parce qu'ils n'avaient jamais pu espérer de se trouver plus forts que cet homme, parce qu'ils avaient de grands torts à venger, en le rencontrant ensuite seul, désarmé, et dans l'attitude d'un homme qui ne ferait pas résistance, ils ne s'étaient pas senti d'autre mouvement au cœur que de lui faire des démonstrations de respect. En cet abaissement volontaire, son air et sa contenance avaient acquis, à son insu, je ne sais quoi de plus élevé et de plus noble, parce qu'il y perçait encore mieux qu'auparavant l'absence de toute crainte. Les haines, même les plus violentes et les plus opiniâtres, se sentaient comme liées et tenues en respect par la vénération publique pour un homme si repentant et si bienfaisant. Cette vénération était si grande, que lui-même se trouvait embarrassé pour se soustraire aux démonstrations qu'on lui en faisait, et il était forcé de s'appliquer à ne pas trop laisser percer sur ses traits et dans ses mouvements le sentiment intérieur de componction ; de ne pas trop s'abaisser, pour n'être pas trop exalté. Il s'était choisi dans l'église la dernière place, et jamais personne n'aurait osé l'aller occuper avant lui : c'aurait été comme usurper une place d'honneur. Offenser ensuite cet homme, ou même le traiter avec irrévérence, pouvait paraître non-seulement un crime et une chose infâme, mais même un sacrilége; et ceux mêmes à qui ce sentiment général pouvait servir de retenue y participaient plus ou moins.

Ces raisons, et beaucoup d'autres, détournaient aussi de lui l'animadversion plus éloignée de la puissance publique, et lui procuraient même, de ce côté, une sûreté dont il ne se mettait pas en souci. Le rang et la parenté, qui en tout temps lui avaient été de quelque défense, militaient encore plus en sa faveur depuis qu'à ce nom déjà fameux se joignaient l'estime personnelle qui lui était due, la gloire de sa conversion. Les magistrats et les grands s'en étaient publiquement réjouis comme le peuple. Sévir contre un homme qui avait excité tant de joie aurait paru une chose étrange : sans compter qu'une puissance occupée à une guerre perpétuelle et toujours malheureuse contre des rébellions vives et renaissantes, se pouvait estimer assez heureuse d'être délivrée de la plus indomptable et de la plus inquiétante, pour n'aller pas chercher autre chose. D'ailleurs cette conversion produisait des réparations que la puissance n'était habituée ni à obtenir ni même à demander. Tourmenter un saint ne semblait pas un bon moyen de se délivrer de la honte de n'avoir pas su réprimer un criminel; et l'exemple qu'on aurait donné en lui n'aurait pu avoir d'autre effet que de détourner ses pareils de changer de vie. Probablement aussi la part que le cardinal Federigo avait eue à sa conversion, et son nom associé à celui du converti, lui étaient comme un impénétrable bouclier.

Peu à peu la plus grande partie de ses anciens sicaires, ne pouvant s'accoutumer à leur nouvelle discipline et n'y voyant aucune probabilité de changement, s'en étaient allés. L'un avait cherché un nouveau maître, et c'était souvent parmi les anciens amis de celui qu'il quittait; l'autre s'était peut-être enrôlé dans quelque *terzo*, comme on disait alors, d'Espagne et de Mantoue, ou de quelque autre partie belligérante; celui-ci s'était jeté sur les grands chemins, afin d'y faire la guerre pour son compte; celui-là s'était même contenté d'aller friponnant en liberté. Ceux qui étaient à ses ordres en divers pays avaient été contraints de faire à peu près la même chose. Le petit nombre de ceux qui avaient pu s'accoutumer à ce nouveau genre de vie ou qui l'avaient embrassé de bon cœur, natifs pour la plupart de la vallée, étaient retournés aux champs ou aux métiers qu'ils avaient appris dans leur première jeunesse, et qu'ils avaient ensuite abandonnés pour la braverie; les étrangers étaient restés au château, occupés à des emplois domestiques; les uns et les autres, comme rebénis en même temps que leur maître, passaient comme lui leur vie sans faire ni recevoir de torts, désarmés et respectés.

Mais lorsque, à l'arrivée des bandes allemandes, quelques fugitifs des pays envahis ou menacés se réfugièrent au château pour y demander asile, ravi que ses murailles, si longtemps l'épouvante et l'exécration des faibles, fussent regardées par eux comme un lieu de refuge, l'Inconnu accueillit ces malheureux plutôt avec reconnaissance qu'avec courtoisie. Il fit publier que sa maison serait ouverte à quiconque s'y voudrait réfugier, et il s'occupa aussitôt de mettre non-seulement le château, mais même la vallée en état de défense, si jamais les lansquenets ou les *cappelletti* osaient venir essayer d'y faire des leurs. Il rassembla les serviteurs qui étaient restés avec lui. Il leur adressa une harangue sur l'heureuse occasion que Dieu leur donnait, ainsi qu'à lui, de s'employer une fois pour aider leur prochain, qu'ils avaient tant de fois opprimé et épouvanté. Avec cet ancien accent de commandement qui exprimait la certitude d'être obéi, il leur annonça en général ce qu'il entendait qu'ils fissent, et il leur prescrivit surtout comment ils avaient à se conduire, afin que le monde qui arrivait là pour se réfugier ne vît en eux que des amis et des défenseurs. Il fit prendre, dans un galetas, les armes qui y avaient été entassées, et il les leur distribua; il fit dire à ses paysans et à ses fermiers de la vallée que quiconque s'y sentirait porté de bonne volonté vînt en armes au château;

il en fit distribuer à ceux qui n'en avaient pas ; il nomma des officiers, assigna les postes à l'entrée et en divers endroits de la vallée, sur la montée, aux portes du château ; il fixa les heures et la manière de les relever, comme dans un camp, ou comme on y avait déjà été habitué dans ces lieux mêmes, au temps de sa vie criminelle.

Dans un coin de ce galetas étaient, séparées du monceau, les armes que lui seul avait portées : sa fameuse carabine, ses mousquets, ses épées, ses espadons, ses pistolets, ses coutelas, ses poignards, à terre ou suspendus à la muraille. Aucun des serviteurs n'y porta la main ; mais ils concertèrent de demander au seigneur lesquelles il voulait qu'on lui donnât. « Aucune, » répondit-il ; et, soit vœu ou résolution, il resta toujours désarmé à la tête de cette espèce de garnison.

En même temps il avait mis en mouvement d'autres hommes et femmes de sa maison et de ses dépendances, pour préparer dans le château un logement au plus grand nombre de personnes que possible, à dresser des lits, à préparer des paillasses, des matelas dans les salles, qui étaient transformées en dortoirs. Il avait donné l'ordre de faire venir des provisions abondantes pour subvenir aux besoins des hôtes que Dieu lui enverrait, et dont le nombre allait toujours en grossissant. Lui, en attendant, ne restait jamais oisif : il était sans cesse au dedans et au dehors du château, en haut et en bas de la montée, dans la vallée, à établir, à renforcer, à visiter les postes, à tout examiner, à se montrer, à mettre et à tenir en ordre par ses paroles, par ses regards, par l'autorité de sa présence. Dans son château, par les chemins, il faisait accueil à tous les fugitifs qu'il rencontrait, et tous, soit qu'ils eussent déjà vu cet homme, soit qu'ils le vissent pour la première fois, ne pouvaient se lasser de le contempler, oubliant un moment les chagrins et les craintes qui les avaient conduits en ces lieux, et ils se retournaient encore pour le suivre des yeux lorsque, après les avoir quittés, il poursuivait son chemin.

XXX

Quoique le plus grand concours ne se trouvât pas du côté par où nos trois fugitifs s'approchaient de la vallée, mais bien vers le débouché opposé, ils commencèrent cependant, dans ce second trajet, à trouver des compagnons de voyage et d'infortune qui arrivaient, par des chemins de traverse et de petits sentiers, sur la grande route. En de semblables circonstances, tous ceux qui se rencontrent se traitent comme de vieilles connaissances. Chaque fois que le chariot atteignait quelque piéton, on faisait un échange de questions et de réponses. Celui-ci s'était échappé, comme nos personnages, sans attendre l'arrivée des soldats; celui-là avait entendu les tambours et les timbales; un autre les avait vus, et il les dépeignait comme la frayeur a coutume de dépeindre.

« Nous sommes encore heureux, disaient les deux femmes. Rendons grâces au ciel. Il y va de notre bien; mais au moins nous nous en sommes tirés. »

Don Abbondio ne trouvait pas toutefois qu'il y eût de quoi se tant réjouir. Ce grand concours de peuple, et plus encore le concours qu'il craignait de rencontrer au château commençaient à lui porter ombrage. « Oh! quelle histoire! murmurait-il tout bas aux deux femmes, lorsque personne ne se trouvait auprès de lui; oh! quelle histoire! Ne comprenez-vous pas que se réunir en aussi grand nombre dans un seul lieu, c'est vouloir par force y attirer les soldats? Tout le monde se cache, tout le monde s'enfuit; il ne reste personne dans les maisons. Les soldats croiront que là-haut se trouvent des trésors. Ils y viendront nécessairement. Oh! pauvre moi! où me suis-je embarqué!

— Qu'ont-ils à venir là-haut? disait Perpetua. Eux aussi doivent cheminer dans leur route. Et puis j'ai toujours ouï dire que, dans les périls, il vaut mieux se trouver en grand nombre.

— En grand nombre! en grand nombre! Pauvre femme! Vous ne savez pas que chaque lansquenet en mangerait cent pour sa part; et puis, s'ils voulaient faire des folies, ce serait une charmante chose, n'est-il pas vrai, de se trouver dans une bataille? Oh! pauvre moi! Mieux eût encore valu d'aller sur ces montagnes. Faut-il qu'ils aient tous la rage d'aller en un même lieu!... Maudites gens! » Il grommelait ensuite entre ses dents : « Tous ici; et allez, allez, allez donc, l'un derrière l'autre, comme des troupeaux de brebis sans raison.

— A ce compte, dit Agnese, ils en pourraient dire autant de nous.

— Taisez-vous, taisez-vous; les bavardages ne servent à rien. Ce qui est fait est fait. Nous y sommes, il faut y rester. Il en aviendra ce que Dieu voudra. Que le ciel nous protége! »

Mais ce fut bien pis lorsqu'à l'entrée de la vallée il vit un poste nombreux de gens armés, les uns sur la porte d'une maison, les autres dans les salles du rez-de-chaussée. Il les regarda en dessous. Ce n'étaient pas ces visages qu'il avait vus dans son douloureux premier voyage, ou, s'il s'en trouvait quelques-uns dans le nombre, ils étaient bien changés. Ce nonobstant, on ne saurait dire le chagrin que lui causa cette vue. « Oh! pauvre moi! pensait-il. Voilà, voilà qu'ils font des folies. La chose ne pouvait pas manquer : j'aurais dû m'y attendre de la part d'un homme de cette espèce. Mais que veut-il faire? Veut-il faire la guerre? Veut-il faire le métier du roi? Oh! pauvre, pauvre moi! Dans les fâcheuses conjonctures où nous sommes, il faudrait se pouvoir cacher sous terre, et il cherche au contraire tous les moyens de se faire voir, de paraître à leurs yeux; on dirait qu'il les veut provoquer.

— Voyez, voyez donc, seigneur maître, lui dit Perpetua. Il y a là de braves gens qui nous sauront défendre. Que les soldats viennent maintenant; ceux-ci ne sont point du tout comme nos pauvres diables de paysans, qui ne sont bons qu'à jouer des jambes.

« — Taisez-vous, répondit don Abbondio à voix basse, mais d'un ton de colère ; taisez-vous ; vous ne savez pas ce que vous dites. Priez le ciel que les soldats soient pressés de poursuivre leur chemin, ou qu'ils ne viennent pas à savoir ce qu'on fait ici, que l'on dispose ce lieu comme une citadelle. Ne savez-vous pas que c'est le métier des soldats de prendre les citadelles ? Ils ne demanderaient pas mieux : pour eux, donner un assaut, c'est comme aller à une noce, parce que tout ce qu'ils trouvent est pour eux, et ils passent tout le monde au fil de l'épée. Oh ! pauvre moi ! Suffit. Je verrai bien s'il n'y a pas moyen de se mettre en sûreté là-haut sur quelqu'un de ces précipices. On ne me prendra jamais dans une bataille ; oh ! l'on ne m'y prendra jamais.

— Si vous avez peur même d'être défendu et secouru..., » recommençait Perpetua ; mais don Abbondio l'interrompit avec aigreur, pourtant toujours à voix basse :

« Taisez-vous et gardez-vous bien de rapporter ces discours, gardez-vous-en bien ! Souvenez-vous qu'il faut là-haut faire toujours bon visage, et approuver tout ce qu'on voit. »

A la Malanotte, ils trouvèrent un autre poste de gens armés. Don Abbondio leur tira humblement son chapeau, et il dit en son cœur : « Hélas ! hélas ! je suis venu précisément dans un camp. » Le chariot s'arrêta là ; ils en sortirent ; don Abbondio se hâta de payer, et il congédia le conducteur. Il prit la montée avec ses deux compagnes, sans souffler un mot. La vue de ces lieux rappelait à son imagination et mêlait aux angoisses qu'il éprouvait le souvenir de celles qu'il y avait déjà éprouvées. Agnese, qui ne les avait jamais vus, et qui s'en était fait une peinture idéale qu'elle se représentait chaque fois qu'elle pensait aux choses qui s'y étaient passées, Agnese, en les voyant maintenant tels qu'ils étaient, éprouva comme un sentiment nouveau et plus vif encore de ces douloureux souvenirs. « Oh ! seigneur curé ! s'écria-t-elle, quand je pense que ma pauvre Lucia a passé par ce chemin !...

— Voulez-vous bien vous taire? femme sans cervelle! lui cria don Abbondio à l'oreille. Sont-ce là des choses à mettre en avant dans les lieux où nous sommes? Ignorez-vous que nous sommes chez lui? C'est un bonheur que personne ne vous ait entendue. Si vous parlez ainsi...

— Oh! dit Agnese, maintenant qu'il est un saint!...

— Taisez-vous! lui dit don Abbondio toujours à l'oreille. Croyez-vous que l'on puisse dire étourdiment aux saints tout ce qui vous passe par la tête? Pensez plutôt à le remercier du bien qu'il vous a fait.

— Oh! pour cela, j'y avais déjà pensé. Croyez-vous que je n'aie pas un peu d'usage, un peu de politesse?

— La politesse n'est pas de dire des choses qui peuvent déplaire, surtout à qui n'est pas accoutumé à les entendre. Rappelez-vous bien toutes deux que ceci n'est pas un lieu où caqueter, où dire tout ce qui vous peut passer par la tête. Vous voyez que de serviteurs fidèles il a à ses ordres; il y vient du monde de toute sorte : ainsi, du jugement, si vous pouvez. Pesez vos paroles; dites-en peu, et seulement quand ce sera indispensable : on ne peut jamais faillir à se taire.

— Avec tous vos..., » commençait à dire Perpetua. Mais « Chut! » dit don Abbondio à voix basse, et en même temps il se hâta de tirer son chapeau, et il s'inclina profondément. Il avait aperçu l'Inconnu, qui marchait à leur rencontre. Celui-ci avait vu et reconnu don Abbondio, et il se hâtait de venir vers lui.

« Seigneur curé, dit-il quand il l'eut joint, j'aurais voulu vous offrir ma maison dans une occasion plus agréable; mais, de toute manière, je m'estime heureux de vous pouvoir être utile à quelque chose.

— Confiant en la grande bonté de Votre Seigneurie illustrissime, j'ai pris la liberté de la venir déranger en ces tristes circonstances; et, comme le voit Votre Seigneurie illustrissime, j'ai pris aussi la licence de venir en compapagnie. Voici ma gouvernante...

— Elle est la bienvenue.

« — Et voici une femme à qui Votre Seigneurie a déjà fait du bien. C'est la mère de cette... de cette...

— De Lucia, dit Agnese.

— De Lucia ! s'écria l'Inconnu en se tournant le front baissé vers Agnese. Du bien, moi ! juste Dieu ! C'est vous, vous, qui me faites du bien en venant ici... vers moi !... dans cette maison. Soyez la bienvenue. Vous y apportez la bénédiction du ciel.

— Oh ! oui, vraiment ! Je viens plutôt vous importuner. » Elle ajouta ensuite, en s'approchant de son oreille : « J'ai à vous remercier... »

L'Inconnu se hâta de l'interrompre en lui demandant d'un air plein d'intérêt des nouvelles de Lucia. Quand il en eut reçu, il rebroussa chemin pour conduire, malgré leur résistance polie, ses nouveaux hôtes au château. Agnese lança au curé un regard qui voulait dire : « Voyez un peu s'il est besoin que vous vous interposiez entre nous deux pour nous donner des avis.

— Sont-ils arrivés dans votre paroisse? demanda l'Inconnu à don Abbondio.

— Non, seigneur, je n'ai pas voulu attendre ces démons. Le ciel sait si j'aurais pu sortir vivant de leurs mains et venir importuner Votre Seigneurie illustrissime.

— Vous pouvez vous rassurer : vous êtes maintenant bien en sûreté ; ils ne viendront pas ici. Si l'envie leur en prend, nous sommes prêts à les recevoir.

— Espérons qu'ils ne viendront pas, dit don Abbondio. Et de ce côté, ajouta-t-il en montrant du doigt les montagnes opposées qui bornaient la vallée, de ce côté aussi rôde une autre troupe de gens ; mais... mais...

— C'est vrai. Mais, n'en doutez pas, nous sommes prêts aussi pour eux.

— Entre deux feux ! se disait don Abbondio ; justement entre deux feux ! Où me suis-je laissé entraîner ! et par deux commères ! Et l'on dirait que celui-ci se plaît à s'y fourrer ! Oh ! quelles gens il y a en ce monde !

Quand ils furent entrés au château, le seigneur fit conduire Agnese et Perpetua dans une chambre du quartier assigné aux femmes, qui occupait trois des quatre ailes de la seconde cour, dans la partie la plus reculée de l'édifice, située sur une roche ardue et isolée qui dominait un précipice. Les hommes habitaient les ailes de l'autre cour à droite et à gauche et le corps de logis qui donnait sur l'esplanade. Le corps de logis du milieu, qui séparait les deux cours et conduisait de l'une à l'autre par une vaste galerie s'ouvrant en face de la porte d'entrée, était occupé en partie par les provisions, et devait en partie servir de lieu de dépôt pour les effets que les réfugiés voudraient mettre à l'abri. Dans le quartier des hommes était un petit appartement destiné aux ecclésiastiques qui pourraient arriver. L'Inconnu y accompagna don Abbondio, qui fut le premier à en prendre possession.

Nos fugitifs restèrent vingt-trois ou vingt-quatre jours dans le château, au milieu d'un mouvement continuel, en nombreuse compagnie, qui dans les premiers temps allait toujours en grossissant, mais sans aucune aventure remarquable. Il ne se passait peut-être pas de jours qu'on ne courût aux armes. Les lansquenets viennent par ici; on a vu les cappelletti par là. A chaque avis l'Inconnu envoyait des hommes en éclaireurs; si c'était nécessaire, il prenait avec lui du monde qu'il tenait toujours prêt au besoin, et il allait hors de la vallée, du côté où l'on avait annoncé le péril. C'était chose singulière que de voir une bande de gens déterminés, armés jusqu'aux dents, marchant en file comme des soldats, conduits par un homme sans armes. C'étaient le plus souvent des fourrageurs et des voleurs débandés qui s'enfuyaient avant que d'être atteints. Mais un jour, en donnant la chasse à quelques-uns de ces gens-là, pour leur apprendre à ne plus s'aventurer de ce côté, l'Inconnu fut averti qu'un village voisin était envahi et saccagé. C'étaient des lansquenets de divers corps, qui, restés en arrière pour grapiller, s'étaient réunis en troupes et allaient se jeter à l'improviste sur les terres voisines de celles où l'armée faisait halte; ils dépouillaient les habitants et les mettaient à contribution. L'Inconnu fit aux siens une courte harangue, et il les fit marcher sur le village.

Ils y arrivèrent inattendus. Les pillards, qui croyaient ne marcher qu'au butin, en voyant venir sur eux des gens en troupe et prêts à combattre, laissèrent leur proie et s'enfuirent en toute hâte, sans s'attendre l'un l'autre. Il les suivit durant un long trajet ; puis, ayant fait faire halte, il resta quelque temps à attendre, et enfin il revint sur ses pas. En passant par le village qu'il avait sauvé, il n'est pas besoin de dire avec quels applaudissements et quels cris de bénédiction fut accueillie la bande libératrice et le condottiere.

Dans le château aucun désordre un peu important ne s'éleva jamais parmi cette multitude si différente de conditions, de mœurs, de sexe et d'âge. L'Inconnu avait posté des sentinelles en divers lieux ; celles-ci étaient attentives à prévenir tous les inconvénients avec cette ardeur que chacun mettait aux choses dont il lui devait rendre compte.

Il avait ensuite prié les ecclésiastiques et les hommes les plus respectables de faire la ronde et de veiller. Quand il le pouvait lui-même, il se montrait partout ; mais, même en son absence, le souvenir du maître servait de frein à qui en aurait pu avoir besoin. D'ailleurs c'étaient des fugitifs, et par conséquent des gens portés en général à la tranquillité. La pensée de leur maison et de leurs effets, pour quelques-uns celle des parents ou des amis qu'ils avaient laissés exposés au péril, les nouvelles qui venaient du dehors, en abattant leurs esprits, maintenaient et accroissaient toujours davantage cette disposition.

Il y avait aussi des hommes d'une trempe plus forte et d'un courage plus vert, qui cherchaient à passer joyeusement ces jours malheureux. Ils avaient abandonné leurs maisons parce qu'ils n'étaient pas assez forts pour les défendre ; mais ils ne trouvaient aucun goût à se lamenter et à pleurer sur des choses sans remède, ni à se figurer et à voir en imagination le dégât qu'ils ne devaient que trop

voir un jour avec leurs yeux. Des familles de connaissance
étaient allées ensemble au château ou s'y étaient rencontrées, de nouvelles amitiés s'étaient formées, et la foule
s'était divisée en plusieurs bandes, selon les habitudes et
les humeurs. Ceux qui avaient de l'argent et quelque discrétion allaient prendre leurs repas dans la vallée, où l'on
avait ouvert en toute hâte des tavernes ou des hôtelleries.
Dans quelques-unes les morceaux étaient alternés avec des
gémissements, et il n'était pas permis de parler d'autre
chose que d'infortunes; dans d'autres on ne songeait aux
infortunes que pour dire qu'il n'y fallait pas songer. On
distribuait dans le château, à ceux qui ne pouvaient ou ne
voulaient pas faire cette dépense, du pain, de la soupe et
du vin, outre quelques tables qui étaient servies chaque
jour pour ceux que le seigneur y avait expressément conviés, et les trois personnages de notre connaissance étaient
de ce nombre.

Pour ne pas voler le pain du seigneur, Agnese et Perpetua avaient voulu être employées aux services qu'exi-
geait le séjour de tant de monde. Elles y dépensaient une
bonne part de la journée; le reste était consacré à caqueter avec certaines amies qu'elles s'étaient faites, ou avec
le pauvre don Abbondio. Celui-ci n'avait rien à faire;
il ne s'ennuyait pourtant pas, la peur lui tenait compagnie. Quant à la peur d'un assaut, je crois qu'elle s'é-
tait dissipée, ou, si elle lui restait encore, c'était celle qui
lui donnait le moins d'inquiétude, parce que, chaque fois
qu'il y réfléchissait un peu, il devait s'apercevoir combien
elle était peu fondée. Mais l'image du pays circonvoisin
inondé de toutes parts d'affreux soldats, les armes et les
gens armés qu'il avait toujours sous les yeux, un château,
la pensée de tant de choses qui pouvaient naître à chaque
instant dans une telle situation, tout contribuait à lui donner une frayeur confuse, vaste, perpétuelle, sans parler du
chagrin que lui causait la pensée de sa pauvre maison.
Tout le temps qu'il resta dans cet asile, il ne s'en éloigna
jamais de dix pas, et il ne mit jamais le pied sur la des-

cente. Son unique promenade était l'esplanade ; il arpentait toute la longueur du château, tantôt d'un côté, tantôt de l'autre ; il regardait les gouffres et les précipices pour étudier s'il y aurait un passage tant soit peu praticable, quelque peu de sentier où chercher une retraite au cas d'un danger imminent. Il faisait de grandes salutations à tous ses compagnons d'asile, mais il n'en hantait qu'un fort petit nombre. Ses entretiens les plus fréquents étaient avec les deux femmes, ainsi que nous l'avons dit. C'était devant elles qu'il épanchait librement ses chagrins, au risque de se voir quelquefois couper la parole par Perpetua, et de voir même Agnese lui faire honte. A table, où il restait peu et où il parlait moins encore, il apprenait les nouvelles du terrible passage, qui parvenaient chaque jour, ou de village en village et de bouche en bouche, ou apportées là-haut par quelqu'un qui d'abord avait voulu rester au logis, s'en échappait enfin sans avoir rien pu sauver, et quelquefois, par surcroît d'infortune, assez mal arrangé. Chaque jour c'était une nouvelle histoire de malheur. Quelques-uns, nouvellistes de profession, recueillaient avidement tous les bruits, exprimaient le suc de tous les récits et le donnaient à leurs voisins. On disputait pour savoir quels étaient les régiments les plus plus endiablés ; lesquels étaient pires, des fantassins ou des cavaliers ; on répétait, du mieux qu'on pouvait, certains noms de condottieri ; on racontait les anciennes entreprises de quelquesuns ; on précisait les haltes et les marches. Tel jour, tel régiment arriverait dans tel pays ; le lendemain, il irait tomber sur tel autre, où, en attendant, tel autre faisait le diable et pis. On cherchait surtout à avoir des informations, et on tenait compte des régiments qui passaient le pont de Lecco, parce qu'on pouvait considérer ceux-là comme partis et vraiment hors du pays. Les cavaliers de Wallenstein passent, et puis les fantassins de Marradas, et puis les cavaliers d'Anhalt, et puis les fantassins de Brandebourg, et puis six, huit, dix autres. Quand il plut au ciel, Galasso passa aussi, qui fut le dernier. L'escadron volant des Vénitiens finit aussi par s'éloigner, et tout le pays à droite et à gauche se trouva libre. Déjà les habitants des terres envahies et vidées les premières avaient commencé de quitter le château. Chaque jour il en partait du monde, comme après un orage d'automne on voit sortir de toutes parts des rameaux feuillés d'un grand arbre les oiseaux du ciel qui s'y étaient mis à l'abri. Je crois que nos trois amis furent les derniers à s'en aller, et cela par le vouloir de don Abbondio, qui craignait, s'il retournait aussitôt au logis, d'y trouver encore des lansquenets traînards. Perpetua eut beau dire et redire que, plus on tardait, plus on donnait de facilité aux voleurs du pays d'entrer au logis et de s'emparer du reste; lorsqu'il s'agissait de sauver sa peau, c'était toujours don Abbondio qui l'emportait, à moins que l'imminence du danger ne lui eût, comme on dit, fait perdre la boule.

Au jour fixé pour le départ, l'Inconnu fit tenir prête à la Malanotte une voiture dans laquelle il avait déjà fait mettre du linge pour Agnese. Il la tira à l'écart, et lui fit encore accepter un petit rouleau de scudi pour réparer le dommage qu'elle trouverait chez elle, bien qu'Agnese, en frappant de la main sur sa poitrine, lui répétât à chaque instant qu'elle en avait encore là des anciens.

« Quand vous verrez votre bonne pauvre Lucia..., lui dit-il enfin (je suis déjà certain qu'elle prie pour moi, car je lui ai fait beaucoup de mal), dites-lui donc que je la remercie, et je me confie en Dieu que sa prière tournera aussi en une grande bénédiction pour elle. »

Il voulut ensuite accompagner ses trois hôtes jusqu'à la voiture. Le lecteur imagine aisément les remerciements humbles et immodérés de don Abbondio et les compliments de Perpetua. Ils partirent. Ils s'arrêtèrent, ainsi qu'ils en étaient convenus, mais debout, sans s'asseoir, à la maison du tailleur, où ils entendirent raconter cent choses sur ce terrible passage, l'histoire accoutumée de vols, de coups, d'insultes, de violences; mais là, par bonheur, on n'avait pas vu les lansquenets.

« Ah! seigneur curé! dit le tailleur en lui donnant le bras pour remonter en voiture, il y a de quoi faire des livres imprimés sur un fracas de cette sorte. »

Après avoir encore un peu cheminé, nos voyageurs commencèrent à voir par leurs propres yeux quelque chose de ce qu'ils avaient tant ouï raconter. Des vignes dépouillées, non comme par le vendangeur, mais comme par la grêle et l'ouragan qui auraient fondu ensemble sur elles; les ceps brisés, foulés aux pieds; les échalas arrachés; le terrain abîmé et couvert de débris, de pampres, de jeunes rejetons; les arbres meurtris, ébranchés; les haies trouées en mille endroits; dans les villages, les portes brisées, le linge, la litière, tous les objets entassés et épars dans les rues. Un air lourd, des odeurs méphitiques s'exhalaient des maisons. Des paysans étaient occupés, les uns à jeter ces immondices, les autres à réparer du mieux qu'ils pouvaient leurs portes; d'autres enfin, les bras croisés sur la poitrine, poussaient des gémissements lamentables. Au passage de la voiture, des mains étaient tendues de toutes parts pour implorer l'aumône.

Avec ces tristes images tantôt devant leurs yeux, tantôt présentes à leurs esprits, et dans l'attente de trouver une chose semblable chez eux, ils y arrivèrent, et ils trouvèrent en effet ce à quoi ils s'attendaient.

Agnese fit déposer les paquets dans un coin de sa petite cour, qui était resté l'endroit le plus propre de la maison; elle se mit ensuite à nettoyer, à rassembler et à laver le peu d'effets qu'on lui avait laissés. Elle fit venir un charpentier et un serrurier pour raccommoder les portes. Déballant ensuite le linge que l'Inconnu lui avait donné, et comptant en secret ses nouveaux scudi, elle s'écria à part soi : « Je suis tombée sur mes pieds. Grâces en soient rendues à Dieu, à la Madone et à ce bon signore, je puis bien dire que je suis tombée sur mes pieds. »

Don Abbondio et Perpetua entrent au logis sans avoir besoin de clefs; à chaque pas ils sentent croître une odeur, un poison, une peste qui les fait reculer. La main sur le

nez, ils s'avancent vers la porte de la cuisine; ils y entrent
sur la pointe des pieds, en cherchant soigneusement la
place où les poser, pour éviter les parties les plus dégoûtantes des ordures fétides qui couvrent le pavé. Ils regardent de tout côté. Rien n'est entier; mais on voit dans
tous les coins des restes et des débris de ce qui y avait été :
les plumes des poules de Perpetua, des chiffons de linge,
des feuilles des calendriers de don Abbondio, des morceaux
de poterie épars et confondus. Seulement sur le foyer on
pouvait reconnaître les traces rassemblées d'un vaste sac-
cage : c'étaient les restes de tisons éteints qui témoignaient
avoir été un bras de chaise, un pied de table, une porte
d'armoire, un bois de lit, une douve du petit tonneau où
l'on tenait le vin qui remettait l'estomac de don Abbondio. Le reste n'était que cendres et que charbons; avec ces
charbons mêmes, les saccageurs avaient barbouillé les murailles de figures grotesques, en s'étudiant, avec certains
bonnets carrés ou certaines tonsures, et avec certains larges rabats, à figurer des prêtres, et en mettant tous leurs
soins à les faire horribles et ridicules, effet que de tels
artistes ne pouvaient guère manquer d'atteindre.

« Ah! porcs! s'écria Perpetua. — Ah! brigands! » s'é-
cria don Abbondio. Ils se hâtèrent de sortir par une autre
porte qui donnait sur le jardin. Ils respirèrent et allèrent
tout droit vers le figuier; mais, avant d'y arriver, ils virent
la terre fraîchement remuée, et ils jetèrent tous deux un
cri. Ils arrivent enfin, et ils trouvent effectivement, au lieu
du mort, la fosse ouverte. Don Abbondio commença par
s'en prendre à Perpetua, qui avait mal caché l'argent. Jugez si celle-ci se tint pour battue! Après avoir tous deux
bien crié, tous deux l'index bien tendu vers le trou, ils revinrent ensemble en grommelant. Et tenez pour certain
que partout ailleurs on trouva à peu près la même chose.
Ils prirent beaucoup de peine à faire nettoyer et purifier la
maison, car en des jours semblables il était bien difficile
de trouver un aide, et je ne sais combien de temps ils furent forcés de rester comme des gens qui campent, en

s'arrangeant de leur mieux et en renouvelant peu à peu les portes, les meubles, les ustensiles, avec les deniers prêtés par Agnèse.

Ce désastre fut pour quelque temps un inépuisable sujet de disputes fastidieuses. Perpetua, à force de questionner, d'épier, de fureter, vint à savoir que quelques meubles de son maître, que l'on avait crus la proie du soldat, étaient au contraire au pouvoir de certaines gens du pays. Elle tourmentait son maître pour qu'il se montrât et réclamât son bien. On ne pouvait pas toucher une corde plus odieuse pour don Abbondio, attendu que ces effets étaient aux mains de brigands, c'est-à-dire de cette espèce de personnes avec laquelle il avait le plus à cœur de rester en paix.

« Mais si je ne veux pas savoir ces choses-là! disait-il. Combien de fois faudra-t-il que je vous répète que ce qui est arrivé est arrivé? Faut-il que je me fasse mettre en croix parce que ma maison a été pillée?

— Quand je dis que vous vous laisseriez manger les yeux de la tête! C'est péché que de voler les autres; mais vous! c'est pain bénit.

— Mais voyez si ce sont des propos à tenir! Mais voulez-vous vous taire? »

Perpetua se taisait, mais pas aussi vite, et tout lui était ensuite prétexte à recommencer, si bien que le pauvre homme s'était réduit à ne plus laisser échapper la moindre plainte sur telle ou telle chose qui lui manquait au moment où il en aurait eu besoin, parce que plus d'une fois il lui était arrivé de s'entendre dire : « Allez la chercher chez un tel, qui l'a, et qui ne l'aurait pas gardée jusqu'à ce jour s'il n'avait su avoir affaire à un bon homme. »

Une autre et plus vive inquiétude lui venait d'entendre que journellement des traînards continuaient à passer, ainsi qu'il l'avait trop bien conjecturé. Il était toujours en crainte d'en voir arriver quelqu'un, ou même une compagnie, à sa porte, qu'il avait fait réparer en hâte avant toute chose, et qu'il avait grand soin de tenir bien barricadée;

mais par la grâce du ciel ce malheur ne lui arriva pas. Ces frayeurs n'avaient pas encore cessé qu'il en survint une nouvelle.

Mais ici nous laisserons de côté le pauvre homme; il s'agit de bien autre chose que de ses craintes personnelles, que du malheur de quelques villages, que d'un désastre passager.

XXXI

La peste, que le tribunal de la Santé avait craint de voir entrer dans le Milanais avec les bandes allemandes, y était entrée en effet, ainsi que chacun sait. On sait aussi qu'elle ne se borna pas à ravager ce pays, mais qu'elle envahit et désola une bonne partie de l'Italie. Le fil de notre histoire nous conduit maintenant à raconter les principales circonstances de cette grande calamité, mais dans le Milanais seulement, et presque exclusivement dans la ville de Milan, car les mémoires de l'époque ne s'occupent guère que de la ville. Soit raison, soit caprice, les chroniqueurs ne font jamais autrement.

Dans toute la ligne de pays parcourue par l'armée, on avait trouvé quelques cadavres dans les maisons, quelques autres sur la route. Bientôt dans ce pays, et au loin, des personnes, des familles entières furent atteintes de maux violents, étranges, accompagnés de symptômes généralement inconnus, et elles y succombèrent. Quelques vieillards se souvenaient seuls de les avoir vus autrefois. C'étaient ceux qui avaient été témoins de la peste qui, cinquante-trois ans auparavant, avait désolé une grande partie de l'Italie et principalement le Milanais, où elle prit le nom qu'elle porte encore, de la peste de San-Carlo[1]. Tant est forte la puissance de la charité! elle peut faire primer la mémoire d'un homme sur la mémoire de la vaste et solennelle infortune de tout un peuple, parce qu'elle a inspiré à cet homme des sentiments et des actions plus mémora-

[1] Saint-Charles.

bles encore que les maux ; elle peut graver son nom dans tous les cœurs, faire exprimer par ce seul nom et y rattacher le souvenir de tous ces douloureux événements, parce qu'elle l'y a fait entrer comme un guide, un bienfaiteur, un vivant exemple, une victime volontaire ; d'une calamité publique elle peut faire pour cet homme comme une glorieuse entreprise, et la nommer de son nom comme une conquête ou une découverte !

Cependant des nouvelles de morts étranges et multipliées arrivaient de toutes parts. On envoya deux commissaires pour examiner les lieux et prendre des précautions. Lorsqu'ils arrivèrent, le fléau s'était déjà tant propagé, que les preuves s'offrirent à eux sans qu'ils eussent besoin de les chercher longtemps. Ils parcoururent le territoire de Lecco, la Valsassine, les bords du lac de Como, les districts du Monte-Brianza et de la Gera-d'Adda. Partout ils trouvèrent des *ville* barricadées, d'autres entièrement désertes, les habitants en fuite, campés au milieu des champs ou dispersés, « semblables, » dit le médecin Tadino, l'un des commissaires, « à des créatures sauvages, portant à la main celui-ci de la menthe, celui-là de la rue, un autre du romarin, un autre enfin une fiole de vinaigre. » Ils s'informèrent du nombre des morts : il était effrayant. Ils visitèrent les malades et les cadavres, et partout ils reconnurent les signes manifestes et terribles de la peste.

Le tribunal de la Santé, instruit de cette fatale nouvelle par les commissaires, les députa, aussitôt leur retour, vers le gouverneur, pour lui exposer l'état des choses. Il répondit qu'il en éprouvait un grand déplaisir, qu'il en était fort touché, mais que les soins de la guerre étaient beaucoup plus pressants. C'était la seconde fois, si le lecteur s'en souvient, qu'il faisait une semblable réponse, et pour le même cas. Deux ou trois jours après, il publia une ordonnance qui prescrivait des réjouissances publiques pour la naissance du prince Charles, premier-né du roi Philippe IV, sans se douter ou sans s'inquiéter du péril qui pouvait naître d'un grand concours de peuple en de telles conjonc-

tures, le tout comme en des temps ordinaires, comme si
on ne lui avait parlé de rien.

Cet homme, ainsi que nous l'avons dit en son lieu, était
le célèbre Ambrogio Spinola, envoyé pour mieux diriger
cette guerre, pour réparer les fautes de don Gonzalo, et
incidemment pour gouverner. Nous pouvons, incidemment
aussi, rappeler qu'il mourut quelques mois après, au fort
de cette guerre qu'il avait tant à cœur; il mourut, non pas
de ses blessures sur le champ de bataille, mais dans son
lit, de chagrin, de rage, pour les reproches, les dures re-
montrances, les dégoûts de toute sorte qu'il recevait de
celui qu'il servait. L'histoire a déploré son sort et flétri
l'ingratitude dont il fut victime; elle a décrit avec beaucoup
de soin ses entreprises militaires et politiques, loué sa
prévoyance, son activité, sa constance héroïque; elle aurait pu rechercher aussi quel emploi il avait fait de ses
hautes qualités quand la peste menaçait, envahissait tout
un peuple livré à ses soins ou plutôt à sa merci.

Mais ce qui, en lui laissant le blâme qui lui est dû, di-
minue l'étonnement que son indifférence pourrait causer,
ce qui fait naître un autre et bien plus fort étonnement,
c'est l'indifférence de la population elle-même, de cette
partie de la population que la contagion n'avait point encore atteinte, mais qui avait tant de motifs pour la redouter. Aux fatales nouvelles qui arrivaient des pays infectés,
de ces pays qui forment autour de la ville une ligne demi-
circulaire, distante sur quelques points à peine de vingt
milles, sur quelques autres de dix seulement, qui ne croirait à une émotion générale, à des précautions empressées,
ou au moins à une stérile inquiétude? Et toutefois, si les
mémoires du temps s'accordent sur un point, c'est d'attester qu'il n'en fut rien. La disette de l'année précédente,
les exactions de la soldatesque, les chagrins d'esprit, parurent plus que suffisants pour expliquer cette mortalité.
Dans les rues, dans les boutiques, dans les maisons, on
accueillait avec un rire d'incrédulité, avec des moqueries,
avec un esprit mêlé de colère, celui qui hasardait un mot

sur le danger, qui parlait de peste. La même incrédulité, disons mieux, le même aveuglement, la même obstination prévalaient au sénat, au conseil des décurions, auprès de tous les corps de magistrature. Le seul cardinal Federigo, au premier avis des accidents causés par une maladie contagieuse, enjoignit, par une lettre pastorale, à ses curés, entre autres choses, de faire sentir au peuple l'importance, l'obligation même de révéler tout semblable accident, et de séquestrer les effets infectés ou suspects. Une ordonnance, pour empêcher les étrangers d'entrer dans la ville, avait été projetée le 30 octobre ; elle ne fut arrêtée que le 23 du mois suivant, et promulguée seulement le 29. La peste était déjà entrée dans Milan.

Ce fut un soldat italien au service d'Espagne qui l'y apporta. Ce malheureux, chargé de tant de maux, avait un grand amas de hardes qu'il avait achetées ou dérobées aux soldats allemands. Il alla loger chez ses parents, dans le faubourg de la Porte-Orientale, près du couvent des capucins. A peine arrivé, il tomba malade et fut porté à l'hôpital. Les symptômes du mal qui le travaillait en firent soupçonner la nature au médecin qui le soignait. Il y succomba le quatrième jour.

Le tribunal de la Santé fit condamner la maison qu'il avait habitée, et il y séquestra sa famille. Ses vêtements et le lit qu'il avait occupé furent livrés aux flammes. Deux servants qui lui avaient donné leurs soins, et un bon frère qui l'avait assisté, tombèrent malades peu de jours après, et tous trois de la peste. Le soupçon qu'on avait eu, dès le principe, de la nature du mal, et les précautions dont on usa, empêchèrent la contagion de se propager davantage.

Mais le soldat en avait laissé au dehors des semences qui ne tardèrent pas à germer. Le maître de la maison où il avait logé en fut atteint le premier. C'était un nommé Carlo Colonna, joueur de luth. Alors tous les habitants de cette maison furent conduits au lazaret par ordre du tribunal de la Santé. Quelques-uns y moururent évidemment d'une maladie contagieuse.

Cependant la contagion couvait sourdement dans la ville. Elle y fit peu de progrès durant le reste de cette année et les premiers mois de l'année suivante. De temps en temps, tantôt dans un quartier, tantôt dans un autre, quelques personnes en étaient atteintes, quelques autres succombaient; la rareté même des accidents éloignait le soupçon de la peste, et confirmait toujours plus la multitude dans cette stupide et meurtrière croyance qu'il n'y avait point de peste, qu'il n'y en avait point eu un seul moment. Ajoutez à cela que la plupart des médecins, pour faire chorus avec le peuple, se moquaient des présages sinistres, des avertissements menaçants du petit nombre de leurs confrères. Ils avaient sans cesse à la bouche des noms de maladies ordinaires, pour qualifier tous les cas de peste qu'ils étaient appelés à soigner, quels qu'en eussent été les symptômes.

Les avis de ces accidents ne parvenaient que très rarement au tribunal de la Santé, et ils y parvenaient toujours fort tard et d'une manière incertaine. La crainte de la *contumace*[1] et du lazaret tenait tous les esprits en éveil; on dissimulait les malades; on corrompait les fossoyeurs et les *anziani*[2]; on obtint même, à prix d'argent, de faux certificats de quelques officiers subalternes de la Santé, commis par elle pour visiter les cadavres.

Les médecins, qui, convaincus de la réalité de la contagion, proposaient des précautions et cherchaient à faire partager aux autres leur douloureuse certitude, étaient l'objet de l'animadversion générale. Les plus modérés les accusaient de sottise et d'obstination; aux yeux du plus grand nombre, c'était évidemment une imposture, une intrigue ourdie pour exploiter la frayeur publique. Ludovico Settala, vieillard presque octogénaire, homme d'un

---

[1] On appelle *contumace* la maison et les effets séquestrés. Certaines marchandises, même dans les temps ordinaires, sont soumises dans les lazarets à une quarantaine plus sévère, et elles portent aussi ce nom. La laine, par exemple, est une marchandise *contumace*.

[2] On a vu que les *anziani* étaient des officiers de justice.

grand savoir pour son temps, et d'une grande réputation
de probité, faillit en être victime. Un jour qu'il allait en
litière faire visite à ses malades, le peuple commença à
s'ameuter autour de lui, en criant qu'il était le chef de
ceux qui voulaient par force que ce fût la peste; que c'était
lui qui mettait la ville en alarmes pour donner de l'occupation aux médecins. Les porteurs eurent grand'peine à
le conduire dans une maison voisine pour le soustraire à
ces furieux.

Mais vers la fin du mois de mars, d'abord dans le faubourg
de la Porte-Orientale, ensuite dans le reste de la ville, les
maladies, les morts accompagnées de spasmes étranges,
de palpitations, de léthargie et de délire, et de ces tristes
marques de lividité et de bubons, commencèrent à être
plus fréquentes. La plus grande confusion régnait dans le
lazaret, où la population, chaque jour décimée, allait en
croissant chaque jour. La sérénité jusqu'alors si confiante
des magistrats commença à être troublée. Le tribunal et
les décurions, ne sachant où donner de la tête, eurent recours aux capucins. Ils conjurèrent le père commissaire de
la province, qui remplissait les fonctions du père provincial, mort depuis peu, de leur vouloir bien donner un homme
capable de gouverner ce royaume de la désolation. Le commissaire leur proposa, en qualité de principal, un père
Felice Casati, homme d'un âge mûr, qui jouissait d'une
grande renommée de charité, d'activité, de douceur et en
même temps de force d'esprit, renommée bien méritée,
ainsi qu'il le fit voir. On lui adjoignit, en qualité de compagnon et en quelque sorte de ministre, un père Michel
Pozzobonelli, jeune encore, mais grave et sévère de pensées comme d'aspect. Ils furent acceptés avec joie, et,
le 30 mars, ils entrèrent dans le lazaret. Le président de
la Santé les y conduisit lui-même, comme pour leur en
faire prendre possession. Il convoqua les servants[1] et les
employés de tout ordre, et il investit, en leur présence, le

[1] *Servants.* Nous avons cru pouvoir nous servir de ce mot, qui rend
parfaitement le mot italien, et qui est fort usité dans le midi de la France.

père Félice du titre de président de ce lieu, avec une autorité pleine et absolue. A mesure que la livide foule des mourants se multipliait dans ces tristes lieux, d'autres capucins y accoururent; ils y remplirent non-seulement leurs devoirs de religieux, mais encore les plus humbles et les plus dégoûtants offices. Le père Félice, toujours infatigable, toujours empressé, visitait de jour, visitait de nuit les galeries, les chambres, les vastes cours, quelquefois une hallebarde à la main, quelquefois armé seulement de son cilice. Il pressait et réglait les services, apaisait les désordres, faisait droit aux plaintes, menaçait, punissait, reprenait, consolait, séchait et répandait des larmes. Dès le commencement, il gagna la maladie, en guérit, et reprit ses premières fonctions avec une nouvelle ardeur. La plupart de ses confrères y laissèrent sans regret leur vie.

L'entêtement des incrédules céda enfin à l'évidence, surtout lorsque l'on vit l'épidémie, jusque-là concentrée dans le peuple, se répandre et gagner de proche en proche des personnages plus connus. Le médecin Settala en fut atteint lui-même. Sa femme, ses deux enfants et sept domestiques tombèrent malades. Lui seul et l'un de ses fils en réchappèrent. Lui rendit-on au moins justice? Dit-on enfin : « Le bon vieillard avait raison? » Qui le peut savoir aujourd'hui?

Ne pouvant plus nier les terribles effets du mal, et n'en voulant pas reconnaître la cause parce que c'aurait été confesser en même temps une grande erreur et une grande faute, les incrédules en imaginèrent une autre entièrement conforme aux préjugés de leur temps. C'était une opinion accréditée alors dans toute l'Europe qu'il existait des enchantements, des opérations diaboliques, une race d'hommes conjurés pour répandre la peste à l'aide de poisons contagieux et de maléfices. Déjà de semblables choses avaient été supposées et crues dans beaucoup d'autres épidémies, et notamment à Milan dans celle du siècle précédent. En outre, vers la fin de l'année précédente, une dépêche était arrivée du roi Philippe IV au gouverneur,

par laquelle ce prince lui donnait avis que quatre Français
qui étaient soupçonnés de répandre des substances vénéneuses et pestilentielles, s'étaient évadés de Madrid ; qu'il
eût à se tenir sur ses gardes et à veiller s'ils étaient par
hasard arrivés à Milan. Le gouverneur avait communiqué
la dépêche au sénat et au tribunal de la Santé. Elle n'y
avait alors excité aucune attention. Mais quand la peste
eut éclaté et fut reconnue de chacun, on se rappela cet
avis, et il put servir à confirmer et à donner du fondement
au vague soupçon d'une fraude criminelle ; il put même y
donner naissance.

Mais deux incidents, produits l'un par une peur aveugle
et déréglée, l'autre par je ne sais quelle méchanceté, con-
vertirent ce vague soupçon d'un attentat possible en soupçon véritable, et auprès du plus grand nombre en certitude
d'un attentat positif et d'un complot réel. Quelques personnes qui avaient cru voir, dans la soirée du 17 mai, des
individus frotter dans la cathédrale une cloison qui servait
à séparer les places assignées aux deux sexes, firent emporter dans la nuit hors de l'église la cloison et une grande
quantité de bancs. Le président de la Santé accourut
avec quatre personnes de son tribunal pour visiter la cloison, les bancs, les bassins d'eau bénite ; il n'y trouva rien
qui pût confirmer le ridicule soupçon d'un maléfice. Toutefois, pour complaire aux imaginations troublées, et «plutôt
par excès de précaution que par nécessité, » il décida qu'il
suffirait de laver la cloison. Cette énorme quantité de boi-
series entassées produisit une grande impression d'épouvante sur la multitude, pour qui le moindre objet devient
si vite un texte à conjectures. On dit et on tint pour certain que les empoisonneurs avaient frotté tous les bancs et
les murs de la cathédrale, et jusqu'aux cordes des cloches.

La matinée suivante, un nouveau spectacle plus étrange
et plus significatif frappa les yeux et l'esprit de tous les
citoyens. Dans toutes les parties de la ville on vit les portes
des maisons et les murailles enduites à longs traits de je

ne sais quelle ordure d'un jaune blanchâtre, qui semblait
y avoir été appliquée avec des éponges. Soit que ce fût une
méchante plaisanterie pour exciter une frayeur plus générale et plus bruyante, soit que ce fût dans le dessein plus
coupable d'augmenter le public désordre, enfin quel qu'en
ait été le motif, la chose est tellement attestée, qu'on ne
la peut attribuer aux rêves de cerveaux malades, d'imaginations troublées. La ville, déjà alarmée, en fut sens dessus dessous; les propriétaires des maisons purifiaient, avec
de la paille embrasée, les endroits infectés; les passants
s'arrêtaient, regardaient et frémissaient d'horreur. Les
étrangers, suspects par cela seul, et faciles à reconnaître
à leurs vêtements, étaient arrêtés dans les rues par le peuple et conduits en prison. On interrogea, on examina les
personnes arrêtées, ceux qui avaient mis la main sur elles,
les témoins : personne ne fut trouvé coupable. Les esprits
étaient encore capables de douter, de peser, d'entendre.
Le tribunal de la Santé publia une ordonnance par laquelle
il promettait récompense et impunité à qui ferait connaître l'auteur ou les auteurs de cet attentat; mais, ainsi
qu'il l'écrivit au gouverneur, ce n'était que pour satisfaire
le peuple et calmer les esprits.

Tandis que le tribunal cherchait ou feignait de chercher, bien des gens dans le public, comme il arrive toujours, avaient déjà trouvé. Ils ne doutaient pas que ce ne
fussent des substances vénéneuses. Les uns voulaient que
ce fût une vengeance de don Gonzalo Fernandez de Cordoue, à cause des insultes qu'il avait reçues à son départ;
les autres prétendaient que c'était une invention du cardinal de Richelieu pour faire déserter Milan et s'en emparer sans peine; d'autres, et l'on ne sait par quels motifs,
voulaient que ce fût l'ouvrage du comte de Collalto, de
Wallenstein, de tel ou tel gentilhomme milanais. Il s'en
trouvait aussi qui n'y voyaient qu'une méchante plaisanterie et qui l'attribuaient aux écoliers, à des gentilshommes, à des officiers qui s'ennuyaient au siége de Casal.
Comme on vit ensuite que l'infection et la mortalité uni-

verselles que l'on avait redoutées ne s'effectuaient pas, ce premier effroi se calma, et la chose fut presque mise en oubli.

Il y avait encore un grand nombre de gens du peuple qui n'étaient pas persuadés que ce fût la peste, parce que, disaient-ils, tout le monde en serait mort. Pour dissiper tous les doutes, le tribunal de la Santé trouva un expédient conforme au besoin, une manière de parler aux yeux telle que les temps la pouvaient réclamer et suggérer. Dans un des jours de fête de la Pentecôte, les habitants de la ville avaient coutume de se rendre au cimetière de *San-Gregorio,* hors de la Porte-Orientale, afin de prier pour les morts de la précédente épidémie qui y étaient enterrés. Faisant de la dévotion une occasion de divertissement et de spectacle, chacun s'y rendait dans sa plus magnifique parure. Ce jour-là une famille entière était, entre autres, morte de la peste. A l'heure où le concours était le plus nombreux, au milieu des carrosses, des cavalcades, des promeneurs, les cadavres de cette famille furent, par ordre de la Santé, traînés nus sur un chariot vers ce même cimetière, afin que la foule y pût voir les traces manifestes, l'empreinte hideuse du mal. Un cri d'horreur et d'épouvante s'élevait partout où passait le char; un long murmure régnait encore longtemps après son passage, un autre murmure le précédait. On crut davantage à la peste; mais chaque jour d'ailleurs elle travaillait à prouver son existence, et cette réunion ne dut pas peu contribuer à la propager.

Ainsi donc, dans le principe, point de peste, absolument point, en aucune manière; il était même défendu d'en prononcer le nom. Ensuite des fièvres pestilentielles : on admet l'idée en biaisant. Ensuite, ce n'est pas vraiment la peste; c'est-à-dire, oui, c'est la peste, mais en un certain sens : ce n'est nullement la peste, mais une chose à laquelle on ne peut pas trouver un autre nom. Enfin c'est la peste, c'est bien la peste, sans aucun doute, sans conteste; mais déjà une autre idée s'y est attachée, l'idée des empoisonnements et des maléfices, qui altère et dénature la triste et incontestable réalité.

Il n'est pas besoin, je crois, d'être beaucoup versé dans l'histoire des idées et des mots pour voir que plusieurs ont fait un semblable chemin. Grâce au ciel, il en est peu de cette nature et de cette importance qui conquièrent à un tel prix leur évidence, et auxquels se puissent attacher d'aussi terribles accessoires. On pourrait toutefois, dans les grandes comme dans les petites choses, éviter en grande partie cette marche si longue et si tortueuse en adoptant la méthode proposée depuis si longtemps, d'observer, d'écouter, de comparer, de réfléchir avant de parler.

Mais parler est une chose beaucoup plus facile à elle seule que toutes les autres ensemble, et nous-mêmes, je dis nous autres en général, nous avons besoin d'être indulgents sur ce point.

XXXII

Cependant il devenait de jour en jour plus difficile de faire face aux exigences douloureuses des circonstances. Le conseil des décurions résolut de recourir au gouvernement. Il lui fit représenter par deux députés l'état de misère et de détresse de la ville, l'énormité des dépenses, le trésor épuisé et endetté, les revenus à venir engagés, les impositions échues toutes en retard par l'appauvrissement général, produit par tant de causes, et surtout par les dégâts de la soldatesque. D'ailleurs, par une foule de lois et de coutumes non interrompues, et par un décret spécial de Charles-Quint, les dépenses de la peste devaient être à la charge du gouvernement. Spinola leur donna en réponse de nouvelles condoléances et de nouvelles exhortations ; il dit qu'il était désolé de ne se pouvoir pas trouver à Milan, afin d'employer tous ses soins à soulager cette ville, mais qu'il espérait que le zèle des magistrats y aurait suppléé. Il fit des réponses évasives à toutes les demandes. D'autres messages eurent le même résultat. Plus tard, au fort de la peste, le gou-

verneur jugea convenable de transférer, par lettres pa-
tentes, son autorité au grand chancelier Ferrer, parce
que, écrivait-il, il était obligé de donner tous ses soins à la
guerre.

Avec cette résolution, les décurions avaient pris celle
de demander au cardinal-archevêque que l'on fît une procession solennelle, en promenant par la ville le corps de
saint Charles.

Le bon prélat refusa par beaucoup de raisons. Cette
confiance en un moyen douteux lui déplaisait, et il craignait que, si l'effet venait à n'être pas obtenu, la confiance
ne se changeât en scandale. Il craignait en outre que s'il
y avait des empoisonneurs, cette procession ne leur fût
une occasion trop favorable; que s'il n'y en avait pas, un
rassemblement ne pouvait que propager encore plus la
contagion : péril bien autrement réel. Le soupçon des empoisonnements, assoupi jusque-là, s'était réveillé plus généralement et plus furieux que jamais.

On avait vu de nouveau, ou cette fois on avait cru voir
les murailles, les portes des édifices publics, celles des maisons, des marteaux enduits de substances vénéneuses. La
nouvelle de ces découvertes volait de bouche en bouche :
ainsi qu'il arrive la plupart du temps dans les grandes
préoccupations, entendre raconter la chose produisait autant d'effet que de la voir. Les esprits, toujours plus aigris
par les maux présents, et irrités par l'imminence du danger, embrassaient plus volontiers cette croyance : car la
colère désire ardemment de punir ; et elle aime mieux
attribuer ses maux à une méchanceté humaine contre laquelle elle puisse exercer l'activité qui la tourmente, que
de les attribuer à une cause avec laquelle il n'y a qu'à se
résigner. L'idée d'un poison subtil, instantané, pénétrant,
était plus que suffisante pour expliquer la violence, tous
les accidents les plus incompréhensibles et les plus désordonnés de la maladie. On disait ce poison composé de
crapauds, de serpents, de pus et de bave de pestiférés, de
tout ce que des imaginations féroces et perverses avaient

pu trouver de plus atroce et de plus révoltant. On y ajoutait aussi les maléfices, par lesquels tout effet devenait
possible, toute objection devenait sans force, toute difficulté se résolvait. Si les effets n'avaient pas immédiatement suivi la première tentative, on en devinait aisément
la cause : elle avait été faite par des empoisonneurs encore
novices; maintenant l'art s'était perfectionné, et les volontés s'étaient mieux affermies dans leur infernale résolution. Si quelqu'un avait osé soutenir alors que c'avait été
une plaisanterie, s'il avait nié l'existence d'une noire intrigue, il aurait passé pour aveugle, pour obstiné, si toutefois il n'avait pas encouru le soupçon d'être intéressé à
détourner de la vérité l'attention publique, d'être un complice, un empoisonneur [1]. Le mot fut bientôt dans toutes
les bouches : il avait quelque chose de solennel et de terrible. Avec une telle persuasion qu'il y avait des empoisonneurs, on en devait presque infailliblement découvrir.
Tous les yeux y veillaient; l'action la plus indifférente pouvait exciter le soupçon : le soupçon se changeait bientôt
en certitude, la certitude en fureur.

Les chroniqueurs en citent deux exemples que nous
allons rapporter.

Dans l'église de *Sant' Antonio*, le jour de je ne sais quelle
solennité, un vieillard plus qu'octogénaire, après avoir prié
à genoux, voulut s'asseoir, et auparavant il essuya la poussière du banc avec sa cape. « Ce vieillard empoisonne les
bancs ! » s'écrièrent d'une seule voix quelques femmes qui
le virent faire. La foule qui se trouvait dans l'église (dans
l'église!) se jette aussitôt sur le vieillard, lui arrache ses
cheveux blancs, le frappe à coups de poing et de pied, le
tire dehors à demi mort, pour le traîner à la prison, devant les juges, à la torture... « J'ai vu ce malheureux, dit
Ripamonti, et je n'ai pas su la fin de sa douloureuse histoire; mais je crois bien qu'il n'a eu que quelques moments à vivre. »

L'autre événement est du lendemain. Il fut aussi étrange,

[1] *Untore*, littéralement *oigneur*.

mais non aussi funeste. Trois jeunes Français, un savant, un peintre et un artisan, venus pour visiter l'Italie, pour en étudier les antiquités, et pour chercher à y gagner quelque argent, s'étaient approchés de je ne sais quelle partie extérieure de la cathédrale, et s'étaient mis à la contempler très-attentivement. Un, deux, trois passants s'arrêtèrent : on fit cercle autour d'eux ; on ne les perdit pas de vue un seul moment, car leur habit, leur coiffure, leurs valises les accusaient d'être étrangers et, qui pis est, Français. Comme pour s'assurer que c'étaient du marbre, ils étendirent la main pour toucher la muraille. Ce fut assez. En un moment ils furent enveloppés, arrêtés, mal-traités, traînés, accablés de coups, à la prison. Heureuse-ment le palais de justice est peu éloigné de la cathédrale, et plus heureusement encore ils furent trouvés innocents.

Ces choses n'arrivaient pas seulement dans la ville. La frénésie s'était propagée comme la contagion. Le voyageur rencontré par des paysans hors de la grande route, ou qui, sur la grande route même, musait et ralentissait le pas, ou s'étendait pour se reposer ; l'inconnu à qui l'on trou-vait dans la figure ou dans les habits quelque chose d'é-trange ou de suspect, étaient des empoisonneurs. Au pre-mier avis du premier venu, au cri d'un enfant, le tocsin sonnait, on accourait ; les infortunés étaient assaillis d'une grêle de pierres ou saisis et conduits violemment en pri-son. Et la prison fut, pendant un certain temps, un lieu de sûreté.

Cependant les décurions, à qui le refus du sage prélat n'avait pas fait perdre tout espoir, redoublaient leurs in-stances, que le vœu public secondait par ses clameurs. Le cardinal persista pendant quelque temps encore ; il cher-cha à les dissuader : c'est là tout ce que peut la raison d'un homme contre l'esprit de son temps et les volontés de la multitude. Il finit par céder. Il fit plus, il consentit que la châsse qui renfermait les reliques de saint Charles fût exposée pendant huit jours à la vénération publique sur le maître-autel de la cathédrale.

Le tribunal de la Santé ni les autres autorités ne paraissaient y avoir mis aucune opposition ni fait aucune espèce de remontrance. Seulement le tribunal ordonna quelques précautions, qui, sans obvier au danger, en indiquaient le sentiment. Il porta des ordres plus sévères pour empêcher les gens du dehors d'entrer dans la ville, et, afin d'en mieux assurer l'exécution, il fit fermer les portes. Il voulut aussi éloigner autant que possible de cet immense concours de peuple les gens infectés et les suspects; il fit clouer les portes des maisons séquestrées. Au dire d'un écrivain contemporain, leur nombre s'élevait à près de cinq cents.

On employa trois jours aux préparatifs. Le 11 juin, la procession sortit de la cathédrale au point du jour. Une longue file de peuple, composée pour la plupart de femmes, le visage couvert de grands masques de soie, et beaucoup d'entre elles les pieds nus et revêtues d'un cilice, marchait la première. Les métiers venaient ensuite, précédés de leurs bannières; les confréries, en habits de formes et de couleurs différentes; puis les couvents, puis le clergé séculier, chacun avec les insignes de son rang, et tenant à la main un cierge allumé. Au milieu, parmi la lumière éclatante des flambeaux, parmi le bruit retentissant des cantiques, sous un riche dais, s'avançait la châsse, portée alternativement par quatre chanoines en longs habits de soie. A travers le cristal on voyait la dépouille mortelle du saint, revêtue d'habits pontificaux, la tête couverte de la mitre. Dans ses traits mutilés et décomposés on pouvait encore distinguer quelques traces de son ancien aspect, tel que nous le représentent les images, tel que quelques spectateurs se souvenaient de l'avoir vu et honoré quand il vivait. Derrière la dépouille du saint prélat (dit Ripamonti, à qui nous empruntons cette relation), et rapproché de lui par les mérites, le sang et la dignité, aussi bien que par sa personne, venait l'archevêque Federigo. L'autre partie du clergé marchait à sa suite, et avec elle les magistrats en habits de cérémonie; puis la noblesse : les uns magnifiquement vêtus, comme pour mieux s'associer aux pompes du culte; les

autres en signe de pénitence, en habits de deuil et les pieds
nus, recouverts du cilice, avec un capuchon renversé sur
le visage, tous avec de grandes torches. Un vaste amas de
peuple terminait le cortége.

Toute la rue était ornée comme aux jours de fête. Les
riches avaient sorti leurs ameublements les plus précieux ;
les façades des maisons les plus pauvres avaient été déco-
rées par les voisins qui étaient à leur aise, ou aux frais du
public. Ici, au lieu de tentures, et là, sur les tentures
mêmes, étaient des rameaux de feuillage ; de tous côtés
pendaient des tableaux, des inscriptions, des devises ; sur
les balcons étaient étalés des vases, de riches antiquités, des
meubles précieux ; de toutes parts brillaient des flambeaux.
A plusieurs de ces fenêtres, des malades séquestrés regardaient cette pompeuse procession, et mêlaient leurs prières
à celles des passants. Les autres rues étaient muettes et
désertes ; seulement, quelques personnes, du haut des fenêtres, prêtaient l'oreille à cette rumeur vagabonde ; d'autres, et parmi elles on voyait jusqu'à des religieuses,
étaient montées sur les toits, afin de découvrir de loin si
c'était possible, cette châsse, ce cortége, quelque chose
enfin.

La procession passa par tous les quartiers de la ville. A
chacun des carrefours ou des petites places qui se trouvent
au débouché des rues principales dans les faubourgs, et
qui gardaient alors l'ancien nom de *carrobii*, aujourd'hui
resté à un seul, on faisait une halte. La châsse était posée
près de la croix élevée par saint Charles sur chacune de ces
places, lors de la peste précédente, et dont quelques-unes
sont encore debout. On ne retourna à la cathédrale que
bien après le milieu du jour.

Mais le lendemain, tandis que régnait dans les esprits
la présomptueuse confiance, et, chez quelques-uns, l'assurance fanatique que cette procession devait avoir mis fin
à la peste, voilà que le nombre des morts augmenta dans
toutes les classes, dans toutes les parties de la ville, dans
une progression si effrayante et d'une manière si soudaine,

que personne ne put se refuser à en voir la cause ou au
moins l'occasion dans la procession même. Cependant,
étonnante et déplorable puissance d'un préjugé général!
le plus grand nombre n'attribua pas cet effet à un long entassement de tant de monde, à la multiplicité des contacts
fortuits : il l'attribuait à la facilité qu'avaient eue les empoisonneurs d'exécuter en grand leurs infernales manœu-
vres. On dit que, mêlés à la foule, ils avaient infecté de
leur venin le plus de personnes qu'ils avaient pu. Mais
comme cette idée ne pouvait pas suffire à expliquer une
mortalité si vaste et répandue dans toutes les classes,
comme, selon toute apparence, l'œil le plus attentif, et
que le soupçon rendait si clairvoyant, n'avait pu découvrir
aucune trace de souillure, aucune espèce de substance
étrangère sur le passage de la procession, on recourut,
pour expliquer le fait, à une autre invention déjà fort ancienne, et admise par l'opinion générale en Europe, c'est-
à-dire à des poudres magiques et empoisonnées. On assura
que ces poudres, semées avec profusion sur la route, et
principalement à l'endroit de chaque halte, s'étaient attachées aux pans traînants des habits, et mieux encore aux
pieds du grand nombre de ceux qui avaient été ce jour-là
sans chaussures : tant le pauvre esprit humain se plaît à
se débattre sous le poids des fantômes qu'il a créés lui-
même!

Depuis lors, la fureur de la contagion alla toujours croissant; il n'y eut bientôt plus de maison qui n'en fût atteinte.
La population du lazaret, de deux mille âmes s'éleva à
douze, et même jusqu'à seize mille. La mortalité journa-
lière dépassait cinq cents victimes, et elle arriva bientôt
jusqu'à douze et même quinze cents.

Qu'on se figure quelles devaient être les angoisses des
décurions, à qui était restée la pesante charge de pourvoir
aux nécessités publiques, de réparer ce qui était réparable
en un tel désastre! Il leur fallait chaque jour remplacer,
chaque jour augmenter les individus chargés des services
publics de toute espèce. Ces individus formaient trois clas-

ses. L'une était celle des *monatti* : par cette appellation, déjà fort ancienne et d'origine douteuse, on désignait les hommes dévoués aux plus pénibles et aux plus dangereux travaux au temps de l'épidémie ; ils enlevaient les cadavres des maisons, des rues, du lazaret, les charriaient vers les fosses, les enterraient ; portaient ou conduisaient les malades au lazaret, les soignaient ; brûlaient, purifiaient les objets infectés ou suspects. Venaient ensuite les *apparitours* : leur fonction spéciale était de précéder les chars funèbres, en avertissant au son d'une cloche les passants de se retirer ; et enfin les *commissaires*, qui présidaient aux uns et aux autres, sous les ordres immédiats du tribunal de la Santé. Il fallait tenir le lazaret fourni de médecins, de chirurgiens, de drogues, d'aliments, de tout l'attirail d'une infirmerie ; il fallait trouver et préparer de nouveaux logements pour de nouveaux besoins. A cet effet on fit construire à la hâte des cabanes de bois et de paille dans l'enceinte intérieure du lazaret ; un second lazaret fut même construit avec des cabanes et une clôture de planches, capable de contenir quatre mille personnes ; et, comme il ne put suffire, deux autres furent décrétés. On les commença ; mais, les moyens venant à manquer, ils restèrent inachevés. Les moyens, les hommes, le courage manquaient à mesure que croissait le besoin.

Non-seulement l'exécution restait toujours au-dessous des projets et des ordres, non-seulement on ne pourvoyait qu'à peine, même en paroles, à un grand nombre de nécessités évidentes ; on en vint même à ce point d'impuissance et de désespoir, qu'on ne pourvoyait aucunement aux nécessités les plus pressantes et les plus douloureuses. Chaque jour, par exemple, mouraient d'abandon une grande quantité d'enfants dont les mères avaient péri de la peste. La Santé proposa de fonder un hospice pour ces innocentes créatures et pour les femmes les plus indigentes près d'accoucher, ou de faire au moins quelque chose pour elles : elle ne put rien obtenir. Tous les secours étaient pour la soldatesque, parce que, disait le gouverneur, on était en temps de guerre, et il fallait bien traiter les soldats.

Cependant la fosse immense qu'on avait creusée près du lazaret regorgeait de cadavres ; de nouveaux et d'innombrables cadavres restaient sans sépulture ; le lieu et les bras manquaient à ce travail. Sans un secours extraordinaire, cette calamité serait restée sans remède. Le président de la Santé s'adressa, tout en larmes, aux deux intrépides frères qui gouvernaient le lazaret. Le père Michele s'engagea à débarrasser, en quatre jours, la ville des cadavres qui l'obstruaient, et à creuser, en une semaine, des fosses suffisantes non-seulement au besoin du moment, mais même à ce que pouvait supposer pour l'avenir la plus sinistre prévoyance. Suivi d'un frère compagnon et d'officiers publics désignés par le président, il alla chercher des paysans dans la campagne ; et, moitié par l'autorité du tribunal, moitié par l'autorité de son habit et de ses paroles, il en réunit deux cents, qu'il répartit en trois lieux différents pour y creuser la terre. Il expédia ensuite du lazaret des monatti pour ramasser les morts. Au jour fixé, sa promesse se trouva remplie.

Une fois le lazaret se trouva sans médecins : ce ne fut qu'au prix de beaucoup de peines, de beaucoup de temps, de grandes offres d'argent et d'honneurs, qu'on en put trouver, mais toujours en deçà du besoin. Souvent les vivres y manquèrent au point de faire craindre que l'on n'y mourût même de faim ; et plus d'une fois, tandis qu'on tentait tous les moyens possibles pour faire de l'argent ou des provisions, sans espoir non-seulement d'en trouver à temps, mais encore d'en trouver jamais, d'abondants secours arrivèrent, don inespéré de la charité des particuliers. Au milieu de la stupeur générale, de l'indifférence qu'on éprouvait pour les malheurs étrangers, indifférence que faisait naître la crainte qu'on avait pour soi-même, des âmes pieuses se trouvèrent qui furent toujours ouvertes à la charité, d'autres en qui cette vertu prit naissance de la perte de toutes les joies terrestres. De même aussi, parmi la destruction ou la fuite de tant d'hommes chargés de veiller et de pourvoir à la sûreté publique, on en vit d'autres qui, toujours sains de corps et fermes de courage, restèrent fidèles à leur poste ; quelques-uns même, par un admirable dévouement de piété, prirent sur eux et soutinrent avec une héroïque constance des soins auxquels ne les appelait pas leur devoir.

Ce fut surtout chez les prêtres que se fit remarquer la constance la plus entière et la plus spontanée à se dévouer aux pénibles devoirs de ces terribles jours. Aux lazarets, dans la ville, leur assistance ne manqua jamais ; on les trouvait partout où était la souffrance, toujours mêlés et confondus parmi les languissants et les moribonds, bien souvent languissants et moribonds eux-mêmes. Avec les secours spirituels ils prodiguaient, autant du moins qu'il était en eux, les secours temporels. Plus de soixante curés, dans la ville seulement, moururent atteints par la contagion : c'était à peu près huit sur neuf.

Federigo, ainsi qu'on devait s'y attendre, était pour tous un encouragement et un exemple. Après avoir vu périr autour de lui toute sa maison, sollicité par sa famille, par les premiers magistrats, par les princes voisins, de fuir le péril dans quelque villa solitaire, il rejeta leur conseil et leurs instances avec le même courage qui lui faisait écrire aux curés de son diocèse : « Soyez disposés à abandonner cette vie mortelle plutôt que ces infortunés qui sont nos enfants et notre famille ; allez avec amour au-devant de la peste comme au-devant d'une autre vie, comme à une récompense, puisque vous y pouvez conquérir une âme au Christ. » Il ne négligea aucune des précautions compatibles avec ses devoirs, il donna même des instructions et des règles au clergé ; mais aussi il ne s'inquiéta, il ne parut pas même s'apercevoir du danger là où il fallait passer par le danger pour faire du bien. Sans parler des ecclésiastiques avec lesquels il était toujours, pour louer et diriger leur zèle, pour exciter celui d'entre eux qui était tiède à l'œuvre, pour les envoyer aux postes où un autre avait péri, il voulut qu'un libre accès fût ouvert à quiconque aurait besoin de lui. Il visitait les lazarets pour consoler les malades et encourager ceux qui les assistaient ; il parcourait la ville, portant des secours aux malheureux séquestrés dans leurs maisons, s'arrêtant aux portes, sous les fenêtres, pour écouter leurs plaintes, pour leur donner en échange des paroles de consolation et de courage. Il se jeta et vécut au milieu de la contagion, étonné lui-même, quand elle eut cessé, d'en être sorti sans atteintes.

Dans les calamités publiques, et lorsque l'ordre accoutumé est troublé et interverti pour longtemps, on voit toujours des efforts, des sublimités de vertu ; mais on voit aussi un accroissement bien plus général de perversité. Cela ne manqua pas d'arriver. Les scélérats que la peste épargnait et n'effrayait pas trouvèrent dans la commune confusion, dans le relâchement de la force publique, une nouvelle occasion d'activité et en même temps une nouvelle assurance d'impunité. Bien plus, l'emploi de la force publique même passa en grande partie aux mains des plus hardis d'entre eux. On ne trouvait guère pour les fonctions de monatti et d'appariteurs que des hommes sur lesquels l'attrait de la rapine et de la licence avait plus de puissance que la crainte de la contagion et toutes les répugnances. On leur avait prescrit les règles les plus strictes, intimé les peines les plus sévères, assigné des postes ; on les avait, ainsi que nous l'avons dit, soumis à des commissaires. Au-dessus des uns et des autres, des magistrats et des nobles étaient délégués, dans chaque quartier, avec l'autorité de pourvoir sommairement à toutes les mesures d'ordre que réclamait la circonstance. Toutes ces dispositions furent suivies pendant quelque temps ; mais le nombre des morts, la désolation, l'effroi et l'isolement augmentant chaque jour, ils se trouvèrent affranchis de toute espèce de surveillance, et ils se constituèrent, les monatti surtout, arbitres de toute chose. Ils entraient en maîtres, en ennemis dans les maisons, et, sans parler du pillage, des mauvais traitements qu'ils faisaient éprouver aux malheureux que la peste condamnait à passer par leurs mains, ils les appliquaient, ces mains infectées et criminelles, sur les personnes saines, sur les enfants, les pères, les époux, en les menaçant de les traîner au lazaret s'ils ne se rachetaient pas ou n'étaient pas rachetés à prix d'argent. D'autres fois ils faisaient payer leurs services; ils refusaient d'enlever les cadavres déjà en putréfaction, à moins de telle ou telle somme. On dit même qu'ils laissaient tomber à dessein de leurs chariots des effets infectés, pour propager et entretenir la contagion, qui était devenue pour eux une fortune, une fête, un empire. D'autres misérables, se donnant pour des monatti, s'attachaient, comme cela leur était prescrit pour marque distinctive et pour prévenir de leur approche, des sonnettes aux pieds, et s'introduisaient dans les maisons pour les mettre à leur discrétion. Dans quelques-unes, ouvertes, vides d'habitants ou habitées seulement par quelques malheureux expirants, des voleurs entraient sans crainte pour piller ; d'autres étaient surprises et envahies par les sbires, qui y commettaient des vols et des excès de tout genre.

En même temps que la perversité s'accrut la démence. Toutes les erreurs, déjà plus ou moins dominantes, prirent, de la stupeur et de l'agitation des esprits, une force extraordinaire, des applications plus vastes et plus précipitées. Tout servit à faire gagner la folle idée des empoisonnements. L'image de ce danger fantastique assiégeait et tourmentait les esprits beaucoup plus que le danger présent et réel. « Pendant, dit Ripamonti, pendant que les monceaux de cadavres, entassés toujours sous les yeux, toujours sous les pas des vivants, faisaient de la ville tout entière un vaste tombeau, il y avait quelque chose de plus funeste et de plus hideux encore : c'était la défiance réciproque, la monstruosité des soupçons... On ne prenait pas seulement ombrage de son voisin, de son ami, de son hôte : ces doux noms, ces tendres liens d'époux, de père, de fils, de frère, étaient des objets de terreur ; et, chose indigne et horrible à dire ! la table domestique, le lit nuptial étaient redoutés comme des pièges, comme des lieux où se cachait le poison.»

Outre l'ambition et la cupidité, premiers motifs attribués aux empoisonneurs, on en vint à imaginer qu'ils trouvaient à cette action je ne sais quelle volupté diabolique, je ne sais quel attrait plus puissant que leur volonté. Le délire des malades, qui s'accusaient eux-mêmes de ce qu'ils avaient redouté de la part des autres, paraissait autant de révélations involontaires, et rendait tout croyable à chacun. Et, plus que les paroles, les signes évidents devaient frapper les esprits, s'il arrivait que les malades, dans leur délire, fissent ce qu'ils s'étaient figuré que faisaient les empoisonneurs, circonstance d'ailleurs très-probable et propre à mieux expliquer la persuasion générale et le témoignage de beaucoup d'écrivains. C'est ainsi que, durant la longue et triste période des enquêtes judiciaires sur la magie, les aveux parfois volontaires des accusés ne contribuèrent pas peu à répandre et à maintenir l'opinion régnante touchant les sortiléges : car lorsqu'une opinion obtient un vaste et long empire, elle s'exprime de toutes les manières, tente toutes les issues, parcourt tous les degrés de la persuasion, et il est difficile que tout le monde croie longtemps qu'une chose se fait sans que quelqu'un vienne qui s'imagine de la faire.

Parmi les histoires auxquelles donna lieu ce délire des empoisonnements, il en est une qui mérite d'être rapportée, à cause du chemin qu'elle parcourut.

On racontait que, tel jour, tel citoyen avait vu s'arrêter sur la place de la cathédrale un équipage à six chevaux. Dedans, avec une nombreuse suite, était un grand personnage, l'air noble et majestueux, mais le teint sombre et bronzé, les yeux enflammés, les cheveux hérissés, les lèvres contractées et menaçantes. Le spectateur, invité à monter dans la voiture, y était monté. Après un court circuit, on avait fait halte et l'on était descendu à la porte d'un palais. Il y était entré avec les autres, et il avait vu des scènes de délices et des scènes d'horreurs, d'affreux déserts et de riants jardins, de sombres cavernes et de magnifiques salons. Des fantômes y étaient assis en conseil.

On lui avait montré de grandes caisses d'argent, et on lui avait dit qu'il en pouvait prendre autant qu'il lui plairait, pourvu qu'il acceptât en même temps un petit vase de poison, et qu'il en allât empoisonner la ville. Il avait refusé, et en un moment il s'était trouvé au lieu où on l'était venu prendre. Cette histoire, généralement crue par le peuple, et dont beaucoup d'esprits forts ne se moquèrent pas assez, se répandit par toute l'Italie et au loin. On en fit une estampe en Allemagne. L'archevêque-électeur de Mayence écrivit au cardinal Federigo pour lui demander ce qu'il fallait croire des prodiges que l'on racontait sur Milan, et celui-ci répondit que c'étaient des rêves.

Les rêves des savants, s'ils n'étaient pas de même nature que ceux du vulgaire, étaient de même valeur, et les effets n'en étaient pas moins désastreux. La plupart voyaient le signal et tout à la fois la cause de ces calamités dans une comète apparue en 1628, et dans la conjonction de Saturne et de Jupiter. Les médecins eux-mêmes, qui, comme Tadino et Settala, avaient dès le principe annoncé la peste, qui l'avaient vue entrer, l'avaient suivie de l'œil, et avaient assisté à chacun de ses progrès, finirent par céder à l'entraînement populaire, et attribuèrent à des empoisonnements, à des conjurations diaboliques, les accidents ordinaires de la maladie. Les magistrats, chaque jour en moindre nombre, troublés, aveuglés, employaient le peu qui leur restât de vigilance et de résolution à chercher les empoisonneurs, et malheureusement ils crurent en avoir trouvé. Il y aurait un long et douloureux récit à faire de tous ces procès, mais cela vaut une histoire à part; et nous avons hâte de retourner à nos personnages, pour ne les plus quitter jusqu'à la fin.

XXXIII

Une nuit, vers la fin du mois d'août, au plus fort de la peste, don Rodrigo retournait chez lui, à Milan, accompa-

gné de son fidèle Griso, l'un des trois ou quatre de ses domestiques qui avaient survécu. Il revenait d'une réunion
d'amis accoutumés à se rassembler pour bannir, par la
débauche, la tristesse du temps qui courait : chaque fois
il y en avait de nouveaux et il en manquait d'anciens. Ce
jour-là don Rodrigo avait été l'un des plus gais : et entre
autres choses il avait beaucoup fait rire la compagnie avec
une espèce d'oraison funèbre du comte Attilio, emporté
par la peste deux jours auparavant.

En cheminant il éprouva un malaise, un abattement,
une faiblesse de jambes, une difficulté à respirer, une chaleur intérieure qu'il aurait voulu entièrement attribuer au
vin, aux veilles, à l'influence de la saison. Il ne souffla pas
un seul mot durant toute la route. Arrivé chez lui, sa première parole fut d'ordonner à Griso de l'éclairer jusqu'à sa
chambre. Quand ils furent entrés, Griso observa la figure
de son maître renversée, ardente, ses yeux étincelants et
sortis de leur orbite. Il se tint à distance, parce qu'en ces
dangereuses circonstances tout vaurien avait été obligé de
se faire, comme on dit, l'œil médecin.

« Je me sens bien, vois-tu, dit don Rodrigo, qui lut
dans les traits de Griso la pensée qui roulait dans sa tête ;
je me sens très-bien : mais j'ai bu, j'ai peut-être un peu
trop bu. Il y avait de si bon vernat !... Mais avec un bon
somme tout s'en ira. Le sommeil m'accable... Ote ce flambeau qui m'offusque la vue... Il me donne un ennui...! »

— Ce sont des tours du vernat, dit Griso en se tenant
toujours au large. Mais couchez-vous promptement : le
dormir vous fera du bien.

— Tu as raison : si je puis dormir... Du reste je me sens
bien. Mets tout près de moi cette sonnette, au cas où cette
nuit je viendrais à avoir besoin de quelque chose ; et sois
attentif, vois-tu bien, si par hasard tu entendais sonner.
Mais je n'aurai besoin de rien... Emporte vite cette maudite lumière, ajouta-t-il pendant que Griso exécutait ses
ordres en s'approchant le moins que possible, elle me gêne
plus que je ne saurais dire ! »

Griso emporta le flambeau; il souhaita une bonne nuit à son maître, et sortit en toute hâte pendant que celui-ci s'allait tapir sous la couverture.

Mais la couverture pesait sur lui comme une montagne. Il la rejeta, et ramassa ses membres pour dormir; car il mourait de sommeil. A peine fermait-il l'œil, qu'il s'éveillait en sursaut, comme si on l'avait brusquement heurté, et il sentait s'accroître son malaise et cette chaleur dévorante. Il se hâtait de penser à l'ardeur de l'été, au vernat, à la débauche qu'il venait de faire; il aurait voulu y pouvoir trouver la cause de ses souffrances. Mais une idée venait toujours involontairement s'y mêler, une idée qui entrait alors dans toutes les têtes, qui avait fait partie de tous les discours qui se tenaient dans ces joyeuses réunions, parce qu'il était plus aisé de la tourner en raillerie que de la passer sous silence : la peste.

Après s'être longtemps débattu, il finit par s'endormir, et il fit les songes les plus confus et les plus désordonnés du monde. Il lui sembla qu'il se trouvait dans une vaste église, bien avant, bien avant, au milieu d'une foule immense de peuple. Il s'y trouvait sans savoir comment, ni comment la pensée lui en avait pu venir, surtout en de semblables conjonctures, et il en enrageait en son âme. Il promenait ses regards sur ceux qui l'entouraient : c'étaient des figures décharnées, livides, les yeux éteints, égarés, les lèvres pendantes. Les habits de ces hideuses créatures tombaient en lambeaux, et à travers les trous de leurs haillons apparaissaient de funestes bubons et des taches sanguinolentes. « Place, canaille! » se figurait-il crier en portant ses regards vers la porte, qui était loin, bien loin, et en accompagnant ce cri d'un air menaçant, mais sans faire aucun mouvement, collant même ses bras à son corps pour ne toucher personne, car on ne le touchait déjà que trop de tous côtés. Mais aucun de ces insensés ne semblait se mouvoir ni même l'entendre; ils le tenaient encore plus serré, et surtout il lui semblait que quelqu'un d'entre eux, avec son coude, lui pressait le côté gauche entre le cœur et l'aisselle, où il sentait une piqûre douloureuse et comme pesante. Il s'agitait pour se tirer de cette pénible situation, et aussitôt un nouveau je ne sais quoi le venait piquer au même endroit. Furieux, il veut porter la main à son épée; et voilà qu'il lui semble qu'elle a glissé le long de son corps, et que c'est le pommeau qui le presse en cet endroit. Il y porte la main, il n'y trouve pas son épée; mais, à son toucher même, il sent une douleur plus aiguë. Agité, hors d'haleine, il veut crier plus fort, quand toutes ces figures se précipitent vers un seul côté. Il y jette les yeux : il découvre une chaire, et il voit confusément un objet vague et changeant; puis il voit se dresser une tête rase, puis deux yeux, un visage, une barbe longue et blanche, un moine debout, hors de la chaire jusqu'à la ceinture, fra Cristoforo. Il sembla à don Rodrigo que le capucin, après avoir promené ses regards sur tout l'auditoire, les arrêtait sur lui, en levant en même temps la main, précisément dans l'attitude qu'il avait prise dans une des salles de son château. Il lève alors la sienne avec rage, il fait un effort, il s'élance comme pour arrêter ce bras suspendu sur sa tête: un cri qui allait roulant sourdement dans sa gorge s'échappe en un grand hurlement, et il s'éveille. Il laisse retomber son bras, qu'il avait levé en effet; il a peine à reprendre entièrement le sentiment, à bien ouvrir les yeux, car la lumière du jour déjà avancé ne lui donnait pas moins d'ennui que ne lui en avait donné celle de la bougie. Il reconnut son lit, sa chambre; il comprit que ce n'était qu'un songe : l'église, le peuple, le frère, tout s'était évanoui; tout, hors cette souffrance au côté gauche. Il se sentait au cœur un battement pénible et accéléré, dans ses oreilles un sourd bourdonnement, un feu intérieur qui le consumait, un poids dans tous ses membres, plus fort encore que quand il s'était mis au lit. Il hésita un moment avant que de regarder à la partie souffrante; il la découvre enfin, il y jette un regard en frissonnant, et il y aperçoit une hideuse tumeur d'un pourpre livide.

L'homme se vit perdu. La crainte de la mort s'empara

de lui, et, avec un sentiment plus fort peut-être, la crainte
de devenir la proie des monatti, d'être porté, jeté au lazaret. En délibérant sur les moyens d'éviter ce sort terrible, il sentait ses pensées se troubler et s'obscurcir; il
sentait s'approcher le moment où il ne lui resterait assez
de sentiment que pour le désespoir. Il saisit la sonnette et
l'agita violemment. Griso, qui était aux aguets, parut
aussitôt. Il s'arrêta à une distance du lit, regarda attentivement son maître, et fut certain de ce qu'il n'avait fait
que conjecturer la veille.

« Griso! dit don Rodrigo en se mettant avec peine sur
son séant, tu as toujours été mon favori.

— Oui, seigneur.

— Je t'ai toujours fait du bien.

— Par un effet de votre bonté.

— Je puis me fier à toi?...

— Diable!

— Je me sens mal, Griso.

— Je m'en étais aperçu.

— Si je guéris, je te ferai plus de bien encore que je ne
t'en ai jamais fait. »

Griso ne répondit rien, et il attendit pour voir où irait
ce préambule.

« Je ne me veux fier qu'à toi, reprit don Rodrigo. Fais-
moi un plaisir, Griso.

— Ordonnez.

— Sais-tu où demeure le chirurgien Chiodo?

— Je le sais parfaitement.

— C'est un brave homme qui, lorsqu'on le paye bien,
garde le secret aux malades. Va le chercher. Dis-lui que je
lui donnerai quatre, six scudi par visite, davantage s'il en
veut davantage. Qu'il vienne ici tout de suite. Agis avec
prudence; que personne ne s'en avise.

— Bien pensé, dit Griso. Je vais et je reviens.

— Écoute, Griso : donne-moi d'abord un peu d'eau. Je
brûle, je n'en peux plus.

— Non, seigneur : rien sans l'avis du médecin. Ce sont

des maladies promptes ; il n'y a pas de temps à perdre. Soyez tranquille. En un clin d'œil je serai ici avec le seigneur Chiodo. »

Cela dit, il sortit en fermant la porte.

Don Rodrigo, toujours dans son lit, le suivait en imagination à la maison de Chiodo, comptait les pas, mesurait le temps. Il se retournait souvent pour regarder son côté gauche ; mais il en détournait aussitôt la vue en frissonnant. Quelques instants après, il commença à prêter i'oreille pour entendre si le chirurgien arrivait ; cet effort d'attention suspendait le sentiment du mal et lui laissait le libre usage de ses pensées. Tout à coup il entend un bruit lointain de sonnettes, mais qui semble venir de ses appartements, et non de la rue. Il prête encore l'oreille ; il entend un carillon plus fort, plus répété, et en même temps un bruit de pas. Un horrible soupçon naît dans son esprit. Il se met sur son séant, il écoute plus attentivement encore ; il entend une sourde rumeur dans la chambre voisine, comme d'un fardeau qu'on y vient déposer avec précaution. Il jette ses jambes hors du lit comme pour se lever ; il ne perd pas la porte de vue : elle s'ouvre, et il voit paraître et s'avancer vers lui deux vieux et sales habits rouges, deux figures maudites, deux monatti, en un mot. Il voit à demi la figure de Griso, qui, caché derrière la porte entre-bâillée, reste à épier.

« Ah ! traître infâme !... Hors d'ici, canaille ! Blondino ! Carlotto ! à l'aide ! on m'assassine ! » crie don Rodrigo. Il lance une main sous le chevet pour chercher un pistolet, il s'en saisit ; mais, à son premier cri, les monatti avaient couru vers le lit. Le plus agile est déjà sur lui avant qu'il ait pu faire un autre mouvement ; il lui arrache le pistolet des mains, le jette bien loin, le force de se recoucher, et le tient étroitement serré, en criant avec un accent de rage, de raillerie : « Ah ! brigand, contre les monatti ! contre les ministres du tribunal ! contre ceux qui accomplissent les œuvres de la miséricorde !

—Tiens-le bien ferme, jusqu'à ce que nous l'ayons emporté dehors, dit l'autre compagnon en allant vers un coffre-fort. Là-dessus Griso entra, et se mit avec lui à forcer la serrure.

« Scélérat ! hurla don Rodrigo en le regardant par-dessous celui qui le tenait, et en se débattant sous ses bras nerveux. Laissez-moi tuer cet infâme, disait-il ensuite aux monatti, et puis vous ferez de moi ce que vous voudrez. »

Il se mit ensuite à appeler de nouveau, à grands cris, ses autres serviteurs ; mais c'était bien en vain, car l'abominable Griso les avait envoyés fort loin, avec des ordres supposés du maître lui-même, avant d'aller faire aux monatti la proposition de venir à cette expédition et de partager les dépouilles.

« Restez tranquille, restez tranquille, disait au malheureux Rodrigo l'homme qui le tenait étendu sur le lit. Puis, se tournant vers ceux qui faisaient le butin, il leur criait : « Faites les choses en braves gens !

— Toi ! toi ! mugissait don Rodrigo contre Griso, qu'il voyait occupé à briser, à tirer l'argent, les effets, à en faire le partage. Toi ! après.... Ah ! démon d'enfer ! Je puis encore guérir ! je puis encore guérir ! » Griso ne soufflait pas, et, autant que possible, il ne se tournait pas vers l'endroit d'où partaient ces mots.

« Tiens-le bien ferme, disait l'autre monatto. Il est frénétique. »

Le malheureux le devint tout à fait. Après un dernier et plus violent effort de cris et de contorsions, il tomba tout à coup accablé et insensible ; il regardait pourtant encore, comme stupide, et de temps en temps il se débattait encore, il poussait quelques cris.

Les monatti le prirent, l'un par les pieds, l'autre par les épaules, et ils l'allèrent déposer sur une civière qu'ils avaient laissée dans la chambre voisine. L'un d'eux revint ensuite pour prendre le butin ; puis soulevant leur misérable fardeau, ils l'emportèrent.

Griso resta pour choisir à la hâte ce qui pouvait être le plus à sa convenance ; il en fit un paquet et déguerpit. Il avait bien pris garde de ne pas toucher les monatti, de ne se pas laisser toucher par eux ; mais, dans cette dernière rage de fureter, il avait pris près du lit les habits de son maître et les avait secoués sans réfléchir, pour voir s'il n'y aurait point d'argent. Il eut pourtant lieu d'y réfléchir le jour suivant : car, tandis qu'il était à se divertir dans un cabaret, il se sentit saisi d'un frisson, ses yeux s'obscurcirent, les forces lui manquèrent, et il se laissa tomber. Abandonné de ses compagnons, il tomba aux mains des monatti, qui, après l'avoir dépouillé, le jetèrent sur un char où il expira avant d'arriver au lazaret, où son maître avait été porté.

Laissons cet homme dans ce séjour de douleurs. Il nous faut maintenant aller à la recherche d'un autre dont l'histoire n'aurait jamais rien eu de commun avec la sienne, s'il ne l'avait résolûment voulu ; on peut même assurer qu'ils n'auraient jamais eu d'histoire ni l'un ni l'autre. C'est Renzo que je veux dire, Renzo que nous avons laissé dans une nouvelle filature sous le nom d'Antonio Rivolta.

Il y était resté environ cinq ou six mois ; après quoi, l'inimitié s'étant déclarée entre la république et le roi d'Espagne, et toute crainte ayant cessé pour lui, Bortolo s'était hâté de l'aller chercher, et parce qu'il lui était attaché, et parce que Renzo, très-intelligent de sa nature, et fort habile dans son métier, était, dans une manufacture, d'un grand secours au factotum, sans pouvoir jamais aspirer à le devenir lui-même, à cause de son ignorance à manier la plume. Comme ce motif y était entré pour quelque chose, nous l'avons cru devoir donner. Vous aimeriez mieux peut-être un Bortolo plus idéal ; je ne puis que vous dire : Fabriquez-vous-en un ; celui-là était ainsi.

Renzo était ensuite resté à travailler avec lui. Bien souvent, et surtout après avoir reçu quelqu'une de ces lettres d'Agnese, l'envie l'avait pris de se faire soldat et d'en finir. Les occasions ne manquaient pas. Précisément, à cette époque, la république avait éprouvé un grand besoin de faire des recrues. La tentation avait été d'autant plus forte chez Renzo, qu'on avait parlé d'envahir le Milanais ; et naturellement ce lui aurait semblé une belle chose que de retourner d'un air vainqueur à sa chaumière, de revoir Lucia et de s'expliquer une fois avec elle. Mais Bortolo, avec de bonnes raisons, l'avait toujours su détourner de cette résolution.

« S'ils ont à y aller, lui disait-il, ils iront aussi bien sans toi, et tu y pourras aller après tout à ton aise. S'ils reviennent la tête cassée, ne vaudra-t-il pas mieux en avoir été dehors? Les désespérés ne manqueront pas qui voudront faire la route ; et, avant qu'ils y mettent le pied... Pour moi, je suis incrédule. Ceux-ci aboient ; mais, ouiche! l'État de Milan n'est pas du tout un morceau que l'on puisse avaler si aisément. Il s'agit de l'Espagne, mon garçon. Sais-tu ce que c'est que l'Espagne? Saint Marc est fort chez lui, mais ce n'est pas assez. Un peu de patience. N'es-tu pas bien ici?... J'entends ce que tu me veux dire ; mais s'il est écrit là-haut que la chose réussira, sois sûr qu'en ne faisant pas de folies elle réussira mieux encore. Quelque saint viendra à ton aide. Crois aussi que ce n'est pas un métier pour toi. Convient-il de laisser là les bobines de soie pour aller tuer? Que t'en semble? Que veux-tu faire avec cette race de gens? Il faut des hommes faits exprès. »

D'autres fois Renzo y voulait aller en cachette, déguisé et sous un faux nom ; mais Bortolo le sut aussi détourner de ce projet par des raisons très-faciles à deviner.

La peste s'étant ensuite répandue dans tout le territoire milanais, et étant arrivée aux frontières du territoire bergamasque, ne tarda pas... N'allez pas vous alarmer : mon dessein n'est pas de faire encore l'histoire de celle-ci. Tout ce que je voulais dire, c'est que Renzo gagna aussi la peste, se guérit lui-même, c'est-à-dire ne fit rien. Il en fut aux portes de la mort ; mais sa forte constitution l'emporta sur la force du mal, en peu de jours il se trouva hors de danger. Avec la vie, les soucis, les désirs, les espérances, les souvenirs, les projets de sa vie revinrent plus vifs et plus poignants que jamais ; plus que jamais toutes ses pensées furent pour sa Lucia. Qu'était-elle devenue dans ces temps désastreux où vivre était comme une exception ? Se trouver à si peu de distance d'elle, et n'en pouvoir rien savoir ! Et rester, Dieu sait combien, dans une telle incertitude ! Et quand bien même cette incertitude serait dissipée, quand tout danger aurait cessé, quand il saurait que Lucia vivait encore, restait toujours cette autre énigme, cette obscurité du vœu. « J'irai, moi, j'irai m'éclaircir de tout en une fois, se disait-il avant d'être encore en état de se conduire. Pourvu qu'elle vive encore ! Ah ! qu'elle vive, qu'elle vive ! Pour la trouver, je saurai la trouver, moi. Je l'entendrai enfin m'expliquer elle-même ce que c'est que cette promesse ; je lui ferai voir que cela ne peut pas être, et je la conduirai ici avec moi, elle et cette pauvre Agnese, si elle vit ! cette pauvre Agnese qui m'a toujours voulu du bien, et qui, j'en suis sûr, m'en veut encore... Et si l'on m'arrête ? Bah ! ceux qui sont vivants ont bien autre chose à penser. On voit aller en toute sûreté, ici, ceux mêmes qui en ont sur le dos... Est-ce qu'il n'y aurait de sauf-conduit que pour les brigands ! Et, à Milan, tout le monde dit qu'il y a bien une autre confusion. Si je laisse échapper une aussi bonne occasion (la peste ! Voyez un peu comme nous fait quelquefois employer les paroles ce bienheureux instinct de tout rapporter et de tout surbordonner à nous-mêmes !), je n'en trouverai plus une semblable.

— Il faut espérer, mon cher Renzo. »

A peine se put-il conduire, qu'il alla à la recherche de Bortolo, qui jusqu'alors était parvenu à éviter la peste et s'était tenu renfermé. Il n'entra pas chez lui : mais, l'ayant appelé de la rue, il le fit venir à la fenêtre.

« Ah ! ah ! dit Bortolo, tu en es réchappé. C'est très-heureux pour toi !

— J'ai encore de la faiblesse dans les jambes, comme tu vois ; mais quant au péril, j'en suis hors.

— Eh ! que je voudrais être sur tes jambes ! Quand on disait autrefois : Je me porte bien, cela voulait tout dire ; mais aujourd'hui cela sert peu. Quand on peut arriver à dire : Je me porte mieux, voilà vraiment une belle parole ! »

Renzo, ayant dit à son cousin quelque chose de bon augure, lui fit part de sa résolution.

« Va, cette fois ! que le ciel te bénisse ! répondit celui-ci. Cherche à esquiver la justice, comme je chercherai à esquiver la contagion ; et si Dieu veut que tout aille bien pour nous deux, nous nous reverrons.

— Oh ! je reviendrai assurément. Si je pouvais ne pas revenir seul ! Suffit. Je l'espère.

— Reviens en compagnie. Si Dieu veut, nous travaillerons tous ici et nous vivrons ensemble. Le ciel fasse seulement que tu me retrouves, et que cette diable d'influence [1] ait cessé !

— Nous nous reverrons, nous nous reverrons, j'en suis sûr.

— Je dirai de nouveau : Dieu le veuille ! »

Durant quelques jours Renzo prit beaucoup d'exercice, autant pour éprouver que pour faire revenir ses forces ; et à peine se crut-il en état de supporter la route, qu'il se disposa à partir. Il ceignit une ceinture dans laquelle il mit ces cinquante scudi auxquels il n'avait jamais touché, et dont il n'avait fait confidence à personne, pas même à Bortolo. Il prit ensuite quelques sous qu'il avait économisés jour par jour, en vivant avec épargne ; il mit sous son bras un petit paquet de hardes ; il mit dans sa poche un certificat sous le nom d'Antonio Rivolta, que, par précaution, il s'était fait donner par son second maître ; dans une petite poche de ses braies il mit un coutelas, et c'était le moins que pouvait porter un brave homme dans ces temps malheureux. Il se mit enfin en route vers la fin du mois d'août, trois jours après que don Rodrigo eut été porté au Lazaret. Il s'achemina vers Lecco, parce qu'il voulait, avant de s'aventurer à Milan, passer par son village, où il espérait trouver Agnese vivante et commencer à apprendre d'elle quelque chose de ce qu'il grillait de savoir.

Le petit nombre de ceux qui avaient guéri de la peste

[1] On croyait beaucoup alors à l'astrologie, et par conséquent à l'influence des astres. On a vu que le peuple attribuait la peste à cette cause.

était vraiment une classe privilégiée au milieu du reste de
la population. Une grande partie de celle-ci languissait ou
mourait, et ceux qui avaient été jusqu'alors respectés par
la maladie vivaient dans une crainte perpétuelle. Ils marchaient avec précaution, l'air inquiet, avec hâte et hésitation en même temps, car tout pouvait être contre eux des
armes de blessures mortelles. Ceux-là, au contraire, à peu
près sûrs de leur fait (car avoir deux fois la peste était un
cas plutôt prodigieux que rare), s'avançaient au milieu de
la peste avec hardiesse et résolution, comme les chevaliers
du moyen âge, bardés de fer et montés sur des palefrois
presque aussi cuirassés que leurs maîtres, rôdaient et allaient à l'aventure (de là leur glorieuse dénomination de
chevaliers errants) parmi une pauvre foule pédestre de
paysans et de vilains qui, pour repousser les coups, n'a-
vaient autre chose que leurs vêtements. Beau, sage et utile
métier! Il pourrait occuper le premier rang dans un traité
d'économie politique.

Avec une telle sûreté, tempérée pourtant par ses solli-
tudes connues, par le spectacle fréquent et la perpétuelle
pensée de la calamité de tout un peuple, Renzo s'acheminait vers sa chaumière, sous un beau ciel et par un beau
pays; mais il ne rencontrait, après de longs trajets dans
une immense et triste solitude, que des ombres, des fantômes errants, plutôt que des êtres vivants, ou des cadavres portés à leur dernier gîte sans funérailles, sans les
honneurs des chants funèbres. Vers le milieu de la journée
il s'arrêta dans un bocage pour manger un peu de pain et
quelque chose qu'il avait pris avec lui. Pour des fruits, il
en avait à sa disposition tout le long du chemin, et plus
qu'il ne lui en fallait : des figues, des pêches, des prunes,
des pommes à souhait; il suffisait d'entrer dans une vigne
et d'étendre la main pour les cueillir sur les branches, ou
pour ramasser les plus mûrs sur la terre, qui en était couverte, car l'année était extraordinairement fertile en fruits
de toute sorte, et il n'y avait presque personne pour en
prendre soin. Les raisins cachaient pour ainsi dire les

pampres, et on les laissait à la discrétion du passant.

Sur le soir il découvrit son pays. A cette vue, bien qu'il y fût préparé, il sentit battre son cœur. Il fut assailli en un moment par une foule de souvenirs douloureux et de douloureux pressentiments. Il lui semblait entendre encore ce tocsin qui l'avait presque accompagné, poursuivi dans sa fuite hors de son pays, et il entendait en même temps, pour ainsi dire, le long silence de la mort qui y régnait. Il éprouva un trouble bien plus fort en arrivant sur la place de l'église. Il s'attendait à pis encore au terme de sa route, car il avait fait dessein de s'arrêter à cette chaumière qu'il avait été habitué jadis à nommer la chaumière de Lucia. Maintenant, ce ne pouvait être tout au plus que celle d'Agnese ; et la seule grâce qu'il implorât du ciel, c'était de l'y trouver vivante. C'était là qu'il voulait demander un asile ; car il pensait bien que la sienne ne pouvait servir de repaire qu'aux rats et aux belettes.

Pour y arriver sans traverser le village, il prit un petit sentier par derrière, celui-là même par où il était venu en bonne compagnie, cette fatale nuit qui fut celle de sa fuite, pour surprendre le curé. A peu près vers le milieu se trouvaient, d'une part, la vigne et, de l'autre, la chaumière de Renzo. Il pouvait, en passant, y entrer un moment, et voir un peu dans quel état se trouvaient ses affaires.

En cheminant, il regardait attentivement devant lui, tremblant et désireux en même temps de rencontrer quelqu'un. Après quelques pas, il vit enfin un homme en chemise, assis sur la terre, le dos appuyé contre une haie de jasmins, dans l'attitude d'un insensé. A ce signe et ensuite à l'air il crut reconnaître ce pauvre niais de Gervaso qui était venu comme second témoin à sa malheureuse expédition. Mais, après qu'il s'en fut approché, il reconnut que c'était au contraire ce Tonio, à l'esprit si ouvert, qui l'y avait conduit.

« Oh ! Tonio ! lui dit Renzo en s'arrêtant devant lui, est-ce toi ? »

Tonio leva les yeux sur lui sans remuer la tête.

« Tonio ! tu ne me reconnais pas ?

— Si c'est à mon tour, c'est à mon tour, répondit Tonio en restant ensuite la bouche ouverte.

— Eh ! pauvre Tonio ! mais tu ne me reconnais plus ?

— Si c'est à mon tour, c'est mon tour, » répliqua celui-ci avec un sourire niais.

Renzo, voyant qu'il n'en pouvait rien tirer, passa outre, encore plus attristé. Tout à coup il vit paraître à un détour du sentier et s'avancer vers lui quelque chose de noir qu'il reconnut pour don Abbondio. Celui-ci cheminait à pas lents, en s'appuyant sur un bâton comme quelqu'un qui a peine à se traîner. A mesure qu'il s'approchait, on pouvait toujours plus reconnaître sur son visage pâle, décharné, et dans tout son aspect, qu'il avait été aussi en proie à la tempête. Don Abbondio, de son côté, regardait fort attentivement ; il croyait et ne croyait pas reconnaître ; il voyait bien quelque chose d'étranger dans le vêtement, mais c'était justement l'air étranger de celui de Bergame.

« C'est bien lui ! » dit-il à part lui ; et il leva les mains au ciel, avec un mouvement d'étonnement mécontent. On voyait ses pauvres bras danser dans les manches où ils avaient autrefois peine à entrer. Renzo se hâta d'aller vers lui, et il lui fit un profond salut ; car, bien qu'ils se fussent quittés comme vous savez, c'était pourtant toujours son curé.

« Vous ici, vous ! s'écria celui-ci.

— Je suis ici, comme vous voyez. Ne sait-on rien de Lucia ?

— Que voulez-vous qu'on en sache ? Absolument rien. Elle est à Milan, si pourtant elle est encore de ce monde. Mais vous ?...

— Et Agnese, est-elle vivante ?

— Cela se peut. Mais qui voulez-vous qui le sache ? Elle n'est point ici. Mais vous ?...

— Où est-elle ?

— Elle s'est allée retirer dans la Valsassine, auprès de ses parents, à Pasturo, vous savez bien ; car on dit que là-bas la peste ne fait pas tant de ravages qu'ici. Mais vous ? dis-je...

— Cela me contrarie bien. Et le père Cristoforo ?...

— Il s'en est allé depuis longtemps. Mais vous?...

— Je le savais, on me l'a fait écrire. Je vous demandais seulement s'il n'était pas revenu de ce côté.

— Oh! que non. On en n'a plus ouï parler. Mais vous?...

— Cela me contrarie bien aussi.

— Mais vous, dis-je, que venez-vous faire de ce côté? Pour l'amour du ciel! ne connaissez-vous pas cette petite circonstance de la prise de corps?

— Qu'importe? Ils ont tout autre chose à penser. J'ai voulu venir ici pour voir mes affaires. Et l'on ne sait pas au juste...

— Que voulez-vous voir? Maintenant il n'y a plus personne; il n'y a plus rien. Et, comme je disais, avec cette petite circonstance de la prise de corps, venir ici, précisément dans le pays, dans la gueule du loup, y a-t-il du bon sens? Écoutez la raison d'un vieillard qui est obligé d'en avoir plus que vous, et qui vous parle pour l'amour qu'il vous porte. Décampez bien vite avant que personne ne vous voie; retournez là d'où vous êtes venu. Si l'on vous a vu, retournez plus vite encore. Est-ce que vous croyez que l'air qu'on respire ici soit bon pour vous? Ne savez-vous pas qu'on vous est venu chercher ici, qu'on a fouillé, fouillé, jeté sens dessus dessous?...

— Je ne le sais que trop, les brigands!

— Mais donc...

— Mais si je vous dis qu'on n'y pense plus. Et lui, vit-il encore, est-il ici?

— Je vous dis qu'il n'y a personne; je vous dis de ne plus penser aux choses d'ici; je vous dis que...

— Je vous demande s'il est ici, lui?

— Oh! juste ciel! parlez autrement. Est-il possible que vous ayez encore la tête si chaude après tant d'aventures!

— Y est-il ou n'y est-il pas?

— Il n'y est pas, allons. Mais la peste, mon enfant, la peste! Qui est-ce qui ose rôder dans ces temps?

— S'il n'y avait que la peste en ce monde... Je parle pour moi, je l'ai eue, et je ne crains rien.

« — Mais donc ! mais donc ! ne sont-ce pas des avis, cela ? Quand on en a esquivé une de cette sorte, il me semble qu'on devrait rendre grâces au ciel, et...

— Je lui rends grâces du fond du cœur.

— Et n'en pas aller chercher d'autres, dis-je. Écoutez mes avis....

— Vous l'avez eue aussi, seigneur curé, si je ne me trompe.

— Si je l'ai eue ! la plus terrible, la plus infâme. C'est par miracle que je suis ici. Il suffit de dire qu'elle m'a arrangé comme vous voyez. Maintenant j'avais besoin d'un peu de repos pour me remettre, je recommençais même à me sentir un peu mieux... Au nom du ciel ! que venez-vous faire ici ? Allez-vous-en.

— Vous en venez toujours à votre : Allez-vous-en. Si j'avais dû m'en aller, autant valait ne pas venir. Vous dites : Que venez-vous faire, que venez-vous faire ? Je viens chez moi.

— Chez vous !...

— Dites-moi, y a-t-il eu beaucoup de morts ici ?...

— Hé, hé ! » s'écria don Abbondio ; et, en commençant par Perpetua, il fit une longue énumération de personnes et de familles entières. Renzo s'attendait bien à quelque chose de semblable ; mais en entendant tant de noms de personnes de connaissance, d'amis, de parents (il était depuis longtemps orphelin), il se sentait saisi d'une douleur profonde, il baissait la tête en s'écriant de temps en temps : « Infortuné ! infortunée ! infortunés !

— Vous voyez ! poursuivait don Abbondio, et ce n'est pas fini. Si ceux qui restent ne prennent pas un peu de raison et n'apaisent pas la chaleur de leurs cerveaux, ce sera la fin du monde.

— N'en doutez pas, car je compte ne me pas arrêter ici.

— Que le ciel soit loué ! vous entendez enfin la raison ! Repartez aussitôt...

— Ne vous mettez pas en souci de cela.

— Eh quoi ! ne voudriez-vous pas déjà me jouer quelque tour pire que le premier ?

— N'y pensez pas, dis-je. Cela me regarde. J'ai passé les sept ans[1]. J'ai lieu d'espérer que vous ne direz à personne que vous m'avez vu. Vous êtes prêtre, je suis une de vos brebis : vous ne me voudrez pas trahir.

— J'entends, dit don Abbondio en soupirant d'un air de colère, j'entends. Vous voulez vous perdre, et me perdre avec vous. Ce que vous avez souffert, vous, ce que j'ai souffert, moi, ne vous suffit pas. J'entends, j'entends. » Et continuant à grommeler entre ses dents, il poursuivit son chemin.

Renzo resta, inquiet et chagrin, à chercher dans sa tête un autre asile. Dans la liste funèbre que don Abbondio lui avait récitée se trouvait une famille tout entière emportée par l'épidémie, sauf un jeune homme à peu près de l'âge de Renzo, et son camarade d'enfance. La maison était en dehors du village, à très-peu de distance. C'est là qu'il délibéra de se diriger pour demander l'hospitalité.

Cependant il était arrivé près de sa vigne, et il put déjà juger en quel état elle était. Les arbres, la verdure qu'il y avait laissés, ne dépassaient plus le mur; si quelque chose le dépassait, c'était toute chose venue en son absence. Il se présenta à l'ouverture (il n'y avait plus trace de porte), il jeta un regard tout alentour. Pauvre vigne! pendant deux hivers consécutifs les gens du pays étaient allés faire du bois « dans le champ de ce pauvre enfant, » comme ils disaient. Les vignes, les mûriers, les arbres à fruit de toute sorte, tout était arraché ou coupé au pied. Il restait pourtant quelques traces de l'ancienne culture; çà et là de jeunes rameaux, des rejetons de mûriers, de figuiers, de pêchers, de pruniers; mais tout était épars, pressé au milieu d'une nouvelle et épaisse verdure qui avait pris naissance sans le secours de la main de l'homme. L'ortie, la fougère, l'ivraie, le chiendent, la folle-avoine, l'amarante, la chicorée, l'oseille sauvage, croissaient parmi une foule

---

[1] C'est-à-dire : *Je suis dans un âge avancé où mes mauvaises actions me peuvent être imputées à péché.* On sait que c'est à sept ans que commence l'âge de la connaissance du bien et du mal.

d'autres plantes semblables, de celles, veux-je dire, dont
les paysans de chaque pays ont fait une grande famille à
leur mode, en les nommant mauvaises herbes. Des tiges
de diverses grandeurs s'entre-choquaient et cherchaient à
se dépasser l'une l'autre, à se contester le terrain, à se disputer enfin la place de tous côtés. C'était un vaste et confus mélange de feuilles, de fleurs, de fruits de mille couleurs, de mille formes, de mille grosseurs, de grappes, de
cimes, d'épis blancs, rouges, jaunes, azurés. Quelques
plantes plus élevées, plus apparentes, mais qui ne valaient
guère mieux, se détachaient de la foule vulgaire : la mûre
de buisson au-dessus de toutes les autres, avec ses larges rameaux de couleur rouge, avec ses pompeuses feuilles
d'un vert foncé, et quelquefois déjà bordées de pourpre à
leur sommet, avec ses petites grappes recourbées garnies
de baies perses, de pourprées, puis de vertes, et au sommet, de fleurs blanchâtres ; une plante plus commune encore, avec ses grandes feuilles laineuses, pendantes, sa
cime dirigée vers le ciel, et ses longs épis étoilés de fleurs
d'un jaune éclatant ; des chardons aux branches hérissées,
avec leurs feuilles, leurs calices d'où sortaient des touffes
de fleurs blanches ou pourprées où s'attachaient, ravies à
l'air qui les portait, des plumes argentées et légères. Ici
une chaîne de liserons s'était attachée aux nouveaux rejetons d'un mûrier, les avait tous recouverts de ses feuilles
pendantes, et balançait sur la cime ses blanches et molles
campanules ; là un cytise aux baies vermeilles s'était attaché aux nouveaux ceps d'une vigne, qui, après avoir vainement cherché un appui plus solide, avait appliqué à son
tour ses rameaux à celui-ci, et, mêlant leurs faibles cimes,
ils se tiraient en bas tour à tour, comme cela arrive même
aux faibles qui se prennent l'un l'autre pour appui. Le
lierre était partout ; il allait d'une plante à l'autre, grim-
pait, tournait tour à tour, repliait ses rameaux ou les déployait, selon ce qu'il rencontrait, et ayant traversé même
devant le seuil de la porte, il semblait qu'il fût là pour
disputer le pas même au maître.

Mais celui-ci ne se souciait pas d'entrer dans une telle vigne, et peut-être ne resta-t-il pas aussi longtemps à la regarder que nous à la décrire. Il s'arracha à ce douloureux spectacle. Sa chaumière était peu distante; il passa au milieu du jardin en foulant aux pieds par centaines les herbes dont il était couvert comme la vigne; il mit le pied sur le seuil. Au bruit de ses pas, à son approche, d'énormes rats épouvantés s'enfuirent en désordre et coururent se fourrer dans un immense tas d'ordures qui couvrait tout le plancher : c'était encore le lit des lansquenets. Il promena ses regards sur les murailles : elles étaient écroûtées, sales, enfumées. Il les leva sur la soupente : de longues trames de toiles d'araignée y pendaient de toutes parts. C'était tout ce qu'il y avait. Il sortit aussi de là en portant les mains à sa tête; il retourna par le jardin en foulant de nouveau le sentier qu'il y avait tracé un moment auparavant; il prit un autre petit chemin à gauche qui conduisait aux champs, et sans voir ni entendre âme qui vive, il arriva près de la maison où il avait résolu de demander asile. La nuit approchait. Son ami était assis en dehors sur un petit banc de bois, les bras croisés sur la poitrine, les yeux fixés au ciel, comme un homme étourdi de ses disgrâces et aigri par la solitude. En entendant un bruit de pas, il se retourne, il regarde qui vient, et comme la brune et le feuillage ne lui permettaient pas de bien distinguer les objets, il dit d'une voix haute, en se dressant sur ses pieds et en levant ses deux mains : « Est-ce qu'il n'y en a pas d'autres que moi? N'en ai-je pas assez fait hier? Laissez-moi un peu tranquille : ce sera aussi une œuvre de miséricorde. »

Renzo, ne sachant pas ce que cela voulait dire, lui répondit en l'appelant par son nom.

« Renzo...! » dit celui-ci en criant en même temps et interrogeant.

« Justement, » dit Renzo. Et ils coururent l'un vers l'autre.

— Est-ce bien toi? dit l'ami quand ils furent près. Oh!

quel plaisir j'éprouve à te voir ! Qui l'aurait pensé? Je t'avais pris pour Paolin des morts, qui me vient toujours tourmenter pour que je l'aille aider à les enterrer. Sais-tu que je suis resté seul? seul! seul comme un ermite!

— Je ne le sais que trop, » dit Renzo. Et, en s'embrassant, en échangeant sans ordre et sans suite les demandes et les réponses, ils entrèrent ensemble dans la chaumière. Là, sans interrompre leur conversation, l'ami se mit en devoir d'apprêter le souper ; mais il laissa ensuite ce soin à Renzo, et il sortit en disant : « Je suis tout seul ! je suis tout seul ! »

Il revint bientôt après avec un broc de lait, un peu de viande salée et quelques fruits. Ils se mirent ensemble à table, en se remerciant tour à tour, l'un de la visite, l'autre de l'accueil ; et après une absence de deux ans, ils se trouvèrent tout à coup plus amis qu'ils n'avaient jamais su l'être au temps où ils se voyaient presque tous les jours.

Certes personne ne pouvait tenir auprès de Renzo la place d'Agnese, ni le consoler de cette absence, non-seulement à cause de la vieille et particulière affection qu'elle lui portait, mais aussi parce que, parmi les choses qu'il brûlait d'éclaircir, il y en avait une dont elle avait seule la clef. Il resta un moment à hésiter s'il ne devait pas aller d'abord à sa recherche, puisqu'il en était si peu loin ; mais en considérant qu'elle ne saurait rien du sort de Lucia, il s'arrêta à sa première intention d'aller en droiture s'informer de sa fiancée, d'affronter cette grande entreprise, et d'en porter ensuite les nouvelles à sa mère. Pourtant il apprit de son ami beaucoup de choses qu'il ignorait ; il s'éclaircit ensuite de beaucoup de choses qu'il savait mal, et sur les aventures de Lucia, et sur les persécutions qu'elle avait essuyées, et comment don Rodrigo s'en était allé et n'avait plus reparu de ce côté. Il apprit aussi (et ce n'était pas pour lui une chose de peu d'importance) à bien prononcer le nom de don Ferrante. Agnese, il est vrai, le lui avait fait écrire par son secrétaire ; mais le ciel sait comment il avait été écrit, et l'interprète bergamasque le lui avait lu d'une manière, lui avait donné un tel mot, que, s'il était allé, ce mot à la bouche, à la recherche de cette maison à Milan, il n'aurait probablement trouvé personne qui eût deviné de quoi il voulait parler. C'était pourtant l'unique fil qui le pût guider. Quant à la justice, il se put confirmer de plus en plus dans l'idée que le danger était assez éloigné pour ne s'en pas donner trop de souci. Le seigneur podestat était mort de la peste ; qui sait quand on le remplacerait ? La *sbiraille* s'en était presque toute allée ; ceux qui restaient avaient tout autre chose à faire que de penser aux vieilles choses.

Il raconta à son tour ses aventures à son ami, et il en reçut en échange cent histoires sur le passage de l'armée, la peste, les empoisonneurs, les prodiges. « Ce sont des choses affreuses, dit son ami à Renzo en le conduisant dans une petite chambre que l'épidémie avait dépeuplée d'habitants, ce sont des choses qu'on n'aurait jamais cru voir, des choses à coûter la joie de toute la vie ; mais pourtant c'est un soulagement que d'en parler entre amis. »

Au point du jour, ils étaient tous deux sur pied, Renzo prêt à se mettre en route, sa ceinture cachée sous son pourpoint, et son coutelas en poche ; du reste leste et léger. Il laissa son paquet en dépôt à son hôte. « Si tout va bien, lui dit-il, si je la retrouve vivante, si... suffit..., je reviendrai. J'irai à Pasturo annoncer cette heureuse nouvelle à cette pauvre Agnese, et puis, et puis... ; mais si, par malheur, si par un malheur que Dieu veuille empêcher...., alors je ne sais pas ce que je ferai, je ne sais pas où j'irai ; seulement soyez assuré qu'on ne me reverra pas ici. » En parlant ainsi, debout sur la porte qui donnait sur la campagne, il levait la tête et contemplait avec un mélange de tendresse et de peine l'aurore de son pays, qu'il n'avait pas vue depuis si longtemps. Son ami l'encouragea, le força de prendre quelques provisions de bouche pour la journée, l'accompagna au bout du chemin, et le laissa aller avec de nouveaux présages de bonheur.

Renzo prit la route à son aise, parce qu'il lui suffisait

d'arriver tout près de Milan en ce jour, pour y entrer le lendemain à temps, et se mettre aussitôt en quête. Son voyage se fit sans accident; il n'y eut rien qui attirât particulièrement ses regards, sauf les misères et les douleurs accoutumées. Ainsi qu'il l'avait fait le jour précédent, il s'arrêta, quand il fut temps, dans un petit bois, pour faire une légère réfection et prendre haleine. En passant par Monza, devant une boutique ouverte où il y avait des pains en étalage, il en prit deux, pour n'en pas être au dépourvu, à tout événement. Le boutiquier lui intima de ne pas entrer, lui tendit, sur une petite pelle, une petite écuelle où se trouvaient de l'eau et du vinaigre, en lui disant d'y laisser tomber l'argent; ensuite il fit passer l'un après l'autre, avec des pincettes, les deux pains, et Renzo en mit un dans chaque poche.

Sur le soir, il arriva à Greco, sans toutefois en savoir le nom. Mais avec un peu de souvenir des lieux qui lui était resté de l'autre voyage, et en calculant le chemin qu'il avait fait depuis Monza, il jugea qu'il était fort près de la ville. Il quitta la grande route pour aller dans les champs à la recherche de quelque *cascinotto* où passer la nuit, car il ne se voulait pas embarrasser dans des auberges. Il trouva mieux qu'il ne cherchait; il vit une trouée dans une haie qui entourait la cour d'une laiterie, il y entra hardiment. Il n'y avait personne. Il vit dans un coin un grand portail avec du foin entassé, et, appuyée contre le portail, une échelle de bois. Il regarda encore tout alentour, monta ensuite à l'aventure, s'arrangea là pour passer la nuit, et s'endormit aussitôt pour ne s'éveiller qu'au point du jour. Quand il se leva, il se traîna à tâtons vers l'extrémité de cet immense lit, mit la tête dehors, ne vit personne, descendit par où il était monté, sortit par où il était entré, se mit par les sentiers, en prenant le dôme de la cathédrale pour son étoile polaire. Après un très-court trajet, il vint déboucher sous les murs de Milan, entre la Porte-Orientale et la Porta-Nuova, et fort près de celle-ci.

XXXIV

Il fallait pénétrer dans la ville. Renzo avait vaguement
ouï dire qu'il existait un ordre très-sévère de n'y laisser
entrer personne sans un bulletin de santé, mais qu'on y
pouvait fort bien entrer pour peu qu'on eût d'adresse et
qu'on sût prendre son temps. Rien n'était plus vrai. Sans
parler des causes générales qui faisaient qu'à cette époque
les ordres étaient fort mal exécutés, sans parler des causes
particulières qui rendaient si difficile la rigoureuse exécution de celui-ci, Milan se trouvait désormais à ce point de
ne pas voir à qui et pourquoi il serait utile de le garder.
Quiconque y venait pouvait plutôt paraître insoucieux de
sa propre vie que dangereux à celle des habitants.

Sur cet avis, le dessein de Renzo était de tenter le passage à la première porte où il arriverait ; s'il y avait quelque difficulté, de rôder en dehors jusqu'à ce qu'il en trouvât
une de plus facile accès. Dieu sait combien de portes il
s'imaginait que dût avoir Milan !

Arrivé devant les remparts, il resta quelque temps à
regarder autour de lui, comme fait celui qui, ne sachant
de quel côté il vaut mieux se tourner, semble attendre et
demander quelque instruction là-dessus. Mais il ne décou-
vrait à droite et à gauche que deux bouts d'une rue tortueuse ; en face, que les murailles ; d'aucun côté, le moindre indice d'hommes vivants, si ce n'est que sur un point
du terre-plein il voyait s'élever une colonne épaisse de
fumée dense et obscure, qui en s'élevant s'élargissait et se
déployait en vastes tourbillons, et s'évanouissait dans les
airs, immobile et noirâtre. C'étaient des vêtements, des
lits et d'autres meubles infectés qu'on livrait aux flammes,
et sur tous les points des remparts apparaissaient les traces
de ces tristes feux de joie.

Le temps était sombre, l'air lourd, le ciel voilé de toutes
parts par un vaste nuage égal, immobile, qui semblait re-

fuser le soleil sans promettre la pluie ; la campagne environnante presque inculte et tout aride ; toute verdure épuisée, et pas une seule goutte de rosée sur les feuilles desséchées et tombantes. Cette solitude, ce silence, si près d'une si grande masse d'habitations, ajoutaient une nouvelle consternation à l'inquiétude de Renzo, et rendaient toutes ses pensées plus sombres.

Il resta ainsi pendant quelque temps, prit sa droite, au hasard, allant sans le savoir vers la Porta-Nuova, qu'il n'avait pas pu apercevoir, bien qu'elle fût tout près, à cause d'un boulevard derrière lequel elle était alors cachée. Après quelques pas, un bruit de cloches commença à venir à ses oreilles, qui se taisait et reprenait par intervalles, et ensuite plusieurs voix d'hommes. Il s'avance, il tourne l'angle du bastion, et la première chose qu'il découvre devant la porte, c'est une guérite, et devant, une sentinelle appuyée sur son mousquet d'un air ennuyé et insouciant. Derrière était une palissade, et au fond la porte, c'est-à-dire deux pans de mur surmontés d'une toiture pour garantir les battants, qui étaient ouverts, ainsi que la porte de la palissade. Précisément devant l'ouverture était un triste obstacle, une civière posée à terre, sur laquelle deux monatti étendaient un malheureux pour l'emporter : c'était le chef des employés aux gabelles qui venait d'être atteint de la peste. Renzo s'arrêta où il se trouvait, attendant la fin. Le convoi parti, et personne ne venant pour fermer la petite porte, ce lui parut temps, et il s'y dirigea en toute hâte ; mais la sentinelle lui cria brusquement : « Holà ! » Il s'arrêta tout court, et, lui ayant fait un signe d'intelligence, il tira un demi-ducat et le lui montra. La sentinelle, soit qu'elle eût déjà eu la peste, soit qu'elle la craignît moins qu'elle n'aimait les demi-ducats, fit signe à Renzo de le lui jeter ; l'ayant vu voler aussitôt à ses pieds, elle lui dit à voix basse : « Entre vite. » Renzo ne se le fit pas dire deux fois ; il franchit la palissade, il franchit la porte, marcha devant lui sans que personne y prît garde ; seulement, quand il eut fait environ quarante pas, il entendit un autre « Holà ! » qu'un gabelou lui criait derrière. Pour celui-là, il fit mine de ne point l'entendre, et au lieu de retourner, il doubla le pas. « Holà ! » cria de nouveau le gabelou d'une voix pourtant qui indiquait plus de colère que de résolution de se faire obéir. N'étant pas obéi, il haussa les épaules, et retourna à son poste comme un homme à qui il importait plus de ne pas approcher de trop près les passants que de s'ingérer de leurs actions.

Après avoir longtemps cheminé sans rencontrer personne, Renzo aperçut enfin un homme qui venait justement vers lui. « Voici enfin un chrétien ! » se dit-il, et il entra ensuite dans cette rue avec l'intention de prendre langue avec cet homme. Celui-ci regardait fixement et d'un air ombrageux l'étranger qui s'avançait. Il s'alarma plus encore quand il s'aperçut qu'au lieu d'aller à ses affaires il marchait à sa rencontre. Renzo, quand il fut à peu de distance, tira son chapeau en montagnard poli qu'il était, et, le tenant avec la main gauche, il mit le poing de l'autre main dans la coiffe, et il alla plus directement vers son inconnu ; mais celui-ci, les yeux hors de la tête, se retira en arrière, leva un bâton noueux armé d'un dard, et, le dirigeant contre Renzo, il cria : « Au large, au large, au large !

— Oh ! oh ! » s'écria à son tour notre jeune homme. Il se couvrit, et ayant tout autre envie, comme il le disait ensuite en racontant la chose, que d'attraper une caresse en ce moment, il tourna les épaules au passant discourtois, et poursuivit sa route.

Le bourgeois tira de l'autre côté, tout frémissant, et regardant à tout moment derrière lui. Quand il fut rentré au logis, il raconta comment un empoisonneur était venu près de lui avec des manières humbles, polies, l'air d'un infâme imposteur, avec la fiole de poison ou la boîte de poudre (il ne savait pas au juste laquelle des deux) dans la coiffe de son chapeau pour l'empester, s'il n'avait pas su le tenir à distance. « S'il eût fait un pas de plus, ajouta-t-il, je l'enfilais tout droit avant qu'il eût eu le temps de

rien faire, le scélérat. Le malheur fut que nous étions dans
un lieu si écarté ; car si ç'avait été au milieu de Milan,
j'aurais appelé du monde et j'aurais fait tomber sur lui.
Assurément on lui aurait trouvé cette drogue impie dans
son chapeau. Mais là, seul à seul, j'ai dû m'estimer content
de m'en préserver sans risquer de chercher un malheur,
parce qu'un peu de poudre est bientôt jeté ; ces gens-là
ont une adresse particulière, et puis ils ont le diable pour
eux. Maintenant il doit être à rôder dans Milan : qui sait
quel ravage il y fait ? » Tant qu'il vécut, et il vécut longtemps, chaque fois qu'on parlait d'empoisonneurs, il répétait son aventure, et il ajoutait : « Que ceux qui soutiennent encore que ce n'était pas vrai ne me le viennent pas
conter à moi, parce que, pour parler des choses, il les faut
avoir vues. »

Renzo, loin de soupçonner à quel danger il avait échappé, et ému plutôt de colère que de peur, pensait en cheminant à cet accueil. Il se doutait bien de l'opinion que
le bourgeois avait conçue de lui ; mais la chose lui parut
si hors de sens, qu'il finit par conclure que cet homme
devait être à moitié fou. « Cela commence mal, pensa-t-il
pourtant. On dirait que mon étoile tourne toujours contre
moi dans ce Milan. Pour entrer, tout me seconde ; et puis,
quand je suis dedans, les désagréments fondent sur moi.
Suffit.... Avec l'aide de Dieu..., si je trouve..., si je parviens à trouver..., et tout n'aura rien été. »

En s'avançant toujours, il cherchait, il regardait de tous
côtés s'il pourrait découvrir quelque créature humaine ;
mais il ne vit rien autre qu'un cadavre hideux et défiguré
dans un fossé. Tout à coup il entend des cris qui semblaient
lui être adressés ; il regarde, il cherche à s'assurer d'où
part le bruit : il aperçoit non loin, à un balcon d'une petite maison isolée, une pauvre femme entourée d'un groupe
d'enfants, qui, en l'appelant toujours, lui faisaient signe
de la main pour qu'il s'approchât. Il y courut ; et quand il
fut près de la maison : « O bon jeune homme ! dit la femme,
pour vos pauvres morts, faites-moi la charité d'aller aver-

tir le commissaire que nous sommes ici oubliés. On nous
a renfermés dans la maison comme suspects, parce que
mon pauvre homme est mort; on en a cloué la porte,
comme vous voyez, et depuis hier matin personne ne
nous est venu apporter à manger. Depuis tant d'heures
que je suis ici je n'ai pas pu trouver un chrétien qui me
fît cette charité, et ces pauvres innocents meurent de
faim.

— De faim! » s'écria Renzo. Il porta aussitôt les mains
à ses poches. « Voici, voici, dit-il en tirant les deux pains :
envoyez quelque chose pour les prendre.

— Que Dieu vous le rende! Attendez un moment, » dit
la femme. Elle alla chercher une corbeille et une corde
pour l'y suspendre.

Cependant Renzo se souvint de ces pains qu'il avait
trouvés près de la croix dans un autre voyage. « C'est une
restitution, pensait-il, et meilleure, peut-être, que si j'a-
vais trouvé le maître : car ici c'est vraiment une œuvre de
miséricorde.

— Quant au commissaire, ma bonne dame, dit-il ensuite en mettant les pains dans la corbeille, je ne vous peux
servir en rien, parce que, à vrai dire, je suis étranger, et je
n'ai l'habitude de rien dans ce pays. Pourtant, si je rencontre quelque homme un peu traitable, humain, à qui
l'on puisse parler, je le lui dirai. »

La femme le pria de le faire, et elle lui donna le nom de
la rue où il pourrait l'indiquer.

« Vous aussi, reprit Renzo, je crois que vous me pourrez
rendre un service, une vraie charité, sans qu'il vous en
coûte rien. Pourriez-vous m'enseigner où se trouve un hôtel
de très-grands seigneurs d'ici, de Milan, l'hôtel *** ?

— Je sais bien qu'il y a ici un hôtel de ce nom; mais je
ne sais pas du tout où il est. En entrant dans la ville, par
là, vous trouverez quelqu'un qui vous l'enseignera. Et souvenez-vous de lui parler aussi de nous.

— N'en doutez pas, » dit Renzo, et il passa outre.

A chaque pas il sentait s'accroître et s'approcher une

rumeur qu'il avait déjà commencé à entendre pendant qu'il s'était arrêté à discourir, une rumeur de roues et de chevaux, avec un bruit de sonnettes, et de temps en temps des claquements de fouet et de longs hurlements. Il regardait, mais il ne voyait rien. Parvenu à l'extrémité de la rue tortueuse qu'il parcourait, et arrivé à la place de San-Marco, le premier objet qui frappa sa vue ce furent deux poutres dressées avec une corde et des poulies. Il ne tarda pas à reconnaître (c'était chose familière à chacun dans ce pays-là) l'horrible instrument du supplice. On l'avait dressé sur toutes les places et dans toutes les rues les plus spacieuses, afin que les députés de chaque quartier, munis des pouvoirs les plus arbitraires, y pussent faire appliquer immédiatement quiconque leur paraîtrait mériter cette peine, ou des séquestrés qui sortiraient de leur maison, ou des employés qui refuseraient d'obéir, ou qui que ce fût enfin. C'était un de ces remèdes extrêmes et inefficaces dont, à cette époque et surtout dans ces moments, on était si prodigue.

Or, tandis que Renzo regardait cette fatale machine, en cherchant à deviner pourquoi on l'avait dressée en ce lieu, et qu'il entendait s'approcher la rumeur, voilà qu'il voit paraître de l'angle d'une église un homme qui agitait une sonnette : c'était un appariteur, et derrière lui deux chevaux qui, allongeant le cou et trébuchant sur leurs jambes, s'avançaient avec peine, traînant un char de morts ; après celui-ci en venait un autre, puis un autre, puis un autre ; des monatti, marchant à côté des chevaux, les pressaient à coups de fouet, d'aiguillon et de jurements. Les cadavres étaient la plupart nus, les autres mal enveloppés dans des linceuls qui tombaient en lambeaux, amoncelés, entassés l'un sur l'autre, comme un amas de couleuvres qui se déploient lentement aux premières chaleurs du printemps. A chaque heurt, à chaque secousse, on voyait ces monceaux funestes trembler et s'écrouler hideusement, des têtes pendre, des chevelures de femmes se déployer, des bras se détacher et battre sur les roues, montrant au regard déjà saisi d'horreur comment un tel spectacle pouvait devenir plus misérable et plus horrible encore.

Le jeune homme s'était arrêté au coin de la place, et il priait pour ces morts inconnus. Une affreuse pensée le vint glacer d'effroi. « Là peut-être, là, avec eux, là-dessous !… O Seigneur ! faites que cela ne soit point ! faites que je n'y pense pas ! »

Le convoi funèbre ayant disparu, il se mit en route, traversa la place, et arriva enfin au Borgo-Nuovo par le pont Marcellino. En regardant toujours, toujours dans le but de trouver quelqu'un à qui demander avis, il vit à l'autre extrémité un prêtre en pourpoint avec un bâton à la main, arrêté près d'une porte entr'ouverte, la tête penchée et prêtant l'oreille ; il le vit ensuite lever la main et bénir. Il pensa avec raison qu'il venait de confesser quelqu'un, et il se dit : « Voilà mon homme. Si un prêtre dans ses fonctions de prêtre n'a pas un peu de bienveillance, un peu de charité, il faut dire qu'il n'y en a plus en ce monde. »

Cependant le prêtre, après avoir quitté la porte, venait du côté de Renzo en cheminant avec beaucoup de précaution dans le milieu de la rue. Renzo, quand il fut à quatre ou cinq pas de lui, tira son chapeau et lui fit signe qu'il désirait lui parler, en s'arrêtant en même temps de manière à lui faire entendre qu'il ne le voulait pas accoster trop indiscrètement. Celui-ci s'arrêta pour l'écouter, en tenant son bâton à terre devant lui, comme pour s'en faire un rempart. Renzo exposa sa demande, à laquelle le prêtre satisfit non-seulement en lui donnant le nom de la rue où sa maison était située, mais en lui traçant aussi son itinéraire, parce qu'il vit que le pauvre garçon en avait besoin. Il lui indiqua, à force de droites et de gauches, de carrefours et d'églises, les six ou huit rues qui lui restaient à parcourir.

« Que Dieu veille sur vous en ces temps et toujours ! » dit Renzo ; et comme celui-ci allait partir : « Une autre charité, » ajouta-t-il, et il lui parla de la femme oubliée.

Le digne prêtre lui rendit grâce de lui avoir donné cette occasion de porter un secours si urgent, et il partit en disant qu'il allait en avertir qui de droit.

Renzo, après s'être incliné, se mit aussi en marche. En cheminant il cherchait à se faire à lui-même une répétition de l'itinéraire, pour se trouver le moins possible dans la nécessité de demander sa route. Mais l'on ne saurait imaginer combien cette opération lui fut pénible. Un nouveau trouble s'était élevé dans son esprit. Ce nom de la rue, cette indication du chemin, avaient redoublé ses alarmes. C'était ce qu'il avait désiré, ce qu'il avait demandé, et sans quoi il ne pouvait rien faire ; on ne lui avait rien dit en même temps qui lui pût faire présager, lui donner même un soupçon de malheur. Mais quoi ! cette idée plus distincte d'un terme voisin où il sortirait d'un grand doute, où il pourrait s'entendre dire : « Elle vit encore, » ou s'entendre dire : « Elle est morte ; » cette idée se présenta si claire, si terrible à son esprit, qu'en ce moment il aurait mieux aimé se trouver encore dans l'obscurité de tout, être au commencement du voyage au terme duquel il touchait. Il recueillit pourtant son courage. « Eh ! se dit-il, si je commence à faire l'enfant, comment cela ira-t-il ? » Il continua sa route et s'enfonça dans la ville.

Quelle ville ! et comment irait-on maintenant se rappeler ce qu'elle avait été l'année précédente à cause de la famine ?

Renzo se trouvait justement dans l'une des parties les plus ravagées, dans le quartier qui porte le nom de carrobio di Porta-Nuova. La furie de la contagion et l'infection des cadavres épars y avaient été si grandes, que les malheureux qui avaient survécu s'étaient vus forcés de fuir. Ainsi, tandis que le regard du passant demeurait frappé de cet aspect de solitude et d'abandon, plus d'un sens était douloureusement affecté des signes et des restes de l'habitation récente. Renzo doubla le pas en se ranimant par la pensée que le terme de sa course ne devait pas être si proche, et espérant qu'avant d'y arriver il trouverait la scène changée, au moins en partie. En effet, non loin de là il arriva dans un lieu qui pouvait encore s'appeler une cité de vivants ; mais quelle cité, hélas ! et quels vivants ! toutes les portes étaient fermées par la défiance et par la terreur, sauf celles qui avaient été ouvertes ou par la fuite des habitants, ou par l'invasion ; les autres étaient enclouées et bouchées en dehors parce qu'il y avait dans la maison des gens morts ou malades de la peste ; d'autres marquées d'une croix au charbon pour donner avis aux monatti qu'il y avait des morts à prendre ; de toutes parts des chiffons, des bandages ensanglantés, des grabats infects, des vêtements, des linceuls jetés des fenêtres, quelquefois des corps ou privés tout à coup de vie dans la rue et laissés là jusqu'à ce qu'un char passât pour les recueillir, ou tombés des chars mêmes, ou jetés par les croisées : tant la longue durée et la fureur du désastre avaient abruti les esprits et les avaient distraits de tout souci de piété, de tout respect humain ! De toutes parts avait cessé tout bruit d'ouvriers, tout fracas de voitures, tout cri de vendeurs, toute rumeur de passants ; il était bien rare que ce silence de mort fût interrompu par autre chose que par le bruit des chars funèbres, par les plaintes des mendiants, les cris des malades, les hurlements des frénétiques, les vociférations des monatti. A l'aube, au milieu du jour, au soir, une cloche de la cathédrale donnait le signal de réciter certaines prières proposées par l'archevêque ; à ce coup répondaient les cloches des autres églises ; et alors on aurait vu des personnes paraître à la fenêtre et prier en commun ; on aurait entendu un confus et sourd mélange de voix et de gémissements qui inspiraient une tristesse mêlée pourtant de quelque espérance.

Les deux tiers des habitants étaient morts ; une bonne partie du reste languissait ou avait pris la fuite ; le concours du dehors était réduit presque à rien ; parmi le peu qui restait, on n'en aurait que par hasard, dans un long circuit, rencontré un seul sur lequel ne parût quelque chose d'étrange et qui indiquait un funeste changement de choses. On voyait les hommes les plus titrés sans cape ni manteau, partie alors très-essentielle de leur costume ; les prêtres sans soutane, les moines sans froc ; enfin on avait quitté tous les habits qui pouvaient, par de longs plis flottants, toucher quelque chose ou donner (ce qui était encore plus redouté que tout le reste) beau jeu aux empoisonneurs. Outre le soin de porter aussi peu de vêtements que possible et de les serrer au corps, chacun était négligé dans sa personne. Chez ceux qui avaient coutume de porter la barbe, elle était d'une longueur démesurée ; les autres l'avaient laissée croître, les chevelures étaient longues et incultes, non-seulement à cause de cette incurie qui naît d'un long abattement, mais parce que les barbiers étaient devenus suspects depuis que Giangiacomo Mora, l'un d'eux, avait été pris et condamné comme un fameux empoisonneur. Ce nom conserva longtemps une célébrité d'infamie ; il en méritait une bien plus vaste et perpétuelle de pitié. Le plus grand nombre tenait d'une main un bâton, quelques-uns aussi un pistolet, en signe d'avertissement et de menace à quiconque aurait voulu s'approcher de trop près ; de l'autre, des pastilles odorantes, des boules de métal ou de bois creuses et remplies d'éponges imbues de vinaigres préparés, et, en cheminant, ils les rapprochaient de temps en temps du nez ou les y tenaient toujours. Quelques-uns portaient suspendue au cou une petite fiole avec un peu de vif-argent, persuadés que ce métal avait la vertu d'absorber toutes les émanations pestilentielles ; ils avaient soin de le renouveler de temps en temps. Les gentilshommes non-seulement parcouraient les rues sans leur cortége accoutumé, mais on les voyait une corbeille au bras, allant chercher les choses nécessaires à leur nourriture. Les amis, quand par hasard deux se rencontraient vivants dans la rue, se saluaient silencieusement de loin d'un air triste et pressé. Chacun, en cheminant, avait beaucoup à faire d'éviter les achoppements sales et mortifères dont le sol était semé, et quelquefois même entièrement encombré. Chacun cherchait à tenir le milieu de la rue, par la crainte des poids plus funestes qui pouvaient tomber des fenêtres, par la crainte des poudres empoisonnées que l'on disait avoir souvent été jetées sur les passants, par la crainte des murailles qui pouvaient être enduites de substances vénéneuses. Ainsi l'ignorance, prudente à contre-temps, ajoutait maintenant des angoisses aux angoisses, et excitait de fausses terreurs en compensation des craintes raisonnables et salutaires qu'elle avait empêchées dans le principe.

Au milieu de cette désolation Renzo avait déjà fait une bonne partie de son chemin, lorsqu'il entendit venir un bruit confus dans lequel se faisait distinguer cet horrible et accoutumé tintement de cloches.

A l'entrée d'une des rues les plus spacieuses de la cité, il aperçut quatre chars arrêtés. Comme dans un marché aux grains, les hommes vont, viennent, chargent et renversent des sacs, tel était en ce lieu le mouvement de la foule. On n'y voyait que des monatti qui entraient dans les maisons, des monatti qui en sortaient avec un fardeau sur les épaules et le déposaient sur un char, quelques-uns revêtus de leurs habits rouges, quelques autres sans marques distinctives, le plus grand nombre avec une marque distinctive plus odieuse encore, des panaches et des capes de diverses couleurs, que ces misérables portaient d'un air de triomphe et de fête au milieu de ce deuil public. De quelque fenêtre venait de temps en temps une voix lugubre : « Ici, monatti! » et de cette triste foule sortait une âpre et sinistre voix : « J'y suis, j'y suis! » On entendait des voisins se lamenter, les conjurer de faire vite; les monatti répondaient par des jurements.

Entré dans la rue, Renzo doubla le pas, cherchant à ne pas regarder cet horrible spectacle, du moins autant qu'il était nécessaire pour l'éviter, quand son regard errant s'abattit sur un objet de pitié singulière, d'une pitié qui forçait l'esprit à le contempler. Il s'arrêta presque sans en avoir eu dessein.

Une dame dont l'aspect annonçait une jeunesse avancée, mais non entièrement éteinte, sortait d'une de ces mai sons et s'avançait vers le convoi. Dans ses traits perçait une beauté voilée et offusquée, mais non gâtée, par une grande peine et une langueur mortelle, cette beauté douce en même temps et majestueuse qui brille dans le sang lombard. Sa démarche était pénible, mais non chancelante ; ses yeux ne donnaient pas de larmes, mais on voyait qu'ils en avaient beaucoup versé. Il y avait dans cette douleur un je ne sais quoi de tranquille et de profond qui annonçait une âme tout occupée à la sentir. Mais ce n'était pas son seul aspect qui, au milieu de tant de misères, en faisait un objet particulier de commisération et ranimait pour elle ce sentiment resserré, amorti dans le cœur : elle tenait entre ses bras une jeune fille d'environ neuf ans, morte, mais parée, les cheveux divisés sur le front, vêtue d'une robe d'une blancheur éclatante, comme si ses mains l'avaient ornée pour une fête promise depuis longtemps et accordée en récompense. Elle ne la tenait pas couchée, mais appuyée, assise sur un bras, le cœur appuyé contre son cœur ; on eût dit qu'elle respirait, si une petite main blanche comme la cire n'eût pas pendu avec une pesanteur inanimée, et si sa tête n'eût reposé sur l'épaule de sa mère avec un abandon plus fort que celui du sommeil ; de sa mère ! car c'était bien sa mère ! Alors même que la ressemblance de ces deux visages n'en aurait pas fait foi, on l'aurait lu sur celui où se peignait encore un sentiment.

Tout à coup un hideux monatto s'approche de la dame et lui veut enlever le fardeau qu'elle porte sur ses bras, mais toutefois avec une espèce de respect inaccoutumé, avec une hésitation involontaire. Celle-ci, en se retirant en arrière d'un air qui ne témoignait pourtant ni courroux ni mépris : « Non, dit-elle, ne me la touchez pas encore ; c'est moi qui la dois déposer sur le char. » Puis, ouvrant la main : « Prenez, » dit-elle ; et elle laissa tomber une bourse dans les mains du monatto. « Promettez-moi de ne lui pas ôter un fil sur elle, de ne pas souffrir que d'autres l'osent faire, et de l'enterrer ainsi. »

Le monatto porta sa main sur son cœur; puis, tout ému et presque obséquieux, moins encore pour cette récompense inespérée que pour le nouveau sentiment dont il était presque subjugué, il s'empressa de faire sur le char un peu de place à la petite morte. La dame, après lui avoir donné un baiser sur le front, l'y plaça comme sur un lit, l'y arrangea, étendit sur elle une blanche toile, et lui dit les dernières paroles[1] : Adieu, Cecilia ! repose en paix ! Ce soir nous viendrons à notre tour pour ne plus nous séparer. Prie en attendant pour nous, et je prierai pour toi et pour les autres. » Puis, se tournant de nouveau vers le monatto : « En repassant ce soir par ici, lui dit-elle, vous monterez pour me prendre; je ne serai pas seule. »

Cela dit, elle rentra dans sa maison. Un instant après elle parut à la fenêtre, tenant dans ses bras une autre de ses filles chéries, plus jeune, vivante encore, mais avec les empreintes de la mort sur le visage. Elle resta à contempler ces indignes obsèques de Cecilia, jusqu'à ce que le char se mit en marche, tant qu'elle le put suivre de l'œil; puis elle disparut. Et qu'eut-elle autre chose à faire qu'à déposer sur le lit l'unique enfant qui lui restait, s'y coucher auprès d'elle et mourir ensemble, comme la fleur qui lève sa tête superbe tombe, avec le bouton encore caché dans son calice, sous la faux qui nivelle toutes les herbes de la prairie?

« O Seigneur ! s'écria Renzo, exaucez-la ! protégez-la, elle et cette innocente créature : elles ont assez souffert ! elles ont assez souffert ! »

Revenu de cette émotion singulière, et tandis qu'il se remet en marche, Renzo voit d'un côté une foule confuse qui s'avance. Il s'arrête pour la laisser passer. C'étaient des malades que l'on conduisait au lazaret. Les uns, qu'on y menait par force, résistaient en vain, criaient en vain qu'ils voulaient mourir dans leur lit, et répondaient

---

[1] *Le ultime parole.* Latinisme qui rappelle le *novissima verba* des anciens, et que nous avons cru devoir conserver. L'expression est populaire en Italie.

par des imprécations impuissantes aux jurements et aux
ordres des monatti qui les suivaient : les autres marchaient
en silence, sans aucune apparence de douleur, sans espérance, comme des insensés; des femmes avec des petits
enfants sur les épaules; de jeunes enfants épouvantés par
ces cris, par ces ordres, par cette compagnie, plus que par
l'idée confuse de la mort, qui imploraient en gémissant
leur mère et ses bras fidèles, et voulaient rester dans un
séjour connu. Hélas! et leur mère peut-être, qu'ils croyaient
avoir laissée endormie sur son lit, s'y était jetée oppressée
tout à coup par le mal, privée de sentiment, pour être
portée sur un char au lazaret, ou à la fosse, pour peu que
le char tardât à arriver; peut-être, ô malheur digne de
larmes plus amères encore! peut-être leur mère, tout occupée de ses souffrances, avait tout oublié, tout, jusqu'à
ses enfants, et n'avait plus qu'un souci, celui de mourir en
repos. Toutefois, dans une aussi vaste confusion, on voyait
encore quelques exemples de constance et de piété; on
voyait des pères, des frères, des enfants, des époux, qui
soutenaient les êtres qui leur étaient chers, et les accompagnaient avec des paroles de consolation; non-seulement
des adultes, mais même de jeunes garçons, de jeunes filles,
qui accompagnaient leurs plus jeunes frères, et, avec une
prudence et une compassion d'un autre âge, les exhortaient
à obéir, les assuraient qu'on allait en un lieu où d'autres
auraient soin d'eux pour les guérir.

Au milieu de la tristesse et de la pitié de tels spectacles,
notre jeune homme était saisi d'une sollicitude plus vive
et qui le touchait de plus près. La maison devait être voisine de là, et qui sait si parmi ces gens-là... Mais toute la
troupe étant passée, et ce doute ayant cessé, il s'adressa à
un monatto qui la suivait, et il lui demanda la rue et la
maison de don Ferrante. « Va-t'en à la male heure, imbécile! » telle fut la réponse qu'il en reçut. Il ne se soucia
pas de répliquer; mais avisant à deux pas un commissaire
qui fermait la marche et avait l'air un peu plus chrétien,
il lui fit la même demande. Celui-ci, montrant avec son

bâton le côté d'où il venait, lui dit : « La première rue à droite, le dernier hôtel à gauche. »

Le jeune homme y courut avec un nouveau et plus fort trouble au cœur. Une fois dans la rue, il distingua aussitôt la maison parmi les autres, plus basses et moins ornées. Il s'approche de la porte, qui est fermée ; il met la main sur le marteau et l'y tient suspendue comme dans une urne avant d'en tirer le billet d'où dépendrait sa vie ou sa mort. Enfin il lève le marteau et heurte résolûment.

Un instant après une fenêtre s'entr'ouvre ; une femme y paraît à peine, regardant à la porte d'un air ombrageux, qui semble dire : « Seraient-ce des monatti, des voleurs, des commissaires, des empoisonneurs, des diables?

— Signora, dit Renzo en levant la tête, mais d'une voix mal affermie, n'y a-t-il pas ici, au service de la maison, une jeune villageoise qui a nom Lucia?

— Elle n'y est plus ; allez-vous-en, répondit la femme en faisant mine de fermer.

— Un moment, par charité! Elle n'y est plus! où est-elle?

— Au lazaret. » Et elle voulait fermer de nouveau.

« Mais un moment, pour l'amour du ciel! Avec la peste?

— Oui. C'est quelque chose de bien nouveau, n'est-il pas vrai? Eh! allez donc.

— Attendez. Eh! était-elle beaucoup malade? y a-t-il beaucoup de temps? »

Mais cette fois la fenêtre se ferma tout de bon.

« Hé! signora, signora! un mot, par charité! pour vos pauvres morts! Je ne vous demande rien du vôtre. Hé! » Mais c'était comme s'il avait parlé au mur.

Affligé de la nouvelle et fâché de la brusque retraite de cette femme, Renzo saisit encore le marteau, et, presque collé à la porte, il le serrait avec force, le levait pour frapper de nouveau, et le tenait suspendu. Dans cette agitation, il se tourna pour voir s'il apercevrait par hasard quelque voisin dont il pourrait avoir quelque information plus ample, quelque éclaircissement, quelque lumière.

Mais la première, l'unique personne qu'il découvrit, ce fut une autre femme éloignée d'environ vingt pas. Celle-ci, d'un air qui exprimait la terreur, la colère, l'impatience et la méchanceté, avec des yeux qui voulaient en même temps l'observer et regarder au loin, ouvrait la bouche comme pour crier de toutes ses forces; mais retenant même sa respiration, levant deux bras décharnés, allongeant et retirant deux mains ridées et recourbées, comme si elle tirait quelque chose à elle, elle semblait vouloir appeler du monde de manière que quelqu'un ne s'en aperçût pas. Quand le regard de Renzo rencontra le sien, elle devint encore plus hideuse, et tressaillit comme une personne que l'on surprendrait.

« Que diable!... » commençait Renzo en levant les mains vers la femme; mais celle-ci ayant perdu l'espérance de le pouvoir faire saisir à l'improviste, laissa échapper le cri qu'elle avait comprimé jusqu'alors : « L'empoisonneur! tombez sur lui! tombez sur lui! tombez sur lui! A l'empoisonneur!

— Qui? moi! Vieille sorcière! imposteuse! tais-toi! » cria Renzo. Et il courut vers elle pour lui faire peur et la faire taire. Mais il s'aperçut qu'il devait plutôt penser à ses affaires. Au cri de la femme, des gens accouraient de toutes parts, non pas en aussi grand nombre qu'on en aurait vu trois mois auparavant en semblable circonstance, mais beaucoup plus qu'il n'en fallait pour écraser un homme. Au même instant la fenêtre s'ouvrit de nouveau; cette même femme discourtoise de tantôt y parut en plein cette fois, et elle se mit aussi à crier : « Saisissez-le, saisissez-le! ce doit être un de ces scélérats qui rôdent pour empoisonner les portes des braves gens. »

Renzo délibéra en un moment qu'il valait mieux leur échapper que de rester à se justifier. Il jeta les yeux autour de lui pour voir de quel côté il y avait le moins de monde, et il se mit à jouer des jambes. Il repoussa d'un coup de poing un homme qui lui barrait le passage, avec une grande poussée dans la poitrine, il fit reculer de huit ou dix pas un autre qui courait vers lui, et il galopa, le poing en l'air, fermé, noueux, prêt pour les autres qui se viendraient mettre entre ses jambes. La rue était déserte devant lui; mais derrière ses épaules il entendait grossir et résonner à ses oreilles ce cri terrible : « Tombez sur lui! tombez sur lui! l'empoisonneur! » Il entendait s'approcher de lui le bruit des pas des plus agiles à le poursuivre. Sa colère devint rage; ses angoisses se changèrent en désespoir; un voile s'étendit devant ses yeux; il saisit son coutelas, le dégaina, s'arrêta sur ses pieds, puis, d'un air menaçant, se retourna vers eux, le bras tendu, qui brandissait la lame reluisante, et cria : « Que celui qui a du cœur vienne ici, canaille! je l'empoisonnerai vraiment en le frottant avec ceci. »

Mais il vit avec étonnement et avec un sentiment confus de plaisir que ses persécuteurs s'étaient déjà arrêtés à quelque distance, comme s'ils hésitaient. En hurlant toujours, ils faisaient, avec des mains levées, des signes de possédés, comme à des gens qui étaient loin derrière lui. Il se retourna : il vit devant lui (son grand trouble ne lui avait pas permis de s'en apercevoir auparavant) un char qui s'avançait, et même une file de ces chars funéraires, avec l'accompagnement accoutumé. Au delà était une autre petite bande de gens qui auraient bien voulu tomber de leur côté sur l'empoisonneur et le prendre entre deux foules; mais ils étaient aussi retenus par le même empêchement. Se voyant ainsi entre deux feux, il lui vint à l'esprit que ce qui était pour ceux-ci des objets de terreur lui pouvait être des objets de salut. Il pensa que ce n'était pas le moment de faire le délicat : il rengaine son coutelas, reprend sa course vers les chars, dépasse le premier, avise dans le second un assez large espace vide; il prend bien ses mesures, s'élance, et le voilà planté sur le pied droit, le gauche en l'air, et les deux bras levés.

« Bravo, bravo! » s'écrièrent d'une commune voix les monatti. Les uns suivaient le convoi à pied; les autres étaient assis sur les chars; d'autres enfin, pour dire l'hor-

rible chose comme elle était, étaient assis sur les cadavres,
en buvant d'un énorme flacon qui circulait à la ronde.
« Bravo! c'est un coup superbe!

— Tu t'es venu mettre sous la protection des monatti;
sois sûr que c'est comme si tu étais dans une église, » lui
dit l'un des deux qui étaient sur le char où il s'était jeté.

Les ennemis, à l'approche du convoi, avaient la plupart
tourné les épaules, et ils s'en allaient criant toujours:
«Tombez sur lui! tombez sur lui! l'empoisonneur! » Quelques-uns se retiraient plus lentement en s'arrêtant de
temps en temps et en se tournant vers Renzo avec des
grincements de dents et des gestes de menace. Celui-ci,
du haut de son char, leur répondait en agitant ses poings.

« Laisse-moi faire, » lui dit un monatto. Il arrache aussi
tôt à un cadavre un sale chiffon, le noue, le prend par un
des bouts, le tend comme une fronde vers ces obstinés, et
fait semblant de le lancer, en criant : «Attends, canaille! »
A ce mouvement, tous s'enfuirent saisis d'horreur.

Parmi les monatti s'éleva un hurlement de triomphe,
un long et bruyant éclat de rire, un *ouh!* prolongé, comme
pour accompagner cette fuite.

« Ah, ah! tu vois si nous savons protéger les braves
gens! dit ce monatto à Renzo. Un seul de nous vaut plus
que cent de ces poltrons.

—Assurément, je peux dire que je vous dois la vie, et je
vous en rends grâces du fond de mon cœur.

— Ce n'est rien, ce n'est rien. Tu le mérites : on voit
que tu es un brave jeune homme. Tu fais bien d'empoisonner cette canaille; empoisonne-les, extirpe-les, ces misérables qui ne valent quelque chose que lorsqu'ils sont
morts, qui, pour récompense de la vie que nous menons,
nous maudissent, et vont disant que, la peste finie, ils
nous veulent faire tous pendre. Il faut qu'ils finissent tous
avant la peste; il faut que les monatti restent seuls à chanter victoire et à bambocher à Milan.

—Vive la peste et meure la canaille! » s'écria l'autre.
En portant ce beau toast, il approcha le flacon de sa bouche,

et le tenant des deux mains au milieu des cahots du char,
il but à longs traits, puis l'offrit à Renzo en disant : « Bois
à notre santé.

— Je vous la souhaite à tous de bon cœur, dit Renzo,
mais je n'ai pas soif ; je n'ai pas précisément envie de boire
en ce moment.

— Tu as eu une belle peur, à ce qu'il paraît, dit le monatto ; tu m'as l'air d'un pauvre homme : il faut avoir
d'autres mines pour faire l'empoisonneur.

— Chacun se tire d'affaire comme il peut, dit l'autre.

— Donne-le-moi un peu, dit un de ceux qui marchaient
à côté du char : j'en veux boire un autre coup à la santé du
maître qui se trouve ici en belle compagnie..., là, là, justement, je crois, dans cette belle voiture. »

Et, avec un rire atroce et maudit, il désignait le char
devant celui où était le pauvre Renzo. Puis, composant son
visage à un sérieux plus infâme et plus méchant encore, il
fit un grand salut de ce côté, et reprit : « Permettez-vous,
mon cher maître, qu'un pauvre diable de monatto goûte
au vin de votre cave ? Voyez bien : on mène de rudes vies ;
nous sommes ceux qui vous avons mis en voiture pour
vous mener à la campagne. Et puis le vin, pour peu que
vous en preniez, fait mal à Vos Seigneuries ; les pauvres
monatti ont bon estomac. »

Ses compagnons éclatèrent de rire. Il prit le flacon, le
souleva ; mais avant d'en boire, il se tourna vers Renzo,
le regarda fixement, et lui dit d'un air de compassion insultante : « Il faut que le diable avec qui tu as fait pacte
soit bien jeune ; car si nous ne t'avions sauvé, il te donnait
un triste secours. » Ses compagnons rirent plus fort, et il
appliqua le flacon sur ses lèvres.

« Et nous ! hé ! et nous ! » cria-t-on à haute voix du
char qui précédait. Le vaurien, après en avoir pris tant
qu'il voulait, remit à deux mains le flacon à ses compagnons ; ils le firent circuler jusqu'à un dernier, qui, l'ayant
vidé, le prit par le cou, le fit tourner en l'air une ou deux
fois, et le brisa sur le pavé en criant : « Vive la peste ! »

Après ces mots il entonna une chanson infâme ; sa voix fut accompagnée de toutes les autres de cet horrible chœur. L'infernale chanson, mêlée au tintement des sonnettes, au bruit des roues et des pieds des chevaux, résonnait dans le vide silencieux des rues, retentissait dans les maisons, et serrait douloureusement le cœur du petit nombre de gens qui les habitaient encore.

Mais qui ne peut quelquefois venir à propos ? qui ne peut paraître bon en quelque cas ? Le danger du moment précédent avait rendu plus tolérable à Renzo la compagnie de ces morts et de ces vivants ; et maintenant cette musique fut presque agréable à ses oreilles, parce qu'elle le tirait de l'embarras d'une telle conversation. Encore tout bouleversé, il rendait grâce en son cœur à la Providence d'avoir échappé à un tel danger sans recevoir de mal et sans en faire ; il la priait de l'aider maintenant à le délivrer de ses libérateurs. De son côté il était aux aguets, il observait les monatti, il observait la rue, pour prendre son temps afin de descendre doucement sans leur donner occasion de faire quelque rumeur, quelque scandale qui ameutât les passants.

Il s'aperçut enfin qu'il était arrivé près du lazaret. A l'approche d'un commissaire, un des monatti qui était sur le char de Renzo avait mis pied à terre. Renzo dit à l'autre : « Je vous rends grâce de votre charité : que Dieu vous le rende. » Et il sauta de l'autre côté.

« Va, va, pauvre diable d'empoisonneur, répondit celui-ci : ce ne sera pas toi qui détruiras Milan. »

Par bonheur personne ne l'entendit. Renzo arriva enfin devant le lazaret. La scène extérieure de cette fatale enceinte se déploya devant ses yeux. C'était à peine un faible indice, et pourtant une scène vaste, diverse, et que l'on ne saurait décrire.

Une foule immense se pressait dans les avenues : c'était des malades qui allaient en troupe au lazaret ; quelques-uns s'asseyaient ou tombaient sur le bord de l'un ou de l'autre fossé qui bordent la route ; leurs forces n'avaient

pas suffi pour les conduire jusque dans leur asile; d'autres
en étaient sortis par désespoir, et les forces leur avaient
également manqué pour aller plus loin. D'autres malades
erraient débandés, comme stupides, et la plupart hors
d'eux; l'un était tout animé à raconter ses imaginations à
un malheureux qui gisait à terre oppressé par le mal;
l'autre était furieux; un troisième apparaissait l'air riant
comme s'il allait à un spectacle agréable. Au milieu de
cette triste allégresse, on entendait une voix qui chantait
à perdre haleine; le bruit ne semblait pas partir de cette
misérable réunion, et pourtant il dominait tous les autres.
C'était une chanson populaire d'amour, gaie et folâtre, de
celles que les Milanais nomment *villanelle*. En se laissant
guider par le son, si l'on cherchait du regard qui pouvait
être si joyeux, on voyait un malheureux qui, tranquillement assis au fond du fossé qui borde les murs du lazaret,
chantait à gorge déployée, le visage en l'air.

A peine Renzo eut-il fait quelques pas en tournant le
côté méridional de l'édifice, qu'une rumeur extraordinaire
s'éleva parmi cette foule, et un cri lointain de : « Gare!
arrête! » Il se dressa sur la pointe des pieds, et vit un
cheval qui allait au grand galop, pressé par un pâle cavalier. C'était un frénétique qui, ayant vu cette bête libre et
sans gardien, et près d'un char, avait sauté dessus; il lui
frappait le cou avec le poing, et faisant des éperons de ses
talons, il la pressait en furie. Les monatti suivaient en
hurlant, et tout s'enveloppait d'un nuage de poussière qui
volait au loin.

Ainsi, déjà étourdi et fatigué de tant de misères dissé-
minées dans l'espace qu'il avait parcouru, notre jeune
homme arriva à la porte de ce lieu où tant de misères
étaient entassées. Il franchit le seuil, et resta un moment
immobile sous le portique.

XXXV

Que le lecteur se figure l'enceinte du lazaret peuplé de seize mille pestiférés; ce vaste emplacement encombré ici de cabanes et de tentes, là de chars, là d'hommes; les deux longues suites de portiques, à droite et à gauche, regorgeant de mourants ou de cadavres étendus sur la paille; et planant sur cet immense repaire de douleurs, un sourd murmure semblable au murmure lointain des vagues agitées par la tempête. De toutes parts on voyait aller, venir, s'arrêter, courir, se baisser, se lever, des convalescents, des frénétiques, des assistants. Tel fut l'affreux spectacle qui s'offrit à Renzo.

L'air même et le ciel accroissaient, si quelque chose la pouvait accroître, l'horreur de cette vue. Le vaste nuage s'était peu à peu éclairci et divisé en mille nuées flottantes qui, en se condensant de plus en plus, semblaient annoncer un orage. Au milieu de ce ciel lourd et sombre apparaissait, comme recouvert d'un voile épais, le disque du soleil, pâle, sans rayons, qui jetait une lueur pénible et douteuse, et faisait pleuvoir une chaleur morte et pesante. De moment en moment, au milieu de cette vaste rumeur, on entendait s'élever des gémissements sourds et interrompus; en prêtant l'oreille, on n'aurait pu dire de quel côté ils partaient, on aurait cru entendre un bruit lointain de chars qui s'arrêtaient tout à coup. On ne voyait dans la campagne des environs s'agiter aucune feuille, ni un oiseau s'aller reposer sur un arbre et s'en éloigner : seulement l'hirondelle plongeait comme pour raser la terre; mais, effrayée de cet immense mélange, elle reprenait subitement son vol et s'enfuyait. C'était un de ces temps où, parmi une troupe de voyageurs, il n'en est aucun qui rompe le silence; le chasseur chemine pensif, les regards fixés sur la terre; le villageois, en labourant son champ, cesse ses chansons sans s'en apercevoir; c'était un de ces temps avant-coureurs de l'ouragan, où la nature, comme immobile au dehors et agitée par un travail intérieur, semble opprimer tout être vivant, et ajoute je ne sais quelle peine accablante à toute occupation, au loisir, à l'existence même. Mais en ces lieux destinés à la souffrance et à la mort on voyait l'homme aux prises avec le mal céder à cette nouvelle oppression; on voyait les malades succomber par centaines; la dernière agonie était plus cruelle, et dans ce surcroît de douleurs, les gémissements plus étouffés, le dernier râle plus pénible. Peut-être une heure aussi amère n'avait-elle pas encore passé dans ces lieux.

Cependant Renzo, qui avait échappé à la vigilance des gardiens, était à la recherche de sa chère Lucia. Pendant qu'il erre, qu'il promène ses regards de tout côté, une apparition soudaine, rapide, instantanée, frappe sa vue et trouble ses esprits. Il voit à cent pas de distance passer et se perdre aussitôt à travers les tentes un capucin qui, même de loin et dans cette fuite, a toute la démarche, a toutes les manières, toute la tournure du père Cristoforo. Il court de ce côté, il cherche, il rôde en avant, en arrière, en dedans, en dehors; il revoit enfin, de loin, ce même frère qui, s'éloignant d'une grande marmite, allait, une écuelle à la main, vers une cabane. Il le voit ensuite s'asseoir sur le seuil, faire un signe de croix sur l'écuelle qu'il tient, et, regardant tout alentour comme un homme qui est toujours en alerte, se mettre à manger. C'était justement le père Cristoforo.

L'histoire du bon frère, du moment que nous l'avons perdu de vue jusqu'à cette rencontre, sera racontée en deux mots. Il n'avait pas bougé de Rimini, et il n'avait pas même pensé à en bouger, si ce n'est quand la peste qui avait éclaté à Milan lui offrit l'occasion de faire ce qu'il avait toujours tant désiré, de donner sa vie pour son prochain. Il demanda instamment en grâce d'y être appelé pour servir et assister les pestiférés. Le comte du conseil secret était mort; et d'ailleurs, par le temps qui courait, on avait plus besoin d'infirmiers que de diplomates : on exauça sans difficulté sa prière. Il vint aussitôt à Milan, et entra dans le lazaret. Il y était depuis environ trois mois.

Mais la joie que Renzo éprouva à retrouver le bon père ne fut pas pure un seul moment. C'était lui; mais hélas! combien il était changé! Son maintien était courbé, abattu et comme triste, son visage décharné et éteint; en tout on voyait une nature épuisée, une chair ruinée et tombante qui ne se soutenait à chaque instant que par un effort de l'âme.

Il tenait aussi le regard fixé sur le jeune homme, qui, n'osant pas élever la voix, cherchait à se faire distinguer et reconnaître du geste. « Oh! père Cristoforo! dit-il ensuite, quand il fut assez près de lui pour en être entendu sans crier.

— Toi ici! dit le frère en se levant.

— Comment va, mon père? comment va?

— Mieux que tant d'infortunés que tu vois, » répondit le frère. Et sa voix était faible, éteinte, changée comme tout le reste. Son œil n'avait pas changé; son éclat même avait je ne sais quoi de plus vif, comme si la charité, élevée même par le danger de l'œuvre, et ravie de se sentir voisine de son principe, y eût restitué un feu plus ardent et plus pur que celui que la faiblesse y allait éteignant de moment en moment.

« Mais toi, poursuivit-il, comment es-tu en ce lieu? Pourquoi viens-tu ainsi affronter la peste?

— Je l'ai eue, grâce au ciel. Je viens.... à la recherche de ... Lucia.

— Lucia! Lucia est ici?

— Oui, du moins j'espère en Dieu qu'elle y est encore.

— Et est-elle ta femme?

— Mon cher père! hélas! non, elle n'est pas ma femme. Vous ne savez donc rien de ce qui est arrivé?

— Non, mon fils. Depuis que Dieu m'a éloigné de vous, je n'en ai rien su. Mais maintenant qu'il t'envoie vers moi, je t'assure que je désire beaucoup d'en savoir. Mais, et le bannissement?

« — Vous savez donc les choses qu'on m'a faites ?

— Mais toi, qu'avais-tu fait ?

— Écoutez : si je voulais dire que j'ai eu du jugement ce jour-là à Milan, je mentirais ; mais je n'ai fait aucune mauvaise action.

— Je te crois, et je le croyais même auparavant.

— Maintenant donc je vous pourrai tout dire.

— Attends. »

Il fit quelques pas hors de la cabane, et appela : « Père Vittore ! »

Peu d'instants après parut un jeune capucin.

« Faites-moi la charité, père Vittore, lui dit-il, de veiller aussi pour moi à nos pauvres infortunés pendant que j'en resterai éloigné. Si pourtant quelqu'un me demandait, veuillez bien m'appeler. Celui-là, surtout ! s'il venait à donner le plus petit indice de sentiment, faites que j'en sois aussitôt averti, par charité. »

Le jeune frère répondit qu'il le ferait, et fra Cristoforo, se tournant vers Renzo : « Entrons ici, lui dit-il. Mais, ajouta-t-il en s'arrêtant, tu me parais bien exténué ; tu dois avoir besoin de manger ?

— C'est vrai. Maintenant que vous m'y faites penser, je me souviens que je suis encore à jeun.

— Attends. » Il alla aussitôt remplir une autre écuelle à la marmite, et la donna avec une cuiller à Renzo. Il le fit asseoir sur un méchant grabat qui lui servait de lit ; puis il mit du vin sur une petite table à côté de son convive, reprit son écuelle et s'assit auprès de lui.

« Oh ! père Cristoforo ! est-ce vous qui deviez faire cela ? Mais vous êtes toujours le même. Je vous remercie du fond du cœur.

— Ce n'est pas moi qu'il faut remercier. Ceci est le bien des pauvres ; mais dans ce moment tu en es un aussi. Maintenant dis-moi ce que je ne sais pas ; parle-moi de notre pauvre enfant, et tâche d'avoir fait en peu de mots, car le temps est précieux, et j'ai beaucoup à faire, comme tu vois. »

Renzo commença, entre une cuillerée et l'autre, l'histoire de Lucia ; il dit comment elle avait été abritée dans le couvent de Monza, comment elle avait été enlevée... A l'image de tant de souffrances et de tant de périls, à l'idée que c'était lui qui avait conduit en ce lieu la pauvre innocente, le bon frère resta sans haleine ; mais il la reprit bientôt en entendant comment elle avait été miraculeusement délivrée, rendue à sa mère, et confiée par celle-ci à donna Prassede.

« Maintenant je vais vous parler de moi, » poursuivit le narrateur ; et il lui raconta successivement la journée de Milan, sa fuite, et comment il avait toujours été éloigné de chez lui, et comment, maintenant que tout était sens dessus dessous, il avait eu le courage d'y aller ; comment il n'avait pas trouvé Agnese là-bas ; comment, à Milan, il avait su que Lucia se trouvait au lazaret. « Et je suis ici, finit-il par dire, je suis ici pour la chercher, pour voir si elle vit encore, et si... elle veut encore de moi..., parce que... quelquefois...

— Mais comment t'a-t-on adressé ici ? quels indices as-tu ? Sais-tu où elle a été déposée quand elle y est venue ?

— Rien, cher père, rien, si ce n'est qu'elle est ici, si pourtant elle y est, ce que Dieu veuille !

— Oh ! pauvre enfant ! mais qu'as-tu cherché à faire ici jusqu'à présent ?

— J'ai viré et reviré ; mais, parmi tant d'autres choses, je n'ai presque jamais vu que des hommes. J'ai bien pensé que les femmes devaient être dans un lieu à part ; mais je n'y ai jamais pu parvenir. S'il en est ainsi, vous me l'enseignerez maintenant.

— Ne sais-tu pas, mon enfant, qu'il est défendu d'y entrer aux hommes qui n'y sont pas appelés par leur devoir ?

— Oh bien ! que me peut-il arriver ?

— La loi est juste et sainte, mon cher fils ; et si la quantité et la pesanteur des maux ne permettent pas qu'elle se puisse faire respecter dans toute sa rigueur, est-ce une raison pour qu'un honnête homme l'ose enfreindre ?

— Mais, père Cristoforo, Lucia devait être ma femme, vous savez comment nous avons été séparés, voilà vingt mois que je souffre et que je prends mon mal en patience; je suis venu ici au risque d'une infinité de choses toutes pires l'une que l'autre; et maintenant...

— Je ne sais que dire, reprit le frère, répondant plutôt à ses pensées qu'aux paroles du jeune homme. Tu es guidé par de bonnes intentions; plût à Dieu que tous ceux qui ont un libre accès en ces lieux s'y comportassent comme je puis être assuré que tu le feras. Dieu, qui certainement bénit ta persévérance d'affection, ta fidélité à vouloir et à chercher celle qu'il t'avait donnée, Dieu, qui est plus rigoureux que les hommes, mais aussi plus indulgent, ne voudra pas s'informer de ce qu'il peut y avoir d'irrégulier dans cette manière de la chercher. Rappelle-toi seulement que nous aurons tous deux à rendre compte de ta conduite en ce lieu, aux hommes difficilement sans doute, mais sans faute à Dieu. Viens ici. »

A ces mots il se leva, et Renzo avec lui. Celui-ci, en prêtant toujours l'oreille à ses paroles, s'était, en attendant, raffermi dans la résolution qu'il avait déjà prise de ne lui pas parler de la promesse de Lucia. S'il apprend cela, avait-il pensé, il me fera assurément d'autres difficultés. Ou je la trouverai et nous serons toujours à même de discourir, ou... Et alors..., à quoi cela servirait-il? »

Après l'avoir conduit à l'ouverture de la cabane, le frère reprit : « Écoute : notre père Felice, qui est président du lazaret, conduit aujourd'hui, pour faire ailleurs la quarantaine, le petit nombre de guéris qui s'y trouvent. Tu vois cette église, là, au milieu?... » Et, levant sa main tremblante et décharnée, il lui désignait à gauche, dans l'air sombre, la petite coupole du petit temple qui dominait les misérables tentes. « Ils vont se réunir autour de l'église, pour sortir en procession par la petite porte par où tu dois être entré. Tu dois même avoir entendu quelque coup de cette cloche?

— J'en ai entendu un.

— C'était le second. Au troisième ils seront tous réunis. Le père Felice leur adressera quelques mots, puis il se mettra en route avec eux. Toi, à ce signal, poste-toi là-bas; tâche de te placer derrière la procession, sur le bord du chemin, d'où, sans troubler personne ni sans te faire remarquer, tu la puisses voir passer; et vois..., vois..., rois si elle y est. Si Dieu n'a pas voulu qu'elle y fût, ce côté, » et il leva de nouveau la main en désignant le côté de l'édifice qu'ils avaient en face, « ce côté de l'édifice et une portion du champ qui est devant sont assignés aux femmes. Tu verras une palissade qui divise ce quartier de celui-ci, mais interrompue, ouverte en quelques endroits, de manière que tu n'éprouveras aucune difficulté à entrer. Quand tu y seras, en ne faisant rien qui puisse porter de l'ombrage, probablement personne ne te dira rien. Si pourtant on te faisait quelque difficulté, dis que le père Cristoforo de *** te connaît, et qu'il répond de toi. Cherche-la, cherche-la avec confiance et... avec résignation : car souviens-toi que c'est une grande chose que tu es venu demander ici : tu demandes une personne vivante au laza-ret! Sais-tu combien de fois j'ai vu se renouveler ici mon pauvre peuple? combien j'en ai vu emporter? combien peu j'en ai vu sortir?... Va donc, préparé à faire ton sacri-fice...

— Oui! je comprends! dit Renzo les yeux effarés, le vi-sage renversé. Je comprends! Je vais, je regarderai, je chercherai dans un lieu, dans un autre, de l'un à l'autre bout, par tout le lazaret... Et si je ne la trouve pas!...

— Si tu ne la trouves pas? » dit le frère d'un air sérieux, attentif, et avec un regard qui avertissait.

Mais Renzo, à qui la colère, depuis longtemps amassée dans son cœur, troublait la vue et ôtait le respect, pour-suivit : « Si je ne la trouve pas, je tâcherai de trouver quelqu'un autre. Ou à Milan, ou dans son abominable pa-lais, ou au bout du monde, ou dans la maison du diable, je le trouverai, ce scélérat qui nous a séparés, ce scélérat sans qui Lucia m'appartiendrait depuis vingt mois; et si nous étions destinés à mourir, au moins nous mourrions ensemble. S'il y est encore, lui, je le trouverai...

— Renzo! dit le frère en le prenant par un bras, et en le regardant encore plus sévèrement.

— Et si je le trouve, continua celui-ci entièrement aveuglé par la colère, si la peste n'en a pas déjà fait justice... Le temps n'est plus où un poltron, entouré de ses bravi, pouvait réduire les gens au désespoir et s'en moquer. Un temps est venu où les hommes se rencontrent face à face; et je me ferai justice, moi!

— Malheureux! s'écria le père Cristoforo d'une voix redevenue tout à coup forte et sonore, malheureux! » Et sa tête appesantie s'était relevée, ses joues se coloraient de leur ancienne vie, et le feu de ses yeux avait je ne sais quoi de terrible. « Regarde, malheureux! » Et, pendant qu'il serrait et qu'il secouait fortement d'une main le bras de Renzo, il promenait l'autre devant lui, lui montrant le plus qu'il pouvait de la douloureuse scène qui était sous ses yeux. « Regarde quel est celui qui châtie! celui qui juge et qui n'est pas jugé! celui qui punit et qui pardonne! Mais toi, faible vermisseau, tu veux te faire justice! Sais-tu ce que c'est que la justice? Va, malheureux, va-t'en! J'espérais..., oui, j'ai espéré qu'avant de mourir Dieu me donnerait la consolation d'apprendre que ma pauvre Lucia vivait encore, de la voir peut-être, et de m'entendre promettre qu'elle enverrait une prière là, vers cette fosse où je serai. Va, tu m'as ravi mon espérance. Dieu ne l'a pas laissée sur la terre pour toi; et toi, certes, tu n'as pas l'audace de te croire digne que Dieu pense à te consoler. Il aura pensé à elle, parce qu'elle est de ces âmes à qui sont réservées les joies éternelles. Va! je n'ai pas le temps de t'écouter davantage. »

Et, en disant ces mots, il rejeta le bras de Renzo, et se dirigea vers une cabane de malades.

« Ah! père! dit Renzo en le suivant d'un air suppliant, me voulez-vous renvoyer ainsi?

— Comment! reprit le capucin d'une voix non moins

sévère, aurais-tu le front de prétendre que je volasse le temps à ces pauvres affligés qui attendent que je leur parle du pardon de Dieu, pour écouter tes accents de rage, tes propositions de vengeance? Je t'ai écouté quand tu me demandais des consolations et des avis; je me suis ravi à la charité pour la charité; mais maintenant que tu as ta vengeance au cœur, que veux-tu de moi? Va-t'en. J'ai vu mourir ici des offensés qui pardonnaient, des agresseurs qui gémissaient de ne pouvoir pas s'humilier devant l'offensé; j'ai pleuré avec les uns et les autres; mais avec toi qu'ai-je à faire?

— Ah! je lui pardonne! je lui pardonne, je lui pardonne pour toujours! s'écria le jeune homme.

— Renzo, dit le frère avec une sévérité plus calme, penses-y, et dis un peu combien de fois tu lui as pardonné. »

Il se tut quelque temps sans recevoir de réponse. Tout à coup il baissa la tête, et, d'une voix plus calme encore, il reprit : « Tu sais pourquoi je porte cet habit. »

Renzo hésitait.

« Tu le sais ! reprit le vieillard.

— Je le sais.

— Moi aussi, j'ai haï, moi qui t'ai réprimandé pour une pensée, pour une parole. L'homme que je haïssais, que je haïssais depuis longtemps, je l'ai tué.

— Oui; mais c'était un prepotente, un de ceux...

— Silence ! dit le frère. Crois-tu, si c'était une bonne raison, que je ne l'aurais pas trouvée en trente années? Ah! si je pouvais maintenant te mettre au cœur le sentiment que j'y ai ensuite toujours eu et que j'ai pour l'homme que je haïssais! si je le pouvais, moi! Mais Dieu le peut : qu'il le fasse!... Écoute, Renzo : il te veut plus de bien que toi-même. Tu as pu songer à la vengeance; mais il a assez de force, assez de miséricorde pour t'en empêcher; il te fait une grâce dont un autre était trop indigne. Tu sais, tu l'as dit bien souvent, qu'il peut arrêter la main d'un puissant; mais apprends qu'il peut arrêter celle d'un vindicatif. Et parce que tu es pauvre, parce que tu es offensé, crois-tu qu'il ne puisse pas défendre contre toi un homme qu'il a créé à son image? crois-tu qu'il te laissera faire tout ce que tu veux? Non. Mais sais-tu ce qu'il peut faire? Il peut te haïr et te perdre; il peut, pour ce sentiment qui t'anime, t'éloigner de toute bénédiction, parce que, de quelque manière qu'aillent les choses, quelque fortune qui t'arrive, tiens bien pour certain que tout sera châtiment jusqu'à ce que tu aies pardonné, pardonné de manière à ne pouvoir plus dire : je lui pardonne.

— Oui, oui, dit Renzo tout ému et tout confus, je comprends que je ne lui avais jamais vraiment pardonné; je comprends que j'ai parlé en brute et non en chrétien; et maintenant, avec la grâce du Seigneur, oui, je lui pardonne du fond de mon âme.

—Et si tu le voyais?

— Je prierais le Seigneur de me donner de la patience et de toucher son cœur.

— Te souviendras-tu que le Seigneur ne nous a pas dit de pardonner à nos ennemis, qu'il nous a dit de les aimer? Te souviendras-tu qu'il les a aimés au point de mourir pour eux?

— Oui, avec son aide.

— Eh bien ! viens le voir. Tu as dit : « Je le trouverai ; » tu le trouveras. Viens, et tu verras contre qui tu pouvais conserver de la haine, à qui tu pouvais désirer du mal, à qui tu en voulais faire, contre quelle vie tu te voulais armer. »

Il prit la main de Renzo, et la serrant comme l'aurait pu faire un jeune homme plein de vigueur, il se mit en marche. Celui-ci, sans lui rien oser demander, le suivit.

Après un court trajet, le frère s'arrêta près de l'ouverture d'une cabane, regarda fixement Renzo d'un air mêlé de gravité et de tendresse, et il le fit entrer.

La première chose qui frappait la vue en entrant, c'était un malade assis sur la paille dans le fond, un malade qui n'était pourtant pas en danger, et qui même pouvait paraître toucher à la convalescence. En voyant le père il secoua la tête comme pour dire *Non*. Le père baissa la sienne d'un air de tristesse et de résignation. Renzo, en attendant, parcourant du regard les autres objets avec une curiosité inquiète, vit trois ou quatre malades, en distingua un dans un coin sur un lit de plume, enveloppé dans un linceul, recouvert d'une cape de gentilhomme en guise de couverture. Il le regarda fixement, et reconnut don Rodrigo. Il reculait ; mais le frère, en lui serrant de nouveau fortement le bras, lui montrait du doigt l'homme qui était étendu. L'infortuné était immobile, les yeux largement ouverts, mais sans regards ; la mort sur le visage, semé de taches noirâtres, les lèvres noires et enflées : on aurait dit la face d'un cadavre, si une violente contraction n'y avait révélé une vie tenace. Son cœur se soulevait de temps en temps par un râle pénible ; sa main droite hors de la cape, il serrait fortement son cœur avec ses doigts livides, noirs à l'extrémité.

« Tu vois, dit le frère, d'une voix basse et solennelle. Ce peut être un châtiment, ce peut être une miséricorde. Le sentiment que tu éprouveras maintenant pour cet homme qui t'a offensé, Dieu, que tu as aussi offensé, l'aura pour toi en ce jour. Bénis-le, et sois béni. Depuis quatre jours, il est ici comme tu le vois, sans donner aucun signe de sentiment. Peut-être le Seigneur est-il disposé à lui accorder une heure de résipiscence, mais il voulait en être prié par toi ; peut-être veut-il que tu l'en pries avec cette innocente ; peut-être réserve-t-il la grâce à ta seule prière, à la prière d'un cœur affligé et résigné ; peut-être le salut de cet homme et le tien dépendent-ils maintenant de toi, d'un sentiment, de ta part, de pardon, de compassion....., d'amour ! » Il se tut, et, joignant les mains, il inclina sa tête comme pour prier, et Renzo l'imita.

Ils étaient depuis quelques instants dans cette posture quand on entendit le troisième coup de la cloche Ils se levèrent tous deux comme de concert, et sortirent. Ils ne se firent l'un l'autre ni demandes, ni protestations : leurs visages parlaient.

« Va maintenant, reprit le frère ; sois préparé à faire un sacrifice, à louer Dieu, quelle que soit l'issue de tes re-

cherches ; et quelle qu'elle soit, viens m'en rendre compte :
nous le louerons ensemble. »

Là, sans ajouter un mot, ils se séparèrent : l'un retourna
à l'endroit d'où il était venu ; l'autre se dirigea vers le
temple, qui était tout près de là.

XXXVI

Qui aurait dit à Renzo, quelques moments auparavant,
qu'au fort d'une telle recherche, au commencement des
moments les plus douteux et les plus décisifs, son cœur
serait partagé entre Lucia et don Rodrigo ? Et pourtant la
chose était ainsi. Cette figure se venait mêler à toutes les
images chères ou terribles qu'en ce triste trajet l'espérance
et la crainte faisaient naître tour à tour dans son esprit.
Les paroles qu'il avait entendues au pied de ce lit de douleurs se plaçaient au milieu des cruelles incertitudes où
flottait son âme. Il ne pouvait pas achever une prière pour
l'heureuse issue de sa grande entreprise, sans y rattacher
celle qu'il avait commencée là-bas, et que le bruit de la
cloche avait interrompue.

Il aperçut bientôt le père Felice sur le portique du temple, et à son attitude il comprit que le saint homme avait
commencé à prêcher. Il alla se placer au bout de l'auditoire ; mais il ne voyait de là que des têtes qui se pressaient.
Au milieu, il y en avait un certain nombre couvertes de
mouchoirs ou de voiles : c'est là qu'il porta ses regards les
plus attentifs. Mais, n'y pouvant non plus rien découvrir,
il les leva aussi du côté où tout le monde les tenait fixés.
Il fut ému et saisi de respect à la vue de la vénérable figure
de l'orateur, et, avec ce qui lui pouvait rester d'attention
en un tel moment, il entendit cette partie de ce sermon
solennel :

« Donnons un souvenir aux milliers d'hommes qui sont
sortis par là, » et il désignait du doigt, derrière lui, la
porte qui conduisait au cimetière de San-Gregorio, qui

alors n'était qu'une seule et vaste fosse. « Jetons un regard sur les milliers qui restent ici, trop incertains du lieu par où ils doivent sortir ; jetons aussi un regard sur nous-mêmes, si peu qui en sortons sauvés. Que le Seigneur soit béni ! qu'il soit béni dans sa justice, béni dans sa miséricorde ! qu'il soit béni dans la mort, béni dans la vie ! qu'il soit béni pour le choix qu'il a voulu faire de nous ! Oh ! pourquoi l'a-t-il voulu, mes enfants, si ce n'est pour se conserver un petit peuple corrigé par l'affliction et ranimé par la reconnaissance? si ce n'est pour qu'en sentant plus vivement maintenant que la vie est un de ses dons, nous la prenions en cette estime que mérite une chose donnée par lui, nous l'employions à des choses qui soient dignes de lui être offertes? si ce n'est pour que ce souvenir de nos souffrances nous rende compatissants et secourables à notre prochain? Ceux-là en compagnie desquels nous avons souffert, espéré, craint, parmi lesquels nous laissons des amis, des parents, et qui sont tous nos frères ; que ceux-là, en nous voyant passer au milieu d'eux pendant qu'ils recevront peut-être quelque soulagement en pensant que d'autres sortent sauvés d'ici, reçoivent de l'édification de notre maintien. Dieu nous préserve qu'ils puissent découvrir en nous une joie bruyante, une joie charnelle d'avoir échappé à cette mort contre laquelle ils se débattent encore. Qu'ils voient que nous partons en rendant au ciel des grâces pour nous et en priant pour eux ; qu'ils puissent dire : Même hors de ces lieux, ils se souviendront de nous, ils continueront à prier pour nous, infortunés ! Commençons dès ce voyage, dès ces premiers pas que nous allons faire, une vie toute de charité. Que ceux qui ont repris leur ancienne vigueur prêtent un bras fraternel aux faibles. Jeunes, soutenez les vieillards ; vous qui êtes restés sans enfants, voyez autour de vous que d'enfants sont restés sans père ! soyez-en un pour eux ! et cette charité, en rachetant vos péchés, adoucira aussi vos douleurs. »

Ici un sourd murmure de gémissements et de sanglots, qui allait toujours croissant dans l'auditoire, fut tout à coup suspendu en voyant le prédicateur se mettre une corde au cou et tomber à genoux. On attendit, dans un grand silence, ce qu'il allait dire.

« Pour moi, dit-il, et pour tous mes compagnons, qui, hors de tout mérite, avons été choisis par un haut privilége pour servir le Christ en vous, je vous demande humblement pardon si nous n'avons pas dignement rempli un aussi grand ministère. Si la paresse, si l'indocilité de la chair nous ont rendus moins attentifs à vos besoins, moins prompts à vos appels; si une injuste impatience, si un coupable dégoût nous ont fait vous montrer un visage ennuyé et sévère; si quelquefois la misérable pensée que vous aviez besoin de nous nous a portés à ne pas vous traiter avec toute l'humilité qu'il fallait; si notre fragilité nous a fait commettre quelque action qui vous ait donné du scandale, pardonnez-nous! Que Dieu vous remette aussi vos offenses et vous bénisse. » Et ayant fait sur l'auditoire un grand signe de croix, il se leva.

Nous avons pu rapporter, sinon les paroles expresses, au moins le sens de celles qu'il proféra; mais on ne saurait peindre l'accent dont elles furent prononcées. C'était l'accent d'un homme qui appelait un privilége, celui de servir les pestiférés, parce qu'il le tenait pour tel; qui confessait de ne l'avoir pas dignement exercé; qui demandait pardon, parce qu'il était persuadé qu'il en avait besoin. Mais la multitude, qui avait vu autour d'elle ces capucins qui n'étaient occupés qu'à la servir, qui en avait vu mourir un si grand nombre, et celui qui parlait au nom de tous, toujours le premier à la fatigue comme il était le premier en autorité, si ce n'est quand il s'était trouvé aussi, lui, sur le point de mourir, pensez avec quels sanglots, avec quelles larmes on répondit à une telle proposition! L'admirable frère prit ensuite une grande croix qui était appuyée à un pilastre; il la dressa devant lui, ôta ses sandales, et, fendant la foule, qui s'écarta respectueusement pour lui livrer passage, il se mit à sa tête.

Renzo, tout en larmes, ni plus ni moins que s'il avait

été un de ceux à qui l'on avait demandé ce singulier pardon, se tira plus à l'écart, et s'alla poster auprès d'une cabane. Là il se mit à attendre caché à demi, le corps en arrière, la tête en avant, les yeux bien ouverts, avec une grande palpitation de cœur, mais en même temps avec une nouvelle et particulière confiance, née, je crois, de l'attendrissement où l'avaient mis le sermon et le spectacle de l'attendrissement général.

Et voilà le père Felice qui arrive nu-pieds, la corde au cou, portant cette longue et pesante croix. Son visage, pâle et décharné, respirait la componction en même temps et le courage. Il s'avançait à pas lents, mais résolus, comme quelqu'un qui veut épargner la faiblesse d'autrui, et en tout comme un homme à qui ces fatigues et ces travaux exorbitants donnaient la force de soutenir les travaux si nombreux et si inséparables de sa charge. Suivaient immédiatement les enfants les plus grands, pieds nus en grande partie, bien peu entièrement vêtus, quelques-uns en chemise. Venaient ensuite les femmes, donnant presque toutes la main à une petite fille, et chantant alternativement le *Miserere*. Le son éteint de ces voix, la pâleur et l'air languissant de ces visages, auraient rempli de pitié le cœur de tout homme qui se serait trouvé là comme simple spectateur. Mais Renzo regardait, examinait de file en file, de figure en figure, sans en laisser échapper une seule : la marche lente de la procession le lui permettait aisément. Il passe et repasse, regarde et regarde encore, et toujours vainement. Il jetait un demi-regard vers la foule qui restait en arrière, et qui allait sans cesse en diminuant ; il n'en reste plus que quelques files ; voici la dernière ; elles ont toutes passé : ce n'étaient que des visages inconnus. Les bras pendants et la tête penchée sur une épaule, il jette les yeux derrière cette troupe, tandis que celle des hommes passe devant lui. Une nouvelle attention, une nouvelle espérance naît dans son âme en voyant paraître quelques chars qui portaient les convalescents trop faibles encore pour supporter la fatigue de la route. Là les femmes étaient les dernières; et le convoi s'avançait si lentement, que Renzo put aussi examiner toutes les autres convalescentes, sans qu'une seule lui échappât. Mais quoi! il examine le premier char, le second, le troisième, et jamais sans plus de succès, jusqu'au dernier, derrière lequel marchait un capucin, d'un air grave et un bâton à la main, comme le régulateur du convoi. C'était ce père Michele que nous avons dit avoir été donné pour coadjuteur au père Felice.

Ainsi s'évanouit cette douce espérance; et en s'évanouissant elle emporta non-seulement le courage qu'elle lui avait donné, mais encore, ainsi que cela arrive pour l'ordinaire, elle le laissa dans un état plus cruel qu'auparavant. L'alternative la plus heureuse était maintenant de trouver Lucia malade. Pourtant, unissant à l'ardeur d'une espérance présente quelque chose de sa crainte qui venait de s'accroître, il s'attacha de toutes les puissances de son âme à ce triste et faible fil. Il se dirigea vers l'endroit d'où la procession était venue. Quand il fut au pied du temple, il se mit à genoux sur la dernière marche, et il adressa à Dieu une prière, ou, pour mieux dire, un mélange de paroles sans suite, de phrases coupées, d'exclamations, d'instances, de plaintes, de promesses; un de ces discours que l'on n'adresse pas aux hommes, parce qu'ils n'ont ni assez de pénétration pour les saisir, ni assez de patience pour les écouter, parce qu'ils ne sont pas assez grands pour en éprouver de la compassion sans mépris.

Il se leva moins abattu, et entra dans le quartier des femmes. Dès ses premiers pas, il vit à terre une de ces sonnettes que les monatti portaient aux pieds, intacte, avec ses courroies. Il pensa qu'un tel instrument lui pourrait servir comme de passe-port; il le ramassa, regarda si personne ne l'observait, et il se l'attacha. Aussitôt il commença sa recherche, qui par la seule multiplicité des objets aurait été grandement pénible, quand bien même les objets auraient été tout autres. Il commença à parcourir des yeux et même à contempler de nouvelles scènes de douleur, semblables en partie à celles qu'il avait déjà vues, en partie dissemblables. Sous le poids de la même calamité, il y avait là une autre manière de languir, de se plaindre, de supporter la douleur, de s'apitoyer et de secourir tour à tour; c'était, pour le spectateur, une autre pitié et une autre horreur.

Renzo avait déjà longuement cheminé sans fruit et sans accidents, quand il entendit derrière lui un « Ho! » qui semblait lui être adressé. Il se retourne, et il voit, à une certaine distance, un commissaire qui lève les mains en lui faisant signe à lui-même, et criant : « Allez là, dans les chambres : on y a besoin d'aide; on a à peine fini de nettoyer. »

Renzo s'aperçut aussitôt qu'on le prenait pour un monatto, et que la sonnette avait causé la méprise. Il se traita d'imbécile d'avoir pensé seulement aux désagréments qu'elle lui pouvait faire éviter, et non à ceux qu'elle lui pouvait susciter; mais il songea en même temps à s'en tirer aussitôt. Il se hâta de lui donner en réponse un signe de tête comme pour dire qu'il avait entendu et qu'il obéissait, et se déroba à sa vue en se jetant entre les cabanes.

Quand il crut être assez loin, il s'occupa à ôter sa sonnette du pied. Pour faire cette opération sans être aperçu, il s'alla mettre entre deux petites cabanes qui étaient presque adossées l'une à l'autre. Il se baisse pour délier les courroies, il appuie la tête contre le mur de paille de l'une des cabanes : une voix parvient à son oreille... O ciel! est-il possible? Toute son âme est dans cette oreille; il respire à peine... Oui! oui! c'est cette voix!... « Peur de quoi? disait cette voix suave. Nous avons passé bien autre chose qu'une tempête. Celui qui a veillé sur nous jusqu'ici veillera encore sur nous désormais. »

Renzo ne poussa pas un cri, non dans la crainte de se faire découvrir, mais parce que l'haleine lui manqua. Ses genoux se dérobèrent sous lui, sa vue se troubla, mais ce ne fut qu'au premier moment; au second il était sur pied, plus agile, plus vigoureux qu'auparavant. En trois sauts il fit le tour de sa cabane, il fut sur la porte, il vit celle qui avait parlé, il la vit debout, penchée sur un lit. Elle se retourne au bruit ; elle regarde ; elle croit se tromper, être abusée par un songe ; elle regarde plus fixement, et s'écrie : « Oh ! Seigneur béni !

— Lucia ! je vous ai retrouvée ! je vous retrouve ! C'est bien vous ! Vous vivez ! s'écria Renzo en s'avançant tout tremblant.

— Oh ! Seigneur béni ! répliqua Lucia, bien plus tremblante. C'est vous ! Comment ?... pourquoi ?... La peste !...

— Je l'ai eue. Et vous ?...

— Ah ! moi aussi. Et ma mère ?

— Je ne l'ai pas encore vue, parce qu'elle est à Pasturo. Je crois pourtant qu'elle se porte bien. Mais vous !... comme vous êtes encore souffrante ! comme vous paraissez faible ! Vous êtes guérie, pourtant ; vous l'êtes, n'est-il pas vrai ?

— Le Seigneur m'a voulu laisser encore ici-bas. Ah ! Renzo ! pourquoi êtes-vous ici ?

— Pourquoi ? dit Renzo en s'approchant toujours plus d'elle ; vous me demandez pourquoi, pourquoi je devais venir ici ! Qu'est-il besoin que je vous le dise ? Qui ai-je donc à qui je pense ? Est-ce qu'on ne m'appelle plus Renzo ? N'êtes-vous plus Lucia ?

— Ah ! que dites-vous ! que dites-vous ! Ma mère ne vous a-t-elle pas fait écrire ?...

— Oui, elle ne m'a que trop fait écrire. Belles choses vraiment à faire écrire à un pauvre malheureux tout troublé, fugitif, à un jeune homme qui ne vous avait jamais rien fait !

— Mais Renzo ! Renzo ! puisque vous saviez..., pourquoi venir, pourquoi ?

— Pourquoi venir ! O Lucia ! pourquoi venir ! me dites-vous. Après tant de promesses ! est-ce que nous ne sommes plus nous ? ne vous souvient-il de rien ? Que manquait-il donc ?

— O Seigneur ! s'écria douloureusement Lucia en joignant les mains et en levant les yeux au ciel. Pourquoi ne

m'avez-vous pas fait la grâce de me prendre avec vous!...
O Renzo! qu'avez-vous fait? Hélas! je commençais à espérer... qu'avec le temps... j'aurais chassé de ma mémoire...

— La belle espérance! les belles choses à me dire en
face!

— Ah! qu'avez-vous fait? et en ce lieu! au milieu de ces
misères! de ces spectacles! Ici où l'on ne fait autre chose
que mourir, vous avez pu...

— Il faut prier Dieu pour ceux qui meurent, et espérer
qu'ils iront dans un bon lieu; mais il n'est pas juste, pas
même pour cela, que ceux qui vivent aient à vivre en désespérés...

— Mais Renzo! Renzo! vous ne pensez pas à ce que vous
dites. Une promesse à la Madone!... un vœu!...

— Et je vous dis que ce sont des promesses qui ne comptent pour rien.

— Eh! Seigneur! que dites-vous? Où avez-vous été tout
ce temps? qui avez-vous fréquenté? comment parlez-
vous?

— Je parle en bon chrétien. Je pense mieux de la Madone
que vous-même, parce que je crois qu'elle ne veut pas de
promesses au détriment du prochain. Si la Madone avait
parlé, oh! alors!... Mais ce n'a été qu'une idée de vous
seule. Savez-vous ce qu'il faut promettre à la Madone?
Promettez-lui que nous donnerons le nom de Maria à la
première fille que nous aurons. Je suis ici pour le promettre
aussi. Voilà des choses qui font bien plus d'honneur à la
Madone; voilà des dévotions qui ont bien plus de sens et
qui ne font de tort à personne.

— Non, non; ne pensez pas ainsi. Vous ne savez pas
ce que vous dites; vous ne savez pas ce que c'est que de
faire un vœu; vous n'êtes pas dans ce cas; vous ne l'avez
pas éprouvé. Laissez-moi, laissez-moi, pour l'amour du
ciel. »

Et elle courut aussitôt vers le lit pour s'éloigner de
Renzo.

« Lucia! dit-il sans s'approcher, dites-moi au moins,

dites-moi, si ce n'était pas cette raison..., seriez-vous la même pour moi ?

— Homme sans cœur ! répondit Lucia en retenant à peine ses larmes, quand vous m'aurez fait dire des paroles inutiles, des paroles qui me feraient mal, des paroles qui seraient peut-être des péchés, serez-vous content ? Partez, oh ! partez ; oubliez-moi. Nous n'étions pas destinés l'un à l'autre. Nous nous reverrons là-haut : je n'ai pas long-temps à rester dans ce monde. Partez ! Tâchez de faire savoir à ma mère que je suis guérie, que même ici Dieu m'a toujours assistée, que j'ai trouvé une bonne âme, cette digne dame, qui me sert de mère ; dites-lui que j'espère qu'elle aura été préservée de ce mal, et que nous nous re-verrons quand Dieu voudra, et comme il voudra. Partez, pour l'amour du ciel ! et ne vous souvenez plus de moi..., sinon quand vous prierez le Seigneur. »

Et comme quelqu'un qui n'a plus rien à dire et qui ne veut plus rien entendre, comme quelqu'un qui se veut soustraire à un danger, elle se retira encore plus près du lit où gisait la femme dont elle avait parlé.

« Écoutez, Lucia, écoutez ! dit Renzo sans pourtant s'ap-procher davantage.

— Rien, rien : allez-vous-en, par charité !

— Écoutez : le père Cristoforo...

— Eh bien ?

— Il est ici.

— Ici ! Où ? comment le savez-vous ?

— Je lui ai parlé tantôt ; je suis resté assez longtemps avec lui ; et un religieux tel que lui me semble...

— Il est ici ! pour assister les pauvres malades, sans doute. Mais lui, a-t-il eu la peste ?

— Ah ! Lucia ! j'ai peur, je n'ai que trop peur... » Et tandis que Renzo hésitait ainsi à dire un mot si doulou-reux pour lui, et qui devait tant l'être pour Lucia, celle-ci avait quitté de nouveau son lit, et se rapprochait de lui, « j'ai peur qu'il ne l'ait maintenant ! »

— Oh ! pauvre saint homme ! Mais que dis-je ? pauvre

homme! pauvres nous! Comment est-il? est-il au lit? est-il
assisté?

— Il est sur pied, il assiste les autres; mais si vous
voyiez quel air il a, comme il se soutient! On en a tant et
tant vu, que trop, hélas!... on ne peut pas s'y tromper!

— Oh! il est ici!

— Ici, et peu loin, guère plus loin que de votre maison
à la mienne..., si vous vous souvenez!...

— Oh! très-sainte Vierge!

— Bien, guère plus. Et jugez si nous avons parlé de
vous! Il m'a dit des choses!... Et si vous saviez ce qu'il
m'a fait voir? Vous l'entendrez; mais maintenant je veux
commencer par vous répéter ce qu'il m'a dit d'abord, lui,
de sa propre bouche. Il m'a dit que je faisais bien de vous
venir chercher, et que le Seigneur aime bien qu'un homme
agisse ainsi, et qu'il m'aiderait à vous trouver, comme ç'a
été la vérité; mais c'est un saint. Ainsi donc vous voyez.

— Mais s'il a parlé ainsi, c'est parce qu'il ne sait pas...

— Que voulez-vous qu'il sache des choses que vous avez
faites de votre tête, sans raison et sans l'avis de personne?
Un brave homme, un homme de sens comme lui, ne va
pas du tout penser à des choses de cette sorte. Mais ce
qu'il m'a fait voir!... » Et il lui raconta sa visite à la cabane. Lucia, bien que ses sens et son esprit dussent s'être
familiarisés dans ce séjour avec les impressions les plus
fortes, était toute saisie d'horreur et de pitié.

« Et là aussi, poursuivit Renzo, il a parlé en saint. Il a
dit que le Seigneur a peut-être résolu de faire grâce à cet
infortuné... (maintenant je ne lui pourrais pas donner un
autre nom...), qu'il attend de le prendre en un bon moment; mais il veut que nous priions ensemble pour lui...
Ensemble! avez-vous compris?

— Oui, oui, nous le prierons, chacun là où le Seigneur
nous aura placés. Il sait unir les prières, lui.

— Mais si je vous dis ses propres paroles!...

— Mais, Renzo, il ne sait pas...

— Mais ne comprenez-vous pas que, quand c'est un saint

qui parle, c'est le Seigneur qui le fait parler, et qu'il n'aurait pas parlé ainsi si cela ne devait pas être justement ainsi?... Et l'âme de cet infortuné? J'ai bien prié et je prierai pour lui; j'ai prié de cœur, comme si ç'avait été pour mon frère. Mais comment voulez-vous qu'il soit dans l'autre monde, l'infortuné, si dans celui-ci on n'arrange pas quelque chose, si l'on ne répare pas le mal qu'il a fait? Si vous vous rendez à la raison, alors tout sera comme devant. Ce qui est arrivé est arrivé; il a eu sa peine ici-bas...

— Non, Renzo, non. Dieu ne veut pas que nous fassions du mal pour exciter sa miséricorde. Laissez-lui le soin de ce malheureux : notre devoir, à nous, c'est de le prier. Si j'étais morte cette nuit fatale, Dieu n'aurait donc pas pu lui pardonner? Et si je ne suis pas morte, si j'ai été délivrée...

— Et votre mère, cette pauvre Agnese, qui m'a toujours voulu tant de bien, qui désirait tant de nous voir mari et femme, ne vous a-t-elle pas dit aussi que c'est une idée insensée, elle qui vous a fait entendre la raison en d'autres circonstances, parce que, en certaines choses, elle pense plus juste que vous?...

— Ma mère! vous voulez que ma mère me donne le conseil de manquer à un vœu! Mais, Renzo, vous perdez le sens.

— Oh! voulez-vous que je vous le dise? vous autres femmes, vous ne pouvez savoir ces choses. Le père Cristoforo m'a dit de retourner vers lui pour lui apprendre si je vous avais trouvée. J'y vais : nous entendrons aussi ce qu'il dira...

— Oui, oui, allez vers ce saint homme. Dites-lui que je prie pour lui, et qu'il prie pour moi, car j'en ai tant besoin! Mais, pour l'amour du ciel, pour votre âme, pour la mienne, ne revenez plus ici pour me faire du mal, pour... me tenter. Le père Cristoforo saura vous expliquer les choses et vous faire revenir en vous-même; il vous fera mettre le cœur en paix.

— Le cœur en paix! Oh! ôtez-vous bien cela de la tête. Vous m'avez déjà fait écrire cette affreuse parole; je sais ce qu'elle m'a fait souffrir; et maintenant vous avez le cœur de me la dire. Et moi je vous déclare clair et net que je ne me mettrai jamais le cœur en paix. Vous me voulez oublier, et moi je ne vous veux pas oublier. Je vous proteste, voyez-vous, que, si vous me faites perdre le jugement, je ne le recouvrerai plus. Au diable le métier, au diable la bonne voie! Vous me voulez condamner à être enragé pour toute la vie : je vivrai en enragé... Et cet infortuné! le Seigneur sait si je ne lui ai pas pardonné de cœur; mais vous..., voulez-vous donc me faire penser pour toute la vie que, si ce n'était pas lui...? Lucia! vous avez dit que je vous oublie : que je vous oublie! comment puis-je faire? A qui croyez-vous que j'aie pensé tout ce temps?... Et après tant de choses! après tant de promesses! Que vous ai-je donc fait depuis que nous nous sommes laissés? Est-ce parce que j'ai souffert que vous me traitez ainsi? parce que j'ai eu des malheurs? parce que le monde m'a persécuté? parce que j'ai passé si longtemps hors de ma maison, triste, loin de vous? parce que, dès que je l'ai pu, je vous suis venu chercher? »

Quand les pleurs lui permirent de parler, Lucia s'écria, en joignant de nouveau les mains et en levant au ciel ses yeux noyés de larmes : « O très-sainte Vierge! venez à mon aide! Vous savez que depuis cette nuit je n'ai jamais passé un moment comme celui-ci. Vous m'avez secourue alors : secourez-moi encore maintenant.

— Oui, Lucia, vous faites bien d'invoquer la Madone. Mais pourquoi donc voulez-vous croire qu'elle, qui est si bonne, qui est la mère de la miséricorde, se puisse plaire à nous faire souffrir..., moi du moins..., pour une parole qui vous est échappée dans un moment où vous ne saviez ce que vous disiez? Voulez-vous croire qu'elle vous ait secourue alors pour vous laisser ensuite dans l'embarras?... Si ensuite ceci était une excuse, si c'est que je vous sois devenu odieux..., dites-le-moi..., parlez clairement...

— Par charité, Renzo, par charité pour vos pauvres morts, finissez, finissez; ne me faites pas mourir... Ce ne serait pas un bon moment. Allez vers le père Cristoforo, recommandez-moi à lui; ne revenez plus ici, ne revenez plus ici.

— J'y vais, mais pensez si je ne veux plus revenir ! Je reviendrais quand je serais au bout du monde, je reviendrais ! » Et il disparut.

Lucia alla s'asseoir, ou plutôt elle se laissa tomber à terre près du lit, et, y appuyant la tête, elle continua à pleurer. La femme, qui jusqu'alors avait été les oreilles et les yeux ouverts sans souffler, demanda ce que c'était que cette apparition, ce débat, ces pleurs. Mais peut-être le lecteur demande-t-il de son côté ce que c'est que cette femme. Nous l'allons satisfaire en peu de mots.

C'était une riche marchande d'environ trente ans. Dans l'espace de quelques jours elle avait vu mourir dans sa maison son mari et tous ses enfants. Atteinte peu de temps après par la maladie commune, elle fut transportée au lazaret. On la déposa dans cette cabane dans le temps où Lucia, après avoir surmonté sans s'en apercevoir la furie du mal, et changé, aussi sans s'en apercevoir, bien souvent de compagne, commençait à se remettre et à recouvrer le sentiment qu'elle avait perdu presque dès le premier accès de la maladie, dans la maison même de don Ferrante. L'humble toit ne pouvait recevoir que deux hôtes; et entre ces deux femmes, affligées, abandonnées, souffrantes, isolées dans une aussi grande multitude, une intimité, une étroite affection, avaient bientôt pris naissance, qui auraient à peine pu venir d'une longue habitude. Bientôt Lucia avait été en état de pouvoir donner des soins à l'autre, qui s'était trouvée aux portes de la mort. Maintenant que celle-ci était hors de danger, elles se tenaient compagnie, se veillaient, s'encourageaient tour à tour; elles s'étaient promis de ne sortir qu'ensemble du lazaret, et elles avaient même pris d'autres mesures pour ne se pas séparer même après leur sortie. La marchande, qui avait laissé sous la garde d'un de ses frères, commissaire de la Santé, sa maison, son magasin et sa caisse, le tout bien fourni, allait se trouver seule et triste maîtresse de beaucoup plus qu'il ne lui en fallait pour vivre à son aise. Elle voulait garder Lucia avec elle comme une fille ou une sœur. Celle-ci y avait adhéré, je vous laisse à penser avec quelle gratitude envers elle et envers la Providence! mais seulement jusqu'à ce qu'elle pût avoir des nouvelles de sa mère, et apprendre, comme elle l'espérait, sa volonté. Au reste, réservée comme elle l'était, elle ne lui avait jamais dit un mot de sa promesse de mariage, ni de ses autres aventures extraordinaires. Mais maintenant, dans une telle agitation, elle avait au moins autant besoin de se soulager que l'autre avait de désir de l'entendre dire; et, pressant dans ses deux mains la main droite de cette femme, elle se mit aussitôt à satisfaire à sa demande, sans autre retenue que celle que les sanglots mettaient à ses douloureuses paroles.

Cependant Renzo cheminait à pas pressés vers le quartier de fra Cristoforo. Avec un peu d'attention, et non sans quelques pas perdus, il parvint enfin à y arriver. Il trouva la cabane; mais il n'y trouva pas le bon frère. En rôdant et en épiant dans les alentours, il le découvrit sous une tente, qui, courbé jusqu'à terre, donnait ses soins à un mourant. Il s'arrêta, attendant en silence. Peu d'instants après, il le vit fermer les yeux à cet infortuné, se mettre ensuite à genoux, prier un moment, et se lever. Alors il alla vers lui.

« Oh! dit le frère en l'apercevant. Eh bien?

— Elle y est, je l'ai trouvée.

— En quel état?

— Guérie, ou au moins hors du lit.

— Que le Seigneur soit loué!

— Mais..., dit Renzo quand il fut assez près de lui pour lui parler à voix basse, il y a une autre difficulté.

— Que veux-tu dire?

— Je veux dire que... Vous savez combien cette pauvre

enfant est bonne ; mais quelquefois elle tient un peu à ses idées. Après tant de promesses, après tout ce que vous savez, maintenant elle me dit qu'elle ne me peut pas épouser, parce qu'elle dit…, que sais-je, moi ? qu'en cette nuit où elle eut si peur, elle s'est monté la tête, elle s'est comme qui dirait vouée à la Madone. Ce sont des choses qui ne signifient rien, n'est-il pas vrai ? des choses bonnes pour qui a le savoir et le moyen de les faire ; mais pour nous, gens ordinaires, qui ne savons pas bien comment cela se doit faire !…. n'est-il pas vrai que ce sont choses qui ne lient pas ?

— Est-elle bien loin d'ici ?

— Oh non ! quelques pas au delà de l'église.

— Attends-moi un moment, dit le frère, et puis nous irons ensemble.

— Vous voulez dire que vous lui ferez comprendre…?

— Je n'en sais rien, mon enfant. Il faut que j'entende ce qu'elle me dira.

— J'entends, » dit Renzo ; et il se mit, les yeux fixés sur la terre et les bras croisés sur la poitrine, à ruminer son incertitude, qui lui était restée tout entière. Le frère alla de nouveau à la recherche de ce père Vittore, il le pria de le suppléer encore ; il entra dans sa cabane, en sortit avec sa corbeille sous le bras, dit à Renzo : « Allons, » et il marcha devant lui en se dirigeant vers cette autre cabane où ils étaient déjà entrés ensemble. Cette fois il laissa Renzo dehors ; il entra, et, un instant après, il reparut et dit : « Rien ! prions, prions ! » Puis il reprit : « Maintenant guide-moi. »

Et, sans ajouter un mot, ils se mirent en chemin.

Le temps s'obscurcissait de plus en plus, et présageait une tempête imminente. De rapides éclairs, en fendant l'obscurité toujours croissante, faisaient briller d'une lueur instantanée les longs toits et les arcades des portiques, la coupole du temple, les humbles faîtes des cabanes ; les coups redoublés du tonnerre couraient en éclats prolongés de l'une à l'autre région du ciel. Le jeune homme marchait le premier, attentif à la route, le cœur rempli d'une attente inquiète, ralentissant à peine le pas pour le mesurer aux forces de celui qui le suivait. Le vieillard, mourant de fatigue, accablé par le mal, oppressé par l'épuisement, cheminait péniblement, levant de temps en temps vers le ciel son visage flétri, comme pour chercher à respirer plus librement.

Quand Renzo fut arrivé devant la cabane, il s'arrêta et dit d'une voix tremblante : « Elle est là. »

Ils entrent.... « Les voilà ! » cria la femme de son lit. Lucia se lève avec précipitation ; elle court à la rencontre du vieillard en criant : « Oh ! que vois-je ! ô père Cristoforo !

— Eh bien ! Lucia ! de combien d'angoisses le Seigneur vous a délivrée ! vous devez être bien contente d'avoir toujours espéré en lui !

— Oh ! oui. Mais vous, mon père? Pauvre moi, comme vous êtes changé ! Comment vous sentez-vous, dites, comment vous sentez-vous?

— Comme Dieu veut, et comme, par sa grâce, je le veux aussi, » répondit le frère, le visage serein. Et, l'ayant tirée à l'écart, il ajouta : « Écoutez, je ne veux rester ici que quelques instants. Êtes-vous disposée à vous confier à moi comme par le passé?

— Oh ! n'êtes-vous pas toujours mon père !

— Eh bien donc, ma fille, quel est le vœu dont Renzo m'a parlé?

— C'est un vœu que j'ai fait à la Madone de ne me pas marier.

— Mais avez-vous pensé alors que vous étiez liée par une promesse?

— Comme il s'agissait du Seigneur et de la Madone..., je n'y ai pas pensé.

— Le Seigneur, ma fille, agrée les sacrifices, les offrandes, quand nous les faisons de notre propre bien. C'est le cœur qu'il veut, la volonté; mais vous ne pouviez pas offrir la volonté d'un autre envers qui vous étiez déjà obligée.

— Ai-je mal fait?

— Non, pauvre enfant, ne pensez pas cela. Je crois même que la sainte Vierge aura agréé l'intention de votre cœur affligé et l'aura offerte à Dieu pour vous. Mais, dites-moi, n'avez-vous jamais demandé avis à personne là-dessus?

—Je ne pensais pas que ce fût mal, pour m'en confesser; et le peu de bien que l'on peut faire, on sait qu'il n'en faut pas parler.

— N'avez-vous aucun autre motif qui vous empêche de remplir la promesse que vous avez faite à Renzo?

— Quant à cela..., pour moi..., quel motif?... Je ne pourrais dire... rien autre, » répondit Lucia avec une hésitation qui annonçait tout autre chose qu'une incertitude de la pensée; et son visage, encore décoloré par la maladie, se couvrit tout à coup de la plus vive rougeur.

« Croyez-vous, reprit le vieillard les yeux baissés, que Dieu ait donné à son Église l'autorité de remettre et de retenir, selon qu'il en doit résulter un plus grand bien, les dettes et les obligations que les hommes peuvent avoir contractées envers lui?

— Oui, je le crois.

— Apprenez donc que, commis au soin des âmes en ce lieu, nous avons pour tous ceux qui recourent à nous les plus amples pouvoirs de l'Église, et que je puis en conséquence, si vous le demandez, vous délier de toutes les obligations que vous avez contractées par ce vœu.

— Mais n'est-ce pas un péché que de retourner sur ses pas, de se repentir d'une promesse faite à la Madone? Je l'ai faite du fond du cœur..., » dit Lucia, violemment agitée par l'assaut d'une... (il le faut pourtant dire), d'une espérance si inattendue, et au redoublement opposé d'une erreur fortifiée par toutes les pensées qui étaient depuis si longtemps la principale occupation de son esprit.

« Péché, ma fille? dit le père; péché de recourir à l'É-glise, et de demander à son ministre qu'il fasse usage de l'autorité qu'il a reçue d'elle et qu'elle a reçue de Dieu? J'ai vu combien vous étiez faits pour être unis; et certes,

si jamais il m'a pu sembler que deux âmes eussent été
unies par Dieu, c'était, c'est encore vous. Je ne vois pas
maintenant pourquoi Dieu vous voudrait séparer; et je le
bénis de ce qu'il m'a donné, indigne que j'en suis, le pouvoir de parler en son nom et de vous rendre votre parole.
Si vous me demandez que je vous déclare relevée de votre
vœu, je n'hésiterai pas à le faire, et je désire même que
vous me le demandiez.

— Alors!... alors!... je le demande, » dit Lucia avec un
visage qui n'était plus troublé que par la pudeur.

Le frère appela par un signe le jeune homme, qui se tenait dans le coin le plus éloigné, en regardant fixement
(puisqu'il ne le pouvait pas entendre) l'entretien où il était
tant intéressé. Quand il se fut approché, le bon frère dit à
haute voix à Lucia : « Avec l'autorité que je tiens de l'Église,
je vous déclare relevée du vœu de virginité, annulant ce
qu'il pouvait y avoir d'inconsidéré, et vous libérant de
toutes les obligations que vous pouviez avoir contractées. »

Que le lecteur pense comment de telles paroles réson-
nèrent aux oreilles de Renzo. Il remercia vivement des
yeux celui qui les avait proférées; et aussitôt il chercha,
mais en vain, ceux de Lucia.

« Retournez en paix et en sûreté à vos premières pensées, dit le capucin. Demandez de nouveau au Seigneur les
grâces que vous lui demandiez pour être une sainte épouse,
et ayez la confiance qu'il vous en accordera de plus abondantes après tant de malheurs. Et toi, dit-il en s'adressant
à Renzo, souviens-toi, mon fils, que si l'Église te rend
cette compagne, elle ne le fait pas pour te procurer une
joie temporelle et mondaine, qui, si elle pouvait être entière et sans mélange d'aucun déplaisir, aurait toujours à
finir en une grande douleur au moment de vous séparer;
elle le fait pour vous mettre tous deux sur la route de la
joie, qui n'aura pas de fin. Aimez-vous comme des compagnons de voyage, avec cette pensée que vous aurez à vous
quitter, et avec l'espérance de vous retrouver pour toujours. Rendez grâces au ciel qui vous a conduits à cet état,

non en vous faisant passer par des joies turbulentes et passagères, mais par le travail et par les infortunes, pour vous disposer à une allégresse pleine et tranquille. Si Dieu vous accorde des enfants, observez bien de les élever pour lui, de leur inspirer de l'amour pour lui et pour tous les hommes, et alors vous les guiderez bien dans tout le reste. Lucia! vous a-t-il dit, et il désignait Renzo, qui il a vu ici?

— Oh! mon père, il me l'a dit.

— Vous prierez pour lui, ne vous en lassez pas, et vous prierez aussi pour moi..., mes enfants! Je veux que vous ayez un souvenir du pauvre frère. » Et ici il tira de sa corbeille une boîte d'un bois grossier, mais bien travaillée et bien polie. « Là dedans est le reste de ce pain..., le premier que j'aie demandé par charité, ce pain dont vous avez ouï parler; je vous le laisse : montrez-le à vos enfants. Ils viendront dans un triste monde, dans un siècle douloureux, au milieu des superbes et des provocateurs. Dites-leur qu'ils pardonnent toujours, toujours! tout, tout! et qu'ils prient pour le pauvre frère! »

Et il présenta la boîte à Lucia, qui la prit avec respect, comme elle aurait fait d'une relique; puis, d'une voix encore émue, il reprit : « Maintenant, dites-moi, quel appui avez-vous ici, à Milan? où pensez-vous pouvoir vous placer en sortant d'ici? et qui vous conduira vers votre mère que Dieu veuille avoir conservée?

— Cette bonne dame me sert de mère : nous sortirons d'ici ensemble, et puis elle pensera à tout.

— Que Dieu la bénisse! dit le frère en s'approchant du lit.

— Je vous rends grâces aussi, dit la veuve, de la joie que vous avez donnée à ces pauvres créatures, bien que j'eusse compté de garder toujours avec moi cette chère Lucia. Mais je veillerai sur elle, je l'accompagnerai à son pays, je la remettrai aux mains de sa mère, et, ajouta-t-elle à voix basse, je veux faire le trousseau. J'ai trop de bien, et je n'ai plus personne de ceux qui en devaient jouir avec moi.

— Ainsi, répondit le frère, vous pouvez faire un grand

sacrifice au Seigneur, et du bien à votre prochain. Je ne vous recommande pas cette jeune fille, car je vois combien vous lui êtes attachée. Il faut en louer Dieu, qui sait se montrer père même dans les châtiments, et qui, en vous faisant trouver ensemble, vous a donné un signe aussi évident d'amour à l'une et à l'autre. Or sus, reprit-il ensuite en se tournant vers Renzo et en le prenant par la main, nous deux nous n'avons plus rien à faire ici, et nous y sommes restés trop longtemps. Allons.

— Oh! mon père! dit Lucia, vous verrai-je encore? Je suis guérie, moi, qui ne fais point de bien en ce monde, et vous…!

— Il y a déjà longtemps, répondit le vieillard d'un ton sérieux et doux, que je demande au Seigneur une bien grande grâce, celle de finir mes jours au service de mon prochain. S'il me la veut accorder maintenant, j'ai besoin que tous ceux qui ont de la charité pour moi m'aident à lui rendre grâces. Allons, donnez à Renzo vos commissions pour votre mère.

— Racontez-lui ce que vous avez vu, dit Lucia à son fiancé; dites-lui que j'ai trouvé ici une autre mère, que j'irai auprès d'elle le plus tôt que je pourrai, et que j'espère de la trouver saine et sauve.

— Si vous avez besoin d'argent, dit Renzo, j'ai sur moi tout celui que vous m'avez envoyé, et…

— Non, non, dit la veuve : je n'en ai que trop.

— Allons, dit de nouveau le frère.

— Au revoir, Lucia!… et vous aussi donc, bonne signora, dit Renzo, ne trouvant pas de paroles qui pussent rendre ce qu'il éprouvait en un tel moment.

— Qui sait si le Seigneur nous fera la grâce de nous revoir encore tous! s'écria Lucia.

— Qu'il soit toujours avec vous, et qu'il vous bénisse! » dit aux deux compagnes fra Cristoforo; et il sortit de la cabane avec Renzo.

Le soir n'était pas très-éloigné, et la crise du temps paraissait plus imminente encore. Le capucin offrit de nouveau au jeune homme de l'abriter pour cette nuit dans sa pauvre demeure. « Je ne te pourrai pas tenir compagnie, ajouta-t-il ; mais tu auras au moins où te mettre à couvert. »

Renzo se sentait un grand désir d'aller, et il ne se souciait pas de rester davantage dans un lieu semblable, puisqu'il ne lui serait pas permis de revoir Lucia, et qu'il n'aurait pas pu rester un peu avec le bon frère. Quant à l'heure et au temps, on peut dire que, nuit ou jour, soleil ou pluie, chaud ou froid, tout lui était égal en ce moment. Il remercia donc le frère en disant qu'il voulait aller le plus tôt possible à la recherche d'Agnese.

Le bon frère lui serra la main et lui dit : « Si tu la trouves, ce que Dieu veuille ! cette bonne Agnese, salue-la aussi en mon nom ; dis-lui, ainsi qu'à tous ceux qui se souviennent de fra Cristoforo, dis-leur de prier pour lui. Que Dieu t'accompagne et te bénisse à jamais !

— Oh ! cher père !... nous reverrons-nous ? nous reverrons-nous ?

— Là-haut, j'espère. »

Il dit et s'éloigna.

XXXVII

A peine Renzo eut-il franchi l'enceinte du lazaret et pris la route, que de larges gouttes commencèrent à tomber une à une, et à rejaillir sur la route blanche et aride, en soulevant une poussière fine et déliée. La pluie tomba bientôt par torrents. Au lieu d'en être contrarié, il s'en réjouissait ; il se délectait à cet air rafraîchi, à cette agitation, à ce bruit des plantes et des feuilles qui semblaient recouvrer une nouvelle vie ; il respirait plus librement ; et, à ce changement de la nature, il sentait plus vivement celui qui s'était opéré dans sa destinée.

Mais combien ce sentiment eût-il été plus vif et plus entier s'il avait pu deviner ce qu'on vit quelques jours après ! cette eau emportait, lavait pour ainsi dire la contagion.

Si le lazaret ne put pas rendre aux vivants tous les vivants qu'il renfermait encore, au moins, à dater de ce jour, n'en reçut-il plus d'autres dans son vaste gouffre. Au bout d'une semaine, on vit les portes et les boutiques se rouvrir, on ne parla presque plus de quarantaine, et il ne resta de la peste que quelques traces éparses çà et là.

Notre voyageur cheminait donc plein de joie, sans avoir projeté ni où, ni comment, ni quand, ni même s'il se devait arrêter cette nuit, désireux seulement de se porter en avant, d'arriver bientôt au pays, d'y trouver à qui parler, à qui raconter, et surtout de se pouvoir bientôt remettre en route pour Pasturo, à la recherche d'Agnese. Il allait, l'esprit tout troublé de ce qu'il avait vu en ce jour ; mais à travers ces misères, ces horreurs, ces périls, venait toujours une pensée : « Je l'ai trouvée ! elle est guérie, elle est à moi ! » Et alors il faisait un saut de joie qui envoyait au loin de larges éclaboussures ; parfois il se contentait de se frotter les mains, et il avançait avec plus d'ardeur. En regardant la route, il recueillait, pour ainsi dire, les pensées qu'il y avait laissées le matin et le jour précédent en venant ; il recueillait avec plus de plaisir encore précisément celle qu'il avait alors cherché à éloigner de lui, le doute, la difficulté de la trouver, de la trouver vivante, parmi tant de morts et de mourants ! « Et je l'ai trouvée vivante ! » Il se remettait dans les moments les plus cruels, dans les obscurités les plus terribles de cette journée ; il se figurait encore avec la main sur ce marteau : « Y sera-t-elle ? N'y sera-t-elle pas ? » et une réponse si peu favorable ; et n'avoir presque pas le temps de la commenter, car ces fous, ces coquins tombaient sur lui à rage. Et ce lazaret, cette vaste mer, craindre de l'y trouver ! et l'y avoir trouvée ! Il revenait à ce moment où la procession des convalescents avait fini de passer : quel moment ! quel crève-cœur de ne la pas trouver ! Et maintenant il ne lui en importait plus rien. Et ce quartier de femmes ! et là, derrière cette cabane, quand il s'y attendait le moins, cette voix, justement cette voix ! Et la voir sur ses pieds ! Mais quoi ! il y avait en-

core ce nœud du vœu, et plus embrouillé que jamais. Ce
nœud n'existe plus! Et cette rage contre don Rodrigo,
cette haine maudite qui envenimait toutes les douleurs et
empoisonnait toutes les espérances! celle-là aussi est ex-
tirpée. Tellement qu'il aurait eu peine à imaginer un plus
grand bonheur, sans l'incertitude où il était sur Agnese,
sans ses inquiétudes pour le père Cristoforo, et la douleur
de se trouver toujours au milieu d'une peste.

Il arriva à Sesto à l'entrée de la nuit, et la pluie n'avait
pas l'air de vouloir cesser. Mais en se sentant plus agile
que jamais, et avec ces grandes difficultés de trouver où
se mettre, quoique tout trempé, il ne pensa nullement à
une hôtellerie. Le seul besoin qu'il éprouvât, c'était de
prendre un peu de nourriture. Il trouva une boutique de
boulanger : on lui vendit deux pains, en prenant quelques
précautions. Il en mit un dans sa poche, l'autre aux dents;
et en avant!

Quand il passa par Monza, il était nuit close. Il parvint
pourtant à en sortir du côté qui conduisait à la vraie
route. Mais l'on peut s'imaginer comment était cette route,
et comment elle devenait de moment en moment. Ensevelie (ainsi qu'elles l'étaient toutes, et nous le devons avoir
dit ailleurs) entre deux rives, presque comme un lit de
fleuve, on aurait pu alors lui donner le nom, sinon d'un
fleuve, au moins d'un aqueduc; en de nombreux passages
se trouvaient des trous et des bourbiers d'où il ne pouvait
retirer qu'à peine ses souliers, et parfois ses pieds. Mais il
en sortait comme il pouvait, sans s'impatienter, sans jurer, sans se repentir. Il pensait que chaque pas le rapprochait du terme de son voyage, et que l'eau cesserait quand
il plairait à Dieu, que le jour viendrait quand il serait
temps, et qu'en attendant le chemin qu'il faisait alors serait fait.

Il n'y pensait même que lorsqu'il ne pouvait pas faire
autrement. Ce lui étaient des distractions, car le grand
travail de son esprit était de se rappeler l'histoire de ces
tristes années passées; tant d'embarras, tant de traverses,

tant de moments où il avait été sur le point de renoncer même à l'espérance et de croire tout perdu! Il y opposait les rêves d'un avenir si différent, et l'arrivée de Lucia, et les noces, et la maison à faire, et le plaisir de raconter ses infortunes passées, et toute sa vie!

Comment faisait-il là où les routes se croisaient, car elles se croisaient souvent? Le peu de connaissance qu'il avait du chemin, la sombre lueur des étoiles, lui firent-ils toujours trouver la bonne route, ou s'il la prit toujours à l'aventure, c'est ce que je ne saurais dire : car lui-même, qui avait coutume de conter fort en détail son histoire, plus longuement que nous-même (et tout porte à croire que notre anonyme la lui avait ouï raconter plus d'une fois), lui-même, à ce point, disait qu'il ne se souvenait de cette nuit que comme s'il l'avait passée dans son lit à rêver. Le fait est qu'au point du jour il se trouva près de l'Adda.

Il n'avait pas cessé de pleuvoir; mais la pluie, qui tombait d'abord par torrents, comme un déluge, s'était changée en pluie fine, égale, pénétrante; les nuages, hauts et rares, faisaient un voile continuel, mais léger et diaphane; et la lueur du crépuscule laissa voir à Renzo le pays d'alentour. Il était dans le sien, et l'on ne saurait décrire ce qu'il éprouva. Ces montagnes, ce Resegone si voisin de lui, le territoire de Lecco, semblaient lui appartenir, être son bien. Il jeta les yeux sur lui-même, et il se trouva encore plus étrangement fait qu'il ne s'y était attendu : ses vêtements appliqués au corps; son chapeau flasque, déformé, imbibé d'eau; couvert de boue jusqu'à la ceinture; les cheveux pendants, effilés et collés au visage. Quant à la fatigue, il en devait avoir, mais il n'en savait rien; le froid du matin, ajouté à celui de la nuit, et ce petit bain ne lui donnaient que le désir, l'ardeur d'aller plus vite.

Il est à Pescate; il côtoie ce dernier trajet de l'Adda, en jetant pourtant un regard triste sur Pescarenico; il passe le pont, et arrive bientôt, à travers champs, à la maison de son ami. Celui-ci, à peine levé, était sur la porte à regarder le temps. Il jeta les yeux sur cette figure si étrange,

si pleine de boue, si singulière et en même temps si vive
et si décidée : de ses jours il n'avait vu un homme plus mal
arrangé et plus joyeux.

« Oh ! dit-il, déjà ici ! et par ce temps ! Comment cela
est-il allé ?

— Elle y est, elle y est, elle y est !

— Saine et sauve !

— Guérie, ce qui vaut mieux. J'en ai à remercier le Seigneur et la Madone tant que je vivrai. Mais il y a sur le
tapis des choses étonnantes, de grandes choses ! Je te conterai tout ensuite.

— Mais comme te voilà fait !

— Je suis beau, n'est-ce pas ?

— A vrai dire, tu pourrais employer le haut pour laver
le bas. Mais attends, attends, que je te fasse un bon feu.

— Ce n'est pas de refus. Sais-tu où m'a pris la pluie ?
précisément à la porte du lazaret. Mais ce n'est rien ! le
temps fait son métier et moi le mien. »

L'ami sortit et revint bientôt après avec deux brassées
de broussailles qu'il mit au foyer. Renzo avait ôté son chapeau, et, après l'avoir secoué deux ou trois fois, il l'avait
jeté à terre ; mais il n'avait pas ôté aussi aisément son
pourpoint. Il tira ensuite de la poche de ses braies son couteau, dont la gaîne était tout imbibée d'eau et toute molle ;
il le mit sur une petite table, et dit : « Celui-là aussi est
joliment arrangé ! Mais c'est de l'eau ! c'est de l'eau ! Que
le Seigneur soit loué !... J'ai été sur le point de faire une
sottise !... Je te raconterai tout cela. » Et il se frottait les
mains. « Maintenant fais-moi un plaisir : va me chercher
ce paquet que j'ai laissé là-haut, car, avant que ceci sè-
che... »

En revenant avec le paquet, son ami lui dit : « Je pense
que tu dois avoir faim ; car tu auras pu boire dans la route,
mais pour manger...

— J'ai trouvé à acheter deux pains, hier, sur la brune ;
mais, en vérité, ils ne m'ont pas touché une dent.

— Laisse-moi faire, » dit l'ami. Il versa de l'eau dans

une marmite qu'il suspendit à la chaîne, et il ajouta : « Je vais traire la vache : quand je reviendrai avec le lait, l'eau sera à point, et nous ferons une bonne polenta. Toi, en attendant, arrange-toi pour le mieux. »

Renzo, resté seul, ôta, non sans beaucoup de peine, le reste de ses habits, qui étaient collés à la chair ; il se vêtit de nouveau de la tête aux pieds. L'ami revint et se mit à faire la polenta. Renzo s'assit en attendant.

« Je sens maintenant que je suis rendu, dit-il. C'est qu'il y a une bonne course ! Ce n'est rien toutefois. J'ai de quoi te raconter durant toute une journée. Comme Milan est arrangé ! Il faut voir ! Ce sont des choses à avoir ensuite dégoût de soi-même. Il ne fallait rien moins que la lessive que j'ai eue. Et ce que m'ont voulu faire ces messieurs de là-bas ! je te le dirai. Mais si tu voyais le lazaret ! il y a de quoi se perdre dans les misères. Bast ! je te conterai tout… Elle y est ; tu la verras ici ; elle sera ma femme ; tu seras mon témoin, et, peste ou non, je veux que nous soyons joyeux au moins pour quelques heures. »

Au reste, il fut fidèle à sa parole : il resta toute la journée à raconter à son ami ce qu'il avait promis de lui raconter, d'autant plus que, la pluie n'ayant pas cessé de tomber, il passa toute cette journée à couvert, tantôt assis à côté de son ami, tantôt occupé à préparer des tonneaux et autres travaux de la vendange. Il ne laissa pas que de lui donner un bon coup de main : car, ainsi qu'il avait coutume de le dire, il était de ceux qui se fatiguent plus à ne rien faire qu'à travailler. Il ne put pourtant pas s'empêcher de faire une petite course jusqu'à la maison d'Agnese, pour revoir une certaine fenêtre, et pour s'aller un peu frotter les mains à cette vue. Il y alla, revint sans être aperçu, et se mit au lit. Au matin suivant, voyant que la pluie avait cessé, quoique le temps ne fût pas encore entièrement remis, il se mit aussitôt en route pour Pasturo.

Il y arriva à temps, car il n'avait pas moins envie d'en finir que le lecteur. Il s'informa d'Agnese ; il apprit qu'elle était saine et sauve ; on lui indiqua une maison isolée où elle était. Il y court, il l'appelle de la rue par son nom. Au son de cette voix, elle se précipite à la fenêtre; et, tandis qu'elle ouvre la bouche pour jeter je ne sais quelle parole, je ne sais quel cri, Renzo la prévient en disant : « Lucia est guérie; je l'ai vue avant-hier; elle vous salue; elle viendra bientôt. Et puis j'ai tant, mais tant de choses à vous dire ! »

Partagée entre l'étonnement de cette apparition, la joie de la nouvelle, et le désir d'en savoir davantage, Agnese commençait tantôt une exclamation, tantôt une demande, sans jamais rien achever. Puis, oubliant les précautions qu'elle avait coutume depuis longtemps de prendre, elle dit : « Je vais vous ouvrir.

— Attendez. Et la peste? Vous ne l'avez pas eue, je crois.

— Moi, non. Et vous?

— Moi, oui; mais vous devez alors avoir de la prudence. Je viens de Milan, et pendant deux jours je me suis enfoncé jusqu'au cou dans la contagion. Il est vrai que j'ai changé d'habits de la tête aux pieds; mais il y a une saleté qui s'attache quelquefois à la chair comme un maléfice ; et puisque le Seigneur vous a préservée jusqu'ici, je veux que vous ayez soin de vous jusqu'à ce que cette maudite épidémie ait cessé : car vous êtes notre maman, et je veux que nous vivions longtemps joyeusement ensemble en compensation des grandes souffrances que nous avons eues, moi du moins.

— Mais...

— Il n'y a pas de mais qui tienne. Je sais ce que vous voulez dire; mais vous verrez, vous verrez qu'il n'y a plus de mais. Allons dans quelque endroit en plein air, où l'on puisse parler à son aise sans danger, et vous verrez. »

Agnese lui indiqua un jardin qui était derrière la maison. Il s'assit sur un banc, Agnese sur un autre qui était en face. Si le lecteur, informé comme il est de tous les antécédents, avait pu voir de ses propres yeux cette conversation si animée, s'il avait pu entendre de ses propres oreilles ces narrations, ces demandes, ces explications, ces exclamations, cette douleur, cette joie, et don Rodrigo, et le père Cristoforo, et le reste, et ces descriptions de l'avenir, claires et positives, comme si c'avaient été celles du passé, je suis sûr, dis-je, qu'il y aurait trouvé beaucoup de charme, et qu'il aurait été le dernier à se retirer. Mais de voir cette conversation muette, sans couleur, sans aucun événement nouveau, sur le papier, c'est chose dont nous croyons qu'il ne se soucie guère ; il aime mieux que nous la lui laissions deviner. La conclusion fut qu'on irait s'établir ensemble près de Bergame, dans ce pays où Renzo commençait déjà à faire son chemin. Quant à l'époque, on ne pouvait rien décider encore, parce qu'elle dépendait de la peste et d'autres circonstances. On arrêta qu'à peine le danger aurait-il passé, Agnese retournerait chez elle pour y attendre Lucia, ou que Lucia l'y attendrait. En attendant, Renzo ferait quelque voyage à Pasturo pour voir sa maman, et pour s'informer de tout ce qui pourrait arriver.

Avant de partir, il lui offrit aussi de l'argent, en disant : « Je les ai encore tous là, voyez-vous. J'avais fait vœu, de mon côté, de n'y pas toucher jusqu'à ce que la chose fût éclaircie. Maintenant, si vous en avez besoin, apportez ici une écuelle d'eau et de vinaigre : j'y jetterai les cinquante scudi, beaux et reluisants.

— Non, non : j'en ai encore plus qu'il n'en faut. Gardez bien les vôtres : ils seront bons pour planter la maison. »

Renzo partit avec la nouvelle consolation d'avoir trouvé saine et sauve une personne aussi chère. Il demeura le reste de la journée et la nuit dans la maison de son ami. Le lendemain il se mit en route, mais d'un autre côté, vers son pays d'adoption.

Il y trouva Bortolo en bonne santé et moins inquiet de la perdre, car en ce peu de jours les choses avaient pris rapidement une heureuse tournure. Déjà le pays avait changé d'aspect : ceux qui avaient survécu commençaient à sortir, à se compter entre eux, à s'adresser réciproquement des compliments de condoléance et de félicitation. On parlait déjà de reprendre les travaux; les maîtres songeaient déjà à chercher des ouvriers, et dans les métiers surtout où le nombre en était petit, même avant l'épidémie, tels que celui de la soie. Renzo, sans faire le difficile, promit (sauf pourtant les approbations de droit) à son cousin de se remettre au travail quand il reviendrait en compagnie pour s'établir dans le pays. Il s'occupa des préparatifs les plus nécessaires : il se pourvut d'un logement plus vaste, et c'était chose devenue facile et peu coûteuse; il le garnit de meubles et de hardes, en portant cette fois la main à son trésor, mais sans y faire une bien grande brèche, car il y avait abondance de tout, et tout était à bon marché.

Après je ne sais combien de jours, il retourna dans son pays natal, qu'il trouva aussi notablement changé en bien. Il courut à Pasturo : il y trouva Agnese tout à fait rassurée et disposée à retourner chez elle. Il l'y conduisit aussitôt; et nous passerons sous silence les sentiments qu'ils éprouvèrent, les discours qu'ils tinrent en revoyant ensemble ces lieux. Agnese trouva tout comme elle l'avait laissé. Elle ne put s'empêcher de dire que cette fois, comme il s'agissait d'une pauvre veuve et d'une pauvre fille, les anges y avaient veillé.

« Et l'autre fois, ajouta-t-elle, on aurait pu croire que le Seigneur ne pensait pas à nous, qu'il avait détourné ses regards, puisqu'il laissait emporter notre modeste avoir. Eh bien ! il a fait voir précisément le contraire, puisqu'il m'a envoyé, d'un autre côté, de bel argent avec quoi j'ai tout pu remplacer. Je dis tout, et je ne dis pas bien, car le trousseau de Lucia avait été pillé par ces gens-là, neuf et tout entier, avec le reste; il manquait encore, et voilà qu'il nous en arrive un d'un autre côté. Qui m'aurait dit, quand je donnais tous mes soins à confectionner l'autre : Tu crois travailler pour Lucia, n'est-il pas vrai? pauvre femme ! tu travailles pour des gens que tu ne sais pas. Le ciel sait quelles sortes de créatures iront couvrir ce linge, ces habits. Ceux pour Lucia, le trousseau qui lui doit vraiment servir, une bonne âme y pensera, et tu ne sais pas non plus qui c'est ! »

Le premier soin d'Agnese fut de préparer dans sa pauvre chaumière le logement le plus décent qu'elle put pour cette bonne âme ; ensuite elle alla chercher de la soie à dévider, et avec son dévidoir elle trompait l'ennui.

Renzo, de son côté, ne passa pas dans l'oisiveté des jours déjà si longs. Il savait heureusement deux métiers ; il se remit à celui de laboureur. Tantôt il aidait son hôte, pour qui c'était un grand bonheur que d'avoir en un tel temps un ouvrier à sa disposition, et un ouvrier de cette habileté ; tantôt il cultivait et remettait en état le petit jardin d'Agnese, entièrement tombé en friche durant son absence. Quant à son propre héritage, il n'y pensait nullement, disant que c'était une perruque trop embrouillée, et qu'il fallait autre chose que deux bras pour la remettre en état. Il n'y mettait jamais les pieds, pas même dans sa maison, car il aurait trop souffert à voir cette désolation ; il avait déjà pris le parti de se défaire de tout, à quelque prix que ce fût, et d'employer dans sa nouvelle patrie le prix qu'il en pourrait retirer.

Si ceux qui avaient survécu étaient l'un à l'autre comme des gens ressuscités, Renzo semblait l'être deux fois aux yeux de ses compatriotes. Chacun lui faisait fête et lui adressait ses félicitations ; chacun voulait apprendre son histoire de sa bouche. Vous demanderez peut-être : « Et son arrêt de bannissement ? » Tout allait bien de ce côté. Il n'y pensait presque plus, supposant bien que ceux qui l'auraient pu mettre à exécution n'y penseraient pas davantage. Il ne se trompait pas. Cette insouciance ne naissait pas seulement de la peste, qui avait mis en oubli tant de choses ; c'était encore, ainsi qu'on l'a pu voir dans plus d'un passage de son histoire, une chose très-commune à cette époque, que les ordres tant généraux que spéciaux contre les personnes restaient souvent sans effet quand ils ne les avaient pas atteintes dès les premiers moments, et quand il n'y avait pas quelque animosité particulière et puissante qui les empêchât de tomber en oubli et les fît valoir. C'était comme des balles de fusil qui, si elles ne portent pas coup, restent en terre, où elles ne donnent souci à personne : conséquence nécessaire de la grande facilité avec laquelle on jetait ces ordres à droite et à gauche. L'activité de l'homme est bornée, et tout ce qu'on met de trop à ordonner, on le doit mettre de moins à exécuter. Ce qui va aux manches ne peut pas aller aux pans.

Désire-t-on aussi de savoir comment vivaient, à l'égard l'un de l'autre, Renzo et don Abbondio ? Ils se tenaient tous deux à l'écart : celui-ci dans la crainte de s'entendre dire quelque chose du mariage, et, rien qu'en y pensant, il voyait apparaître dans son esprit, d'une part, don Rodrigo avec ses bravi, de l'autre le cardinal avec ses arguments ; celui-là, parce qu'il avait résolu de n'en parler qu'au moment de le conclure, ne voulant pas courir le risque de le fâcher si longtemps à l'avance, de le voir mettre en avant quelque difficulté nouvelle, et d'embrouiller les choses par des bavardages inutiles. Il faisait ces bavardages avec Agnese. « Croyez-vous qu'elle vienne bientôt ? demandait l'un.—J'espère que oui, » répondait l'autre ; et souvent celui qui avait donné la réponse faisait, un instant après, la même demande. C'est ainsi qu'ils s'efforçaient de passer le temps, qu'il leur paraissait d'autant plus long qu'il y en avait plus d'écoulé.

Nous ferons passer tout ce temps au lecteur en lui disant en deux mots que, quelques jours après la visite de Renzo au lazaret, Lucia en sortit avec la bonne veuve. Une quarantaine générale ayant été ordonnée, elles la firent ensemble, renfermées dans la maison de celle-ci. Une partie de ce temps fut employée à confectionner le trousseau de Lucia, auquel, après avoir fait quelques cérémonies, elle se mit à travailler elle-même. La quarantaine terminée, la veuve confia sa boutique et sa maison à son frère le commissaire, et l'on fit les apprêts du voyage. Nous pourrions même ajouter, sans nous arrêter, elles partirent.

elles arrivèrent, et ce qui suit; mais nonobstant toute notre bonne volonté de céder à l'impatience du lecteur, il y a trois circonstances que nous ne voudrions pas passer sous silence; et, pour deux au moins, nous croyons que le lecteur lui-même conviendra que nous n'avons pas tort.

Voici la première. Quand Lucia se mit à parler de ses aventures à la veuve plus en détail et avec plus d'ordre qu'elle ne l'avait pu faire dans l'agitation de sa première confidence, et quand elle fit une mention plus expresse de la signora qui lui avait donné asile dans le couvent de Monza, elle apprit des choses qui, en lui donnant la clef de beaucoup de mystères, lui remplirent l'esprit d'un étonnement de douleur et d'épouvante. Elle sut de la veuve que la malheureuse, tombée en soupçon de faits horribles, atroces, avait été, par ordre du cardinal, transférée dans un couvent de Milan; que là, après s'être livrée quelque temps au désespoir et à la rage, elle avait fini par s'amender et par s'accuser; et que sa vie actuelle était un supplice volontaire tel, que personne, à moins de la lui ravir, n'en aurait pu imaginer un plus sévère. Si l'on est curieux de savoir plus en détail cette triste histoire, on la trouvera dans le livre et à l'endroit que nous avons cité ailleurs[1].

La seconde circonstance, c'est que Lucia, en s'informant du père Cristoforo auprès de tous les capucins qu'elle put voir au lazaret, y apprit, avec plus de douleur que de surprise, comment il était mort de la peste.

Voici enfin la dernière. Avant de partir, elle aurait bien désiré de savoir quelque chose de ses anciens patrons, et de faire, ainsi qu'elle le disait, un acte de devoir, s'il n'en restait aucun. La veuve l'accompagna à cette maison, où elles apprirent que l'un et l'autre en étaient partis depuis longtemps. Quand nous aurons dit de dame Prassede qu'elle était morte, tout sera dit; mais pour don Ferrante, comme il s'agissait d'un savant, notre anonyme a estimé qu'il valait la peine qu'on en parlât plus longuement. Nous

---

[1] Voyez la *Religieuse de Monza*, par Roselli; traduction de M. Cohen. Paris, H. Fournier, 1830, 5 vol. in-12.

allons, à nos risques et périls, transcrire à peu près ce qu'il a écrit là-dessus.

Il dit donc que, dès que l'on commença à parler de la peste, don Ferrante fut un des plus résolus et toujours un des plus constants à la nier, non pas avec des cris de rage comme le peuple, mais avec des raisonnements auxquels personne ne pourra reprocher au moins le manque d'enchaînement.

« *In rerum natura*, disait-il, il n'y a que deux genres de choses, les substances et les accidents ; et si je prouve que la contagion ne peut être ni l'un ni l'autre, j'aurai prouvé qu'elle n'existe pas, que c'est une chimère, et je le prouve. Les substances sont ou matérielles ou spirituelles. Que la contagion soit une substance spirituelle, c'est une opinion si absurde que personne ne la voudrait soutenir : il est donc inutile d'en parler. Les substances matérielles sont ou simples ou composées. Or donc la contagion n'est pas une substance simple, et je le démontre en trois mots. Elle n'est pas une substance éthérée, parce que, si elle l'était, au lieu de passer d'un corps dans un autre, elle volerait au plus vite à sa sphère. Elle n'est pas aqueuse, parce qu'elle mouillerait, et elle serait desséchée par les vents. Elle n'est pas ignée, parce qu'elle brûlerait. Elle n'est pas terreuse, parce qu'elle serait visible. Elle n'est pas davantage une substance composée, parce que de toute manière elle devrait être sensible à l'œil et au toucher ; et cette contagion, qui l'a vue ? qui l'a touchée ? Reste à savoir si elle peut être un accident. C'est encore pire. Ces seigneurs docteurs disent qu'elle se communique d'un corps à un autre : c'est là leur Achille ; c'est là le prétexte pour faire tant d'ordres sans utilité. Or, en la supposant accident, ce serait un accident transporté, et ce sont deux mots qui se combattent. Il n'y a pas, dans toute la philosophie, une chose plus claire, plus évidente que celle-ci, savoir, qu'un accident ne peut passer d'un sujet dans un autre ; que si, pour éviter cette Scylla, ils se réduisent à dire qu'elle est un accident produit, ils évitent Scylla pour tomber dans

Charybde ; parce que, s'il est produit, il ne se communique, il ne se propage donc pas comme ils le vont déblatérant. Ces principes posés, que sert de nous venir tant parler de bubons, de carboncles?...

— Ce sont des bêtises, dit quelqu'un.

— Non, non, reprit don Ferrante, je ne dis pas cela. La science est science : il la faut seulement savoir employer. Les parotides, les bubons violets, les carboncles noirâtres, sont toutes paroles respectables, qui ont leur belle et bonne signification ; mais je dis qu'elles ne font rien à la question. Qui nie qu'il puisse y avoir de ces choses, et même qu'il y en ait? Le tout est de voir d'où elles viennent. »

Ici commençaient les chagrins pour don Ferrante. Tant qu'il ne faisait que railler l'opinion de la contagion, il trouvait partout des oreilles bienveillantes, attentives, respectueuses : car il n'est pas besoin de dire combien est grande l'autorité d'un savant de profession, alors qu'il veut prouver aux autres des choses dont ils sont déjà persuadés. Mais quand il venait à distinguer, et à vouloir démontrer que l'erreur de ces médecins n'était plus d'affirmer qu'il existait une maladie terrible et générale, mais bien de vouloir en assigner la cause et les modes, alors (je parle des premiers temps, où l'on ne voulait pas entendre parler de maladie), alors, au lieu d'oreilles, il trouvait des langues rebelles, intraitables ; alors il n'y avait plus moyen de prêcher, et il ne pouvait plus exposer sa doctrine qu'à pièces et à morceaux.

« C'est là que n'est que trop la vraie raison, disait-il, et ceux mêmes qui soutiennent d'autres choses en l'air sont obligés de la reconnaître... Qu'ils nient un peu, s'ils le peuvent, cette fatale conjonction de Saturne et de Jupiter. Et quand a-t-on ouï dire que les influences se propagent...? Et ces seigneurs me voudront-ils nier les influences? Me nieront-ils qu'il y ait des astres? ou s'ils me voudront dire qu'ils se tiennent là-haut à ne rien faire, comme autant de têtes d'épingles fichées dans une pelote...? Mais ce que je ne saurais entendre dire à ces seigneurs médecins, c'est qu'ils confessent que nous nous trouvons sous une conjonction si maligne, et puis ils nous viennent dire le visage renversé : Ne touchez pas à ceci, ne touchez pas à cela, et vous ne risquerez rien! comme si, en évitant le contact matériel des corps terrestres, on pouvait empêcher l'effet virtuel des corps célestes. Et tant d'affaires pour brûler des chiffons! Pauvres gens! brûlerez-vous Jupiter? brûlerez-vous Saturne...? »

His fretus, c'est-à-dire sur ces fondements, il n'usa d'aucune précaution contre la peste; il la prit, s'alla mettre au lit, et mourut, comme un héros de Métastase [1], en s'en prenant aux étoiles.

XXXVIII

Un beau soir Agnese entendit une voiture s'arrêter devant la porte. « C'est elle, sans aucun doute! » C'était elle, en effet, avec la bonne veuve. On imagine aisément quel accueil se firent réciproquement les trois femmes.

Le matin suivant Renzo arriva de bonne heure, ignorant entièrement ce qui s'était passé, et sans autre dessein que de se soulager un peu avec Agnese sur le long retard de Lucia. On devine sa joie. « Je vous salue, dit Lucia, les yeux baissés. Comment va? » Et n'allez pas croire que Renzo trouva cet accueil trop froid, ni qu'il s'en alarma. Il prit la chose à rebours; et comme entre gens bien élevés on sait être avare de compliments, il comprit très-bien ce qu'il y avait de sous-entendu à ces mots. Au reste, il était facile de s'apercevoir qu'elle avait deux manières de les dire : l'une pour Renzo, et l'autre pour tout le monde qu'elle pouvait connaître.

---

[1] Les héros de Métastase vont à la mort en chantant une ariette. En général, les héros classiques ont une grande facilité à mourir. On peut attribuer ce mépris de la mort, si exagéré qu'il en est ridicule, à la longue influence que la littérature espagnole a exercée sur les littératures classiques, et aux fanfaronnades chevaleresques qu'elle a mises à la mode.

« Je suis bien quand je vous vois, répondit le jeune homme avec une phrase de livre, mais qu'il aurait inventée en ce moment.

— Notre pauvre père Cristoforo ! dit Lucia, priez pour son âme, bien que l'on puisse être presque sûr que dans ce moment il prie là-haut pour nous.

— Je ne m'y attendais que trop, » dit Renzo. Ce ne fut pas la seule corde triste que l'on toucha dans cet entretien. Mais quoi ! par quelque sujet qu'il passât, le discours devenait toujours aimable et gai. Comme ces chevaux fougueux qui se cabrent, et lèvent un pied, puis un autre, et les replacent au même endroit, et font mille mouvements avant de faire un pas, puis s'élancent tout à coup dans la route, et vont presque emportés par le vent, ainsi le temps était devenu pour lui : auparavant les minutes lui semblaient des heures, maintenant les heures lui semblaient des minutes.

Non-seulement la veuve ne gâtait pas la compagnie, mais même elle y faisait une très-bonne figure. Quand Renzo l'avait vue dans ce lit, il ne l'aurait jamais pu croire d'une humeur aussi facile et aussi gaie. Mais le lazaret et la campagne, la mort et les noces, ne sont pas du tout la même chose. Elle s'était déjà liée d'amitié avec Agnese ; avec Lucia c'était un plaisir de la voir, tendre et enjouée à la fois, l'agacer doucement et avec bonne grâce, à peine autant qu'il fallait pour donner plus d'âme à ses mouvements et à ses discours.

Renzo dit enfin qu'il allait vers don Abbondio, afin de s'entendre avec lui pour le mariage. Il y alla, et d'un air respectueux, mais légèrement moqueur : « Seigneur curé, lui dit-il, cette douleur de tête, qui, à votre dire, vous empêchait de nous marier, est-elle enfin passée? Maintenant il est temps, l'épouse est ici, et me voici pour prendre votre heure ; mais cette fois je vous prierai de faire vite. »

Don Abbondio ne répondit pas qu'il ne voulait pas ; mais il commença à tâtonner, à mettre en avant certaines excuses, à faire certaines insinuations : et pourquoi se mettre en vue et faire crier son nom avec cette prise de corps sur le dos? et l'on pourrait faire également la chose ailleurs, et ceci, et cela.

« J'entends, dit Renzo; il vous reste encore quelque chose de ce mal de tête; mais, écoutez, écoutez. » Et il se mit à décrire l'état où il avait vu ce pauvre don Rodrigo. En ce moment il ne devait assurément plus être de ce monde. « Espérons, ajouta-t-il, que le Seigneur lui aura fait miséricorde.

— Cela n'a que faire ici, dit don Abbondio. Vous ai-je dit non? Je ne dis pas non, moi; je parle..., je parle pour de bonnes raisons. Au reste, voyez : tant que l'homme a un souffle de vie... Regardez-moi : je suis un vase fêlé; j'ai été aussi plus près de la mort que de la vie, et me voilà pourtant; et..., si de nouveaux chagrins ne viennent pas fondre sur moi..., suffit..., je peux espérer d'y rester encore un peu. Figurez-vous ensuite certains tempéraments; mais, comme je dis, cela ne fait rien à l'affaire. »

La conversation se prolongea quelque temps encore sans être plus concluante. Renzo lui tira une belle révérence, retourna au logis, fit son rapport, et termina en disant : « Je suis revenu parce que j'en avais par-dessus les oreilles, et je n'ai pas voulu risquer de perdre patience et de mal parler. En de certains moments il était exactement tel que la première fois. Il me voulait encore amuser avec des paroles : je suis sûr que, si j'étais encore un peu resté, il m'aurait mis en avant quelque mot en latin. Je vois que tout ceci va traîner en longueur. Mieux vaut faire ce qu'il dit, et nous aller marier où nous allons vivre.

— Savez-vous ce que nous ferons? dit la veuve : nous irons, nous autres, tenter une épreuve sur lui, et nous verrons s'il sera plus traitable; d'autant plus que j'ai grand désir de connaître cet homme, s'il est tel que vous le dites. Nous irons après le dîner, pour ne le pas assaillir coup sur coup. Maintenant, seigneur époux, conduisez-nous un peu à la promenade tandis qu'Agnese est en affaire. Je servirai de maman à Lucia. J'ai envie de voir un peu de près ces montagnes, ce lac dont j'ai tant ouï parler : le peu que j'en ai vu me semble une bien belle chose. »

Renzo les conduisit d'abord chez son hôte, où ce fut un autre fête. On fit promettre à celui-ci que non-seulement ce jour-là, mais chaque jour, s'il le pouvait, il viendrait dîner avec la compagnie.

Après s'être promené, avoir dîné, Renzo partit subitement sans dire où il allait. Les femmes restèrent un moment à deviser, à se concerter sur les moyens de prendre don Abbondio ; et enfin elles allèrent à l'assaut.

« Les voilà ! » se dit celui-ci ; mais il leur fit bon visage, de grandes démonstrations de joie à Lucia, des saluts à Agnese, des compliments à l'étrangère. Il leur offrit des siéges, puis il se jeta dans le grand discours de la peste. Il voulut apprendre de Lucia comment elle avait passé ces douloureux moments. Le lazaret lui donna occasion de faire parler aussi celle qui avait été sa compagne ; puis, et c'était trop juste, don Abbondio parla aussi de la bourrasque, et il se réjouissait à n'en plus finir de ce qu'Agnese avait eu le bonheur d'y échapper. La chose traînait en longueur : dès les premiers mots, les deux femmes étaient aux aguets pour voir si le moment arriverait enfin de parler du motif essentiel de leur visite. Enfin je ne sais laquelle des deux rompit la glace ; mais que voulez-vous ? don Abbondio n'entendait pas de cette oreille. Ce n'est pas qu'il dît non ; mais le voilà qui revient à ses tergiversations, à ses doutes ; comme l'oiseau, il saute de branche en branche... « Il faudrait, disait-il, pouvoir faire lever cette maudite prise de corps. Vous, signora, qui êtes de Milan, vous devez connaître plus ou moins le fil des choses ; vous devez avoir de bonnes protections, quelque homme puissant : par ce moyen on cicatrise toutes les plaies. Si ensuite l'on voulait aller par le plus court chemin, sans s'embarquer dans tant d'histoires, puisque ces jeunes gens, et notre Agnese que voilà, ont l'intention de s'expatrier (et je ne peux que vous dire : La patrie est là où l'on est bien), il me semble que l'on pourrait tout faire là où il n'y a pas

de bannissement qui retienne. Il me tarde de voir cette
alliance conclue ; mais je la voudrais conclue bien et tranquillement. Je dis vrai ; ici, avec cette malheureuse prise
de corps que chacun sait, crier de l'autel ce nom de Lorenzo Tramaglino, c'est une chose que je ne ferais pas de
bon cœur ; je lui veux trop de bien ; j'aurais peur de lui
rendre un mauvais service. Voyez vous-même. »

Ici, tantôt Agnese, tantôt la veuve, se mirent à réfuter
ces raisons, et don Abbondio à les reproduire sous une autre forme. C'était sans cesse à recommencer, quand Renzo
entra tout à coup d'un pas décidé, avec l'air d'apporter
une nouvelle, et il dit : « Le seigneur marquis *** est arrivé.

— Que veut dire cela ? arrivé où ? demanda don Abbondio en se levant.

— Il est arrivé dans son château, qui était celui de don
Rodrigo, parce que ce seigneur marquis en est héritier par
fidéicommis, comme on dit, tellement que cela ne fait plus
doute. Pour moi, j'en serais content si je pouvais savoir
que ce pauvre homme eût fait une bonne mort. Jusqu'ici
j'avais dit pour lui des *Pater noster*, maintenant je lui dirai des *De profundis* ; et ce seigneur marquis est un très-
brave homme.

— Assurément, dit don Abbondio ; j'ai souvent entendu
parler de lui à un excellent seigneur, à un homme de la
vieille roche. Mais est-il bien vrai que...?

— Vous fierez-vous au sacristain ?

— Pourquoi ?

— Parce qu'il l'a vu de ses propres yeux. Je n'ai été que
dans les environs, et, à dire la vérité, j'y ai été précisément parce que j'ai pensé qu'on devrait savoir quelque
chose là ; et plus d'une, plus de deux personnes m'ont raconté la chose. J'ai ensuite rencontré Ambrogio, qui venait
justement de là-haut, et qui l'a vu, comme je dis, faire le
maître. Voulez-vous entendre Ambrogio ? Je l'ai fait attendre tout exprès là dehors.

— Voyons, » dit don Abbondio. Renzo alla appeler le sacristain. Celui-ci confirma la chose de point en point ; il y ajouta quelques détails, il dissipa tous les doutes, puis il partit.

« Ah ! il est donc mort ! il est vraiment parti ! s'écria don Abbondio. Vous voyez, mes enfants, si la Providence arrive à la fin pour certaines gens ! Savez-vous que c'est une grande chose, un grand bonheur pour ce pauvre pays ! car on n'y pouvait pas vivre avec cet homme. Cette peste a été un grand fléau ; mais elle a été aussi un bon balai : elle a emporté certains sujets dont, mes enfants, nous n'aurions jamais pu nous délivrer, verts, frais, dispos. On aurait dit que celui qui était destiné à faire leurs obsèques se trouvait encore dans le séminaire à faire ses classes. En un clin d'œil ils ont disparu par centaines. Nous ne le verrons plus rôder, suivi de ces coupe-jarrets, avec cet air de hauteur, la tête fière, regardant tout le monde comme si tout le monde eût été sur la terre pour son plaisir. En attendant, il n'y est plus, et nous y sommes. Il n'enverra plus de messages aux honnêtes gens. Il nous a fait passer une rude vie à tous, voyez-vous, car maintenant nous le pouvons dire.

— Je lui ai pardonné du fond du cœur, dit Renzo.

— Et tu fais bien, c'est ton devoir ; mais l'on peut aussi remercier le ciel de nous en avoir délivrés. Maintenant, en revenant à vous, je vous dirai, comme tantôt : Faites ce que vous jugerez convenable. Si vous voulez que je vous marie, je suis ici ; si vous aimez mieux faire autrement, faites-le. Quant à la prise de corps, je vois aussi que, comme il n'y a plus personne qui vous observe et vous veuille faire du mal, ce n'est pas une chose dont on se puisse beaucoup inquiéter, surtout depuis qu'on a publié ce décret de grâce pour la naissance de l'infant sérénissime. Et puis la peste ! la peste ! Si vous voulez..., c'est jeudi aujourd'hui..., dimanche je vous publierai à l'église, parce que ce qui s'est fait autrefois ne compte plus pour rien, depuis si longtemps ; et puis j'aurai la joie de vous marier.

— Vous savez que nous étions venus précisément pour cela, dit Renzo.

— Très-bien, et je vous servirai, et j'en veux donner avis à Son Éminence.

— Qui est Son Éminence? demanda Agnese.

— Son Éminence, c'est notre seigneur cardinal-archevêque, que Dieu conserve.

— Oh! pour cela excusez-moi : car, bien que je ne sois qu'une pauvre ignorante, je vous puis certifier qu'on ne l'appelle point ainsi, parce que, la seconde fois que nous avons été pour lui parler, comme je vous parle, un de ces seigneurs prêtres me tira à part, et m'apprit comment on se devait comporter avec ce signore, et qu'on lui devait dire Votre Seigneurie illustrissime, et monseigneur.

— Et maintenant, s'il vous le devait apprendre de nouveau, il vous dirait qu'on lui donne de l'Éminence, entendez-vous? parce que le pape, que Dieu conserve aussi, a prescrit, depuis le mois de juin, que l'on donnât ce titre aux cardinaux. Et savez-vous pourquoi il a pris cette résolution? Parce que l'*illustrissime*, qui était pour eux et pour certains princes, vous voyez maintenant ce que c'est devenu, et à combien de gens on le donne, et comme on le prend volontiers. Et que vouliez-vous faire? L'ôter à tous? cela aurait fait naître des réclamations, des haines, des troubles, des malheurs, et, par-dessus le marché, cela aurait duré comme auparavant. Le pape a donc trouvé un excellent moyen. Peu à peu on commencera à donner de l'Éminence aux évêques; puis les abbés en voudront, puis les prévôts, parce que les hommes sont ainsi faits, ils veulent toujours aller en avant, puis les chanoines...

— Et les curés? dit la veuve.

— Non, non : les curés tirent la charrette. N'ayez pas peur qu'on leur fasse prendre de mauvaises habitudes; ils auront du révérend jusqu'à la fin du monde. Plutôt, je ne serais pas surpris que les chevaliers, qui sont accoutumés à s'entendre donner de l'illustrissime, à être traités comme des cardinaux, voulussent un beau jour de l'Éminence à

leur tour; et s'ils en veulent, voyez-vous, ils trouveront
qui leur en donnera. Et alors le pape qui se trouvera alors
pensera à quelque autre chose pour les cardinaux. Or sus,
revenons à nos affaires. Dimanche je vous publierai à l'é-
glise; et, en attendant, savez-vous ce que j'ai pensé pour
vous mieux servir? En attendant, nous demanderons la
dispense pour les deux autres fois. Ils doivent avoir de belles
occupations là-bas, à l'archevêché, pour donner des dis-
penses, si les choses vont partout comme ici. Pour dimanche, j'en ai déjà... un..., deux..., trois, sans vous compter,
et il en peut arriver quelque autre; et vous venez ensuite.
Le feu a pris : personne ne voudra vivre seul. Perpetua a
bien eu tort de mourir, car cette fois elle aussi aurait trouvé
un acheteur. Et à Milan, signora, je me figure que c'est de
même.

— Exactement. Imaginez-vous que, seulement dans
ma paroisse, dimanche passé, il y a eu cinquante mariages.

— Quand je vous le dis! le monde ne veut pas finir. Et
vous, signora, quelque papillon n'a-t-il pas commencé à
voltiger autour de vous?

— Non, non, je n'y pense pas; je n'y veux pas penser.

— Oh que si! oh que si! Est-ce que vous voudrez être la
seule? Agnese aussi, voyez-vous, Agnese aussi...

— Allons, vous avez envie de rire, dit celle-ci.

— Assurément, j'ai envie de rire; et il me semble qu'il

! Nous nous sommes scrupuleusement abstenu jusqu'ici de toute réflexion sur les beautés de premier ordre que renferme cet ouvrage. En
général, rien ne nous semble plus désobligeant pour le lecteur que ces
éternels commentaires qui viennent à chaque instant distraire son attention; ce sont autant de bornes que l'on vient planter au milieu d'une
promenade, et qui, d'un divertissement, finissent par faire une fatigue;
toutefois, nous ne pouvons nous empêcher de faire remarquer ce qu'il y
a de profondément senti dans ce brusque et total changement du caractère de don Abbondio, qui semble être comme la pensée du livre. Toute
crainte cessée, cet homme devient bon, aimable, rieur, obligeant; c'est
qu'en effet la nature ne donne pas de caractères absolus, les héros tout
d'une pièce ne se trouvent que dans les livres. Don Abbondio ne cesse pas

est enfin temps[1]. Nous en avons passé de rudes, n'est-il
pas vrai, mes jeunes amis? nous en avons passé de rudes.
On peut espérer que les quatre jours qui nous restent encore seront moins tristes. Mais, heureux que vous êtes, s'il
ne vous arrive pas de disgrâces, d'avoir encore longtemps
à parler des malheurs passés! Moi, pauvre vieux... Les coquins peuvent mourir, on peut guérir de la peste; mais il
n'y a point de remède aux années, et, comme on dit :
Senectus ipsa est morbus[1].

— Oh! maintenant, dit Renzo, parlez latin tant qu'il
vous plaira : cela ne me fait plus rien.

— Tu en as encore au latin, toi : bien, bien, je ne te
manquerai pas. Quand tu viendras devant moi avec cette
créature, pour vous entendre justement dire certaines paroles en latin, je te dirai : Tu ne veux pas de latin; va-t'en
en paix. Eh?

— Ah! que je sais bien ce que je dis. Ce n'est pas du tout
ce latin qui me fait peur : celui-là est un latin franc, sacré,
comme celui de la messe; ceux mêmes qui lisent celui qui
est sur les livres en ont besoin. Je parle de ce latin men-
teur, hors de l'église, qui tombe sur vous en traître au
milieu d'un discours; par exemple, maintenant que nous
sommes ici, que tout est fini, ce latin que vous me mettiez
en avant, là, justement dans ce coin, pour me donner à
entendre que vous ne pouviez pas, et qu'il fallait d'autres
choses, et que sais-je, moi! Traduisez-le-moi un peu en
langue vulgaire maintenant.

— Tais-toi, malin, tais-toi. Ne va pas remuer ces choses : car, s'il nous fallait régler nos comptes, je ne sais pas
lequel des deux devrait à l'autre. J'ai tout pardonné, n'en
parlons plus; mais m'avez-vous joué assez de tours! De ta
part, cela ne m'étonne pas, parce que tu es un petit vau-

ici d'être poltron ; mais il cesse d'avoir peur, et aussi ses bonnes qualités,
que la peur étouffait, se hâtent de reparaître. Il n'y a qu'un profond moraliste qui ait pu rendre avec tant d'habileté ce délicat aperçu du cœur
humain.

[1] La vieillesse est elle-même une maladie.

rien ; mais je parle de cette eau dormante, de cette petite sainte : on aurait cru commettre un péché en s'en méfiant. Mais je sais, moi, qui l'avait instruite ; je le sais, moi, je le sais, moi. » En disant cela il dirigeait vers Agnese le doigt qu'il avait d'abord tendu vers Lucia. On ne saurait dire avec quelle bonté, avec quel air aimable il faisait ces reproches. Cette nouvelle lui avait donné une joie, une ardeur de parler dont il avait depuis longtemps perdu l'habitude ; et nous serions fort loin de la fin si nous voulions rapporter tout le reste de cette conversation, qu'il prolongea en retenant plus d'une fois la compagnie près de partir, et en l'arrêtant ensuite encore un peu sur la porte, toujours pour deviser.

Le jour suivant il reçut une visite aussi agréable qu'inattendue. C'était le seigneur marquis dont on avait parlé, un homme entre l'âge mûr et la vieillesse, dont l'aspect confirmait tout ce que la renommée disait de lui ; il avait l'air discret, bienveillant, paisible, humble, plein de dignité, et quelque chose qui indiquait une tristesse résignée.

« Je viens, lui dit-il, vous apporter les salutations du cardinal-archevêque.

— Oh ! quelle bonté c'est à vous deux !

— Quand j'allai prendre congé de cet homme incomparable, qui m'honore de son amitié, il me parla de deux jeunes fiancés de cette paroisse, qui ont eu à souffrir à cause de l'infortuné don Rodrigo. Monseigneur désire d'en avoir des nouvelles. Sont-ils vivants ? leurs affaires sont-elles arrangées ?

— Tout est arrangé, et même je m'étais proposé d'en écrire à Son Éminence ; mais maintenant que j'ai l'honneur...

— Se trouvent-ils ici ?

— Ici ; et le plus tôt possible ils seront mari et femme.

— Je vous prie de me vouloir dire quel bien on leur peut faire, et aussi de m'enseigner la manière la plus convenable. Dans cette calamité, j'ai perdu mes deux enfants et leur mère ; et j'ai fait trois héritages considérables. J'avais du superflu même avant cet événement : vous voyez donc bien que pour me donner une occasion de l'employer et surtout une occasion comme celle-ci, c'est vraiment me rendre service.

— Que le ciel vous bénisse ! car tous les…, suffit, ne sont pas comme vous. Je vous rends grâce aussi, moi, du fond de mon cœur, pour mes enfants ; et puisque Votre Seigneurie illustrissime me donne tant de courage, oui, seigneur, j'ai un expédient à lui suggérer qui peut-être ne lui déplaira pas. Qu'elle sache donc que ces bonnes gens ont résolu de s'aller établir ailleurs et de vendre le peu qu'ils ont ici au soleil : c'est une petite vigne du jeune homme, de neuf ou dix perches à peu près, mais abandonnée, entièrement en friche ; il faut compter sur le terrain, rien de plus ; en outre une chaumière à lui et une autre à son épouse, deux vrais nids à rats. Un seigneur tel que Votre Seigneurie ne peut savoir comment la chose va pour ces pauvres gens quand ils se veulent défaire de ce qui leur appartient. Cela finit toujours par arriver aux oreilles de quelque fripon qui quelquefois lorgne depuis longtemps ce bien, et quand il sait que l'autre a besoin de le vendre, il se tire en arrière, il fait le dégoûté ; il faut courir après lui et le lui donner pour un morceau de pain, surtout dans des circonstances comme celles-ci. Le seigneur marquis a déjà vu où va mon discours. La meilleure charité que Votre Seigneurie illustrissime leur puisse faire est de les tirer de cette extrémité en leur achetant le peu qu'ils ont. Mais, à dire vrai, j'y ai aussi mon intérêt, mon profit : car je viendrais à acquérir dans ma paroisse un paroissien comme le seigneur marquis. Mais Votre Seigneurie illustrissime en décidera selon qu'il lui plaira : j'ai parlé pour lui obéir. »

Le marquis loua beaucoup l'idée ; il en remercia don Abbondio, il le pria de vouloir bien fixer le prix, et de le fixer à un taux exorbitant. Il mit le comble à son étonnement en lui proposant d'aller aussitôt ensemble à la maison de la jeune fiancée, où le fiancé devait probablement se trouver aussi.

En chemin, don Abbondio, tout transporté de joie, en pensa et en dit une autre. «Puisque Votre Seigneurie illustrissime est si portée à faire du bien à ces gens-là, il y aurait un autre service à leur rendre. Le jeune homme a une prise de corps sur le dos pour quelque escapade qu'il a faite à Milan il y a deux ans, le jour de ce grand tumulte où il se trouva compromis sans malice, par ignorance, comme une souris dans la trappe. Ce n'est rien de sérieux, voyez-vous; des enfantillages, des folies, car il est incapable de faire le moindre mal; et je le peux dire, moi qui l'ai baptisé et qui l'ai vu grandir sous mes yeux. Et puis, si Votre Seigneurie illustrissime veut prendre quelque passe-temps, comme souvent les seigneurs prennent plaisir à entendre les pauvres gens raisonner familièrement sur ces sortes de matières, elle lui peut faire raconter l'histoire à lui-même, et elle verra. Maintenant, comme il s'agit de choses déjà vieilles, personne ne l'inquiète; et, comme je l'ai dit, il songe à s'en aller hors de cet État; mais, avec le temps, s'il revient ici ou ailleurs, car que peut-on savoir? le mieux est qu'il s'en trouve entièrement délivré. Le seigneur marquis passe à Milan, et c'est trop juste, pour un puissant gentilhomme et pour un grand homme qu'il est... Non, non, laissez-moi dire : la vérité se doit faire jour. Une recommandation, un mot d'un homme comme lui, c'est plus qu'il n'en faut pour obtenir une bonne absolution.

— N'y a-t-il pas de fortes charges contre ce jeune homme?

— Oh! je ne le crois pas. On a fait beaucoup de bruit contre lui dans le premier moment; mais maintenant je crois que ce n'est absolument qu'une simple formalité.

— Puisqu'il en est ainsi, la chose sera facile, et je la prends volontiers sur moi.

— Et puis Votre Seigneurie ne veut pas que l'on dise qu'elle est un grand homme! Je le dis et je le veux dire; dussé-je l'offenser, je le veux dire. Et quand je me tairais, cela ne servirait à rien, car tout le monde parle, et *Vox populi... vox Dei.* »

Ils trouvèrent justement les trois femmes et Renzo. Je vous laisse à penser comme ceux-ci restèrent à la vue d'un hôte si extraordinaire! Il anima la conversation en parlant du cardinal et d'autres choses avec une cordialité ouverte, et en même temps une mesure délicate. Il en vint bientôt à sa proposition. Don Abbondio, prié par lui d'en fixer le prix, après s'en être défendu quelque temps et avoir fait quelques excuses, et que ce n'était pas son affaire, et qu'il ne pourrait qu'hésiter, et qu'il parlait pour obéir, et qu'il s'en remettait à lui, dit, pour se conformer à sa volonté, un prix très-élevé. L'acheteur dit que, pour sa part, il était très-content ; et, comme s'il avait mal entendu, il répéta le double ; il ne voulut pas écouter de rectification, et il coupa court à tout discours en invitant la compagnie à dîner le lendemain des noces à son château, où l'on ferait l'affaire en règle.

« Ah ! se disait ensuite don Abbondio en retournant au logis, si la peste faisait toujours et partout les choses de cette manière, ce serait vraiment dommage que d'en dire du mal. Il en faudrait presque une à chaque génération, et l'on pourrait même mettre dans le pacte qu'on ferait une maladie. »

Ce bienheureux jour arriva enfin. Les deux fiancés allèrent d'un air de sécurité triomphale à cette église, où ils furent unis par la bouche de don Abbondio. Un autre et bien plus singulier triomphe fut, le jour suivant, leur voyage au château. Je vous laisse à penser ce qui devait se passer par leur tête en gravissant cette montée, en entrant par cette porte, et quelles réflexions ils devaient faire chacun selon son caractère ! Je noterai seulement qu'au milieu de la joie, ils dirent plus d'une fois que le père Cristoforo y manquait pour accomplir la fête. « Mais pour lui, ajoutaient-ils, il est mieux que nous assurément. »

Le seigneur leur fit beaucoup d'accueil ; il les conduisit dans une belle salle, et plaça à table les deux époux avec

Agnese et la veuve, et avant de se retirer pour dîner ailleurs avec Abbondio, il voulut assister quelques instants au repas, et il aida même à servir. Il ne viendra, j'espère, en tête à personne qu'il aurait été plus simple de faire bonnement une seule table. Je vous l'ai donné pour un brave homme, mais non pour un original, comme on dirait maintenant; je vous ai dit qu'il était humble, et non un prodige d'humilité. Il en avait assez pour se mettre au-dessous de ces bonnes gens, mais non à leur niveau.

Les deux repas achevés, le contrat fut dressé par les mains d'un docteur qui n'était pas Azzecca Garbugli. Celui-ci, je veux dire sa dépouille, était et est toujours à Canterelli. Pour ceux qui ne sont pas de ce pays je sens qu'une explication est nécessaire.

A un demi-mille environ au-dessus de Lecco, et presque sur le flanc de l'autre pays nommé Castello, est un site dit Canterelli, où deux routes se croisent. Près du point de jonction on voit une éminence, comme une petite colline artificielle, surmontée d'une croix. C'est un grand tas de morts lors de cette épidémie. Il est vrai que la tradition dit simplement les morts de l'épidémie; mais ce doit être assurément celle-là, car ce fut la dernière et la plus cruelle dont on ait gardé la mémoire. Et vous savez que les traditions, si on ne les aide pas un peu, ne disent jamais que fort peu de choses par elles-mêmes.

Au retour il n'y eut point d'inconvénient, si ce n'est toutefois que Renzo était un peu incommodé du poids de l'argent qu'il portait. Mais l'homme, comme vous le savez, avait eu bien d'autres désagréments. Je ne parle pas du travail de son esprit, qui n'était pas petit pourtant, à penser au meilleur moyen de le faire fructifier. A voir les projets qui passaient par cette tête, les caprices, les incertitudes; à entendre le pour et le contre pour l'agriculture et pour l'industrie, c'était comme si deux académies du siècle passé s'y étaient rencontrées. Et l'affaire pour lui était bien plus pressante et plus embarrassée, parce qu'étant un homme seul, on ne lui pouvait pas dire : « Qu'est-il

Mais on dirait que la peste avait pris l'engagement de réparer toutes ses sottises. Le maître d'une autre filature située presque aux portes de Bergame était mort, et l'héritier, jeune libertin qui n'avait rien trouvé de divertissant dans tout cet édifice, était décidé à le vendre à moitié prix; il le désirait même ardemment, mais il voulait des écus l'un sur l'autre, pour les pouvoir employer tout de suite en consommations improductives. La chose vint aux oreilles de Bortolo : il courut, il traita. On ne pouvait pas espérer un meilleur marché ; mais la condition de payer comptant gâtait tout, parce que son pécule, amassé lentement au prix de beaucoup d'épargnes, était encore loin d'arriver à la somme. Il amusa le vendeur par des demi-paroles, revint en toute hâte, communiqua l'affaire à son cousin, et lui proposa de la faire en société. Un aussi bon parti mit fin aux doutes d'économie politique du jeune homme, qui se décida aussitôt pour l'industrie, et consentit. Ils y allèrent ensemble, et l'accord fut conclu. Quand les nouveaux maîtres se vinrent établir sur leur bien, Lucia, qui ne s'y était nullement attendue, non-seulement ne fit aucune observation critique, mais même on peut dire que la chose ne lui déplut pas; et Renzo vint à savoir que plus d'une personne avait dit : « Avez-vous vu cette belle Bagiana[1] qui nous est venue? » L'épithète faisait passer le substantif.

Et même, des contrariétés qu'il avait éprouvées dans l'autre pays, il lui resta un avertissement utile. Jusqu'alors il était un peu prompt à dire son avis, et il se laissait volontiers aller à critiquer la femme du voisin, et toute chose : il comprit alors que les paroles font un effet dans les bouches et un autre sur les oreilles, et il contracta l'habitude d'écouter un peu plus les siennes avant de les lâcher.

Les affaires allaient fort bien. Dans le principe, il eut un peu d'embarras à cause de la rareté des ouvriers et des hautes prétentions du petit nombre qui en était resté. Des

---

[1] Nous avons déjà donné l'explication de ce mot.

ordres furent publiés qui limitaient les salaires : en dépit de cette aide, les choses s'arrangèrent, parce qu'au bout du compte il faut bien qu'elles s'arrangent. Un autre ordre un peu plus sage arriva de Venise : on donnait, pour dix ans, exemption de toute charge mobilière et personnelle aux étrangers qui se viendraient établir dans cet État. Pour nos amis ce fut un véritable pays de cocagne.

Avant la fin de la première année du mariage, une belle créature vint au monde ; et, comme si ç'avait été fait exprès pour donner aussitôt occasion à Renzo d'accomplir sa magnanime promesse, ce fut une fille, et vous pouvez croire qu'on lui donna le nom de Maria. Avec le temps, il en vint je ne sais combien d'autres de l'un et de l'autre sexe, et Agnese, tout occupée à les porter l'un après l'autre, les appelait de petits méchants et les couvrait de baisers. Ils furent tous portés à bien faire ; et Renzo voulut qu'ils apprissent tous à lire et à écrire, disant que puisque ce brigandage existait, ils devaient au moins en profiter aussi.

Il fallait l'entendre raconter ses aventures ! Il finissait toujours par dire les grandes choses qu'il avait apprises pour se mieux gouverner à l'avenir. « J'ai appris, disait-il, à ne me pas mettre dans les grabuges ; j'ai appris à ne pas prêcher sur la place publique ; j'ai appris à ne plus boire au delà de mes besoins ; j'ai appris à ne pas tenir la main sur le marteau des portes, quand il y a tout alentour des gens qui ont la tête chaude ; j'ai appris à ne pas attacher une sonnette au pied avant d'avoir pensé à ce qui en pouvait résulter, » et cent autres choses.

Lucia pourtant, sans trouver la doctrine fausse, ne s'en contentait pas ; il lui semblait, un peu vaguement, qu'il y manquait quelque chose. A force d'entendre répéter la même chanson, et de méditer chaque fois là-dessus : « Et moi, dit-elle un jour à son moraliste, que dois-je avoir appris ? je ne suis pas allée chercher les malheurs ; ils me sont venus chercher. A moins que vous ne disiez, ajouta-t-elle en souriant tendrement, que mon tort a été de vous vouloir du bien et de me promettre à vous. »

Renzo resta d'abord embarrassé. Après avoir longtemps cherché ensemble, ils finirent par conclure que les malheurs vous viennent bien souvent par une raison qu'un autre vous donne, que la conduite la plus prudente et la plus innocente ne vous en saurait préserver, et que, lorsqu'ils viennent par votre faute, ou sans votre faute, la confiance en Dieu les adoucit et les rend utiles pour une vie meilleure. Bien que cette conclusion ait été trouvée par de pauvres gens, elle nous a semblé si juste, que nous l'avons consignée ici comme la pensée de toute l'histoire.

Si cette histoire vous a fait quelque plaisir, sachez-en gré à l'anonyme, et un peu aussi à son arrangeur ; mais si nous ne sommes parvenus qu'à vous ennuyer, soyez certains que nous ne l'avons pas fait à dessein.

FIN.

Paris. — Imprimerie Viéville et Capiomont, rue des Poitevins, 6.